Cosmica

Schwarz & Weiß

TOKIHARA

COSMICA

TEIL 1

SCHWARZ & WEIß

Für Tiffy, Findus und meine Mutter

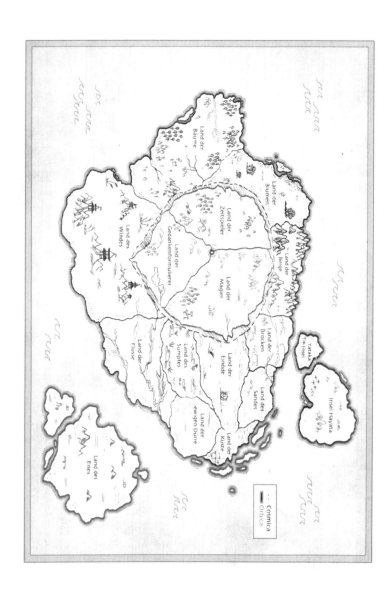

Erklärung der Landkarte

Orbica: Die Welt vor der Unterwerfung des mächtigen Magier Viis. Die Länder hielten sie im Gleichgewicht.

Cosmica: Die Scheinwelt nach der Unterwerfung von Viis. Die früheren Länder existieren nicht mehr und all ihre Bewohner leben nun in der Cosmica.

Prolog

Wenn man ihn so sah, hätte man denken können, er sei ein alter Mann. So ausgelaugt sah er aus. Seine Beine bestanden nur noch aus Haut und Knochen, er musste sie mit einem Krückstock unterstützen. Mit gebuckeltem Rücken schleppte er sich an ein verkabeltes Bett heran und setzte sich schwer seufzend auf die Bettkante. Die Anstrengungen des Lebens spiegelten sich in den tiefen Falten, die er im Gesicht trug, wider.

Mit zitternden Händen angelte er nach einem Kabel, was ihn wieder mit Energie erfüllen sollte. Leise murmelten seine trockenen Lippen einen Spruch. In seinen rauen, knochigen Händen leuchtete ein helles Licht auf. Es tanzte um das Kabel herum, hob es an und schob es schließlich in eine Vene des Mannes hinein. Dabei zuckte der Mann noch nicht einmal mehr zusammen – den Schmerz war er mittlerweile gewohnt. Die Abstände, in denen er sich die Energie zuführen musste, wurden immer kleiner. Das bereitete ihm aber keine Sorgen. Bei dem, was er tagtäglich stemmen musste, war es kein Wunder, dass die Energie immer schneller aufgebraucht wurde. Besonders um das Schutzschild aufrechtzuerhalten, das seinen Palast von der Außenwelt abschnitt, verbrauchte er viel Energie. Langsam, wie seidener Honig, glitt die goldene Energie durch das Kabel in seinen Körper hinein. Von den Armen hin zum Herz und von dort aus weiter durch den ganzen Körper.

Die Falten des Mannes begannen sich wieder zu glätten, die Haut wurde wieder rein und jugendlich. An den Fingern kam das Fleisch zurück und die dürren Beine wurden wieder muskulös und stramm. Auch der Buckel ging zurück und das schöne breite Kreuz kam wieder zum Vorschein. Genau wie die Muskeln an den Armen und am

Bauch. Plötzlich klopfte es laut an der Tür.

»Herein«, sprach die zuvor noch so leise und schwache Stimme jetzt stark und dominant.

»Vater, ich bin es nur«, murmelte jemand und betrat den Raum.

»Nun, berichte«, befahl der erfrischte Mann.

»Den Jungen habe ich noch nicht gefunden.« Sein Sohn trat an das Bett heran.

»Und das Mädchen?« Der Vater kniff die Augen zusammen.

»Wie ein Goldfisch im Glas. Unauffällig.« Der Sohn beäugte das leuchtende Kabel, das in den Arm seines Vaters führte, skeptisch.

Das, was sein Vater hier monatlich vollführte, war dem Sohn nicht ganz geheuer. Vor allem auch, weil er die Vorgehensweise nicht so recht verstand. Das Ganze grenzte wohl an höhere Magie, dessen Geheimnis nur sein Vater kannte. Ob dieser seinen Sohn irgendwann in jenes mysteriöse Geheimnis einführen würde?

»Hauptsache, das Mädchen trifft nicht auf diesen Jungen«, brummte der Vater. »Solange das nicht passiert, brauchen wir uns keine Sorgen zu machen.«

»In Ordnung.« Der Sohn verbeugte sich.

»Halte trotzdem weiterhin Ausschau und lasse mich jedes noch so kleine Detail wissen. Du weißt, ich selbst habe keine Zeit für diese Art von Aufgaben.« Der Junge verbeugte sich erneut, dieses Mal noch tiefer.

»Sehr wohl, mein Herrscher!« Dann drehte er sich um und verschwand wieder so schnell, wie er gekommen war. Die goldene Energie war mittlerweile im ganzen Körper des Mannes angekommen und hatte sämtliche Speicher aufgefüllt. Der Mann fühlte sich wieder fit und gesund. Über seine vollen Lippen kam ein magischer Spruch. Wenig später verlor das Kabel immer mehr an Helligkeit und als es endgültig dunkel war, ließ der Mann es langsam aus der Vene gleiten. Nicht ein einziges Anzeichen seines vorherigen Ichs war ihm mehr anzusehen. Zufrieden stand er auf und stellte den Krückstock für das nächste Mal beiseite.

Kapitel 1

Schon wieder einer dieser grauen Tage. Ich hatte aufgehört, sie zu zählen. Jeder Tag glich dem anderen. Für mich unterschieden sie sich nicht mehr, und ich glaubte auch nicht daran, dass es einmal anders gewesen sein sollte. Schon lange hatte ich akzeptiert, ein Teil dieser gleichgültigen Routine geworden zu sein. So auch an diesem Tag, der an einem Ort namens »Schule« begann. Von diesem Ort hielt ich nicht viel. Es war laut in den Pausen und stickig im Unterricht. Beides bereitete mir unheimliche Kopfschmerzen. Ich war froh, mich bald wieder in meinem Zimmer verkriechen und die Stille genießen zu können. Bis dahin dauerte es auch gar nicht mehr lange, dies hier war die letzte Pause des Tages. Doch gerade diese Pause zog sich unendlich lange hin. Gefühlt saß ich hier schon eine halbe Ewigkeit.

Ich seufzte. Mein Blick glitt aus dem Fenster. So wie in den letzten Tagen wurde es auch heute einfach nicht hell. Die Wolken türmten sich derart, dass die Sonne keine Chance hatte, bis zur Erde hindurchzudringen. Ich wandte meinen Blick wieder ab.

Um mich herum war es laut. Die Schüler unterhielten sich über dies und das – stundenlang. Manchmal wollten sie einfach nicht mehr aufhören zu reden. Ich konnte das nicht verstehen. Wie man sich so lange und unaufhaltsam über etwas dermaßen Lapidares unterhalten konnte. Nein, ich verstand diese Menschen und ihre oberflächlichen Gespräche nicht, egal wie viele Gedanken ich mir dazu auch machte. Sie lebten anscheinend in einer völlig anderen Welt als ich. Ich stützte den Kopf auf meine Hände und rückte auf dem Stuhl hin und her. Eine Strähne meiner langen dunkelbraunen Haare fiel in mein Gesicht. Normalerweise hätte ich sie wahrscheinlich wieder nach hinten geschubst, aber ich konnte die Energie dazu nicht aufbringen. Mein Rücken schmerzte. Der harte Stuhl, auf dem ich Tag für Tag saß, trug nicht gerade zur Besserung der Situation bei. Im Gegenteil. Die Schmerzen waren mir nicht neu, inzwischen hatte ich sie als einen Teil von mir akzeptiert. Etwas anderes blieb mir nicht übrig. Ich hoffte einfach nur, dass dieser Schultag schnell vorbei sein würde, damit ich endlich nach Hause konnte.

Ich wusste nicht, was man überhaupt an diesem Ort sollte. Ich sah keinen Sinn in dem, was die Lehrer da vorn redeten. Vielleicht hing das aber auch damit zusammen, dass es mich nicht im Geringsten interessierte. Ich versank lieber in meinen eigenen Gedanken und Tagträumen. In meiner eigenen Welt, wo mir keiner dieser oberflächlichen Heuchler auf die Nerven ging.

Plötzlich wurde ich durch einen lauten Schrei aus meinen Gedanken gerissen. Ein Mädchen zwei Reihen neben mir stand an ihrem Tisch und hielt sich die Hand vor den Mund.

»Was?! Ernsthaft?!«, fragte sie dann ziemlich aufgeregt.

»Sch, nicht so laut!« Ein anderes Mädchen, welches ihr gegenüber am Tisch saß, hielt sich einen Finger vor den Mund. Mit Handbewegungen versuchte sie, das auf und ab springende Mädchen wieder zum Sitzen zu bringen. Dessen schulterlange violette Haare wippten im Rhythmus der Sprünge. Sie hüpfte hysterisch kreischend auf der Stelle, bis das zweite Mädchen endlich aufstand und sie mit einem tadelnden »Mensch, Shiina!« wieder zurück auf ihren Stuhl zerrte. Es war nicht das erste Mal, dass Shiina alle Aufmerksamkeit auf sich zog. Außer dass wir in dieselbe Klasse gingen, hatte ich nicht viel mit ihr zu tun. Ich hatte sie noch nicht persönlich kennengelernt, verspürte aber auch nicht das Bedürfnis, das jemals zu ändern. Sie lächelte immer und gestikulierte meist wild mit ihren Händen in der Luft oder an ihrem Kinn herum. Ihre violetten Haare harmonierten perfekt mit ihren puppenhaften roséfarbenen Augen. Shiina war ein Mädchen, dass jeder andere gern zur besten Freundin hätte: Sie war süß, quirlig, immer freundlich und bei bester Laune. Nichts schien ihr den Tag verderben zu können und einfach jeder konnte sie gut leiden. So sah es zumindest von meinem Standpunkt aus. Ich stellte mir solch ein Leben unglaublich anstrengend vor.

Der Unterricht ging ziemlich schleppend voran. Schon sehr oft war ich dankbar über meinen Sitzplatz am Fenster gewesen. Meistens beobachtete ich die Bäume, wie sie langsam im Wind hin und her wogen. Der Anblick rührte etwas tief in mir. Etwas, das in mir schlummerte und nur darauf wartete, geweckt zu werden. Ich wusste nur nicht, wie. Und ich hätte auch nicht sagen können, was genau dort in meinem Innersten verborgen lag.

Mein Leben war träge und grau. Und das würde sich so schnell auch nicht ändern. Davon war ich felsenfest überzeugt.

»... Gruppenarbeit. Jeder sucht sich einen Partner«, riss mich die Stimme des Lehrers aus meinen Gedanken. Nie, wirklich NIE konnte ich hier in Ruhe nachdenken. Ebenfalls ein Grund, warum ich diesen Ort hasste.

Gruppenarbeit, na super. Die Schüler um mich herum suchten sich jeweils einen Partner. Namen wurden durch den Raum gerufen. Meiner war nicht dabei.

Nicht das ich wollte, dass jemand meinen Namen rief. Ich würde mich lieber aus dem Fenster stürzen, als mit einem dieser Heuchler zusammenzuarbeiten. Wirklich. Ich hoffte an diesem Tag auf eine ungerade Anzahl an Schülern – dann durfte ich vielleicht allein arbeiten. Aus dem Augenwinkel heraus konnte ich sehen, dass die Chancen nicht schlecht standen. Nach wenigen Minuten saßen die Paare beisammen.

»Ich meinte Paare und nicht drei Leute in einer Gruppe. Trennt euch!« Der Lehrer wies mit spitzem Finger auf eine Gruppe Mädchen. Mit seinen fast blinden Augen sah er streng über seine runde dicke Brille hinweg.

»Na, los jetzt!«, drängelte er ungeduldig. Die Einzelarbeit konnte ich wohl vergessen. Ich sah, wie ein Stuhl nach hinten gerückt wurde und Shiina in kleinen Schritten auf mich zukam. Ihre Haare wippten im Takt der Schritte, und sie lächelte, so strahlend wie die Sonne an einem heißen Sommertag.

»Ich arbeite lieber allein«, murmelte ich, ohne ihr ins Gesicht zu sehen, und schob noch ein lautes »Wirklich« hinterher. Aber das schien sie nicht zu stören.

»Ach was, das wird lustig«, lächelte sie nur, schob ihren Stuhl an meinen Tisch heran und setzte sich. Lustig?! Na klar.

Ich blickte wieder aus dem Fenster. Sollte ich mich vielleicht doch lieber hinausstürzen? Kurz spielte ich mit dem Gedanken.

Warum ausgerechnet Shiina? Es hätte doch jede andere sein können, also warum gerade sie? Die naive und kindische Shiina. Hoffentlich dauerte diese Gruppenarbeit nur kurz an. Keine Sekunde später wurde ich schon wieder vom Schicksal geohrfeigt.

»Ihr habt den Rest der Stunde Zeit sowie die drei darauffolgenden Stunden«, kündigte der Lehrer an. Dieser Tag war grau und blieb grau.

»Dann haben wir ja genug Zeit«, sagte Shiina mit einem Lächeln im Gesicht. Ich sah zu ihr auf.

»Ich bin übrigens Shiina«, fuhr sie fort. Ich weiß, wie du heißt. Innerlich rollte ich mit den Augen.

»Du bist doch Ruta Pez?«, flötete sie mit ihrem Zeigefinger ans Kinn gelegt.

»Ja«, antwortete ich schließlich widerstrebend.

»Wir haben bis jetzt ja nicht wirklich viel miteinander

zu tun gehabt, aber ich hoffe, das ändert sich in Zukunft.« Shiina strahlte mich an.

»Ich freue mich, dass ich mit dir zusammenarbeiten kann.« Sie beugte sich zu mir vor.

»Da wir ja ziemlich viel Zeit für dieses Projekt haben, können wir es langsam angehen lassen und ein bisschen quatschen. Was hast du gestern so gemacht?«

Was ging sie das an? Gott, war die oberflächlich! Als ob sie das wirklich interessieren würde.

»Nichts«, antwortete ich kühl.

»Oh…« Ihre Augen wurden groß und dank meiner abweisenden Antwort schien sie zum ersten Mal sprachlos zu sein.

»Nichts?«, wiederholte sie langsam und nachdenklich, als sie zurück auf ihren Stuhl sank.

»Also, wenn du möchtest, können wir dieses Wochenende etwas zusammen machen. Dann musst du nicht allein sein. Wir könnten zusammen backen oder in ein Café gehen…«

»Nein, danke.« Das hatte mir gerade noch gefehlt. Sie musste sich nicht für mich verantwortlich fühlen, nur weil ich die ganze Zeit allein an meinem Platz saß. Sie dachte vielleicht, ich sei einsam, aber ich hatte mich selbst und war damit wirklich zufrieden. Shiina sah mich etwas verwirrt an. Mit einem Nein hatte sie wahrscheinlich nicht gerechnet.

»Ein Freund hat mich zu seiner Feier eingeladen«, fuhr ich fort, um sie abzuwimmeln. Ihr Gesicht erhellte sich wieder.

»Toll!« Sie schrie es fast so laut wie in der Pause und klatschte wieder die Hände zusammen, was uns einen tadelnden Blick von unserem Lehrer einhandelte.

»Erzähl doch mal! Wer denn? Ist es jemand, den ich kenne? Wo –« Die Glocke erlöste mich endlich aus diesem sinnlosen Gespräch.

»Was, schon Schluss?«, wunderte sich Shiina. »Na, wir reden später weiter, ja?«

Ja genau. Später. Wer's glaubt. Jetzt machte sie einen auf gute Freunde, aber nach diesem Projekt würde sie wieder kalt und abweisend sein. Ich kannte dieses Spiel nur zu gut. Ich rieb mir die Stirn. Ich konnte mich nicht an viel aus meinem Leben erinnern. Aber dieses Gefühl des Verrates, der Abweisung, der Schwäche und des Schmerzes – das alles hatte mich die letzten zwei Jahre geprägt. Die Erinnerung an die Zeit davor war wie ausgelöscht. Um mich herum packten alle ihre Blöcke und Bücher ein. Die entstehende Unruhe riss mich aus meinen Gedanken. Shiina stand hastig auf, lächelte mich an und rückte den Stuhl an den Tisch.

»Bis später«, sagte sie noch, bevor sie sich unter die anderen mischte.

Seufz. Das war überstanden. Ich löste meinen festen Zopf. Fuhr einmal mit den Fingern durch meine Haare. Ab und zu waren manche Strähnen tiefschwarz, was mich wundern sollte, da es doch etwas ungewöhnlich aussah. Aber das tat es nicht. Ich nahm meine Haare zusammen und band sie wieder zu einem Pferdeschwanz – dieses Mal war auch keine Strähne entwischt. Ich schob den unbeschriebenen Block mitsamt Stiften in meine Tasche. Das Klassenzimmer war jetzt fast leer. Einige Mädchen schwirrten noch um einen der Jungen herum und quiekten wie aufgeregte Meerschweinchen, wenn es Futter gab. Ich schob den Stuhl an den Tisch und verließ zügig den Raum. Im Flur stoppte ich vor meinem Spind. Ich nahm das Schloss in beide Hände und gab routiniert den Code ein. Das Schloss knackte und ich zog die Tür zu mir heran.

Flatsch. Meine Lehrbücher stürzten heraus, als wollten sie sich das Leben nehmen. Keines der Bücher war dringeblieben. Anscheinend Gruppenzwang. Das war an dieser Schule doch sowieso Trend. Genervt stellte ich die Tasche neben mir ab und hockte mich hin, um die Bücher einzusammeln. Sie waren über den halben Flur verteilt. Eins war sogar mehrere Meter über den Boden, bis hin zur Jahrgangspinnwand, geschlittert. Auch das noch. Ich stand seufzend auf, ging an den Spinden vorbei, bis zu der breiten Wand, an der die überfüllte Pinnwand hing. Trotz der vielen Plakate und Zettel fiel mir eins besonders ins Auge.

»Gütiger Herrscher der Cosmica: Viis spendete für den Bau eines Altenheims mehrere Millionen Bing«, prangte in großer Schrift auf dem Plakat. Darunter war ein Foto von Viis und einer alten Frau mit Gehstock, wie sie frohen Mutes Hände schüttelten. Viis war alleiniger Herrscher der Cosmica und ließ es sich nicht nehmen, hier und da gute Taten zu vollbringen, die dann durch die Presse publik gemacht wurden. Das Volk liebte ihn und es gab sogar Feiertage, die nach unserem gutherzigen Herrscher benannt wurden. Zumindest hatte ich ihm dadurch einige freie Schultage zu verdanken. Ja, das rechnete ich ihm ziemlich hoch an.

Ich hob das Buch auf, ging zu meinem Spind zurück und schmiss die Bücher in das Fach. Schnell warf ich die Tür wieder zu, bevor sie erneut auf den Boden fallen konnten. Beim nächsten Öffnen würde sicherlich dasselbe passieren, aber das interessierte mich nicht sonderlich. Sollen sie sich doch das Leben nehmen, diese Bücher. Meine Finger verdrehten den Code des Schlosses und ließen es lieblos an die Spindtür klatschen. Das Geräusch hallte im Gang nach, in dem es inzwischen still geworden war. So sehr ich den Schulschluss auch herbeigesehnt hatte, beeilte ich mich trotzdem nicht besonders, nach Hause zu kommen. Obwohl es Freitagnachmittag war. Denn wer erwartete mich dort schon? Nur meine große Schwester und ihr oberflächlicher Freund Klarin. Meine Schwester und Klarin waren ein Jahr älter als ich und gingen in den Abschlussjahrgang unserer Schule. Hätten Klarin und sein älterer Bruder uns damals nicht in seinem Haus aufgenommen, dann würden wir wohl jetzt in irgendeinem Heim stecken.

Ich erinnerte mich noch genau an den Moment, wie ich mit Sue und einem Mann mit schwarzer Sonnenbrille in einem hohen und breiten Truck auf dem Weg zu Klarin saß. Der Mann erklärte mir, dass meine Eltern weit weg von hier arbeiten mussten und dadurch in der nächsten Zeit nicht mehr nach Hause kommen konnten. Deshalb hatten sich Klarin und sein älterer Bruder bereit erklärt, uns bei sich aufzunehmen. Mit den Eltern der Brüder war es wohl ähnlich wie mit unseren. Wenige Wochen nach unserer Ankunft wurde Klarins Bruder überraschenderweise ebenfalls zum Arbeiten eingezogen. Es hieß, seine Eltern brauchten dort dringend seine Unterstützung. Das traf mich sehr, denn er war bis dato meine einzige Bezugsperson gewesen.

An die Gesichter meiner Eltern konnte ich mich schon lange nicht mehr erinnern, das letzte Mal sah ich sie mit sechzehn. Das war vor zwei Jahren. Sue war alles, was von meiner Familie übrig geblieben war. Aber wir hatten kaum etwas miteinander zu tun – Sue behandelte mich wie Luft. Ich wusste schon gar nicht mehr, wann wir das letzte Mal ein Wort miteinander gewechselt hatten. Irgendetwas lag zwischen uns. Doch ich hatte keine Ahnung, was es war, geschweige denn, wie ich es wieder auflösen konnte.

Ich hatte schon oft versucht, mit ihr zu reden, doch egal wie viel Mühe ich mir auch gab, mir gegenüber öffnete sie sich einfach nicht. Schließlich hatte ich es aufgegeben, an unserem Verhältnis zu arbeiten. Wahrscheinlich war ich ihr die ganze Zeit höllisch auf die Nerven gegangen. Aber damit war nun Schluss. Ich ging keinem mehr auf die Nerven. Ich tappte den Schulflur entlang. Im Moment steckten Sue und Klarin bestimmt schon mitten in den Vorbereitungen für diese verdammte Party, die sie geplant hatten. Mir war ganz und gar nicht nach feiern zumute. Na, wann war es das schon? Träge schleppte ich mich aus dem Schulgebäude heraus und stieß einen schweren Seufzer aus. Oft überkam mich das Gefühl, gar nicht in die Cosmica, in diese ganze oberflächliche Welt zu gehören. Doch wo war mein Platz dann?

Ich wusste es nicht.

Kapitel 2

Langsam drehte ich den Schlüssel im Schloss und trat in den Hausflur.

»Ich bin wieder da«, flüsterte ich leise und kaum hörbar. Ich schlüpfte schnell aus den Schuhen, bevor es noch zu unangenehmen Gesprächen kommen konnte. Doch ich war zu langsam. Klarin streckte schon den Kopf aus der Tür, die zur Küche führte.

»Ah, Pez!« Er baute sich vor mir auf. Er hatte karamellfarbene Haare, giftgrüne Augen und eine weiße Schürze um und rührte angestrengt etwas in einer Schüssel. Er war nur eine Handbreit größer als ich. »Schön, dass du da bist. Wie war es heute in der Schule?«

Tse. Als ob dich das wirklich interessieren würde. Ab und zu sprach er mit mir. Wahrscheinlich, damit er sich nicht so schlecht fühlte, da er mich immer benachteiligte. Ohne einen Kommentar wandte ich mich ab und schlich die Treppe hinauf.

»Dann eben nicht.« Klarin zuckte mit den Schultern und schlurfte wieder zurück in die Küche. Ich hörte das Knatschen eines Bleches, als es in den Ofen geschoben wurde. Vermutlich Sue. Ich blieb auf der Treppe stehen. Aus dem Augenwinkel heraus beobachtete ich die beiden und konnte das Gespräch kurz mitverfolgen.

»Was ist denn mit deiner Schwester los?«, fragte Klarin. Ich sah, wie Sue für einen Augenblick erstarrte. Dann warf sie ihre goldblonden Haare über ihre rechte Schulter und rollte mit den Augen.

»Sie wird uns garantiert nicht den Abend versauen«, antwortete sie unfreundlich.

»Ja, warum sollte sie auch?«

»Mach einfach weiter.«

Sue tippte Klarins Schüssel an.

»Jaja.« Ich drehte mich weg und stieg die Treppe hinauf. Als ich die Tür meines Zimmers hinter mir schloss, umhüllte mich die Stille wie eine schützende Decke.

Endlich. Ich schmiss mich auf mein Bett und ließ mich in die weichen Tiefen sinken. Doch mit der friedlichen Ruhe war es schnell vorbei, schon wenige Minuten später hörte ich, wie ein Stockwerk tiefer die ersten Gäste eintrafen. Na toll. Unten im Wohnzimmer wurde die Musik angeschaltet. Mal lauter gedreht, mal leiser – immer wieder unterbrochen durch ein Klingeln an der Tür. Was fanden die alle so toll an Partys? Plötzlich kam ich mir in meinem eigenen Zuhause völlig fremd und falsch vor. Ich hatte niemanden außer mir selbst. Ich vergrub meinen Kopf in der wärmenden Decke. Auf einmal hörte ich energische Schritte auf dem Flur. Geradewegs in Richtung meines Zimmers.

»Pez?« Klarin klopfte heftig an die Tür. Eigentlich hatte ich keine Lust, aufzustehen. Doch Klarin würde keine Ruhe geben, ehe ich nicht die Tür öffnete. Langsam tappte ich zur Tür. Mit einem breiten Grinsen im Gesicht stand Klarin vor mir.

»Willst du nicht mit nach unten kommen? Es sind viele nette Leute da.«

Allein die Wörter »viele« und »nette« in Verbindung mit »Leuten« ließen mich schon erschaudern. Am liebsten hätte ich mich umgedreht und in die nächste Ecke gekotzt. Mit diesen Heuchlern wollte ich nichts zu tun haben! Nein danke. Ich war hier oben in meinem Zimmer wirklich mehr als zufrieden. Ich schüttelte den Kopf.

»Ach, komm schon.« Er quengelte wie ein kleines Kind. Wieder schüttelte ich den Kopf.

»Du bist wirklich komisch«, sagte er, nahm meine Hand und zog mich in den Flur hinaus. Die laute Musik begann durch meinen Körper zu dröhnen. Ich fühlte mich augenblicklich unwohl und wollte wieder in meine friedliche Stille zurück.

»Komm schon, nur dieses eine Mal«, flehte mich Klarin an. »Es wird dir Spaß machen, da bin ich mir sicher. Ich bleib heute auch den ganzen Tag an deiner Seite.« Gerade den letzten Satz hätte er sich sparen können. Er war so ein Lügner. Wie alle anderen. Ich wollte gerade die Tür schließen, als mich mein knurrender Magen daran erinnerte, dass ich heute noch nichts zum Abendessen gehabt hatte. Widerwillig nickte ich und folgte Klarin die Treppe hinunter. In dem Moment läutete es erneut an der Tür. Klarin hielt einen Finger hoch. »Gib mir eine Minute. Ich komme gleich wieder. Warte hier.«

Ich schnaubte. Hatte er nicht gerade gesagt, dass er mich nicht allein lassen würde? Was für ein Lügner. Na ja, egal – das war ich von ihm ja schon gewohnt. Ich schlurfte zum Herd und wurde bitter enttäuscht. Das Etwas, was da in der Pfanne vor sich rum brutzelte, war schwarz. Rabenschwarz. Es war mehr als ungenießbar, es sah so aus, als hätte der Tod es persönlich gekocht. Wem wollte er das denn zum Essen anbieten? Ich zog eine Grimasse, musste dann aber grinsen. Wenigstens hatte Klarin sich Mühe gegeben. Mein Blick schweifte durch die Küche und blieb an einer Packung Reis hängen. Eins der wenigen Dinge, die ich mir selbst kochen konnte – in der Küche war ich nicht viel besser als Klarin. Schnell war ein Topf gefunden. Während ich darauf wartete, dass der Reis gar wurde, begannen einige von Klarins Freunden um mich herumzuwuseln.

»Hey, wer bist du denn, Kleines?«, wurde ich jetzt schon zum dritten Mal gefragt. Einfach den Reis auf den Teller geben, würzen und fertig. Einfach diese »vielen und netten Leute« ignorieren, sagte ich mir selbst.

Ich nahm meinen Teller und ließ die Fragenden stehen, ohne sie eines Blickes zu würdigen. Besser so, sonst würde man die gar nicht mehr loskriegen. Im Hintergrund hörte ich Flaschen klirren. Natürlich. Ohne Alkohol ging es ja nicht. Das wäre doch viel zu langweilig, wo bliebe denn da der ganze Spaß?!

Ich schüttelte den Kopf und machte, dass ich wieder in mein Zimmer kam. Die ganze Zeit umringt von grölenden und laut lachenden Menschen – ohne Hemmschwelle. Das musste ich mir nicht antun. Vorsichtshalber schloss ich die Tür hinter mir ab. Die Musik war mittlerweile keine Musik mehr, sondern glich eher einem ohrenbetäubenden Dröhnen, das in meiner Brust nachhallte. Langsam löffelte ich mein Essen.

Mehr als einen Schrank, einen Schreibtisch, ein Bett und einen Wasserkocher mit ein paar Tassen und Teebeuteln hatte ich nicht in meinem Zimmer. Mehr brauchte ich einfach nicht. Klarin nannte mich deshalb oft minimalistisch. Das war mir ganz gleich. Schließlich war es ja *mein* Zimmer. Brauchte ihm ja nicht zu gefallen. Ich ließ etwas Wasser aufkochen und kramte dann einen Brennnesseltee aus einer kleinen Schachtel hervor. Als das Wasser brodelte, goss ich den Tee auf. Ich pustete auf die dampfende Flüssigkeit und nahm vorsichtig einen Schluck. Ich hatte schon einmal besseren Tee als diesen getrunken. Nur wo? Ich kam einfach nicht mehr drauf, egal wie sehr ich versuchte, mich zu erinnern. Es war wie ausgelöscht. Meine Hände umschlossen die warme Tasse. Der Tee wärmte nicht nur meine Finger, sondern auch meinen Geist.

Diese Woche war so aussichtslos grau und der einzige Lichtblick dieses Wochenende gewesen. Aber es würde wohl auch nicht heller als der Rest der Woche werden. Ich legte mich auf den Boden und wärmte einige Zeit meine Fingerspitzen an der nun leeren, aber noch warmen Tasse. Meine Augen fielen langsam zu. Ich löste den Haargummi und spürte, wie sich mein ganzer Körper entspannte. Es hielt nicht sehr lange an. Plötzlich hörte ich wieder Stimmen im Flur. Aufgescheucht riss ich meine Augen auf und schnellte reflexartig hoch. Ich hörte eine hohe und eine tiefe Stimme, deren Besitzer vor meiner Tür stehen blieben. Sie kicherte, er drückte die Klinke herunter. Die Tür gab nicht nach.

»Eh?! Hadde Klarin nisch gesagt, wir ... hicks ... können die Räume benutzen?«, plapperte das Mädchen.

»Na, nehmen wa den anderen... da.« Sie entfernten sich wieder. Jetzt schon hatten sie sich den Kopf mitsamt Verstand weggesoffen.

Ich seufzte. Noch nicht einmal im eigenen Raum hatte man seine Ruhe. Ich würde mich nicht erholen können, wenn mich ständig jemand störte. Ich musste hier raus. Ich griff nach einem Pulli und Schuhen, band mir die Haare wieder zusammen und schloss meine Tür sicherheitshalber hinter mir ab – falls noch irgendjemand auf den glorreichen Gedanken kommen sollte, in mein Zimmer gehen zu wollen. Ich huschte unbemerkt nach draußen. Es war ziemlich frisch. Die Sterne funkelten friedlich am wolkenlosen Nachthimmel. Die grausame Musik war immer noch zu hören. Ich musste weiter weg. Eine kalte Brise erfasste mich und kühlte meinen Körper. Der Weg, den ich schnellen Schrittes einschlug, war gut beleuchtet. Die Häuser schienen an mir vorbeizufliegen. Allmählich mischten sich kleine Geschäfte unter die Wohnhäuser. In der Bauchtasche des Pullovers fand ich ein wenig Kleingeld. Vielleicht konnte ich das ja noch irgendwo ausgeben. Von Weitem sah ich eine kleine erleuchtete Tankstelle.

»Für Sie immer rund um die Uhr geöffnet«, prangte auf einem Schild im Fenster. Ich ging hinein. An der Kasse stand ein junger Mann etwa in meinem Alter, vermutete ich. Er hatte tiefschwarzes wuscheliges Haar, wobei eine Strähne, die in sein Gesicht fiel, so lang war, dass sie fast seine Nase berührte. Der Typ trug eine schwarz umrahmte Brille. Um den Hals baumelten Kopfhörer. Er legte gerade mehrere kleine Packungen auf den Tisch.

Als ich eintrat, sah er auf. Sein Blick bohrte sich in meinen. Für einen Moment war es, als ob die Zeit stehen geblieben wäre. Die blaue Farbe seiner Augen war wunderschön, aber auch kalt wie Eis. Es war, als ob sich in ihnen eine ganze Eislandschaft widerspiegelte. Doch sein Starren wurde von dem Kassierer unterbrochen. Der junge Mann wandte sich von mir ab und die entstandene Verbindung riss entzwei. Er sah dem Kassierer einen langen Augenblick in die Augen, griff dann nach den Packungen und verließ den Laden. Hatte er überhaupt gezahlt? Ich hatte nichts gesehen, obwohl ich doch direkt hinter ihm stand. Vor dem Geschäft wurde plötzlich ein Motor angelassen, der kurz aufjaulte. Dann entfernte sich das Auto ziemlich schnell. Ich steuerte auf den Kassierer zu.

»Gibt es etwas in diesem Laden, was man für das hier kaufen kann?« Ich legte mein Geld auf den Tresen.

Der Kassierer nahm es und zählte es durch. »2 Bing.«

»Ja.«

»Da werden Sie in meinem Shop nichts finden.«, schüttelte genervt den Kopf und schob mir die Münzen wieder entgegen. Enttäuscht ließ ich es in den Tiefen der Bauchtasche verschwinden. Als ich vor die Tür trat, wanderten meine Gedanken zurück zu dem jungen Mann mit den eisigen Augen. Irgendetwas an ihm rüttelte mich auf. Ich schüttelte meinen Kopf. Mein Blick fiel auf die Uhrzeit. Kurz nach halb zwölf. Ich beschloss, weiter in Richtung Stadtmitte zu gehen, nach Hause brauchte ich noch lange nicht zu kommen. Die Züge fuhren ab jetzt nur noch jede Stunde, es lohnte sich also nicht, den Bahnhof anzusteuern. Die Lampen beleuchteten den Fußweg, sodass man ihn gerade noch erkennen konnte. Orientierung zählte nicht zu meinen Stärken, aber solange ich auf dem

Weg bleiben würde, sollte ich den Rückweg wohl finden. Auf einmal bemerkte ich etwas und blieb stehen. Rechts schräg hinter mir. Ich senkte meinen Blick und versuchte, unauffällig nach hinten zu sehen. Kurz schloss ich die Augen, um zu hören, ob sich eine Person hinter mir befand. Ich hörte ein leises Rascheln – ganz dicht. Langsam drehte ich mich herum. Doch niemand war zu sehen. Trotzdem sah ich aus dem Augenwinkel, dass sich irgendetwas bewegte. Es blitzte auf. Nun links von mir. Beim nächsten Aufblitzen war mein Blick schneller, ich riss meinen Kopf herum. Im Gebüsch funkelte etwas kleines Rundes. Es blinkte wieder auf und erlosch sogleich. Ich bückte mich, griff nach dem Stein. Doch als ich ihn hervorzog, erkannte ich, dass es gar kein Stein war. Es war ein Amulett! Ich hielt es an seiner goldenen Kette in die Höhe. Hatte es jemand hier verloren? Ich schaute mich um, doch es war niemand zu sehen. Der schwarze Stein im Amulett glitzerte geheimnisvoll. Nun ja, wenn es niemandem gehörte, dann konnte ich es doch sicher mitnehmen, richtig!? Ich legte es in meine Hände. Und plötzlich fing es an, hell aufzuleuchten.

Was dann mit mir geschah, war fast nicht in Worte zu fassen. Das Amulett hüllte mich in dunkles Licht. Es wuchs und wuchs, und es bildeten sich eine Spitze und ein kleiner Griff. Der entstandene Körper dehnte sich immer weiter und schneller aus. Schließlich nahm es die Gestalt eines Schwertes an. Das dunkle Licht, das mich umgab, erlosch abrupt. Was in aller Welt war passiert?! Wieso hielt ich plötzlich ein Schwert in den Händen? Ich betrachtete das Schwert. Es war wunderschön. Die Sterne spiegelten sich in der silbernen Klinge wider. Der Griff war weich und robust zugleich. Der schwarze Edelstein des Amuletts glitzerte im Griff. Was hatte das alles zu bedeuten? Ich wirbelte das Schwert nach links, zurück nach rechts, drehte es und stach nach vorn.

Halt! Woher kannte ich diese Bewegungen? Ich führte sie aus, als ob ich schon einmal ein Schwert benutzt hatte. Mir fiel eine Strähne ins Gesicht. Als ich sie hinter mein Ohr klemmen wollte, erstarrte ich. Es war eine tiefschwarze, hüftlange Haarsträhne. Langsam hob ich das Schwert auf Augenhöhe und betrachtete mein Spiegelbild in der scharfen Klinge. Ich erschrak. Ich war ja wie verwandelt! Neugierig sah ich an meinem Körper herunter. Ich trug ein langes fließendes blaues Gewand. Es war fast wie ein Kleid, aber so eins, in dem man sich gut bewegen konnte. Es ähnelte einer Art Kampfbekleidung – wie eine Tunika. In der Taille wurde sie von zwei dunklen dicken Bändern zusammengehalten. Auf dem Rücken liefen sie zu einer Schleife zusammen. Die Ärmel waren aus einem weichen glatten Stoff. An den Handgelenken war es enger geschnürt, mit einem Band wie an der Taille. Das Band wickelte sich weiter über den Handballen, sodass das Schwert nicht mit bloßen Händen geführt werden konnte.

Ich sah hinter mich. Auf meinem Rücken befand sich eine lange schmale Hülle. Vermutlich für das Schwert. Sofort fühlte ich mich in dieser Kleidung wohl. Doch was um alles in der Welt war hier gerade geschehen? Ich hatte dieses Amulett gefunden und mich plötzlich verwandelt?! Und das Amulett gleich mit? War es so eine Art Zauberamulett und warum hatte es sich dann ausgerechnet bei mir verwandelt? Gab es noch mehr solcher Zauberamulette in der Cosmica?

Ich blickte noch einmal an mir herunter. Ich sah aus wie eine Kriegerin. Es herrschte doch kein Krieg. Oder? Was hatte das nur zu bedeuten? Am liebsten wollte ich der Sache auf den Grund gehen und jemandem von diesem Amulett und meiner Verwandlung berichten. Ich schluckte die Aufregung in mir herunter. Wem sollte ich schon davon berichten? Da gab es niemanden.

Ich war allein.

Kapitel 3

Der Tag heute war grau. Wie alle anderen, die vor ihm kamen. Trotzdem konnte er sein Ziel jetzt nicht aus den Augen verlieren oder sich von dieser tristen Stimmung einlullen lassen. Nein, er musste weiter suchen. Müde hievte er seinen Körper aus dem Bett und streckte gähnend die Arme in die Höhe. Er zog sich an und taumelte schlaftrunken in die Küche. Er goss sich einen heißen Tee aus frischen Kräutern auf und setzte sich an den kleinen Tisch in der Mitte des Raumes.

Er war allein. Die ganze Zeit schon. Es gab keinen, mit dem er reden konnte. Über das, was passiert war. Er war der Einzige, der überhaupt Bescheid wusste. Er lehnte sich zurück und nahm einen Schluck aus dem kleinen Becher. Der Tee und dieser alte Tempel waren alles, was ihm von der alten Zeit geblieben war – was ihm tagtäglich Hoffnung gab und an das Vergangene erinnerte. Dass er es bloß nie vergaß! Das Rezept des Tees stammte noch von seiner Uroma. In seinem Volk war der Tee eine Tradition gewesen ... vor langer Zeit. Er stand auf und wusch den Becher ab, streifte sich dann einen großen olivgrünen Parka über und verließ seinen Tempel. In der Kälte war sein Atem als weißer Nebel sichtbar. Es war noch sehr früh am Morgen. Er liebte es, zeitig aufzustehen und spazieren zu gehen. Wenn die Luft am Morgen noch kühl war, das mochte er gern. Wenn eine leichte Brise ihm sanft über die Wange streichelte, wie die liebevolle Hand einer kleinen Schwester oder ihm durch die Haare wuschelte, wie ein großer Bruder, dann fühlte er sich seiner Heimat nah.

Sein Volk hatte die Tempel immer erhöht gebaut, damit sie der Wind besser erreichen konnte. Schließlich waren sie doch das Land der Winde gewesen. Der Wind war für sie immer ein willkommener Gast. Die Dächer der Tempel verliefen spitz nach oben zu und waren so geschwungen, dass der Wind gut an ihnen entlanggleiten konnte. Alle Tempel hatten die Form eines Quadrates und waren ebenerdig gebaut. In den Innenhöfen befanden sich kleine Gärten. Für Außenstehende mochte sein Tempel etwas marode und vernachlässigt aussehen, doch gerade das machte ihn aus. Das Holz, aus dem der Tempel erbaut wurde, war mindestens einhundert Jahre alt und an einigen Stellen morsch und sogar etwas löchrig. Auch eins der Dächer war bei Starkregen undicht. Trotz dieser kleinen Macken liebte er den Tempel über alles. Er hüpfte Stufe für Stufe hinunter zur Straße. Bei jedem Schritt schlug sein Amulett mit dem hellen Stein auf seine Brust und seine schneeweißen Haare wogen im Wind. Heute würde er *sie* in der Stadt suchen. Aber vielleicht traf er sie auch auf dem Weg zur Schule. Ja, er war sich ziemlich sicher, dass sie jetzt in die Schule gehen würde. Schließlich sollte ja jeder hier in der Cosmica ein normales Leben führen. Sie hatten versucht, auch ihn in dieses Leben hineinzuzwängen, doch da er die Wahrheit kannte, konnte er sich bis jetzt dagegen wehren. Er ging tiefer ins Stadtinnere. Heute würde er den Park aufsuchen. Viele Schüler mussten durch den großen Park zur Schule gehen. Vielleicht war sie mit dabei.

Er hatte aufgegeben, die Tage und Monate zu zählen, die er schon nach ihr suchte. Er steckte die Hände in seine Taschen und ging in aller Seelenruhe an den Schaufenstern vorbei, die mit allen Mitteln versuchten, die Vorbeigehenden in die Geschäfte zu locken. Dort vorn war der Park. Er wartete an einer Ampel, bis sie von Rosa auf Türkis schaltete. Dann schlenderte er weiter in den Park und sah sich um. Wie an den Tagen zuvor sah er viele Mädchen in schicken Uniformen. Es waren allesamt hübsche Mädchen. Manchmal sogar bekannte Gesichter.

Aber eben nicht sie. Verdammt. Er wollte sich gerade abwenden, als er plötzlich wie angewurzelt stehen blieb.

»Tomaki«, sagte eine ihm bekannte Stimme. Er wusste genau, wem sie gehörte. Zu genau.

»Giove«, antwortete er kühl. Der hatte ihm gerade noch gefehlt! Sein Gegenüber schob sich seine Brille hoch.

»Was machst du hier, Tomaki?«, fragte Giove und es klang fast wie eine Drohung. »Sag mir nicht, du suchst immer noch nach ihr!«

»Und was, wenn doch?«, zischte Tomaki. Er sah, wie Giove einen Moment innehielt. Dann schien er sich wieder gefasst zu haben und räusperte sich.

»Das ist reine Zeitverschwendung.« Die Hand in Tomakis Jackentasche ballte sich zu einer Faust.

»Ist ja nicht dein Problem, Giove«, knurrte er.

»Deine Aufgabe ist zum Scheitern verurteilt.« Giove sah ihn herausfordernd an.

»Ich habe sie mir nicht ausgesucht und das weißt du auch ganz genau!« Tomaki kniff die Augen zu kleinen Schlitzen zusammen und sah Giove böse an.

»Wir wissen aber beide, dass du die Zeit nicht mehr zurückdrehen kannst, Tomaki.«

»Halt den Mund!« Tomaki wusste das besser als jeder andere.

»Sie ist nicht dasselbe Mädchen von früher. Sie ist jemand komplett anderes, es würde nie klappen. Selbst, wenn du sie finden würdest, sie würde sich nie auf dich einlassen. Du weißt, mit was für Tricks sie arbeiten. Wie stellst du dir das vor?!«

»Wie gesagt, es ist nicht dein Problem«, zischte Tomaki. Wieso ließ er einfach nicht locker? Giove versuchte schon lange ihm auszureden, weiter nach ihr zu suchen.

»Noch nicht einmal mein Volk konnte sich der Cosmica widersetzen. Wie soll sie das dann schaffen?«

»Weil sie stark ist. Und diese Stärke immer noch ganz tief in ihr steckt. Selbst wenn sie nun vom Wesen her anders ist, ihre Seele hat sie nicht verloren. Die Seele eines Lebewesens kann nicht einmal der mächtigste Magier verzaubern.«

»Nur weil sie dich damals wieder zurück ins Leben geholt hat, ist sie lange noch nicht für eine solche Sach-«

»Das hat nichts mit mir zu tun!«

»Anscheinend schon. Tomaki, ihre alte Stärke ist längst erloschen. Sie ist nicht mehr dieselbe. Du machst dir die ganze Mühe umsonst.«

»Hör endlich auf, dich in meine Angelegenheiten einzumischen!«

»Gut.« Giove schloss die Augen und schob seine Brille zurück auf den Nasenrücken. Dann drehte er sich um und verschwand so unvermittelt, wie er aufgetaucht war.

Tomaki seufzte. Ihm war klarer als jedem anderen, dass sie nicht dieselbe sein würde. Er wusste, dass es vielleicht nicht klappen könnte. Sie würde ihn wohlmöglich gar nicht wiedererkennen und sich erst recht nicht auf ihn einlassen. Das war alles seine Schuld. Wäre er damals schneller gewesen und hätte er besser aufgepasst. Er schlug mit der Faust gegen eine Parkbank.

All das wusste er. Aber er wusste auch, dass diese Welt endgültig verloren wäre, wenn er sie nicht fand.

Kapitel 4

Das Gewicht der schweren Bücher in meinem Rucksack zog mich nach unten, als ich die Schule verließ. Mein Rücken schmerzte schrecklich. Aber ich musste noch den Weg zur Brücke und dann zum Bahnhof schaffen, erst dann konnte ich meinem Rückgrat eine Pause gönnen. Ich quälte mich die Hauptstraße entlang und erreichte schließlich die einfach gebaute Betonbrücke, die über einen reißenden Fluss führte.

Ich legte eine Hand auf das Brückengeländer. Das Rauschen des Flusses übertönte die lärmenden Stadtgeräusche und schien zu mir zu sprechen. Tagtäglich ging ich über diese Brücke, doch heute erschien sie mir irgendwie anders. Es war, als ob der Fluss mich aufforderte, ihm zu folgen. Stromabwärts. In die Weite. In die Tiefe. In die Freiheit. Mich hielt hier nichts. Absolut gar nichts. Diese Welt war nicht meine Welt. Wer war ich hier schon? Wen hatte ich hier schon? Niemanden. Es gab niemanden, der es überhaupt bemerken würde, wenn ich weg wäre. Noch nicht einmal Klarin und Sue würden sich wundern, wenn ich eines Tages nicht mehr nach Hause kommen würde. Meine Finger krallten sich ans Brückengeländer. Ich brauchte nur noch auf die andere Seite zu klettern und zu springen...

Mein Blut schien geradezu durch meine Adern zu schießen und ich konnte meinen Blick nicht von der reißenden Flut unter mir abwenden. Meine Füße lösten sich wie von allein vom Boden, stellten sich auf das Geländer. Ich stemmte mich hoch. Alles um mich herum war vergessen. Ich würde endlich eins sein mit dem Fluss. Fernab der Cosmica. Fern von allem und jedem. Ich war so müde. Ich gehörte nicht in diese Welt. Ich sehnte den Moment herbei, in dem mein Oberkörper weit genug über das Geländer ragen und die Schwerkraft den Rest übernehmen würde.

»Hey! HEY!«, schrie plötzlich jemand und ich kam wieder zu mir. Eine starke Hand legte sich auf meine Schulter und ich wurde zurück auf die Brücke, hinter das sichere Geländer, gezogen.

»Du kannst doch da nicht einfach runterspringen, das ist lebensgefährlich!« Ich schloss meine Augen. Ein schriller Schmerz durchbohrte meinen Kopf. Verdammt, was war das denn gerade gewesen? Eine Art Trance?! Ich hatte mich gar nicht mehr unter Kontrolle gehabt!

»Geht es dir gut?«, fragte die Stimme jetzt besorgt. Ich drehte mich um. Ein junger Mann, der ungefähr einen Kopf größer war als ich, stand vor mir.

»R-Ruta …? Ruta Pez?«, hauchte er fassungslos. Er sah mich mit großen Augen an und legte seinen Kopf schief, sodass seine schneeweißen Haare in sein Gesicht fielen. Erst lächelte er, doch dann wurde er schlagartig traurig.

»Oh, Ruta! Ich bin so froh. So froh! Verdammt!«, wisperte er und ihm stiegen Tränen in die Augen. Schnell drehte er den Kopf weg.

»Endlich«, hörte ich ihn schluchzen. »Ich habe nie aufgegeben und jetzt, jetzt stehst du vor mir. Einfach so, wie aus dem Nichts!« Was zum …?! Heulte er etwa? Und wer war er überhaupt? Mein Kopf brannte immer noch vor Schmerz. Ich legte mir meine kalte Hand auf die Stirn. Und woher kannte der Typ überhaupt meinen Namen? Ich hatte ihn doch noch nie zuvor gesehen! Schnell fasste er sich wieder.

»Komm, ich bring dich nach Hause, Ruta.«

Was wollte er von mir? Ich kannte diesen Typ doch gar nicht?! All die Jahre hatte sich niemand, wirklich niemand für mich und mein bescheidenes Dasein interessiert. Ich war so gut wie Luft für alle anderen. Und wie aus heiterem Himmel tauchte jetzt plötzlich jemand auf, der mich nicht nur sah und ansprach, sondern auch noch meinen Namen kannte? Da war doch ganz sicher etwas faul. Vielleicht wollte er ja an mein Geld? Da konnte er lange warten, ich war quasi pleite. Oder wollte er mir etwa an die Wäsche?! Mein Herz begann zu rasen. Ohne Vorwarnung schnappte sich der Kerl meine Hand und zog mich in Richtung Bahnhof. W-Was zum...?! Ich rammte meine Füße in den Boden und entriss ihm meine Hand.

»Lass mich los! Was willst du eigentlich von mir? Und wer bist du überhaupt?« Ich runzelte die Stirn.

»Mein Name ist Tomaki.« Er zeigte mit einem Finger auf sich und lächelte.

»Tomaki, ah ja«, wiederholte ich skeptisch. Tomaki. Doch, das hatte ich schon einmal gehört.

Toma...Tomati... Tomata... Tomat...e? Tomate? Ich musste grinsen. Wer um alles in der Welt hatte sich so einen Namen einfallen lassen? Dann hielt ich inne. Meine Hand wanderte an meine Lippen. Ich kannte diesen Tomaki gerade einmal fünf Minuten und schon hatte er es geschafft, mich zum Lächeln zu bringen?! Das war mir vorher noch nie passiert. Etwas von diesem Grau in mir begann abzusplittern.

»Sag mal, was hattest du eigentlich da eben vor?«, fragte Tomaki und zeigte hinter mich auf den Fluss.

»Nichts«, murmelte ich und sah verloren in die Ferne. Was war da nur mit mir los gewesen? Wollte ich mich tatsächlich umbringen? So weit war ich also schon gesunken? Unfassbar. Wirklich unfassbar, dass mich das Grau in mir zu so etwas gedrängt haben könnte.

»Weißt du, da hab ich dich endlich wiedergefunden und dann jagst du mir so einen Schrecken ein!« Tomaki ging einen Schritt auf mich zu und sah mich durchdringend an.

»Wiedergefunden?« Ich wich eine Schritt zurück und

sah ihn skeptisch an. Er nickte.

»Jetzt wird alles wieder gut, Ruta Pez. Die Welt ist gerettet.«

»Alles wird wieder gut?! Die Welt ist gerettet?!«, wiederholte ich. Was meinte er damit?

»Ja, du wirst schon sehen«, sagte er lächelnd. Dieser Typ war so voller Hoffnung, dass mir schon fast schlecht wurde.

»Wer um alles in der Welt bist du? Und was willst du überhaupt von mir?«, fragte ich wieder energisch. Tomaki trat ganz nah an mich heran. Ich wollte zurückweichen, doch ich spürte bereits das Brückengeländer im Rücken. Keine Chance, ihm zu entkommen. Er war so nah, dass ich seinen Atem auf meinem Gesicht spüren konnte. Sein Blick hielt meinen fest. Es war, als ob er für einen kurzen Moment direkt in meine Seele blicken konnte. Doch dann schloss er seine Augen und die Verbindung riss ab. Das hatte ich vorher schon einmal erlebt. Mit dem jungen Mann in der Tankstelle. Ein kleiner Windhauch fuhr uns durch die Haare.

»Wer ich bin und was ich will, das wirst du schon bald herausfinden, Ruta«, flüsterte Tomaki und lächelte geheimnisvoll. Ich sah ihn durch zusammengekniffene Augen an. Ich kannte diesen Typen! Aber ich kam einfach nicht drauf, woher.

Ich war völlig überfordert mit dieser Situation. Das lag vor allem auch daran, dass ich ihn überhaupt nicht einschätzen konnte. Wieso tauchte er nach all den Jahren hier auf? Bis jetzt war ich immer allein und von der Gesellschaft isoliert gewesen. Ja, sogar meine eigene Schwester wollte nichts mit mir zu tun haben. Wieso dann gerade er? Vielleicht verwechselte er mich auch? Jedoch war es sehr unwahrscheinlich, dass jemand denselben Namen wie ich trug. Was meinte er wohl damit, er habe mich wiedergefunden? So viele Fragen geisterten nun in meinem Kopf herum, dass mir ganz schlecht davon wurde. Außerdem war da dieses Gefühl, das ich in seiner Nähe spürte. Es war undefinierbar, teils Unbehagen, teils Skepsis und vielleicht etwas Furcht. Wieso spürte ich das bei ihm? All diese Fragen verlangten nach Antworten. Doch konnte ich ihn all das fragen? Was würde er mir erzählen? Die unzensierte Wahrheit? Vielleicht erzählte er mir auch nur irgendetwas, um schnell an sein Ziel zu kommen. Was auch immer das war. Ich sah den jungen Mann im großen olivgrünen Parka neben mir an. Er lächelte unbekümmert. Nein, ich konnte ihm einfach nicht trauen.

»Ich finde den Weg zurück auch allein«, sagte ich und wandte mich schnell ab. Ich würde ihm garantiert nicht zeigen, wo ich wohnte. Ich sprintete los. Den schweren Rucksack auf meinem Rücken versuchte ich so gut es ging zu ignorieren. Tomaki rief mir hinterher, doch ich hörte schon gar nicht mehr zu. Ich hatte Glück, am Bahnhof fuhr gerade ein Zug ein. Ich sah noch einmal hinter mich. Er war mir nicht gefolgt.

Ich stieg rasch ein. Gerade noch rechtzeitig, denn die Türen schlossen sich keine Sekunde später und der Zug fuhr los. Langsam ließ ich den schweren Rucksack von meinem Rücken gleiten und setzte mich auf einen Sitzplatz. Dieser Tomaki war mir irgendwie unheimlich. Besser, ich hielt mich von dem Typen in Zukunft fern. Sollte er seine Spielchen doch mit jemand anderem spielen. Ich wollte mich nicht ausnutzen lassen.

Kapitel 5

Die spitzen Äste ziepten an meinen Haaren. Ich befand mich in einem der engen Strauchwälder. Mein Körper bewegte sich, ohne dass ich ihm Befehle gab. Ich bückte mich und zwängte mich durch das Gestrüpp. Ich ruckte nach rechts und dann nach links. Vor einem der Bäume blieb ich stehen. Die Rinde sah merkwürdig aus. Langsam hob ich meine Arme und tastete an der Rinde des Baumes entlang. Ein Stück der Rinde löste sich, ein braunes Etwas fiel in meine Hände. Doch das war definitiv kein Holz. Es fühlte sich sehr rau und spröde an. Es sah mehr wie die Schuppe eines ziemlich großen Fisches aus.

Im nächsten Moment hörte ich hinter mir ein leises Rascheln. Blitzschnell drehte ich mich um. Mit einem Mal spürte ich die Schuppe nicht mehr in meinen Händen. Ich schaute auf sie runter, doch da war nichts mehr. Die Schuppe war verschwunden.

Biep. Biep. Biep.

Unsanft riss mich der Wecker aus einem Traum. Ich sah mich um. Der kleine schwarze Edelstein funkelte im Morgenlicht. Seit ich das Amulett gefunden hatte, träumte ich von diesem Wald, von dieser Schuppe. Und immer endete der Traum gleich: Ich im Wald mit leeren Händen. Vielleicht würde es helfen, den Ort, von dem ich jetzt schon so oft geträumt hatte, aufzusuchen. Waren diese Träume möglicherweise so etwas wie eine Botschaft? Oder ein Zeichen? Auf jeden Fall musste dieser Traum etwas mit dem mysteriösen Amulett zu tun haben. Und dann war da auch noch dieser komische Typ. Wie war sein Name doch gleich? Tomaki. Ich hatte zwar gesagt, ich sollte mich lieber nicht auf ihn einlassen, aber er ging mir einfach nicht aus dem Kopf. Und dass er gerade jetzt aufgetaucht war, wo ich das Amulett wenige Tage vorher gefunden hatte ... Ob da ein Zusammenhang bestand? Meine Gedanken kreisten um seine Aussage, mich wiedergefunden zu haben. Das verstand ich nicht. Ich hatte keine einzige Erinnerung an ihn. Ob er mich wieder suchen wird? Gestern konnte ich ihn abschütteln, doch was würde passieren, wenn ich ihm ein zweites Mal begegnete? Ich sollte lieber vorbereitet sein.

Mein Blick fiel auf das Amulett. Im Notfall würde ich das Schwert zur Verteidigung benutzen. Damit umgehen konnte ich ja. Irgendwie. Obwohl ich vorher noch nie ein Schwert in der Hand hatte. Es war fast so, als gäbe es noch ein anderes Ich.

Ich schüttelte den Kopf. Das war doch völlig absurd. Mit den Füßen schob ich die Bettdecke von mir herunter. Ich stand auf und machte mich fertig. Heute stand wieder ein sinnloser Besuch in der Schule auf dem Tagesplan. Die Zeit ging dort ziemlich schleppend vorüber, was mir wiederum genug Zeit gab, weiter über alles nachzudenken. Ich kam zu dem Entschluss, zuerst einmal diesen mysteriösen Wald aufzusuchen. Dass ich diesen Traum jede Nacht träumte, konnte doch kein Zufall sein. Danach würde ich mich um diesen Tomaki kümmern.

Ich verließ die Stadt und kam schon bald an den Waldrand. Ein kleiner Pfad führte hinein. Und je tiefer ich hineinging, desto dunkler wurde es. Die Baumkronen verschränkten ihre Äste ineinander und ließen kein Licht mehr bis zum Boden durch. Ich sah einige Bäume, die dem Baum aus meinem Traum ähnelten, aber eben nicht derselbe waren. Wie sollte ich auch unter so vielen den einen Richtigen finden?

Ich seufzte. Nicht nur, dass die Sonne langsam immer tiefer sank, nein, auch die Bäume schienen immer näher aneinanderzurücken. Ich wusste ja noch nicht einmal, welche Richtung ich einschlagen sollte. Das war doch aussichtslos.

»Was um alles in der Welt wolltest du mir jetzt so unbedingt zeigen?«, murmelte ich genervt, als ich das Amulett aus meiner Tasche kramte.

Verdammt, war ich diesen ganzen Weg wirklich umsonst gegangen?! Ich kam mir wie ein Idiot vor – zu glauben, dass dieser Traum wahrhaftig etwas zu sagen hatte. Vielleicht hätte ich das Amulett in dieser Nacht nicht aufsammeln sollen. Es war ja auch möglich, dass es gar nicht für mich bestimmt war und ich es fälschlicherweise mitgenommen hatte. Was soll's? Enttäuscht warf ich es zu Boden. Und dieser Tomaki, der hatte mich wahrscheinlich doch mit jemandem verwechselt. Dann gab es eben zwei Ruta Pez. Oder er war einfach nur ein verwirrter Typ. Mit mir hatte das jedenfalls nichts zu tun. Ich wollte mich frustriert auf den Heimweg machen, doch da sah ich etwas in meinem Augenwinkel schimmern.

Das Amulett leuchtete wieder! Blitzschnell wirbelte ich herum. Ich hockte mich hin und pulte es wieder aus dem Dreck. Ich betrachtete den Stein in der Kette genauer. Er schimmerte jetzt nur noch schwach. Langsam richtete ich mich auf. Dabei wurde der Stein immer heller. Ich ging einen Schritt nach vorn. Das Licht erlosch. Ich trat wieder zurück. Das Licht war wieder da, wenn auch etwas gedämpft. Ich ging noch mehrmals vor und zurück. Sehr interessant. Je nachdem, wie ich meine Position und Richtung wechselte, änderte sich auch das Licht des Steines. War das Amulett vielleicht so etwas wie ein Wegweiser? Ich hielt inne. Was für Fähigkeiten verheimlichte mir das mysteriöse Amulett außerdem noch?

Ich erinnerte mich an die Nacht zurück, als ich den Stein das erste Mal in meinen Händen gehalten hatte. Damals wurde ich in dunkles Licht gehüllt und in eine Kriegerin verwandelt. Würde es mich jetzt auch wieder in diese Gestalt verzaubern? Allein der Gedanke daran reichte schon aus. Dunkles Licht umgab mich. Reflexartig schloss ich meine Augen. Als ich sie wieder öffnete, trug ich erneut diese ungewöhnliche Kleidung und auch meine Haare waren anders. Ich mochte die Kleidung, ich fühlte mich geborgen. Aber an diese tiefschwarzen und vor allem langen Haare musste ich mich erst noch gewöhnen. Ich band mir einen Zopf. Der Edelstein im Griff des Schwertes blitzte auf, als ich mich einige Zentimeter weiter nach rechts drehte. Ich ließ mich von dem Leuchten des Steines noch tiefer in den Wald führen und blieb schließlich neben einem der Bäume stehen.

Der Stein leuchtete so hell er nur konnte. Ich trat an den Baum heran und betrachtete ihn genauer. Er glich dem aus meinem Traum bis ins kleinste Detail. Schnell orteten meine Finger die Stelle, wo sich im Traum die Schuppe befunden hatte. Mein Blick fiel auf das Schwert. Ohne nachzudenken, rammte ich die Klinge auch schon in die raue, knochige Rinde hinein. Sie glitt durch sie hindurch wie durch Butter. Ich zog das Schwert zurück und schob es in die schützende Hülle auf meinem Rücken. Dann trat ich näher an den Baum heran, legte meine Hand auf die gelockerte Rinde und zog sie ab.

Die Schuppe, die dahinter verborgen war, hatte die Farbe der Rinde. Ich tastete an ihr herum und versuchte, sie aus dem Holz zu lösen. Doch sie bewegte sich kein Stück. Hatte es etwas mit dem Amulett zu tun? War die Schuppe vielleicht auch magisch? Was würde wohl passieren, wenn ich versuchte, die Schuppe mit dem Schwert aus der Rinde zu holen? Ich zog das Schwert von meinem Rücken und berührte die Schuppe mit der Klinge. Wie von Zauberhand erleuchtete sie plötzlich, löste sich aus dem Baumstamm und fiel mir in die Hände. Ich betrachtete sie und fuhr mit einem Finger über die raue braune Oberfläche. Sie war etwa so groß wie meine Handinnenfläche. Hinter mir raschelte etwas. Gerade als ich mich umdrehen wollte, fiel mir mein Traum ein. Davor hatte er mich die ganze Zeit gewarnt. Ich würde jetzt schlauer sein als im Traum. Schnell steckte ich die Schuppe in meine Hosentasche. Als ich mich umsah, erschrak ich. Eine verhüllte Gestalt stand vor mir.

»Gib mir die Schuppe«, sagte sie mit düsterer Stimme.

»Sofort!« Vor Schreck bewegte ich mich nicht. Die Gestalt ließ den Mantel fallen. Ein junger Mann mit kurzen goldenen Haaren baute sich vor mir auf. Er trug eine goldene Rüstung und seine gierigen Augen glänzten wie frisch polierte Goldmünzen. Er kam mir bedrohlich nah.

»Bleib weg von mir!«, schrie ich.

»Gib sie schon her.« Er ignorierte meinen Schrei und verzog sein Gesicht hässlich. Ich wich nicht zurück. Ich holte zum Schlag aus, wollte mitten auf seine Schulter treffen, er war jedoch schneller und verpasste mir einen kräftigen Hieb auf den linken Unterarm. Ich jaulte auf. Der Kerl drückte mich zurück. Dann griff er nach mir und schmiss mich gegen einen Baum.

»Gah!«, ich schrie auf, als ich hart mit dem Rücken aufprallte und in mich zusammensackte. Den Schmerz verdrängend rappelte ich mich schnell wieder auf. Er holte zu einem erneuten Schlag aus. Ich wirbelte zur Seite und schlug mit meinem Schwert auf seine Rüstung. Immer und immer wieder. Erfolglos. Der Typ grinste nur hämisch.

»Netter Versuch«, lachte er halb. Es hatte keinen Zweck, seine Rüstung war einfach zu hart. Und bei jedem Schlag erschütterte es meinen Körper. Die Schmerzen in meinem linken Arm zerrissen mich fast. Ich sackte wieder zusammen. Verdammt, warum war mein Körper nur so schwach? Dieser Kerl kotzte mich an. Er beugte sich zu mir herunter und wollte etwas sagen – ich ballte meine rechte Hand zu einer Faust und sammelte meine letzten

Kräfte. Ich schleuderte meine Faust nach oben und traf ihn direkt unterm Kinn. Es knirschte eklig, als die Zähne aufeinanderschlugen. Ich spürte meine rechte Hand für einen Augenblick nicht mehr, so betäubt war sie. Er schrie auf und sackte dann in sich zusammen.

»Verdammtes Miststück!«, röchelte er. Ich hechelte. Wer zum Teufel war dieser Typ? Der wollte mich umbringen, ich musste sofort hier weg! Schnell raffte ich mich auf, ließ das Schwert in die Hülle gleiten und setzte hastig taumelnd einen Fuß vor den anderen.

»Weiter! Weiter! Weiter!«, schrie meine innere Stimme. Jemand packte mich am Fuß. Mit einem Stöhnen schlug ich auf dem Boden auf. Er zerrte mich durch den Dreck zu sich heran. Ich wimmerte. Warum hatte ich ihm nicht einfach die Schuppe gegeben? Irgendetwas in mir hatte sich dagegen gesträubt. Ich keuchte. Ich hasste nichts mehr als meine eigene Schwäche. Wenn ich schwach war und nichts tun konnte – wie jetzt. Der Typ röchelte immer noch. Er richtete sich langsam auf, seine Lippen bluteten. Das Blut verschmutze die schöne goldene Rüstung. Wie zähflüssige Lava lief es ganz langsam an ihm herunter.

»Du weißt wohl nicht, wer ich bin?!« Er trat mir in den Rücken. Ich biss die Zähne zusammen.

»Gib sie endlich her, verdammt noch mal!«, schrie er. Dabei rotzte er sein Blut auf den Waldboden. Mein Kopf brummte. Er holte zu einem erneuten Tritt aus. Ich spannte meinen Körper an, schloss die Augen. Ich würde es aushalten, vielleicht. Ging es hier und jetzt zu Ende? Ich wartete auf den Schmerz, doch er kam nicht. Stattdessen hörte ich ein schweres Stöhnen und ein blechernes Scheppern. Mein Angreifer fiel zu Boden. Zuckte kurz und krümmte sich vor Schmerzen. Eine weitere Gestalt richtete sich vor mir auf.

»Ruta Pez!«

Woher ... was war hier los?

»Ruta, alles in Ordnung? Was machst du hier überhaupt?« Ein junger Mann mit langen schneeweißen Haaren beugte sich über mich. Ein süßlicher Geruch hüllte mich ein.

»Hör zu, ich bringe dich hier weg. Ich kenne einen Arzt in der Nähe, der dir helfen kann.« Er hatte tiefblaue und so ehrliche Augen. Kurz versank ich in ihnen. Sie kamen mir so bekannt vor. Aber ich kriegte es jetzt einfach nicht mehr zusammen. Die Schmerzen ließen mich nicht klar denken. Doch plötzlich hallten seine Worte in meinem Kopf nach.

Zu einem Arzt?! Alles in mir zog sich zusammen. Ich mochte keine Ärzte.

»Ich hab alles unter Kontrolle«, erklärte ich. Ich wollte mich aufrichten und stützte mich mit der rechten Hand ab. Ein Fehler. Es war, als ob mein ganzer Körper aufgespießt werden würde. Der Schmerz durchfuhr jede Zelle. Ich sackte wieder auf den Boden zurück. Irgendetwas lief nun auch noch an meinem Gesicht herunter.

»Verdammt.« Er riss sich ein Stück Stoff vom Leib und band es mir um den Kopf. Die Welt um mich herum drehte sich. Die Schmerzen ließen mich fast ohnmächtig werden. Der junge Mann blickte auf. Seine Augen wurden groß. Hektisch sprang er auf und schlug den anrasenden Typen mit seinem Schwert wieder zu Boden. Schnell versuchte ich meinen Körper zu mobilisieren, raffte mich hoch. Ich stand etwas wackelig, aber es ging schon. Einen Fuß vor den anderen. Auf einmal hatte ich das Gefühl, es ging ganz leicht. War es doch schon so weit? War meine Zeit in dieser Welt vorüber? Nein, erkannte ich einen Moment später. Der junge Mann mit den schneeweißen Haaren trug mich in seinen Armen.

»Ich kann auch selbst laufen«, fauchte ich. Ich versuchte, mich zu wehren, doch die Schmerzen in meinem

Arm wurden größer und so gab ich nach. Sein Blick ruhte kurz auf meinem Gesicht. Dann lächelte er und konzentrierte sich wieder auf den Weg. Warum machte er das? Er kannte mich doch gar nicht. Langsam wurde mir schwarz vor Augen. Wer war er bloß? Meine Augenlider fielen zu. Ein kurzer Anflug von Panik erfasste mich. Was war mit dem goldenen Typ? Verfolgte er uns? In meinen Kopf drehte sich alles.

Verdammt. Ich konnte nichts tun. Warum war ich nur so schwach?

Kapitel 6

Der goldene Umhang wehte hinter ihm her, als Viovis den Gang entlang rannte. Geradewegs zur Tür des großen Besprechungssaals, zu dem er eigentlich keinen Zutritt hatte. Doch er fühlte sich dazu verpflichtet, in diese wichtige Besprechung seines Vaters hineinzuplatzen. Energisch und ohne nachzudenken, drückte er die Klinke herunter. Sein plötzliches Auftauchen ließ alle Gespräche verstummen. Alle Blicke richteten sich auf ihn. Er wurde von den Beratern ganz entsetzt angestarrt.

»Vater«, platzte es aus Viovis heraus, »ich habe wichtige Neuigkeiten, es geht um -«

»Viovis! Wer zum Teufel hat dir erlaubt, hier einfach reinzuplatzen?«, brüllte Viis, der sich von seinem Stuhl erhoben hatte, zornig. »Geh mir aus den Augen! Sofort!« Unter den Beratern brach unmutiges Murmeln aus. Viovis verbeugte sich, drehte sich um und schloss die große Tür hinter sich. Dann lehnte er sich gegen die dicke Wand und wartete ab. Denn sein Vater würde gleich kommen, da war er sich sicher. Tatsächlich. Es waren noch nicht einmal fünf Minuten vergangen, da öffnete sich die Tür wieder und Viis trat heraus.

»Viovis! Du kannst mich nicht so bloßstellen!«, tadelte der große Herrscher seinen Sohn.

»Ich habe wichtige Details für Sie, Vater«, entgegnete Viovis. »Ich habe den Jungen gefunden.«

»Und das wolltest du vor all meinen Beratern preisgeben?! Dass du noch einen gefunden hast, der uns damals durch die Lappen gegangen ist? Du weißt doch ganz genau, dass sie sich alle noch erinnern können. Bei den Bediensteten wäre es ja völlig egal gewesen, die wissen nichts mehr – aber das vor den Beratern sagen zu wollen?! Dann wäre mein Ruf vollkommen ruiniert gewesen!

Was dachtest du dir nur dabei?«, zischte Viis erbost.

Viovis ignorierte seinen Vater. »Aber das ist noch nicht alles. Mit Ihrer Annahme, dass in einem der Strauchwälder etwas vor sich gehen würde, hatten Sie Recht, Vater. Dort ist der Junge auf das Mädchen getroffen.« Viis Augen verengten sich. Viovis wusste, dass das nicht gerade die Art von Neuigkeiten war, die der Herrscher sich erhofft hatte. Dass ihm dieses Ereignis so gar nicht passte, sah man ihm an, egal wie sehr er versuchte, sich nichts anmerken zu lassen.

»Dann werden sie bald gemeinsam auf die Suche gehen«, murmelte Viis.

Angespannt betrachtete Viovis seinen Vater.

»Viovis?«, brummte Viis nach einer Weile.

»Ja, Vater?« Viovis blicke unterwürfig zu Boden.

»Deine Zeit ist gekommen«, sagte Viis dunkel. »Ich will, dass du sie auf Schritt und Tritt verfolgst. Mach ihnen die Drachenschuppen streitig und berichte mir von ihrer Beziehung bis ins kleinste Detail.«

»Wird das wirklich nötig sein? Immerhin ist Ruta Pez doch völlig-«

»Sie ist nicht das Problem«, unterbrach Viis seinen Sohn.

»*Er* ist es.«

Kapitel 7

Ich wachte in meinem Bett auf. Was war das? Ein Traum? Ich sah auf den Wecker. Zehn nach Zehn. Oh Gott, wie lange hatte ich denn geschlafen? Ich riss mir die Decke vom Körper und hielt inne. Mein linker Unterarm war verbunden. Ich berührte den Verband. Wieso trug ich den bloß? Ich konnte mich nicht mehr erinnern. Wo war ich gestern überhaupt gewesen?

Mein Blick wanderte zu meiner rechten Hand. Sie war ebenfalls verbunden. Langsam rollte ich den Verband Stück für Stück ab. Schockiert sah ich das schwarzblaue Handgelenk an. Ob es unter dem linken Verband genauso schlimm aussah?! Ich musste einfach wissen, was mit mir geschehen war. Ich nahm auch den anderen Verband ab. Eine Schiene kam zum Vorschein. Sie stützte anscheinend den Arm. Ich nahm sie ab und legte sie auf das Bett. Vorsichtig fuhr ich mit meiner rechten Hand über den Arm. Ich spürte einen leichten Schmerz. Als ich versuchte meinen Arm anzuheben, musste die rechte Hand ihn stützen. Mein Blick fiel auf die große Naht an der Unterseite und plötzlich wurde mir übel. Vor Schreck ließ ich den Arm los und er plumpste zurück auf das Bett. Ich zuckte zusammen.

Ein Schauder durchfuhr mich, als ich mich schlagartig wieder an den gestrigen Tag erinnerte. An den goldenen Typ, an den jungen Mann mit den weißen langen Haaren und an diese unglaublichen Schmerzen. Und noch etwas war da ... die Schuppe! Ich erinnerte mich, dass ich sie in die Hosentasche gesteckt hatte. Mein Blick wanderte durch das Zimmer. Vor dem Bett lag meine Kleidung sorgfältig zusammengefaltet. Ich kletterte aus dem Bett und durchwühlte die Sachen – so gut es mit dem kaputten Arm eben ging.

Ja! Ich zog die braune Schuppe aus der Kleidung hervor und betrachtete sie. Auf der einen Seite war sie total glatt, und es schien, als spürte ich ganz kleine weiche und feine Härchen, die die Oberfläche bedeckten. Ich drehte die Schuppe um. Auf der anderen Seite kamen braune dornenähnliche Fasern zum Vorschein. Sie waren hart und steif, besonders die in der Mitte. Was war das nur für eine Schuppe und von welchem Tier stammte sie? Ich hatte keine Ahnung, so etwas sah ich zum ersten Mal. Plötzlich riss mich ein Klingeln an der Haustür aus meinen Gedanken. Bestimmt nur einer von Klarins Freunden. Ich hörte ihn reden und dann die Treppe hinaufkommen. Doch er war nicht allein. Schnell steckte ich die Schuppe zurück in die Hosentasche und hievte meinen Körper wieder ins Bett. Klarin drückte die Türklinke nach unten. »Pez, da ist jema-« Mein Anblick verschlug ihm die Sprache. Ich starrte zurück. Hinter ihm stand eine Person, ich konnte aber nicht erkennen, wer es war.

»Tomaki wollte wissen, wie es dir geht.« Klarin trat zur Seite und ließ den Fremden eintreten. Ein Blitz durchfuhr mich, als ich den Namen hörte.

Tomaki.

Der Tomaki?! Da stand er – in Schuluniform gekleidet in meinem Zimmer. Mir blieb für einen Moment die Luft weg, als ich realisierte, dass er die Uniform meiner Schule trug. Ich hatte diesen Jungen aber noch nie zuvor an meiner Schule gesehen. Was hatte das zu bedeuten?!

Ich richtete mich auf.

»Ja ... ähm, dann viel Spaß zusammen.«

»Klarin, halt wart-« Ich versuchte ihn noch aufzuhalten, doch er winkte nur kurz und verschwand dann. Ich hörte, wie er die Treppe hinunterstieg. Das war doch nicht zu fassen! Da ließ er mich einfach mit diesem komischen Typen hier allein im Zimmer. Tomaki zog sich die Jacke aus und hängte sie über meinen Stuhl.

»Hallo, Ruta, ich habe heute zwar nicht viel Zeit, aber -« Er stockte und Entsetzen breitete sich auf seinem Gesicht aus, als sein Blick zu meinen Armen wanderte. Er schluckte, sammelte die Verbände ein und rollte sie wieder ordentlich auf.

»Die müssen doch noch eine Weile drauf bleiben!«, sagte er vorwurfsvoll. Er trat an mein Bett heran und angelte nach meiner Hand. Schnell zog ich sie weg. »Das ist schon geheilt.«

Tomaki sah mich schief an.

»Es tut nicht mehr weh«, versuchte ich mich deutlicher auszudrücken.

Er lachte amüsiert.

»Was ist denn?«, fragte ich unsicher. Was war daran so lustig?

Tomaki fuhr sich durch die Haare und beruhigte sich wieder.

»Du hast keine Schmerzen, weil du einen Schmerzstiller gekriegt hast. Nur weil du keine Schmerzen mehr hast, heißt das nicht, dass die Wunden schon geheilt sind.«

»Schmerzstiller?«

Er nickte.

»Du musst den Verband noch einige Tage tragen, Ruta Pez.« Er griff noch einmal nach meiner Hand.

»Woher um alles in der Welt weißt du meinen Namen?«, fragte ich skeptisch und brachte meine Hand vor ihm in Sicherheit.

»Wer kennt ihn nicht, wäre die bessere Frage.« Er lächelte. Ich sah ihn schräg an. Was meinte er bloß damit?

»Du kannst dich kein bisschen erinnern?« Tomaki sah mich traurig an.

»An was erinnern?«

»Also haben sie dir wirklich alles genommen«, hauchte er.

»Genommen? Was sollen sie mir denn genommen haben? Kannst du aufhören, in Rätseln zu sprechen?«, fragte ich nun schon etwas energischer.

»Deine Erinnerungen. Woher du kommst, wie du vorher gelebt und was du so gemacht hast«, er sah mich eindringlich an, »sie haben dein gesamtes Gedächtnis gelöscht.« Ich spürte, dass das Grau, was mich so einnahm, nun endlich begann, Sinn zu ergeben.

»Meine Erinnerungen?!« Ich hielt inne. Es gab also doch ein ich vor meinem jetzigen?! Hatte ich mit meinen gestrigen Überlegungen Recht gehabt? Das konnte nicht sein... oder etwa doch?

»Wie, sie haben mein Gedächtnis gelöscht?«, fragte ich.

»Wie meinst du das genau?«

»Ich meine es so, wie ich es sage. Vor ein paar Jahren hat die Regierung dein Gedächtnis einer Gehirnwäsche unterzogen. Genau wie bei all den anderen Leuten, die in dieser Welt leben. Aber bei dir sind sie sogar noch einen Schritt weiter gegangen: Sie haben dir alles genommen, sogar deine Identität. Wenn du nicht weißt, wer du bist und zu was du alles fähig bist, kannst du ihnen nicht mehr gefährlich werden.«

»D-Das kann ich einfach nicht glauben«, murmelte ich geschockt. Was redete er da nur?

»Glaub es besser«, sagte Tomaki mit ernster Miene.

»Ich weiß, du magst es nicht, dich in die Hände anderer Leute zu begeben, aber in diesem Fall solltest du mir wirklich vertrauen. Von uns beiden weiß nur ich, wer du wirklich bist.«

»›Wer ich wirklich bin‹?« Ich runzelte die Stirn und sah in Tomakis blaue Augen.

Er nickte.

»Ruta Pez, Kriegerin aus dem Land der Bäume. So nannte und kannte man dich.« Ruta Pez, Kriegerin aus dem Land der Bäume hallte in meinem Kopf wieder.

Tomaki wurde plötzlich ernst, räusperte sich und stand auf.

»Ich bitte um Verzeihung, Kriegerin aus dem Land der Bäume. Ich hätte mich, gemäß der Traditionen, zuerst mit Landesnamen vorstellen müssen.« Er ging auf die Knie und verbeugte sich tief vor mir.

»Mein Name ist Tomaki. Man kennt mich als Krieger aus dem Land des Windes«, sagte er mit klangvoller Stimme. »In unserem Land findet der Wind seine Heimat und jedermann ist uns herzlich willkommen.« Er atmete tief ein und aus, und sein Ausatmen hörte sich wie das Pfeifen des Windes an. Doch die Skepsis in mir wurde nur noch größer. Warum sollte ich ihm das glauben? Angenommen, es wäre wahr, was Tomaki sagte, dann müsste es ja vor einiger Zeit noch ein anderes Ich gegeben haben. Dann würde sich zumindest erklären, woher ich wusste, wie man ein Schwert führte. Mein Geist erinnerte sich nicht mehr daran, mein Körper schon. Tomaki riss mich aus meinen Gedanken.

»Ich habe hier noch etwas für dich«, sagte er und begann in seiner Tasche herumzukramen. »Du warst heute nicht in der Schule. Verständlicherweise. Ich habe hier ein paar Mitschriften.« Er hielt mir einige Zettel entgegen. Die Schrift darauf war sehr sauber und akkurat.

»Die bringen mir nichts.« Ich wandte meinen Blick ab. Er ließ seine Hand wieder sinken und sah mich verwundert an.

»Was soll ich mit diesen Notizen?«, fragte ich. »Du bist ja noch nicht einmal in meiner Klasse.«

»Seit heute schon«, meinte er. »Und mir wurde aufgetragen, für dich mitzuschreiben.«

Dass er auf einmal in meiner Klasse war, das konnte einfach kein Zufall sein. Genau wie das Finden des Amulettes. Dass genau ich es in dieser Nacht fand. Was wurde hier gespielt? Was für eine Rolle hatte ich in diesem

Spiel? Und was für eine hatte Tomaki?

»Aber ich bin natürlich nicht nur wegen der Mitschriften hier«, fuhr er schließlich fort. »Gestern... Erinnerst du dich an den Typen mit den goldenen Haaren?« Nur zu gut. Wie konnte ich diese Schmerzen je wieder vergessen? Ich nickte.

»Sein Name ist Viovis. Er hat den Auftrag, uns davon abzuhalten, diese Schuppen zu sammeln. Wenn nötig, uns sogar zu töten.«

Ich runzelte die Stirn.

»Uns?«

»Das ist eine Aufgabe, die wir zusammen, nur zusammen, erfüllen können.« Er sah mich eindringlich an. »Nur wir beide sind im Besitz dieses besonderen Amulettes, was man für das Sammeln der Schuppen braucht.«

»Ich bevorzuge es, allein zu arbeiten«, stellte ich klar.

»Und von was für einer Aufgabe redest du da eigentlich?« Er sah mich an. Seine Züge wurden plötzlich bitterernst.

»Das braune raue Ding, das du gestern gefunden hast. Das ist eine Drachenschuppe. Und das ist nicht die einzige, davon gibt es noch viel mehr. Wir müssen alle Schuppen einsammeln, bevor Viovis sie findet und ihre Macht ausspielen kann. Wenn das passiert, dann ist die Welt unwiderruflich verloren. Es ist unsere Aufgabe, die Schuppen einzusammeln, um die Drachen wiederzuerwecken. Damit diese endlich das Gleichgewicht in der Welt wiederherstellen können! Deshalb müssen wir unbedingt zusammenarbeiten, nur zusammen können wi-«

Ich konnte Tomaki gar nicht mehr richtig zuhören, die Schmerzen waren zurück.

»Argh!« Ich zuckte zusammen. Tomaki hatte recht gehabt. Es war doch noch nicht verheilt.

»Alles in Ordnung?« Tomaki sah mich besorgt an.

»Meine Arme ... Diese Schmerzen«, jammerte ich.

Tomaki sprang von meinem Bett auf, kramte in seiner Jacke herum und zog ein kleines Säckchen hervor. Dann füllte er eins meiner Teegläser mit Wasser und streute ein grünes Pulver hinein.

»Trink das hier!« Er hielt mir das Glas entgegen. Skeptisch trank ich einen Schluck. Das grüne Wasser war so bitter, dass ich es fast nicht herunterbekam. Diese Brühe schmeckte verdammt eklig.

»Der beste Schmerzstiller aus unserem Land. Ein Geheimrezept von unserer ältesten Heilerin. Und jetzt verbinde ich dir deinen Arm und dein Handgelenk wieder. Diese Schiene brauchst du unbedingt noch!« Tomaki nahm die Verbände und setzte sich neben mich auf das Bett. »Darf ich?«, fragte er. Wieso kümmerte er sich so um mich? All die Jahre hatte sich niemand um mich bemüht. Widerwillig stimmte ich zu.

»Danke. Ich pass auch auf.« Er lächelte kurz und wandte dann den Blick ab, um ganz vorsichtig meinen linken Arm anzuheben. Seine Hand war so warm und so weich. Seine Nähe fühlte sich plötzlich so vertraut an. Ich zuckte zusammen, als mein Arm bewegt wurde und mich ein schriller Schmerz durchfuhr.

»Tut mir leid.« Tomaki schiente meinen Arm und legte den Verband neu an. Danach verarztete er auch mein Handgelenk. Von Tomaki ging eigentlich nichts Bedrohliches aus, aber immer, wenn ich diese sanfte Vertrautheit verspürte, begann meine Skepsis dieses schöne Gefühl zu überschatten. Und sie hatte ja recht. Tomaki war quasi ein Fremder für mich. Jemand, der plötzlich aus dem Nichts aufgetaucht war.

»Fertig«, sagte er, legte meinen Arm sanft auf dem Bett ab und sah mich an.

Sein Blick schien sich immer tiefer in meinen zu bohren. So tief, dass mir schon fast schwindlig wurde. Ohne Ankündigung beugte er sich vor, sodass sich unsere Nasenspitzen fast berührten. So unangenehm mir seine Nähe auch war, ich wich keinen Millimeter zurück. Er musste ja nicht wissen, wie unsicher ich gerade war.

»Ruta, lies dir meine Mitschriften gut durch. Danach kannst du entscheiden. Entscheide weise. Die Zukunft aller Völker, die Zukunft *der Welt* hängt davon ab«, flüsterte er. Ich schloss die Augen und drehte meinen Kopf weg. Es war nicht so, dass ich seinem Blick nicht mehr standhalten konnte. Aber diese Nähe war für mich nicht länger auszuhalten. Ich spürte dieses Gefühl wieder, aber diesmal war es unangenehm und auf gewisse Weise sogar schmerzhaft. Als ob da etwas, das unterdrückt wurde, aus mir ausbrechen wollte. Tomaki war derweil wieder zurückgewichen und stand vom Bett auf. Er sah auf seine Uhr.

»Ich muss jetzt gehen«, sagte er. Er nahm seine Notizen und legte sie auf meinen Schreibtisch. »Eins noch: Geh in deinem Zustand nicht allein auf Schuppensuche, ja? Nicht, dass ich dich wieder retten muss«, fügte er augenzwinkernd hinzu.

»Als ob ich deine Hilfe nötig hatte«, knurrte ich. Natürlich wusste ich, dass ich ohne ihn jetzt nicht mehr hier wäre. Er hatte mich gerettet. Und das schon zum zweiten Mal. Tomaki grinste.

»Na, ich mein ja nur. Weil wir ja jetzt ein Team sind«, sagte er lächelnd.

»Ich bring dich zur Tür«, wechselte ich schnell das Thema, stand auf und schob ihn die Treppe hinunter zur Haustür. Gerade als ich die Klinke herunterdrückte, spürte ich Tomakis warmen Atem an meinem Ohr: »Pass gut auf dich auf, Ruta Pez. Sie haben ihre Augen überall.« Dann ließ er wieder von mir ab, stellte sich in die Tür und tat so, als ob nichts gewesen wäre.

»Wir sehen uns!« Er winkte noch einmal und verschwand. Was war das denn gerade eben? Mir lief es kalt den Rücken herunter. Verdattert schloss ich die Tür ab und schlich in mein Zimmer zurück. Wer um alles in der Welt war dieser Typ nur? Bei unserem letzten Treffen konnte ich noch verhindern, dass er mich nach Hause brachte. Wahrscheinlich hätte er früher oder später sowieso erfahren, wo ich wohne. Es kam mir so vor, als würde Tomaki überall in meinem Leben auftauchen. Immer wenn ich mich umdrehte, war er da. Sogar in meine Klasse ging er jetzt. Meine Hand wanderte zu meiner Hosentasche, wo ich den rauen Umriss der Schuppe spürte. Kam sie wirklich von einem Drachen? Vielleicht war an dem, was Tomaki sagte, ja doch etwas dran? Ich schüttelte den Kopf. Mein Bauchgefühl riet mir bei diesem Typen zur Vorsicht.

Kapitel 8

Gedankenverloren zog ich Tomakis Notizen zu mir herunter auf den Boden und verteilte sie neben mir. Hausaufgaben, Buchseiten, Zahlen waren alles, was ich erkennen konnte.

»Das bringt mir doch gar nichts«, murmelte ich und zerknüllte die Zettel. Auch wenn er gesagt hatte, ich solle sie mir gut durchlesen... Was würde mir das bringen? Ich rollte auf dem weichen Boden hin und her und fuhr mir durch die Haare. Grübelnd ging ich noch einmal das durch, was er über mein früheres Ich gesagt hatte. Er meinte, mein Gedächtnis sei ausgelöscht worden. Was bedeutete das? Was wusste ich vorher? Wer war ich vorher? Vielleicht gehörte ich ja tatsächlich nicht in die Cosmica. Hatte ich vorher irgendwo anders gelebt? Das würde zumindest erklären, warum ich mich hier nicht zu Hause fühlte. Kriegerin aus dem Land der Bäume ...

Irgendjemand hatte anscheinend etwas gegen die Ruta Pez von damals, wenn er sich solche Mühe machte, mir ihre Erinnerungen zu nehmen. Ich setzte mich aufrecht hin und hielt mir die Stirn. Ich spürte, wie mein Puls zu rasen begann und riss meine Augen auf.

»*Was* wusste ich nur, dass dieser Jemand glaubte, mich beseitigen zu müssen?«, hauchte ich.

Ich ließ mich zurück auf den Boden sinken. Dabei wurde mein Blick von etwas auf meinem Schreibtisch eingefangen. Etwas, das zu leuchten begonnen hatte. Das Amulett! Hatte es etwa wieder eine dieser mysteriösen Drachenschuppen in meiner Nähe erspürt? Sie mussten ziemlich wertvoll und mächtig sein, wenn sie die Macht besaßen, die ganze Cosmica zu beeinflussen. Hatte Tomaki deshalb gesagt, ich sollte sie nicht allein sammeln? Vielleicht wollte er sie aber auch nur für sich haben, um ihre Macht für sich selbst zu nutzen? Wollte er beim Suchen dabei sein, um mir die Drachenschuppen entreißen zu können?

Angenommen, es gäbe sie. Was wären das überhaupt für Drachen? Existierten sie noch oder waren sie schon tot? Tomaki hatte gesagt, dass wir die Drachen aufwecken müssten, bevor dieser Viovis uns zuvorkommen konnte. Das hieß, dass dieser goldene Typ auch hinter den Schuppen her war. War er etwa auch an meinem Gedächtnisverlust schuld? Und warum wurde gerade mir das Gedächtnis genommen und nicht Tomaki? Warum war ausgerechnet er von der kollektiven Gehirnwäsche verschont geblieben? Vielleicht war er doch nur ein Hochstapler? Nun gut, dann würde ich eben woanders Antworten auf die vielen Fragen suchen, die in meinem Kopf herumschwirrten. Ich musste nur vorsichtig sein, wem ich bei dieser Suche trauen konnte und wem nicht. Das Amulett leuchtete immer noch. Ich stand auf und klemmte mir eine Haarsträhne hinters Ohr. Dabei fiel mein Blick in den Spiegel.

Oha! Ich sah aus wie ein verwahrloster Hund. Dunkle Halbmonde zeichneten sich unter meinen Augen ab, meine braunen Haare hingen leblos an mir herunter, und die Verbände an meinen Händen zierten mich auch nicht sonderlich. Sah die Ruta Pez von früher auch so aus? Keine Ahnung. Sie war eine Fremde für mich. Das war doch total absurd. Ich kannte mich selbst nicht … Ich ließ mir diesen Satz auf der Zunge zergehen. Schließlich wandte ich mich von meinem deprimierenden Spiegelbild ab, trat an den Schreibtisch heran und nahm das Amulett. Vielleicht konnten mir diese mysteriösen Schuppen Aufschluss über meine Vergangenheit geben. Also beschloss ich, diese Schuppen zu sammeln. Und zwar noch bevor irgendjemand anderes mir zuvorkam. Mit etwas Glück ließen sie zu, dass ich mich im Laufe der Zeit wieder an

Dinge erinnerte. Und wenn nicht, wäre dieser Jemand, der mir das Gedächtnis genommen hatte – Viovis oder wer auch immer – möglicherweise bereit, die Schuppen gegen meine Erinnerungen zu tauschen. Außerdem packte mich die Neugier. Ich würde dem Amulett folgen und die nächste Schuppe finden. So gab es wenigstens etwas, was ich an diesen grauen Tagen tun konnte. Ich hängte mir das leuchtende Amulett um den Hals. Dann schnappte ich mir einen dicken Pullover, eine Hose und meine Schuhe.

Leise schloss ich die Zimmertür hinter mir ab und schlich die Treppe hinunter. Klarin und Sue mussten nicht unbedingt Wind davon bekommen, was ich tat. Das hätte nur unnötige Fragen zur Folge. Schnell verschwand ich durch die Haustür. Endlich war ich wieder draußen. Meine Füße trieben mich aus dem Wohnviertel heraus. Je nachdem, wie die Straße verlief und in welche Richtung ich ging, änderte sich die Intensität der Helligkeit des Steines. Manchmal schüchtern flimmernd, manchmal schon fast lodernd führte mich das Amulett auf ein Feld. Der Wind war hier stärker und unangenehm kalt.

Ich ging weiter, über die staubigen Pfade des Feldes. Hier war ich noch nie gewesen. Ich war inzwischen relativ weit von der Stadt entfernt. Mein Orientierungssinn war gleich null. Ich dachte kurz darüber nach, wie ich den Weg nach Hause wiederfinden sollte. Plötzlich stand ich vor einer riesengroßen Strauchhecke. Sie war mindestens zweimal so hoch wie ich. Der Stein leuchtete hell auf. Die Schuppe musste im Inneren dieses Gestrüpps verborgen sein! Ein Vordringen in die Hecke erschien auf den ersten Blick unmöglich. Sie war dicht, und die Sträucher hatten ihre Äste so ineinander verwoben, dass sie den verfilzten Fäden eines unsauber aufgewickelten Wollknäuels glichen. Im Inneren der Sträucher herrschte komplette Dunkelheit. Meine Hände legten sich um das Amulett und es erstrahlte. Mein Körper tat es dem Stein gleich. Ich verschwand kurz in einem dunklen Lichtermeer. Ich schloss ohne Zögern meine Augen, und als ich sie öffnete, hielt ich das wunderschöne Schwert in meinen Händen und trug die mystische Kleidung. Ich strich meine nun langen schwarzen Haare hinter meine Ohren. Dann holte ich zu einem kräftigen Schlag aus. Die Klinge des Schwertes glitt mühelos durch die Äste und trennte sie voneinander. Es knarrte und knackte laut, bevor sie auf dem Boden aufschlugen. Ein auszuhaltender Schmerz pochte durch meinen linken Unterarm und durch die rechte Hand.

Der Stein im Schwert leuchtete nun stetig. Meine Hände führten es tiefer und tiefer in das Gestrüpp hinein. Die Äste ritzten meine Haut und verhakten sich in den Stoffverbänden an beiden Armen. Außerdem ziepte es ständig an meinen Haaren, als ich mich ins Gestrüpp vorbeugte. Auf einmal hörte ich ein Rascheln, am anderen Ende der Hecke, nicht weit von mir entfernt. Vielleicht ein Vogel. Oder eine Maus?

Ich hielt inne und sah mich um. Die Dunkelheit machte mich noch schwächer, als ich eh schon war. Meine Augen strengten sich an, aber sie konnten nichts in dieser Finsternis sehen. Hier und dort waren winzig kleine helle Punkte zu erkennen. Doch viel mehr sah ich nicht. Und doch war da dieses Knacken. Noch war es ziemlich leise. Aber Schritt für Schritt schien es näherzukommen. Viovis, schoss es mir durch den Kopf. Mein Herz fing an zu rasen. Hektisch stach ich das Schwert durch die Äste vor mir ins Ungewisse. Ich fuchtelte mit dem Schwert herum, und mehrere Äste fielen zu Boden. Nach einigen Schritten stand ich wieder vor einer scheinbar undurchdringlichen Wand. Der Stein wurde heller und heller. Das Schwert surrte. Äste fielen. Und dann konnte ich etwas Unnatürliches vor mir sehen. Die Äste der Sträucher schienen alle ineinander zu laufen, sie bildeten eine kleine Kugel, etwa so groß wie eine Faust. Ich legte meine Hände um das Geflecht. Plötzlich hörte ich wieder dieses aufdringliche Rascheln, dieses Mal ganz in meiner Nähe. Ich wandte mich schnell der Kugel zu. Darin musste sich eine Schuppe befinden, das hatte ich im Gefühl ... Rasch sah ich mich um und ritzte einen dünnen Spalt in die Kugel. Mit fahrigen Bewegungen schob ich meine rechte Hand ins Innere und berührte etwas Raues. Ich hatte recht! Da war tatsächlich eine Drachenschuppe! Ich zog sie heraus und ließ sie sofort in meiner Tasche verschwinden. Ein Knistern hinter mir ließ mich erstarren. Ich wollte Viovis nicht begegnen. Vorsichtig tappte ich einige Schritte zurück. Ich traute mich kaum zu atmen. Die Schmerzen des letzten Zusammentreffens waren noch zu präsent. So etwas würde ich nicht noch mal überleben. In Zeitlupe rollte ich meine Füße ab.

»Leises Aufsetzen der Hacke. Langsam bis zu den Zehen rollen und den anderen Fuß anheben«, diktierte meine innere Stimme leise. Doch irgendwie kam mir jede meiner vorsichtigen Bewegungen viel zu laut vor. Da! Wieder dieses Geräusch. Jetzt war es fast so, als würde er direkt hinter mir stehen! Vorsichtig drehte ich mich um. Weit und breit war niemand zu sehen. Panik machte sich in mir breit. Hektisch atmete ich ein und aus und drehte mich wieder um.

Sch...! Ich wollte schreien, doch dazu kam es nicht mehr. Blitzschnell legte mir die große verhüllte Person vor mir eine Hand auf den Mund. Doch es war nicht Viovis. Aber irgendwie hatte ich das Gefühl, dass ich mein Gegenüber kannte. Ich hob das Schwert. Bis zum letzten Atemzug würde ich kämpfen, ich würde nicht mehr länger nachgeben! Die Person hob ihre andere Hand und zeigte auf den Weg, den ich in das Gestrüpp geschlagen hatte.

Worauf wollte er hinaus? Dann hörte ich es. Ich war so beschäftigt mit dieser neuen Bedrohung gewesen, dass ich Viovis für einen Moment völlig vergessen hatte. Ein Fehler. Fußstapfen, nicht weit von uns entfernt. Ich riss meinen Kopf zur Seite. Die Hand des Fremden glitt von meinem Mund herunter. Ich sah genauer hin. Durch das dunkle Gestrüpp schimmerte eine goldene Rüstung. Viovis!

Verdammt. Ich musste hier weg und irgendwie aus dieser Sackgasse entkommen. Ich wandte mich dem Fremden neben mir zu. Ich schluckte – und holte dann blitzschnell zum Schlag aus. Mit all meiner Kraft, die mir noch geblieben war, zielte ich auf die Schulter der verhüllten Person. Alles oder Nichts! Doch mein Schlag wurde abgeblockt. Auf einmal wurde mir ganz komisch. Erst jetzt spürte ich einen zerreißenden Schmerz. Meine Knie wurden weich und ich begann zu fallen. Doch ich fiel sanft, nicht auf den Boden. Meine Augen rollten. Die Lider wollten zuklappen, doch ich hielt dagegen, solange ich konnte. Dunkler Stoff umhüllte mich, und ich spürte, wie mich einige Äste streiften. Schließlich wurde ich niedergelegt. Ich hasste es, wenn ich wehrlos war.

»Pst«, zischte es hinter mir. Der Fremde war immer noch da! Lagen wir unter einem Umhang? Langsam kam das Gefühl in meine Beine zurück. Erst die Füße, sie kribbelten kurz, dann stieg das Kribbeln in die Waden und gleich darauf in die Oberschenkel hinauf. Vom Bauch weiter bis hin zur Brust. Und schließlich vom Oberarm in jede meiner Fingerspitzen. Ich kam wieder komplett zu mir und riss die Augen auf.

Es war dunkel und stickig. Ich wollte mich aufrichten, doch ich spürte etwas Schweres auf meinem Körper. Ich befand mich unter einer Art Decke. Neben mir lag eine Person. Schneeweißes, langes Haar. Ein Gewand, das meinem fast glich. Doch anstatt eines Kleides trug die Person ein weites hellblaues Oberteil und eine dunkle weite Hose. Ich starrte Tomaki überrascht an. So sah er also aus, wenn er sich verwandelt hatte. Er drehte sich zu mir um und erschrak, als er sah, dass ich bei Bewusstsein war und ihn anstarrte. Dann drehte er seinen Kopf wieder zurück und sagte keinen Ton. Nicht ein Lächeln. Nicht ein Wort. Nicht eine Regung.

Ich musste zugeben, das hatte mich ziemlich verwirrt. Bisher kannte ich nur eine oberflächliche Freundlichkeit von ihm. Welcher dieser zwei Tomakis war der echte? Ich sah auf den Boden. In all der Aufregung hatte ich die Schuppe fast vergessen. Langsam hob ich meine Hand. Tomakis Kopf ruckte in meine Richtung.

»Alles gut«, hauchte ich und hob beschwichtigend die Hände. Er wandte sich wieder ab. Er war so ernst, dass ich mir etwas Sorgen machte. Ich fuhr mit der rechten Hand in meine Tasche und holte beide Schuppen heraus. Eine braune und eine lilafarbene. Sie ähnelten sich, waren aber nicht identisch. Die braune war viel rauer als die lilafarbene, robuster und härter gezeichnet. Die lilafarbene hatte weichere Linien und glich einem Blütenblatt, so zart war sie. Aber eins hatten sie gemeinsam: In der Mitte besaßen sie die rauesten Fasern. Tomaki sah mich wieder an. An seinem Gesichtsausdruck hatte sich nichts geändert.

»Ich glaube, Viovis ist jetzt weg«, flüsterte er und drehte sich zu mir um.

»Hatte ich nicht gesagt, dass du die Schuppen nicht ohne mich suchen sollst?«

Was zum ...?! Ich hatte ihm nie die Hand drauf gegeben oder so. Also wirklich. Warum wollte er mir so hartnäckig ausreden, die Schuppen allein zu sammeln? Er meinte ja, dass mit ihnen großes Unheil verhindert werden konnte. Natürlich waren sie dann sehr wertvoll... Deshalb hatte ich dieses schlechte Gefühl. Deshalb konnte ich Tomaki nicht trauen. Er wollte sie alle für sich allein haben.

Dieser Vorfall mit Viovis – alles nur gespielt. Er hätte früher eingreifen können. Aber er hatte gewollt, dass ich schwach war, dass ich kaputte Hände hatte, damit er sich meine Schuppen holen konnte. Es passte einfach alles, er wollte mich nur ausnutzen. Tse. Und um mich durcheinanderzubringen, erzählte er mir extra etwas von einer Gehirnwäsche, die bei *allen* außer *ihm* durchgeführt worden war?! Ich bin doch nicht dumm!

Mein Puls raste. Schnell ließ ich die Schuppen in dem kleinen Täschchen verschwinden. Bestimmt plante er gerade, wie er sie mir entreißen könnte. Rasch ergriff ich mein Schwert und richtete mich auf. Tomaki sah mich komisch an. Ich schlug die Decke von uns weg, trat einen Schritt zurück und zielte mit der Spitze des Schwertes auf ihn. Menschen waren Verräter. Egoistische Verräter. Das war so und würde sich auch nie ändern.

Auch er war so einer. Ich wusste es von Anfang an. Mein Gefühl hatte mich also nicht getäuscht. Diese Skepsis, die ich in seiner Nähe spürte, wollte mich nur schützen. Gerade als ich ausholen wollte, spürte ich, wie das Schwert nach unten sank. Tomaki hatte seine Hände darauf gelegt, stand auf und trat einen Schritt an mich heran. Dann legte er seine Hände auf meine Schultern und zog mich an seine Brust. Ich zuckte zusammen. So nah war ich noch nie jemandem gewesen.

»Ich hatte solche Angst«, hörte ich ihn plötzlich flüstern. Was? Wie meinte er das denn? Nur eine Masche, flüsterte die Stimme in mir.

»Oh Mann, Ruta … Ich war so froh, als ich dich auf der Brücke gesehen habe. Dass du lebst! Und jetzt setzt du dein Leben schon wieder so einfach aufs Spiel. Weißt du, wie viele Sorgen sich alle damals um dich gemacht haben? Wie ich mich gefühlt habe? Ich fühle mich heute immer noch verantwortlich für das, was damals passiert ist«, hauchte er mit bebender Stimme.

Ich wusste nicht, wovon er sprach.

»Nein, ich weiß es nicht«, antwortete ich schließlich in der Hoffnung, dass er sich von mir lösen würde. Doch er zog mich noch näher zu sich heran und begann zu schluchzen.

»Ich weiß«, wimmerte er. »Und es ist meine Schuld, dass du so bist, wie du jetzt bist. Dass alles weg ist. Weil ich damals zu spät kam.« Ich spürte, wie meine Schulter anfing, nass zu werden. Heulte er etwa? Schon wieder?

»Ich weiß wirklich nicht, wovon du sprichst.« Irgendwie versuchte ich dieses komische und seltsam unangenehme Gespräch aufzulösen. Doch ich machte es nur noch schlimmer.

»Genau das meine ich ja!«, schluchzte er umso mehr. Hieß das etwa, dass er meine Schuppen doch nicht wollte? Dass er nichts geplant hatte? War er doch kein Verräter? Mein Kopf schwirrte. Ich wusste langsam nicht mehr, was ich überhaupt denken sollte. Er machte sich nur Sorgen. Meinetwegen? Das konnte gar nicht sein. Ich wusste nicht recht, wie ich mich verhalten sollte. Ich war völlig überfordert.

So langsam ließ Tomakis Wimmern und Schluchzen nach und mein Blut konnte wieder fließen, ohne dass es abgedrückt wurde. Tomaki ließ von mir ab und stülpte sich schnell die Kapuze über den Kopf. Als ich ihn ansehen wollte, sah er schnell woanders hin und verdeckte sein Gesicht zusätzlich mit seiner Hand. Keine Chance, ihn anzusehen. Ich musste grinsen. Auch er hatte also Schwächen. Schon wieder hatte er mich zum Lächeln gebracht. Aber… es tat so gut. Es war, als ob dieses Lächeln das Grau aus meinem Körper vertrieb. Wie machte Tomaki das nur? Aus dem Augenwinkel heraus sah ich, wie er die Hand langsam von seinem Gesicht sinken ließ und mich ungläubig anstarrte. Schnell drehte ich mich um.

»War das gerade -«

»Lass uns gehen«, flüsterte ich. Wie peinlich! Wir folgten dem Weg, den ich vorhin ins Gestrüpp geschlagen hatte, wieder bis nach draußen. Glücklicherweise hatte Viovis uns nicht bemerkt. Dieses Mal war ich gerade noch mit dem Schrecken davon gekommen. Nach einer Weile musste ich zwinkern, damit sich meine Augen wieder an das Tageslicht gewöhnten. Dann drehte sich Tomaki zu mir um.

»Ruta.« Ich sah ihn an. Seine Augen waren noch etwas rot, doch er konnte wieder lächeln. Die ganze Angespanntheit von vorhin war wie weggeblasen.

»Hast du dich schon entschieden?«, fragte Tomaki. Ich sah ihn nachdenklich an.

»Wegen dem, was ich letztes Mal gesagt hatte. Das ist wirklich wichtig. Nimmst du die Aufgabe an?« Ich hob eine Hand und zupfte an meiner Unterlippe. Hatte ich mich nicht vorhin dazu entschlossen, die Schuppen allein zu sammeln?

»Du musst mir jetzt noch nicht antworten«, sagte Tomaki rasch und zwinkerte mir zu. »Doch irgendwann brauche ich eine Antwort von dir. Am besten eine positive. Von deiner Entscheidung hängt die Zukunft der Völker und der Welt ab.«

Ich war mir unsicher. Eine kalte Brise erfasste uns.

»Komm, lass uns erst einmal von hier verschwinden, ja?«

»Hm ...« Ich nickte und ließ das Schwert in die Hülle auf meinem Rücken gleiten. Ich folgte Tomaki. Den Weg zurück in die Stadt hatte ich mir nicht gemerkt. In meinem Kopf brummte es. Wer war Tomaki wirklich? Er war anders als alle Personen, die ich bis jetzt kennen gelernt hatte. Das stand fest. Sollte ich ihm wirklich Hilfe leisten bei der Suche nach diesen Schuppen? Was würde danach passieren? Letztens hatte er gesagt, dass mit ihnen die Drachen geweckt werden sollten, die dann das Gleichgewicht in der Welt wiederherstellen würden. Welches Gleichgewicht? Und eine andere entscheidende Frage: Konnte ich ihm überhaupt helfen? War ich wirklich bereit für eine solche Aufgabe? Und im Hintergrund schwirrte immer die Überlegung, wer genau dieser Viovis war und was er mit den Schuppen machen wollte. Die Fragen in meinem Kopf begannen sich zu häufen und verlangten nach Antworten.

Doch ich hatte keine.

Kapitel 9

Endlich konnte ich diese störenden Verbände von meinen Armen lösen. Ich tastete sie ab. Ich spürte kein unangenehmes Stechen mehr. Nur die Narben zeugten noch von dem schlimmen Ereignis. Sie würden nun auf ewig ein Teil von mir sein. Ich zog meine Schuluniform an, hängte das Amulett um den Hals und rannte die Treppe hinunter. Unten traf ich auf Klarin, der sich gähnend die Augen rieb und in die Küche schlurfte.

»Morgen.«

»Guten Morgen.« Ich hob eine Hand in die Luft. Er sah mir verschlafen dabei zu, wie ich mir meine Schultasche schnappte und aus dem Haus hechtete. Ich ging immer früher als Klarin und Sue aus dem Haus, obwohl unser Unterricht zeitgleich anfing. Aber ich mochte es nicht, mit ihnen zusammen zur Schule zu gehen. Genauer gesagt mochte es Sue nicht, wenn ich mit ihr zur Schule ging. Immer wenn ich das tat, kam so eine komische Atmosphäre zwischen uns auf. Und ich hatte das Gefühl, die Kluft zwischen uns vergrößerte sich dadurch nur noch mehr. Um das zu vermeiden, ging ich lieber allein. Das war sowieso viel entspannter.

Die Luft war frisch. Wenige Menschen waren um diese Uhrzeit unterwegs, die Straßen waren schön ruhig. Ich bog an der Kreuzung in Richtung Bahnhof ab. Einige Minuten blieben noch, bis der Zug kam. Ich setzte mich auf eine der kalten Bänke. Langsam breitete sich die Kälte über meinen Oberschenkeln aus und schien an meinem ganzen Körper entlang zu kriechen. Die Uhr mir gegenüber beeilte sich kein bisschen. Ihre Zeiger schienen stehengeblieben zu sein. Der Bahnsteig füllte sich langsam. Meine Hand wanderte an mein Dekolleté. Ich spielte mit dem Amulett herum. Der Stein darin glänzte immer noch wie am ersten Tag. Ich ließ es wieder unter meiner Bluse verschwinden. Meine Haare waren zu einem hohen Pferdeschwanz zusammengebunden. So wie jeden Tag, den ich in der Schule verbringen musste. Ein Rauschen kündigte endlich den Zug an. Ich stand von meinem Platz auf, nahm die Tasche und warf sie mir über die Schulter.

Das gewaltige Stahlmonster quietschte ohrenbetäubend, bevor es zum Stehen kam. Die Türen zischten auf. Ziemlich wenig Leute hetzten heraus, dafür hasteten umso mehr hinein, und jeder versuchte, einen Sitzplatz zu ergattern. Ich stellte mich gleich an die Tür. Wie immer. Die Signalleuchte blinkte auf. Ein Zischen ertönte. Gleich würden die Türen schließen, so wie jeden Morgen. Urplötzlich schrie eine Stimme: »Haaaaalt!«

Ruckartig riss ich meinen Kopf zur Seite. Tomaki raste keuchend auf die Türen zu. Diese begannen sich zu schließen. Mit jedem Schritt wurden seine Augen größer, sein Blick verzweifelter.

»Ahhh! Rutaaa!« Seufz. In der nächsten Sekunde zischte es. Dann ruckelte es kurz und die Türen öffneten sich wieder. Tomaki keuchte. Atemlos betrat er den Zug und die Türen schlossen sich endgültig.

»Puh!«

Er stützte sich mit den Händen auf seinen Oberschenkeln ab und schnaufte.

»Ruta... wirklich... ehrlich, also... danke.« Er lächelte und fuhr sich mit der linken Hand in den Nacken. Ich sah aus dem Fenster. Die Landschaft zog an uns vorbei.

»Wenn du die Türen nicht aufgehalten hättest, dann hätte ich in dieser Kälte auf den nächsten Zug warten müssen«, sagte er mit einem sanften Lächeln, als sich seine Atmung wieder normalisierte.

»Ja, äh. Das würde doch jeder tun. Keine große Sache«, murmelte ich und sah weiter aus dem Fenster.

»Hm. Kann sein«, sagte Tomaki nachdenklich.

Nach einigen kurzen Stopps an überfüllten Haltestellen stiegen wir aus.

»Und, hast du darüber nachgedacht, Ruta?«, fragte Tomaki schließlich. Es brannte ihm schon die ganze Zeit unter den Nägeln, das konnte ich ihm ansehen.

»Über das, was ich die letzten Tage gesagt habe, meine ich«, sagte er und sah mir tief in die Augen.

»Nein«, log ich. Er musste ja nicht unbedingt wissen, dass ich kaum an etwas anderes gedacht hatte.

»Ruta.« Tomaki blieb stehen. »Das ist echt wichtig. Wir müssen endlich diese Scheinwelt aufdecken!«

»Scheinwelt?!« Ich sah ihn mit schief gelegtem Kopf an. Wovon redete er jetzt schon wieder? Er nickte düster und ging weiter. Ich folgte ihm.

»Hast du gedacht, diese Welt, dein Leben war schon immer so grau? Ruta, die Cosmica ist keine natürliche Welt! Sie wurde künstlich erschaffen. Wir leben hier in einer Scheinwelt! Hinter dieser goldenen Fassade steckt eine sterbende Welt!« Bei seinen Worten lief es mir eiskalt den Rücken herunter. Hieß das etwa, diese Welt, in der ich dachte zu leben, existierte gar nicht wirklich? In was lebte ich denn dann all die Jahre schon?

»W-Wie meinst du das?«, fragte ich. Tomaki blickte in den Himmel. »Viis, dieser Tyrann, ist verantwortlich dafür.«

»Viis? Unser Herrscher?!«, fragte ich schockiert.

»Nicht so laut! Ja. Er hat diese Welt mithilfe von Magie erschaffen«, hauchte er. »*Das* meine ich damit. Er hat eine völlig neue Weltordnung erstellt und alle Länder zu einem großen vereint. Damit ist er gegen die Natur vorgegangen, das kann nichts Gutes bringen. Aber das war ihm egal, er wollte seine Interessen durchsetzen und immer mehr Macht erlangen.«

»Ich verstehe kein Wort. Von welcher Weltordnung sprichst du?«

»Ich habe mich dir doch als Krieger aus dem Land der Winde vorgestellt. Erinnerst du dich?« Ich nickte.

»Und du gehörst zum Volk aus dem Land der Bäume. Mein Land und dein Land sind nur zwei von so vielen anderen, die in dieser Welt vor der Cosmica existierten. All diese Länder verkörperten eine große Welt, die Orbica genannt. Orbica wurde durch die ganzen unterschiedlichen Völker und Länder im Gleichgewicht gehalten. Viis veränderte diese Ordnung und somit geriet die gesamte Welt aus den Fugen. Vorher gab es viele verschiedene Länder in der Orbica. Jedes Land war besonders, auf seine eigene Art und Weise. Zu meinem Land gehörten großflächige Wiesen, Hügel, Berge. In allen Landschaften, in denen der Wind zu Hause war, fanden auch wir unser Zuhause. Dein Land war dagegen geprägt von großen und dichten Wäldern mit Seen und vielen Tieren, wenn ich mich recht erinnere. Aber nicht nur die Landschaft war in jedem Land anders, auch die Menschen, die in ihnen lebten, waren besonders. Jedes Volk hatte seine eigenen Merkmale und Fähigkeiten. Mein Volk pflegte eine innige Verbindung mit dem Wind. Wir lernten ihn zu lesen, zu nutzen und zu pflegen. Aber das ist eine andere Geschichte.« Tomaki lächelte traurig.

»Jedenfalls... Die vielen unterschiedlichen Länder hielten diese große Welt im Gleichgewicht. Die Orbica hätte ewig bestehen können. Doch dadurch, dass Viis mit seiner Magie dieses harmonische Gleichgewicht der vielen Länder störte – und immer noch stört, beginnt diese Welt zu sterben. Irgendwann wird die Natur so entkräftet sein, dass auch der letzte Baum eingeht, der letzte See vertrocknet und das letzte Reh stirbt. Dann ist alle Hoffnung verloren. Dann gibt es kein Zurück mehr und die Welt ist nicht mehr zu retten.« Der Herrscher der Cosmica war dabei, einen Weltuntergang zu verursachen? Der gutherzige und immer faire Viis? Das konnte ich mir fast nicht vorstellen. Überall wurde doch angepriesen, wie froh wir sein konnten, ihn als Oberhaupt zu haben!

»Viis? *Viis* soll an all dem schuld sein?«

»Ja. Und er ist auch dafür verantwortlich, dass du dein Gedächtnis verloren hast.« Ich sah Tomaki entsetzt an.

»D-Das kann ich nicht glauben«, hauchte ich. Das war zu viel für mich.

»Wenn du wüsstest, was der alles zu verantworten hat«, knurrte Tomaki böse.

»Das heißt also, dass wir in keiner echten Welt leben?«

»Genau. Viis hält diese Fassade der Cosmica mit Hilfe seiner Magie aufrecht. Viis war Orbicas mächtigster Magier. Er hat es sogar geschafft, die heiligsten aller Wesen, die Drachen, zu töten.«

»Was hat es denn mit den Drachen auf sich?«, fragte ich. Tomaki nickte.

»Die Drachen sind die Hüter des Gleichgewichtes. Von ihnen sind auch diese Schuppen, die wir sammeln. Sie sind verantwortlich dafür, dass das Gleichgewicht nicht aus den Fugen gerät und die Länder bestehen bleiben. Früher gab es ziemlich viele Drachen. Man fand sie in allen Farben des Regenbogens und jede Drachenart hatte ihre besonderen Eigenschaften. Die gelben Drachen zum Beispiel besaßen wirklich große Flügel, ihre Flügelspannweite war enorm, damit sie weite Strecken zurücklegen konnten. Ich habe viele von ihnen bei uns im Land der Winde gesehen. Die grünen Drachen hatten Schuppen, die sie in manchen Wäldern unsichtbar erscheinen ließen, so gut war die Tarnung. Sie wurden quasi eins mit der Natur. An ihren Flügeln wuchsen kleine sehr feine Äste, die sich den Jahreszeiten gemäß änderten. Im Frühling trieben sie kleine Blüten aus, im Herbst färbten sich die Blätter bunt und so weiter. Diese Drachen fühlten sich in deinem Land am wohlsten. Sie hatten ein großes Herz und viel Mitgefühl anderen Lebewesen gegenüber. Ganz im Gegensatz zu den Drachen aus dem Eis, den blauen Drachen. Ihre Hörner bestanden aus Eiszapfen und auch ihr Herz war kälter als das ihrer Artgenossen. Mit ihren aus kristallartigen Molekülen zusammengesetzten Flügeln lebten sie im Land des Eises, oft versteckt in den tiefsten Gängen der Eisberge. Und das waren nur ein paar der vielen Drachenarten, die in der Orbica herrschten. Jahrtausende lang wachten sie über die Welt und alle Völker verehrten sie. Bis eines Tages Viis kam und alles veränderte. Er ließ die Drachen auslöschen, weil sie ihn an seinem Plan hindern wollten. So kam es zu einem großen Krieg zwischen den Drachen und dem Magier.«

»Den Viis für sich entschieden hat.« Tomaki nickte wieder.

»Natürlich war es nicht so, dass niemand versucht hätte, ihn aufzuhalten. Anfangs schauten man seinem Treiben nur skeptisch zu. Daher sorgte sich niemand, als sich immer mehr kleine Völker dem Land der Magier anschlossen. Man vertraute auf die Drachen, schließlich waren sie für das Gleichgewicht verantwortlich.«

»Warum sollten sie sich die kleinen Länder so einem Tyrannen anschließen?«, fragte ich.

»Manchen ging es darum, die größeren, einflussreicheren Völker zu stürzen. Anderen versprach er ein Land, in dem es keine Gegensätze, keine Konflikte mehr gab. In dem alle eins waren. Eine schöne Idee, nur leider war ihnen nicht klar, dass Orbica diese Gegensätze brauchte, um lebensfähig zu sein. Ohne sie ist alles eine Grauzone – so wie hier in Cosmica.«

»Wie ging es dann weiter?«

»Eine lange Zeit dachte man, es würde eh nicht lange gut gehen, die Drachen würden schon bald eingreifen. Doch durch diesen schleichenden Landgewinn wurde Viis immer mächtiger und fand irgendwann einen Weg, die Drachen zu töten. Das war noch niemandem vorher gelungen. Es war undenkbar gewesen und verstieß gegen jedes Gebot, das wir hatten. Darin waren sich alle Völker einig. Doch das ignorierte Viis völlig. Erst als es schon sehr schlimm um die Drachen stand, etablierte sich eine Fraktion der Bevölkerung, die die letzten Drachen schützen wollte. Anführer dieser Bewegung waren Nanami und Ronin. Von ihnen sind auch die Amulette, die du und ich tragen und die uns zu den Schuppen führen. Du hast Nanamis Amulett, ich Ronins. Ziel der Rebellion war es, die verbliebenen Drachen schlafen zu legen und so vor Viis zu verstecken. So konnte er sie nicht finden. Die Bewegung bestimmte, dass die Drachen von der nächsten Generation wiedererweckt werden und dann das Gleichgewicht wiederherstellen.« Ich sah Tomaki an.

»Aber wenn es so ist, wie du sagst, und die Drachen es in der Vergangenheit schon nicht geschafft haben, das Gleichgewicht wiederherzustellen, wie sollen sie es dann jetzt schaffen?«, fragte ich.

»Ich weiß nicht hundertprozentig, ob es klappt. Aber wir können es uns nicht leisten, zu warten. Wir müssen handeln. Wenn wir weiter abwarten, ist es vielleicht schon zu spät. Diese Amulette und die Aufgaben, die sie mit sich bringen, wurden auf uns übertragen.«

»Aber warum gerade wir beide?«

»Ich war in Ronins Nähe, als er starb. Er starb in meinen Armen und dabei musste ich ihm ein Versprechen geben. Er sagte: ›Finde die von Nanamis Amulett auserwählte Kriegerin. Nur ihr zwei könnt Viis bezwingen und die Welt befreien.‹ Ich fragte ihn, wen er damit meinte, doch daraufhin antwortete er nur ›So wie Nanami mein Gegenpol ist, wird die Auserwählte auch deiner sein.‹ Er gab mir sein eigenes Amulett und erzählte mir von den Schuppen, die wir sammeln müssen. Ich weiß nur, dass sie die Drachen erwecken sollen. Mehr konnte er mir nicht sagen, bevor er starb.« Tomaki fuhr sich durch die Haare. Es fiel ihm sichtlich schwer, darüber zu sprechen.

»Dass gerade ich Ronin im Sterben gesehen hatte, konnte einfach kein Zufall sein.« Er ließ seine Hände in den tiefen Taschen seines Parkas verschwinden. So wie es sicher auch kein Zufall war, dass ich dieses Amulett an diesem einem Abend fand, dachte ich mir.

»Du sagtest, du hättest Ronins Amulett? Und ich habe das von Nanami?«, fragte ich Tomaki. Er nickte.

»Kanntest du Nanami?«

»Nur aus Geschichten. Persönlich getroffen habe ich sie nie, leider. Sie soll eine ganz großartige Persönlichkeit gewesen sein.«

»Und du bist der Einzige, der jetzt noch davon weiß.«

»Viis wusste, dass er nicht die ganze Orbica mit einem Schlag unterwerfen konnte. Seine Strategie war daher genauso einfach wie brillant: Er nahm ein Land ein und löschte gleich darauf diesem einen Volk das Gedächtnis. So konnten sie sich nicht länger gegen ihn wenden. Für sie war es, als würden sie schon immer in dieser neuen Welt, die er Cosmica nannte, leben. Letzten Endes hat er so die Orbica eingenommen. Niemand kennt die Welt von vorher mehr. Niemand kennt die alte Zeit. Nur ich und ein paar wenige andere Menschen haben es geschafft, sich vor Viis zu verstecken und so der Gehirnwäsche zu entgehen. Ich bin mir sicher: Wüsste die Bevölkerung von Viis' Vergehen, würden sie sich gegen ihn auflehnen und ihn stürzen. Sie würden nicht länger in dieser Scheinwelt eingesperrt sein wollen.«

»Dann gibt es doch nur eine Lösung«, meinte ich bestimmt. »Du musst es den Menschen sagen!«

»Das habe ich schon versucht, glaube mir. Mit einer Gruppe von Verbliebenen habe ich versucht, die Menschen an die alte Zeit zu erinnern. Aber als Viis darauf aufmerksam wurde, war es auch für diese verbliebenen

Menschen aus. Ich hatte Glück im Unglück und konnte fliehen. Ich habe in den vergangenen zwei Jahren alles Erdenkliche versucht, doch ich bin immer gescheitert. Gerade als ich die Hoffnung aufgeben wollte, schossen mir Ronins letzte Worte noch einmal durch den Kopf«, hauchte Tomaki, »und ab diesem Zeitpunkt wusste ich genau, dass ich nach dir suchen musste, Ruta Pez. Dass nur du das andere Amulett haben konntest. Dass Ronin nur dich gemeint haben konnte.« Tomaki sah wieder in den Himmel.

»Lange habe ich überall nach dir gesucht. In der ganzen Cosmica. Tag für Tag, Woche für Woche, Monat für Monat. Ich meine, du hättest überall sein können. Meine Suche nach dir schien aussichtslos, aber ich wollte nicht aufgeben. Durfte nicht aufgeben. Ich erinnerte mich immer wieder daran, Geduld zu haben. Dass alles verloren wäre, wenn ich jetzt aufgeben würde. Und so suchte ich weiter. Und dann treffe ich dich plötzlich auf einer schäbigen Brücke«, lachte Tomaki. Seine Miene wurde schnell wieder ernst.

»Und deshalb bitte ich dich, Ruta Pez, ein weiteres Mal um Hilfe. Wirst du mir helfen, die Schuppen der Drachen zu finden? Wirst du mir helfen, sie zu erwecken und das Gleichgewicht in der Welt wiederherzustellen? Wirst du mit mir diese Scheinwelt aus Magie zugrunde richten und Viis stürzen?« Tomaki sah mir tief in die Augen. Ich wandte meinen Blick ab. Das war so viel auf einmal. Das musste ich erst einmal schlucken.

»Ich ... ich muss das alles erst einmal verarbeiten«, sagte ich. Das war die Wahrheit. Ich wusste immer noch nicht, was und ob ich ihm glauben sollte. Mein Kopf begann zu schmerzen.

»Vier Schuppen habe ich schon gesammelt«, sagte Tomaki und holte aus seiner Schultasche ein kleines Tütchen hervor. Er öffnete es und zog jeweils eine graue, orange, dunkelblaue und rosafarbene Schuppe heraus.

»Von Ronin weiß ich, dass es insgesamt zehn Schuppen gibt. Zwei hast du ja schon gefunden, die braune und die lilafarbene. Dass heißt, es fehlen jetzt nur noch vier Schuppen.« Tomaki hielt eine graue Schuppe hoch.

»Zuerst hab ich diese hier gefunden, und nach einiger Zeit zeigten sich mir dann die anderen. Es war nicht leicht, sie zu finden, allein – und mit Viovis im Nacken.« Bevor wir das Schulgebäude betraten, steckte er die Schuppen schnell wieder ein.

»Wer ist dieser Viovis eigentlich?«, wollte ich wissen.

»Er ist der Sohn von Viis. Er hat den Auftrag, diese Schuppen zu sammeln oder uns zumindest davon abzuhalten.«

»Und was ist mit ihm? Wurde Viovis auch das Gedächtnis genommen?«

»Ich vermute, dass Viis ihn und ein paar seiner Berater verschonte. Viovis hat er in den Traditionen seines Volkes unterrichten lassen. Er ist daher auch ein Magier, wenn auch noch lange nicht so mächtig wie Viis.« Grübelnd stieg ich mit Tomaki die Treppe hinauf.

»Ruta! Pass auf!«, schrie Tomaki plötzlich. Doch diese Warnung kam viel zu spät. Ich wollte gerade aufsehen, als ich mit jemandem zusammenstieß.

»Hast du keine Augen im Kopf, oder was?!«, knurrte ein Schüler böse. Benommen hielt ich mir die Stirn.

»Mann, Mann ...«, hörte ich ihn noch sagen, bevor der Idiot dann die Treppe weiter hinuntertrampelte.

»Ruta, alles in Ordnung?«, fragte Tomaki und warf mir einen besorgten Blick zu. Ich nickte.

»Deine Stirn. Schmerzt sie?«, fragte er weiter, »Kann ich etwas für dich tun?«

»Nein, geht schon«, beruhigte ich ihn. Es war heute so viel auf einmal für mich gewesen. Ich wusste gar nicht, wie ich mit all dem umgehen sollte.

Kapitel 10

Die letzte Nacht hatte ich nicht gut geschlafen. Ich hatte viel nachgedacht. Kein Wunder, dass ich mich in dieser Welt nicht zu Hause fühlte. Doch welche Rolle spielte Tomaki dabei? Schließlich trug er dasselbe Amulett wie ich und auch seine verwandelte Form sah meiner ähnlich. Das waren Zusammenhänge, die ich nicht ignorieren konnte, trotz des unguten Gefühls, das mich in seiner Nähe überkam. Wenn es doch nur jemanden gäbe, den ich über all das befragen könnte, der genau wie Tomaki aus dieser früheren Welt kam, und dessen Gedächtnis noch nicht gelöscht worden war... Ich seufzte schwer. Der Unterricht war vorüber. Ich nahm meine Jacke vom Stuhl, fasste in die Tasche, um meinen Hausschlüssel herauszunehmen. Doch sie war leer. Komisch. Hatte ich den Schlüssel etwa zu Hause vergessen? Hektisch durchsuchte ich die andere Tasche meiner Jacke. Leer.

Verdammt! Vielleicht im Schließfach?! Ich hechtete auf den Flur hinaus, öffnete das Schloss und riss das Fach auf. Augenblicklich fielen wieder ein paar Bücher herunter. Panisch schmiss ich die restlichen hinterher, in der Hoffnung, diesen blöden Schlüssel hier irgendwo zu finden. Fehlanzeige.

Verdammt! Schnell sammelte ich die Bücher wieder vom Boden auf und warf sie zurück in den Spind. Ich durchsuchte noch einmal die Taschen meiner Jacke, rannte dann zurück zum Klassenzimmer und stellte dort alles auf den Kopf. Der Hausschlüssel blieb verschwunden. Ich erinnerte mich noch genau an den frühen Morgen zurück, wie dieser verdammte Schlüssel unter dem Dachfenster mitten auf dem Schreibtisch lag. Ich hatte mich noch mehrmals daran erinnert, ihn später mitzunehmen. Aber irgendwie hatte ich es dann doch vergessen. Das kam davon, dass ich die ganze Nacht lang wach geblieben und mit meinen Gedanken sonst wo gewesen war! Jetzt würde ich Klarin nach seinem Schlüssel fragen müssen. Hoffentlich erwischte ich ihn noch. Und hoffentlich würde er mir den Schlüssel auch wirklich geben.

Ich schnappte mir meine Jacke und rannte zu Klarin in die Klasse. Ich schaute mich im Klassenraum um. Natürlich war er noch nicht weg, er unterhielt sich mit einem seiner Mitschüler. Sue stand neben ihm.

»Klarin«, unterbrach ich seine Unterhaltung.

»Pez?!«, er sah mich verwundert an, da ich selten in seine Klasse kam.

»Ich brauche deinen Haustürschlüssel. Ich habe meinen zu Hause vergessen.«

»Ach so. Aber wir können doch auch alle zusammen nach Hause gehen«, schoss aus ihm heraus, als hätte er schon die ganze Zeit darauf gewartet, das zu sagen. Dass er genau auf diese Idee kommen würde, hatte ich befürchtet. Aber dafür hatte ich jetzt keine Nerven.

»Wir müssten aber noch kurz in die Stadtbibliothek vorbeischauen, um ein paar Lehrbücher für unsere Abschlussprüfungen auszuleihen. Nur ein kleiner Umweg«, fügte er hinzu.

»Du kannst ihn mir auch jetzt geben, ich mache euch die Tür dann später auf«, schlug ich vor, doch das interessierte Klarin nur wenig.

»Pez, das hier ist eine gute Gelegenheit, um deine sozialen Kontakte ein bisschen aufzufrischen. Du musst doch auch mal unter Leute kommen«, sagte er augenzwinkernd. Ich wollte und brauchte meine sozialen Kontakte aber nicht aufzufrischen. Und schon gar nicht mit Klarin und Sue im Gepäck. So weit kam es noch. Da wartete ich doch lieber die ganze Zeit vor der Haustür. In der Kälte. Ich schluckte.

»Komm schon«, quengelte er. Ich hatte eigentlich

keine andere Wahl. Wer wusste schon, wann die nach Hause kamen. Zum Warten war es heute einfach zu kalt. Ich wäre erfroren, ehe sie überhaupt zu Hause angekommen wären. Mist. Nie wieder würde ich diesen blöden Schlüssel vergessen, das schwor ich mir.

»Okay«, murmelte ich.

»Sehr gut!« Klarin klatschte zufrieden in die Hände. Der Schüler neben ihm mischte sich plötzlich ein.

»Ihr wollt in die Bibliothek?«, fragte er. Klarin nickte.

»Da macht es euch sicher nichts aus, wenn ich euch begleite? Ich muss da auch noch was erledigen«, sagte er und grinste dabei komisch. Ich betrachtete ihn genauer. Nicht nur an seinem Grinsen war etwas merkwürdig. Ich bekam bei ihm ein mulmiges Gefühl. Aber Klarin kriegte das natürlich nicht mit.

»Je mehr Leute, umso besser«, strahlte dieser nur. Klarin fühlte sich inmitten einer Traube von Menschen am wohlsten. Das war seine Welt. Aber meine nicht. Wir verließen also zusammen die Schule, gingen zum Bahnhof und stiegen in einen der Züge ein. Um diese Uhrzeit waren sie immer besonders voll. Trotzdem ergatterte Sue drei freie Plätze in einer Sitzgruppe. Der vierte Platz am Fenster war schon von einem schlafenden Opa belegt. Was mir ganz recht war. Ich stellte mich neben Klarins Sitzplatz.

»Wann müssen wir überhaupt aussteigen?«, fragte Klarins Freund, als sie sich gesetzt hatten und der Zug losfuhr. Klarin begann etwas von H3 zu faseln und widmete sich dann Sue. Ich sah aus dem Fenster und beobachtete die vorbeirauschende Landschaft. Völlig entspannen konnte ich mich dabei jedoch nicht, denn ich wurde beobachtet. Aus dem Augenwinkel konnte ich erkennen, dass Klarins komischer Freund mich anstarrte. Ich rückte noch ein Stück von ihm weg. Schließlich hielten wir an H2 und der Opa wachte aus seinem Tiefschlaf auf. Verwirrt sah er auf seine Uhr, sprang auf und verließ murmelnd den Zug.

»Sieh mal, Pez, jetzt ist hier ein Platz für dich frei geworden. Direkt neben mir.« Der bloße Klang der Stimme des Jungen jagte mir einen Schauer über den Rücken. Ich reagierte lieber nicht darauf. Doch das war ein Fehler, denn der Typ angelte nach meiner Hand. Gerade noch rechtzeitig zog ich sie weg.

»Wir steigen sowieso gleich aus«, beeilte ich mich zu sagen. Klarins Freund grinste nur schief. Endlich hielten wir bei H3 und stiegen aus. Wir stiefelten an vielen großen und prächtigen Häusern vorbei und erreichen nach einem längeren Fußmarsch schließlich einen großen, breiten und ziemlich leeren Platz.

»Da vorn, das ist es.« Klarin zeigte mit dem Finger auf eins der imposanten Gebäude. Wir gingen näher heran. Der Schriftzug »Bibliothek« prangte in geschwungenem Gold über der großen Eingangstür.

»Das kann doch nicht wahr sein!« Klarin begann in seiner Tasche zu kramen.

»Was ist los?«, fragte Sue.

»Ich habe die Tüte für die Bücher vergessen, so ein Mist«, nuschelte er.

»Dann holen wir dort drüben schnell noch einen Beutel.« Sue wies auf einen kleinen Laden, nicht weit entfernt von uns. Klarin seufzte und nickte zustimmend.

»Wartet ihr hier?«, fragte er. »Wir sind gleich zurück.«

»Lasst euch ruhig Zeit«, grinste Klarins Freund. Das durfte doch wohl nicht wahr sein. Klarin ließ mich schon wieder mit einem Fremden allein!

»Du sprichst nicht gerade viel, wie?«, fragte der Typ, als Sue und Klarin im Laden verschwunden waren. Ich reagierte erst gar nicht auf seine Frage. Mit dem wollte ich nichts zu tun haben! Da Sue und Klarin ja eh noch in die Bibliothek wollten, beschloss ich, schon einmal vorzugehen und dort auf sie zu warten.

»Ich habe dir eine Frage gestellt!« Klarins Freund grapschte nach meinem Handgelenk.

»Lass mich los!«, fauchte ich.

»Und wenn nicht?« Er grinste kalt und packte noch fester zu. Ein Schmerz durchfuhr mich.

»Argh!« Ich zuckte zusammen. Dieser Mistkerl! Das war genau das Handgelenk, das noch vor ein paar Tagen verletzt gewesen war.

»Oh! Tat das weh?«, fragte er hämisch. Demonstrativ begann er noch mehr Druck auszuüben. Tapfer biss ich die Zähne zusammen. Doch es nützte nichts. Ein Schrei entschlüpfte mir, und fast wäre ich auf die Knie gesackt.

»Das macht die Sache für mich natürlich noch einfacher. Hätte nicht gedacht, dass du so schwach bist.«

»Dass ich so *schwach* bin?«, wiederholte ich. Blanke Wut machte sich in mir breit. Man konnte viel über mich sagen. Ich sei unsozial oder kaltherzig. Das war mir völlig gleichgültig. Aber niemand, wirklich niemand, durfte sich erlauben, mich *schwach* zu nennen! Normalerweise konnte ich meine Emotionen, besonders die dunklen – Ärger, Wut, Zorn – gut unter Verschluss halten. Doch dieses Mal konnte ich mich nicht zurückhalten. Am liebsten hätte ich ihm mit meinem Schwert eine ordentliche Lektion erteilt, doch das war zu auffällig. Tomaki hatte selbst gesagt, dass Viis seine Augen überall hatte. Besser wäre es, nicht aufzufallen.

»Niemand nennt mich schwach, kapiert?!«, schrie ich und holte mit meiner anderen Hand zu einem Schlag aus.

Klatsch! Die Backpfeife hatte gesessen. Er schrie auf.

»Spinnst du?!«, brüllte er. Dann bückte er sich und hob einen Stein vom Boden auf. Der wollte doch nicht etwa …? Doch. Wollte er.

»Dir werd' ich's zeigen!« Er zielte mit dem Stein auf

meinen Kopf. Die ganze Zeit über hielt er mein Handgelenk wie in einem Schraubstock gefangen, sodass ich mich nicht wehren konnte. Ich sah den Stein schon auf mich zukommen, da wurde seine Hand plötzlich gestoppt. Wir hielten inne – ich aus Erleichterung, er vor Überraschung. Ein junger Kerl war neben Klarins Freund aufgetaucht. Im ersten Schockmoment erkannte ich bloß Details: Langer tiefschwarzer Mantel, schwarze Brille, schwarze Haare. Moment mal, das war doch der Typ aus der Tankstelle! Der, der nicht bezahlt hatte!

»Tsk. Kein Benehmen, diese Generation«, sagte er, entwand meinem Angreifer den Stein und schleuderte ihn auf den Boden zurück. Dann schob er seine Brille mit dem Mittelfinger von der Nasenspitze zurück auf den Nasenrücken. Sein Blick aus eisblauen Augen lag kurz auf mir, bevor er sich Klarins Freund zuwandte. Der Unruhestifter wollte protestieren, doch von einem Moment auf den anderen geriet er in eine Art Trancezustand.

Sein Kinn fiel nach unten, und er stand mit offenem Mund da und stierte wie ein Dummkopf über den Platz. Genauso schnell, wie dieser unheimliche Zustand eingetreten war, hörte er auf. Der Grobian fasste sich wieder, sein Blick stellte sich scharf, und er erklärte: »Es tut mir leid für die Unannehmlichkeiten. Wird nicht mehr vorkommen.«

Dann verbeugte er sich, wandte den Blick ab und verschwand in der nächsten Nebenstraße. Ich wirbelte zu dem schwarz gekleideten Typen herum. Was auch immer gerade passiert war, er war ganz offensichtlich dafür verantwortlich gewesen. Dem jungen Mann stand ein schwaches Lächeln im Gesicht – das ihm schon im nächsten Moment wieder verging. Er drehte mir den Rücken zu und murmelte: »Es hat noch niemandem geschadet, Danke zu sagen ... Tsk. Was für eine verkorkste Gesellschaft.«

Meinte der etwa mich? Warum mischten sich in der letzten Zeit so viele Leute in mein Leben ein? Sah ich etwa so hilfsbedürftig und schwach aus? Ich war weder das eine noch das andere!

»Hey!«, platzte es aus mir heraus. »Ich hatte das unter Kontrolle! Das hätte ich auch allein hingekriegt! Ich brauche keine Hilfe von Fremden!«

Der junge Mann hielt auf der Treppe, die zur Bibliothek hinaufführte, inne. Ein Windstoß fuhr durch seine tiefschwarzen Haare. Er legte eine Hand an die dicke Tasche, die er sich umgehangen hatte. Dann sah er zu Boden und ballte eine Faust. Ohne ein Wort zu erwidern, ging er die letzte Stufe hinauf und verschwand in der Bibliothek. Sein plötzlicher Abgang verwirrte mich und machte mich gleichzeitig neugierig. Er schien definitiv nicht die Art von Mensch zu sein, die Fremden zu Hilfe eilen. Aber warum hatte er mir dann geholfen?

Klarin würde sich denken können, wohin ich verschwunden war. Schnell hechtete ich die Stufen hinauf und betrat das Gebäude. Wie erwartet fehlte jede Spur von dem mysteriösen Typen.

Warme Luft und ein etwas muffiger, aber angenehmer Duft flogen mir um die Nase. Ich sah mich um und trat an das goldene Geländer heran. Von hier aus konnte ich fast über die gesamte Bibliothek hinweg sehen. Wahnsinn. Überall Bücher, so weit das Auge reichte. In der Mitte waren die Bücherregale in der Form eines großen Zirkels angeordnet. Sie schienen hier alle ineinander zu laufen. Auch an den Wänden hingen große weite Regale, auf denen sich Bücher türmten. Ich sah nach oben. Von der Decke, die sich als gigantische Glaskuppel entpuppte, hing ein prächtiger Kronleuchter herab. Zwei Männer in Uniform standen an einer weit geschwungenen Treppe, die nach unten zu den riesigen Regalreihen im Innern der Bibliothek führte. Ich wandte mich vom Geländer ab und ging zur Treppe. Die Männer musterten mich, nickten mir zu und ließen mich dann passieren. Sofort fiel mir ein großer Plan ins Auge. Ich betrachtete ihn. Die Bibliothek war wie eine große Sonne aufgebaut. Die vielen langen Gänge führten zu speziellen Themengebieten, die in unzähligen abgeschirmten runden Räumen untergebracht waren.

Ich hatte keinen blassen Schimmer, wo sich dieser Typ aufhalten würde. Mein Blick flog über die vielen Themengebiete und stockte plötzlich.

Naturwissenschaften – dritter Gang. Mir kam so ein Gedanke: Ob es dort auch Bücher über diese geheimnisvollen Schuppen zu finden gab? Oder vielleicht sogar über Drachen? Wenn ich schon nicht den jungen Kerl fand, konnte es zumindest nicht schaden, etwas Recherche zu betreiben. Wenn ich hier etwas Brauchbares finden würde, bräuchte ich Tomaki gar nicht mehr fragen. Meine Stimmung hellte sich augenblicklich auf. Ich setzte mich in Bewegung und steuerte auf den dritten Gang zu. Je weiter ich den Gängen folgte, umso stärker wurde der Geruch von alten und muffigen Büchern. Doch das störte mich nicht, ganz im Gegenteil. Neugierig glitt mein Blick über die Titel der vielen verschiedenen Buchrücken.

Großer Atlas der Tiere las ich auf einem und blieb stehen. Hier könnte ich schon fündig werden. Gierig blätterte ich das Buch durch. Doch ich wurde schwer enttäuscht: Nicht ein einziges Wort über einen Drachen oder dessen Schuppen war hier zu finden. Ich gab die Hoffnung noch nicht auf. Ich schlug das Buch wieder zu und schob es zurück zu den anderen. Ich sah mich weiter um und versuchte mein Glück bei ähnlichen Büchern. Aber auch diese waren nicht viel schlauer als das erste. Und dann kam mir ein Gedanke. Es war klar, eigentlich sogar glasklar, dass ich *hier* rein gar nichts über die Vergangenheit oder die Drachen finden würde. Viis würde wohl kaum etwas über die wahre Vergangenheit, hier an einem so öffentlichen Platz, zur Schau stellen. In Gedanken versunken wanderte ich durch die vielen Reihen der Bibliothek und verlief mich prompt. Ich hatte keine Ahnung, wo ich mich befand oder wie ich den Ausgang jemals wiederfinden sollte. Ich tappte weiter durch die Reihen, bog mal links ab, dann wieder rechts. Vielleicht sollte ich mich zunächst nur an einen der Gänge halten. Irgendwann würde ich bestimmt am Ausgang ankommen. Als ich daran dachte, Klarin und Sue hier drin zu suchen, wurde mir schwindlig. Das würde eine ganze Ewigkeit dauern, bis ich sie in den Tiefen der Gänge ausfindig machen würde … Am besten wäre es wohl, wenn ich am Ausgang auf sie wartete. Doch dazu musste ich den Ausgang erst einmal *finden*. Von Weitem erkannte ich ein kleines Schild an der Ecke eines Bücherregals. Erleichtert atmete ich auf. Ein Wegweiser?

Doch als ich näher kam, wurden meine Erwartungen wieder enttäuscht. Kein Wort, geschweige denn ein Pfeil, die mich zum Ausgang hätten leiten können.

Legenden und Sagen prangte in geschwungener und goldener Schrift auf dem Schild. Ich hielt inne. Es zog mich irgendwie an. Vorsichtig folgte ich dem Gang und kam in einem kleineren Raum raus. Hier waren die Reihen parallel zu den Wänden angeordnet, nicht wie im Herzen der Bibliothek zu einem Zirkel. Außerdem war hier keine Menschenseele anzutreffen. Ich war allein und fühlte mich gleich wohl. Neugierig ging ich durch die Reihen und betrachtete die Titel auf den Buchrücken. In diesem Sektor schienen die Bücher ziemlich alt zu sein. Ich streckte meine Hand nach einem beliebigen Buch aus und zog es vorsichtig aus dem Regal. Das Cover war dunkelgrün und mit edlen Bäumen und Ästen verziert. Ich blätterte durch die Seiten. Für einen kurzen Moment schien sich mein Herz zu erwärmen. Doch leider stand auch hier nichts Brauchbares drin. Gerade, als ich es zurückschieben wollte, drängelte sich jemand zwischen mir und dem Regal hindurch und nahm mir das Buch aus der Hand.

»Hey!« Ich sah dem Drängler nach und mir stockte der Atem. Es war niemand Geringeres als der Typ mit den schwarzen Haaren. Er reagierte überhaupt nicht auf meinen Ausruf. Völlig perplex sah ich ihm so lange hinterher, bis er plötzlich abbog und in den Reihen verschwand. Was suchte er bloß in diesem Teil der Bibliothek? Doch im nächsten Moment realisierte ich etwas ganz anderes: Ich hatte eine weitere Gelegenheit verpasst, um herauszufinden, wer er war!

Aber er musste hier noch irgendwo in der Bibliothek sein. Er hatte sich schließlich mein Buch genommen, damit würde er wohl nicht gleich abhauen. Hektisch durchsuchte ich die Gänge. Er konnte überall sein. Ich kam an einer großen Einbuchtung vorbei. In ihr war ein großer Tisch, und um ihn herum standen einige Stühle, auf denen ein paar Leute saßen und durch Bücher blätterten. Ich weitete meine Suche auf die Sitzgelegenheiten aus. Und tatsächlich, fast hätte ich ihn übersehen. In einer unscheinbaren Ecke saß er an einem kleinen Tisch und blätterte konzentriert durch das tiefgrüne Buch.

»Hey«, begann ich nervös. Schlagartig hörte er auf, das Werk zu durchwälzen.

»Ich war noch nicht fertig mit dem Buch«, log ich.

»Sah aber anders aus«, sagte der Typ, ohne aufzublicken. Ich hätte mir vielleicht vorher überlegen sollen, wie ich ihn ansprechen wollte, denn so auf die Schnelle fiel mir nichts Passendes ein. Doch jetzt war die einzige Chance! Verbock es bloß nicht!

»Vorhin... Ich hatte das voll unter Kontrolle. Da brauchte ich deine Hilfe nicht, ich bin nicht schwach«, sagte ich. Der Typ ließ das dicke Buch auf den Tisch fallen. Dann atmete er hörbar laut aus und drehte sich zu mir um. Seine Augen funkelten mich böse an. Das ging ja mal voll nach hinten los. Und als er mich so ansah, spürte ich plötzlich etwas... Komisches. Es fühlte sich so an, als ob er versuchte, sich in meine Seele zu bohren. Der Druck auf meine Brust wurde immer stärker und stärker. Doch dann ließ er wieder nach und verschwand kurze Zeit später. Der Typ riss die Augen auf und hielt inne. Dann drehte er sich auf einmal weg und stand hektisch auf.

»Kannst das Buch haben. Wollte sowieso gerade gehen«, sagte er und verließ den Tisch. Ich hatte noch so viele Fragen: Wie hatte er damals bezahlt? Und wieso hatte der andere Kerl mich vorhin einfach losgelassen? Das war meine einzige Chance, endlich Antworten zu erhalten, und ich hatte es wieder versaut. Super. Ich betrachtete den Tisch, an dem er gerade noch gesessen hatte. Das tiefgrüne Buch lag immer noch genau so da, wie er es da hingeschmissen hatte. Mein Blick wanderte am Tisch entlang. Halt, da war doch noch etwas?! Tatsächlich, eine schwarze Tasche lehnte ganz unauffällig an einem der Stuhlbeine. Hatte er die etwa hier vergessen? Was da wohl drin war? Vielleicht gab mir der Inhalt Aufschluss darüber, was er vorhin mit Klarins Freund gemacht hatte. Neugierig öffnete ich die Tasche und zog ein paar Zettel hervor. Das schienen handgeschriebene Notizen zu sein.

Sehr interessant. Ich setzte mich an den Tisch und überflog die Zettel. Seine Handschrift war so anders als Tomakis damals auf den Notizen. Ganz unsauber und krakelig, ich konnte nicht alles entziffern. Doch das, was ich lesen konnte, reichte völlig aus. In meinem Kopf formte sich gerade der ultimative Plan. Dieser Typ schien, genauso wie Tomaki, über die frühere Zeit Bescheid zu wissen. Beweise dafür fand ich auf seinen Zetteln. Das hieß also, ich musste mich doch nicht auf Tomaki als einzige Quelle verlassen. Endlich hatte ich noch jemanden gefunden, der mir Antworten geben konnte.

Meine Laune hellte sich zusehends auf. Außerdem würde es Tomaki bestimmt freuen, dass ich noch jemanden gefunden hatte, der auch nicht von Viis' Manipulation beeinträchtigt worden war. Jetzt musste ich diesen Typ nur noch dazu bringen, mir das zu erzählen, was ich wissen wollte. Eine Sekunde später wurde mir klar: Ich hielt das ultimative Druckmittel in den Händen. Seine Notizen. Er würde sie garantiert zurückhaben wollen. Sie schienen ihm besonders wichtig zu sein, hier und da waren einige Sachen markiert, an anderen Stellen war noch Platz gelassen, und manchmal war sogar das ein oder andere Fragezeichen zu finden. Er schien sich mit irgendetwas auseinanderzusetzen, doch ich konnte seinen Notizen nicht wirklich folgen. Ich sortierte sie wieder zu einem Stapel zusammen und wollte sie gerade zurück in die Tasche stecken, als plötzlich ein loser Zettel aus dem Stapel herausfiel. Ich legte den Stapel beiseite und hob ihn vom Boden auf. Es schien das Stück einer Landkarte zu sein, denn es zeigte ein Terrain. Mein Atem stockte für einen Moment, als ich dessen Name las.

Land der Bäume stand dort neben einigen Zahlen in schnörkeliger Schrift geschrieben. Laut Tomaki musste dieses Land einst meine Heimat gewesen sein. So sah also das Land aus, aus dem ich ursprünglich stammte? Ich fühlte mich für einen kurzen Moment geborgen. Dann betrachtete ich das Papierstück genauer. Auf der Karte war es als ein Land eingezeichnet, das aus großen Wäldern und Seen bestand. Es war mir, als würde ich die Landschaft direkt vor mir sehen. Sehnsucht überkam mich.

Doch dann begann ich, mich zu wundern. Wieso trug der mysteriöse Typ ein Stück einer Landkarte mit sich herum? Und dann auch noch genau das Stück mit meiner Heimat drauf? Hatte das etwas zu bedeuten? Ich musste ihn einfach zur Rede stellen. Schnell nahm ich den Stapel und legte ihn zurück in die Tasche. Aber das Kartenstück steckte ich selbst ein. Vielleicht würde es mir noch nützlich sein.

Dann kramte ich aus meinem eigenen Rucksack einen leeren Zettel hervor. Darauf kritzelte ich eine Nachricht an den jungen Mann, der garantiert jeden Moment zurückkommen würde, um seine Tasche zu holen. Nun machte ich, dass ich davonkam. Mit seiner Tasche im Gepäck.

Kapitel 11

Ich sah auf die Uhr, die bei Tomaki über dem Herd hing. Heute war ich das erste Mal bei ihm zu Hause. Er wohnte in einem alten verlassenen und ziemlich heruntergekommenen Tempel.

»Kann ich dir etwas zu trinken anbieten?«, fragte er. Er war ziemlich nervös, das merkte ich. Unruhig trat er von einem Fuß auf den anderen.

»Also, ich habe … Tee«, sagte er unsicher. Ich sah zu ihm herüber.

»Aus meinem Garten«, fügte er hinzu. Ich wollte gerade antworten, da kam er mir wieder zuvor:

»Frisch gepflückte Pfefferminze oder doch lieber Brennnessel? Sonst hätte ich auch noch Salbei…«

»Brennnessel«, endschied ich schnell. »Brennnessel ist in Ordnung.« Er nickte und eilte hinaus. Ich setzte mich im Schneidersitz an den kleinen Tisch. Dieser stand in der Mitte des Raumes, der durch eine offene Schiebetür von der Küche getrennt war. Keine Sekunde später sprintete Tomaki auch schon wieder zur Tür herein und setzte das Wasser auf.

»Und was genau ist jetzt deine Bedingung, dass wir diese Aufgabe, also das Sammeln der Schuppen, zusammen angehen?«, fragte er schließlich.

»Meine Bedingung kommt bestimmt gleich«, meinte ich nur. Er sah mich verwundert an. Bevor er etwas sagen oder fragen konnte, klopfte es stark an der Tür.

»Meine Bedingung«, erklärte ich und stand auf.

»Was?« Tomaki begleitete mich zur Tür und öffnete sie. Und da stand er. Der mysteriöse junge Mann mit den schwarzen Haaren.

»W-Was will der denn hier?« Tomaki sah den Neuankömmling entsetzt an.

»Was hat der damit zu tun?«, fragte der Typ in der Tür zur selben Zeit und deutete dabei auf Tomaki. Sie kannten sich also. Umso besser. Ich hielt die Tasche mit den Notizen hoch.

»Jetzt gib sie schon her«, brummte der Fremde unfreundlich.

»Ich mach mit, wenn er sich uns anschließt«, verkündete ich Tomaki.

»Ruta, das kann nicht dein Ernst sein! Jeder, aber doch nicht der!« Tomaki sah mich fassungslos an.

»*Du* bist Ruta Pez? Da hast du sie also doch gefunden, Tomaki ... Die großartige Ruta Pez«, knurrte der Typ plötzlich ziemlich abwertend.

»Sag mir endlich deinen Namen!« Ich konnte auch unhöflich sein, wenn ich wollte. Aber ich hielt mich zurück, schließlich konnte ich diesen Typen noch gebrauchen, so unfreundlich er auch war. Ich durfte ihn jetzt nicht schon wieder verscheuchen. Aber er sah mich nur mit böse funkelnden Augen an und schwieg verbissen.

»Sein Name ist Giove«, sagte stattdessen Tomaki. So abwertend hatte ich ihn noch nie reden hören.

»So ein Kindergarten hier! Ihr verschwendet doch bloß meine Zeit!« Giove rollte genervt mit seinen Augen. »Gib mir jetzt endlich meinen Besitz zurück, oh große Ruta Pez. Oder soll ich vor deiner Großartigkeit erst noch einen Knicks machen?«

»Hör auf, so mit ihr zu reden!« Tomaki sah ihn ziemlich finster an. Seine Laune war nun wirklich auf dem Tiefpunkt angekommen.

»Und wenn ich nicht aufhöre? Was willst *du* dann machen?«, lachte Giove halb. Die Situation drohte zu eskalieren.

»Dann werde ich dir eine Lektion erteilen, die du nicht so schnell vergisst.« Tomaki legte eine Hand auf sein Amulett, bereit, sein Schwert zu ziehen.

»Schluss jetzt!« Ich stellte mich zwischen ihn und Giove.

»Entweder ihr akzeptiert die Bedingungen – oder der Handel ist hier und jetzt beendet.«

»Was interessiert mich euer Handel?«, warf Giove ein.

»Dem da werde ich niemals bei einem seiner bescheuerten Pläne helfen! Das war's für mich. So was Albernes! Behaltet den Scheißdreck doch! Ich brauche diese verdammten Notizen sowieso nicht mehr!« Giove drehte sich um und stapfte wutentbrannt die lange Treppe, die zum Tempel führte, hinunter.

»Ruta ... Ist das wirklich deine Bedingung? Du willst die Aufgabe nur annehmen, wenn er sich uns anschließt?«, fragte Tomaki nach einer Weile. Er sah mich ziemlich finster an. Das kannte ich gar nicht von ihm. Mir lief es kalt den Rücken hinunter. Langsam ließ er die Hand von seinem Amulett sinken.

»Komm erst einmal wieder mit rein.« Er schob mich vor sich her. Ich setzte mich wieder an den kleinen Tisch, und Tomaki servierte den Tee, den er zuvor aufgegossen hatte.

»Sag mal, woher kennst du Giove eigentlich, Ruta?«, fragte er schließlich. Er setzte sich zu mir.

»Ich kenne ihn gar nicht. Nicht wirklich. Das erste Mal habe ich ihn an einer Tankstelle gesehen, wo er zwar etwas gekauft, aber keinen einzigen Bing bezahlt hat. Er hat lediglich mit dem Verkäufer geredet und ist dann gegangen.« Tomakis Miene war ohne jegliche Regung.

»Und gestern war ich in der Bibliothek und habe gesehen, wie er einen Jungen dazu bewegt hat, endlich von mir abzulassen und zu gehen. Giove muss etwas Magisches an sich haben ...«

»›Von dir abzulassen‹?! Was soll das heißen? Hat er dir etwas angetan?« Tomaki sprang vor Entsetzen auf und hätte dabei fast seinen Tee verschüttet.

»Nein, mir geht es gut. Ich hatte alles unter Kontrolle, aber Giove ist trotzdem eingesprungen. Er hatte diesen Typen irgendwie in der Hand, so schien es zumindest. Es war fast wie eine Art Trance. Der Kerl hat sich dann einfach umgedreht, entschuldigt und ist gegangen.« Tomaki beruhigte sich wieder.

»Hast du damals in der Tankstelle gehört, was er und der Tankwart geredet haben?« Er beugte sich über den Tisch.

»Nein, ich stand zu weit weg und außerdem -«

»Hast du gehört, was er zu dem Jungen vor der Bibliothek gesagt hat?«, unterbrach Tomaki mich. Sein intensiver Blick verunsicherte mich.

»N-Nein«, antwortete ich nervös. Worauf wollte er hinaus?

»Und genau das ist der Punkt. Du konntest nie etwas hören, weil er gar nicht gesprochen hat, Ruta.« Ich hob eine Augenbraue. »Und wie hat er es dann angestellt?«, wollte ich wissen.

»Er ist ein Gedankenformulierer. Er manipuliert Menschen, greift in ihre Gedanken ein, formuliert sie dort neu und lässt sie dann nach seinen eigenen Vorstellungen handeln. Er benutzt Menschen zu seinem Vorteil.« Tomaki schüttelte den Kopf. »Und genau das macht ihn so gefährlich. Man kann ihm einfach nicht vertrauen.«

Ich ging die beiden Szenen im Geiste noch einmal durch. Es stimmte, Giove hatte in der Tankstelle tatsächlich nicht geredet. Ich stand direkt hinter ihm – ich hätte jedes Wort gehört. Und sofort schoss mir eine völlig andere Frage durch den Kopf: Wieso hatte er, wenn er diese Fähigkeit besaß, nicht in meine Gedanken eingegriffen? Wieso hatte er sich dann gerade an der Tür nicht einfach mit Hilfe seiner Fähigkeit die Tasche zurückgeholt? Doch dann erinnerte ich mich zurück an das, was gestern in der Bibliothek geschehen war. Als ich Giove zur Rede stellen wollte, hatte er mich intensiv angesehen, direkt in meine Seele, das hatte ich gespürt. Er versuchte, in sie einzudringen. Er drang zwar ein, aber nicht sehr tief. Irgendwie hatte mein Körper ihn abgewehrt, wie einen Virus.

»Mich kann er nicht manipulieren.«

»Ja, das haben schon viele gesagt und gedacht.« Tomaki winkte ab und nahm einen Schluck aus seinem Becher.

»Nein, er hat es bei mir versucht. Aber es hat aus irgendeinem Grund nicht geklappt. Tomaki, ich habe es gespürt.« Dieses Mal sah ich ihm ganz tief in die Augen. Er wagte es nicht, sich auch nur einen Zentimeter zu bewegen.

»Hm.« Tomaki verschränkte die Arme und schloss nachdenklich die Augen. Ich nahm ebenfalls einen Schluck von dem noch warmen Tee. Er schmeckte frisch und hatte einen sehr süßen Nachgeschmack. Tomakis Haare fielen ihm ins Gesicht, als er den Kopf einige Zentimeter zur Seite drehte.

»Hm«, brummte er wieder. Ich nahm noch einen Schluck von dem Tee. Aber warum genau konnten sich die beiden auf den Tod nicht ausstehen?

»Wenn es deine Bedingung ist, damit du dich mir anschließt, dann soll es so sein«, sagte Tomaki schließlich nach reiflicher Überlegung.

»Ich denke sowieso nicht, dass er wiederkommen wird«, meinte ich.

»Oh doch. Er wird schon sehr bald wiederkommen.« Tomaki öffnete seine Augen wieder. »Da bin ich mir ziemlich sicher.«

Kapitel 12

Tomaki sollte recht behalten. Schon am nächsten Morgen stand Giove um exakt die gleiche Uhrzeit wie am Tag zuvor in der Tür und bettelte um seine Tasche.

»Nur wenn du dich uns anschließt«, sagte ich, »werde ich dir deine Tasche wiedergeben.« Er rollte wieder mit seinen Augen und murmelte etwas Unverständliches. Seiner Tonlage nach zu urteilen, konnte es nichts Gutes sein. Mit verschränkten Armen stand Tomaki in der Tür und beobachtete mit ernster Miene das Geschehen.

»Tsk! Selbst wenn ich euch meine Hilfe zusichern würde, woher wollt ihr wissen, dass ich mich nicht mit meiner Tasche auf und davon mache, sobald ich sie hätte?«, zischte Giove.

»Dann werde ich…« Weiter kam ich nicht.

»Wenn du hier ein falsches Spiel mit Ruta treibst, dann werde ich dich umbringen. Sofort, hier und jetzt, verstanden?!«, drohte Tomaki. »Du kannst froh sein, dass es gerade Ruta war, die deine Tasche mit den Notizen gefunden hat, und nicht irgendjemand anderes. Wie blöd bist du eigentlich, so etwas in aller Öffentlichkeit mit dir herumzutragen? Du weißt ganz genau, was mit dir geschehen würde, wenn das jemand findet!«

Giove hielt urplötzlich inne und schluckte.

»D-Das ist doch Erpressung, was ihr hier macht!«, schrie er unsicher.

»Ich sage nur die Wahrheit und das weißt du auch ganz genau!«, warf Tomaki zurück.

»Tzz!« Giove wandte seinen Blick zum Boden. Dem konnte er anscheinend nichts entgegensetzen. Keiner wagte es, auch nur ein weiteres Wort zu sagen. Ich wusste nicht, was für eine Vergangenheit die beiden miteinander teilten, was zwischen ihnen vorgefallen war. Aber es konnte nichts Gutes gewesen sein. Sonst wären sie nicht so kalt und abfällig zueinander. Dabei hatten wir Giove fast so weit. Er war kurz davor, sich auf mein Angebot einzulassen. Doch dieses kleine bisschen war vielleicht ganz einfach aus ihm herauszukitzeln. Vielleicht einfacher, als ich dachte. Ich sah zu Tomaki hinüber. Vielleicht müsste ich allein mit Giove reden? Giove hasste Tomaki und das ziemlich offensichtlich. Doch auch Tomaki schien auf Giove nicht gut zu sprechen zu sein, und solange sie sich immer wieder gegeneinander aufstachelten, würden wir wahrscheinlich morgen noch hier stehen und kein Stück weitergekommen sein. Giove konnte mir nichts anhaben, er konnte meine Gedanken nicht kontrollieren. Ein Versuch, mit ihm allein zu reden, war es wert, beschloss ich.

»Giove, ich will einmal mit dir unter vier Augen reden«, sagte ich. Tomaki warf mir einen besorgten Blick zu. Giove sah auf. Keine einzige Emotion war aus seinem Gesicht abzulesen, als er überraschenderweise zustimmte. Tomaki trat an mich heran.

»Ruta, bist du dir sicher?«, flüsterte er besorgt.

»Ja«, sagte ich bestimmt. Und das schien ihn zu überzeugen, denn er nickte. Dann kam er näher an mich heran.

»Pass gut auf dich auf, Ruta«, flüsterte Tomaki mir ins Ohr. »Wer weiß, wozu er noch fähig ist. Ich werde zur Not eingreifen, du kannst dich auf mich verlassen.«

Bei diesen Worten stellten sich mir sämtliche Haare am ganzen Körper auf. Das hatte Klarin auch gesagt. Er sei da, wenn ich Hilfe bräuchte. Ich könne mich auf ihn verlassen. Ich sollte lieber kein Gift auf Tomakis Worte nehmen.

Schließlich trat er wieder einen Schritt zurück, doch an seiner besorgten Miene hatte sich nichts geändert. Ich nickte Giove zu, und wir gingen gemeinsam die Stufen des Tempels hinunter. Obwohl Giove jegliche Emotion aus seinem Gesicht verbannte, spürte ich, wie angespannt er war.

»Giove«, begann ich ruhig. »Wer bist du?«

»Das hat dir Tomaki doch sicherlich schon lang und breit erzählt«, antwortete er barsch.

»Ich will es aber von dir wissen.« Ich blieb stehen und sah in diese eisigen Augen. Irgendetwas verbarg sich doch hinter diesem Eis. Er blieb ebenfalls stehen und sah zurück.

»Pf. Wieso?«, fragte er knapp und hart.

»Weil ich es eben von dir hören will«, wiederholte ich. Giove sah weg.

»Das wäre dann das erste Mal, dass mich jemand danach fragt«, murmelte er und schob seine Brille hoch.

»Also gut«, sagte er nach einer kleinen Pause. »Mein Name ist Giove. Ich bin ein Krieger aus dem Land des Eises. Wir sind das einzige Volk der Orbica, das in anderer Leute Seelen hineinschauen und so deren Gedanken kontrollieren und neu formulieren kann.« Na also. Fortschritt.

»Danke«, sagte ich und lächelte zaghaft.

»W-Warum lächelst du?« Er sah mich verwirrt und böse zugleich an. »Es ist ein verdammter Fluch, als ein solcher geboren zu werden!«

»Es tut mir leid -«

»Pf. Ich brauche dein Mitleid nicht.«

»Nein, ich wollte sagen, es tut mir leid, dass du das so siehst«, sagte ich. Das Lächeln war mir schon längst wieder vergangen.

»Du hast nicht die geringste Ahnung, oder?«, zischte er genervt.

»Woher auch?!«, flüsterte ich. »Ich kenne nicht einmal mich selbst, wie sollte ich dann dich oder dein Volk kennen? Meine Erinnerungen wurden allesamt ausgelöscht. Das, was ich über mich selbst weiß, ist nicht viel mehr als mein Name.« In mir zog sich etwas zusammen.

»Ich habe genug von diesem Kindergarten hier.«, zischte Giove böse. »Jetzt hat Tomaki dich doch gefunden, die großartige Ruta Pez, was soll da schon schief gehen? Ihr braucht mich doch überhaupt nicht! Mir reicht's, ich hau ab!« Mir reichte es ebenfalls.

»Hey, was zum -« Er wollte sich gerade abwenden, doch ich hatte schnell nach seinem Arm gegriffen und meine Finger in seine Haut gebohrt. Den ließ ich so schnell nicht wieder los!

»Hör bloß auf mit diesem ›großartige Ruta Pez‹ Gerede! Wenn du so genau zu wissen glaubst, wer *ich* bin, dann sag es mir doch!« Es war mein ernster, aber auch drohender Unterton der Giove schließlich zum Schweigen brachte. Er sah mich nachdenklich an.

»Jeder scheint zu wissen, wer ich bin. Ruta Pez hier, Ruta Pez da. Nur ich selbst weiß es nicht. Ich weiß weder wer meine Eltern sind oder wie sie aussehen, noch sonst irgendetwas. Ich bin allein. Selbst meine eigene Schwester habe ich verloren ...« Bei dem Gedanken an Sue kamen mir die Tränen. Ihr kalter Blick, ihre abweisende Art zerriss mir jedes Mal das Herz. Sie war alles, was mir geblieben war. Doch sie hasste mich abgrundtief. Warum? Das würde ich wohl nie erfahren. Ich hatte niemanden. Niemanden, den es überhaupt interessierte, dass ich da war. Niemanden, der sich um mich sorgte oder der sich ernsthaft dafür interessierte, wie ich mich fühlte. Niemanden, mit dem ich reden und meine Gedanken teilen konnte. Für alle anderen war ich nur ein weiterer grauer Fleck in dieser Welt.

»Wie absurd. In einer Welt voller Menschen bin ich völlig allein«, murmelte ich mehr zu mir als zu Giove. Und plötzlich gab es für mich kein Halten mehr. Unkontrolliert rannen mir die Tränen an den Wangen herunter. Schluchzend vergrub ich mein Gesicht in den Händen und sank auf meine Knie. Ich heulte nie vor anderen Personen. Ich hasste es zutiefst. Doch es war, als ob der ganze Schmerz, den ich schon so lange verborgen gehalten hatte, jetzt auf einmal an die Oberfläche kam. Ich konnte ihn nicht mehr verdrängen. Ich hatte mir immer versucht einzureden, dass es mir nichts ausmache, allein zu sein. Doch das stimmte nicht. Als ich damals in die Schule kam, hatte ich versucht, Anschluss zu finden. Doch entweder war ich nicht viel mehr als Luft für die anderen gewesen oder ich wurde schamlos ausgenutzt. Schon bald verlor ich das Vertrauen in andere Menschen und begann mich abzukapseln. Um den Schmerz zu lindern, belog ich mich selbst: Ich bräuchte niemanden, ich käme allein zurecht. Das hatte ich mir immer wieder gesagt, wenn der Schmerz zu groß wurde. Irgendwann begann ich die Lüge zu glauben. Ich war so erbärmlich.

»Was hast du getan?!« Plötzlich war Tomaki da. »Du bist so ein verdammter Mistkerl, Giove!«

»Ich habe nichts ge–« Giove brach ab, als Tomaki ihn grob beiseite schubste. Dann kam Tomaki zu mir und hockte sich neben mich.

»Ist schon gut, Ruta«, flüsterte er mir leise zu und legte eine Hand auf meinen Rücken. Ich sah auf und wurde von Tomakis sanftem Lächeln begrüßt. Er hatte sein Wort gehalten. Er war wegen mir gekommen. Seit er mich das erste Mal gesehen hatte, hatte er mich nicht mehr aus den Augen gelassen. Für ihn war ich keine Luft. Er gab mir tatsächlich das Gefühl, wichtig zu sein, gesehen zu werden. Und obwohl ich ihm die kalte Schulter zeigte, gab er mich nicht auf, sondern bemühte sich umso mehr um mich. Das war mir noch nie zuvor passiert. Tomaki stand auf und hielt mir seine Hand entgegen.

»Komm, lass uns gehen«, sagte er und zwinkerte mir aufmunternd zu. Schnell wischte ich mir die Tränen ab und nahm seine Hand. Er zog seinen Parka aus und legte ihn mir über die Schultern. Inzwischen hatte ich mich wieder einigermaßen unter Kontrolle. Als Tomaki mich in Richtung Tempel schob, drehte ich mich kurz zu Giove um und sah, wie er mir nachschaute. Ertappt drehte er den Kopf weg, schob seine Brille hoch und fuhr sich durch die pechschwarzen Haare.

Ich drehte mich wieder zurück zum Tempel und kuschelte mich in Tomakis Parka. Mir wurde sofort warm. Ich zog mir die große Kapuze über den Kopf, so wie es Tomaki immer tat, wenn ich nicht sehen sollte, dass er weinte. Sie war ziemlich flauschig und roch gut. Irgendwie schien die Skepsis, die ich noch ein paar Tage zuvor so stark in Tomakis Gegenwart gespürt hatte, heute weniger geworden zu sein. Und obwohl ich immer noch eine gewisse Unsicherheit verspürte, beschloss ich, Tomaki zumindest eine Chance zu geben und die Aufgabe anzunehmen.

Denn in einer Welt voller Menschen, war er der einzige, der für mich da war, wenn ich Hilfe brauchte. Da war ich mir jetzt sicher.

Kapitel 13

Shiina sammelte ihre Blätter zusammen.

»Bis morgen dann!«, rief sie lächelnd. Dann hüpfte sie schnell wieder zurück zu ihrem Platz. Morgen war der letzte Tag, an dem wir zusammenarbeiten mussten. Wir waren so gut wie fertig mit der Aufgabe, die uns aufgetragen worden war. Und das Ergebnis konnte sich wirklich sehen lassen. Ich hatte dieses Mal sogar verstanden, um was es ging. Das Thema und seine Zusammenhänge hatten endlich einen Sinn ergeben ... Ich schüttelte den Kopf.

»Was ist los, Ruta?« Tomaki war neben mir aufgetaucht.

»Nichts«, murmelte ich in Gedanken versunken.

»Und Giove hat dich wirklich nicht verletzt?«, fragte Tomaki zum wiederholten Mal. Er war immer noch besorgt wegen gestern.

Wieder schüttelte ich den Kopf. Er schien nicht überzeugt. Doch jede weitere Befragung wurde von zwei quiekenden Stimmen unterbunden.

»Tomaaaki, hast du kurz Zeit?«

»Toomaaki, kannst du uns bitte, bitte in Mathematik helfen?« Höchste Zeit für mich zu verschwinden. Ich schnappte mir meine Tasche. Ich wollte mich gerade unauffällig aus dem Staub machen, da wurde ich von einer starken Hand an der Schulter zurückgezogen.

»Hey, Ruta, warte mal.« Ich drehte mich zu Tomaki um. Er wimmelte die beiden schnell ab und schob mich in den Flur hinaus.

»Ganz anderes Thema«, meinte er dann. »Falls du heute noch nichts vorhast, würde ich dich gern zum Tee bei mir einladen.« Ich wollte aus Reflex ablehnen, aber ich hatte ja beschlossen, Tomaki eine Chance zu geben.

Daher schluckte ich das »Nein danke« runter und nahm die Einladung an. Hundertprozentig vertraute ich Tomaki noch nicht. Ich war mir nicht einmal sicher, ob ich überhaupt jemandem derart vertrauen könnte. Aber es fühlte sich an, als ob ein großes Missverständnis langsam aufgeklärt würde. Ich fühlte mich – überraschenderweise – schon fast wohl in seiner Nähe.

Weniger wohl waren mir bei der Schar von Mädchen, die uns – oder besser gesagt Tomaki – auf dem Schulgelände auflauerten. Mir wurde jedes Mal übel, wenn ich sah, wie sie ihn mit ihrem rosaroten Schleim bewarfen.

Doch Tomaki lächelte jedes Mal freundlich und lehnte jede Einladung höflich ab. Er war viel zu gutherzig zu diesen Heuchlerinnen.

Huch, was dachte ich denn gerade? Solche Gedanken hatte ich zum ersten Mal in meinem Leben. Natürlich wusste ich nicht, ob die Ruta Pez von früher das schon einmal gedacht hatte. Aber sie und ich waren ja auch nicht ein und dieselbe Person.

Als wir endlich aus der Schule heraus waren, kamen wir den Rest des Weges relativ schnell und unbehelligt voran.

»Welchen Tee magst du eigentlich am liebsten?«, fragte Tomaki, um die Stille zwischen uns zu brechen. Er verschränkte die Arme hinter seinem Kopf und sah mich gut gelaunt an.

»Weiß nicht«, murmelte ich. Natürlich könnte ich ihm meinen derzeitigen Lieblingstee nennen. Aber ich traute mich nicht, ich wusste doch nicht, ob es auch der Lieblingstee der anderen Ruta Pez war. Ich wusste so wenig über mein damaliges Ich. In gewisser Weise kannte Tomaki sie besser als ich. Allein die Vorstellung, von ihr abzuweichen, war eine Qual für mich. Tomaki und nun auch Giove hatten eine gewisse Vorstellung davon, wie Ruta Pez zu sein hatte. Es war wie ein Spiel, zu dem ich die Regeln nicht kannte. Mit jeder Sekunde baute sich der Druck weiter auf, nicht die Ruta Pez zu sein, die sie brauchten. Eine kalte Brise ließ mich erschaudern. Der Wind wurde von Tag zu Tag eisiger. Schnell vergrub ich meine ausgekühlten Hände in den Taschen.

»Also die Ruta Pez, die ich kenne, mag gern Brennnesseltee«, sagte Tomaki.

»D-Den mag ich auch!«, ich riss meine Augen auf.

»Natürlich!«, lachte Tomaki, »Du bist ja auch die Ruta Pez, die ich meine.«

Vielleicht wich ich ja doch nicht so sehr von meiner vorherigen Version ab?!

»Tomaki?«, fragte ich vorsichtig. »W-Wie war ich denn früher so?«

»Hm ...« Tomaki legte eine Hand an sein Kinn und betrachtete mich nachdenklich.

»Na ja, du warst im ganzen Land als starke und schlaue Kriegerin bekannt.«

»Ich kann es immer noch nicht recht glauben.« Wieso sollte so jemand wie ich bekannt gewesen sein?

»Was sagst du da? Natürlich warst du das! Du und deine Schwester Sue, ihr wart zum Symbol des Widerstands geworden.«

»Wieso das denn?«

»Ihr habt das Land der Bäume bis zum letzten Atemzug verteidigt. Viis höchstpersönlich musste bei euch einmarschieren, sonst hättet ihr euer Land niemals aufgegeben.«

»Wieso haben wir denn aufgegeben? Hatten wir solche Angst vor ihm?«

»Angst? Nein. Ihr wart furchtlos. Aber er hat eure Seen mit seiner Magie vergiftet. Und ... na ja, die Seen waren Lebensgrundlage für so viele Lebewesen ... irgendwann gab es keine andere Möglichkeit, als zu kapitulieren. Jedenfalls hat euch jeder dafür bewundert, dass ihr euch so lange gegen Viis gewehrt habt. Ihr habt den Menschen Hoffnung gegeben. Hoffnung, dass diese Welt doch noch nicht verloren ist. Auf der ganzen Welt hat man davon gesprochen, wie ihr wieder und wieder gegen seine Truppen vorgegangen seid. Es hieß, dass ihr die Bäume auf eurer Seite hattet und dass sie Viis' Truppen einige Streiche gespielt haben, um euch zu unterstützen.«

»Die Bäume?«, warf ich ungläubig ein.

»Ja, natürlich. Schließlich habt ihr euch immer gut um sie gekümmert, genauso wie um die vielen Seen, die es überall in eurem Land gab. Euer ganzes Volk schützte die Bäume wie ihre eigenen Kinder. Ihr Wohl stand immer an erster Stelle. Was auch dazu führte, dass ihr eher kleinere Siedlungen hattet und keine dicht bevölkerten Dörfer oder gar Städte, wie es sie zum Beispiel im Land der Gedankenformulierer oder im Land der Magier gab. Diese beiden Länder waren weiter entwickelt als eures. Oft wollten sie bei euch roden, um ihren stetig wachsenden Bedarf zu decken. Doch ihr habt das nicht zugelassen, egal was sie euch im Austausch dafür geboten haben.« Tomaki lachte.

»Ihr habt euch gegen viele Sachen gewehrt. Jede Modernisierung wurde abgelehnt. Denn dazu hättet ihr ja Bäume fällen müssen, das kam für euch nicht in Frage. Ich denke, dadurch seid ihr eins der ursprünglichsten und natürlichsten Völker der Orbica gewesen. Euer Land bestach durch seine Natürlichkeit. Von überall her kamen die Menschen, um sich bei euch zu erholen. Eure Luft war einfach so klar und gesund wie in keinem anderen Land. Klar, dass du das bis zum letzten Tag schützen wolltest.«

Ich hörte Tomaki wie gebannt zu. So etwas hatte ich also gemacht? Wie gern wäre ich jetzt in diesem wundervollen Land.

»Woher weißt du so viel über mein Land?« Tomaki lächelte. »Na, von dir. Du hast mir dein ganzes Land gezeigt. Jeden Winkel und jede Abkürzung. Wir haben auch ab und an zusammengearbeitet.«

»Wirklich?!« Ich sah ihn ungläubig an.

»Klar«, Tomaki nickte. »Als der Krieg begann, haben wir viel zusammen unternommen. Du hast mir dein Land gezeigt, hast mir Kampftechniken beigebracht, die ich mir im Traum nicht hätte vorstellen können. Du hast mir damals so viel geholfen.« Tomaki sah in den Himmel, in Gedanken war er weit weg in vergangenen Zeiten. Ich hatte ihm geholfen?! Das konnte ich mir gar nicht vorstellen. Wie sollte so jemand wie ich ihm eine Hilfe sein?

»Nur durch dich bin ich zu dem geworden, was ich jetzt bin, Ruta«, sagte Tomaki und lächelte mich an.

»Wie das?«, fragte ich.

»Ich kann mich noch genau an den Tag erinnern, als ich aufgeben wollte. In meinem Volk war es üblich, dass man eine Kampfkunstschule besuchte und sich dann in großen Wettkämpfen einen Namen und Ehre verdiente. Jedoch hatten diese Kampftechniken, die dort gelehrt wurden, nichts mit der Realität eines echten Kampfes gemein. So hatte ich irgendwann die Nase voll – von dem Druck, gut sein zu müssen und diese unbrauchbaren Dinge zu erlernen. Ich schmiss alles hin und wäre am liebsten unter die Erde gegangen. Aber dann traf ich dich.« Seine Augen begannen zu funkeln.

»Unser erstes Treffen war ziemlich chaotisch. Ehrlich gesagt haben wir vom ersten Moment an Seite an Seite gekämpft.

Und nachdem wir gemeinsam die Feinde in die Flucht geschlagen hatten, schlossen wir uns zusammen. Ich wollte von dir lernen und bin dir deshalb in dein Land gefolgt. Ich lernte so viel mehr als nur Kampftechniken. Vor allem über mich selbst. Früher war ich ein Typ, der schnell aufgegeben hat, wenn etwas aussichtslos erschien. Doch du hast mir gezeigt, dass Aufgeben keine Option ist. Dass es immer einen Weg gibt und man ihn nur finden muss.« Ich sah Tomaki fassungslos an. Das alles soll ich getan haben? Ich war beeindruckt. Dazu würde es mir jetzt an Mut fehlen.

»Als dein Land fiel und der Bevölkerung ihre Erinnerungen genommen wurden, wäre ich fast daran zerbrochen. Aber dann habe ich mich an deine Worte erinnert. Deshalb habe ich niemals aufgegeben, dich zu suchen. Und siehe da, eines Tages stolperst du mir vor die Füße.« Tomaki grinste.

Das frühere Ich war wirklich zu beneiden. Sie schien mit Sue zurechtgekommen und Tomaki ein guter Lehrer gewesen zu sein. Auch schien sie unglaubliche Ausdauer und Treue ihrem Volk gegenüber gehabt zu haben. Garantiert war sie eine sehr starke Kriegerin gewesen. Das komplette Gegenteil von meinem jetzigen Ich. Jetzt war ich schwach, Sue ignorierte mich und Tomaki war mir in allem um Längen voraus. Ich war echt unnütz.

»Wie konnte sich das alles so drastisch ändern?«, hauchte ich.

»Na ja, denkst du, dass er so jemand wie dich in seiner Cosmica haben wollte?«, fragte Tomaki. Ich sah ihn fragend an.

»Hätte er dir nur deine Erinnerungen geraubt und dich ansonsten unberührt gelassen, dann wäre es nur eine Frage der Zeit gewesen, bis du ihn gestürzt hättest. Er fürchtete so jemand Starken wie dich in seiner Welt. Deshalb hat er dich so verzaubert, dass von deinem früheren Glanz nichts mehr übrig ist. Er hat dich und deine Welt grau gemacht.« Ich schaute hoch.

»Er ist dafür verantwortlich, dass alles so grau ist?«

»Ja«, nickte Tomaki. »Du solltest ihm auf gar keinen Fall gefährlich werden. Sie sorgten dafür, dass du dich schlecht eingliedern kannst, dass deine Stärken sich in Schwächen verwandelten, dass du von deinen Liebsten isoliert bleibst. Du solltest nie wieder zu deiner alten Stärke zurückfinden.«

»Aber wenn ich ihm so ein Dorn im Auge bin, warum hat er mich dann nicht gleich umgebracht?«, fragte ich nachdenklich.

»Keine Ahnung. Vielleicht wollte er dich nach all der Mühe, die du ihm beschert hast, lieber leiden sehen. Ich für meinen Teil bin sehr froh darüber, dass er dich nicht getötet hat. Aber wenn ich weiter überlege, warum er dich am Leben gelassen hat ... ich meine, außer um dich zu quälen, dann kommt mir schon der eine oder andere Grund in den Sinn.«

»Zum Beispiel?«

»Vielleicht braucht er dich irgendwann noch für etwas. Keiner weiß, was er für die Zukunft geplant hat. So jemand Besonderen wie dich gibt es eben nur einmal auf der Welt. Noch nicht einmal deine Schwester kann dir das Wasser reichen.«

Er musste die Panik in meinem Blick gesehen haben, denn schnell fügte er hinzu: »Aber egal, was er für einen Plan mit dir hat, er hat die Rechnung ohne mich gemacht. Ich werde immer an deiner Seite sein. Was auch immer er vorhat, ich werde es nicht zulassen. Das schwöre ich bei meinem Leben.«

Er sah mir tief in die Augen. »Ich lasse nicht zu, dass dir irgendwer noch einmal etwas antut.«

»Ich nehme dich beim Wort«, sagte ich und lächelte. Das war das erste Mal, dass jemand so etwas zu mir sagte. »Enttäusch mich bloß nicht«, fügte ich hinzu.

Tomakis Miene hellte sich augenblicklich auf.

»Du kannst dich hundertprozentig auf mich verlassen!«, sagte er aufgeregt. »Und ich werde auch dafür sorgen, dass du zu deiner alten Stärke zurückfindest. Und wer weiß, vielleicht kommen dann auch deine Erinnerungen zurück.«

»Meinst du wirklich?« Meine Stimmung hob sich bei diesen Worten.

»Versprechen kann ich das natürlich nicht, aber es wäre doch möglich. Es gibt immer einen Weg. Aufgeben ist keine Option. Schon vergessen?«

Kapitel 14

Ich stieg die steilen Stufen, die zu Tomakis Tempel führten, hinauf. Oben angekommen klopfte ich mehrmals an die Tür. Doch nichts regte sich.

»Tomaki, bist du da?«, fragte ich vorsichtig. Keine Antwort.

»Ich komme jetzt rein«, kündigte ich leise an und schob die Tür zur Seite. Tomaki schien wirklich noch nicht da zu sein. Ich schob die Tür hinter mir wieder zu. Dann schlüpfte ich aus meinen Schuhen heraus und gerade, als ich sie vor den Absatz stellen wollte, hielt ich inne. Dort stand ein weiteres Paar Schuhe, doch sie gehörten nicht Tomaki. Sie waren schwarz. Mir blieb die Luft weg. Augenblicklich ließ ich meine Schuhe auf den Boden plumpsen und sprintete zum Aufenthaltsraum. Stürmisch riss ich die Tür zur Seite. Tatsächlich. An dem kleinen Tisch in der Mitte des Raumes saß Giove. Dass ich ihn so schnell wiedersehen würde, hätte ich nicht gedacht.

»Was machst du denn hier?«, platzte es aus mir heraus.

»Ich bin nur hier, um meinen rechtmäßigen Besitz entgegenzunehmen«, entgegnete Giove scharf. »Und da du ja jetzt hier bist, kann ich endlich gehen.«

Wie, er wollte schon wieder abhauen? Ich sah ihn schräg an. Es sah nicht so aus, als wäre er eben erst angekommen. Es schien so, als hätte er hier schon längere Zeit auf mich gewartet. Doch jetzt auf einmal wollte er sich schon wieder aus dem Staub machen? Das machte keinen Sinn. Warum hatte er überhaupt auf mich gewartet? Er hätte genauso gut mit den Notizen abhauen können.

Ich erinnerte mich zurück an unser letztes Zusammentreffen. Als ich mich noch einmal umdrehte, hatte er mir nachgesehen und dann ertappt zu Boden geblickt. Es stimmte also doch nicht, dass ihn das alles nicht interessierte. Es war alles nur eine Fassade.

»Du bist hergekommen, um dich zu entschuldigen und mit uns zusammen zu arbeiten, nicht wahr?«, sprach ich mutig meine Gedanken aus.

»Wa-« Er hielt inne, dann stand er eilig auf, schnappte sich seine Tasche und warf sich den Mantel über die Schultern.

»D-Das habe ich doch gar nicht nötig!«, sagte er verärgert. Seine Reaktion zeigte, dass ich vollkommen recht hatte. Doch so einfach ließ ich ihn dieses Mal nicht davonkommen. Aber wie konnte ich ihn nur dazu bewegen zu bleiben? Wie von selbst wanderte meine Hand zu meiner Hosentasche. Das hätte ich ja fast vergessen!

»Irgendetwas muss dir doch an mir liegen. Wieso solltest du sonst eine Karte von meinem Land mit dir herumtragen?«, fragte ich und zog blitzschnell die Landkarte meines Landes aus der Tasche hervor. Demonstrativ hielt ich sie in die Höhe. Giove, der gerade hatte gehen wollen, warf kurz einen Blick über die Schulter. Er brauchte einige Sekunden, um zu realisieren, was ich da in meinen Händen hielt.

»Woher hast du ...«, hauchte er ungläubig. Hastig begann er fluchend in seiner Tasche herumzuwühlen.

»Sie ist nicht da. Ich habe sie. Hast du geglaubt, ich lasse dich wieder einfach so abhauen?«, entgegnete ich. Giove sah mich böse an.

»Gib sie wieder her!«, forderte er energisch.

»Warum trägst du ein Stück Landkarte von meinem Land mit dir herum?«, fragte ich erneut. Giove kniff seine Augen zu kleinen Schlitzen zusammen.

»Das geht dich gar nichts an«, knurrte er. »Und jetzt gib sie schon her!«

»Es geht mich garantiert etwas an«, fauchte ich zurück.

»Ach, dann behalte sie doch!«, sagte Giove wütend. »Mir doch egal!«

»Ich denke nicht, dass dir das so egal ist«, murmelte ich und verschwand zielstrebig in der Küche.

»H-Hey, was hast du vor?« Sofort ließ Giove alles fallen und hechtete mir hinterher. Von wegen ihm war das alles egal!

»Das hier«, antwortete ich bissig. Im nächsten Moment holte ich eine Streichholzschachtel aus einer Schublade. Giove sah mich entsetzt an.

»Sag mal, spinnst du?!«, entfuhr es ihm.

»Beantworte mir meine Frage und dem Stück wird nichts passieren«, entgegnete ich. Langsam schoben meine Finger die Schachtel auf.

Giove wurde immer nervöser.

»Das verstehst du doch sowieso nicht«, fauchte er.

»Das werden wir ja sehen.« Ich holte ein Streichholz hervor und legte es am Feuerstreifen an, bereit zum Anzünden.

»Schon gut, schon gut! Ich erzähl dir alles, was du wissen willst«, gab Giove endlich nach. »Aber lass bitte dieses Stück Karte aus dem Spiel! Gib es mir gefälligst zurück!«

Dass ich eigentlich Angst vor Feuer hatte und das Streichholz deshalb nie wirklich angezündet hätte, blieb mein kleines Geheimnis.

»Gut.« Ich legte das Streichholz zurück in die Schachtel und ließ sie wieder in die Schublade fallen. Wir setzten uns an den kleinen Tisch, und ich gab Giove die Karte zurück.

»Es war reiner Zufall, dass ich ein Stück gerade mit *deinem* Land gefunden habe«, begann Giove. Ich betrachtete ihn schweigend.

»Es ist wirklich eine lange Geschichte, die ich noch keinem vorher erzählt habe« fuhr er fort. Ich nickte.

»Also gut. An diesen Tag kann ich mich noch ganz genau erinnern. Am Morgen bin ich unter einem Baum neben einem Fluss aufgewacht. Keine Ahnung, wie ich da hingekommen war. Jedenfalls hatte ich wichtige Informationen in Erfahrung gebracht und musste diese so schnell wie möglich an mein Volk weitergeben. Ich befand mich im Land der Flüsse – das letzte Land, bevor ich über das Meer auf unsere Insel kam. Ich reiste also zu Fuß bis an die Küste und nahm mir dann ein Boot für den restlichen Weg. Das Ganze dauerte noch nicht einmal zwei Tage.«

Giove machte eine kurze Pause, um die Brille von der Nasenspitze wieder zurück auf den Nasenrücken zu schieben.

»Doch als ich im Land des Eises ankam, spürte ich schon beim Betreten der Insel, dass irgendetwas nicht stimmte. Und mein Gefühl hatte mich nicht getrogen. Meine Heimat war einem schlimmen Überfall zum Opfer gefallen. Das ganze Dorf war völlig zerstört, es lag in Schutt und Asche. Doch ich habe erst richtig realisiert, was vorgefallen war, als ich vor dem Haus meiner Eltern stand. Sie hatten es dem Erdboden gleich gemacht. Nichts, rein gar nichts war verschont geblieben. Ich begann nach meinen Eltern, nach irgendjemandem zu schreien. Doch es kam keine Antwort. Nichts. Auch jetzt noch, wenn ich an diesen Moment zurückdenke, werde ich traurig und wütend zugleich.« Gioves Hände begannen zu zittern.

»Ich habe das ganze Dorf nach den Leichen meines Volkes, meiner Eltern abgesucht. Aber das Komische war, ich habe niemanden gefunden. Nichts, noch nicht einmal irgendwelche sterblichen Überreste. Es war, als hätte es mein Volk nie gegeben.« Er verstummte und starrte eine Weile ins Leere. Ich ließ ihm Zeit.

»Das Einzige, was ich an diesem bitterlichen Tag vorfand«, fuhr er schließlich fort, »war dieses Stück Landkarte. Ich musste es einfach mitnehmen. Und heute erinnert es mich immer an diesen Tag, es erinnert mich daran zurück, nicht aufzugeben und weiter nach meinem Volk zu suchen – und nach der Wahrheit zu streben.« Giove sah mich über seine Brille hinweg eindringlich an.

»Ich will wissen, was an diesem Tag vorgefallen ist. Das ist meine Aufgabe. Ich gebe nicht eher auf, bis ich mein Volk gefunden habe. Bis ich Antworten auf meine Fragen erhalte und die Gerechtigkeit, die mein Volk verdient, wiederhergestellt ist.«

»Die Gerechtigkeit deines Volkes?«

»Mein Volk hat nicht immer im Land des Eises gelebt. Wir wurden dorthin vertrieben.« Giove sah mich an. Sein Ausdruck war kalt, so kalt, dass mir ein Schauer den Rücken herunterlief.

»Vertrieben?«, fragte ich vorsichtig nach. Er nickte.

»Ich war noch klein, als es geschah. Aber das ändert an der Sache nichts. Es war schlimm. Schlimmer, als man es sich je vorstellen kann. Es gab viele Tote, viele Verletzte und noch mehr Schmerz. Wir wurden zu Unrecht vertrieben. Deshalb will ich auch hier die Wahrheit finden und Gerechtigkeit für mein Volk einfordern.«

»Und das alles willst du ganz allein machen?«, fragte ich. Giove sah mich an.

»Ich erwarte keine Hilfe von anderen. Nicht so wie damals, als ich gewartet habe. Darauf, dass jemand uns beistand. Doch niemand half uns, als wir vertrieben wurden. Nicht dein Volk noch sonst wer. Noch nicht einmal das Volk aus dem Land der Winde hat uns verteidigt«, sagte er abfällig. »Wieso sollte mir dann heute jemand helfen? Ich brauche auch keine Hilfe. Weder von dir noch von Tomaki. Das kriege ich allein hin.«

So war das also.

»Wie meinst du das, noch nicht einmal das Volk aus dem Land der Winde hat euch geholfen? Waren sie eure

Verbündeten? Standen sich eure Völker nahe?«, fragte ich.

»Das ist eine andere Geschichte«, entgegnete er. »Eine, die ich jetzt nicht auch noch erzählen werde, ich habe bereits viel zu viel geredet. Und das mit jemandem, den ich gar nicht richtig kenne.«

»Aber jetzt verstehe ich zumindest –«

»Hm? Was willst du verstehen?«, fragte Giove.

»Dass du so bist, wie du bist. Du hast eine Menge durchgemacht.« Ich sah in seine tiefen Augen, die schon so viel gesehen haben mussten. So viel Leid. Ob ich auch so viel Leid gesehen hatte und mich jetzt bloß nicht daran erinnern konnte? Würde sich Giove auch lieber an nichts mehr erinnern wollen?

»Sag mal«, begann ich vorsichtig. »Würdest du das alles lieber vergessen?«

»Tse. Was für eine Frage. Natürlich würde ich mir wünschen, das alles wäre nie passiert.«

»Nein, ich meine, würdest du dir nicht lieber wünschen, dass auch dein Gedächtnis gelöscht worden wäre? Sodass du dich an all diese schlimmen Sachen nicht mehr erinnern kannst?«

»Garantiert nicht! Diese schlimme Zeit hat mich zu dem gemacht, was ich jetzt bin. Ich habe eine Aufgabe und diese werde ich auch ausführen. Gerechtigkeit und Aufklärung – das sind meine Ziele! Wenn ich all das nicht wollte, dann wäre ich schon längst zu Viis gegangen und hätte mich reinigen lassen. Was glaubst du sonst, warum ich jetzt hier sitze und mich mit dir darüber unterhalte?« Giove war ziemlich aufgebracht. Ich sah ihn mit schief gelegtem Kopf an.

»Also willst du dich uns doch anschließen!«, stellte ich fest.

»Was? Nein, garantiert nicht!«

»Du hast doch gerade selbst gesagt ...« Ich schnaubte

frustriert. Ich wurde aus diesem Typen einfach nicht schlau.

»Eine Hand wäscht die andere«, versuchte ich es auf eine andere Art und Weise. »Ich bekomme vielleicht mein Gedächtnis zurück, wenn Tomaki und ich alle Schuppen gesammelt haben. Vielleicht kann ich dir dann auch etwas zu deinem Volk sagen und zur Aufklärung beitragen. Weißt du was, ich mache dir ein Angebot: Wenn du dich uns anschließt, dann helfe ich dir, für Gerechtigkeit zu sorgen«, schlug ich vor.

»Tse. Als ob«, winkte Giove ab.

»Also willst du weiterhin für dich allein durch diese falsche Welt wandern? Obwohl es hier zwei Menschen gibt, die ein ähnliches Ziel wie du verfolgen?! Das ist unlogisch.« Giove hielt inne. Seine Taten unlogisch zu nennen, das passte ihm gar nicht. Das stand ihm eindeutig ins Gesicht geschrieben.

»Schließe dich Tomaki und mir an«, wiederholte ich eindringlich. Giove sah mich an. Dann stand er plötzlich, ohne ein Wort zu sagen, auf, schnappte sich die Tasche und warf sich den Mantel über die Schultern.

»H-Hey, Giove, warte!«, rief ich, doch da war er schon im Flur verschwunden. Schnell hechtete ich hinter ihm her und erreichte ihn an der Tür.

»Hey! Wie lautet deine Antwort, Giove?«, fragte ich ein letztes Mal.

»Bis bald. Ich weiß ja jetzt, wo ich euch finden würde«, antwortete er nur und verschwand durch die Tür nach draußen. Ich hörte noch, wie er die Stufen hinunterrannte. Das war doch ein »Ja«. Oder?

Kapitel 15

Tomaki stand mit dem Rücken zu mir in der Küche, in jeder Hand eine Einkaufstüte.

»Tut mir leid, Ruta, dass es heute bei mir etwas länger gedauert hat«, sagte er, »ich hoffe, du musstest nicht so ewig warten.«

»Tomaki, wir müssen sofort aufbrechen!« Ich nahm seine Hand und zog ihn hinter mir her. Bei meinem Anblick ließ Tomaki vor Schreck die Tüten fallen. Sie zerrissen und der Einkauf rollte in alle Richtungen über den Boden davon.

»Was, wie?« Tomaki wusste gar nicht, wie ihm geschah.

»Ruta, wieso bist du denn verwandelt?«

»Keine Zeit zum Reden!« Schnell schlüpfte ich in meine Schuhe und lief zur Tür hinaus. Gerade, als ich lossprinten wollte, hielt Tomaki mich zurück.

»Hey, Ruta, jetzt warte doch mal kurz«, sagte er verwirrt.

»Erklär mir doch erst einmal, warum du so aufgeregt bist! So kenne ich dich gar nicht!«

»Aber die Schuppe! Wir müssen doch die Schuppe finden, bevor es Viovis tut. Ich dachte, wir suchen die Schuppen jetzt zusammen?! Hast du gar nicht bemerkt, dass dein Amulett leuchtet?« Er sah an sich herunter, auf das Amulett und schüttelte dann den Kopf. »Ne, tut mir leid. Hab's nicht mitgekriegt.« Er deutete beschämt auf die verstreuten Lebensmittel. »War ja einkaufen.« Er betrachtete mich eingehend.

»Aber nur wegen dieser Schuppe bist du doch nicht so aufgeregt, oder?«

Ich sah ihn an. Ja, es gab tatsächlich noch einen anderen Grund. Woher wusste er das?

»Ich kenne dich eben«, flüsterte er, als ob er meine Gedanken lesen konnte. Ertappt drehte ich meinen Kopf weg.

»Es gibt einen anderen Grund«, murmelte ich leise.

»Der da wäre?«

»Giove hat sich uns angeschlossen... glaube ich.« Tomaki hielt inne. Doch dann lächelte er sanft.

»Ich wusste, dass du es schaffen würdest, ihn zu überzeugen. Keine Sorge, ich werde mich benehmen.« Er deutete in Richtung meines Schwertes.

»Aber du hast recht: Wenn wir uns jetzt nicht endlich beeilen, dann ist Viovis noch vor uns bei der Schuppe.« Ich nickte und wartete, bis Tomaki sich ebenfalls verwandelt hatte.

»In welche Richtung müssen wir gehen?«, fragte er. Ich sah auf das Schwert. Das Licht des Steines war ziemlich schwach. Auch Tomaki zog sein Schwert hervor. Ich drehte mich auf der Stelle, bis der Stein wieder stärker leuchtete.

»Da entlang!«, rief Tomaki mit erhobenem Finger. Sofort sprinteten wir gemeinsam los. Die Steine führten uns nach Süden. In dieser Gegend war ich noch nie gewesen. Ich kannte mich hier überhaupt nicht aus.

»Ob wir jemals zurückfinden werden?«, murmelte ich verloren.

»Mach dir darum keine Sorgen«, meinte Tomaki lachend.

»Wenn sich hier einer richtig gut auskennt, dann ich. Wir befinden uns doch auf dem Gebiet, wo einst mein Volk gelebt hat.«

»Das ist also das Land der Winde?«

»Genau! Aber früher sah es hier natürlich viel schöner aus.« Wir folgten einem Weg, der über eine Hügellandschaft verlief. Die Erde war matschig und aufgewirbelt, das Gras braun und vermodert. Kein Wunder, zu dieser

Jahreszeit. Ab und zu schmückten einige kahle Bäume die Landschaft.

»Warum sieht es hier so schlimm aus?«, fragte ich.

»Die Energie, die Viis für seine Magie benutzt, kommt ja nicht von ungefähr. Er nutzt die der Natur, er saugt den Pflanzen ihre Lebensenergie aus. Und dadurch stört er das Gleichgewicht. So verödet das Land irgendwann und es sieht überall so aus wie hier. Bald wird es keine Pflanzen mehr geben. Und das wird auch unser Untergang sein. Deshalb dürfen wir keine Zeit verlieren und müssen die Schuppen so schnell wie möglich finden.« Ich nickte und blickte in die trostlose Ferne. Wie es wohl in meiner Heimat aussah? Herrschte dort jetzt auch schon diese Ödnis? Das Licht der Steine wurde stärker.

»Wir sind auf dem richtigen Weg«, flüsterte Tomaki.

Ich sah auf. Irgendetwas war da in der Ferne. Ich kniff mein Augen zusammen, um besser erkennen zu können, was dort auf dem Hügel stand. Und im nächsten Moment erkannte ich ihn.

»Tomaki!« Ich griff nach vorn und zog an seinem Parka.

»Hm?« Er blieb stehen.

»Da ist Viovis!«, flüsterte ich. Wenn eine Schuppe auftauchte, dann war auch mit Viovis zu rechnen. Das hatte ich bereits gelernt. Doch als ich Tomaki zeigen wollte, wo ich ihn gesehen hatte, war er plötzlich verschwunden.

»Er war gerade noch da!«

»Er weiß also, dass wir auch da sind.« Tomaki sah sich um. »Er wird uns bestimmt irgendwo auflauern. Wir sollten unbedingt auf einen Kampf mit ihm vorbereitet sein. Du brauchst keine Angst zu haben. Ich bin ja auch noch da. Wir sollten ihn bloß nicht unterschätzen.« Ich nickte ernst.

»Allerdings sollten wir etwas gegen das hier machen«,

sagte Tomaki und zeigte auf seine Haare. Er nahm seine langen weißen Haare, die vom Wind in alle Richtungen gewirbelt wurden, zusammen und band sie zu einem Pferdeschwanz. Er holte ein blaues Band aus seiner Tasche heraus und wickelte es um den Zopf. Interessiert sah ich ihm dabei zu.

»Unsere Landsleute haben sich früher oft solche Zöpfe gebunden. Weil der Wind bei uns so stark war und die Haare dann doch ziemlich durcheinander gewirbelt hat«, erklärte er. »Die Haare könnten uns beim Kämpfen Nachteile verschaffen, weil sie unser Blickfeld stören ... Ich kann dir auch gern so einen Zopf binden.« Er zog ein weiteres blaues Band aus seiner Hosentasche. Noch bevor ich reagieren konnte, stand er schon hinter mir. In nächsten Moment spürte ich nur noch, wie er mit seinen Fingern ganz langsam und sanft durch meine langen Haare fuhr. Ich bekam eine Gänsehaut. Erschrocken wich ich einen Schritt nach vorn. Mein Haar entglitt seinen Fingern. Ich drehte mich zu ihm herum, und Tomaki ließ seine Hände sinken.

»Ruta, es tut mir leid, ich war wohl etwas zu voreilig«, sagte er. »Ich wollte dich nicht bedrängen. Ich habe es aus Gewohnheit gemacht.«

»Gewohnheit?«, fragte ich. Er nickte. »Früher habe ich dir oft einen Zopf nach der Art meines Volkes gebunden.«

»Oh.«

»Aber du kannst ihn dir ja auch selbst binden.« Er reichte mir das Band.

»Danke«, murmelte ich. Die Gänsehaut verschwand allmählich und auch mein Herz beruhigte sich wieder etwas.

Kapitel 16

Wir glitschten weiter durch den ekligen Matsch, bis sich vor uns im Nebel ein kleiner Hügel erhob. Wir gingen davon aus, dass Viovis nicht lange auf sich warten lassen würde.

»Da muss es sein«, flüsterte Tomaki.

Ich nickte und wir stürmten den Hügel hinauf.

»Siehst du sie schon irgendwo?«, fragte er.

Ich schüttelte den Kopf.

»Aber wir sind nah dran«, antwortete ich und sah auf mein Amulett, das inzwischen ununterbrochen leuchtete. Leise tappten wir weiter. Plötzlich hörte ich ein Rascheln hinter mir. Ich fuhr herum. Mein Puls raste. Auch Tomaki sah sich angespannt um.

Dann nickten wir uns zu. Wir dachten dasselbe: Vorsichtig sein, Viovis könnte uns jeden Moment überraschen. Ich ging weiter, übersah eine kleine Delle im Boden und knickte mit dem Fuß um.

»Argh!« Ich sackte in den Matsch.

»Ruta, alles in Ordnung?!«, rief Tomaki mir besorgt zu.

»Ich bin nur umgeknickt.« Ich hielt mir den Knöchel, und mein Blick wanderte zu der Delle, die mich zu Fall gebracht hatte. Langsam schob ich mein Bein zur Seite. In dem dunklen und gatschigen Grau kam plötzlich etwas unnatürlich Rotes zum Vorschein. War das etwa die Schuppe?

»Na bitte«, hörte ich noch, bevor ich im nächsten Moment zu Boden geschleudert wurde.

Ich hatte mich noch gar nicht von dem Angriff erholt, als ich schon wieder an meinen Haaren aus dem Matsch nach oben gezogen wurde.

»Scheiße!«, hörte ich Tomaki fluchen. Dem Geräusch

nach zu urteilen, glitschte er so schnell er konnte durch den Matsch zu mir.

»Na los, sammle die Schuppe ein und gib sie mir«, raunte Viovis mir von hinten ins Ohr. Mir lief ein Schauer über den Rücken, als ich seinen kalten Atem in meinem Nacken spürte. Seine Nähe war mir unangenehm, ich konnte sie fast nicht ertragen! Viovis' Nähe war eine ganz andere als Tomakis vorhin.

»Verdammtes Arschloch!«, schrie Tomaki und holte zu einem Schlag aus. Blitzschnell riss Viovis meinen Kopf an den Haaren nach hinten und legte die scharfe Kante seines Schwertes an meine Kehle.

»Das würde ich nicht tun, Tomaki«, knurrte er. Tomaki stoppte augenblicklich und biss die Zähne aufeinander. Ich keuchte unkontrolliert. Die scharfe Klinge an meiner Kehle ließ mich erstarren. Gleichzeitig begann ich am ganzen Körper zu zittern. Wenn er nur ein bisschen mehr Druck ausüben würde, würde die Klinge meine Kehle durchschneiden. Dann wäre es vorbei. Mir kamen die Tränen. Früher hatte es für mich keinen Unterschied gemacht, ob ich lebte oder nicht. Ich hatte keine Zukunft für mich gesehen und das Leben war mir egal gewesen. Doch jetzt spürte ich diese Panik, diesen Wunsch, überleben zu wollen. Ich wollte noch nicht aus dieser Welt scheiden! Ich hatte noch so viel mit Tomaki vor! Ich wollte ihm doch helfen! Ich wollte wieder zu der großartigen Ruta Pez von früher werden! Ich wollte eine bessere Zukunft herbeiführen! Mir rannen Tränen die Wangen herunter.

»So, und jetzt machst du das, was ich dir sage, Ruta Pez, wenn du nicht sterben willst«, zischte Viovis. Seine schneidende Stimme klang wie eine Schlange.

Durch wässrige Augen sah ich zu Tomaki rüber. Bei seinem Anblick durchfuhren mich Kälte und Hitze zugleich. Ich kannte inzwischen schon viele Gesichter von Tomaki, aber so finster und aufgebracht hatte ich ihn noch nie gesehen. Unsere Blicke trafen sich. »Vertrau mir«, schien seiner zu sagen. Hinter der Bitte wütete der blanke Zorn. Die Tränen rannen immer schneller und schneller aus meinen Augen. Was hatte er nur vor? Er hatte es gerade einmal ein paar Schritte in meine Richtung geschafft, als Viovis' Aufmerksamkeit sich von mir auf ihn verlagerte.

»Bleib zurück! Oder willst du, dass ich sie umbringe?«, schrie Viovis. Doch Tomaki kam unbeirrt näher. Mit jedem seiner Schritte drückte Viovis seine Klinge stärker gegen meine Kehle. Ich begann zu röcheln. Und im nächsten Moment ging alles ganz schnell. Tomaki holte zu einem Schlag aus. Ich sah nur noch, wie sein Schwert auf mich zukam. Wollte er mich umbringen? Hatte ich doch von Anfang an recht gehabt? War Tomaki doch nicht auf meiner Seite? War das alles nur gespielt? Nein, ich hatte beschlossen ihm zu vertrauen. Also sollte ich es versuchen. Ich wollte vor Angst aufschreien, doch im nächsten Augenblick wurde ich zur Seite geschmissen.

»Verfluchter Mistkerl!«, brüllte Viovis und schwang sein Schwert vor seinen Körper, um Tomaki abzublocken. Rasselnd begannen die Schwerter aufeinander zu klirren, immer wieder unterbrochen durch schlimme Flüche. Schnell, wenn auch ein bisschen benommen, rappelte ich mich wieder auf und stürzte zur Schuppe. Ich berührte sie mit dem Schwert, und wie durch ein Wunder löste sich der Dreck von ihr. Mit zitternden Händen hob ich sie auf und ließ sie gerade noch rechtzeitig in meiner Tasche verschwinden. Keine Sekunde später schrie Tomaki: »Ruta, pass auf!«

Blitzschnell wirbelte ich herum und riss das Schwert aus der Hülle. Ganz knapp konnte ich Viovis' harten Schlag parieren. Und dann übernahmen meine Hände die Schwertführung. Sie wussten genau, was sie taten. Ich holte zu einem Schlag aus, er konnte meinen Angriff gerade so abwehren. Ich drehte mich und holte zu einem weiteren Schlag aus. Mit voller Wucht knallte mein Schwert auf Viovis' Klinge. Es hinterließ eine kleine Kerbe. Viovis schrie vor Wut auf und fluchte entsetzlich. Wie wild begann er mit seinem vernarbten Schwert herumzufuchteln. Er versuchte, mich irgendwie dabei zu erwischen, hoffte wohl auf einen Zufallstreffer, und ließ dabei das Gefälle außer Acht.

Plötzlich stolperte er über seine eigenen Füße. Fiel zu Boden. Sein Schwert platschte neben ihm in den Matsch. Tomaki kam herangestürmt. Holte zum Schlag aus. Ich hielt inne. Würde er Viovis jetzt umbringen? In mir spannte sich alles an. Zwar war uns Viovis schon ein Dorn im Auge, aber Tomaki könnte ihn doch nicht einfach so töten!?

Viovis sah vom Boden auf, und in seinem Gesicht stand die pure Angst. Im nächsten Moment ritzte Tomakis heftiger Schlag einen gewaltigen Schlitz in das Gesicht des Knienden. Sofort quoll Blut als dickflüssige Suppe hervor, Viovis schrie auf und krümmte sich vor Schmerzen. Das Blut begann sich mit dem Boden zu vermischen. So viel Blut auf einmal. Mir wurde übel. Ich sah zu Tomaki hinüber und bemerkte, wie er plötzlich innehielt. Er begann auf einmal zu keuchen und zu schnaufen. Seine Hände fingen an zu zittern und seine Augen wurden groß. Dann sackte er in sich zusammen und fiel neben Viovis in den Dreck.

»Tomaki!«, schrie ich und hechtete zu ihm.

»Nein, nein«, murmelte Tomaki vor sich hin und starrte wie in Trance auf den Boden.

»Tomaki, komm!«

Ich versuchte, ihn am Arm nach oben zu ziehen.

»Lass uns bloß von hier verschwinden!«

Er kam wieder zu sich, schüttelte den Kopf und rappelte sich hoch. Ich sah zu Viovis hinüber, doch an dem

Platz, wo er gerade eben noch gelegen hatte, war nur noch eine Blutlache zu sehen.

»Schnell, Tomaki, komm!« Energisch zog ich ihn hinter mir her. Zumindest die Richtung, aus der wir kamen, hatte ich mir gemerkt. Den ganzen Rückweg über schwiegen wir. Ich wusste nicht, warum. Vielleicht, weil mir noch übel von dem Geruch von Viovis' Blut war oder weil ich vom Geschehen geschockt war.

Dass Tomaki jemanden derart übel zurichten konnte, machte mir Angst. Ob er wohl auch schon Menschen getötet hatte? Ich erschauderte bei dem Gedanken daran. Doch noch mehr Angst bekam ich bei dem Gedanken daran, dass ich auch Menschen umgebracht haben könnte. Tomaki hatte gesagt, dass ich im Krieg gegen Viis gekämpft hatte. Da blieb das Töten sicherlich nicht aus. Hatte auch ich Menschen kaltblütig umgebracht? Das konnte – und wollte – ich mir gar nicht vorstellen ... Wir waren an den Stufen, die zu Tomakis Tempel führten, angekommen. Tomaki wies mit einer Handbewegung hinauf.

Ich murmelte ein Dankeschön und trat an ihm vorbei. Dass er nichts sagte, verunsicherte mich. Wie sollte ich damit umgehen? Was war nur los mit ihm? Ich ging einige Stufen hinauf und beobachtete, wie sich Tomaki noch einmal umdrehte und sich umsah. Dann folgte er mir. Als wir oben angekommen waren, sah er noch einmal in alle Richtungen, bevor er mir in den Tempel folgte. Ich setzte mich an den kleinen Tisch in der Küche. Tomaki sammelte die Einkäufe ein, die immer noch auf dem Boden verstreut lagen.

»Was möchtest du essen?«, fragte er schließlich mit einem gequälten Lächeln. Ich war froh, dass er das Schweigen endlich brach, doch es war irgendwie anders. Nicht so, wie ich es mir vorgestellt hatte.

»Reis«, sagte ich und fügte noch ein »Bitte« hinzu.

Tomaki nickte nur knapp und wandte sich dann der Küchentheke zu. Danach wurde die Stille nur ab und zu von einem Scheppern der Töpfe unterbrochen. Normalerweise hätte Tomaki schon längst irgendetwas gesagt, damit keine Stille zwischen uns aufkam.

Sollte ich uns aus dieser Stille befreien? Sollte ich etwas sagen? Aber *was* sollte ich nur sagen? Oder sollte ich doch lieber schweigen? Vielleicht wollte er auch in Ruhe nachdenken und ich würde ihn nur verärgern, wenn ich ihn davon abhalten würde.

»Hier.« Tomaki unterbrach meine Gedankenspirale, indem er zwei Schüsseln auf den Tisch stellte. Er setzte sich zu mir. Dann klatschte er seine Hände zweimal zusammen.

»Guten Appetit.« Er legte den Kopf schräg und versuchte zu lächeln. Doch es gelang ihm nicht.

»Danke«, murmelte ich leise. Ich löffelte meinen Reis, die ganze Zeit auf die richtige Gelegenheit wartend, etwas zu sagen. Doch sie kam nicht. Wann war der richtige Zeitpunkt überhaupt? Vielleicht nach dem Essen? Mein ganzer Körper war angespannt und mein Herz begann wie wild zu pochen.

»Tomaki, ist alles in Ordnung?«, würde ich sagen. Genau. Sobald er mit dem Essen fertig war. Endlich legte er den Löffel zur Seite. Ich öffnete meinen Mund, doch es kam nichts heraus. Kein Wort. Ich konnte es nicht aussprechen. Warum nicht? Ich sprach diesen Satz in meinem Kopf so oft wie nur möglich aus, warum konnte ich ihn nicht einfach fragen, wie jeder normale Mensch? Ich fühlte mich so machtlos. Ich konnte Tomaki noch nicht einmal fragen, was los war. Verdammt, ich kriegte es einfach nicht über die Lippen! Warum nur? Doch ich wusste, warum ich es nicht sagen konnte. Ja, ich wusste es. Ich hatte Angst. Angst, das Falsche zu sagen. Nicht alle Erinnerungen waren mir geraubt worden. Die jüngsten waren noch ganz frisch. So wie die an die Schule, die in dieser Situation in mir wieder aufstiegen.

»Absurde Gedanken hat die«, hatten sie gesagt, wenn ich mich meldete.

»Denkt die überhaupt nach?«, hatten sie gerufen.

»Das ist so gar nicht richtig, Ruta Pez«, sagte selbst die Lehrerin.

»Wie dumm bist du eigentlich?!« Das hatte wehgetan. Ich hatte es nicht mehr hören wollen, darum hatte ich lieber gar nichts mehr gesagt. Hatte das Grau eingelassen, wurde still und unsichtbar. Und unsichtbare Mädchen stellten für gewöhnlich keine Fragen.

Tomaki nahm das Geschirr, stand auf und begann, die Teller abzuspülen. Aber vielleicht war ich jetzt stark genug und konnte ihn fragen?!

»Moment, Tomaki, ich helfe dir.« Ich stellte mich neben ihn.

»Geht schon, Ruta. Ich kann das auch allein. Kannst dich wieder hinsetzen. Danke«, murmelte er.

»Na gut.« Ich verschwand wieder. Ich war so ein Feigling. Später gesellte Tomaki sich wieder zu mir. »Es ist schon dunkel draußen«, sagte er. »Ich begleite dich nach Hause.«

»Du musst nicht ...« Ich wollte ihm nicht auch noch das Gefühl geben, dass er etwas für mich machen musste. Er hatte schon so viel getan.

»Bist du dir sicher? Wegen der Dunkelheit.«, fragte Tomaki. Allein bei dem Wort »Dunkelheit« blieb mir die Luft weg.

»Oh. Ja. Gut. Wenn es dir nichts ausmacht, dann, ähm, dann komm bitte mit.«

»Nein, nein, es macht mir nichts aus.« Er sah zu Boden, statt zu lächeln, wie er es sonst getan hätte. Er schien irgendwo anders mit seinen Gedanken zu sein. Doch wo nur? Ich schlüpfte in Schuhe und Mantel.

»Dann los«, murmelte Tomaki und schob die Tür zur Seite. Es war eine sternenklare Nacht. Ein eisiger Windhauch ließ mich frösteln. Ich hauchte in die Nacht. Mein Atem wurde als weißer Nebel sichtbar.

Es war so kalt! Tomaki zog die Tür hinter mir zu und dann gingen wir schweigend Richtung Bahnhof. Der nächste Zug kam schon in wenigen Minuten. Die Bänke waren jetzt zu kalt, um sich draufzusetzen, darum trat ich von einem Bein aufs andere. Ich hoffte immer noch, die passende Gelegenheit zu finden, etwas zu sagen.

»Tomaki, was ist los?« – mehr müsste ich nicht fragen. Die Worte hörten sich so einfach an in meinem Kopf. Aber ich bekam sie nicht über die Lippen. Ein lautes Quietschen holte mich zurück in die Realität, ein Zug kam auf dem Gleis vor uns zum Stehen. Die Türen öffneten sich zischend. Wir setzten uns. Außer uns war niemand in diesem Abteil. Kein Wunder, um diese Uhrzeit. Ich sah zu Tomaki hinüber. Er schaute gedankenverloren aus dem Fenster in die dunkle Landschaft hinaus. Die Worte blieben mir immer noch im Hals stecken. So sehr ich es versuchte, ich konnte nichts sagen.

Verdammt.

Kapitel 17

Diese Straße kannte ich nur zu gut. Eine Reihe weiter und schon waren wir bei Klarins Haus angekommen. Ich hatte es immer noch nicht geschafft, ihn zu fragen. Ich hatte keinen perfekten Moment gefunden. Doch irgendwie schien es nie den richtigen Zeitpunkt zu geben. Brauchte man denn immer einen perfekten Moment? Warum sollte eigentlich immer alles so perfekt in dieser Welt sein? Ich fasste mir ein Herz und blieb stehen.

»Ruta …?«, fragte Tomaki verwundert.

»Wir müssen hier entlang.« Ich zeigte auf eine der Nebenstraßen.

»Aber das ist ein Umweg.«

»Ich möchte gern hier entlang gehen«, hörte ich mich sagen. Oh Gott.

Was dachte er nun von mir?

»Was für absurde Gedanken sie doch hat.«

»Wieso will sie einen längeren Weg gehen?«

»Wie dumm.«

Alle diese Sätze schwirrten in meinem Kopf herum. Würde er auch so etwas sagen? Ich wurde unsicher. Hätte die Ruta Pez von früher das auch gemacht? Doch Tomaki nickte nur. Ohne eine Regung. Ohne ein Wort. Damit hatte ich nicht gerechnet.

Ja, ich würde mehr aus mir herausgehen müssen, um etwas zu verändern. Bestimmt hatte die Ruta Pez von früher auch ab und zu die Stille gebrochen.

»Du hast mir viel geholfen«, hatte Tomaki über unsere Beziehung gesagt.

Also konnte ich doch jetzt auch versuchen, ihm zu helfen. Ich griff nach Tomakis Ärmel und hielt ihn zurück. Tomaki stoppte sofort und drehte sich überrascht um. Gerade, als er etwas sagen wollte, kam ich ihm zuvor.

»Tomaki. Ist alles in Ordnung mit dir? Seit dem Kampf bist du so anders.«

Oh. Es war eigentlich gar nicht so schwer gewesen, diese Worte auszusprechen. Nein, ganz im Gegenteil. Als ich in sein verwundertes Gesicht sah, war meine ganze Angst plötzlich wie weggeblasen.

»Danke«, flüsterte er, »dass du dir Sorgen um mich machst.« Und dann lächelte er sein Tomaki-Lächeln. Zwar nicht exakt so, wie ich es kannte, aber es war immerhin ein Anfang.

»Lass uns weitergehen. Es wird sonst zu kalt, wenn wir hier stehen bleiben«, sagte er leise. Schnell ließ ich meine Hand von seinem Ärmel fallen und folgte ihm.

»Vorhin, das… das mit Viovis hat mich sehr an früher erinnert. Als ich ihm diese Wunde zugefügt habe, da kamen schlimme Erinnerungen in mir hoch… Es erinnerte mich an mein Volk. Wie es abgeschlachtet wurde.«

Er machte eine Pause. Es fiel ihm sichtlich schwer, darüber zu sprechen.

»All das … Blut, das aus ihren Gliedern quoll. Und diese Schreie. Ruta, sie haben vor Schmerzen geschrien! Ich habe so viele Freunde verloren…« Die letzten Worte sprach er mit bebenden Lippen aus. »Meine besten Freunde sind vor meinen Augen gestorben. Und ich konnte nichts, rein gar nichts machen.« Seine Hände begannen wieder zu zittern.

»Mit einem Schlag waren sie weg. Wir hatten vorher noch zusammen geredet, zusammen gegessen, zusammen Spaß gehabt. Und mit einem einzigen Schwertschlag war das alles vorbei. Wenn man doch nur die Zeit zurückdrehen könnte, verdammt. Ich hätte besser auf sie aufpassen sollen.«

»Dich trifft keine Schuld«, flüsterte ich. »Einzig und allein Viis ist schuld an all dem. Wäre er nicht gewesen, dann wäre es erst gar nicht so weit gekommen.«

Tomaki sah weiter bedrückt zu Boden.

»Die Vergangenheit ist Vergangenheit. Wir sollten uns jetzt auf die Zukunft konzentrieren und die Dinge wieder ins Gleichgewicht bringen, dass dein Volk und deine Freunde nicht umsonst gestorben sind. Ich glaube, wenn sie jetzt von oben auf dich hinabblicken, dann unterstützen sie dich eher, als dass sie dich für ihren Tod verantwortlich machen würden. Lass uns für sie alle unser Bestes geben.«, sagte ich. Ich lächelte ihn schwach an, unsicher, ob meine Worte ihm helfen würden.

»Ja, Ruta«, flüsterte er schließlich. »Du hast recht. Lass uns auch weiterhin unser Bestes geben.« Er wischte sich mit dem Ärmel übers Gesicht. Wir gingen weiter. In einigen Häusern, an denen wir vorbeikamen, brannte noch Licht. Tomaki sah hinauf zum Sternenhimmel.

»Oh, sieh mal, da oben: Der kleine Drache«, sagte er freudig. Ich blickte hinauf. »Ich sehe da keinen Drachen.« Tomaki lächelte.

»Das ist ein Sternbild«, erklärte er ruhig. Er blieb stehen, hob einen Finger in die Luft und zeigte in den Himmel.

»Ich sehe da oben nichts als einen großen Haufen Sterne«, gab ich zu.

»Du musst schon genauer hinsehen«, meinte er lachend. Ich strengte mich an, dort oben etwas zu erkennen. Doch so sehr ich es auch versuchte, der Sternhaufen blieb bestehen.

»Du stehst ja auch völlig falsch.«

Tomaki legte seine Hand auf meine Schulter und drehte mich ein kleines Stück. Dann zeichnete er mit der anderen Hand ein paar Linien in die Luft.

»Wie ist es jetzt?«

Wieder schüttelte ich den Kopf. Was um alles in der Welt sollte ich denn da oben erkennen?

»Ruta, du bist wirklich ein hoffnungsloser Fall.«

Er schüttelte lachend den Kopf.

»Wie gemein«, murmelte ich. »Dabei hatte ich doch gerade neue Hoffnung geschöpft.«

»Was hast du gesagt?« Tomaki drehte sich zu mir um.

»Nichts.«

»Ach, komm schon! Ich habe es nicht verstanden. Sag es bitte noch einmal.«

»Vergiss es!« Ich drehte schnell meinen Kopf weg, »Lass uns weitergehen.« Ich setzte mich in Bewegung. Noch eine Straße und wir wären da.

»Hey, warte doch mal, Ruta!« Tomaki trabte hinter mir her, bis er mich eingeholt hatte. »Ich werde noch herausfinden, was du gesagt hast.«

»Nein!« Ich hielt lachend eine Hand hoch, um ihn auf Abstand zu halten.

Aber zumindest hatte er jetzt bessere Laune. Er war nicht mehr so nachdenklich und bedrückt. Und er konnte wieder lachen. Dieser Tomaki gefiel mir besser. Mit diesem ganz besonderen Tomaki-Lächeln.

»Was ist los? Warum freust du dich so?«

»Du kannst wieder lachen«, erklärte ich bereitwillig. »Das gefällt mir besser.«

»Ach so, ähm, ja. Gut …« Er legte verlegen eine Hand in den Nacken. »Da wären wir.« Er zeigte auf Klarins Haus.

»Wir sehen uns dann morgen. Schlaf gut.«

»Bis morgen«, sagte ich und verschwand im Haus. Ich fühlte mich gut. Ich war dabei, eine neue Welt kennenzulernen. Es war, als ob Tomaki mich an die Hand nahm und mich langsam in eine Welt ohne Grau führte.

Kapitel 18

Ich ging in die Schule hinein, entlang an den Schuhschränken, bis ich mein Fach gefunden hatte, tauschte die Schuhe und schlich dann den Flur weiter entlang bis zum Klassenzimmer, wo ich nun meine kostbare Zeit verschwenden musste. Ich setzte mich auf den harten Stuhl.

»Guten Morgen«, Tomaki schlenderte mir entgegen.

»Morgen«, murmelte ich zurück. Ich sah aus dem Fenster.

»Es wird von Tag zu Tag immer kälter«, fröstelte er. Ich nickte zustimmend, drehte dann meinen Kopf wieder vom Fenster weg und sah in die Klasse. Es hatten sich kleine Grüppchen gebildet, hier und da sprachen Schüler miteinander. Shiina wandte sich plötzlich von einem Mädchengrüppchen ab und kam in unsere Richtung. Die Mädchen tuschelten und sahen ihr kichernd hinterher.

»Guten Morgen, Tomaki! Guten Morgen, Ruta!«, strahlte sie uns von ganzem Herzen an.

»Guten Morgen, Shiina«, antwortete Tomaki höflich wie immer.

»Morgen«, grummelte ich müde.

»Tomaki, ich wollte dich noch etwas zu einer dieser Aufgaben hier fragen«, sagte Shiina. »Vielleicht kannst du mir kurz helfen?« Ich verdrehte die Augen. War ja klar, dass sie nicht wegen mir hier herübergekommen war.

»Gern«, stimmte Tomaki zu. »Bis nachher, Ruta.« Wenige Minuten später betrat auch schon der Lehrer den Raum, und die Schüler setzten sich an ihre Plätze. Ab jetzt konnte ich wieder abschalten. Ich stützte mein Kinn auf die Hände, und mein Blick schweifte aus dem Fenster. Manchmal liefen ein paar Leute vorbei, ab und zu jagten einige verdorrte Blätter vorüber. Gerade wollte ich meinen Blick vom Fenster lösen, als ich eine Bewegung wahrnahm. Eine Person trat vor die Schule und ließ langsam die Kopfhörer von den Ohren gleiten.

Giove?! Was um alles in der Welt wollte der denn hier? Es schien, als betrachtete er die Schule. Er sah hier und dort hin, manchmal hatte ich sogar das Gefühl, dass er mich direkt anstarrte. Nach einer Weile setzte er sich die Kopfhörer wieder auf und verschwand in die Richtung, aus der er gekommen war. Seltsam. Mein Blick schweifte durch den Raum zur Uhr. Dem Lehrer blieben nur noch wenige Minuten, um uns Hausaufgaben aufzudrücken. Er schrieb etwas an die Tafel. Selbst wenn ich mir Mühe gegeben hätte, wäre ich nicht dahinterkommen, was ich mit den Zahlen anfangen sollte. Schließlich war der Unterricht beendet und die lärmende Pause begann. Tomaki sah zu mir herüber. Dann stand er auf und kam mir entgegen.

»Ziemlich schwer, was wir zur Zeit haben, meinst du nicht?«, fragte er. Ich murmelte zustimmend, obwohl ich keine Ahnung hatte, wovon er sprach.

»Ah, da fällt mir ein, ich wollte dich fragen, ob du heute Abend wieder mit mir zusammen essen willst?« Ja, ich konnte mich an den Gedanken gewöhnen, nicht mehr jeden Abend mein eigenes verkochtes Zeug essen zu müssen. Aber ein wenig schuldig fühlte ich mich schon.

»Ist es auch wirklich in Ordnung für dich, wenn ich bei dir esse? Weil, ähm, dann musst du ja zwei Portionen kochen ...«

»Das macht mir gar nichts aus. Ich koche lieber etwas mehr, als allein essen zu müssen. Also, was soll ich heute Abend machen?«

»Ist mir egal«, sagte ich mit Blick aus dem Fenster. Vielleicht würde ich Tomaki heute Abend beim Essen von Giove berichten. Tomaki setzte sich zu mir, und wir unterhielten uns für den Rest der Pause. Die Unterhaltung war etwas einseitig, da er die meiste Zeit redete, aber das störte mich nicht. Die nächste Unterrichtsstunde grübelte ich darüber nach, ob es vielleicht ein Fehler gewesen war, Tomaki zu sagen, es sei mir egal, was er heute kochen würde. Mir schmeckte eben nicht alles.

Aber da er mich schon mitessen ließ, war es mir eventuell gar nicht erlaubt, irgendwelche Forderungen zu stellen. Trotzdem kam ich mir immer noch ein wenig schlecht vor. Auch wenn er gesagt hatte, dass es in Ordnung für ihn sei. Ich erinnerte mich an die Feiern von Klarin und Sue. Da hatten sie ihre Gäste auch bekocht, und die Gäste hatten im Gegenzug für die Einladung eine Kleinigkeit für die beiden mitgebracht. Oft wurde ich von anderen Schülern in meinem Jahrgang gefragt, wann denn Klarins und Sues ach so tolle Partys wieder stattfinden würden. Ich ignorierte diese Fragen immer.

Vielleicht sollte ich Tomaki auch etwas mitbringen. Auch wenn es nur etwas zum Essen wäre. Zumindest etwas, womit ich meine Dankbarkeit ausdrücken könnte. Schließlich hatte er mir zweimal das Leben gerettet. Eine kleine Geste war schon längst überfällig. Nach der Schule erzählte ich Tomaki daher, dass ich noch etwas zu erledigen hätte, und suchte einen dieser Läden auf, die einfach alles hatten. Die Regalreihen waren wie ein großes Labyrinth. Und ich wusste noch nicht einmal, wonach ich eigentlich Ausschau halten sollte. Ich blieb stehen.

Meine ganze Aktion kam mir plötzlich sinnlos vor. Ich wusste ja noch nicht einmal, was Tomaki gern aß und was nicht. Was er gern hätte oder gebrauchen könnte. Wenn ich's mir recht überlegte, wusste ich eigentlich ziemlich wenig über ihn. Ich ging weiter. Eine junge Dame mit hohem Dutt und Namensschild kam auf mich zu.

»Entschuldigen Sie, kann ich Ihnen vielleicht helfen?«

»Ich suche eine Kleinigkeit für jemanden, der gern kocht.« Natürlich wusste ich nicht wirklich, ob Tomaki das »gern« tat, aber diese Tätigkeit war eine der wenigen Sachen, die ich über ihn wusste: Er kochte. Zwangsweise, er musste ja auch irgendwie über die Runden kommen. Er lebte immerhin allein. Aber das, was er kochte, schmeckte immer gut. Ich hingegen war froh, wenn ich bei meinen eigenen Gerichten gerade noch erkennen konnte, was ich ursprünglich zubereiten wollte.

»Ah!« Die Frau strahlte mich an und führte mich in eine Ecke mit Küchenartikeln.

»Vielleicht ein neuer Topf sehr hochwertiger Qualität oder so was hier.« Sie zeigte auf ein Paar Topflappen, die mit vielen kleinen roten Herzchen verziert waren.

»Für einen Mann, bitte«, stellte ich klar. Die Verkäuferin lächelte noch breiter.

»Für einen Mann also, ja?«, quiekte sie aufgeregt. Wir gingen ein paar Schritte weiter und blieben vor Kochschürzen stehen.

»Wie wäre es mit einer davon?«, sagte sie begeistert und zog eine schwarze Schürze aus dem Regal. Sie trug den Schriftzug »Chefkoch«. Ich schüttelte den Kopf. Die Frau zauberte eine weitere aus dem Regal. »Vielleicht dann eher so etwas?« Wieder schüttelte ich den Kopf.

»Ich werde selbst schauen, danke«, sagte ich, nachdem sie mir eine weitere Schürze zeigte, die gar nicht meinem Geschmack entsprach. Sie nickte höflich und verschwand um die nächste Ecke. Ich fuhr mit dem Finger durch die vielen Schürzen, die nebeneinander aufgehängt waren. Mein Blick blieb an einer kleben. Sie war dunkelblau und fühlte sich ziemlich weich an. Ich nahm sie am Bügel heraus.

»Noch heißer als der Herd«, stand als feuriger Schriftzug auf der Brust. Ich spürte, wie mein Kopf heiß wurde. Schnell hängte ich sie wieder zurück. Die nahm ich definitiv nicht! »Herd-Nerd« stand in dicken Druckbuchstaben auf der nächsten. Wer um alles in der Welt kaufte denn solche Schürzen? Ich suchte weiter und fand schließlich eine ziemlich auffällig bedruckte hellblaue Schürze. Der Druck bestand aus vielen kleinen roten Tomaten, die über die ganze Schürze verteilt waren. Passte doch irgendwie zu Tomaki. Und der Gedanke zählte, nicht wahr?

Ich trug die Schürze zur Kasse und bezahlte. Dann machte ich mich auf den Weg zu Tomakis Tempel. Dort angekommen, klopfte ich an die Tür.

»Tomaki?«, fragte ich vorsichtig. Keine Minute später wurde die Tür auch schon geöffnet.

»Ah, Ruta. Komm doch rein«, begrüßte er mich.

»Hier. Ähm, für gestern und heute. Als Dankeschön.« Rasch drückte ich ihm die Tüte in die Hand, bevor ich noch zu viel darüber nachdenken konnte.

»Oh, danke.« Überrascht nahm er die Tüte an sich. Ich zog meine Schuhe aus und wollte sie gerade neben Tomakis stellen, als ich plötzlich innehielt. Dort standen schon wieder Schuhe, die ich nicht kannte.

»Darf ich nachsehen, was drin ist?«, fragte Tomaki. Ich nickte.

»Oh!«, Tomaki holte die Schürze aus dem Beutel heraus und beäugte sie grinsend.

»Nur ein kleines Dankeschön. Wenn sie dir nicht gefällt, musst du sie auch nicht tragen«, sagte ich schnell. War es komisch, dass ich ihm etwas schenkte?

»Damit wir quitt sind. Du hast mir zweimal das Leben gerettet und jetzt lässt du mich ja immer mitessen«, fügte ich unsicher hinzu. Doch Tomaki grinste nur.

»Danke schön«, sagte er und zog sie sich über. »Die kann ich gut gebrauchen.«

»Ja, ähm, gern«, stotterte ich und beeilte mich, in die Küche zu kommen. Mein Blick fiel sofort auf die Person, deren Schuhe ich im Flur gesehen hatte. Es war niemand Geringeres als Shiina.

»Hallo, Pez!« Sie strahlte mich an. Ich setzte mich ihr gegenüber an den Tisch.

»Hallo«, knurrte ich zurück. Ich wollte sie gern fragen, was sie hier zu suchen hatte, aber das wäre vielleicht unhöflich. Außerdem war die Frage in der nächsten Sekunde schon überflüssig geworden.

»Willst du dir auch von Tomaki bei den Hausaufgaben helfen lassen?«, fragte Shiina mit großen Augen.

»Nein.« Ich war nur wegen des Essens hier, fügte ich in Gedanken hinzu, und mir lief das Wasser im Mund zusammen.

»Ah, also hast du die Hausaufgaben schon fertig?« Sie stützte ihren Kopf auf die Hände und sah mich neugierig an.

»Nein.«

»Ach so, du willst -«

»Nein«, unterbrach ich sie. Warum machte sie sich überhaupt die Mühe, ein so sinnloses Gespräch mit mir zu führen?

Tomaki gesellte sich zu uns.

»Shiina isst heute auch mit«, sagte er und setzte sich an den Tisch zwischen Shiina und mich.

»Ah.«

»Aber erst die Arbeit und dann das Vergnügen«, meinte er augenzwinkernd.

»Äh? Ja, na gut«, Shiina kramte ihre Schulsachen hervor, und dann fingen sie auch schon an. Ich hörte kurz zu, doch dann wurde mir das Gespräch über Zahlen, Verhältnisse und bla, bla, bla viel zu kompliziert. Oder ich war einfach nur zu doof dafür. Nach gefühlten drei Stunden waren die beiden dann auch endlich fertig. Shiina streckte sich und sortierte ihre Blätter.

»Wisst ihr... ich bin wirklich froh, dass ich heute mit euch mitkommen durfte«, sagte sie leise.

»Klar, kein Problem.«

»Danke, Tomaki. Aber so *klar* ist das eigentlich gar nicht«, flüsterte sie. Tomaki und ich sahen uns an.

»Ich war schon lange nicht mehr bei Fr...Freunden.« Plötzlich standen ihr Tränen in den Augen.

»Shiina«, flüsterte Tomaki betroffen. »Aber ... ich dachte, du hättest ziemlich viele ...«

»*Freunde*?«, wimmerte sie und sah in die Runde. Was war denn jetzt auf einmal in sie gefahren?

»Ja«, sagte Tomaki. »So sieht es zumindest aus.«

»Das ist alles nicht echt.« Was sagte sie da?

»Es ist ganz nett, und oft ist es auch lustig. Aber hinter meinem Rücken reden sie trotzdem über mich. Das weiß ich mittlerweile.« Sie starrte traurig vor sich hin. War sie gerade dabei, das falsche Spiel der anderen zu entlarven? Wusste sie, dass das alles nur eine Fassade war?

»Sie sind nur freundlich zu mir, damit sie später etwas haben, worüber sie sich das Maul zerreißen können. Ich weiß, dass ich anders bin. Aber ich bin so, wie ich bin, und dafür kann ich nichts. Ich bin halt ich.« Tomaki und ich sahen uns an. In dieser rosaroten, quirligen Person steckte also doch mehr als ein naives Lächeln.

»Aber ihr ...«, sie sah vom Tisch auf, »ihr seid anders!« Wieder warf Tomaki mir einen Blick zu.

»Ich habe euch beobachtet.« Sie riss ihre Augen auf. »Ihr würdet mich bestimmt aufrichtig und ehrlich akzeptieren. Das habe ich im Gefühl!« Dass sie bemerkt hatte, dass *ich* anders war, beeindruckte mich ein wenig. Und sie hatte erkannt, dass das Verhalten der Menschen um uns herum falsch war. Shiina sah mich mit großen Augen an.

»Können wir vielleicht richtige Freunde werden?«, fragte sie mit hochgezogenen Augenbrauen. Tomaki warf mir einen besorgten Blick zu, doch ich winkte ab und lächelte, woraufhin er Shiina eine beruhigende Hand auf die Schulter legte.

»Na klar. Du passt gut zu uns«, meinte er, und ich nickte zustimmend. Shiina brach in Tränen aus.

»Danke«, wimmerte sie kaum hörbar und wischte in ihrem Gesicht herum. Tomaki lächelte und reichte ihr ein kleines Taschentuch.

»Das bedeutet mir wirklich viel. Schon viele Nächte habe ich davon geträumt, euch anzusprechen. Und heute endlich habe ich mich getraut«, lächelte sie. Tomaki und ich sahen uns an. Unser Team hatte sich eben von drei auf vier erhöht.

Kapitel 19

Ich befand mich mitten in der letzten Unterrichtsstunde. Die Schüler um mich herum saßen schon auf heißen Kohlen. Gleich musste ich Tomaki abpassen, um ihm zu sagen, dass ich heute nicht mit zu ihm nach Hause kommen würde. Ich wollte ihm nicht noch einen weiteren Tag zur Last fallen. Und außerdem störte ich Shiina und Tomaki wahrscheinlich auch schon die ganze Zeit beim Lernen. Seit sie vor uns in Tränen ausgebrochen war, kam Shiina öfters mit zu Tomaki. Meistens lernten sie, aber wenn es später wurde, dann aß sie auch mal mit uns zu Abend.

»Das war es dann auch schon von meiner Seite«, hörte ich den Lehrer sagen. »Ich wünsche euch einen schönen Nachmit-« Die Schüler ließen ihn gar nicht mehr aussprechen. Um mich herum tobte ein großer Sturm, sie sprangen wie kleine Kinder, wenn es Schokolade gab, von ihren Stühlen hoch und rissen ihre Taschen auf, warfen Blätter und Stifte hinein und plapperten laut durcheinander. Ich bahnte mir einen Weg durch die vielen Leute und kam endlich an Tomakis Platz an.

»Ah, Ruta! Bist du bereit für -«

»Ich kann heute nicht mitkommen.«

»Oh!« Er sah mich genauer an. »Wieso nicht?«

»Was, Pez, du kommst nicht mit?« Shiina stand plötzlich hinter mir.

»Nein, ich... äh ... habe schon was vor.«

»Na ja, wenn du nicht kannst, kann man da nichts machen. Aber das nächste Mal -«, weiter kam Tomaki nicht.

»Nichts da! Wenn Pez nicht kommt, dann komm ich auch nicht mit«, sagte Shiina. Sie stellte sich mit verschränkten Armen neben mich und sah mich herausfordernd an. Sie wollte doch mit Tomaki lernen, oder etwa nicht?

»Ich will euch wirklich nicht beim Lernen stören«, erklärte ich.

»Nein, nein, jetzt ist doch Wochenende, da wollen wir doch auch ein bisschen Spaß zusammen haben, oder nicht? Komm schon«, bettelte sie weiter, als sie meinen zögernden Gesichtsausdruck sah.

»Was macht es denn für einen Unterschied, ob ich da bin oder nicht?«

»Es macht einen Unterschied!«, sagte Tomaki.

»Ja, einen sehr großen«, fügte Shiina hinzu und wedelte mit ihren Armen in der Luft herum. Es fühlte sich zwar gut an, aber ich verstand nicht, warum sie so einen großen Aufstand machten.

»Also wenn ihr sicher seid, dann… ähm… komme ich gern mit.« Shiina lächelte triumphierend.

»Hattest du nicht gesagt, du hast schon was vor?«, fragte Tomaki. »Wir wollen dich von nichts abhalten.«

»Nein, nein, das ist schon in Ordnung«, winkte ich schnell ab.

»Gut.« Er lächelte mich an. Wir packten unsere Sachen und gingen dann zu dritt aus dem Klassenraum in Richtung Haupteingang.

»So, was machen wir heute Schönes? Wir müssen ja nicht lernen, oder?« Shiina hopste neben uns her. Plötzlich stolperte sie und wäre beinahe mit voller Wucht hingefallen, wenn Tomaki sie nicht aufgefangen hätte.

»Alles in Ordnung?«, fragte er.

»Äh, ja. Bin nur gestolpert.« Ihr Lächeln war nicht gerade überzeugend.

»Wie lernst du eigentlich Pez?«, fragte sie mich auf dem Weg zur Bahnstation.

»Ich lerne nicht.«

»Oh! Du bist also so gut, dass du nicht lernen brauchst, ja? Solche Menschen beneide ich echt.« Ich warf Tomaki einen Blick zu. Er gehörte zu diesen Menschen, die diesen Scheiß einfach so wussten. Er bemerkte mein Starren und legte sich verlegen eine Hand in den Nacken.

»Nein, gehöre ich nicht«, beantwortete ich Shiinas Frage.

»Oh. Und wie sind dann so deine Punkte?«

»Nicht sonderlich gut eben«, antwortete ich. »15 von 100 oder so.«

»Was?«, riefen Tomaki und Shiina zugleich.

»Ruta!« Tomaki fasste sich wieder. »Und du willst nichts dagegen unternehmen?« Ich schüttelte leicht den Kopf. Was war denn daran so schlimm?

»A-Aber wirst du dann überhaupt in das nächste Jahr versetzt, wenn deine Punkte nicht so gut sind?«, fragte Shiina besorgt.

»Ist mir relativ egal. Bis jetzt hat es doch immer geklappt.«

»Na! Mir ist das nicht egal! Wir müssen doch im gleichen Jahrgang sein, Pez!«, sagte Shiina bestimmt.

»Wie kommt es denn, dass du so wenig Punkte hast?«, fragte Tomaki entsetzt.

»Ich sehe aus dem Fenster und blende das eintönige Reden vom Lehrer aus«, antwortete ich unverblümt.

»Pez, du bist wirklich zu ehrlich!«, lachte Shiina.

»Vielleicht würde es helfen, wenn du nicht aus dem Fenster, sondern nach vorn sehen würdest«, seufzte Tomaki.

»Selbst wenn, ich verstehe doch eh nicht, was der oder die da vorn sagt.«

»Dann bist du also auch so ein hoffnungsloser Fall wie ich?«, meinte Shiina erfreut.

»Nein, nein, Shiina, das mit dir kriegen wir schon hin«, sagte Tomaki mit einer Hand an der Stirn. »Bei Ruta bin ich mir da nicht so sicher.«

»Bis jetzt hat es doch auch niemanden gejuckt und ich

konnte mich gut durchmogeln«, erklärte ich. »Kein Grund also, sich so fertig zu machen.«

»Was hattest du denn die letzten Jahre für Punkte?«, fragte Shiina mit einem Finger an ihrem Kinn. Diese Angewohnheit würde sie wahrscheinlich nie ablegen.

»Keine Ahnung. Jedenfalls nicht besser als in diesem Jahr«, antwortete ich und grinste.

»Darauf solltest du nicht stolz sein!« Tomaki rieb sich die Schläfen.

»Also, wenn du dieses Jahr bei so wenigen Punkten bleibst, dann wirst du garantiert nicht versetzt«, fasste Shiina zusammen.

»So weit darf es gar nicht erst kommen«, sagte Tomaki.

»Die Prüfungswelle steht uns noch bevor, das ist deine letzte Chance, deine Punkte aufzustocken, Ruta.« Warum machten die beiden sich eigentlich so verrückt wegen mir? Erst, dass ich unbedingt mitkommen sollte, obwohl ich nichts Besonderes zu ihrem Lernen beitragen konnte, und jetzt wollten sie mir unbedingt in der Schule helfen?!

»Das interessiert doch eh keinen…«

»Doch! Mich zum Beispiel.« Shiina streckte ihre Arme in die Höhe. Ihre rosa Haare tanzten im Wind.

»Ruta. Wann begreifst du endlich, dass du uns nicht egal bist?«

Auf einmal spürte ich etwas inzwischen allzu Bekanntes.

»Fühlst du das auch, Ruta?«, fragte Tomaki just in dem Moment. Er war wie angewurzelt stehen geblieben.

»Eh, Tomaki, Ruta, was ist denn los?« Verwundert blieb auch Shiina stehen. Ich nickte Tomaki zu. Dann sah ich an mir herunter. Das Amulett leuchtete auf.

»Hier, ganz in der Nähe«, sagte ich. Überraschenderweise verspürte ich eine gewisse Vorfreude.

»Was denn?«, fragte Shiina verwirrt.

»Hey, Shiina, hör zu, wir haben was Wichtiges vergessen. Ruta und ich. Am besten gehst du schon einmal vor – zu meinem Tempel. Wir kommen später nach.« Er drückte ihr einen Schlüssel in die Hand. Sie sah ihn verdattert an, aber da waren wir schon losgelaufen.

Kapitel 20

Als Tomaki und ich außer Sichtweite von Shiina waren, verwandelten wir uns und folgten dem Amulett. Ein bisschen tat mir Shiina schon leid. Wir hatten sie einfach so stehen gelassen.

»Hätte sie nicht mitkommen können?«

»Zu gefährlich«, hechelte Tomaki. »Viovis wird aus unserem letzten Zusammentreffen gelernt haben. Und dieses Mal besser vorbereitet sein.« Ich nickte.

»Es ist außerdem besser für sie, dass wir sie nicht in diese Sache hineinziehen.« Tomaki wurde langsamer, und ich drosselte ebenfalls mein Tempo.

»Aber für mich war es besser, dass du mich mit in diese Sache hineingezogen hast?«, fragte ich amüsiert, auch wenn es eine berechtigte Frage war, die ich schon früher hätte stellen sollen. Tomaki sah mich verwundert an. Dann grinste er.

»Na klar!« Wir blieben stehen und sahen uns um. Die Amulette blinkten aufgeregt. Die Schuppe musste ganz in der Nähe sein.

»Mitten in der Stadt?! Das ist sehr ungewöhnlich«, stellte Tomaki fest. Tatsächlich hatten wir die meisten Schuppen bis jetzt immer in einem natürlichen Umfeld gefunden.

»Vielleicht wurden die Gebäude erst vor kurzem gebaut«, flüsterte ich.

»Ja«, stimmte Tomaki mir zu, aber er sah besorgt aus.

»Hoffentlich liegt die Schuppe jetzt nicht unter irgendeinem Haus begraben.« Ich nickte seufzend.

»Sei wachsam, Ruta. Ich spüre etwas Komisches. Vielleicht Viovis.« Die letzten Worte flüsterte er. Wieder nickte ich. Ich sah mich um und lauschte. Wir befanden uns in einer Fußgängerzone. Viele Leute kamen uns entgegen, meistens in unserem Alter. Natürlich. Die Schule war ja jetzt vorbei. Sie lachten ausgelassen und plapperten vor sich hin. Andere Leute rannten mit Taschen an uns vorbei, von ihrem strengeren Stil her erinnerten sie mich ein wenig an Giove. In der Ferne waren einige Autos zu hören. Meine Ohren nahmen so viele Geräusche um mich herum wahr.

»Wir gehen da durch.« Tomaki zeigte auf eine kleine ruhige Seitenstraße. Wir passten eine Menschenlücke ab und schlängelten uns dann in die enge Straße hinein. Hier war es deutlich ruhiger und stiller. Sogar ein wenig abgelegen. Das Geplapper der Menschen wurde immer leiser, je weiter wir gingen. Plötzlich hielt ich inne. Da waren Schritte! Ich dachte an das letzte Mal und zupfte an Tomakis Ärmel.

»Da sind Schritte!« Ich spürte, dass ich ängstlich meine Augen aufriss, und versuchte, mich zu beruhigen. Es gelang mir nur minimal. »Kann das schon Viovis sein?« Ich sagte es ganz leise, kaum hörbar. Doch Tomaki verstand. Abrupt drehte er sich um und sah hinter sich. Die Schritte waren verstummt. Wahrscheinlich glaubte er mir jetzt nicht.

»Da sind wirkl-«

»Ich glaube dir.« Wir wurden schneller, Tomaki ging voraus und bog in eine weitere Seitenstraße ein. Hinter uns hörte ich schon wieder Schritte, dieses Mal immer schneller werdend.

»Er wird schneller!«, raunte ich Tomaki zu. Adrenalin raste durch meine Adern. Wer wusste schon, was uns dieses Mal erwartete? Es konnte alles sein. Wir hechteten einen engen Gang entlang, bogen links ab und danach wieder rechts. Die Schritte wurden ein wenig leiser – weiter entfernt. Er konnte nicht mithalten?! Fand er sich in diesem Irrgarten von Straßen und Nebenstraßen nicht zurecht? Wieder bogen wir eilig um mehrere Ecken. Rechts, dann links und wieder rechts. Schließlich glaubten wir, ihn endlich abgehängt zu haben.

»Den sind wir jetzt für eine gewisse Zeit los«, sagte Tomaki. Mein Atem und auch mein Puls beruhigten sich wieder. Das Adrenalin versickerte, und ich entspannte mich wieder. Wir bogen um eine Häuserecke.

»Er wird Mühe haben, uns zu folge-« Tomaki stoppte abrupt. Ich wäre fast in ihn hinein gerannt.

»Was zum …?!«, hauchte er. »W-Wie ist das möglich?« Ich schob mich an ihm vorbei und als ich sah, was er sah, blieb mir augenblicklich die Luft weg. Direkt gegenüber von uns, auf der anderen Seite des großen Platzes in einer der engen Seitenstraßen, stand Viovis und starrte uns seinerseits ungläubig an. Doch er war nicht allein. Ein ganzes Gefolge baute sich hinter ihm auf, bereit, uns jeden Moment zu überrollen. Viovis realisierte erst einen Moment später, wem er da gegenüberstand. Urplötzlich schrie er los und die Traube an Männern stürmte auf uns zu. Tomaki fluchte. Ich riss mein Schwert aus der Hülle. Ich würde kämpfen. Bis zum letzten Atemzug. Doch schon im nächsten Moment spürte ich einen kräftigen Hieb auf meinem Rücken, der mich nach vorn auf den Boden schleuderte. Für eine Sekunde wurde alles unscharf, doch als ich wieder zu mir kam, sprang ich sofort, wenn auch etwas wackelig, auf die Beine.

Was war das? Ich wirbelte herum und sah, wie Tomaki ebenfalls zu Boden gerissen worden war. Viovis schoss mir wieder durch den Kopf und ich schaute rasch zur anderen Seite des Platzes hinüber. Da standen sie. Wieso standen sie? Sollten sie uns nicht angreifen? Da fiel mir unvermittelt auf, wie still es um uns herum war. Ich sah genauer hin. Sie waren tatsächlich gerade dabei, uns anzugreifen, aber es war, als wären sie zu Eis erstarrt. Keiner von ihnen bewegte sich auch nur einen Zentimeter, alle waren in ihren Bewegungen erstarrt! Ich sah neben mich, als Tomaki sich gerade wieder aufrappelte. Aber da war noch etwas anderes. Etwas musste mich und Tomaki doch zu Boden geworfen haben! Schnell wirbelte ich herum. Ein paar Schritte entfernt kniete Shiina und betrachtete ihre aufgeschürften Hände missmutig. Ich konnte sie nur ungläubig anstarren.

»Was war das?« Tomaki sah auch verwirrt aus. »Shiina?! Was zum Teufel machst du hier?«

»Freut ihr euch denn gar nicht, mich zu sehen?«, Shiina zog einen Schmollmund.

»Freunde von euch?«, fragte sie dann und zeigte mit dem Zeigefinger in Richtung der erstarrten Männer. Tomaki schreckte zurück, als er sie sah. Schnell zog er sein Schwert und wollte zum Angriff übergehen, doch dann bemerkte auch er, dass hier etwas falsch lief.

»Was geht hier vor?«, fragte er.

»Was macht ihr hier?«, fragte Shiina. »Und warum tragt ihr überhaupt diese Kleidung – wann hattet ihr Zeit, euch umzuziehen? Und Ruta! Deine Haare! Was –«

»Shiina«, unterbrach Tomaki sie. »Spielst du etwa …«

»Spiel ich was?« Shiina sah ziemlich verdattert drein.

»Spielst du etwa … mit der Zeit?«, fragte Tomaki ernst. Ich sah ihn überrascht an. Was meinte er damit? Auch Shiina sah ihn mit großen Augen an.

»W-Was?«, hauchte sie verunsichert.

»Ich dachte, ihr wärt alle tot?«, flüsterte Tomaki. Sie sah ihn ängstlich an.

»T-Tomaki? Wovon sprichst du?« Ihre Stimme zitterte. Tomaki legte seine Hände auf ihre Schultern. »Kannst du sie beherrschen, Shiina?«, fragte er und drückte seine Hände noch fester um Shiinas Arme.

»Was beherrschen?«

»Die Zeit.« Sie schüttelte verwirrt den Kopf. Sie war kurz davor, in Tränen auszubrechen.

»Tomaki, wir haben jetzt keine Zeit dafür«, erinnerte

ich ihn. »Wir müssen hier weg und die Schuppe suchen.« Er schüttelte den Kopf, um ihn wieder freizubekommen.

»Du hast recht«, sagte er. Dabei ließ er Shiina los.

»Kommt, schnell!« Er drehte sich um und sprintete voraus. Ich nickte Shiina zu, und zusammen folgten wir Tomaki.

»Das heißt, du kannst die Zeit anhalten?!«, fragte ich neugierig im Laufen. Shiina sah ängstlich zu mir herüber.

»Ich dachte, ich hätte mir das alles nur eingebildet.«

»Hast du schon einmal die Zeit angehalten, Shiina?«, fragte Tomaki. Sie sah zu Boden.

»Ab und zu, aber nur ganz kurz.«, erklärte sie.

»Was heißt kurz?«, fragte Tomaki.

»Nur wenige Sekunden. Dann war es auch schon wieder vorbei.« Tomaki nickte. »Du bist eine Zeitspielerin. Du kommst also aus einem der drei großen Länder, deren Völker früher die Zeitspieler, Mager und Gedankenformulierer waren. Viis hat alle Fähigkeiten unterdrückt. Aber scheinbar ist seine Magie nicht von Dauer. Die Szene dort hinten hat gezeigt, dass du deine Fähigkeit fast vollständig zurückerlangt hast.«

»Fähigkeit? Und was hat der Herrscher gemacht?«, wiederholte Shiina verwirrt.

»Merk dir deine Fragen für später. Jetzt wäre es wichtiger, dass du lernst, wie du deine Fähigkeit einsetzen kannst. Das könnte durchaus hilfreich sein. Aus Erzählungen weiß ich, dass es einen Spruch gibt, der es diesen Menschen ermöglicht, mit der Zeit zu spielen. Du musst ihn gerade auch schon gesagt haben. Denn wäre es ein unkontrollierter Zeitsprung, dann wäre er längst vorbei. Nur mit einem Spruch kann ein solcher Spieler die Zeit so lange anhalten.« Shiina hielt inne und dachte nach.

»Ich erinnere mich nur daran, über etwas gestolpert zu sein. Keine Ahnung, ob ich dabei etwas gesagt habe.« Sie zuckte noch mal mit den Schultern. »Ich habe vorher schon mal spaßeshalber ausprobiert, irgendwelche dummen Sätze zu sagen und damit die Zeit zu steuern ...«

»Nicht spaßeshalber«, warf Tomaki ein. »So etwas nennt man Instinkt. Du musst irgendwie gewusst haben, dass es auf deine Worte ankommt.« Inzwischen waren wir alle außer Puste.

»Wir sind jetzt weit genug von Viovis entfernt«, meinte Tomaki und wir hielten alle erleichtert an. Doch dann fiel mein Blick auf mein Schwert.

»Tomaki, die Schuppe!« Ich zeigte ihm den Stein. Er verstand und nickte.

»S-Sagt mal«, meinte Shiina plötzlich, »wieso habt ihr eigentlich solche ... speziellen Sachen an? Und was ist mit euren Haaren?« Tomaki grinste.

»Da du jetzt ja sowieso hier bist, werden wir dich wohl in alles einweihen müssen.«

»Einweihen?« Sie sah ihn aufgeregt an und hüpfte von einem Fuß auf den andern. Ihre ganze Unsicherheit und Ängstlichkeit schien auf einmal verflogen zu sein.

»Ja, gleich, wir müssen zuerst noch die Schuppe finden«, sagte Tomaki. Es dauerte nicht lange, da hatten wir auch diese Schuppe gefunden. Dieses Mal lag sie ziemlich unspektakulär unter einem Stein, der an der Ecke eines der verrotteten Häuser lag. Ich berührte sie mit dem Schwert und sie löste sich sofort aus der Erde. Ich betrachtete die grüne Schuppe kurz und fühlte ein bisschen Heimat, bevor ich sie dann zu den anderen Schuppen in meine Tasche steckte. Daraufhin erzählte Tomaki Shiina alles über die Scheinwelt, Viis und die gelöschten Gedächtnisse. Und über die Schuppen und dass die Drachen unsere Länder wieder befreien würden, wenn sie erst einmal wiedererweckt wären.

»Dann wird alles wieder gut werden.« Tomakis Worte trösteten mich. Ob ich dann in mein altes Leben zurückkehren könnte?

Kapitel 21

Wir waren noch immer in irgendwelchen Seitenstraßen unterwegs.

»Das … das kann ich gar nicht alles glauben«, sagte Shiina und sah von Tomaki zu mir.

»Genau das hat Ruta auch am Anfang gesagt«, lachte er und sah mich an, »aber es ist deine einzige Wahl, Shiina.«

»Hm«, sagte sie und schluckte, »das alles werde ich wohl erst später begreifen. Das ist so viel auf einmal. Aber was ich jetzt gleich noch wissen muss ist, was es jetzt genau mit diesen Schuppen auf sich hat?« Tomaki und ich hatten uns mittlerweile wieder zurückverwandelt.

»Diese Schuppen gehören zu Drachen. Ruta und ich haben den Auftrag, diese Schuppen zu sammeln«, antwortete Tomaki.

»Oh. Ich will auch gern helfen!«, sie kriegte große Augen. »Ich möchte diese Schuppen zusammen mit euch sammeln.«

»Dazu brauchst du aber ein Amulett. So eins, wie nur Ruta und ich haben«, erklärte Tomaki und spielte mit den Fingern an dem kostbaren Amulett herum.

»Ja, und wo kriege ich so ein Amulett her?«, Shiina wurde immer aufgeregter.»Ich will euch bei der Suche helfen!«

»Das Amulett sucht sich seinen Träger selbst aus. Das kannst du nicht erzwingen.« Bei Tomakis Worten seufzte Shiina enttäuscht. Ich erinnerte mich an den Tag zurück, an dem ich das Amulett gefunden hatte. Oder hatte es *mich* gefunden? Warum hatte es gerade bei mir geblinkt und nicht bei jemand anderem, Shiina zum Beispiel?

»Dafür spielst du mit der Zeit«, versuchte Tomaki sie aufzumuntern.

»Du musst nur noch herausfinden, wie du sie kontrollierst.«

Shiina nickte. Plötzlich blieb sie stehen und ihre Augen leuchteten auf.

»Oh! Ich glaube, ich weiß jetzt, was der Auslöser war!« Wir sahen sie gespannt an.

»Ich war neugierig und bin euch gefolgt. Als ich euch gesehen habe, bin ich plötzlich gestolpert und von dem Spruch, den ich gerade ausprobieren wollte, kam nur ›Zeit, steh‹ raus!« Sie fuchtelte wild mit den Armen herum.

»Ja, das könnte passen«, meinte Tomaki. »Dann kennen wir jetzt zumindest den Auslöser.« Shiina nickte. »Aber eins verstehe ich noch nicht: Wenn nur ich mit der Zeit spielen kann, wieso seid ihr dann nicht erstarrt?« Tomaki und ich sahen uns an. Stimmte eigentlich.

»Du hast uns doch geschubst«, fiel Tomaki ein. »Scheinbar ist es so, dass, wenn ein Zeitspieler ein anderes Lebewesen berührt, während er die magischen Worte ausspricht, dieses dann ebenfalls mit in der Zeit herumwandeln kann. Dafür muss der Zeitspieler beim Beenden des Zaubers ebenfalls die beteiligte Person berühren. Sonst bleibt sie in der stehenden Zeit gefangen.«

»Verstehe«, sagte Shiina. »Das mit dem Schubsen tut mir übrigens leid.«

»Nicht schlimm. Du bist gestolpert. Du kannst nichts dafür. Und nur dadurch konnten wir das alles herausfinden.«

Wir setzten unseren Weg fort.

»Ja, das stimmt. Allein wäre ich nie darauf gekommen. Aber... irgendwas muss diesen Zustand doch wieder umkehren können«, grübelte Shiina weiter.

»Schließlich gibt es doch fast immer für etwas auch einen Umkehrspruch, so wie in der Magie. Und das hier grenzt schon ziemlich an Magie.«

»Umkehren? Meinst du so etwas wie das Gegenteil?«, fragte ich.

»Hey, Pez, das ist es! Das Gegenteil von ›Steh‹!« Shiina hüpfte wieder von einem Fuß auf den anderen.

»Das kann gut möglich sein, Ruta«, sagte auch Tomaki. Ich war etwas erleichtert. Vielleicht hatte ich manchmal doch nicht so absurde Gedanken.

»Nun, was ist denn das Gegenteil von stehen?«, dachte Shiina laut nach. »Laufen, rennen, gehen – gehen! Stimmt, die Zeit *vergeht* ja«, sagte sie.

»›Geh‹ reimt sich außerdem auch auf ›steh‹«, bemerkte Tomaki. Shiina wollte es sofort ausprobieren. Wir legten unsere Hände aufeinander.

»Zeit, geh!« Ein paar Sekunden verstrichen. Wir schauten uns unsicher an.

»Meint ihr, es hat geklappt?« Ich schloss die Augen, konzentrierte mich und lauschte. Tatsächlich. Blitzartig öffnete ich sie wieder.

»Du hast es geschafft, Shiina!«, ich war froh darüber.

»Ich höre wieder die Stadtgeräusche und die Vögel zwitschern!« Tomaki lauschte begeistert in die Ferne.

»Los, wir müssen auf eine belebte Straße, um ganz sicher zu sein!« Shiina strahlte und rannte voraus. Wir waren nicht weit von der großen Straße entfernt, an der Tomaki und ich vorhin in eine der Seitenstraßen abgebogen waren. Mir fielen wieder die verhaltenen Schritte ein, die ich von Anfang an gehört hatte. Viovis war es nicht gewesen, er kam uns ja entgegen. Es konnte kein anderer als Shiina gewesen sein. War sie uns etwa den ganzen Weg lang gefolgt? Ich blieb stehen.

»Ruta, was ist?« Tomaki blieb ebenfalls stehen.

»Warum ist Shiina uns vorhin gefolgt?«

»Du glaubst, …?« Tomaki hielt inne. Er nickte.

»Es waren also die Schritte von Shiina gewesen, die wir gehört hatten? Vor denen wir geflüchtet sind?«

Ich nickte.

»Aber warum?«, hauchte ich leise und spürte die Falten auf meiner Stirn. »War sie etwa auch hinter den Schuppen her?«

Tomaki sah mich an.

»Das kann ich mir nicht vorstellen«, sagte er. »Sie hatte keine Ahnung von den Schuppen oder von ihrer Fähigkeit. Ich glaube nicht, dass-« Weiter kam er nicht, denn Shiina unterbrach uns. »Hey, Pez, Tomaki, was ist? Kommt ihr nun endlich?«

»Mach dir nicht so viele Sorgen«, sagte Tomaki zu mir und streckte eine Hand aus. »Na komm, lass uns gehen.«

»Hm…« Ich nickte. Aber das Thema war für mich noch nicht durch. Wieso hatte sie so sehr darauf bestanden, mit uns Freundschaft zu schließen? Wollte sie mir die Schuppen vielleicht entreißen, sobald ich ihr vollends vertraute? Würde sie mich ausnutzen? War das alles ein hinterlistiger Plan? Ich begann plötzlich an ihr zu zweifeln, da ich nun wusste, dass sie diese Fähigkeit besaß. Ich folgte Tomaki. Dass er sich darum so gar keine Sorgen zu machen schien, beunruhigte mich. Wir traten auf die Hauptstraße. Das Leben hier ging weiter, als ob nie etwas gewesen wäre.

»Ja!« Shiina sprang vor Freude in die Luft. »Ich habe es wirklich geschafft!«

»Jetzt musst du nur noch lernen, wie du es richtig steuern und einsetzen kannst«, fügte Tomaki mit erhobenem Finger hinzu.

»Du musst einem auch gleich wieder den ganzen Spaß verderben, nicht wahr, Tomaki?«, schmollte sie. Er zuckte mit den Schultern.

»So meinte ich das doch gar nicht«, beruhigte er sie. Dann lachten sie zusammen.

»Lasst uns zum Tempel gehen«, schlug ich vor.

Shiina und Tomaki nickten.

»Natürlich nur, wenn es in Ordnung für dich ist«, fügte ich hinzu. Tomaki sah mich plötzlich komisch an.

Urgh. Vielleicht wollte er heute mal allein sein?! Er blieb stehen und winkte mich zu sich heran. Mein ganzer Körper spannte sich an, als ich vor ihm stehen blieb. Er rückte noch etwas näher. Mein Herz fing an zu rasen. Was wollte er tun? Da spürte ich, wie eine warme Hand durch meine Haare wuschelte.

»Ruta, du bist bei mir immer willkommen.« Dann beugte er sich zu mir herunter und flüsterte mir ins Ohr: »Du bist etwas ganz Besonderes.« Wie meinte er das? Ich spürte, wie mir auf einmal warm wurde. Er wich wieder zurück.

»Du vergisst das offenbar immer viel zu schnell«, fügte er lächelnd hinzu. Ich vergesse das nicht. Ich befürchte nur, dass du jemand anderen als mich meinst...

Wir erreichten den Bahnhof und nahmen den nächsten Zug. Auf der Fahrt redeten Tomaki und Shiina über die Schule und dies und das. Schließlich hielt der Zug an unserer Haltestelle und wir stiegen aus. Wir gingen den restlichen Weg zu Fuß weiter. Die Luft wurde von Tag zu Tag immer kühler. Schließlich bogen wir in die Straße ein, in der sich der Tempel befand, und als wir sahen, wer dort auf uns wartete, staunten wir nicht schlecht.

Kapitel 22

Tomaki war der Erste, der das Schweigen brach. »Was tust du hier, Giove?«

»Ich muss euch etwas Wichtiges zeigen«, sagte Giove kühl. Sein Blick wanderte von Tomaki zu Shiina und stockte dort. Sie winkte ihm lächelnd zu.

»Ich bin Shiina. Freut mich, dich kennenzulernen.« Sie hielt ihm die Hand entgegen. Er zuckte zusammen, als er ihren Namen hörte.

»Giove«, sagte er mit Abscheu in der Stimme. Er sah sie noch nicht einmal an, als er das sagte, und ihre Hand nahm er auch nicht. Shiina ließ sie sichtlich enttäuscht sinken. Warum war Giove wieder so unnahbar? Tomaki schloss die Tür auf. Wir betraten den Tempel, zogen vorn unsere Schuhe aus und gingen ins Wohnzimmer.

»Jedenfalls«, begann Giove und rückte seine Brille nach oben, »habe ich hier etwas sehr Interessantes gefunden.«

Er holte seinen großen Block aus der Tasche hervor und schlug ihn auf. Dann nahm er einige Papierstücke, die zwischen den Seiten gelegen hatten, heraus.

»Das hier sind weitere Teile von der Landkarte der früheren Welt Orbica. Hier stehen überall Zahlen, doch ich weiß nicht, was sie bedeuten sollen.« Er breitete die Stücke vor mir aus, sodass man gut eine große Karte erkennen konnte.

»Wo hast du diese ganzen Stücke denn gefunden?«, fragte ich verwundert.

»Ich habe noch einmal in der Bibliothek geforscht. Und da bin ich auf ein paar interessante Bücher gestoßen. Immer eine Seite dieser Bücher war nur ein Hauch dicker als alle anderen. Ich wurde neugierig und zog jeweils diese Seite auseinander und siehe da, sie enthielt einen weiteren Abriss von der alten Karte Orbicas. Schnell fand ich noch mehr Kartenstücke. Somit konnte ich die Karte wieder zusammensetzen.« Dann schob er mir die Karte entgegen.

»Was bedeuten diese Zahlen?«, fragte ich neugierig.

»Das weiß ich auch noch nicht genau. Aber ich werde es herausfinden.«

»Über was redet ihr da?«, fragte Shiina. Ich hatte schon fast vergessen, dass sie hier war. Giove schien es ähnlich zu gehen. Er drehte sich zu ihr um und sah sie böse an.

»Das geht dich nichts an«, knurrte Giove.

»Das sind Teile einer Landkarte von der Welt, wie sie früher ausgesehen hat«, erklärte ich ihr und ignorierte Giove. Wieso führte er sich bei Shiina so auf? Ich verstand, dass er Tomaki nicht leiden konnte, aber Shiina? Sie hatte ihm nichts getan ... oder etwa doch? Kannten die beiden sich etwa auch schon von früher? Wenn Giove sie kannte, dann musste ich ihm unbedingt von meinen Zweifeln bezüglich Shiina erzählen. Vielleicht konnte er mir sagen, ob wir ihr vertrauen konnten. Andererseits: Konnte ich Giove vertrauen? Würde er mir überhaupt die Wahrheit sagen? Und wieder bemerkte ich, dass ich mich in einer Spirale aus Gedanken verlor. Das brachte doch nichts!

»Wow«, sagte Shiina und schielte auf die Landkartenstückchen. »Wo ist denn mein La-«

»Shiina, kannst du bitte kurz kommen?«, rief Tomaki von der Küchentheke aus. »Ich brauch mal deine Hilfe.«

»Mhm, komme!«, sie sprang auf und zwinkerte. »Bin gleich wieder da.« Giove verdrehte die Augen.

»Du kennst sie, nicht wahr?«, fragte ich, sobald Shiina fort war. Er brummte nur. Wollte er nicht darüber reden? Ich würde ihn nicht dazu drängen.

Ich widmete mich wieder der Landkarte.

»Sie ist wirklich die Allerschlimmste von allen«, setzte Giove nach einer Weile an, »sie und ihr ganzes Volk. Dieses Volk und das Volk der Magier.« Die Abscheu in seiner Stimme war nicht zu überhören. Seine Hände zu Fäusten geballt, schwieg er für eine Weile und starrte ins Leere. Alles, was ich bis jetzt über die frühere Zeit gehört hatte, sei es von Tomaki oder Giove, hörte sich nicht besonders schön an. Es hörte sich nach Kriegen, Feinden und Kampf an. Es musste eine schwere Zeit für alle Beteiligten gewesen sein. Wie war es mir damals ergangen? Würde ich mich wieder erinnern, wenn alle Schuppen gefunden waren?

Vielleicht wollte ich mich auch gar nicht an das *Früher* erinnern ...

»Die Zeitspieler haben uns in die Enge getrieben und aus unserem Heimatland auf eine abgelegene Insel, das Land des Eises, vertrieben.« Er sah mich mit seinen eiskalten Augen eindringlich an. »Sobald sich nur einer von uns auf dem Festland hat blicken lassen, war er dem Tode geweiht. Auch wenn er friedlich gesinnt war.« Ich konnte seinen Hass verstehen. Trotzdem. Die Shiina von jetzt war nicht die Shiina von damals. Ich bin auch nicht die gleiche Ruta Pez wie früher. Tomaki war wahrscheinlich derselbe geblieben. Und Giove auch. Sie trugen die Erinnerungen weiter mit sich herum. Sie hatten mit ansehen müssen, wie sich alles um sie herum veränderte. Und sie mussten sich gezwungenermaßen anpassen, um nicht aufzufallen.

»So«, Shiina legte einige Teller und Bestecke auf den Tisch, »isst du mit, Giove?« Er nickte widerwillig. Tomaki stellte einen großen Teller auf den Tisch.

»Was ist das?«, fragte ich.

»Kaiserschmarren, eins meiner absoluten Lieblingsgerichte!« Shiina war außer sich vor Freude.

»Ich hoffe, es ist mir gelungen.« Tomaki lächelte und legte verlegen eine Hand in den Nacken.

»Jaja, sieht doch gut aus. Und wie das duftet!«, schwärmte Shiina. Jeder nahm sich etwas von dem großen Teller, ich nahm gerade einmal zwei Löffel voll. Wusste ja nicht, wie das schmeckt. Im schlimmsten Fall würde ich es noch nicht einmal aufessen können. Passierte mir ständig. Ich war eben mäklig, was das Essen anging. Sogar Giove nahm sich etwas. Aber wirklich nur etwas.

»Guten Appetit!«, quiekte Shiina, sie konnte es kaum erwarten, endlich anzufangen. Ich traute mich vorsichtig an das erste kleine Klümpchen heran. Es war noch warm und … schmeckte. Ja, es schmeckte sogar ausgezeichnet. Ich schlug mir fünf weitere volle Löffel auf meinen Teller.

»Shiina, kannst du mir den Zucker reichen?«, fragte Tomaki.

»Na klar«, sie beeilte sich, damit sie sich noch mehr von den kleinen süßen Stücken auf ihren Teller hauen konnte.

»Shii-na«, wiederholte Giove betont. Aber statt Shiina anzusehen, schaute er Tomaki mit hochgezogener Augenbraue an. Tomaki starrte ihn verwirrt an, dann fiel ihm die Gabel aus der Hand.

»Shiina!«, seine Augen wurden groß und er sprang vor Aufregung auf.

»Was ist mit ihr?«, fragte ich. Mein Blick flog zu ihr, sie starrte mit offenem Mund auf das Spektakel. Tomaki sah sie verdattert an. »Das ich da nicht eher drauf gekommen bin! Bist du etwa …«

»… eine der vier Königinnen«, beendete Giove Tomakis Satz. »Ja. Dass du echt so lange gebraucht hast. Unfassbar.« Shiina sah von Tomaki zu Giove und zurück.

»Ich bin doch keine Königin«, sagte sie dann verlegen.

»Ihr meint sicherlich jemand anderen.«

»Ichiina, Niina, Saniina und Shiina«, zählte Giove auf.

»Den Namen gab es in ganz Orbica nur einmal. Du bist die vierte Königin, ob du es glaubst oder nicht.«

»D-Das ist mir jetzt etwas unangenehm, Shiina«, sagte Tomaki, »tut mir leid, dass ich dich nicht gleich erkannt habe.«

»Kein Problem. Auch wenn ich eine Königin wäre, würde ich trotzdem nicht wollen, dass ihr mich anders behandelt. Ich bin eine von euch, ich will nicht auf einen Thron gehoben werden.« Tomaki sah sie an.

»Gut, wenn es dir nichts ausmacht.«

»Wir leben im Hier und Jetzt. Und hier bin ich keine Königin. Ich bleibe nicht gern in der Vergangenheit hängen, noch dazu, wenn ich überhaupt keine Erinnerung an diese Zeit habe. Also behandelt mich doch einfach normal, als hätten wir uns gerade erst kennengelernt.« Tomaki und Giove schienen das zu akzeptieren. Ich aber war am Zweifeln. Shiina war also eine Königin? Eine Königin, die zufällig auf zwei Amulett-Auserwählte traf? Das kam mir mehr als verdächtig vor. Sie verschwieg uns doch irgendetwas?! Von nun an würde ich ein besonderes Auge auf Shiina haben...

Kapitel 23

Ungeduldig stemmte Giove die Arme in die Hüften.

»Es war schön, dich dabei zu haben«, sagte Tomaki zu ihm. Er klang aufrichtig, doch Giove sah ihn nur eisig an. Tomaki versuchte, das Eis irgendwie mit seinem Lächeln zu brechen, doch dadurch wurde Giove nur noch grimmiger.

»Gut. Dann wollen wir mal.« Tomaki schob die große Tür zur Seite und eine kalte Brise erfasste die Vier. Ruta hauchte in die Dunkelheit. Nacheinander traten sie in die knochige Kälte hinaus.

»Puh, das ist ja echt kalt«, bemerkte Shiina. Sie hauchte ihre Finger an und rieb danach ihre Handflächen aneinander.

»Shiina, Giove wird dich heute nach Hause fahren«, sagte Tomaki nüchtern. Giove wirbelte erschrocken herum.

»Garantiert nicht!«, fauchte er.

»Oder wie willst du an das hier kommen?« Tomaki wedelte mit einem Kartenstück herum. Dafür hatte er es sich also eingesteckt, dachte Shiina. Sie hatte sich schon gewundert.

»Das ist doch schon wieder Erpressung!«

»Du kriegst es wieder, wenn du sie nach Hause fährst.« Giove knurrte.

»Eh, Jungs?!«, warf Shiina ein, doch sie achteten gar nicht auf sie.

»Na gut.« Tomaki war drauf und dran, das kleine Stück Karte zu zerreißen.

»Halt, Halt!« Giove wedelte mit den Armen in der Luft herum.

»Stopp! Ich fahr sie ja nach Hause. Nur nicht zerreißen.«

Tomaki grinste und wandte sich dann an Shiina.

»Das ist doch in Ordnung für dich, oder?«, fragte er vorsichtig.

»Jaja, schon gut«, sagte Shiina. »Schließlich wohne ich ein ganzes Stück entfernt von hier, und es ist schon spät. Und außerdem soll ich abends nicht allein unterwegs sein.« Shiina trat von einem Fuß auf den anderen. Ehrlich gesagt war sie sich nicht ganz sicher.

Was war auf einmal in Tomaki gefahren? Sie einfach so an Giove abzuschieben. Sicher, ihre Mutter würde sich schon Sorgen machen, wo sie denn blieb. Aber mit Giove allein zu sein ... Wo er doch bei jeder sich bietenden Gelegenheit zeigte, dass er sie nicht leiden konnte?! Wie sollte das nur gut gehen? Sie sah Tomaki flehend an, doch der lächelte nur. Er hatte doch etwas vor?!

»Shiina hat bestimmt einige Fragen an dich«, sagte Tomaki zu Giove und zwinkerte ihr aufmunternd zu. Dann trat er ganz nah an sie heran.

»Nutze diese Chance, um aufzuräumen«, flüsterte er ihr ins Ohr.

»Wie bitte?« Sie sah ihn verwirrt an.

»Tomaki.« Ruta wartete bereits auf der ersten Stufe auf Tomaki. »Kommst du?«

»Du schaffst das«, flüsterte Tomaki Shiina noch zu, bevor er zu Ruta ging.

»Bis morgen«, rief er im Gehen. Ruta hob eine Hand zum Abschied. Keine Sekunde später waren die beiden verschwunden. So stand Shiina nun allein mit Giove auf dem Treppenabsatz, vor ihnen die Dunkelheit.

»Es gibt wirklich eine Frage ...«, brach Shiina mutig das Schweigen.

»Ich soll dich nur nach Hause fahren«, sagte Giove grimmig. »Und genau das werde ich auch tun.« Er setze sich in Bewegung.

»Giove, was habe ich dir nur angetan, dass du mich so

hasst?« Das war ihr herausgerutscht. Sie wollte ihn auf keinen Fall erzürnen. Er blieb stehen und drehte sich wieder zu ihr um.

»Das geht dich gar nichts an.« Na gut. Jetzt nur keinen Rückzieher machen.

»Es geht mich sehr wohl etwas an, schließlich geht es hier doch auch um mich und ich darf ...«

»Es hat nichts mit dir zu tun.« Giove wandte sich ab und ging die Treppe hinunter.

»Natürlich hat es das, sonst wärst du nicht so zu mir«, murmelte Shiina, als sie ihm folgte, »dabei kennst du mich doch gar nicht.«

Sie trat zu Giove, der gerade einen kleinen Zettel unter seinem Scheibenwischer hervorzog. Er entfaltete ihn und zerknüllte ihn im nächsten Moment wütend.

»Was stand da?«, fragte Shiina vorsichtig.

»Das geht dich ebenfalls nichts an«, zischte Giove unfreundlich und steckte den Zettel in seine Hosentasche. Dann öffnete er den Wagen und sie stiegen ein. Shiina fühlte sich sehr unwohl, doch sie versuchte, sich davon nichts anmerken zu lassen. Giove ließ den Motor an und fuhr nicht gerade sanft los. Dann machte sich für eine längere Zeit unangenehmes Schweigen breit. Shiina lugte vorsichtig zu Giove hinüber und fasste sich schließlich ein Herz.

»Du hast meine Frage noch nicht beantwortet«, begann sie, »und es interessiert mich wirklich. Weil ich mich nicht daran erinnern kann, dass wir uns schon einmal begegnet sind. Aber du scheinst mehr zu wissen.«

~ ~ ~

Shiina wusste nun, was Tomaki gemeint hatte, als er ihr geraten hatte, die Chance zum Aufräumen zu nutzen. Aber das war viel schwerer als gedacht. Aber Tomaki hatte recht: Wenn sie herausfinden wollte, was Giove gegen sie hatte, war jetzt die einzige Gelegenheit dazu.

~ ~ ~

Er ignorierte sie gekonnt, denn er suchte und suchte in seinen Erinnerungen – versuchte, sich zu erinnern, was sie ihm nur angetan hatte. Doch so sehr er auch sein ganzes Gedächtnis durchforstete, er konnte sie nicht finden. Er kannte ziemlich viele Zeitspieler, aber sie ... Obwohl sie ihm so vertraut vorkam, hatte er keinerlei Erinnerungen an Shiina. Er ging seine Zeit in der Orbica tausende Male in seinem Kopf durch. Giove hatte damals ihren Namen und ihren Rang gekannt, doch persönlich hatte er Shiina nie getroffen. Urplötzlich stockte ihm der Atem. Wurde ihm etwa auch ein Teil seiner Erinnerung genommen? Wie sonst ließ sich erklären, dass er nicht wusste, was sie ihm angetan hatte? Nein, das war eigentlich unmöglich. Schließlich war er der magischen Gehirnwäsche dank seiner Fähigkeiten entgangen.

Aber wer war dann dieses Mädchen, das da gerade neben ihm in seinem Wagen saß? Ihm war klar, dass sie eine Königin der Zeit war, denn es gab nur eine auf der ganzen Welt, die Shiina hieß. Und dass sie demnach sehr mächtig sein musste. Ob sie wohl von ihrer Macht wusste? Er würde bei ihr sehr vorsichtig sein müssen, denn er kannte weder die Shiina von damals noch die Shiina von jetzt. Er konnte sie nicht einschätzen, und somit stellte sie für ihn eine große Gefahr dar. Die Zeitspieler hatten viele seiner Landsleute abgeschlachtet. Sie waren ihnen damals völlig ausgeliefert gewesen. Shiina mochte ihm fremd sein, doch er konnte sich sehr wohl noch an das Massaker erinnern, das er als Kind miterleben musste. Es wäre das Beste, wenn er sie für den Rest seines Lebens meiden könnte. Ja, dieser Gedanke befreite ihn.

»Was bedeutet das?« Shiina riss ihn aus seinen Gedanken und tippte mit dem Zeigefinger auf ein Display. Verdammt, gerade jetzt war der Tank fast leer, dachte Giove.

»Wir müssen tanken«, antwortete er. Er kannte diesen Stadtteil gut. Eine Tankstelle war nicht weit.

»Wir fahren einen Umweg«, brummte er schließlich.

»Hm.« Shiina ließ sich wieder in den Sitz sinken. Sie bogen die nächste Kreuzung rechts ab, in eine Häusersiedlung hinein. Es fing an, ein wenig zu tröpfeln. Shiina sah aus dem Fenster.

»Ich … ich muss etwas ganz Schreckliches getan haben, dass du mich dafür so hasst«, sagte sie leise. Wenn er doch etwas hätte, wofür er sie persönlich hassen könnte! Ihre Völker waren zwar verfeindet, doch er konnte ihr nichts anhängen, da er jegliche Erinnerungen an sie verloren hatte – aus welchen Gründen auch immer.

»Es tut mir wirklich leid, Giove«, sagte Shiina. »Aber vielleicht können Worte das gar nicht entschuldigen, was ich getan habe.« Jetzt entschuldigt die sich auch noch! Konnte sie ihm nicht wenigsten einen kleinen Grund geben, sie zu hassen?! Giove war innerlich an seine Grenzen gelangt. Sie bogen in die Einfahrt der Tankstelle ein. Shiina schnallte sich ab, als der Wagen zum Stehen kam.

»Bleib hier drin«, sagte er, wieder ohne sie anzusehen.

»Ehh?! Wieso?«, jammerte sie.

»Weil ich das so sage«, fauchte er. Giove stieg schnell aus. Er wollte sich mit dem Tanken beeilen, weil er nicht mit Shiina gesehen werden wollte. Hastig steckte er den Zapfhahn wieder zurück in die Säule und machte sich flinken Fußes auf in das Geschäft. Eine Schlange von Menschen stand vor ihm an der Kasse. Es nütze nichts, er musste sich ganz hinten anstellen. Wenigstens geht es schnell voran, dachte er. Wenn er an der Reihe wäre, würde er wieder seine Fähigkeit anwenden, um ums Bezahlen herumzukommen. Der Kassierer würde glauben, er habe schon bezahlt, und dann könnte er endlich verschwinden. Sein Blick wanderte aus dem Fenster zu seinem Wagen. Er zuckte zusammen. Der Beifahrersitz war leer! Wo zum Teufel ist sie? Er war angespannt. Hektisch sah er sich um. Doch er sah sie nicht. Tomaki dreht mir den Hals um, wenn ich sie nicht sicher nach Hause bringe!, dachte er.

»Der nächste Kunde, bitte«, sagte der Kassierer gelangweilt. Doch dessen Langeweile schlug sofort in Alarmbereitschaft um, als er Giove erkannte.

»He, du! Du bleibst jetzt mal schön hier!« Er griff nach Gioves Arm und wollte ihn über die Theke zerren. »Endlich hab ich dich, du Betrüger!« Seine Schreie hallten durch den ganzen Laden. Giove versuchte, sich zu fassen und in die Gedanken des Mannes einzugreifen, doch irgendwie schaffte er es nicht. Seine eigenen Gedanken waren ganz woanders. Der Griff des Mannes wurde immer stärker.

»Dafür wirst du teuer bezahlen, Bürschchen!«, giftete er.

»Hier, Chef, das ist er.« Aus dem Augenwinkel konnte Giove einen kräftigen Mann erkennen, der sich ihnen näherte. Auch bei ihm blieb Gioves Versuch, in den Gedanken herumzurühren, erfolglos. Er spürte, wie ihm schwindelig wurde. Wieso konnte er seine Fähigkeit nicht einsetzen? Er war ihnen völlig ausgeliefert. Diese Erkenntnis bereitete ihm Angst, sein Herz begann zu rasen. Ohne seine Fähigkeit war er ein Nichts. Das war ihm noch nie passiert.

Verdammt!, dachte er immer und immer wieder, doch das half ihm jetzt auch nicht weiter. Er versuchte, sich von dem Kassierer loszureißen, schaffte es auch, wurde aber eine Sekunde später vom Chef auf den Boden gedrückt. Sein Kopf schlug hart auf den Fliesen auf. Das war's. Das ist mein Ende, dachte Giove und kniff die Augen zu. Plötzlich wurde er von einer zarten Hand berührt und alle Geräusche um ihn herum verstummten.

»Giove?« Er öffnete seine Augen kurz, doch das helle Licht blendete ihn zu sehr.

»Giove, ist alles in Ordnung bei dir?«, fragte die Stimme wieder. Er riss die Augen auf und zwang sich, sie offen zu halten. Er lag noch immer auf dem Boden der Tankstelle. Ein stechender Schmerz bohrte sich in seinen Kopf. Shiina lehnte über ihm und sah ihn besorgt an. »Wir müssen so schnell wie möglich von hier weg!«

»Ist mir auch klar«, er schob sie zur Seite und rappelte sich auf. Es war alles so ruhig. Giove sah sich um. Niemand bewegte sich. »Was zum …?!«

»Die Zeit steht still«, erklärte Shiina. »Komm schon, Giove. Wir müssen jetzt wirklich weg!«

»Jaja.« Giove nahm ihre ausgestreckte Hand nicht, sondern versuchte, sich selbst zu mobilisieren. Er stöhnte, als er aufstand. »Hatte ich nicht gesagt, dass du im Wagen warten sollst?!«

~ ~ ~

Shiina ignorierte das und ging durch den Laden in Richtung Tür. Hatte sie ihn nicht gerade gerettet? Shiina hatte zwar keinen Dank erwartet, aber zumindest hatte sie gehofft, dass er aufhören würde, sie dauernd anzufahren. Doch da hatte sie sich wahrscheinlich zu viel erhofft. Es fing stärker an zu regnen. Im Moment standen die dicken Regentropfen jedoch wie eingefroren in der Luft. Shiina sah sich um und traute ihren Augen nicht. So etwas hatte sie in ihrem ganzen Leben noch nicht gesehen. Natürlich, auch hier stand die Zeit still. Im Mondlicht schimmerten die Regentropfen wie tausend Diamanten, die an unsichtbaren Fäden vom Himmel hingen.

»Wunderschön«, hauchte sie fast sprachlos und wagte einen Blick über die Schulter. Giove stand wie versteinert neben ihr. Sie betrachtete ihn genauer. Seine Augen waren vor Begeisterung weit aufgerissen. Wie die eines kleinen Jungen, der zum ersten Mal in seinem Leben Schnee sah. Sein Mund war vor Erstaunen ein kleines bisschen geöffnet, und sein Atem wurde als Nebel in der Nacht sichtbar. Er streckte eine Hand aus. Sanft berührte er mit seinem Zeigefinger einen der dicken Tropfen, der daraufhin an seinem Finger herunterglitt. Gioves Augen wurden immer größer. So etwas hatte er in seinem ganzen Leben noch nicht gesehen. Er verspürte plötzlich eine bekannte Vertrautheit. Eine Vertrautheit, die er schon so lange nicht mehr gefühlt hatte.

Halt! Dieses Szenario musste er schon einmal erlebt haben. Doch wo und wann? Die Erinnerung war wie eine ausradierte Zeichnung, deren Umrisse er gerade noch erahnen konnte. Er hatte so etwas schon einmal erlebt, da war er sich ziemlich sicher. Und dem Erlebnis haftete nichts Negatives an, das Gefühl war vielmehr unbeschreiblich schön. Und er hatte es dem Mädchen neben sich zu verdanken, dass er dieses Gefühl endlich wieder erleben durfte.

Sie erschien ihm nun so vertraut. Ja, er kannte sie. Das stand fest. Aber in welcher Beziehung sie in der früheren Zeit zueinander standen ... Das Blatt war noch völlig unbeschrieben.

~ ~ ~

Seine Lippen bewegten sich, und Shiina meinte, ein leises »Wahnsinn« gehört zu haben. Sie schmunzelte in sich hinein. Unbewusst hatte er ihr gerade etwas von sich gezeigt. Eine Seite von ihm, die wahrscheinlich nicht viele kannten. Im nächsten Moment wurde sie wieder traurig. Sie war es nicht wert, diese Seite von ihm zu sehen. Schließlich hasste er sie nicht ohne Grund. Doch lange konnte sie nicht darüber nachdenken. Shiina konzentrierte sich wieder auf ihre Umgebung. Sie konnte die Zeit nicht ewig anhalten. Und es war spät – ihre Mutter würde sich schon fragen, wo sie blieb. Sie machte einen Schritt auf Gioves Wagen zu. Und plötzlich ergriff jemand ihre Hand. Augenblicklich begann ihr Herz zu rasen. Vorsichtig drehte sie sich um.

»So etwas Schönes habe ich in meinem ganzen Leben noch nicht gesehen.« Gioves Augen waren immer noch geweitet und seine Brille war ihm schon wieder auf die Nasenspitze gerutscht. Zum ersten Mal in ihrem Leben war Shiina sprachlos.

»Danke«, sagte Giove. Und zum ersten Mal an diesem Tag sah er ihr in die Augen. Sie war so überwältigt von dem eisigen Blau seiner Augen, dass sie kein Wort hervorbrachte. Ihre Lippen bebten, und ihr Herz klopfte noch schneller. Ihr Blick wanderte langsam zu ihrem Handgelenk. Er ließ seine Hand sinken.

»Entschuldige bitte.« Er schob seine Brille zurück nach oben und taumelte, anscheinend peinlich berührt, in Richtung seines Wagens. Shiina atmete aus und zwickte sich kurz in den Arm. Sie konnte nicht fassen, was hier gerade passiert war.

Au! Sie spürte den Schmerz, das hieß also, sie befand sich nicht in einem Traum, richtig?! Sie sah zurück auf ihr Handgelenk und meinte noch immer zu spüren, wo er sie festgehalten hatte. Seine Hand ist ziemlich schmal für die eines Jungen, dachte sie und lächelte in sich hinein. Dann schüttelte sie den Kopf, fasste sich wieder und folgte Giove zum Wagen. Schließlich waren sie immer noch auf der Flucht – ein Blick zurück zeigte, dass die Leute in der Tankstelle noch immer bewegungslos ausharrten. Als sie zum zweiten Mal an diesem Abend zu Giove in den

Wagen stieg, war das Gefühl, das einsetzte, ein anderes. Nun fühlte sie sich nicht mehr so unerwünscht.

»Bist du angeschnallt?«, fragte Giove.

»J-Ja«, sagte sie schüchtern und schaute aus dem Beifahrerfenster. Giove startete den Motor und fuhr los. Nach einiger Zeit fragte Shiina vorsichtig: »Kann ich die Zeit wieder gehen lassen?« Giove sah zu ihr herüber. Dann sah er wieder zurück auf die Fahrbahn.

»Ja. Wir sind jetzt weit genug weg, sie holen uns nicht mehr ein.« Shiina legte schnell eine Hand auf Gioves Schulter und schloss die Augen.

»Zeit, geh!« Der Regen prasselte gegen die Windschutzscheibe. Die Ziffern auf dem Display sprangen eine Zahl weiter. Rasch nahm sie ihre Hand zurück.

»Die Zeit vergeht wieder«, sagte Shiina leise.

»Ja, okay.« Sie hatte mit einer bissigeren Antwort gerechnet. Nach einiger Zeit ließ der Regen nach. Shiina sah gedankenverloren aus dem Fenster. Was sollte sie von dieser ganzen Sache halten? Am liebsten hätte sie noch einmal nachgehakt, warum er sie so sehr verabscheute. Aber er würde wahrscheinlich nur wieder ausweichen. Gerade bestand so etwas wie Waffenstillstand zwischen ihnen, also beschloss sie, ihn in Ruhe zu lassen. Später war auch noch genug Zeit dafür.

~ ~ ~

»Sind wir hier richtig?«, fragte Giove.

»Ja.« Shiina sammelte ihre Sachen zusammen und schnallte sich ab. Jetzt oder nie, dachte Giove. Er fasste sich ein Herz. Gerade noch rechtzeitig, Shiinas Hand war schon an den Türgriff gewandert.

»Bitte, Shiina, warte noch kurz.« Sie hielt inne.

»Ich werde dir deine Frage beantworten.« Shiina ließ sich zurück auf den Sitz sinken.

»Die Wahrheit ist, dass es gar keinen Grund gibt, dich zu hassen. Ich dachte, da wäre etwas, doch da ist nichts.« Erleichterung spiegelte sich in Shiinas Gesicht wieder.

»Aber ... warum hast du dich dann so verhalten?«, fragte sie mit großen Augen.

»Es ist so, ich ...« Er stockte und sah nach vorn. »Also ...« Unsicher rieb er sich übers Kinn.

»Giove.« Sie sah ihn eindringlich an. »Du kannst es ruhig erzählen. Ich werde dir nicht böse sein.«

Er seufzte und sah Shiina an.

»In Ordnung.« Er versuchte, sich zu fassen. »Es fing damit an, dass unsere Völker verfeindet waren. Ihr fandet uns abscheulich, wir verfluchten euch tagtäglich. Du siehst also: Es liegt in meiner Natur, dich zu hassen. Sonst würde ich Verrat an meinem Volk begehen.«

»Verstehe«, Shiina senkte ihren Blick. Giove zog Tomakis Zettel aus der Hosentasche und spielte damit herum.

»Aber weißt du, was ich gerade realisiert habe? Wir beide sind noch unbeschriebene Blätter. Es ist noch nichts passiert.« Sie sah ihn mit großen Augen an.

»Ich möchte noch einmal von vorn anfangen«, sagte er.

»Wenn du es auch willst.«

»Gern.« Sie lächelte ihn an. Erleichtert, wie ihm schien. Im schwachen Licht des Mondes konnte Giove etwas auf Shiinas Wangen schimmern sehen, bevor sie es rasch wegwischte. Giove lächelte.

Kapitel 24

Tomaki und ich stiegen die Stufen hinunter und ließen Shiina und Giove oben zurück.

»Bist du dir sicher, dass es eine gute Idee war, die beiden allein zu lassen?«, fragte ich. Was hatte sich Tomaki nur dabei gedacht? Ich erkannte den Sinn dahinter nicht. Er winkte ab.

»Ja. Die beiden müssen ihre Probleme unter sich klären.« Als wir unten angekommen waren, holte Tomaki einen kleinen Zettel aus seiner Tasche hervor und steckte ihn unter den Scheibenwischer von Gioves Wagen.

»Was ist das?«, fragte ich. Tomaki grinste. »Ein kleiner Anstoß für Giove.«

»Ein unbeschriebener Zettel?!«

»Genau.« Tomaki fuhr sich durch die Haare. »Er kann die Vergangenheit einfach nicht vergessen. Und das hindert ihn daran, sich weiterzuentwickeln. Er braucht ein unbeschriebenes Blatt. Verstehst du?«

»Nicht wirklich«, gab ich zu.

»Das mit Shiina …«, meinte Tomaki. »Ich selbst habe auch nicht das beste Verhältnis zu Giove, aber bei Shiina geht er eindeutig zu weit.«

»Und du setzt die beiden jetzt zusammen in einen kleinen Wagen«, erinnerte ich ihn.

»Giove muss sich mit Shiina auseinandersetzen«, sagte Tomaki. »Ihm muss klar werden, wie absurd es ist, an dem alten Hass festzuhalten.«

»Sie müssen sich aussprechen, du hast recht. Ich hoffe nur, dass beide heil aus der Sache herauskommen.« Wir schlenderten den beleuchteten Weg entlang. Ab und zu donnerte ein Auto vorbei.

»Es ist schon ziemlich lange her, seit wir etwas allein unternommen haben«, sagte Tomaki schließlich.

Ich sah ihn an. Er lächelte.

»Ich war es nicht, die Shiina jeden Tag eingeladen hat«, verteidigte ich mich.

»Jaja, stimmt schon«, grinste er.

»Apropos Shiina…«, murmelte ich.

»Hm?«

»Meinst du nicht auch, dass irgendetwas an ihr komisch ist?« Er runzelte die Stirn. »Was meinst du?«

»Ich habe das Gefühl, sie weiß mehr, als sie preisgeben will.« Tomaki verschränkte seine Hände hinter dem Kopf und sah in den Sternenhimmel.

»Was, wenn sie insgeheim auch hinter den Schuppen her ist und sie uns irgendwann wegnehmen will?« Neben mir fing Tomaki plötzlich an zu lachen.

»Was ist?«, fragte ich. Ich machte mir doch nur Sorgen.

»Vor wenigen Wochen wolltest du noch gar nichts mit mir und den Schuppen zu tun haben. Und jetzt machst du dir so viele Gedanken darum.« Statt ihm eine abweisende Antwort zu geben, wie ich es noch vor wenigen Wochen getan hätte, ließ ich mir seine Worte durch den Kopf gehen. Er hatte recht. Die Schuppen hatten meinem Leben wieder einen Sinn gegeben. Sie spülten das Grau aus meinem Leben und gaben mir das Gefühl, gebraucht zu werden.

»Das sollte jetzt nicht heißen, dass das schlecht ist«, fügte Tomaki hinzu, als ich weiter schwieg. »Sich Gedanken zu machen, meine ich. Immerhin fehlen uns nur noch ein paar Schuppen und dann …« Er stockte.

»Und dann?«

»Ich weiß auch nicht, wie es dann weitergeht. Wenn wir alle Schuppen gefunden haben«, sagte Tomaki etwas besorgt.

»Hm.« Ich hauchte meinen Atem in die kühle Nacht hinaus und rieb meine Hände aneinander. Tomaki beobachtete mich. »Ziemlich kalt, he?«

»Ne, geht schon«, log ich. Es war eisig, die Kälte kroch förmlich an mir herauf und versuchte, meinen ganzen Körper einzunehmen. Neben der Dunkelheit war Kälte mein größter Schwachpunkt. Beides schien es in letzter Zeit im Überfluss zu geben. Ich war froh, dass ich nicht allein war. Obwohl: Wäre Tomaki nicht, dann wäre ich erst gar nicht in diese Lage geraten. Dann würde ich jetzt in meinem warmen Bett liegen, so wie ich es bisher jeden Abend getan hatte. Doch wenn ich jetzt so darüber nachdachte, dann wollte ich nicht mehr zurück. Ich mochte mein neues Leben, meine Freunde, meine Aufgabe.

»Aber noch mal zu Shiina«, meinte Tomaki schließlich.

»Ich denke, dass wir ihr vertrauen können. Ich habe ein gutes Bauchgefühl, was das angeht.«

»Ich eben nicht«, platzte es aus mir heraus. Ich hasste es, wenn ich unüberlegt handelte, mich selbst damit überraschte. Und das passierte mir in letzter Zeit immer häufiger. Kam da die alte Ruta Pez in mir durch? Tomaki blieb stehen. »Wie kommst du darauf?«

»Na ja, es ist einfach so ein beklemmendes Gefühl, das mich bei bestimmten Menschen überkommt«, erklärte ich.

»Auch wenn ich weiß, dass ich ihnen vertrauen kann, sagt mir mein Bauchgefühl das genaue Gegenteil. Das hatte ich auch, als ich dich das erste Mal getroffen habe.« Tomaki sah etwas verletzt aus. »Du hattest das Gefühl, dass du mir nicht vertrauen kannst?« Plötzlich spürte ich etwas Nasses auf meinem Kopf.

»Regnet es etwa?« Ich sah zum Himmel und wurde zur Bestätigung von weiteren Tropfen direkt im Gesicht getroffen.

»Sind nur ein paar Tropfen, hoffentlich«, sagte Tomaki und sah mich weiterhin erwartungsvoll an. Jetzt, da ich einmal angefangen hatte, konnte ich seine Frage nicht mehr so einfach ignorieren. Ihn anzulügen kam auch nicht in Frage, das wäre nicht fair. Trotzdem, es fiel mir schwer, die Wahrheit zu sagen. Konnte es sein, dass ich Angst hatte, ihn zu verletzen? Ich schüttelte ungläubig den Kopf. Der Regen wurde stärker, und meine Jacke hielt den Wassermassen nicht stand. Hätte ich bloß eine andere angezogen.

»Los, wir stellen uns irgendwo unter«, schlug Tomaki vor und hielt Ausschau nach einer geeigneten Stelle. Doch weit und breit war nichts zu sehen. Noch nicht einmal ein größerer Baum stand am Fußwegrand. Tomaki musterte mich. Dann öffnete er seinen Reißverschluss, zog seinen Parka aus und reichte ihn mir.

»Der ist wasserdicht«, sagte er. »Zieh ihn an, sonst erkältest du dich noch.«

»Und was ist mit dir?«, fragte ich. Er hatte jetzt nur noch einen Pullover an. Der wäre im Nullkommanichts durchnässt.

»Ne, ist schon in Ordnung«, er legte den Parka über meine Schultern.

»Hm. Danke«, flüsterte ich. Ich steckte meine Arme in die viel zu langen Ärmel. Der Parka ging mir bis fast zu den Knien. Der Geruch kam mir vertraut vor. Ich sog ihn ein.

»Wie sieht es aus, wollen wir ein Stück rennen? Irgendwann kommt hier bestimmt eine Bushaltestelle«, sagte Tomaki, als ich an seinem Parka herumschnupperte. Oha, wie peinlich. Hoffentlich hatte er das nicht gesehen.

»Hm«, sagte ich kleinlaut. Ich zog mir noch schnell die Kapuze über den Kopf und sprintete im nächsten Augenblick los. Tomaki ließ sich natürlich nicht so einfach abhängen und holte ziemlich schnell auf. Der Regen prasselte mir ins Gesicht, und Tomakis Haare klebten an seinem Kopf. In der Ferne sahen wir ein großes Schild.

»Eine Bushaltestelle?«, fragte ich ein wenig unsicher, denn ich wusste nicht, ob Tomaki es bei dem starken Regen überhaupt gehört hatte.

»Hoffentlich«, sagte er, ich konnte es gerade so hören. Er legte einen Zahn zu, und auch meine Beine gaben alles. Wir wurden bitter enttäuscht. Es war zwar ein Schild, aber keins, das eine Haltestelle anzeigte. Tomaki fluchte. Es wurde nicht gerade wärmer, und ich war froh, dass ich Tomakis Jacke tragen durfte.

»Komm, wir rennen weiter!«, sagte Tomaki. Durch das laute Prasseln des Regens hätte ich beinahe verstanden: »Komm, wir pennen weiter«, doch es war wahrscheinlicher, dass er *rennen* meinte. Wir setzten uns wieder in Bewegung, der Gehweg war überschwemmt, meine Schuhe begannen langsam, unten an der Sohle durchzuweichen.

Wir rannten weiter, in der Hoffnung, uns irgendwo unterstellen zu können, doch es war einfach nichts zu finden. Ich sah zu Tomaki hinüber. Sein Pullover war völlig durchnässt. Ich fühlte mich ziemlich schlecht, weil ich seine Jacke angenommen hatte. Hoffentlich erkältete *er* sich nicht.

»Hey, Ruta, sieh mal da!«, Mit ausgestrecktem Arm zeigte Tomaki auf die Äste eines schmalen Baumes, der einsam am Straßenrand stand. Dicht gefolgt von Tomaki sprintete ich das letzte Stück. Die Äste entpuppten sich kleiner als gedacht, doch Schutz für zwei Personen boten sie allemal.

»Besser als nichts«, sagte Tomaki und sah über sich. Ich nickte.

»Also was war das für ein beklemmendes Gefühl, das du hattest, als du mich das erste Mal gesehen hast?«, hakte Tomaki noch einmal nach. Er ließ einfach nicht locker. Ich seufzte. Ich hatte keine Kraft mehr, die Wahrheit zu verschönern. »Das Gefühl von Verrat.«

»Oh.« Da war wieder dieser enttäuschte und verletzte Gesichtsausdruck.

»Was dachtest du denn, warum ich nichts von dir wissen wollte?«, fragte ich. »Ich konnte dir einfach nicht vertrauen.«

»Konnte?«, fragte Tomaki mit einem breiten Grinsen auf den Lippen.

»Na ja, …«, ich sah auf den Boden. Es war ja nicht so, dass ich ihm schon hundertprozentig vertraute. Aber ich wusste, dass ich mich auf ihn verlassen konnte. Dennoch machte mir seine finstere Seite etwas Angst.

»Das hat vielleicht auch etwas mit Ronin und Nanami zu tun«, meinte Tomaki. »Mit ihrem Verhältnis zueinander. Ein Teil ihrer Seele lebt in den Amuletten weiter. Sie haben sie schließlich erschaffen.« Tomaki hatte Ronin und Nanami schon einmal erwähnt. Wer waren die beiden gewesen?

»Wie meinst du d-« Ich verstummte.

»Oh! Sieh mal!«, Tomaki unterbrach mich. Der Regen hatte urplötzlich nachgelassen. Nur hin und wieder hörte man noch ein leises Tropfen.

»Na toll«, meinte Tomaki. »Das ist immer so. Hätten wir diesen Baum nicht früher finden können?« Ich musterte ihn. Er war von oben bis unten durchnässt.

»Tomaki, es tut mir leid, hier nimm -«

»Schon in Ordnung, Ruta, ich habe sie dir doch angeboten«, sagte Tomaki sanft. Er legte eine Hand auf meinen Kopf.

»Das ist schon okay.«

»Hm …« Ich fühlte mich trotzdem schlecht dabei, seine Jacke zu tragen.

»Komm, lass uns gehen.« Mittlerweile hatte es sogar ganz aufgehört, zu regnen. Stattdessen hatte jetzt der Sturm die Oberhand.

»Normalerweise liebe ich ja den Wind«, meinte Tomaki, »aber an Tagen wie diesen …« Er begann zu zittern. Der Wind pfiff ums um die Ohren. Von Schritt zu Schritt wurde mir immer unwohler. Aber es war nicht mehr weit. Der lange Fußweg an der Straße mündete schließlich in meinem Wohnviertel. An Klarins Haus angekommen, zog ich Tomakis Parka aus. Meine dünne Jacke war ebenfalls komplett durchnässt.

»Danke, Tomaki«, sagte ich und hielt ihm den Parka entgegen.

»Gern geschehen.« Er strich mir durchs Haar. Seine Hand war eiskalt. Er musste wirklich frieren.

»Wenn du willst, dann kannst du dich bei mir mit einem Tee wieder aufwärmen«, bot ich an. Mein schlechtes Gewissen meldete sich wieder. Er zuckte unbekümmert mit den Schultern. »Mach dir um mich mal keine Sorgen. Ich renne bis zu meinem Tempel, dann wird mir schon wieder warm.« Ich machte mir doch keine Sorgen um ihn! Oder etwa doch? Was war das? Machte ich mir jetzt sogar schon Sorgen um ihn? Tomaki zog sich seine Jacke wieder über.

»Vorhin, als der Regen aufgehört hat, da wolltest du irgendetwas fragen?«, meinte Tomaki, als er sich die Kapuze überstülpte. »Irgendwas wegen der Amulette?« Ich winkte ab. »Nicht so wichtig.«

»Ah. Verstehe, dann bis morgen.« Er hob die Hand zum Abschied und sprintete dann in die Richtung, aus der wir gekommen waren. Ich hatte so ein Gefühl, dass ich noch früh genug herausfinden würde, was es mit Nanami und Ronin auf sich hatte.

Kapitel 25

Shiina betrat den Klassenraum und flötete: »Guten Morgen!«

»Morgen«, murmelte ich. Und schon kam sie an meinen Platz gestürmt.

»Du scheinst ja ziemlich gute Laune zu haben«, bemerkte ich.

»Oh ja!« Sie strahlte. »Und das aus zwei guten Gründen!« Sie hüpfte aufgeregt auf und ab, sodass ihre violetten Haare im Takt mitwippten.

»Erstens«, sie hob den Zeigefinger, »fallen heute die letzten beiden Stunden aus!«

»Oh, wirklich?« Es kam ziemlich selten vor, dass Schulstunden ausfielen.

»Ja, sie haben dieses Mal wohl keinen Ersatz gefunden. Na ja, nur gut für uns.«

»Und was ist der zweite Grund?«, fragte ich amüsiert.

»Giove und ich sind jetzt Freunde!« Sie strahlte übers ganze Gesicht.

»Wirklich?!« Das überraschte mich total. »Wie has-«

»Morgen«, murmelte Tomaki, der gerade den Klassenraum betrat. Ich sah zu ihm hinüber und erschrak. Er sah nicht gut aus.

»Hey, Tomaki!«, winkte Shiina. »Gute Neuigkeiten!« Er schlurfte langsam heran. So kannte ich ihn gar nicht.

»Was gibt's?«, murmelte er.

»Öhm, sag mal, geht's dir nicht gut, Tomaki?« Jetzt hatte auch Shiina bemerkt, dass etwas an ihm komisch war.

»Ich habe nur nicht so gut geschlafen«, winkte er ab.

»Du hättest wirklich zu Hause bleiben sollen. Du siehst echt nicht gut aus«, sagte Shiina mit großen Augen.

»Das geht nicht«, entgegnete er.

»Was? Wieso?«

»Kann ich dann mal anfangen?«, erklang es plötzlich unfreundlich vom Lehrerpult. Wir waren so in das Gespräch vertieft gewesen, dass wir nicht gemerkt hatten, dass die Lehrerin schon eingetroffen war.

»In der nächsten Pause dann, ja?«, raunte Shiina uns zu, bevor sie zu ihrem Platz verschwand. Tomaki zwinkerte mir schwach zu und schleppte sich auf seinen. Den ganzen Unterricht über beobachtete ich Tomaki. Er meldete sich nicht und schrieb auch nicht mit. Das war sehr ungewöhnlich. Mit ihm war irgendetwas ganz und gar nicht in Ordnung. In der nächsten Pause machte er keinerlei Anstalten, zu meinem Platz zu kommen. Da war etwas im Argen. So war er ja sonst nicht. Ich stand auf. Wahrscheinlich war es das erste Mal überhaupt, dass ich mich an den Platz von jemand anderen bewegte.

»Tomaki, ist alles in Ordnung?«, fragte ich. Dieses Mal kam es mir ziemlich leicht über die Lippen, stellte ich stolz fest. Ich veränderte mich Stück für Stück. Und das war gut so.

»Jaja«, hauchte er und versuchte zu lächeln, doch es war weit entfernt von seinem gewöhnlichen Tomaki-Lächeln. Shiina gesellte sich zu uns, und sie war genauso beunruhigt wie ich.

»Du wolltest mir noch von deinen Neuigkeiten berichten«, murmelte Tomaki.

»Äh ... ja. Na ja, unsere letzten beiden Stunden fallen weg und Giove und ich sind jetzt Freunde«, sagte Shiina, aber nicht mehr so strahlend und begeistert wie vorhin.

»Das sind zwei sehr schöne Neuigkeiten«, sagte Tomaki, mit jedem Wort wurde seine Stimme leiser, bis er schließlich seinen Kopf auf den Tisch legte und schwer seufzte.

»Mensch, Tomaki, du siehst wirklich nicht gut aus. Vielleicht solltest du für heute einfach nach Hause gehen und dich erholen?!«, sagte Shiina.

»Nein, das geht nicht. Ich bleibe hier.« Shiina und ich tauschten besorgte Blicke aus.

»Hey, ist Tomaki bei euch?«, fragte jemand hinter uns. Shiina und ich drehten uns um. Ich kannte die Person nicht, vermutlich ein Schüler aus einer anderen Klasse.

»Wieso?«, fragte Shiina.

»Der soll mal ins Lehrerzimmer kommen.«

»Ja, komme schon …« Tomaki raffte sich irgendwie auf.

»Schaffst du das denn?«, fragte Shiina besorgt. Tomaki drehte sich um und lächelte.

»Ja, macht euch keine Sorgen um mich«, sagte er, bevor er sich aus dem Klassenraum schlich.

»Der weigert sich garantiert, nach Hause zu gehen, weil er dich nicht allein hier lassen möchte.« Shiina verdrehte die Augen. »Als ob ich nicht auch noch hier wäre.« Ich sah sie verwundert an. »Wie meinst du das?«

»Na -« Ein lautes »Rums« auf dem Flur ließ uns beide herumfahren.

»Das war jetzt aber hoffentlich nicht …?!«, flüsterte Shiina. Wir sahen uns an. Bitte nicht. Ich sprintete durch die Tischreihen, an den vielen Schülern vorbei, und auf den Flur hinaus, wo sich eine Traube von Schülern gebildet hatte. Ich quetschte mich durch sie hindurch.

»Tomaki!«, schrie ich, als ich ihn bewusstlos am Boden liegen sah. Mein Herz raste. Was sollte ich nur machen, was zum Himmel sollte ich nur machen? Ich kniete mich neben ihn.

»Shiina!«, ich drehte mich um, und da stand sie auch schon hinter mir. Ich musste gar nichts weiter sagen. Sie nickte und hechtete sofort los. Ich nahm Tomakis Hand. Sie war so heiß.

»Tomaki, Tomaki!«, hauchte ich. Meine Finger krallten sich in seine Hand. Und plötzlich spürte ich, wie seine

Hand meine ganz schwach zu umfassen versuchte.

»Tomaki!«

»Ruta?«, stöhnte er leise. Meine Augen begannen, sich mit Tränen zu füllen. Keine Minute später kam Shiina mit der Krankenschwester im Schlepptau zurück.

»Er liegt da«, sagte sie hektisch. Die Frau im weißen Kittel kniete sich auf die andere Seite von Tomaki.

»Er ist wieder bei Bewusstsein«, sagte ich mit bebenden Lippen. Shiina verscheuchte in der Zeit die schaulustigen Schüler.

»Habt ihr keinen Unterricht?«, giftete sie. Die Frau fühlte erst seinen Puls und legte dann eine Hand auf seine Stirn.

»Er kocht ja förmlich«, stellte sie erschrocken fest. Ich legte meine Hand auch auf seine Stirn. Sie war wirklich ziemlich heiß. Garantiert wegen gestern. Er hatte sich doch erkältet. Und ich war schuld daran.

»Am besten bringen wir dich jetzt ins Krankenzimmer«, sagte sie freundlich. »Kannst du aufstehen?« Tomaki versuchte, sich aufzurappeln.

»Ich werde ihn an der einen Seite stützen, du an der anderen. Kriegen wir das hin?«, fragte die Krankenschwester mich.

»Natürlich.« Ich legte Tomakis Arm über meine Schultern.

»Und Shiina, kannst du uns bitte die Tür des Krankenzimmers aufmachen?«

»Klar!« Shiina ging vor uns her und schirmte weitere Schaulustige ab. Im Krankenzimmer angekommen, legten wir Tomaki vorsichtig auf eine Liege.

»Wie geht es dir, hast du irgendwelche Schmerzen, Tomaki?«, die Frau sah ihn mitfühlend an.

»Nur ein wenig Kopfschmerzen«, antwortete er leise.

»Du hast dir wahrscheinlich eine ziemlich starke Erkältung eingefangen. Du brauchst jetzt viel Ruhe.« Sie setzte sich auf einen Drehstuhl und rollte an Tomakis Liege heran.

»Ich werde ein paar Medikamente für dich holen. Bleibst du hier, Ruta?« Ich nickte.

»Shiina, du kannst jetzt wieder in die Klasse zurückgehen. Der Unterricht fängt gleich an, nicht dass du noch Ärger kriegst.«

»Hm, na gut«, murmelte Shiina widerwillig. Sie wäre sicher gern noch länger hier geblieben, denn sie hatte bestimmt keine Lust auf den langweiligen Unterricht.

»Bis nachher«, sagte sie und verließ den Raum. Die Krankenschwester rollte zurück an ihren Schreibtisch.

»Ich bin gleich wieder da«, sagte sie und stand von ihrem Stuhl auf. Dann verließ auch sie den Raum.

»Es tut mir so leid, Tomaki«, wimmerte ich. »Es tut mir so leid, dass es dir jetzt wegen mir so schlecht geht!«

»Oh, Ruta«, seufzte er leise. »Mach dir wegen mir bloß keine Sorgen.« Das sagte er so einfach.

»Wieso bist du überhaupt noch hergekommen, wenn es dir so schlecht geht?«, fragte ich mit ernstem Gesicht. »Du hättest auf dem Weg hierher zusammenbrechen können! Da hätten wir gar nicht gewusst, was mit dir los ist ...«

»Dass ich hier bin, hat seine Gründe«, hauchte er und sah dabei an die Decke.

»Was denn für Gründe?«, fragte ich leise und runzelte die Stirn.

»Ich wusste, wenn ich dich erst einmal wiedergefunden hatte, dann würde ich dich garantiert nie wieder aus den Augen lassen. Das habe ich mir geschworen, jeden Tag, den ich nach dir gesucht habe. Ich mein's ernst«, flüsterte er. Er drehte sich mit dem Gesicht zur Wand.

»Ich habe mir geschworen, nicht mehr von deiner Seite zu weichen.«

Kapitel 26

Shiina betrat das Krankenzimmer und schloss leise die Tür hinter sich.

»Und, wie geht es ihm?«, fragte sie.

»Er schläft«, flüsterte ich. Ich drehte mich zu ihr um.

»Ist jetzt schon Schluss?« Sie nickte und setzte sich auf einen Stuhl neben dem Schreibtisch der Krankenschwester.

»Jetzt stellt sich nur die Frage, wie wir ihn zurück zu seinem Tempel kriegen«, stellte Shiina fest. Daran hatte ich noch gar nicht gedacht. Vielleicht ging es ihm nach dem Schlafen schon ein wenig besser, aber ob wir ihm dann schon den Nachhauseweg zumuten konnten, bezweifelte ich stark.

»Wenn ihn nur jemand nach Hause fahren könnte«, überlegte Shiina. Das wäre die beste Lösung.

»Ich werde die Krankenschwester fragen, ob sie uns zu ihm fahren kann.«

»Gute Idee«, nickte ich.

»Gut, dann suche ich sie gleich mal.« Shiina stand auf und verschwand im Nebenzimmer. Tomaki hatte sich mittlerweile auf die Seite gedreht. Ich betrachtete ihn genauer. Fluffig fielen seine schneeweißen Haare in sein weiches Gesicht. Immer wenn er ausatmete, gab er ein leises Geräusch von sich, das sich wie ein sanftes »Fu« anhörte. Was er wohl schon alles durchmachen musste? Was für eine Beziehung wir in der Orbica hatten? Er sagte, ich habe ihm viel beigebracht. Bestimmt waren wir damals gute Freunde. Ich lächelte bei dem Gedanken daran. Plötzlich schlug Tomaki die Augen auf.

»Wieso lächelst du?«, fragte er und begann ebenfalls zu lächeln. Schnell drehte ich mich weg.

»Hat keinen Grund«, murmelte ich. Im nächsten Moment ging die Tür zum Nebenzimmer auf.

»Sie kann ihn leider nicht fahren«, sagte Shiina. »Oh, Tomaki, du bist ja wach.«

»Ja. Weil ich angestarrt wurde.« Er grinste und zog die Decke höher.

»I-Ich habe dich nicht angestarrt«, meinte ich. Shiina kicherte, wurde dann aber wieder ernst. »Ja, und wie kriegen wir dich jetzt nach Hause?«, fragte sie.

»Wieso?«, fragte Tomaki schwach.

»Weil du in deinem Zustand garantiert nicht laufen kannst.«

»Shiina hat recht, Tomaki«, die nette Krankenschwester war zurück, »und es tut mir leid, dass ich dich nicht fahren kann, aber kann nicht ein Elternteil oder ein Freund von euch Tomaki nach Hause fahren?«

»Ein Freund, sagen Sie?«, überlegte Shiina, den Zeigefinger am Kinn. Die Frau nickte.

»Ich würde gern kurz telefonieren. Darf ich?«

»Natürlich. Nebenan ist ein Telefon, das kannst du gern benutzen.« Was hatte Shiina nur vor? Plötzlich spürte ich einen Blick auf mir. Ich drehte mich um.

»Was ist?«, fragte ich, als ich sah, dass Tomaki mich anstarrte.

»Nichts«, grinste er, so gut er in seinem Zustand eben konnte.

»Ruta, kannst du kurz mal herkommen?«, fragte die Krankenschwester. Ich stand auf und stellte mich neben sie vor einen großen Schrank voller kleiner bunter Schachteln.

»Hier, das kannst du Tomaki geben«, sie holte eine weiße Packung hervor und reichte sie mir.

»Was ist das?«, fragte ich, als ich das Etikett betrachtete.

»Etwas gegen sein hohes Fieber. Und das hier hilft

gegen die Erkältung.« Sie kramte weitere Packungen aus dem Regal hervor und legte sie auf ihren Schreibtisch.

»Gute Neuigkeiten!« Shiina war zurück. »Giove fährt uns.«

»Giove?« Ich sah sie überrascht an. Wie um alles in der Welt hatte sie Giove bloß dazu überredet?

»Wirklich?« Tomaki schien genauso perplex zu sein wie ich.

»Jap. Er erledigt zwar gerade noch etwas, aber danach macht er sich gleich auf den Weg hierher.« Sie grinste zufrieden.

»Hat er heute mal gute Laune oder was ist mit ihm los?«, murmelte Tomaki. Ich zuckte mit den Schultern.

»Hauptsache ist doch, dass er kommt«, sagte Shiina strahlend, und ich konnte ihr nur zustimmen.

»Ruta, ich schreibe dir die Dosierungen der Medikamente auf einen Zettel, ja?«, meinte die Krankenschwester.

»Ja, vielen Dank.« Shiina blickte auf die Uhr, die über der Tür hing.

»Ich werde vor der Schule auf Giove warten«, bot sie an. Die Krankenschwester sah von ihrem Schreibtisch auf.

»Was schätzt du, wie lange braucht euer Freund noch?«

»Öhm, na ja, er meinte, dass es nicht mehr so lange dauert.«

»Weil ich in zehn Minuten einen Termin habe«, erklärte die Frau. »Deshalb kann ich Tomaki ja auch leider nicht fahren.«

»Ach so.« Shiina blieb in der Tür stehen.

»Aber ich kann euch den Schlüssel dalassen«, schlug die Krankenschwester vor. »Ihr müsstet dann nur abschließen, wenn euch euer Freund abholen kommt, und den Schlüssel dann wieder im Lehrerzimmer abgeben.«

»Das ist doch mal ein Plan«, sagte Shiina und ließ sich den Schlüssel von der Krankenschwester geben. Diese packte ihre Tasche, schloss den Medikamentenschrank ab und verabschiedete sich.

»Da hat Tomaki aber Glück, dass morgen Wochenende ist«, zwinkerte sie, bevor sie das Krankenzimmer verließ. Shiina steckte den Schlüssel ein und schlich sich zu uns heran.

»Meint ihr nicht auch, dass diese Frau ein wenig, hm, komisch ist?«, fragte sie.

»Also ich finde sie nett«, sagte ich. Bei Shiina war ich mir immer noch nicht ganz sicher. Ihr Misstrauen verunsicherte mich schon wieder.

»Ja, ich traue ihr auch nicht so ganz über den Weg«, murmelte Tomaki.

»Ich verstehe nicht, was ihr meint.« Was fühlten sie, was ich nicht fühlte? Unser Gespräch wurde durch das Klingeln des Telefons im Nebenzimmer unterbrochen.

»Ich gehe schon!« Shiina lief los.

»Äh, ich glaube nicht, dass du da rangehen solltest«, sagte ich, doch es war schon zu spät.

»Shiina hier«, ertönte es aus dem Nebenraum. Tomaki lächelte.

»So ist sie halt«, sagte er. Seine Stimme war immer noch ziemlich schwach.

»In Ordnung, ich komme sofort runter!« Keine Sekunde später stand Shiina auch schon wieder vor uns.

»Das war Giove, er ist da. Ich hole ihn jetzt hoch, ja?« Ich nickte. In der Zeit, in der Shiina weg war, ging ich an den Schreibtisch und packte die Medikamente für Tomaki in eine Tüte. Mein Blick fiel auf den Zettel. Die Krankenschwester hatte jede Dosierung in wunderschöner, schnörkeliger Schrift niedergeschrieben. Ich fand sie immer noch nett. Und daran konnten auch die Zweifel von Tomaki und Shiina nichts ändern.

»Hier wären wir.« Shiina öffnete die Tür, und sie und Giove traten ein.

»Du musst so schnell wie möglich in deinen Tempel zurück, Tomaki«, sagte Giove. Um seinen Hals baumelten wieder seine Kopfhörer.

»Jaja.« Tomaki versuchte, sich aufzusetzen.

»Aber zuerst: Wo ist das Telefon, mit dem ihr mich angerufen habt?«, flüsterte Giove in die Runde.

»Im Nebenzimmer.« Shiina sah ihn verwundert an.

»Wieso?« Aber Giove war schon im angrenzenden Raum verschwunden. Shiina sah mich fragend an. Ich zuckte mit den Schultern. Keine Ahnung, was Giove mit dem Telefon wollte. Shiina steckte die Tüte mit den Medikamenten in ihre Schultasche. Dann halfen wir Tomaki hoch und stützten ihn jeweils auf einer Seite. Langsam gingen wir mit ihm zur Tür.

»Giove?!«, rief Shiina.

»Was ist?«, fragte er und kam zu uns.

»Du musst an meiner Stelle Tomaki stützen, weil ich noch den Zimmerschlüssel abgeben muss.« Sie schloss sorgfältig ab und hielt dann den Schlüssel hoch. Giove nickte etwas widerwillig.

»Beeilen wir uns«, sagte er, nachdem er sich Tomakis Arm um die Schulter gelegt hatte. Ich nickte. Und schon gab Giove ein starkes Tempo vor.

»Hey!« Ich blieb ruckartig stehen und zerrte Tomaki zurück.

»Uahh!«, Tomaki wurde schlecht.

»Was ist?«, blaffte Giove. »Wir müssen uns beeilen, habe ich doch gerade gesagt!«

»Aber doch nicht so! Er kann nicht so schnell. Nicht, dass er wieder ohnmächtig wird.« Giove murrte, passte sich aber meinem Tempo an. Wir schlichen den Gang entlang, die Treppe hinunter und kamen schließlich an der großen Eingangstür an. Shiina hatte uns mittlerweile eingeholt und hielt uns die Tür auf. Durch die Tür ging es weiter über den Schulhof bis hin zur Straße, an der Gioves Wagen parkte.

»Folgendes Problem«, sagte Giove, als wir an seinem Wagen angekommen waren, »mit Tomaki an der Seite komme ich nicht an meinen Autoschlüssel heran.« Tomaki wurde auf meinen Schultern immer schwerer.

»Ich kann langsam nicht mehr«, winselte er.

»Shiina, hol seinen Schlüssel aus seiner Tasche«, befahl ich.

»Hey, Halt!«, protestierte Giove. »Ich lasse Tomaki nur kurz los und da-«

»Du lässt ihn nicht los!«, knurrte ich böse. Tomaki wurde immer schwerer und schwerer. Ich spürte förmlich, wie von Sekunde zu Sekunde immer mehr Kraft aus seinem Körper wich. »Shiina, mach schon.« Sie nickte. Wir ignorierten Gioves Protest.

»Schön stillhalten, Giove«, grinste sie, als sie mit ihrer Hand in seine Tasche griff. Giove brummte, doch es half nichts.

»Hab ihn«, sagte Shiina und drückte auf den Knopf. Die Lichter des Wagens blitzten auf. Wir öffneten die Hintertür und ließen Tomaki sanft auf den Sitz sinken.

»Danke«, hauchte er schwach. Ich schnallte ihn an und setzte mich auf die andere Seite neben ihn. Shiina sprang auf den Beifahrersitz. Bevor Giove auf der Fahrerseite einstieg, sah er sich noch einmal um.

»Ist bei dir all-« Ich sah zu Tomaki hinüber und verstummte. Er war wieder eingeschlafen.

»Schlafen ist die beste Medizin«, flüsterte Shiina, die sich zu uns umgedreht hatte.

»Apropos Medizin«, flüsterte Giove, als er losfuhr, »ich will dann später einen Blick auf eure sogenannte Medizin werfen.«

»Wieso?«, flüsterte Shiina und drehte sich wieder um.

»Es kann sein, dass euch da was untergejubelt wurde.«

»Was?!«, Shiina schrie auf.

»Pst!«, ich funkelte sie böse an.

»Tschuldigung«, sagte Shiina, jetzt kaum hörbar, und lächelte mir verlegen zu.

»Und was hast du im Nebenzimmer gemacht?«, fragte sie weiter.

»Meine Telefonnummer aus dem Gerät gelöscht.«

Kapitel 27

Nachdem wir Tomaki irgendwie diese ganzen Treppen hinauf in seinen Tempel geschleppt hatten, legten wir ihn auf sein Bett. Er murmelte benommen ein »Danke« und schlief sofort ein. Wir trafen uns zur Krisensitzung im Wohnzimmer.

»Ich werde eine Suppe für ihn aufsetzen, das macht meine Mutter immer für mich, wenn ich krank bin«, sagte Shiina und machte sich daran, die Zutaten für ihre Suppe zusammenzusuchen.

»Tomaki darf den Tempel unter keinen Umständen verlassen«, sagte Giove, nachdem er sich an den kleinen Tisch gesetzt hatte.

»Warum nicht?« Ich setzte mich ihm gegenüber. Natürlich war mir klar, dass Tomaki in diesem Zustand den Tempel nicht verlassen sollte, aber es schien, als ob es noch einen anderen Grund gab.

»Kannst du mir bitte die Medikamente, die man euch gegeben hat, zeigen?« Er ignorierte meine Frage. Typisch Giove.

»Die sind bei mir in der Tasche«, sagte Shiina von der Küche aus. Sie holte ihren Rucksack hervor und breitete die vielen bunten Schachteln vor uns aus. Giove nahm ein paar davon in die Hand.

»Mmh, mmh.« Ich sah ihn an.

»Das dachte ich mir schon«, sagte er schließlich und schob seine Brille hoch.

»Was?«

»Das hier sind keine Medikamente. Jedenfalls keine, die ihm helfen würden«, stellte er fest. »Hat er davon schon etwas genommen?« Ich schüttelte den Kopf und verstand nicht ganz.

»Aber warum sollte uns die Krankenschwester falsche Medikamente unterjubeln?«

»Ich wusste, dass mit der was nicht stimmt!«, rief Shiina.

»Aber sie war so freundlich. Ich glaube nicht, dass sie das dann mit Absicht -«

»Ruta Pez.« Giove sah mich eindringlich an. »Deine Wahrnehmung trügt. Vergiss nicht, dass all das hier«, er machte eine weite Armbewegung, »gar nicht echt ist. Wir leben in einer Scheinwelt, die auf Magie basiert. Viis hat seine Augen und Ohren überall.«

»Aber warum fühlt nur ihr, dass mit der Frau etwas nicht stimmt? Warum bin ich die Einzige, der das nicht auffällt?«, fragte ich.

»Nun ja, du wurdest einer sehr harten Gehirnwäsche unterzogen. Da ist es kein Wunder, dass du es nicht spürst.«

»Aber warum spürt Shiina es dann auch? Ihr wurden doch wie mir die Erinnerungen genommen, oder nicht?«

»Shiina hat ihre Erinnerungen verloren und keine Gehirnwäsche bekommen, ihre Instinkte sind noch dieselben wie vor Cosmica«, erklärte Giove ruhig. »Du musst immer daran denken, dass du für sie die größte Gefahr darstellst. Alles, was für das System spricht, nimmst du als schön wahr. Was dagegen spricht, so wie Tomaki oder Shiina, von diesen Dingen willst du instinktiv Abstand halten.«

»Ich versteh das einfach nicht, wieso haben sie mich nicht einfach gleich umgebracht? Warum die ganze Mühe?«

»Das kann dir nur Viis höchstpersönlich beantworten«, Giove sah mich mit seinen eisigen Augen an.

»Wollt ihr auch etwas von meiner Suppe?«, fragte Shiina aus der Küche.

»Wenn ich schon einmal da bin, esse ich mit«, stimmte Giove zu und sah fordernd in die Runde.

»Ich nehme auch etwas. Aber nur ein bisschen«, sagte ich. Ich wusste ja nicht, wie sie schmecken würde. Giove sah sich noch einmal die Medikamente an. Dann öffnete er ein Glasfläschchen und ließ die Tabletten auf den Tisch rollen.

»Was tust du?«, fragte ich neugierig.

»Die Regierung, besser gesagt Viis, sucht noch immer nach Menschen, deren Erinnerungen nicht gelöscht wurden«, erklärte Giove. »Eine ihrer Methoden, das herauszufinden, sind manipulierte Medikamente.« Er ließ die Tabletten wieder zurück in das Glas kullern.

»Sie geben Kranken immer zuerst die Medikamente, die sie präpariert haben.« Shiina stellte zwei Teller mit dampfender Suppe auf den Tisch. Schnell holte sie noch den dritten Teller und setzte sich zu uns.

»Wie haben sie die denn präpariert?«, fragte sie.

»Folgendermaßen: Diese Medikamente wirken nur bei denen, die ihre Erinnerungen an die frühere Zeit noch nicht verloren haben. Sie lassen den Patienten sich kurzzeitig wieder gesund fühlen.«

»Wie geht so etwas denn?«, unterbrach Shiina ihn.

»Mit Magie natürlich«, sagte Giove. »Viis ist der mächtigste Magier, den die Welt je gesehen hat – das darf man nie vergessen. Keiner kommt an ihn heran. Aber zurück zu den Medikamenten. Sie wirken gut, aber nur für kurze Zeit. Darum wirkt der Zauber so, dass die Menschen, die noch ihre Erinnerungen haben, immer mehr davon konsumieren wollen. Sie gehen also in die Apotheke und kaufen mehr und mehr davon, sie sind regelrecht süchtig. Das System ist darauf programmiert, diese Käufe zu registrieren. Sobald jemand auffällig wird, wird sein Name sofort an die Regierung und Viis weitergeleitet.« Giove stockte.

»Und dann kommen sie und verschleppen die Menschen in den Palast«, sagte er schließlich. Er nahm einen Löffel voll Suppe. Ich hatte wie gebannt zugehört und dabei die Suppe völlig vergessen. Ich nahm auch einen Löffel.

»Woher weißt du das alles so genau?«, fragte Shiina. Ihre Suppe schmeckte unerwartet gut. Ich holte mir Nachschlag. Als ich wieder an meinem Platz saß, antwortete Giove düster: »Ich habe es einmal miterlebt.«

»Das muss schrecklich gewesen sein«, flüsterte Shiina mit gesenktem Blick.

»Es war ein einschneidendes Erlebnis, das ich Tomaki ersparen will.«

»Deshalb hast du zugestimmt, ihn abzuholen?« Giove nickte. Also lag ihm doch etwas an uns. An Tomaki. Und wenn es nur daran lag, dass sie eine Gemeinsamkeit hatten: Die Erinnerungen an eine Welt, die es nicht mehr gab. Das verband sie, egal wie sehr sie auch versuchten, sich dagegen zu wehren.

Kapitel 28

Von Shiinas Suppe war gerade einmal die Portion für Tomaki übrig geblieben, so gut hatte es ihnen geschmeckt. Ruta räumte die Teller in die Küche und Shiina wusch sie ab.

»Wie geht es jetzt weiter?«, fragte Ruta. Shiina zuckte mit den Schultern. »Auf jeden Fall braucht er Medizin, damit er wieder gesund wird«, stellte sie fest, als sie die Teller abtrocknete. Ruta nickte.

»Ich habe etwas Angst«, sagte sie leise und sah auf den Tisch. Shiina räumte die Teller in den Schrank und ging zu Ruta.

»Er wird wieder gesund werden«, sagte sie aufmunternd und legte eine Hand auf Rutas Schulter, »ich kenne ihn zwar noch nicht so lange, aber ich denke nicht, dass er so schnell aufgibt.«

»Hm.«

»Willst du noch mal nach ihm sehen? Dann kannst du ihm gleich die Suppe bringen.« Shiina hielt ihr die Schüssel entgegen.

»Ja, mach ich.« Ruta nahm sie an sich und verschwand in Tomakis Zimmer. Shiina setzte sich zu Giove an den kleinen Tisch und stützte ihren Kopf auf die Hände.

»Und was machen wir jetzt?«, fragte sie. »Wegen Tomaki meine ich.« Giove verschränkte die Arme und schloss für einen Moment die Augen.

»Medizin braucht er ja trotzdem«, murmelte sie.

»Dann lass uns in eine Apotheke fahren.« Er öffnete seine Augen wieder. »Wir könnten meine Fähigkeit nutzen, um unbemerkt an echte Medizin zu kommen.«

»Ah, meinst du, du kriegst es hin?« Shiina meinte es nicht böse, aber sie konnte auch nicht ignorieren, was das letzte Mal passiert war, als Giove seine Macht hatte einsetzen wollen.

»N-Natürlich!«, sagte Giove und legte seine Hand an die Brille. »Das letzte Mal war ich einfach nur abgelenkt.«

»Abgelenkt, wirklich?«, hakte Shiina neugierig nach.

»Von was denn?«

»Das hat dich nicht zu interessieren.«

»Och, komm schon!«, quengelte Shiina. Ruta kam gerade zur Tür rein. »Tomaki hat aufgegessen und schläft jetzt wieder.«

»Ah, sehr schön.« Shiina drehte sich zu ihr um. »Wir haben beschlossen, in einer Apotheke Medizin für Tomaki zu holen.«

»In Ordnung«, sagte Ruta und verschwand in der Küche, um die Schüssel abzuwaschen.

»Dafür wollen wir Gioves Fähigkeit nutzen«, fügte Shiina hinzu.

»Wissen Tomaki und Ruta Pez von meinem Ausrutscher?«, raunte Giove Shiina zu. Sie schüttelte den Kopf.

»Gut. Das soll auch so bleiben«, flüsterte er. Shiina nickte. Insgeheim freute sie sich, dass sie nun ein Geheimnis bewahrte, von dem nur sie beide wussten.

»Wann fahren wir?«, fragte Ruta, als sie sich zu ihnen setzte.

»*Wir*?«, wiederholten Giove und Shiina gleichzeitig und sahen sich an.

»Du kommst nicht mit«, stellte Giove dann klar.

»Was, wieso nicht?« In Rutas Gesicht machte sich eine Mischung aus Entsetzen und Verwunderung breit.

»Weil du diesem Viovis genau in die Arme laufen würdest«, erklärte Giove. Shiina nickte unterstützend.

»Ich will aber, dass es Tomaki besser geht! Ich will ihm auch helfen!« Ruta sah die beiden eindringlich an.

»Viovis schaff ich schon.«

»Pez, du hilfst Tomaki am besten, indem du an seiner Seite bleibst«, sagte Shiina besänftigend. »Einer muss doch bei ihm bleiben, und wenn er zwischen uns dreien wählen könnte, dann würde seine Wahl ganz sicher auf dich fallen.«

»Kann schon sein«, murmelte Ruta verlegen. »Aber ich habe Angst davor, dass etwas passiert. Ich wüsste dann nicht, was ich machen soll. Was, wenn ich ihm nicht helfen kann?«

»Wie wäre es, wenn ich mein Telefon hierlassen würde?«, schlug Giove vor. »Du kannst uns anrufen, wenn etwas sein sollte.«

»Wie soll sie uns denn anrufen, wenn du dein Telefon hierlässt?«, kritisierte Shiina seine Idee. Doch sie staunte nicht schlecht, als Giove ein zweites Telefon aus seiner Tasche zog.

»Ich nehme alles zurück«, lachte sie. »Aber wieso hast du zwei Telefone?«

»Meine Fähigkeit ist vielseitig einsetzbar«, sagte Giove.

»Mehr musst du nicht wissen.« Shiinas Grinsen wurde nur noch breiter. Es dauerte nicht lange, bis Giove Ruta erklärt hatte, wie man es bediente.

»Und ich rufe euch dann einfach an, wenn etwas ist?! Und dann kommt ihr so schnell wie möglich, ja?«, fragte sie noch einmal, bevor Giove und Shiina sich auf den Weg machten.

»Genau!« Shiina hielt ihren Daumen hoch. »Du schaukelst das Kind schon.« Mit diesen Worten ließen sie Ruta zurück und gingen zu Gioves Wagen.

»Ich habe gerade ein Déjà-vu«, grinste Shiina, als sie sich in den Wagen setzten.

»Wie konnte es nur so weit kommen?«, murmelte Giove und startete den Motor. Es dauerte nicht lange, da hatten sie eine Apotheke in der Nähe gefunden. Giove parkte vor dem Geschäft. Gerade, als Shiina die Tür öffnen wollte, hielt sie plötzlich inne.

»Was -« Weiter kam Giove nicht.

»Pst!«, zischte sie und legte einen Finger an ihren Mund.

»Der ist tatsächlich da.« Sie meinte keinen Geringeren als Viovis, der vor der Apotheke stand und sich umzusehen schien.

»Ja, natürlich, ich habe es ja gesa–« Wieder ließ Shiina Giove nicht aussprechen. Dieses Mal stürzte sie sich auf ihn und begrub ihn unter sich.

»Der darf uns nicht sehen!«, flüsterte sie.

»Da brauchst du dich noch lange nicht auf mich zu schmeißen!«, jammerte Giove, der jetzt unter ihr begraben war.

»Mann, was machen wir denn jetzt?«

»Erstmal gehst du von mir runter.«

»Viovis kennt mich! Was, wenn er mich sieht?«

»Du bist schwer!«

»Hey, das sagt man nicht zu einem Mädchen!«

»Geh trotzdem von mir runter!«

»Nur, wenn du es zurücknimmst.« Giove rollte mit den Augen, und Shiina legte ihr Schmollgesicht auf.

»Schon gut«, sagte Giove schließlich. »Ich nehm's zurück.«

»Gut!«, grinste Shiina triumphierend. Langsam glitt sie von Giove herunter, gerade so, dass sie gebeugt bleiben konnte und ihr Körper von außen nicht zu sehen war.

»Woher kennt er dich?«, fragte Giove neugierig.

»Ach, keine große Sache, ich habe nur Tomaki und Pez vor diesem Kerl beschützt«, prahlte Shiina grinsend. »Na ja und seitdem schätze ich, würde der mich garantiert wiedererkennen. Schließlich habe ich ihm eine riesen Chance verbaut.«

»Aha.«

Giove schien wenig beeindruckt. Langsam richtete er sich sich wieder auf und lugte über die Fensterscheibe hinaus. Shiina tat es ihm nach. Da war er. Viovis. Er lief die Straße auf und ab.

»Verdammt, der patrouilliert hier vor der Apotheke«, sagte Giove, als er wieder in Deckung ging. »Wir kommen da nicht rein, ohne dass wir von ihm gesehen werden. Woher wusste der nur, dass wir genau hier herkommen würden? Da er dich jetzt kennt, macht es die ganze Sache komplizierter als gedacht...« Er hielt kurz inne und meinte dann: »Da bleibt nur eins ...« Sie sah ihn erst unverständlich an, doch dann begriff sie, was sein Plan war.

»Ahhh!« Fast wäre sie mit dem Oberkörper hochgekommen und Viovis hätte sie garantiert entdeckt.

»Du willst also, dass ich die Zeit so lange anhalte, bis wir drin sind? Und dann wirst du nach den Medikamenten verlangen, und ich halte die Zeit wieder an, bis wir im Wagen zurück sind?!«

»So ungefähr.« Natürlich hätte Giove seinen brillanten Plan lieber selbst ausgesprochen, aber Shiina ließ ihm dazu keine Zeit.

»Guter Plan, so machen wir's!« Sie begann vor Aufregung zu zappeln.

»Shiina!«

»Tschuldigung.«

»Wir brauchen jetzt hundertprozentige Konzentration.«

»Verstanden. Aber ein Problem bleibt noch. Wenn du nach Medikamenten verlangst, wie wollen wir dann sicher sein, dass sie uns nicht auch solche geben, die Tomaki verzaubern würden?«

»Guter Punkt.«

»Als ich krank war, da -«

»Du warst erkältet? Wann?«

»Ja. Ist noch nicht lange her.«

»Du warst nicht zufällig in genau dieser Apotheke hier, oder?« Shiina sah kurz nach draußen und nickte.

»Doch, genau die hier war es!« Schließlich war das die zentralste Apotheke der ganzen Stadt. Jeder ging hier hin.

»Perfekt«, meinte Giove. »Dann sagen wir einfach, dass du wieder krank bist und wir die Medikamente von damals noch einmal brauchen. Bei dir wissen sie ja, dass du eine Gehirnwäsche hattest, sonst wärst du damals von dem Medikament süchtig geworden und das System hätte bei dir Alarm geschlagen. Hoffentlich heißt das, dass du jetzt auch die echten Medikamente bekommst.«

»Ob die das mitmachen?«

»Mach dir darüber mal keine Gedanken.« Gioves Augen blitzten auf.

»Ach ja, ich vergaß.« Sie musste grinsen. »Dann mal los.« Sie sammelte sich und streckte dann ihre Hand aus.

»Gib mir deine Hand.«

»Wieso?«, fragte er, plötzlich unsicher.

»Sonst bin ich die einzige, die in der Zeit herumwandert. Aber um unseren Plan in die Tat umzusetzen, brauche ich dich. Deshalb ...«

»J-Ja, verstehe«, sagte Giove und hielt ihr seine Hand entgegen. Dann legte sie ihre Hand in seine. Gerade so, dass ihre zarten Finger in die Lücken zwischen Gioves Fingern passten. *Seine Hand ist so warm*, dachte Shiina. Sie lächelte in sich hinein.

»Zeit, steh!«

Der Sekundenzeiger auf Gioves Uhr blieb stehen. Langsam ließen sie ihre Hände wieder los. Giove schien gar nicht zu bemerken, dass er sie anstarrte.

»Giove?«, fragte sie und lächelte.

»Ah, ähm, ja, genau.« Peinlich berührt drehte er seinen Kopf weg. »Dann steigen wir jetzt also aus.«

»Hm«, nickte sie. Vorsichtig öffnete Giove die Tür.

»Wir haben den Zeitpunkt gut abgepasst. Viovis steht gerade mit dem Rücken zu uns«, flüsterte er.

»Selbst wenn nicht, könnte er sich nicht in der Zeit bewegen oder wahrnehmen, was um ihn herum passiert«, beruhigte sie ihn und hüpfte sorgenfrei in Richtung Apotheke.

~ ~ ~

Giove schloss inzwischen den Wagen ab.

»Da wäre ich mir nicht immer so sicher«, flüsterte er. Er sah sich noch einmal um, betrachtete Viovis vorsichtig und folgte Shiina dann zum Eingang der Apotheke. Schnell und unauffällig schlüpften sie durch die Schiebetür ins Geschäft. Außer ihnen und der Apothekerin war der Verkaufsraum leer.

»Zeit, geh«, flüsterte Shiina, nachdem sie eine Hand auf Gioves Schulter gelegt hatte. Jetzt war Giove dran. Er sah der Apothekerin tief in die Augen und konzentrierte sich. Ich überlasse dem jungen Mann kostenlos die Medikamente, die ich dem Mädchen in seiner Begleitung vor ein paar Wochen schon einmal gegeben habe, um zu genesen, formulierte er die Gedanken der Frau. Wie von Zauberhand gesteuert, setzte die Apothekerin sich in Bewegung und suchte Medikament für Medikament zusammen.

»Soll ich eine Dosierung drauf schreiben?«, fragte sie höflich.

»Bitte tun Sie das«, sagte Giove.

Er ließ sich nichts anmerken.

»Dann wünsche ich gute Besserung. Auf Wiedersehen.« Giove bedankte sich und steckte die Medikamente in einen Beutel. Sein Part war getan. Plötzlich hörten sie, wie jemand die Apotheke betrat. Giove sah zu Shiina hinüber. War das Viovis? Vorsichtig wagten sie einen

Blick nach hinten. Nein, es war nicht Viovis. Nur drei Männer. Sie kamen Giove irgendwie bekannt vor. Er sah genauer hin.

»Du?!«, rief einer der Männer. »Halt, du Betrüger!«

»Scheiße!«, fluchte Giove und zog sich die Jacke übers Gesicht, doch da war es schon zu spät.

»Die von der Tankstelle?!« Shiinas Lippen bebten. Giove nickte. »Los, wir hauen ab!«

»Nein, draußen wartet doch Viovis!«, raunte Shiina ihm verzweifelt zu.

»Verdammt.« Die Männer bauten sich vor ihnen auf und versperrten den Weg.

»Shiina, halt sofort die Zeit an!«, rief Giove. Doch bevor sie auch nur ein Wort sagen konnte, wurde sie von einem der Männer zur Seite gerissen. Vor Schreck schrie sie auf, und der Mann, der sie festhielt, hielt ihr mit einer Hand den Mund zu. Die Apothekerin stand mit offenem Mund hinter der Theke.

»Scheiße!«, fluchte Giove wieder.

~ ~ ~

Shiina versuchte zu schreien, zu schlagen und zu treten, doch damit machte sie es nur noch schlimmer.

»So trifft man sich wieder«, höhnte der große Typ, dem die Tankstelle gehörte. »Ich will die Kohle haben. Und noch viel mehr, wenn du willst, dass der Kleinen hier nichts passiert.« Der Typ grinste hässlich. Der dritte Mann kam näher und zerrte Shiinas die Arme auf den Rücken. Sie schrie auf, doch ihr Schrei wurde von der Hand auf ihrem Mund erstickt.

»Ich bitte Sie, diese Angelegenheiten irgendwo anders zu klären und nicht hier in meiner Apotheke!«, mischte sich die Apothekerin schließlich ein. Von ihr war wohl keine Hilfe zu erwarten.

Vielen Dank auch, du blöde Kuh, dachte Shiina wütend.

»Gut, dann gehen wir vor die Tür«, grinste der Mann, der sie hielt. »Entschuldigen Sie bitte die Unannehmlichkeiten.« Die Apothekerin nickte und drehte sich demonstrativ weg. Shiina suchte panisch Gioves Blick. Er schien auch nicht weiterzuwissen. Auf gar keinen Fall durften sie nach draußen – wenn Viovis sie sah, dann war alles vorbei ... Die Männer ließen nicht von ihr ab, sondern drehten sie grob in Richtung Ausgang.

~ ~ ~

Entweder jetzt ... oder es ist alles umsonst gewesen, dachte Giove im Rausch des Adrenalins. Er ballte eine Faust und war bereit, zuzuschlagen. Er hatte sich noch nie geprügelt. Noch nie hatte er jemanden geschlagen. Bis jetzt konnte er es immer verhindern, doch er wusste genau, dass seine Fähigkeit wieder versagte, würde er sie einsetzen. Er ließ seinen Arm vorschnellen und zielte auf das Gesicht des Tankstellentyps. In diesem Moment blitzte ein Gedanke durch seinen Kopf: Würde er Shiina überhaupt retten können?

Jetzt hing es von ihm ab, ob die ganze Mission scheiterte oder weiterbestehen würde. Für ihn fühlte es sich an, als würde die ganze Welt den Atem anhalten und abwarten. Giove hielt inne und ließ seine Faust sinken. Immer, wenn er diesen Druck spürte, kam seine besondere Fähigkeit zum Vorschein. Sie erlaubte ihm, noch viel tiefer als sonst in die Seele eines anderen Menschen einzudringen, sie wurden regelrecht zu seinen Marionetten. Sie würden alles tun, was er von ihnen verlangte. Doch das war noch nicht alles: In diesem Zustand konnte er die schlimmsten Albträume seines Gegenübers hervorzaubern. Damit konnte er sie ein Leid erfahren lassen, wie sie es in ihrem ganzen Leben noch nie gespürt hatten. Wenn Giove wollte, dann könnte er jetzt eine Seele sogar bis aufs Bitterste verderben. Er war dann so mächtig geworden, wie er es sich nicht einmal im Traum vorgestellt hatte.

Doch diese Macht hatte auch seine Tücken, weshalb er sie nie bewusst einsetzte. Gioves neu verliehene Macht war äußerst dunkel – und dabei noch viel zu groß, um sie wirklich kontrollieren zu können. Sie wurde durch die Emotionen seines Unterbewusstseins gesteuert, Giove konnte darauf keinen Einfluss nehmen. Und das machte das Ganze so gefährlich. Denn meistens waren diese Emotionen geprägt von Wut und Hass. Die Macht nährte sich von ihnen, wuchs mit ihnen und nahm auf niemanden Rücksicht. Deshalb versuchte er, sich immer unter Kontrolle zu haben. Doch in Notsituationen wie dieser waren die Emotionen in ihm einfach zu groß, als dass er sie unterdrücken konnte.

Was nun geschah, konnte er sich denken. Oft genug hatte er bei seinen Landsleuten beobachten können, wie es aussah, wenn sich die dunkle Fähigkeit zeigte. Er wusste also, was Shiina und die Männer nun sehen mussten. Sein Gesicht verfinsterte sich. Ein schwarzer Schatten schob sich über das eisige Blau seiner Augen, ausgelöst durch die unermessliche Wut, die in ihm tobte. Keine Sekunde später begannen seine schwarzen Augen zu glitzern. Der große Mann drehte sich plötzlich wie von Zauberhand zu Giove um und sah ihm in die Augen. Giove drang in seine Gedanken, übernahm sie, füllte ihn völlig mit seiner Macht aus. Auch die Augen des Mannes verdunkelten sich. Ein Gedanke von Giove, und der Mann sagte: »Ich …«

»Chef?« Der Mann, der Shiina festhielt, drehte sich zu ihm um.

»Was ist denn los?«, fragte nun auch der andere.

»Ich …«, bekam der Chef wieder nur heraus. Die beiden Typen sahen sich verwundert an und dann wieder auf ihren abwesend wirkenden Vorgesetzten.

»W-Was macht er mit ihm?« Dem einen war anscheinend das Dunkle in den Augen beider Beteiligten aufgefallen.

»Hör sofort auf, verdammt!«, rief der andere, woraufhin die Apothekerin stutzig wurde. Plötzlich sank der Tankstellenbesitzer stöhnend auf die Knie.

~ ~ ~

Shiina schrie und schrie gegen die Hand, die der Mann ihr immer noch auf ihren Mund presste. Gioves Blick weilte kurz auf dem zusammengesackten Mann, dann sah er auf, und in seinen Augen tobte der pure Hass. Die Männer schrien vor Angst auf, und die Apothekerin mischte sich ein.

»Was in aller Welt tun Sie da?«, rief sie und kniete sich besorgt neben den großen Mann. »Hören Sie sofort auf damit!« Gioves schwarzer Blick glitt zu ihr und nun begann auch sie zu zittern, als sähe sie etwas Schrecklicheres als den Tod in ihm.

»Lassen Sie sofort meine Freundin frei«, knurrte Giove, seine Aufmerksamkeit wieder auf Shiinas Angreifer gerichtet. Diese wimmerte nur noch und hing schlaff in den Armen des Mannes. Obwohl Gioves Blick nicht auf sie gerichtet war, erstarrte sie augenblicklich. Der Mann hinter Shiina sah verunsichert in die Runde, sie konnte spüren, wie er zitterte.

»Tu es einfach, verdammt!«, heulte sein Kumpane, der längst ihre Arme freigegeben hatte. »Der hat sie nicht mehr alle! Der will uns alle umbringen!« Shiina drehte den Kopf, bis sie den Mann neben sich sehen konnte. Die nackte Angst stand ihm ins Gesicht geschrieben. Endlich nahm er seine Hand von ihrem Mund. Sofort stieß sie sich von ihm weg und hechtete zu Giove. Sie stürzten Richtung Tür, die sich just in diesem Moment öffnete. Sie kamen schlitternd zum Stehen.

»Zeit, steh!«, schrie Shiina aus vollem Halse. Und die Zeit stand. Endlich. Augenblicklich wurde es um sie herum still. Shiina löste sich von Giove und sah ihm ins Gesicht. Die Dunkelheit in seinen Augen war noch nicht vergangen, sie wütete weiterhin unkontrolliert. Er bemerkte ihren Blick und erwiderte ihn. Augenblicklich fuhr ein schriller Schmerz durch ihren Körper. Sie schrie auf und riss die Hände an ihren Kopf. Sie schaffte es irgendwie, den Blick zu heben. Giove schien ihre Lage gar nicht wahrzunehmen, sein Blick war benebelt, und es schien, als käme er nicht mehr von allein aus diesem Zustand heraus.

»Giove?!«, wimmerte sie unter Schmerzen. Die Dunkelheit in seinen Augen wurde immer bedrohlicher. Und der Schmerz in ihr ließ nicht nach.

»Giove!«, rief sie verzweifelt, doch er schien nicht zurückzufinden.

»Argh!« Der Schmerz in ihrem Kopf ließ sie zu Boden sacken. Wie bekam sie ihn nur zurück? Er schien sie in seinem Zustand nicht zu hören. Was sollte sie nur tun? Ihre Gedanken rasten. Wenn er sie nicht hörte, vielleicht musste er ihre Seele spüren? Shiina ließ ihre Hände sinken. Der Schmerz würde stärker werden, wenn sie ihn wieder ansah, doch sie musste es versuchen. Sie rappelte sich keuchend auf und griff nach Gioves Hand. Noch bevor sie sie zu fassen bekam, hatte sich Giove umgedreht und war nun auf dem Weg nach draußen. Er wird doch wohl nicht ... Shiina hechtete ihm hinterher.

»Was hast du nur vor?«, flüsterte Shiina, als sie ihm aus der Apotheke folgte. Gerade noch rechtzeitig konnte sie Giove zurückhalten, denn er war schon auf dem Weg zu Viovis – in diesem Zustand.

»Giove«, sagte sie kaum hörbar und umfasste mit all ihrer Herzenswärme seine Hand. Giove drehte sich um und sah sie an, und plötzlich überkam sie ein Gefühl, als würde sie ihn schon lange kennen. Er kam ihr mit einem Mal so vertraut vor, als wäre er schon immer an ihrer Seite gewesen. Shiina schloss die Augen und genoss diese Vertrautheit für einen Augenblick. Dann öffnete sie ihre Augen wieder und schaute Giove tief in die Augen.

Eine ihr unbekannte Macht begann sie einzunehmen, und Shiina öffnete sich ihr bereitwillig. In der nächsten Sekunde sackte Giove zu Boden.

~ ~ ~

Er kam wieder zu sich und öffnete die Augen.
»Giove.« Aus Shiinas Stimme sprach eine Macht, der er sich nicht widersetzen konnte. Als sie ihn zuvor angeschaut hatte, war ihr Blick so klar und eindringlich geworden, dass Giove kaum zu atmen gewagt hatte und aus seinem Zustand befreit wurde. Er schaute sie nun an und sah keine Schülerin vor sich.

»Die vierte Königin ...«, flüsterte er und sank augenblicklich unterwürfig auf die Knie. Shiina erschien plötzlich in einem Meer aus hellen und reinen Farben. Das Licht um sie herum wurde so grell, dass Giove kurz die Augen schließen musste. Die Dunkelheit in seinen Augen und in seinem Herzen löste sich auf, und er wusste, dass das eisige Blau zurückgekehrt war. Vor ihm schwebte die wunderschöne Königin aus dem Land der Zeitspieler.

Sie trug ein Kleid, das im reinsten Weiß zu leuchten schien und mit feinen Rüschen und Rosenblüten geschmückt war. Seidig fließend glitt der Stoff an ihrem Körper hinunter, und an ihren kleinen Füßen trug sie traumhafte Schuhe aus Glas, in dem einige zarte tiefrote Rosenblüten, passend zu denen auf dem Kleid, eingearbeitet waren. An ihren feinen Händen trug die Königin rosafarbene seidene Handschuhe, die ihr bis zu den Ellenbogen reichten. Über ihrem Kopf schwebte eine filigrane goldene Krone, doch auch ohne sie sähe die junge Frau wahrlich wie eine Königin aus.

»So wunderschön«, hauchte Giove mit Tränen in den Augen.

»Giove«, wiederholte Shiina.

Dann streckte sie ihre Hand nach ihm aus. Er nahm sie, ohne zu zögern, und stand auf. Shiina nahm sein Gesicht in ihre Hände und lächelte gütig. Giove war sprachlos. Eine Träne rollte ihm langsam über die Wange. Gerade, als sie fallen wollte, fing die Königin sie mit ihrem Finger auf.

Dann legte sie den nassen Finger auf die Stelle über ihrem Herzen und lächelte sanft.

»Ich dachte, ich hätte dich verloren!«, hauchte Giove leise. »Ich dachte, ich hätte dich für immer verloren.« Sie schüttelte den Kopf.

»Dass wir nie wieder zusammenfinden.« Er wandte den Blick ab. »Es war so schlimm, diese Zeit der Ungewissheit. Der Schmerz, den ich erlitt, er ist nicht in Worte zu fassen.« Sie hob mit ihrer feinen Hand seinen Kopf an, sodass er in ihr Gesicht sah.

»Wie finde ich dich wieder?«, flüstere er. Doch die Königin schmunzelte nur. Dann begann sie, sich langsam aufzulösen.

»Nein! Geh nicht!«, rief Giove verzweifelt. Ihre Hand wich von seinem Gesicht, und bald löste die Königin sich in gleißendem Licht auf, welches sogleich erlosch.

~ ~ ~

»Giove!«, schrie Shiina und rüttelte an seinem Arm. Er schlug die Augen auf.

»Shiina«, hauchte er verwundert. »Was? ... Wie? ... Was ist hier gerade passiert?«

»Du hast plötzlich ganz schwarze Augen bekommen!«, berichtete Shiina vorsichtig und ließ ihn nicht aus den Augen.

Er sah sich um und schien sich langsam zu erinnern.

»Verdammt«, murmelte Giove müde und hielt sich den Kopf. »Das ist nicht gut, gar nicht gut.« Shiina war verwirrt.

»Was war das nur?« Schwach schob Giove die Brille wieder nach oben auf den Nasenrücken.

»Das war meine besondere Fähigkeit.« Seine Miene wurde ernst.

»In diesen Zustand geraten Gedankenspieler nur, wenn es sich um eine absolute Notsituation handelt. So ein Moment verleiht mir eine unglaubliche Macht. Aber ich sollte, nein, darf überhaupt nicht in diesen Zustand geraten – das ist viel zu gefährlich! Wir können von Glück reden, dass nichts Schlimmeres passiert ist. Ich kann diesen Zustand nämlich nicht kontrollieren. Die Macht nimmt mich und meinen Körper völlig ein, es ist, als geriete ich immer tiefer und tiefer in einen Rausch, aus dem ich mich nicht mehr selbst befreien kann«, erklärte Giove.

Shiina dachte über seine Worte nach.

»Und wie hast du es dann geschafft?«

»Ich ... ich weiß es nicht. Ich kann mich nicht erinnern.« Er nahm seine Brille ab und rieb sich die Augen. Er sah müde aus, schlapp und ziemlich ausgelaugt.

»Du siehst gar nicht gut aus, Giove«, sagte Shiina besorgt.

»Dieser Zustand hat wahnsinnig an meinen Kräften gezehrt. Ich muss mich nur ein wenig ausruhen, dann geht es mir wieder besser.«

»Lass uns gehen.« Sie stand auf und reichte ihm die Hand. Er sah auf und runzelte die Stirn.

»Was ist?«, fragte Shiina.

»N-Nichts.« Er fasste sich wieder. »Ich hatte nur gerade ein Déjà-vu.«

~ ~ ~

»Wir müssen jetzt nur noch wegen Viovis aufpassen.« Shiinas Worte nahm Giove schon gar nicht mehr wahr. Ihn ließ dieses unbeschreibliche Gefühl der dunklen und unkontrollierbaren Macht, welches er in diesem Zustand gespürt hatte, nicht mehr los. Und wie hatte er bloß wieder in die Realität zurückgefunden?

»Giove, pass auf!«, schrie Shiina plötzlich. So in Gedanken versunken wäre er fast in Viovis hineingelaufen, Shiina hatte ihn gerade noch rechtzeitig zur Seite ziehen können.

»Woah«, stöhnte Giove.

»Das war aber knapp!«, sagte Shiina. »Wenn ihr zusammengestoßen wärt, dann hätte er sich auch in der Zeit bewegen können!« Giove schloss die Augen und rieb sich die Stirn.

~ ~ ~

Doch das war ein Fehler. Denn hätte er seine Augen nicht geschlossen, dann wäre ihm nicht entgangen, dass Viovis Augen sich gerade bewegt hatten. Der Blick von ihm glitt kurz zu Giove, der jetzt ziemlich nah an Viovis stand, herüber und dann wieder zurück. Giove öffnete seine Augen wieder, ließ seine Hand von der Stirn sinken und drehte sich wieder zu Shiina.

»Lass uns gehen«, sagte sie mit besorgtem Blick. »Du musst dich jetzt erst einmal richtig ausruhen!« Giove nickte und folgte ihr zu seinem Wagen. Als sie sich in das Auto gesetzt hatten, ließ Shiina die Zeit wieder laufen.

»Bitte sage den anderen beiden nichts davon. Von meiner unkontrollierbaren Fähigkeit«, bat Giove, als er den Motor startete. Shiina sah ihn fragend an.

»Vorerst möchte ich nicht, dass sie es erfahren. Ich werde es ihnen sagen. Bald«, fügte er hinzu. »Versprichst du mir, dass du es für dich behältst?« Shiina nickte.

»Ja, okay« Sie sah nach draußen. Was ist nur mit mir los?, dachte Giove, während sie auf dem Weg zu Tomakis Tempel waren. Früher war es ihm irgendwie leichter gefallen, diese mächtige Fähigkeit unter Kontrolle zu halten.

~ ~ ~

Beim Tempel angekommen, machte sich Shiina sofort zu Tomakis Zimmer auf.

»Ruta, weißt du, wen wi-« Sie stockte, als sie in den Raum schaute.

»Pst!« Tomaki legte einen Finger an seine Lippen.

»Sie schläft.«

»Oh ja, das sehe ich«, grinste Shiina, als sie näher kam.

»Ziemlich süß, was?«

»Allerdings.« Tomaki strich ihr sanft über die langen Haare.

»Dann war sie also die ganze Zeit bei dir«, lächelte Shiina.

»Wirklich?« Tomaki sah sie erstaunt an.

»Ja«, nickte Shiina. »Sie hat dich nicht verlassen.« Tomaki beugte sich zu Ruta und hauchte ihr ein leises »Danke« ins Ohr.

~ ~ ~

Giove war im Wohnzimmer geblieben. Er grübelte noch immer darüber nach, wie um alles in der Welt er aus seinem Zustand zurückgekommen war. Es gab sonst nur einen Weg, doch das war eigentlich unmöglich ... Außerdem ließ ihm das Auftauchen der Männer aus der Tankstelle keine Ruhe. War es *wirklich* nur ein Zufall, dass sie ihnen in der Apotheke begegnet waren? Steckte womöglich Viovis dahinter? Und woher wusste der überhaupt, dass sie tatsächlich an genau dieser Apotheke sein würden, dass Tomaki überhaupt krank war? Das war alles mehr als merkwürdig und ließ Giove nicht mehr los.

Und über allem war seine Sorge um seine eigene Fähigkeit. Wieso konnte er sie nur so schwer kontrollieren? Giove stützte seinen Kopf auf den Händen ab. Er hoffte, Shiina würde ihr Versprechen halten und Tomaki und Ruta nichts von seiner Schwäche erzählen. Er musste erst einmal selbst damit klarkommen, bevor er es ihnen sagte. Giove hob seinen Kopf wieder und seufzte schwer. Dieser Tag war definitiv nicht so gelaufen, wie sie es geplant hatten.

Kapitel 29

Im Palast ging Viovis hektisch den Gang entlang in Richtung des großen Saals, in dem sein Vater Audienz hielt. Viovis hatte sich extra die schwere Robe über die Schultern legen lassen. Denn nur mit dieser durfte er seinem Vater in diesem Raum unter die Augen treten. Ein bisschen mulmig war Viovis schon zumute. Er sprach nicht oft mit seinem Vater. Nur, wenn es um die politischen Dinge und Viovis' Aufträge ging, dann bekam er seinen Vater zu Gesicht. Für Angelegenheiten des normalen Alltages gab es Bedienstete. Wenn Bedarf bestand, dann vermittelten die Diener zwischen Sohn und Vater. Doch um so etwas Lapidares ging es heute nicht. Viovis hatte das Ende des Ganges erreicht. Er blieb vor einem prächtigen Tor stehen. Viovis Herz klopfte heftig, bevor er mit Hilfe eines Türklopfers auf seine Anwesenheit aufmerksam machte. Keine Minute später stand auch schon ein ausdrucksloser Mann in der Tür und ließ ihn eintreten.

»Viis erwartet Sie schon«, sagte der Diener mit halbgeschlossenen Augen.

»Vielen Dank«, erwiderte Viovis, er verbeugte sich minimal. Vor seinem Vater ging er besonders respektvoll mit den Bediensteten um. Sonst war das nicht gerade Viovis' Art. Und die Bediensteten wussten das. Deshalb war er bei ihnen nicht sonderlich beliebt. Aber das war ihm egal. Besonders langsam und bedächtig schritt er den Weg bis zu dem großen Thron, auf dem Viis saß. Dort angekommen, kniete Viovis vor seinem Vater nieder und senkte unterwürfig den Blick.

»Nun, wie lauten die Neuigkeiten?«, brummte Viis ohne Begrüßung. Viovis hatte die Stimme seines Vaters schon immer als angsteinflößend empfunden.

»Guten Tag, Majestät. Heute habe ich es zum ersten

Mal bei der Apotheke ausprobiert. Es hat geklappt. Der Gedankenformulierer und die Zeitspielerin haben es nicht gemerkt. Sie, Majestät, haben möglich gemacht, was einst undenkbar für uns Magier schien. Nun können wir uns auch diese Fähigkeit zunutze machen«, sagte Viovis. Dabei wagte er es nicht, seinen Vater anzusehen. Viis hatte sich von seinem Thron erhoben und stieg die Stufen zu seinem Untertan herab.

»Nein, *wir* haben es geschafft, mein Sohn«, sagte er und blieb eine Stufe über ihm stehen. Viovis sah überrascht auf. Seine Augen begannen zu leuchteten.

»Majestät, ich konnte außerdem beobachten, dass sich die Beziehung zwischen besagten Personen zunehmend positiv entwickelt. Herausgefunden, wer der schwarz gekleidete Typ ist, habe ich leider noch nicht. Aber wenn wir nichts unternehmen, dann-«

»Dann *werden* wir etwas unternehmen. Jetzt, da wir endlich diese besondere Fähigkeit beherrschen«, sagte Viis, »will ich mehr über die vier Jugendlichen erfahren. Ich will über jede ihrer Regungen und Sätze unterrichtet werden. Finde heraus, wer der Mann in Schwarz ist, woher er kommt, was sein Ziel ist und warum er sich den anderen angeschlossen hat. Ich will wissen, ob die Königin Shiina an Stärke gewinnt, wenn ja, müssen wir zu gegebener Zeit etwas gegen sie unternehmen. Ich erwarte auch weiterhin Berichte über Ruta Pez. Aber vor allem will ich, dass du diesen Tomaki beschattest und mir sagst, wie weit sie mit dem Sammeln der Schuppen sind. Deine bisherigen Maßnahmen sind nicht genug. Von nun an musst du mehr machen! Ich werde alles Nötige dafür in die Wege leiten. Ich erwarte Ergebnisse, Sohn. Bald werden wir zurückschlagen können, das habe ich im Gefühl. Bald wird es so weit sein.«

»Mit großer Ehre werde ich diese Aufgabe ausführen.« Viovis senkte seinen Blick wieder.

»Nun denn. Hiermit erkläre ich diese Audienz für beende-«

»Vater!«, beeilte sich Viovis zu sagen. Er war noch nicht fertig. Er stand auf, sodass er mit seinem Vater ungefähr auf Augenhöhe war, und sah ihm in die Augen. Das erste Mal seit Langem.

»Werden wir heute Abend zusammen essen?«, fragte Viovis mutig. Er hatte seine ganze Hoffnung in diese Audienz gelegt. Jedes Mal, wenn er die Diener mit einer Einladung zu seinem Vater schickte, lehnte dieser ab. Viis sah seinen Sohn von oben herab an. Viovis schaute hoffnungsvoll zurück.

»Majestät, die Zeit läuft uns davon. Sie werden schon erwartet«, sagte einer der Diener, der unbemerkt neben Viovis aufgetaucht war und sich nun vor Viis verbeugte. Viis nickte ihm zu. Dann wandte sich der große Herrscher wieder Viovis zu.

»Viovis, Sohn. Ich würde zu gern mit dir zu Abend essen, aber wie du siehst, habe ich einfach keine Zeit.« Viis versuchte sich an einem Lächeln. Es misslang ihm.

»V-Verstehe. Entschuldigen Sie, dass ich so etwas Absurdes gefragt habe.« Viovis sank enttäuscht auf seine Knie zurück.

»Wenn Sie mir jetzt bitte folgen würden?«, sagte der Diener mit einer strengen Handgeste. Viovis nickte ergeben, verbeugte sich noch einmal vor Seiner Majestät und verließ dann mit einem letzten Blick zu seinem Vater den Saal. Der Diener ließ ihn allein stehen, das laute Donnern des Tores hallte noch lange in dem einsamen Gang wieder. Viovis ballte eine Faust. Dann richtete er seinen Blick nach vorn und eilte zu seinem Raum zurück. Dabei biss er die Zähne hart aufeinander.

»Richten Sie das Essen her«, sagte Viovis energisch zu einem Diener, der vor seinem Zimmer stand.

»Für zwei od-«

»Nur für mich!«, funkelte er den Diener an. »Für wen denn wohl sonst? So wie in den ganzen letzten zwei Jahren.«

»Ja, sehr wohl.« Viovis trat in sein Zimmer. Nachdem er die Tür geschlossen hatte, ließ er langsam die schwere Robe von seinen Schultern gleiten.

»Was soll das alles?«, schrie er und schleuderte sie auf den Boden. »Das hat rein gar nichts gebracht! Wofür mache ich mir überhaupt noch die Mühe?« Viovis fiel auf den Boden und zog die Knie zu sich heran.

»Vater, bin ich nicht dein Sohn?«, flüsterte er. »Bin ich es nicht wert, mit dir zu essen? Aber ich werde dir noch zeigen, wie wertvoll ich für dich bin!«

Kapitel 30

Ich trat nach draußen und rieb meine Arme. Auch heute war es wieder ziemlich kalt. Ich drehte mich um und ging zurück ins Haus. Einen Schal konnte ich jetzt gut gebrauchen. Und eine Mütze. Ich wühlte in einem der großen Schränke und wurde tatsächlich fündig. Sogar einen dicken Mantel fand ich. Mit den Sachen aus dem Schrank gekleidet wurde mir schnell wieder warm. Ich sah in den Spiegel, bevor ich das Haus verließ. Mein Gesicht wurde von dem dicken Schal und der Mütze eingerahmt – sah nicht besonders modisch aus, aber es erfüllte seinen Zweck. Und das war jetzt die Hauptsache.

Es war früh am Morgen. Von Tag zu Tag wurde es immer leiser in den Straßen, die Vögel sparten sich ihre Stimmen nun für den nächsten Frühling auf, und die Menschen zog es vermehrt ins Warme. Ich ging die leere Straße entlang und genoss die Stille des Winters. Obwohl ich den morgendlichen Gesang der Vögel doch ein wenig vermisste. Von unserer Gruppe hatte ich den längsten Schulweg. Ich war meist eine Stunde unterwegs. Shiina dagegen brauchte gerade einmal fünfzehn Minuten zu Fuß bis zur Schule. Ich folgte der Straße aus dem Wohngebiet heraus. In den kleinen Läden, an denen ich vorbeikam, wurde das Licht angeschaltet, um der diesigen Morgendämmerung entgegenzuwirken.

Ich mochte die Kälte nicht, sie brannte beim tiefen Einatmen in der Nase. Ich vergrub mein Kinn in dem weichen und warmen Schal. Das fühlte sich gut an. Auch am Bahnhof waren die Lampen eingeschaltet. Die unnatürliche Helligkeit schmerzte in meinen Augen. Doch ich wurde schnell erlöst, denn der Zug ließ nicht lange auf sich warten. Ich stellte mich wie immer in den letzten Wagon an meinen Stehplatz neben der großen Tür. Die

Fahrt bis zu Tomakis Haltestelle ging schnell. Doch ich musste zweimal hinsehen, bevor ich die Person, die neben ihm am Bahnsteig stand, erkannte. Die beiden betraten den Zug.

»Guten Morgen«, lächelte Tomaki noch ein wenig verschlafen.

»Morgen«, sagte auch Giove und stellte sich neben Tomaki. Dabei schob er seine Brille hoch.

»Giove?«, fragte ich überrascht. Ich musterte ihn von oben bis unten. Das einzig Vertraute an ihm waren seine Kopfhörer, die wie immer um seinen Hals baumelten. Er trug die gleiche Uniform wie Tomaki. Was hatte das zu bedeuten?

»Giove ist ab heute an unserer Schule«, erklärte Tomaki, der meinen überraschten Blick bemerkt hatte.

»Sag mir noch mal, wieso ich mich dazu habe überreden lassen.«, brummte Giove. Tomaki grinste. Ich erinnerte mich an den Tag, an dem ich Giove vor unserer Schule sah. Damals hatte ich schon etwas geahnt. Doch ich vergaß völlig, es Tomaki zu erzählen.

»Wie lange noch?«, fragte Giove ungeduldig.

»Noch ein Stück«, antwortete Tomaki.

»Tomaki?« Ich sah ihm in seine tiefgründigen Augen.

»Hm?«

»Geht es dir wirklich besser?« Er lachte.

»Jaja. Doch schon lange. Darüber brauchst du dir wirklich keine Sorgen mehr machen. Es muss schon mehr passieren, damit ich richtig außer Gefecht gesetzt werde.« Er schenkte mir ein sanftes Lächeln.

»Gut«, murmelte ich und sah aus dem Fenster. Ich war froh, dass er seine Erkältung so gut überstanden hatte. Immerhin war ich ja Schuld, dass er überhaupt erst krank geworden war.

»Da konntet ihr euch wirklich glücklich schätzen, dass ihr mich hattet«, bemerkte Giove. »Sonst wäre Tomaki der Regierung garantiert in die Hände gefallen.« Tomaki drehte sich zu ihm.

»Natürlich! Dafür bin ich dir auch sehr dankbar, ehrlich!«, sagte Tomaki erleichtert. »Danke, Giove!«

»Ähm, klar«, erwiderte Giove und kratze sich im Nacken. Er hatte offenbar nicht mit Dank gerechnet. »Freunde machen so was doch.«

»Stimmt schon. *Freunde* machen so etwas«, strahlte Tomaki. Er sah sehr glücklich aus. Der Zug ruckelte über die Schienen und bog scharf rechts ab. Giove räusperte sich.

»Wie viele Schuppen fehlen euch eigentlich noch?«, fragte er leise.

»Von zehn Schuppen haben wir bereits acht gefunden. Das heißt, es fehlen nur noch zwei.«

»Nicht so laut, Tomaki! Man weiß nie, wer einem noch zuhört«, flüsterte Giove. »Was passiert eigentlich, wenn ihr alle Schuppen gefunden habt?«

»Tja, gute Frage.«

»Du weißt es nicht?« Giove sah Tomaki ungläubig an.

»Nun ja«, sagte Tomaki nachdenklich, »nicht wirklich.«

»Oh Mann.« Der Zug erreichte endlich die Station, an der wir aussteigen mussten.

»Hier raus?«, fragte Giove. Tomaki nickte. Wir verließen den Bahnhof in Richtung der Brücke, auf der ich Tomaki das erste Mal getroffen hatte. Seit jenem Tag war so viel passiert. Mein Leben war heute längst nicht mehr so grau wie damals. Doch meinen Erinnerungen war ich bis jetzt keinen Schritt nähergekommen. Ob ich sie wohl jemals wiederbekommen würde? Und wäre ich dann wieder die alte Ruta Pez?

»Worüber denkst du nach, Ruta?«, fragte Tomaki.

»Nichts Wichtiges«, log ich. Er seufzte und wandte sich wieder an Giove, um ihn zu fragen, wie dieser eigentlich an seinen Wagen gekommen war. Da ich mir das schon fast denken konnte, schaltete ich ab. Ich konnte von hier aus auch schon das große Schultor sehen. Doch als wir uns kurz darauf dem Eingang näherten, traute ich meinen Augen nicht.

»Was will *der* denn hier?«, raunte Giove uns zu.

Viovis stand in der Eingangstür zur Schule.

»Wieso ist er hier?«, hauchte auch Tomaki.

»Gut, dass ich jetzt auch hier bin«, flüsterte Giove. Tomaki und ich nickten zustimmend.

»Hat die Schule vielleicht einen Hintereingang?«, fragte Giove. »Ich habe keine Lust, *dem* über den Weg zu laufen.«

»Ich wüsste nicht, wo.« Tomaki zuckte entschuldigend mit den Schultern.

»Ich kenne einen«, sagte ich.

»Was, wirklich?« Tomaki sah mich an. »Es gibt einen? Woher weißt du das?«

»Wenn man keine Lust mehr auf diesen Mist hier hat, muss man sich doch irgendwie zu helfen wissen«, meinte ich schmunzelnd.

»Du hast mal den Unterricht geschwänzt?« Tomaki sah mich entsetzt an.

»Nicht nur einmal.« Giove musste grinsen.

»Wieso bist du darauf so stolz?«, seufzte Tomaki.

»Wie sollst du es nur in die höhere Klasse schaffen, Ruta?«

»Lass uns an deinem kleinen Geheimnis teilhaben«, warf Giove ein. Ich nickte und führte die beiden über den Schulhof an eine unauffällige Seitentür der Schule.

»Die ist mir vorher noch nie aufgefallen«, sagte Tomaki.

»Deshalb ist es ja auch eine Geheimtür. Geheime Türen soll man nicht finden«, erklärte Giove. Tomaki lächelte verlegen.

»Jaja ...« Er legte eine Hand in den Nacken. »Schon verstanden.« Ich drehte an dem Knauf. Die Verantwortlichen für die Schule vergaßen meistens, diese Tür abzuschließen. Wir gingen hinein und kamen am Ende eines Schulflures heraus.

»Wahnsinn«, sagte Tomaki begeistert.

»So toll ist es jetzt auch nicht«, murmelte ich. Giove schob seine Brille hoch.

»Und in welche Richtung geht es jetzt zur Klasse?« Ich zog die Tür hinter uns zu und biss mir auf die Unterlippe. Tomaki und Giove sahen mich erwartungsvoll an.

»Sag jetzt nicht, dass du nicht weißt, wo es langgeht«, lachte Giove.

»Ich weiß es wirklich nicht. Nicht mehr. Hab die schon lange nicht mehr genutzt«, gab ich zu. Verdammt, diese Gänge sahen sich alle zum Verwechseln ähnlich.

»Orientierung war eben noch nie deine Stärke«, seufzte Tomaki lächelnd.

»Tut mir leid.« Ich sah auf meine Füße. Hätte ich ihnen diese Tür doch bloß nicht gezeigt. Wenn ich noch nicht einmal wusste, wo es jetzt langging.

»Ach was. Wir finden den Weg schon.« Tomaki legte seinen Zeigefinger unter mein Kinn und hob es ein kleines bisschen an, sodass ich ihm direkt in seine Augen sehen musste.

»Du wünschst dir gerade, dass du uns die Tür nicht gezeigt hättest, stimmt's?«, fragte er.

»N-Nein, gar nicht.« Ich drehte ertappt meinen Kopf zur Seite. Woher wusste Tomaki immer, was ich gerade dachte?

»Oh, Ruta«, sagte er und lachte. Oh, Ruta. Das sagte er auch ziemlich oft.

Kapitel 31

Shiina gesellte sich zu uns.

»Wie?«, sagte sie verwundert, als sie Giove neben Tomaki bemerkte. »Was machst du denn hier?« Giove starrte Shiina an.

»Ruta, wusstest du etwa davon?«, fragte sie mich.

»Nein.« Tomaki stupste Giove in die Seite, da er noch immer schwieg.

»Ähm, ja, ich gehe ab heute auf eure Schule«, murmelte Giove endlich.

»Wirklich?« Shiinas Augen wurden groß. Giove nickte. Noch bevor sie in die Hände klatschen konnte, kam der Lehrer in die Klasse.

»Ich muss dann«, sagte Giove, nickte uns zu und stellte sich neben den Lehrer an das Pult. Tomakis Miene verdüsterte sich. »Wir haben eine unschöne Entdeckung gemacht, Shiina.«

»Ja, was denn?« Sie sah ihn besorgt an.

»Viovis ist ab heute auch an dieser Schule«, sagte er ernst.

»Was?«, hauchte sie entsetzt.

»Ja. Und das kann einfach kein Zufall sein! Wir wissen nur noch nicht, in welchem Jahrgang und in welcher Klasse.«

»Bitte nehmt eure Plätze ein«, ertönte jetzt die strenge Stimme des Lehrers, wodurch unsere wichtige Unterhaltung abrupt beendet wurde. Wir nickten uns zu und huschten auf unsere Plätze.

»Wir haben ab heute einen neuen Schüler. Bitte stellen Sie sich doch der Klasse vor.«

Giove verbeugte sich, und als er sich aufrichtete, schob er seine Brille wieder hoch, die ihm bis auf die Nasenspitze heruntergerutscht war.

»Mein Name ist Giove, und ich bin neu hier. Ich freue mich, euch kennenzulernen.«

»Nun gut. Nehmen Sie bitte Platz.« Der Lehrer wies auf den freien Tisch neben mir. Giove bedankte sich und setzte sich.

»Giove, ich werde Ihnen noch eben die Unterrichtsmaterialien holen. Die anderen arbeiten weiter an dem, was wir letztes Mal angefangen haben. In Einzelarbeit.« Mit diesen Worten verschwand der Lehrer aus dem Klassenraum. Die Schüler stöhnten und kramten ihre Blätter aus den Taschen. Auf der anderen Seite des Klassenzimmers tat Tomaki es ihnen gleich. Er machte sich sofort ans Werk, während ich noch nicht einmal wusste, um welche Aufgaben es ging. Wenn Tomaki das wüsste, würde er sich wieder aufregen. Ich musste grinsen. Dann sah ich zu Giove hinüber. Er hatte doch tatsächlich seine Kopfhörer über die Ohren gelegt und die Augen geschlossen! Im Gegensatz zu mir hatte er wenigstens eine Beschäftigung. Ich konnte nur verloren aus dem Fenster starren und meinen Gedanken freien Lauf lassen.

Tomaki hatte recht – es konnte einfach kein Zufall sein, dass Viovis nun auch auf unsere Schule ging. Nein, dahinter musste irgendetwas stecken. Wir sollten ab jetzt besonders wachsam sein. Sonst waren wir leichte Beute für dieses unberechenbare Monster. Die Tür des Klassenraumes wurde wieder zur Seite geschoben, und der Lehrer betrat den Raum. Aber er war nicht allein.

»Es tut mir so leid, dass wir Sie in die falsche Klasse geschickt haben. Ich verstehe gar nicht, wie das passieren konnte«, dem Lehrer war das es sichtlich unangenehm, dass der Sohn des mächtigen Viis in die falsche Klasse geschickt worden war. »Also bitte stellen Sie sich doch noch schnell der Klasse vor.« Die Mädchen quiekten auf, als sie Viovis neben dem Lehrer sahen. Ich verstand diese Euphorie nicht. Was fanden sie nur an ihm?

»Was?! Viovis ist jetzt ...«
»Was macht er hier?«
»Oh mein Gott!«

Ich musste meinen Würgereiz unterbinden, so gut es nur ging. Viovis in unserer Klasse, das fehlte gerade noch! Vor allem vor dem Hintergrund, dass diese Klasse eigentlich die schlechteste von allen war. Da stimmte ganz sicher etwas nicht. Sie würden doch wohl nicht den Sohn des großartigen Viis in eine solch schwache Klasse einstufen. Und warum gerade jetzt? Warum blieb er nicht an seiner alten Schule?

»Ich grüße euch. Mein Name ist Viovis, wie ihr sicher wisst.« Viovis hob eine Hand und zwinkerte den Mädchen zu. Wären die aus Eis gewesen, wäre von ihnen jetzt nicht mehr als Wasser übrig gewesen. Shiina warf mir einen genervten Blick zu. Ich musste grinsen.

»Dein hässliches Grinsen wird dir schon noch vergehen«, hauchte plötzlich eine Stimme in mein rechtes Ohr. Ich zuckte zusammen. Ohne dass ich es gemerkt hatte, war Viovis neben mir aufgetaucht. Sein Atem brannte auf meiner Haut, wie eine Flamme, die sich langsam in meinen Körper zu fressen schien.

»Werden wir ja sehen«, sagte ich und drehte mich zu ihm um, »wer zuletzt lacht.«

»Tse. Als ob«, sagte er und ließ von mir ab. Dann drehte er sich um und setzte sich ganz hinten auf den freien Platz in Shiinas Reihe. Ich sah zu Tomaki hinüber. Er schien drauf und dran zu sein, aufzustehen und zu meinem Platz zu hechten. Auch Shiinas Gesichtsausdruck sprach Bände. Die Lehrperson gab Giove und Viovis die Arbeitsblätter, an denen wir arbeiten sollten.

»Noch eine halbe Stunde, bevor wir das vergleichen. Giove, Sie machen bitte das, was Sie können, und Viovis, Sie können mich jederzeit fragen, wenn Sie, ähm, Fragen dazu haben.« Giove sah den Lehrer an und betrachtete die

Blätter. Dann fing er an zu kritzeln. Ich lugte über seine Schulter. Ah ja, das waren die Blätter, die ich gestern in den Papierkorb geworfen hatte. Ich bereute es nicht. Viel mehr beschäftigte mich die Tatsache, dass Viovis offensichtlich einen Plan hatte, auch wenn ich nicht wusste, was er bezweckte. Wollte er uns vernichten? Oder uns die Schuppen entreißen? Die Amulette zerstören? Ich stützte meinen Kopf auf die Hände. Doch ich würde nicht nach Viovis Plan handeln. Ich würde ihn aufhalten, um jeden Preis. Denn die Schuppen und das Amulett gaben mir etwas – einen Sinn und das Gefühl, gebraucht zu werden. Die Aufgabe war zu meinem neuen Leben geworden. Das wollte ich nicht verlieren.

»Gut. Die Zeit ist um«, sagte der Lehrer. »Wer möchte seine Ergebnisse vorstellen?« Scheinbar rechnete der Lehrer nicht mit einer Unmenge an Meldungen, denn er fügte aufmunternd hinzu: »Es muss auch nicht alles richtig und vollständig sein.« Neben mir schnellte eine Hand in die Höhe. Giove meldete sich? Hatte er sich das auch gut überlegt? Er räusperte sich, bevor er von seinem Platz aufstand und anfing, seine Ergebnisse vorzustellen.

»Um dieses Problem zu erfassen und logisch zu lösen, muss man zuerst herausfinden, um welche Ausgangssituation es sich handelt«, las er vor. »Da man das in diesem Falle weiß – es wurde ja im Text hier eindeutig beschrieben – sollte man jetzt wie folgt vorgehen…« Mein Kopf begann zu schmerzen. Schon allein vom Zuhören bildete sich ein großer Knoten in meinem Kopf. Ich schaltete ab, bevor dieses Gefühl mich vollständig einnehmen konnte. Ich ahnte, dass Giove klug war, aber ich hatte nicht erwartet, dass er *so* gut war. Er war mittlerweile fertig und hatte sich wieder auf seinen Stuhl gesetzt. Die Klasse sah ihn beeindruckt an. Tomaki lächelte und nickte ihm zu. Der Lehrer schien auf Wolke sieben zu schweben.

»Sehr gut, dann machen wir für heute Schluss«, verkündete er. Es war auch eigentlich schon seit einer Minute Pause gewesen. Ja, manche Lehrer liebten es einfach, die Zeitvorgaben zu ignorieren. Doch der Knoten in meinem Kopf war geblieben. Ich sah zu Giove hinüber. Er packte seine Sachen in die Tasche. Sollte ich es wagen, ihn um Hilfe zu bitten? Ich ging zu ihm hinüber.

»Das war wirklich super, Giove«, sagte auch Shiina, die sich gerade mit ihrem Stuhl an seinen Tisch gesetzt hatte.

»Das war doch nichts«, entgegnete er.

»Nein, wirklich, so gut war hier noch niemand«, legte sie nach.

»Ich fand es auch gut«, sagte Tomaki, als er sich ebenfalls zu uns gesellte.

»Ich habe von deinem Vortrag einen Knoten im Kopf bekommen«, murmelte ich. Tomaki und Shiina sahen mich an.

»Wir können es dir erklären, Pez, dann verstehst du es bestimmt«, sagte Shiina. »Natürlich nur, wenn du möchtest.«

»Ich weiß nicht, ob ich dir folgen kann«, murmelte ich.

»Probiere es doch mal, Ruta.« Tomaki lächelte aufmunternd. »Du musst dir ja nicht sofort alles erklären lassen.«

»Ja, wir fangen klein an«, meinte Giove. Ich nickte. »Das wäre gut. Danke, Giove.« Er sah mich an und nickte. Dann kramte er einen Zettel und einen Stift hervor. »Wir können jetzt gleich loslegen.« Er kritzelte auf dem Blatt herum. Ich konnte ihm gut folgen. Sehr gut sogar. Es war logisch, wirklich.

»Das gerade hast du verstanden?«, fragte er.

»Ja.« Ich nickte konzentriert. Shiina neben mir verfolgte Gioves Erklärungen ebenfalls.

»Ah! Da habe ich eine Frage!«, unterbrach sie ihn. Ich

sah auf und bemerkte, dass Tomaki neben mir seinen Blick auf Viovis gerichtet hatte, der am Eingang des Klassenzimmers herumlungerte. Er beobachtete ihn skeptisch.

»Wir sind Teil eines Planes geworden. Sie hoffen, dass wir mitspielen«, murmelte ich. Er löste seinen Blick von Viovis und sah mich ernst an.

»Ja«, flüsterte er besorgt. »Genau das Gleiche ging mir gerade auch durch den Kopf. Das alles geht nicht mit rechten Dingen zu. Da steckt mehr dahinter.«

»Ach so!« Shiina schlug sich an die Stirn.

»Ja«, sagte Giove, als er etwas auf das Blatt schrieb. »Der zweite Schritt wäre dann…« Ich drehte meinen Kopf wieder zurück zu Viovis und ließ ihn nicht aus den Augen. Was hatte er bloß vor? Und welche Rolle spielten wir in seinem Plan?

Ich hatte Angst, es herauszufinden.

Kapitel 32

Eine Woche war nun vergangen, seit Giove und Viovis auf dieselbe Schule gingen wie Tomaki, Shiina und ich. Wir beschlossen, weiterhin wachsam zu bleiben und Alarm zu schlagen, sobald uns etwas komisch vorkam. Doch die Tage vergingen und alles blieb ruhig. Wir befanden uns mitten in der ersten Unterrichtsstunde, als die Lehrerin das Wort »Gruppenarbeit« in den Mund nahm.

Schon wieder? Aber dieses Mal fühlte ich nicht sofort Grauen bei der Vorstellung, mit anderen Menschen interagieren zu müssen.

»Ihr könnt euch für verschiedene Tätigkeiten eintragen«, sagte unsere Klassenlehrerin und zeigte an die Tafel. »Wir brauchen für jedes Aufgabenfeld ein gut zusammenarbeitendes Team, damit wir rechtzeitig fertig werden. Also vertragt euch, verstanden?!« Ich sah an die Tafel.

»Sportfest«, las ich die Überschrift. Sehr gut, endlich mal nichts, was mit Lernen zu tun hatte, sondern eher etwas mit Organisation.

»Ich habe hier die Bereiche, in denen ihr arbeiten könnt. Schaut euch die Tätigkeiten an und entscheidet euch dann, was ihr machen wollt. Danach werde ich euch in die Felder eintragen.« Shiina hatte schon Augenkontakt mit mir aufgenommen. Ich nickte ihr zu. Sie zeigte mit ihrem Finger auf Tomaki und dann auf Giove. Wieder nickte ich. Natürlich wollte ich mit ihnen allen zusammen in einem Team sein. Sie grinste erleichtert.

»Wir haben die ganze Woche Zeit, um das Sportfest vorzubereiten«, erklärte die Lehrerin weiter. »Am Donnerstagabend müssen alle Vorbereitungen fertig sein, damit wir am Freitag das Sportfest genießen können. Ihr könnt euch jetzt in die Teams eintragen.« Sofort sprangen die anderen Schüler auf und es wurde laut im Klassenraum. Shiina sprintete erst zu Tomaki, dann zu Giove und mit beiden im Schlepptau kam sie zu mir gehechtet.

»Wir müssen unbedingt zusammenbleiben!«, sagte sie aufgeregt.

»Also sollten wir uns für etwas eintragen, was wir alle gut können«, fasste Tomaki zusammen.

»Ja, aber wir müssen uns beeilen, sonst sind die guten Plätze schon weg, und wir kommen nicht mehr zusammen irgendwo rein.« Shiina legte besorgt ihre Hände an ihre roten Wangen.

»Mir ist es egal, was ich mache, Hauptsache, ich bin mit euch zusammen«, sagte ich. Shiinas Augen leuchteten.

»Mir ist es auch egal«, meinte auch Giove. »Solange ich keine Kreise ausschneiden muss ...« Tomaki drehte sich nach vorn um.

»Da sind schon so viele«, stellte er besorgt fest.

»Na dann los! Ab nach vorn! Wir suchen was Gutes aus, keine Angst!«, sagte Shiina. Sie schnappte sich Tomakis Arm und zerrte ihn mit nach vorn.

»Sie hat so viel Energie«, sagte ich mit einem kleinen Lächeln auf den Lippen, als ich Shiinas fliegende Haare beobachtete. Giove sah ihr nach.

»Allerdings.« Er musste grinsen. Wir beobachteten Shiina und Tomaki, wie sie sich zu der Lehrerin durchkämpften. Ich war einfach nur froh, dass ich jetzt nicht dort in dem Getümmel sein musste. Dann drängelten sie sich wieder zurück zu uns, an Viovis vorbei, der nun auch mit der Lehrerin sprach.

»Wir sind im Schilderteam«, verkündete Shiina.

»Und was macht das Schilderteam?«, fragte ich vorsichtig.

»Wir stellen Schilder her, Wegweiser, Informationsschilder, Aushängeschilder und so etwas. Die Mädchen schreiben und gestalten die Schilder, und die Jungs bauen die Ständer für die Schilder und verteilen sie später überall auf dem Schulgelände.«

»Hätte uns eindeutig schlechter treffen können«, stimmte Giove zu.

»Auf jeden Fall!«, meinte Shiina. »Ein Team muss für uns alle Bändchen und Namensschilder basteln. Mit jedem einzelnen Namen drauf – das ist erst aufwändig.«

»Bin mal gespannt, in welchem Team Viovis ist«, sagte Tomaki düster.

»Hm«, nickte ich. Wenn er in unserem Team war, dann mussten wir höllisch aufpassen. Und dann war es wirklich ein Zeichen, dass hier etwas ganz und gar nicht dem Zufall überlassen wurde.

»Dann sind jetzt also alle eingetragen?«, fragte die Lehrerin in die Klasse und hielt ein Blatt Papier mit den Namen in die Luft.

»Ja«, brummten die Schüler einheitlich.

»Dann nehmen Sie bitte wieder Ihre Plätze ein.« Die Lehrerin legte den Zettel zurück auf ihr Pult.

»Bis dann.« Tomaki lächelte mir zu.

»Bis später«, antwortete ich.

»Gut, dann lese ich jetzt noch einmal vor, wer sich wo eingetragen hat«, sagte die Lehrerin, als alle zu ihren Plätzen zurückgekehrt waren. »Team Maskottchen: Alexa, Kora, Hanai und Felia. Team Schilder: Shiina, Ruta Pez, Tomaki, Giove, Emi, Haruka ... Team ...« Ich atmete auf. Viovis schien nicht in unserem Team zu sein. Shiina warf mir ebenfalls einen erleichterten Blick zu.

»Habe ich jemanden vergessen?«, fragte die Lehrerin schließlich.

»Ja, Sie haben mich vergessen.« Ich fuhr herum.

»Ach, Viovis, tatsächlich. Sie haben sich bei dem Team Schilder eingetragen, richtig?«

»Genau, richtig«, antwortete Viovis breit grinsend.

Tomaki sah mich an. Und es war nicht der Blick, den ich mir von ihm gewünscht hätte. Spätestens jetzt bestätigte sich, dass Viovis einen Plan haben musste. Ein Plan, dessen düstere Ausmaße wir nicht kannten und der uns vielleicht zerstören würde.

Kapitel 33

Die Pause war schnell vergangen. Wir fanden uns in dem Team Schilder zusammen.

»Bis Freitag muss alles fertig und aufgestellt sein«, erinnerte uns der Lehrer, der uns betreute. »Das heißt, wir haben nicht viel Zeit. Aber wer hat das schon? Haha!« Keiner lachte.

»Ähm, nun ja. Dann, äh, dann fangt einfach mal an. Die Mädchen machen sich an die Gestaltung, dort drüben findet ihr alles, was ihr braucht. Die Jungs kommen kurz mit, um die Materialien für die Schilder zu holen.« Er forderte die Jungs mit einer Handbewegung auf, ihm zu folgen. Tomaki nickte mir zu. Ich nickte zurück, denn ich wusste, was das hieß: »Seid aufmerksam und passt auf«. Schließlich verschwanden die Jungs aus dem Raum. Es blieben nur noch Mädchen übrig.

»Dann lasst uns anfangen«, sagte Shiina begeistert. Ich folgte ihr an den Tisch.

»Aha, ein Banner brauchen wir also auch«, stellte sie mit einem Blick auf das Aufgabenblatt fest. Ich lugte über ihre Schulter. Neben dem Banner sollten wir auch Richtungspfeile und ein Informationsschild erstellen.

»Ruta, wollen wir dann das Banner machen?«, fragte Shiina. Ich stimmte zu. Das hörte sich auf jeden Fall interessanter an als die anderen Sachen.

»Ich würde auch gern das Banner mitgestalten«, sagte ein weiteres Mädchen. Emi war ihr Name. Sie war ziemlich klein und hatte braunes lockiges Haar. Mit ihren grasgrünen Augen sah sie schüchtern hinter ihrer großen Brille hervor.

»Ja, gern!«, strahlte Shiina. »Wir malen dann die Buchstaben vor und du füllst sie mit Farbe aus, ja, Pez?«

»Mach ich.«

»Vielleicht sollten wir eine Skizze machen. Damit wir sehen können, wie es später auf dem Banner aussehen soll«, schlug Emi vor.

»Das kannst du ja machen«, antwortete ich. Ich reichte ihr Papier und einen Stift.

»Da sind wir wieder. Mit heißer und fettiger Ware«, lachte der Lehrer. Doch ihm verging das Lachen schnell wieder, denn es verstand hier einfach keiner seine Art von Humor.

»Na, wie weit seid ihr gekommen?«, fragte Tomaki, als er das Material in die Ecke gelegt hatte und zu uns kam. Er betrachtete die Skizze. »Oh, das sieht doch schon gut aus. Du kannst wirklich ziemlich gut zeichnen, Emi.«

»D-Danke!«, stotterte das Mädchen verlegen.

»Und wofür bist du zuständig, Ruta?«, fragte Tomaki.

»Ausmalen.« Er grinste amüsiert. Giove kam mit einem weißen Lacken in der Hand an, das er zusammen mit Shiina auf dem Tisch ausbreitete. Es war ziemlich groß.

»Das muss ja noch zugeschnitten werden«, erkannte Shiina enttäuscht.

»Das machen wir für euch«, bot Tomaki an. »Schließlich sind wir für die Materialien zuständig.«

»Shiina, was soll ich machen?«, fragte ich.

»Vielleicht könntest du die Farbe und ein paar Pinsel holen. Die haben sie offensichtlich vergessen, mitzubringen.« Ich stimmte zu. Draußen auf den Fluren war viel los, die Schüler rannten hin und her, es wurden Namen gerufen und Dinge hin und her geschleppt. Die Vorbereitungen für das Sportfest waren in vollem Gange. In einem Klassenraum erkannte ich Klarin. In welchem Team er und Sue wohl waren? Ich verwarf den Gedanken schnell wieder und ging weiter. Die Tür zum Materialraum war unverschlossen. Ich drückte sie auf und schaltete das Licht an.

»So sieht man sich wieder, Ruta Pez.« Viovis tauchte

plötzlich hinter mir auf und ließ die Tür ins Schloss fallen. Mir rutschte das Herz in die Hose.

»Kann ich dir helfen?«, zischte er mit vorgespielter Freundlichkeit. Von ihm würde ich garantiert keine Hilfe annehmen. Das konnte er sich klemmen. Ich drehte mich um und machte mich auf eigene Faust auf die Suche nach Pinseln und Farbe.

»Nicht so schüchtern, wir sind doch jetzt in ein und derselben Klasse«, säuselte er. Und kam dabei immer näher.

»Lass mich in Ruhe, Viovis«, fauchte ich.

»Sei doch nicht so aggressiv, Ruta Pez«, hauchte er mir ins Ohr. Ich drehte meinen Kopf weg und holte im nächsten Moment mit meiner Faust aus. Doch sie wurde hart gestoppt.

»Na, na, wir sind doch hier in der Schule! Hast du etwa kein Benehmen, Ruta Pez?« Plötzlich wurde die Tür aufgerissen und Tomaki stürmte herein. »Lass sie sofort los!« Tomaki hatte schon eine Hand an sein Amulett gelegt und war bereit, es zu benutzen.

»Ruhig Blut, Tomaki. Wie ich eben schon Ruta Pez gesagt habe, ist dies eine Schule und kein Ort für Gewalttätigkeiten. Erst recht nicht für ausgewachsene Kämpfe.« Viovis ließ mich los. »Macht euch doch mal locker. Ich wollte euch nur helfen.«

»Wir brauchen deine Hilfe aber nicht!«, zischte ich.

»Gut«, sagte er, bevor er den Raum endlich verließ. »Wir sehen uns.«

»Leider«, fügte Tomaki leise hinzu, als Viovis weg war. Puh! Mein Herz raste.

»Das war knapp. Ist alles in Ordnung bei dir? Hat er irgendetwas gemacht?«, fragte Tomaki mit besorgter Miene. Ich schüttelte den Kopf.

»Dem kann man echt nicht trauen«, sagte er. »Man weiß nie, was er als nächstes vorhat. Und dann das ganze

Gerede von wegen, er würde hier nicht kämpfen... Der Zeitpunkt war jetzt ungünstig, das ist alles. Zwei gegen einen. Das war schon einmal so, und es ging nicht gut für ihn aus.« Tomaki fuhr sich aufgewühlt durch die Haare.

»Du meinst, wenn du jetzt nicht gekommen wärst, dann hätte er hier mit mir gekämpft?«

»Hundertprozentig. Warum sonst würde er dir hierher folgen?« Er hatte wohl recht. Ich war wirklich haarscharf aus dieser Nummer herausgekommen.

»Danke, Tomaki.« Er sah mich fragend an. »Wofür?«

»Dass du gekommen bist.«

»Das ist doch selbstverständlich.« Er sah sich im Raum um. »Was wolltest du hier überhaupt holen?«

»Pinsel und Farbe.«

»Die sind dort drüben.« Er reichte mir eine Schachtel mit Pinseln und stapelte ein paar Farbeimer übereinander.

»Ich habe auch Kraft, Tomaki. Ich kann dir etwas abnehmen.«

»Ach, nicht nötig.« Er winkte ab. »Manchmal will ich doch auch einfach nur ein Junge für dich sein.« Ich legte meinen Kopf schief und sah ihn verwundert an. Er lächelte geheimnisvoll und ging mit den Farben im Arm zurück Richtung Klassenzimmer.

Oh. Ich folgte ihm und ließ die Tür hinter mir ins Schloss fallen.

»Ah! Die Farben sind da!«, sagte Shiina, als wir uns wieder zu der Gruppe gesellten.

»Wir sind gerade Viovis begegnet«, raunte Tomaki ihr und Giove leise zu. »Mehr dazu später«, fügte er mit Blick auf Emi hinzu. Die Stimmung der beiden kippte sofort.

»Wohin sollen die Farben?«, fragte Tomaki, damit die anderen keinen Verdacht schöpften. Die anderen redeten nervös drauflos. »Vielleicht dorthin?« Emi zeigte auf eine Ecke im Klassenraum.

»Jetzt brauchen wir die Farben ja noch nicht«, stimmte Shiina zu.

»Shiina, ich bin hier fertig«, sagte Giove.

»Ah, super.« Sie ging zu ihm und betrachtete das zurechtgeschnittene Banner. »Dann können wir jetzt anfangen, vorzuzeichnen.« Als ich aufsah, betrat Viovis gerade den Klassenraum. Er stellte sich zu einer Gruppe von Jungs. Vorerst machte er keine Anstalten, sich irgendwo einzumischen. Wir behielten ihn trotzdem im Auge.

Kapitel 34

Ich wusch die Pinsel aus, trocknete sie ab und legte sie zu den Farbeimern, damit wir morgen gleich weiterarbeiten konnten.

»Dann bis morgen«, verabschiedete sich Emi.

»Ja, bis morgen«, winkte Tomaki.

»Oh Mann, bin ich fertig.« Shiina streckte sich, während Giove das Banner sorgfältig zusammenlegte. Ich sah zu Viovis hinüber. Er redete mit ein paar Schülern. Aber dabei behielt er uns immer im Blick.

»Lasst uns gehen«, sagte Tomaki, der meinem Blick gefolgt war. Shiina und Giove nahmen ihre Taschen, und wir verließen den Raum.

»Habt ihr Lust, mit mir in das neue Café zu gehen, das gegenüber vom Park aufgemacht hat? Die haben immer so leckeres Gebäck im Schaufenster liegen!«, schwärmte Shiina, als wir aus der Schule heraus und außer Hör- und Sichtweite von Viovis waren.

»Ich habe nichts dagegen«, antwortete ich.

»Ich auch nicht«, stimmte Giove zu.

»Tomaki, wie sieht es bei dir aus?«, fragte Shiina, da sie keine Antwort von ihm bekommen hatte. Er sah verträumt in die Ferne.

»Tomaki?«, fragte sie noch einmal.

»Äh, was denn?«

»Kommst du nun mit?«, fragte Shiina.

»Wohin?« Tomaki sah sie verwirrt an. »Tut mir leid, ich war gerade in Gedanken.«

»Du kommst doch mit in das neue Café, oder, Tomaki?«, fragte ich. Er sah mich an. »Ja, klar!« Er lächelte, als er es sagte, doch als er den Kopf abwandte, verdüsterte sich seine Miene wieder.

»Worüber denkst du nach?«, fragte ich.

Es beunruhigte mich, ihn so in sich gekehrt zu sehen.

»Ach, nichts Wichtiges.« Er sah mich nicht an, noch nicht einmal in meine Richtung, als er das sagte. Ich kam mir so blöd vor. Warum wollte er mir nicht sagen, was los war? Sonst erzählte er mir doch alles. In meinem Herzen spürte ich plötzlich einen heftigen Stich. Genau so musste sich auch Tomaki fühlen, wenn ich sagte, es sei nichts Wichtiges, wenn ich über etwas nachdachte und er mich dann fragte. Ich hoffte, er dachte dann nicht wie ich jetzt, dass ich es ihm nicht erzählen wollte! Die Wahrheit war, dass ich mich oft einfach nicht traute, ihm zu sagen, über was ich nachdachte. Meine Gedanken waren manchmal einfach zu absurd, um sie zu teilen. Das redete ich mir zumindest ein. Doch Tomaki war nicht so schüchtern und in sich gekehrt wie ich. Er sagte immer, was er dachte. Bedeutete das, dass er mir jetzt etwas verheimlichte?

»Da ist es.« Shiina zeigte auf ein hübsch dekoriertes Schaufenster.

Tomaki sah auf.

»Sieht nicht schlecht aus«, kommentierte Giove.

»Ja, sag ich doch.« Shiina hopste freudig voraus.

»Ähm. Geht ihr schon einmal vor«, sagte Tomaki.

»Ich ... ich muss noch was erledigen, das ist mir gerade eingefallen. Aber ich komme dann nach.« Sein falsches Lächeln beunruhigte mich nur noch mehr.

»Ähm, okay?« Shiina blieb verwundert stehen und sah erst zu mir und dann zu Giove. Giove zuckte mit den Schultern.

»Du kommst dann wirklich nach?«, fragte ich.

»Hm«, nickte Tomaki. »Versprochen.« Dann wandte er sich von uns ab und ging in die Richtung zurück, aus der wir gekommen waren. Das gefiel mir überhaupt nicht. War es nicht Tomaki, der gesagt hatte, wir sollten am besten nichts allein unternehmen. Ich sah auf meine Füße.

Warum ging er jetzt? Und wohin? Warum kam er nicht mit uns mit?

»Sh-Shiina«, sagte ich plötzlich und hob meinen Kopf.

»Ich kann auch nicht mitkommen. Es tut mir leid.« Sie drehte sich zu mir um. Und lächelte.

»Geh und finde heraus, was er hat.«

»Danke!« Im Laufen drehte ich mich noch einmal um.

»Wir kommen nach, versprochen!« Ich rannte Tomaki hinterher.

»Tomaki!«, rief ich, als ich ihn endlich eingeholt hatte. Er blieb stehen, als er mich sah. »Ruta, was tust du hier? Wolltest du nicht mit den anderen in das Café gehen?«

»Nicht ohne dich. Was ist denn auf einmal mit dir los?«

»Ich…« Er verstummte und drehte den Kopf zur Seite.

»Was hast du vor?«, flüsterte ich. Mir schwante nichts Gutes.

»Ich will herausfinden, was der Plan von Viovis ist«, sagte er. »Ich will ihm nicht in die Hände spielen.«

»Tomaki…«

»Ich will nicht, dass alles, was wir bis jetzt erreicht haben, umsonst geschehen ist.«

»Aber wie wolltest du das herausfinden?«

»Ich wollte ihn fragen.« Mir stockte für einen Augenblick der Atem.

»Was? Aber … er wird es dir niemals sagen …«

»Ich muss doch irgendetwas tun!« Tomaki sah mich verzweifelt an. »Wir können doch nicht nur dasitzen und abwarten, was passiert. Ich habe vor den Ausmaßen seines Planes Angst.«

»Ich habe auch Angst. Aber wir können nur weiter die Schuppen sammeln, uns nicht provozieren lassen und abwarten.« Tomaki sah mich noch besorgter an als vorher.

»Du meinst also, wir können nichts tun?«

»Ich weiß es natürlich nicht hundertprozentig. Aber wir sollten uns von ihm nicht unter Druck setzen lassen. Das ist es doch, was er will. Und dadurch werden wir nur unsicher und angreifbar.« Tomaki seufzte schwer.

»Du hast ja Recht«, murmelte Tomaki erschöpft. Er fuhr sich durch die Haare und setzte sich auf eine der Bänke, die am Straßenrand standen. Es war ein kalter Winter, das Wetter würde sich so schnell nicht mehr ändern. Ich setzte mich neben ihn.

»Weißt du, ich weiß einfach nicht mehr, was ich noch denken und glauben soll, Ruta.«

»Mir ... geht es genauso«, flüsterte ich. »Aber vielleicht will er auch gerade das.«

»Was?«

»Dass wir alles hinterfragen und dadurch unfähig werden, zu handeln, aus Angst, ihm Tür und Tor zu öffnen. Das will ich nicht. Weil wir schon so weit gekommen sind. Wir haben zusammen schon so viel erreicht.« Ich versuchte, aufmunternd zu lächeln, aber ich wusste nicht, ob mir das gelang.

»Da hast du recht.« Tomaki sah mich an. »Wir sollten uns nicht unterkriegen lassen.«

»Hm. Glaube ich auch.« Ich hauchte warmen Atem in meine kalten Hände, während wir den Park betrachteten. Ein paar Minuten ignorierte ich das Gefühl, das sich in mein Bewusstsein drängen wollte. Dann dämmerte es mir plötzlich.

»Ist das eine Schuppe?«, flüsterte ich. Tomaki sah mich an. Ich zog mein Amulett unter meiner Jacke hervor.

»Tatsächlich«, stellte Tomaki fest. Es leuchtete auf und erlosch im nächsten Moment wieder.

»Na, dann los!«, jauchzte Tomaki.

»Ja ...« Ich raffte mich auf. »Aber wir sollten trotz-

dem auf der Hut sein und Viovis nicht unterschätzen.«
Tomaki nickte und holte ebenfalls sein Amulett hervor. Wir standen von der kalten Bank auf. Gerade, als ich losgehen wollte, hielt er mich am Handgelenk zurück.

»Ruta, ähm ... danke«, sagte Tomaki und lächelte.
»Wofür?«, fragte ich verunsichert.
»Dass du gekommen bist.«

Kapitel 35

Wir sahen uns um.

»Was ist denn hier los?«, fragte Tomaki, als wir den sonst so belebten Park betraten. Heute herrschte hier gähnende Leere. Die Parkbänke: leer. Der große Spielplatz: leer. Die Wege: unbenutzt. Außer uns war keine einzige Seele da.

»Das ist komisch«, flüsterte Tomaki. Ich nickte.

»Wenigstens können wir jetzt die Schuppe in aller Ruhe finden und herauslösen.« Diese Stille. Es war eine gefährliche Stille.

»Aber wir müssen aufpassen. Viovis könnte uns jeden Moment überfallen.« Tomaki nickte, schloss die Augen und legte die Hände um sein weiß schimmerndes Amulett. Danach verschwand er in dem hellen Licht, das seinen Körper für wenige Sekunden umhüllte. Als es erloschen war, glitt ihm wunderschönes langes weißes Haar über seinen Rücken bis fast auf den Boden. Schnell band er sich einen Zopf. Ich betrachtete ihn dabei. Er sah so mystisch aus.

»Was ist?«, fragte er, als er meinen Blick bemerkte.

»Nichts!«

Schnell kniff ich die Augen zusammen und verwandelte mich ebenfalls. In schwarzes Licht gehüllt wurde mir plötzlich wohlig warm, obwohl es so kalt war. Dann erlosch auch mein Licht wieder und die langen schwarzen Haare fielen über meine Schultern zu Boden.

»Immer wieder etwas Besonderes, diese Verwandlung«, stellte Tomaki fest.

»Ja.« Das Schwert auf meinem Rücken klirrte, als ich es aus der Hülle zog. Das Leuchten des Steines führte uns tiefer in den Park hinein. Tomaki behielt die Umgebung gut im Auge. Doch bisher blieb es ruhig – verdächtig ruhig. Die Bäume hier sahen völlig verdorrt und trostlos aus. Plötzlich erlosch das Amulett. Ich drehte mich im Kreis.

»Ah!« Tomaki deutete auf seinen Stein, der genau in diesem Moment aufleuchtete. Meiner erhellte sich ebenfalls.

»Hier entlang.« Ich flüsterte, obgleich wir die einzigen in diesem Park waren.

»Es ist schon etwas ungewöhnlich, diese Schuppe an einem so öffentlichen Platz zu finden«, bemerkte Tomaki.

»Bin sehr gespannt, wo sie sich versteckt«, fügte er hinzu. Wir gingen den Weg weiter entlang, solange, bis das Leuchten der Steine wieder stärker wurde. Schließlich blieb ich stehen und sah mich um. Ich stand mitten auf einem Weg, der durch eine riesige Wiese führte. Wenn man das, was ich hier sah, noch Wiese nennen konnte. Dieser Flecken Erde hatte nichts mit einer schönen grünen Wiese gemeinsam. Das Gras war kaputt. Braun und schlierig klebte es an der feuchten Erde. Es sah total trostlos aus.

»Was ist?«, fragte Tomaki, der sich neben mich stellte.

»Das Gras. Es tut mir irgendwie leid. Es sieht so schlecht aus, dass man sich kaum traut, auch nur einen Fuß draufzusetzen«, sagte ich, ohne nachzudenken. Tomaki sah mich erstaunt an.

»Du machst dir Gedanken über das Gras?«, fragte er. Ich wusste es doch! Meine Gedanken waren manchmal einfach zu abwegig, um ausgesprochen zu werden. Was er jetzt wohl von mir dachte? Bestimmt, dass die Ruta Pez von früher so etwas nicht gesagt hätte. Aber er überraschte mich.

»Du bist wahrlich eine Kriegerin aus dem Land der Bäume«, sagte er und lächelte sanft. Ich sah ihn verwundert an.

»Die Vegetation eures Landes war die prächtigste von allen Ländern«, erzählte er. »Klar, dass du dann traurig wirst, wenn du das verkommene Gras hier siehst.«

»Das heißt also, ein bisschen des früheren Ichs ist doch noch in mir?«, fragte ich hoffnungsvoll.

»Das, was du tief im Innersten wirklich bist, kann dir auch der stärkste Zauber nicht nehmen«, sagte Tomaki.

»Oh.«

»Aber trotzdem müssen wir jetzt über diese Wiese«, meinte Tomaki entschuldigend.

»Stimmt schon.« Ich setzte meine Füße behutsam auf den glitschigen Untergrund. Wir gingen quer über die Wiese und folgten dem Leuchten des Steines.

»Wo versteckt sich diese Schuppe nur?«, überlegte Tomaki. Außer einer Bank, die mitten im ehemaligen Grün stand, war nichts zu sehen.

»Vielleicht wieder in der Erde?«, schlug ich vor, als ich mich umsah.

»Mmh ...« Tomaki klang nicht sehr überzeugt. Ich machte einen Schritt und der Stein in dem Schwert erlosch augenblicklich.

»Wir sind schon zu weit weg«, stellte Tomaki fest. Ich drehte mich wieder um. Noch immer kein Lebenszeichen von dem Stein im Schwert. Nur wenige Meter von der Bank entfernt drehte ich mich in ihre Richtung. Ein schwaches Leuchten.

»In diese Richtung«, sagte ich und zeigte mit dem Finger zur Bank. Ich tappte langsam weiter, meinen Blick auf den Stein gerichtet. Tomaki folgte mir. Und dann konnte ich auf einmal nicht mehr weitergehen.

Die Bank stand mir im Weg. Der Stein leuchtete plötzlich vollkommen auf. Tomaki wäre fast in mich hinein gelaufen.

»Das war knapp!« Doch von einer Schuppe fehlte jede Spur.

»Vielleicht unter der Bank ... in der Erde?«, wiederholte ich meine Idee.

»Das wäre aber untypisch. Schließlich haben wir schon eine Schuppe in der Erde gefunden«, dachte Tomaki laut nach. Ich hockte mich auf den Boden. Der Stein verlor etwas von seinem Licht. Das war es also nicht. War sie etwa...?

»In der Bank?!«, schlug ich vor.

»Du meinst, sie wurde in diese Bank eingearbeitet?« Tomaki hockte sich neben mich. Ich nickte. »Doch wo genau?« Ich betrachtete die Bank. Vielleicht auf der Sitzfläche? Ich konnte keine ungewöhnliche Musterung, die die Schuppe verraten könnte, in der Bank erspähen. Vielleicht war sie doch auf der Unterseite? Ich bückte mich und versuchte, unter die Bank zu sehen. Auch hier keine auffällige Maserung des Holzes.

»Vielleicht hier?« Tomaki hatte sich auf die Bank gesetzt und zeigte auf die Sitzlehne der Bank. Ich tauchte wieder auf und setzte mich neben ihn. Etwas Gelbes war in das Holz hineingearbeitet worden. Die Schuppe!

»Ja, das ist sie!«, sagte ich.

»Überlass das Sammeln mir«, zwinkerte Tomaki mir zu. Ich trat einen Schritt zur Seite. Tomaki stand ebenfalls auf und stellte seinen linken Fuß auf die Bank. Dann zog er sein Schwert aus der Hülle und wirbelte es in der Luft herum. Er konnte wirklich gut mit dem Schwert umgehen, das musste ich ihm lassen. Er zielte auf die Schuppe, und als er sie berührte, löste sie sich aus dem Holz und fiel zu Boden. Tomaki schob sein Schwert zurück in die Hülle auf seinen Rücken. Ich tat es ihm gleich.

»Da ist sie.« Er bückte sich, hob sie auf und wischte den Matsch von ihr herunter. Sie leuchtete in einem starken Gelbton.

»Sie ist wunderschön«, sagte ich.

»Hier.« Er hielt sie mir entgegen.

Ich hob abwehrend eine Hand.

»Nein, du hast sie gefunden. Sie gehört dir.«

»Aber bei dir ist sie besser aufgehoben als bei mir«, erwiderte Tomaki. »Ich schenke sie dir.«

Er nahm meine Hand und legte mir die gelbe Schuppe hinein. Dann formte er aus meiner Hand eine Faust. Ich sah ihn einen langen Moment an.

»Danke.« Ich verstaute sie vorsichtig in meiner kleinen Tasche, in der schon die anderen Schuppen lagen. Tomaki legte seine Hand um den Stein in seinem Schwert und schloss die Augen. Sofort wurde er wieder von dem hellen Licht eingehüllt und verschwand vollständig darin. Hervor kam der Tomaki in Schuluniform und mit kurzen weißen Haaren.

»Na, willst du dich nicht auch wieder verwandeln?«, fragte er amüsiert.

»Wir sollten Giove und Shiina nicht so lange warten lassen.« Das Café hatte ich ja ganz vergessen! Schnell legte ich meine Hand um den Stein. Zum ersten Mal fiel mir auf, dass das Licht, das mich umhüllte, anders als Tomakis war. Während er in Licht getaucht wurde, wurde ich von Dunkelheit umhüllt.

Wieso war mein Licht dunkel? Wo ich doch die Dunkelheit so hasste? Was sagte das über mich aus? Würde ich es je herausfinden?

Das Amulett warf noch so einige Rätsel auf. Wieder zurückverwandelt spürte ich sogleich die Kälte, die mich in meinem verwandelten Zustand nicht zu berühren schien. Ich formte meine Hände zu einer Schale und hauchte meinen warmen Atem hinein.

Dann rieb ich sie schnell aneinander, in der Hoffnung, dass die gewonnene Wärme nicht wieder so schnell verginge. Als ich wieder aufschaute, sah ich etwas hinter einen Busch huschen.

Ich hatte plötzlich ein ganz mieses Gefühl.
»Tomaki, da …«
»Ich hab's auch gesehen«, raunte er zurück. »Das war garantiert Viovis. Er weiß, dass wir die Schuppe haben.«

Kapitel 36

Mit geschlossenen Augen und verschränkten Armen saß Giove Shiina gegenüber.

»Warum passiert das eigentlich immer wieder?«, murmelte er.

»Was meinst du?« Shiina blätterte in der Speisekarte.

»Dass wir beide übrig bleiben.« Giove öffnete die Augen. Dann sah er nach draußen in die anbrechende Dunkelheit. Sie hatten sich an einen Tisch gesetzt, der vier Personen Platz bot. Für den Fall, dass Tomaki und Ruta Pez noch kommen würden.

»Schicksal vielleicht?«, sagte Shiina gedankenverloren. Sie war vollkommen damit beschäftigt, sich einen leckeren Kuchen auszusuchen.

»Schicksal, he?«, wiederholte Giove. Er drehte seinen Kopf in ihre Richtung und betrachtete sie.

»Was bestellst du, Giove?«

»Nichts.«

»Was?« Shiina sah von der Karte auf. »Nicht du auch noch! Was habt ihr denn bloß alle?!« Aufgebracht strich sie ihr Haar zurück. »Tomaki rennt einfach weg, Ruta hinterher, und du bestellst nichts? Was macht es denn dann für einen Sinn, dass du mitgekommen bist, wenn du gar keinen Kuchen essen willst?«

Er sah sie an und hob eine Augenbraue. Shiina wurde rot. Giove wandte seinen Blick wieder ab und sah aus dem Fenster.

»Ich hatte so ein Gefühl, dass ich mitkommen sollte.«

»Dann musst du doch auch jetzt das Gefühl haben, etwas bestellen zu wollen! Erst recht bei diesem unglaublichen Angebot!« Sie lehnte sich plötzlich über den Tisch zu ihm herüber.

»Hey, Shiina!« Damit hatte Giove nicht gerechnet.

Seine Brille rutschte ihm vor Aufregung ganz nach vorn auf seine Nasenspitze.

»Komm schon, Giove, sonst macht es doch gar keinen Spaß!« Shiina neigte ihren Kopf ein wenig zur Seite und sah ihn bettelnd an.

»N-Na gut.« Er fasste sich wieder und schob seine Brille hoch. »Wenn du unbedingt willst.«

»Super!« Shiina strahlte übers ganze Gesicht. Sie lehnte sich zufrieden zurück. »Ich werde etwas für dich aussuchen!«

»Was?« Er sah sie missmutig an. Da ließ er sich schon von ihr zu einem Kuchen überreden und dann wollte sie den auch noch aussuchen? »Garantiert nicht!«

»Oh. Wieso denn nicht?«, jammerte sie.

»Wieso?! Na, weil … Moment mal! Ich muss dir doch nicht erklären, warum ich nicht möchte, dass du meinen Ku-«

»Die beiden hätten wir gern. Danke«, sagte Shiina zu der plötzlich aufgetauchten Kellnerin.

»Kommt sofort.« Er könnte schwören, dass Shiina und die Kellnerin sich zugezwinkert hatten …

»Hey!«, raunte er Shiina verärgert zu. »Ich habe gesagt, ich werde mir selbst einen aussuch- Halt! Welchen hast du jetzt überhaupt für mich bestellt?«

»Das ist ein Geheimnis«, meinte Shiina frech.

»Das glaube ich jetzt echt nicht …« Sie verfielen in Schweigen. Shiina drehte sich ebenfalls zum Fenster und sah nach draußen.

»In letzter Zeit stellen sich mir immer mehr Fragen«, sagte sie schließlich.

»Ja, ich habe da auch mal eine Frage an *dich*. Hängst du dich immer in die Bestellungen anderer Leute rein?«, murmelte Giove. Sie seufzte. »Ich frage mich, wie ich wohl früher war und solche Sachen. Ich meine, ich soll doch eine Königin gewesen sein, oder nicht?!« Giove sah zu ihr hinüber. Ihr schien es wichtig zu sein, daher lehnte er sich vor und antwortete: »Dein Rang hat sich auch jetzt nicht verändert, du bist noch immer derselbe Mensch.«

»Hm, stimmt schon. Aber ich frage mich, wie ich wohl früher meine Tage verlebt habe ... Es ist einfach so schwer zu begreifen, dass man noch ein anderes Leben außer diesem hier hatte. Das ist irgendwie unvorstellbar für mich. Die Cosmica ist alles, was ich kenne. Ich habe so viele Fragen. Wie unser Haus aussah, mit wem ich befreundet war, was meine Pflichten als Königin waren ... Mochte ich mein Leben?«

»Das kann ich dir nicht sagen. Ich kann nur von mir ausgehen und sagen, dass ich mein Leben nicht mochte.« Shiina sah ihn traurig an.

»Mach nicht so ein Gesicht. Wir lebten in zwei völlig unterschiedlichen Welten. Bestimmt hattest du ein gutes Leben.«

»Meinst du?« Sie sah ihn etwas ungläubig an.

»Lass uns einfach abwarten, wie das alles hier weitergeht. Und wer weiß, vielleicht bekommst du ja deine Erinnerungen zurück. Dann wirst du herausfinden, wer du früher warst und kannst dir deine Fragen selbst beantworten.« Shiinas Miene hellte wieder auf.

»Bitte schön, eure Kuchen.« Die Kellnerin stellte die kleinen Törtchen vor sie hin. »Lasst es euch schmecken!«

Giove betrachtete sein Küchlein. Ein kleines Schokoladenviereck, liebevoll verziert mit weißer und umhüllt von knackiger brauner Schokolade, die man erst noch durchstoßen musste, bevor man an die schmackhafte Füllung gelangte.

»Dann guten Appetit«, verkündete Shiina feierlich. Der Ernst der letzten Minuten war aus ihrem Gesicht verschwunden. Als sie mit ihrer Gabel durch die harte Schokoladenschicht stach, knackte es laut. Giove nahm ebenfalls einen Bissen. Es war wahrlich ein Genuss, sich die zartschmelzende Schokolade auf der Zunge zergehen zu lassen. Der kleine Kuchen war saftig, und die cremige Füllung tat ihr Übriges.

»Mmh!« Shiina schien auf Wolke sieben zu schweben.

»Das ist echt der beste Schokoladenkuchen, den ich seit langem gegessen habe«, schwärmte sie. Giove war bei der Hälfte angelangt und schon jetzt ziemlich satt. Doch er blieb tapfer und machte sich auch noch an den Rest.

»Also Pez und Tomaki verpassen da echt was«, murmelte sie, als sie mit Genuss die letzten Krümel mit dem Finger zusammenschob und aufschleckte. Giove fuhr sich mit der Serviette über den Mund, bevor er aufsah.

»Shiina … du hast da Schokolade an der Wange.«

»Was? Wo?« Giove zeigte mit dem Finger auf seine eigene Wange. Sie wischte mit ihrer Hand im Gesicht herum.

»Es ist immer noch da«, sagte Giove.

»Oh Mann.« Wieder rubbelte sie mit ihrer Hand auf ihrer Wange herum. Erfolglos.

»Ist es weg?« Giove schüttelte den Kopf.

»Kannst du es bitte wegmachen?«, fragte sie.

»Waas?« Er spürte, wie er rot wurde.

»Bitte!« Wieder sah sie ihn mit diesem bettelnden Blick an.

»N-Na gut.« Er nahm eine Serviette und beugte sich vor. Sein Herz begann plötzlich schneller zu schlagen. Shiina blinzelte, und ein Stich durchbohrte sein Herz. Überrascht ließ er die Serviette sinken. Was zum …!?

»Giove?« Shiina sah ihn überrascht an. »Was ist denn?«

»Nichts.« Er streckte erneut seine Hand nach ihrer Wange aus. Sein Blick glitt über ihre weichen Gesichtszüge zu ihren violetten Augen.

Sie lächelte sanft.

»Ah ja.« Er fasste sich wieder und fuhr mit der Serviette über den Schokoladenfleck, der auf ihrer rosigen Wange klebte.

»Jetzt ist er weg.«

»Super, danke.«

»Keine Ursache«, murmelte er. Das hatte sich so unglaublich vertraut angefühlt! Er legte eine Hand an seinen Brillenrahmen.

Was hatte er da plötzlich gefühlt?

Nein, das konnte einfach nicht sein. Er sah ihr wieder ins Gesicht, und ihr Lächeln versetzte seinem Herzen einen noch größeren Stich.

Aber ... warum? Warum gerade sie?

Das kann ich nicht glauben!, dachte Giove verwirrt.

Sie gehört einem feindlichen Volk an, ich kann mich doch nicht ...! In seinem Kopf drehte sich nun alles.

»Ich hatte heute einen schönen Tag mit dir, Giove«, riss Shiina ihn aus seinen Gedanken. Seine Brust begann wieder so unerträglich zu schmerzen.

»Ähm, ja, das, ähm, ging mir genauso.« Wieso brachte sie ihn so aus der Fassung?

»Schade, dass Tomaki und Pez nicht hier sein konnten«, sagte sie. »Etwas zusammen zu machen, was nichts mit den Schuppen oder Viovis zu tun hat ...« Sein Blick wanderte von ihrem hübschen Gesicht zur Tür.

»Deine Gelegenheit kommt bestimmt noch.« Er war selbst überrascht, als er aufmunternd lächelte. Im nächsten Moment traten zwei vertraute Personen an ihren Tisch.

»Pez! Tomaki!« Shiina sprang von ihrem Platz auf.

»Da sind wir wieder«, meinte Tomaki, und er und Ruta setzten sich.

»Wo wart ihr nur so lange? Giove und ich haben einen total leckeren Kuchen gegessen, den müsst ihr unbedingt probieren!«, schwärmte Shiina.

»Gern«, sagte Ruta und lächelte.

»Ja, er ist wirklich lecker«, stimmte Giove zu.

»Oh! Na, wenn *du* das sagst, dann muss das schon etwas heißen«, lachte Tomaki. »Ich wusste gar nicht, dass du Kuchen isst, Giove.«

»Esse ich auch nicht. Shiina hat mir einfach einen mitbestellt«, schmunzelte er.

»So ist das also«, meinte Tomaki. Er musterte Giove, wie er Shiina ansah, und konnte sich schon vorstellen, was los war.

»Was ist, Tomaki?«, fragte Ruta neugierig, die dessen wissendes Lächeln bemerkt hatte.

»Das erzähle ich dir später«, flüsterte er und zwinkerte ihr zu. Die beiden bestellten sich den Schokokuchen, den Shiina ihnen empfohlen hatte. In der Zeit, in der sie auf den Kuchen warteten, erzählten sie von der neuen Schuppe und dass sie Viovis in dem menschenleeren Park gesehen hatten. Giove und Shiina hörten aufmerksam zu.

»Ja, das ist schon ziemlich komisch«, stellte Shiina fest, als Tomaki und Ruta ihre Törtchen serviert bekamen.

»Vor allem, dass euch um diese Uhrzeit niemand anderes über den Weg gelaufen ist.« Giove verschränkte seine Arme vor der Brust.

»Hm!« Tomaki nickte zustimmend.

»Na, Tomaki, wie schmeckt es dir?«, fragte Shiina erwartungsvoll.

»Wirklich gut«, lächelte er. Ruta nickte zustimmend.

»Den Kuchen hast du gut ausgesucht, Shiina«, sagte sie. Shiinas Grinsen wurde immer breiter.

»Ich find's toll, dass ihr doch noch gekommen seid«, meinte Shiina. Ruta schluckte ihren Bissen herunter. »Ich bin auch froh, dass wir es noch geschafft haben«, murmelte sie. »Das ist das erste Mal, dass ich mit Freunden zusammen essen gegangen bin.«

»Oh, Pez!« Shiina konnte sich offensichtlich nicht zurückhalten, sondern sprang auf und umarmte Ruta.

Die schien zuerst etwas überrumpelt, doch dann schloss auch sie Shiina in ihre Arme. Giove wechselte mit Tomaki ein zufriedenes Lächeln.

Kapitel 37

Tomaki folgte Giove den Flur hinunter.

»Wobei brauchst du jetzt noch mal meine Hilfe?«, fragte er. Giove seufzte. »Zehn Schildständer. Die tragen sich allein leider nicht so gut.« Tomaki grinste. »Schon klar. Wofür hat man denn Freunde?«

»Ja«, brummte Giove.

»Shiina meinte, wir treffen uns nachher bei den Spinden, damit wir zusammen Mittag essen gehen können.«

»Hm ...«

»Oh.« Giove sah zu Tomaki hinüber, der ihn neugierig beobachtete.

»W-Was?« Giove war Tomakis Blick unangenehm.

»Mir kannst du nichts vormachen«, sagte Tomaki amüsiert. »Mir ist nicht entgangen, wie du sie ansiehst.« Giove starrte augenblicklich auf den Boden. Sie erreichten den Lagerraum, in dem die Schildständer auf sie warteten.

»Sind es diese da?«, fragte Tomaki und zeigte auf einen Stapel Holz. Giove nickte. Sie teilten sie unter sich auf und verließen den Raum wieder.

»Also, stimmt es?«, hakte Tomaki neugierig nach. »Mit Shiina, meine ich.«

»Sie gehört einem feindlichen Volk an«, antwortete Giove kalt.

»Hm.« Tomaki sah an die Decke. Als sie wieder den leeren Klassenraum erreichten, legten sie die Schilder auf einen der Tische.

»Und weiter?« Tomaki sah ihn mit schräg gelegtem Kopf an.

»Was weiter?«

»Na, du hast gesagt, sie gehöre einem feindlichen Volk an. Aber für uns in dieser Zeit ist das doch nicht mehr relevant. Also was wolltest du damit sagen?«

»Du sagst, es ist nicht mehr relevant?!«, wiederholte Giove knurrend.

»Du hängst also immer noch in der Vergangenheit fest«, fasste Tomaki zusammen. Giove drehte sich um und ging wortlos aus dem Klassenraum.

»Aber ... das Leben, wie wir es einst kannten, das gibt es jetzt nicht mehr.« Tomaki war ihm gefolgt. »Genauso wenig wie die Verhältnisse unserer Völker zueinander. Das alles ist längst vergangen. Das Blatt der Zukunft ist doch noch unbeschrieben.«

»Du kannst vielleicht vergessen, Tomaki, aber ich nicht. Nie werde ich vergessen, wie sie einst unsere Leute abgeschoben haben, wie sie uns umgebracht haben...« Giove funkelte ihn böse an. »Wäre ich nicht der schlimmste Verräter, wenn ich den Feind meines Volkes lieben würde?«

»Ich habe ja nicht gemeint, dass du das vergessen sollst, das ist unmöglich«, sagte Tomaki. »Aber jetzt, hier in dieser Gegenwart, spielt das alles keine Rolle mehr. Was ich damit sagen will: Es wird dir keiner etwas vorwerfen, du wärst kein Verräter, wie auch? Wen sollst du denn verraten? Dein Volk ist ausgelöscht. Ebenso wie meins.« Tomaki machte eine Pause. Giove starrte ihn an.

»Aber ...«, hauchte Giove, »ich kann sie nicht hintergehen, ich -«

»Giove!« Tomaki packte ihn energisch an der Schulter.

»Wen willst du verraten? Sag mir, Giove, wen? Wir sind die Einzigen, die übrig geblieben sind! Und das weißt du auch!« Für Giove fühlte es sich an, als hätte Tomaki ihm in die Magengrube geboxt.

»Ich denke, das alles ist nur ein Vorwand«, fuhr Tomaki fort. »Ein Vorwand, um deine Gefühle zu leugnen. Um ihnen keinen Platz zu geben, um sie zu unterdrücken.

Stimmt doch, oder?!« Giove war sprachlos und sah auf seine Hände, die angefangen hatten, zu zittern.

»Willst du nun weiter an der Vergangenheit festhalten? Oder willst du endlich in das Hier und Jetzt eintauchen und deine Gefühle akzeptieren?« Giove war wie erstarrt und blickte weiter auf seine Hände hinunter.

»Giove. Wie stehst du jetzt zu Shiina? Wenn du ganz ehrlich zu dir selbst bist.«

Gioves Gedanken rasten.

»Verdammt …«

Tomaki legte eine Hand auf seine Schulter und lächelte.

»Dagegen kann man nichts machen. So etwas kann man sich nicht aussuchen.«

»Aber wieso gerade sie?«, fragte Giove.

»Das kann dir keiner sagen.« Tomaki lächelte. »Aber du kannst es als eine Chance sehen.«

»Eine Chance?«

»Zu lernen, mit der Vergangenheit klarzukommen. Zu lernen, auf das Hier und Jetzt zu hören.«

Giove sah in die Ferne.

»Vielleicht kann ich das.«

Kapitel 38

Tomaki reichte mir eine kleine Leiter.

»Hier, die brauchst du bestimmt. Wir müssen dieses Banner ziemlich weit oben aufhängen. Über den Eingang der Turnhalle, wo morgen die Wettkämpfe stattfinden.«

»Ja, danke.« Ich nahm die Leiter entgegen und klemmte sie mir unter den Arm.

»Apropos Wettkämpfe. Für welche hast du dich eigentlich eingetragen?«, fragte Tomaki, als wir uns zusammen mit dem Banner und ein paar Nägeln in Richtung Turnhalle bewegten.

»Für den Sprint.« Er nickte. »Das passt gut zu dir.«

»Und was machst du?«, fragte ich.

»Ah. Ich habe mich für das Fußballturnier eingetragen. Giove auch.«

»Gegen wen spielt ihr?«

»Gegen die anderen Klassen. Ich hoffe, wir können gegen alle gewinnen.«

»Dann werde ich euch anfeuern, damit ihr gewinnt«, lachte ich. Tomaki sah mich mit offenem Mund an. »Ich glaub es nicht. Hast du etwa gerade gelacht?«

»Augenscheinlich«, sagte ich verwundert. Schnell drehte ich meinen Kopf zur Seite. »Das sah bestimmt komisch aus«, murmelte ich unsicher.

»Also ... ich fand's schön.«

Ich wurde rot. »Ähm, danke.«

»So, da wären wir.«, sagte er, als wir vor der Turnhalle standen. »Hier oben soll das Banner angebracht werden.« Er zeigte auf die Wand über der großen Tür. Ich stellte die kleine Leiter neben der Tür ab.

»Welche Seite bringen wir zuerst an?«, fragte ich.

»Mmh ...« Er reichte mir das Banner und einen Nagel. »Ist eigentlich egal.«

Wir einigten uns auf eine Seite, und ich kletterte auf die Leiter.

»Hier ist der Hammer.«

Er reichte mir das Werkzeug. Ich nahm den Hammer mit der rechten Hand, und mit der linken hielt ich das Banner mit dem Nagel gegen die Wand gedrückt. Dann hämmerte ich vorsichtig auf den dünnen Nagel ein.

»Du kannst ruhig kräftiger auf den Nagel schlagen«, sagte Tomaki.

»Ja okay, ich versuch's.« Ich schlug kräftiger und siehe da, der Nagel wanderte Schlag für Schlag tiefer in die Wand hinein.

»Wie tief soll er denn in die Wand?«

»Das reicht schon. Das kannst du so lassen.«

Ich stieg von der Leiter herunter und brachte sie auf die andere Seite der Tür. Tomaki hatte derweil das Banner ausgerollt. In einer Hand das andere Ende festhaltend, stieg er vorsichtig die Sprossen hoch.

»Schaust du mal, ob es gerade hängt?«, fragte er. Ich trat einige Schritte zurück.

»Wie sieht es aus?«

»Ein kleines Stück höher«, dirigierte ich.

»So?« Er hob es zu hoch.

»Jetzt wieder niedriger.« Ich wedelte mit meinen Händen in der Luft herum.

»So besser?«

»Zu niedrig.«

»Und jetzt?«

»Immer noch schief.«

»Oh, Mann!«, lachte er.

»Warte, ich komme!«

Ich ging zu ihm und stellte mich auf die Zehenspitzen, um seinen Arm zu erreichen.

»Nur ein kleines Stück höher … So.«

Sanft stupste ich seinen Arm einen Zentimeter in die

Höhe. Tomaki starrte mich von oben an und machte keine Anstalten, den Hammer entgegenzunehmen.

»W-Was ist?«, fragte ich unsicher.

»Oh! Ach so. Nichts.« Er sah ertappt zur Seite. »Jetzt ist es also gerade, ja?!« Ich nickte und reichte ihm den Hammer.

»Danke«, murmelte er. Ich betrachtete ihn aufmerksam. Doch irgendetwas war auf einmal komisch. Ich drehte mich um und blickte in die Ferne. Ich hatte plötzlich so ein Gefühl.

»Was ist -« Tomaki hielt kurz inne. »Ruta! Dein Amulett leuchtet ja!«

Ich sah an mir herunter. Tatsächlich.

»Meins auch«, fügte Tomaki hinzu, als er seins hervorzog.

»Aber ... wir können jetzt nicht einfach alles stehen und liegen lassen und die Schuppe holen.«

Ich sah Tomaki an.

»Oder?«

»Wieso nicht?« Er ließ das Banner los und hopste von der Leiter herunter.

»Wir sind mitten im Unterricht, Viovis schwirrt hier irgendwo herum, und wir wissen nicht, ob er nur darauf wartet, dass wir uns aufmachen, die Schuppe zu suchen.«

»Warst du nicht diejenige, die gesagt hat, wir sollten uns nicht von ihm einschüchtern lassen?«, meinte Tomaki grinsend.

»Und seit wann interessiert dich der Unterricht?«

»Seit wann interessiert er dich *nicht*?«, konterte ich. Er zuckte mit den Schultern.

»Ist ja nicht so, als hätten wir richtigen Unterricht. Wir sollen lediglich dieses Banner hier aufhängen.«

»Und trotzdem gefällt mir der Gedanke nicht, einfach abzuhauen. Wir könnten beobachtet werden. Von Viovis oder von wem auch immer«, meinte ich.

Tomaki fuhr sich mit der Hand durch die Haare.
»Dann gibt es nur eine Lösung«, meinte er augenzwinkernd. »Und sie heißt Shiina.«

Kapitel 39

Shiina grinste.

»Klar mach ich das«, sagte sie. Doch ihre Miene wurde in der nächsten Sekunde wieder düster.

»Trotzdem müssen wir mit Viovis aufpassen. Wir wissen nicht, zu was er alles in der Lage ist.« Tomaki nickte zustimmend. Giove stand ausdruckslos daneben.

»Aber kannst du die Zeit auch so lange anhalten, bis wir die Schuppe gefunden haben?«, fragte ich. Shiina drehte sich zu mir.

»Ich habe viel geübt in den letzten Tagen. Es geht schon viel besser. Es ist so, als ob ich es nie verlernt hätte, sondern nur wieder einen Einstieg brauchte. Also, ja, ich denke, ich kann die Zeit jetzt sogar schon fast eine Stunde stehen lassen«, erzählte sie stolz.

»Das ist eine tolle Leistung, Shiina«, meinte Tomaki.

»Ich hoffe ja inständig, dass wir gar nicht eine ganze Stunde brauchen werden.«

»Gut. Trotzdem gebe ich mein Bestes, damit ihr keine Probleme bekommt. Erst recht nicht mit Viovis.« Sie sah von mir zu Tomaki.

»Danke.« Ich legte meine Hand in ihre kleine, zarte Hand.

»Ich werde euch helfen, so gut ich kann«, versprach sie. Dann legten wir alle unsere Hände aufeinander.

»Seit ihr bereit?«, fragte Shiina. Wir nickten.

»Gut, dann los.« Ihre Stimme wurde tiefer, als sie die beiden wichtigen Worte sagte: »Zeit, steh!« Ich zog meine Hand zurück, und auch Giove und Tomaki lösten sich von ihr.

»Sie steht«, bestätigte Tomaki mit einem kurzen Blick auf die Uhr.

»Danke, Shiina«, sagte ich. »Sobald wir die Schuppe

gefunden haben, kommen wir wieder zu euch zurück.«

»Ähm, wartet mal, wo wollen wir uns überhaupt wieder treffen?«, wollte sie wissen, als ich mich gerade in Bewegung setzen und dem Amulett folgen wollte.

»Bei unserem Banner an der Turnhalle«, schlug Tomaki vor.

»Das müsste übrigens noch weiter befestigt werden«, fügte er zwinkernd hinzu.

»Gut, das erledigen Giove und ich für euch. Wir haben ja sowieso noch genug zu tun. Ganz praktisch also, dass wir die Zeit jetzt angehalten haben, dann können wir uns in Ruhe um alles kümmern. Passt auf euch auf und viel Erfolg. Bis dann!« Sie winkte, und Tomaki und ich ließen uns ab jetzt von unseren Amuletten führen. Wir gingen quer über den Schulhof bis vor das riesige Tor der Schule. Mein Amulett leuchtete ziemlich schwach.

»Weiter?«, fragte ich. Tomaki sah sich um und legte die Hände um sein Amulett. Im nächsten Moment leuchtete er hell auf und seine Gestalt veränderte sich.

»Hm«, antwortete er, als er seine Augen wieder öffnete.

»Ich bin mir nicht sicher. Mein Stein ist heute irgendwie so schwach.« Ich nickte.

»Meiner auch.« Ging die Energie des Steines zu Ende? Oder lag es daran, dass wir uns dem Ende des Schuppensammelns näherten? Ich erzählte Tomaki von meinen Überlegungen.

»Uns fehlt ja auch nur noch eine Schuppe«, stellte ich am Ende fest.

»Stimmt. Das wäre zumindest eine plausible Erklärung, warum dem Stein die Energie auszugehen scheint«, grübelte er. Ich umschloss meinen dunklen Stein und ließ mich verwandeln. Eine Brise wirbelte meine langen Haare durcheinander.

»Wir probieren es. Wenn der Stein noch schwächer

wird, dann drehen wir einfach wieder um«, schlug Tomaki vor.

»Ja, gut.« Wir durchquerten gemeinsam das Tor, immer mit Blick auf die Steine in unseren Schwertern. Die Leuchtkraft der Steine blieb gleich.

»Und jetzt?«, fragte ich.

»Lass uns zuerst dieser Straße hier folgen«, er zeigte nach links, »und dann werden wir sehen, ob der Stein noch schwächer wird.« Mein Blick wanderte an den Häusern entlang, die auf der gegenüberliegenden Seite standen. Und plötzlich blieb mein Blick an etwas in einer Gasse zwischen den Häusern hängen. Ich kniff meine Augen zusammen, um es besser erkennen zu können. Das Etwas huschte tiefer in die Gasse hinein. Es war nicht erstarrt! Es wandelte wie wir in der Zeit!

»D-Da war was«, flüsterte ich entsetzt.

»Hm?« Tomaki blieb stehen und sah mich verwundert an. »Was hast du gesagt?«

»Da hat sich gerade etwas bewegt, Tomaki!« Ich starrte wie gefesselt an die Stelle, an der ich eben noch den dunklen Schatten gesehen hatte.

»Aber das ist doch unmöglich?! Die Zeit –«

»Ich habe es aber gesehen, Tomaki!«

Er legte eine Hand an sein Kinn.

»Was genau hast du gesehen?«

»Einen dunklen Schatten.« Ich deutete auf die Lücke zwischen den Häusern. »Der ist aber plötzlich in diese Gasse dort hinein geflüchtet.«

»Und du bist dir sicher, dass –«

»Ja!« Ich sah Tomaki eindringlich an. »Ja, ich bin mir wirklich sicher.«

»Schon gut. Ich glaube dir.« Sein Blick huschte unruhig umher.

»Und was machen wir jetzt? Es könnte Viovis sein!«, hauchte ich. »Was, wenn er sich auch in der stehenden

Zeit bewegen kann?« Allein der Gedanke ließ mich erschaudern.

»Dann müssen wir umso schneller die Schuppe finden.« Wir gingen weiter. Doch das Licht der Steine veränderte sich auch jetzt nicht.

»Das hat doch keinen Sinn!« Tomaki fuhr sich gestresst durchs Haar. »Der Stein kann uns aus irgendeinem Grund nicht –« Ich hörte nicht mehr, was Tomaki sagte. Mein Blick lag schon wieder auf dem Schatten, der in einer der kleinen Gassen aufgetaucht war und an einer Wand hockte.

»Tomaki, da …« Tomaki drehte sich in die Richtung, in die ich zeigte. Doch der Schatten war wieder verschwunden.

»Tut mir leid, Ruta, aber ich hab wieder nichts gesehen.«

»Aber du glaubst mir?«, vergewisserte ich mich noch einmal.

»Natürlich.« Er sah mich verwundert an. »Wieso fra-«

»Dann los! Wir folgen ihm jetzt!« Unsanft zog ich Tomaki an seiner Hand hinter mir her. Erst über die Straße und dann hinein in die enge Gasse.

»Hey, Ruta, warte ma-«

»Pscht«, zischte ich leise, als ich mich zu Tomaki umdrehte und seine Hand losließ.

»Der Schatten, den ich gesehen habe, er ist hier irgendwo.« Tomaki drehte sich suchend um. Plötzlich tauchte etwas Dunkles an der Wand neben mir auf, schwebte dort für einen Moment und wanderte dann tiefer in die Gasse hinein.

Kapitel 40

Ich zeigte nach vorn.

»Da ist er wieder«, flüsterte ich. Die Schattenfigur wedelte kurz mit beiden Händen, es ähnelte einer Aufforderung, ihr zu folgen.

»Du kannst ihn nicht sehen?«, fragte ich Tomaki. Er schüttelte den Kopf.

»Der Schatten will uns irgendetwas mitteilen. Und wir werden es nur herausfinden, wenn wir ihm folgen. Lass es uns ausprobieren. Auf die Amulette können wir uns anscheinend nicht mehr verlassen.«

»Gut.« Tomaki ließ mir den Vortritt. Wir folgten der Figur tiefer in die Gasse hinein. Tomaki ging hinter mir. Schließlich gelangten wir ans Ende der Gasse. Ich lugte hinaus und wäre fast über einen Absatz gestolpert, der die Stadt von der Landschaft trennte.

»Pass auf!«, rief Tomaki und hielt mich am Arm zurück. Doch das nahm ich gar nicht wahr, denn ich war von der wahnsinnig schönen Aussicht überwältigt. Ich sah mich um. Am Horizont weilte ein von Eis und Schnee bedeckter Wald im tiefsten Winterschlaf. Vor uns erstreckte sich eine verschneite Wiese. In der Mitte davon überzog eine Eisdecke einen gewaltigen See. Ein eisiger Wind peitschte über das Terrain. Ich zog mein Halstuch bis zu meiner Nasenspitze hoch. Es war so kalt!

»Wahnsinn«, hauchte auch Tomaki neben mir. Sein Atem stieg als weißer Nebel in die Luft.

»Und wo geht es jetzt weiter?«, fragte er dann. Ich war so beeindruckt von dieser in Eis gehüllten Landschaft, dass ich den Schatten völlig außer Acht gelassen hatte. Schnell drehte ich mich zur Wand um, doch der Schatten war fort.

»Der Schatten ist verschwunden«, sagte ich.

»Hm. Aber er wird uns nicht ohne Sinn hierhergeführt haben. Lass uns in der Umgebung nach der Schuppe suchen«, schlug Tomaki vor.

»Ja gut.« Er hüpfte den Absatz herunter und reichte mir dann seine Hand.

»Hier.«

»Danke.« Ich nahm sie und hüpfte ebenfalls herunter.

»Wo wollen wir anfangen zu suchen?«, fragte Tomaki und sah sich um.

»In die Richtung«, sagte ich und zeigte in Richtung des Sees.

»Okay« Das gefrorene Gras knirschte unter unseren Füßen, als wir über die Wiese stapften.

»Wie sollen wir hier nur die Schuppe finden?«, wisperte Tomaki und sah sich verloren um. »Sie kann überall sein.«

»Vielleicht ist sie ja im See?!«, überlegte ich und sah zum Ufer.

»Meinst du wirklich?«

»Wir könnten zumindest nachschauen.«

Tomaki nickte zustimmend. Wir traten an das Ufer. Noch nicht einmal der Hauch einer Spur. Ich ging am Ufer entlang, und mein Blick glitt neben mir übers Eis. Und plötzlich schrak ich zusammen.

»Ruta, was ist?«, fragte Tomaki besorgt.

»Da ist eine Frau im Eis«, sagte ich, ohne wegzuschauen. Tomaki stellte sich neben mich. Sein Blick huschte übers Eis.

»Ich sehe schon wieder nichts«, seufzte er enttäuscht. Ich sah ihn an.

»Ist das nicht komisch, dass nur ich diese Dinge sehe? Vorhin der Schatten und jetzt diese Frau?« Tomaki nickte.

»Vielleicht ist es ja Nanami, die du siehst«, überlegte er.

»Da nur du ihr Amulett besitzt, wäre das zumindest der Grund, warum sie sich nur dir zeigt.« Ich sah wieder auf die Frau vor mir. Und zuckte zusammen, als sie sich plötzlich bewegte.

»Sie zeigt unter sich«, berichtete ich.

»Vielleicht ist da ja die Schuppe?«, meinte Tomaki aufgeregt.

»Ja, vielleicht.« Doch als ich wieder zurücksah, war die Frau im Eis plötzlich verschwunden.

»Sie ist weg«, murmelte ich enttäuscht.

»Aber sie hatte unter sich gezeigt, stimmt's? Das muss ein Hinweis gewesen sein!« Er lief auf und ab. »Aber wie kommen wir nur an sie heran?«

»Vielleicht kann *der* uns ja helfen?!« Ich zeigte auf einen dicken Stein, welcher am Ufer aus dem Schnee emporragte.

»Könnte klappen.« Tomaki nickte. Zusammen konnten wir den Stein aus seiner eisigen Verankerung herausziehen. Dann wies ich mit einem Finger auf die Stelle, auf die Nanami mit ihrer Hand hingezeigt hatte, und Tomaki ließ den etwa schädelgroßen Stein auf das Eis plumpsen. Mit einem lauten Krachen schlug er auf und brach durch die gefrorene Decke.

»Das hätten wir schon mal«, sagte Tomaki. Das Loch war etwa vier Armlängen von uns entfernt.

»Ich werde auf das Eis gehen und die Schuppe holen«, sagte ich. Tomaki zögerte.

»Ich bin leichter als du.«

»Ja ja, ich weiß. Aber sei bloß vorsichtig! Falls was passiert, bin ich sofort da«, versprach Tomaki und stellte sich schon mal in Position.

»Ja, gut«, sagte ich. Dann setzte ich langsam einen Fuß auf die Eisdecke. Sofort begann es verdächtig zu knacken.

»Pass bloß auf!« Tomaki sah mich besorgt an.

»Na klar«, murmelte ich nervös und schlidderte weiter bis zu dem Loch. Schließlich ging ich vorsichtig in die Knie und ließ meine Hand in dem eisigen, dunklen Loch verschwinden. Sofort begann die schneidende Kälte an meinem Arm nach oben zu kriechen. Doch außer der Kälte spürte ich auch noch etwas anderes. Die Schuppe!

»Ich spüre sie!«, rief ich Tomaki zu.

»Sehr gut! Und jetzt nur noch vorsichtig einsammeln!«, rief Tomaki zurück und klapperte vor Kälte mit seinen Zähnen. Langsam zog ich das Schwert von meinem Rücken nach vorn und ließ es in das dunkle Eiswasser eintauchen. Um besser sehen zu können, wohin ich das Schwert führen musste, beugte ich mich ein Stück vor. Das Eis unter meinem Körper begann erneut zu knacken. Endlich konnte ich die Schuppe mit dem Schwert berühren und sie vom Grund lösen. Angespannt ließ ich das Schwert wieder zurück in die Hülle gleiten. Dann lehnte ich mich nach vorn, um die Schuppe nach oben zu ziehen. So weit, so gut. Ich spürte die Schuppe und zog sie schnell heraus.

»Hab sie!«, rief ich, und gerade in dem Moment, als ich mich wieder aufrichten wollte, hörte ich ein dumpfes Grollen. Augenblicklich begann die gesamte Eisdecke zu beben.

»Ruta, komm da runter!«, rief Tomaki mir panisch vom Ufer aus zu. »Schnell!« Ich wirbelte herum. Ich wollte rennen, aber meine Beine waren wie gelähmt.

»Ruta! Verdammt!«, schrie er. Doch das hörte ich schon gar nicht mehr. Ich sah nur noch, wie Tomaki mit den Armen in der Luft herumwedelte und seinen Mund aufriss. Doch noch nicht einmal seine lauten Schreie hörte ich. Ich verlor den Boden unter den Füßen und kippte nach hinten. Es gab einen lauten Knall, als ich auf dem Eis landete. Das zersplitterte sofort in tausend Teile, brach ein, und ich sank in das dunkle Wasser.

Sofort umgab mich eine zerreißende Kälte. Doch das war noch nicht alles – im nächsten Moment wurde ich auch schon von etwas am Fuß gepackt und nach unten gezerrt, tiefer und immer tiefer in den See hinein. In mir krampfte sich alles zusammen, panisch und in Todesangst wirbelte ich mit meinen Armen herum. Ich wollte schreien, doch aus meinem Mund kamen nur Blasen, die schnell an die helle Wasseroberfläche aufstiegen. Ich wollte ihnen folgen, doch ich konnte nicht. Egal wie sehr ich mit dem Fuß strampelte, um loszukommen, es ließ einfach nicht locker! Ich versuchte im trüben Wasser zu erkennen, wer oder was mich hier unten hielt, als ich von einer kräftigen, warmen Hand gepackt wurde. Wärme durchfuhr mich, und im nächsten Moment leuchtete ich hell auf. Mein Fuß kam frei, und mit einem kräftigen Ruck wurde ich hoch an die Luft gezogen. Wie ein Fisch an Land schnappte ich nach Luft, keuchte, spuckte Wasser.

»Ruta!«, schrie Tomaki. »Ruta!« Ein kalter Wind, der über den See hinwegfegte, ließ mich bitter frösteln, meine Zähne klapperten und ich spürte meine Finger nicht mehr.

»Ruta! Ist alles in Ordnung?«, fragte Tomaki. Schnell trug er mich ans sichere Ufer. Ich betrachtete die Schuppe in meiner Hand. Sie war eis- und in der Mitte tiefblau, genauso wie das Wasser, in dem sie gefangen gewesen war. Ich steckte sie zu den anderen in meine Tasche. Tomaki setzte mich vorsichtig ab, zog sich den dicken Parka vom Leib und reichte ihn mir.

»Hier, nimm den.« Zitternd und dankbar nickte ich und warf ihn mir über. Er war so schön warm. Ich vergrub meinen Kopf in dem Parka und zog mir die langen Ärmel über die tauben Hände.

»Ich hatte solche Angst, dass ich ertrinken würde«, hauchte ich mit bebenden Lippen. Der Schock saß noch tief in mir.

»Jetzt ist alles wieder gut, jetzt bist du wieder an Land. Du brauchst keine Angst mehr zu haben«, sagte Tomaki, doch auch er zitterte.

»Ich habe einfach den Boden unter den Füßen verloren, ich konnte gar nichts dagegen machen!« Ich schluckte.

»Und da war etwas, das mich nach unten gezerrt hat. Tomaki sah zu der Stelle, an der ich in das Eis eingebrochen war.

»Als du auf dem Eis warst, gab es kein einziges Anzeichen davon, dass es gleich zerbersten würde«, sagte er.

»Und auch, dass du so plötzlich gefallen bist … Du sagtest, dich hat etwas nach unten gezogen? Aber ich habe nichts gesehen. Dass alles kann einfach nicht natürlich gewesen sein.«

»Aber ich habe es doch gespürt! Willst du damit sagen, ich habe mir das nur eingebildet?«, fragte ich und runzelte meine Stirn.

»Nein, das sicher nicht. Aber etwas sehr Komisches ist hier gerade passiert«, raunte Tomaki düster. Das beunruhigte mich nur noch mehr.

»Lass uns bloß von hier verschwinden.«, bat ich Tomaki. Er stimmte sofort zu. Tomaki drehte sich noch einmal zu dem See um. Irgendetwas war hier gerade ziemlich merkwürdig gewesen. Glücklicherweise hatte er sich den Weg zurück durch die Gassen gemerkt, sodass wir schnell wieder an der Schule ankamen. Von Weitem konnte ich das Banner sehen, das Giove und Shiina für uns aufgehängt hatten. Sie standen davor, und Shiina winkte uns zu.

»Na, nicht ganz eine Stunde, aber fast!«, rief sie grinsend.

»Ja, es hat länger gedauert, als wir gedacht haben. Die Steine… Sie leuchten nicht mehr«, erklärte Tomaki, »deshalb konnten sie uns nicht mehr den Weg zeigen.«

»Wie, sie leuchten nicht mehr? Und Ruta, wieso bist du denn klitschnass?«

»Außer einem schwachen Flimmern ist da nichts mehr. Und ich bin in einen See gefallen«, erklärte ich.

»Oh, Ruta! Geht es dir gut?«, rief Shiina besorgt. »Lass uns schnell nach drinnen gehen und dir etwas Trockenes zum Anziehen suchen!« Ich nahm ihr Angebot dankbar an.

»Shiina, kannst du vorher die Zeit wieder laufen lassen?«, fragte Tomaki noch schnell.

Sie nickte, und wir legten alle die Hände aufeinander.

»Zeit, geh«, sagte sie, und die Zeit begann wieder zu laufen.

»So, und jetzt schnell ins Warme«, sagte sie, nahm meine Hand und zog mich hinter sich her.

Auf dem Weg ins Schulgebäude erzählte Tomaki den beiden die ganze Geschichte.

»Sehr seltsam«, kommentierte Giove, als Tomaki fertig war.

»Ja, das find ich eben auch«, sagte Tomaki und strich sich mit der Hand durchs Haar. Ich für meinen Teil war froh, dass wir beide mit dem Schrecken davongekommen waren.

Kapitel 41

Er nahm einen Schluck von dem alkoholischen Traubensaft und stellte das Glas wieder zurück auf den Marmortisch.

»Tse.« Gierig nahm er drei weitere Schlucke und erinnerte sich noch einmal an das Gespräch von eben.

»Ich will endlich, dass Ihr mich in der Magie unterweist, Majestät.«

»Zügle deine Ungeduld, Viovis«, hatte sein Vater gesagt.

»Ich warte schon viel zu lange darauf.«

»Du bist aber noch nicht reif dafür, Junge«, zischte Viis.

»Das sagt Ihr jetzt schon seit mehr als zwei Jahren!«, fauchte Viovis.

»Ja, eben, weil du noch nicht reif dafür bist«, Viis saß wie eine Salzsäule auf seinem Thron.

»UND OB ICH DAS BIN! Ihr wollt mir die höhere Kunst der Magie bloß vorenthalten, Vater! Weil Ihr genau wisst, dass ich mächtiger werden würde als Ihr!« Bestimmt hatte jeder im Palast sein Gebrüll gehört. Sein Vater hatte sich von seinem majestätischen Stuhl erhoben. »Und du willst mein Sohn sein? Ich schäme mich dafür, so etwas wie dich meinen Sohn zu nennen.«

»Vater, ich ...«

»RAUS!«, brüllte Viis und wies auf die Tür.

Viovis wedelte mit dem Finger in der Luft herum.
»Mädchen, noch eine Flasche.«
»Sehr wohl, Meister.« Sie verbeugte sich und tippelte

schnell los, um eine neue Weinflasche zu holen. Viovis schlug mit der Faust auf den orangefarbenen Marmor.

»Verdammter Greis!«, brüllte er. Er nahm den letzten Schluck aus dem Glas, ließ ihn die Kehle herunterlaufen. Viovis holte aus und schmiss das Weinglas auf den Boden.

»Ich bin sehr wohl dein Sohn«, brummte er. »Und ich bin reif genug.« Ihm wurde ein neues Glas auf den Tisch gestellt und die tiefrote Flüssigkeit eingeschenkt. Die Mädchen verbeugten sich.

»Alles zu ihrem Wohl, Meis-«

»Haltet den Mund!« Er trank das ganze Rotweinglas in einem Zug leer.

»Einschenken.« Er warf das Glas auf den Tisch und auch dieses zersprang. Schweigend ließ das zweite Mädchen den Wein in ein drittes Glas gluckern. Als sie fertig war, hielt sie lieber den Mund.

»Raus jetzt!«, brüllte Viovis. Die Mädchen verbeugten sich und verließen den Raum. Viovis leerte auch dieses Glas. Er schlug mit der Faust auf den Tisch.

»Er will nicht, dass ich weiterkomme.« Keine Sekunde später klopfte es schon wieder an seiner Tür.

»Herein«, knurrte er.

»Ein Gruß von Seiner Majestät. Er sagte, es sei eine Entschuldigung.« Der Diener hielt eine bauchige Flasche mit dunkelblauem Inhalt in den Händen.

»Eine Entschuldigung von meinem Vater?«, fragte Viovis ungläubig.

»So soll ich es ausrichten«, sagte der Diener und stellte die Flasche auf den Tisch. Dann verließ er Viovis' Zimmer wieder. Viovis öffnete die Flasche und schüttete sich die mysteriöse blaue Flüssigkeit ein. Sie roch ziemlich süß. Er nahm einen Schluck. Es schmeckte gut, so gut, dass er gleich großzügig nachschenkte. Als er so schon bald die Flasche ausgetrunken hatte, spürte er mit einem Mal eine Veränderung in sich. Wie von Zauberhand gesteuert, hielt Viovis inne. Ihm war, als würde sich ein Schleier über seine Augen legen. Er setzte sich aufrecht hin.

»Nein«, murmelte er. »Nein, Vater trifft keine Schuld.« Er riss die Augen auf. »*Sie* sind schuld, *sie* verhindern mein Weiterkommen! Dafür werden sie bezahlen. Ich werde dich und deine erbärmlichen Freunde umbringen, Ruta Pez!«, schnaufte er wütend. Dann stand er auf und tappte im Zimmer auf und ab.

»Nur wegen ihnen denkt Vater, ich wäre noch nicht reif. Dafür lass ich diese Würmer bezahlen.« Mit einem kräftigen Hieb schmiss er auch dieses edle Weinglas auf den Boden. Mit einem lauten Klirren zersprang es, als es auf den Fliesen aufschlug. Die Splitter waren nun über den ganzen Boden verteilt.

»Nein, Vater trifft wirklich keine Schuld. Sie sind es«, hauchte Viovis. Er fühlte sich berauscht, voller Macht – dank des Weins vom Vater.

»Sie werden leiden, sie alle werden so schrecklich leiden. Ja, ich werde sie durch die Hölle schicken.« Er lachte aus vollem Halse, bevor er bäuchlings aufs Bett fiel und keine Sekunde später einschlief.

~ ~ ~

Unbemerkt von Viovis, hatte die Person vor seiner Zimmertür gelauscht. Sie trug einen dunklen weiten Umhang mit einer Kapuze, die so weit geschnitten war, dass man das Gesicht darunter nicht erkennen konnte. Nachdem Viovis eingeschlafen war, entfernte sich die Person schnellen Schrittes. Die Arbeit schien getan.

Kapitel 42

Am Tag des Sportfestes rannten die Schüler aufgeregt hin und her und liefen hektisch durch alle Flure. Ich zog mir die Sportsachen über. Dann verließ ich zusammen mit Shiina die Umkleide in Richtung Turnhalle.

»Ich wünsch' dir viel Glück für deinen Sprint, Pez! Ich werde dich vom Rand aus anfeuern!«

»Danke, Shiina.« Ich lächelte sie an. Shiina hatte ihre kurzen Haare zu zwei Zöpfchen geflochten. Meine Haare hatte sie zu einem hohen und festen Zopf zusammengebunden. »Lass mich dir helfen, Pez«, hatte sie gesagt, als sie meine unglücklichen Versuche, einen hohen Pferdeschwanz zu binden, beobachtet hatte.

»Hey! Da seid ihr ja.« Tomaki winkte uns zu, als wir die Turnhalle betraten. Giove stand neben ihm.

»Ihr seid als Erstes dran, wenn ich mich nicht täusche?«, fragte Tomaki.

»Jap, genau!« Shiina strahlte.

»Ich gehe jetzt mal auf meine Position«, sagte ich.

»Viel Glück, Ruta«, meinte Tomaki, und auch Giove nickte mir zu. Ich wandte mich ab und quälte mich durch die vielen Schüler bis zum Start durch. Allmählich wurde es voller und die restlichen Schüler traten an die Startlinie.

»Haben alle Starter ihren Platz eingenommen? Gut, dann machen Sie sich bereit!«, ertönte es aus den Lautsprechern. Am Rand der Laufbahn stand ein Lehrer in Sportmontur. Um seinen Hals baumelte eine kleine Pfeife.

»Auf die Plätze, fertig, los!« Ein schrilles Pfeifen ertönte. Ich nahm meine Beine in die Hand und rannte los. Ich war nicht die Schnellste, aber auch nicht die Langsamste. Mein Blick fiel in die Zuschauermenge. Hatten

Shiina und Tomaki nicht gesagt, sie würden meinem Lauf zusehen? Ich konnte sie weit und breit nicht sehen. Enttäuschung machte sich in mir breit. Von hier aus konnte ich das Ziel schon sehen. Aber beeilen brauchte ich mich jetzt noch nicht.

»Ruta!«

»Pez!«

»Ruta!«

Ich sah auf. Ganz vorn am Ziel standen tatsächlich Shiina, Giove und Tomaki. Und sie riefen meinen Namen. Meine Beine wurden leicht, jeder Schritt wurde schneller und die Umgebung schien nur so an mir vorbeizurasen. Das Ziel rückte immer näher und näher. Ich sah, wie Shiina in die Luft hopste und mit ihren Armen wedelte.

»Schneller, Pez!«

Und ich wurde schneller. Ich spürte, wie ich ungeahnte Kräfte mobilisierte. Das Ziel war jetzt nur noch wenige Meter entfernt. Ich wurde schneller und schneller und raste schließlich hechelnd durchs Ziel. Shiina sprang kreischend auf, schlängelte sich durch die Menschenmenge und reichte mir eine Wasserflasche.

»Das war Wahnsinn, Pez!«, sagte sie aufgeregt. Ich nippte an dem kühlen Getränk. Auch Tomaki und Giove gesellten sich zu uns. »Du bist toll gelaufen, Ruta!«

»Habt ihr mitgezählt, welchen Platz sie gemacht hat?«, fragte Shiina.

»Ich denke, sie war die Dritte«, sagte Giove.

»Oh dritter Platz, Pez!« Shiina freute sich sichtlich.

»Herzlichen Glückwunsch, Ruta.« Tomaki strahlte.

»Das hast du wirklich gut gemacht.«

»Von mir natürlich auch«, fügte Giove hinzu.

»Danke«, keuchte ich. Ich war noch total außer Atem.

»Dann ab zur Siegerehrung mit dir!«

»Siegerehrung?«, fragte ich Shiina überrascht.

»Na, für den dritten Platz bekommst du einen Preis!«

»Da vorn, Ruta.« Tomaki zeigte auf ein kleines Podest mit drei Stufen.

»Ich bitte nach vorn ... Dritter Platz: Ruta Pez!«, ertönte es da auch schon aus den großen Lautsprechern, die überall in der Sporthalle verteilt waren.

»Schnell, schnell!« Shiina schob mich in Richtung des Podestes. Ich bekam eine Medaille umgehängt, und die Leute um mich herum klatschten und jubelten. Ich schaute in die Menge und lächelte, als ich auch meine Freunde jubeln sah. Ein bisher unbekanntes Glücksgefühl kam in mir auf. Tomaki legte eine Hand auf meine Schulter, als ich grinsend zu ihnen zurückkam.

»Du kannst stolz auf dich sein«, sagte er.

»Bist du nicht auch gleich dran?«, fragte Giove Shiina.

»Wah! Stimmt ja, ich muss los!« Sie drehte sich abrupt um und hüpfte in Richtung Start.

»Viel Glück!«, rief ich ihr hinterher. Sie drehte sich um und strahlte bis über beide Ohren.

»Wollen wir wieder zum Ziel gehen?«, schlug Tomaki vor.

»Ich hole vorher noch eine Flasche Wasser für sie«, sagte Giove und verschwand. Tomaki sah ihm lächelnd hinterher.

»Na, dann komm!« Er wandte sich wieder mir zu, und wir gingen gemeinsam an die Stelle, an der sie auch gestanden hatten, als ich gelaufen bin. Als Giove sich zu uns gesellte, war sein Gesichtsausdruck ziemlich ernst.

»Was ist denn los?«, fragte Tomaki besorgt.

»Habt ihr Viovis heute schon gesehen?«, fragte Giove mit zusammengekniffenen Augen.

»Nein.« Ich schüttelte den Kopf.

»Genau. Ich habe ihn nämlich heute auch noch nicht gesehen. Schon komisch, findet ihr nicht?« Giove sah von Tomaki zu mir. Und mir wurde plötzlich heiß und kalt zugleich. Der Startschuss ertönte und lenkte unsere Aufmerksamkeit wieder auf das Rennen.

»Darum kümmern wir uns gleich«, meinte Tomaki.

»Jetzt feuern wir erst einmal Shiina an.« Ich konnte ihn gerade so durch die vielen Rufe der anderen Schüler verstehen. Ich nickte.

»Shii-na!«

»Shii-na!«

Die ersten Schüler sprinteten an uns vorbei, direkt ins Ziel.

»Seht ihr sie schon?«, fragte Giove unruhig.

»Noch nicht …« Tomaki streckte sich, um nach den letzten Läufern Ausschau zu halten. Inzwischen war auch der letzte Läufer durch das Ziel gesprintet. Doch von Shiina fehlte jede Spur.

»Was, wenn sie gar nicht erst gestartet ist?« Ich sah Tomaki unsicher an.

»Verdammt!« Giove drehte sich blitzartig um und hechtete Hals über Kopf los. Tomaki und ich sahen uns an und sprinteten hinter ihm her. Auch am Startplatz war nichts von Shiina zu sehen. Es machten sich schon wieder Schüler für das nächste Rennen bereit, Shiina war auch hier nicht dabei. Giove sah sich unruhig um.

»Hier ist sie nicht.« Tomaki schüttelte den Kopf. »Wo um alles in der Welt steckt sie nur?«

»Was, wenn sie zwischenzeitlich die Zeit angehalten hat und nun irgendwo ist, wo wir sie nicht finden können?«, fragte ich.

»Das wäre eher unwahrscheinlich. Sie würde sofort zu uns kommen, wenn etwas wäre, davon bin ich fest überzeugt«, meinte Giove. »Aber sie ist immer noch nicht da.«

»Dann hindert sie etwas daran, zu uns zu kommen?«

»Nicht etwas«, Tomaki sah mich düster an. »Viovis. Garantiert.« Giove nickte.

»Er muss sie irgendwo festhalten, und zwar so, dass sie keinen Ton von sich geben kann«, überlegte er.

»Weit können sie nicht gekommen sein.« Tomaki sah sich wieder um.

»Was will er nur von ihr?«, fragte Giove besorgt. Ich wurde zunehmend unruhiger. »Er wird ihr doch nichts antun, oder?«

»Das kann man bei Viovis nie wissen«, murmelte Giove düster.

»Dann sollten wir sie umso schneller finden, bevor etwas passiert.« Tomaki setzte sich in Bewegung, und Giove und ich folgten ihm.

»Jedenfalls kann er mit ihr nur in irgendeinem Raum sein«, sagte Giove im Gehen. »Es laufen zu viele Leute rum. Im Freien würde man auf sie aufmerksam werden.«

»Meinst du so etwas wie die Umkleideräume?«, fragte ich.

»Ja, obwohl auch da zu viele Leute ein und aus gehen. Es müsste etwas sein, wo er mehr Ruhe hat, so wie …«

»Der Geräteraum?«, schlug ich vor.

»Wir sollten zumindest nachschauen«, beschloss Tomaki. Wir drängelten uns durch die Massen und schoben uns an dem Turnhallenrand entlang. Vor einer ziemlich unauffälligen Tür blieben wir stehen.

»Drei, zwei, eins«, zählte Tomaki flüsternd runter, bevor er die Klinke mit Schwung herunterdrückte. Doch die Tür bewegte sich keinen Zentimeter.

»Abgeschlossen«, bemerkte er.

»Aber wo sollen sie sonst sein?«, fragte ich verzweifelt. Giove sah plötzlich nach vorn.

»Da!«, rief er. »Dahinter!« Er zeigte auf eine große, dicke Matte, die links von uns an den langen Hallenrand gelehnt war. Tatsächlich. Ich konnte zwei Personen erkennen, die sich dahinter versteckten.

»Mann, seid ihr lahm«, grölte Viovis, als wir die Matte erreicht hatten. »Ich hätte schon längst sonst was mit der Kleinen hier anstellen können. Aber da ja jetzt alle beisammen sind...« Er presste seine Hand noch fester auf Shiinas Lippen.

»Lass sie verdammt noch mal los!«, brüllte Giove.

»Sonst passiert was?«, höhnte Viovis.

Giove sah ihn böse an.

»Du bist ein Formulierer, habe ich recht? Aber stell dir vor: Deine Fähigkeiten sind bei mir nutzlos, ich bin ein Magier, falls ihr es vergessen haben solltet.« Er lachte kalt auf.

»Und Magier sind bekanntlich die mächtigsten Wesen auf der ganzen Welt.«

»Ach ja?!«, fragte Giove herausfordernd. »Das denke ich nicht.« Hinter seinem Rücken gab er uns ein Zeichen. Tomaki verstand sofort. Er sah zu mir und deutete unauffällig auf die Matte. Ich verstand. Während Giove Viovis weiter in Schach hielt, huschte ich unbemerkt an das andere Ende der Matte. Auf drei donnerten Tomaki und ich sie gegen Viovis. Er sackte zu Boden und zog dabei Shiina mit sich. Schnell zerrte Giove sie unter der Matte hervor. Sobald sie konnte, rief sie: »Zeit, steh!«

Ich zuckte zusammen, als sie im nächsten Augenblick neben mir stand und eine Hand an meinen Arm gelegt hatte. Um uns herum waren alle Geräusche verstummt, der Lärm des Sportfestes war verklungen. Shiina musste die Zeit angehalten haben. Ich war anscheinend mit allen anderen erstarrt gewesen. Bis sie mich berührt hatte. Giove stand neben ihr.

»Shiina, geht es dir gut?«, fragte er mit besorgter Miene.

»Bist du verletzt? Was hat er dir angetan?«

»Mir ist ein bisschen schwindelig und mein Kopfschmerzt«, sagte sie. Ihre Lippen bebten. Sie hielt sich die zitternde Hand an die Stirn. Sie war völlig am Ende, und es würde wohl noch eine Weile dauern, bis sie sich beruhigen würde. Dennoch ging sie rasch zu Tomaki, flüsterte ihren Satz und berührte ihn an der Schulter. Er zuckte zusammen und schaute sich dann kurzzeitig verwirrt um.

»Am besten, wir gehen sofort ins Krankenzimmer«, schlug Giove vor. »Dort kannst du erst einmal zur Ruhe kommen.«

»Mmh.« Sie nickte schwach. Ich legte ihren Arm über meine Schultern und stützte sie.

»Wie ... hat er dich denn überhaupt hierher gebracht?«, fragte Tomaki. »Wir haben nichts gesehen und keine Schreie gehört.«

»Gerade, als ich an den Start gehen wollte, da... da hat er mich von hinten überfallen und sofort meinen Mund zugehalten. Niemand hat etwas gemerkt. Ich konnte gar nicht...« Ihre Stimme versagte. Giove ballte eine Faust.

»So ein Dreckskerl«, murmelte er.

»Ich war so froh, als ich euch gesehen habe«, flüsterte Shiina. Tränen schimmerten in ihren Augen.

»Wir sind jetzt da, Shiina, es wird alles wieder gut«, versuchte ich sie zu beruhigen. Sie wischte sich über die Wangen.

»Wollen wir?«, fragte Giove vorsichtig. Shiina nickte.

»Dann lo-« Giove kam nicht dazu, seinen Satz zu beenden.

»W-Wo wollt ihr denn jetzt so plötzlich hin?«, sagte unerwartet eine düstere Stimme. »Wo wir uns doch gerade erst so schön, wie soll ich sagen, alle versammelt haben?«

Mein Magen zog sich zusammen und mir wurde speiübel. Nein, das konnte doch nicht sein?!

Viovis kroch unter der großen Matte hervor. Seine Haare waren verwuschelt, und seine Lippe war aufgeplatzt.

»Wie ist das möglich?«, hauchte Shiina, als sie sich umdrehte. »Die Zeit steht doch still! Er kann doch nicht…!«

»Er kann sehr wohl«, entgegnete Viovis zischend. Er richtete sich auf, wischte sich das Blut von der Lippe und kam auf uns zu.

Kapitel 43

Die Zeit stand. Und doch stand Viovis schwer atmend vor uns. Ich konnte es einfach nicht glauben. Shiina hatte die Zeit zum Stehen gebracht. Sie hatte Tomaki, Giove und mich berührt, wodurch wir uns auch durch die Zeit bewegen konnten. Sie hatte nur uns berührt. Nicht Viovis. Wie um alles in der Welt konnte er dann auch in der stehenden Zeit wandeln? Shiina bewegte sich keinen Zentimeter. Wie vor Schock erstarrt stand sie zwischen Giove und mir.

»Wie?«, hauchte sie nur leise. Tränen liefen ihr wieder die Wangen herunter.

»Verdammt«, zischte Tomaki.

»Unmöglich«, sagte Giove. »Selbst ein Magier kann nicht ...«

»Ihr freut euch ja gar nicht!« Ironisch zog Viovis seine Mundwinkel nach unten. »Dabei ist das doch erst der Anfang meiner kleinen, bescheidenen Zaubershow. Ihr solltet den Rest auf gar keinen Fall verpassen.« Er kam noch näher. In seinem Gesicht machte sich ein düsteres Grinsen breit. Tomaki warf mir einen Blick zu. Ich wusste sofort, was er mir sagen wollte. Schnell umschloss ich mein Amulett mit einer Hand und ließ das dunkle Licht mich einhüllen. Als ich meine Augen wieder öffnete, hatte ich mich schon verwandelt. Ich riss das Schwert von meinem Rücken und hielt es schützend vor mich. Ich machte mich bereit für einen Angriff. Tomaki trat einen Schritt auf Viovis zu und zog klirrend seine Klinge. Viovis schien das wenig zu beeindrucken.

»Ha!« Er ließ seine Hände auf seinen Rücken gleiten und zog blitzschnell zwei goldene Schwerter hervor.

»Wa-« Mein Atem stockte. Seit wann trug er zwei Schwerter bei sich?

»Jetzt schon beeindruckt? Pf. Wie schwach«, lästerte Viovis.

»Verdammt, was willst du von uns, Viovis?«, knurrte Tomaki. Er kniff seine Augen zusammen.

»Was wohl?«, lachte dieser hämisch. Danach holte er aus und Tomaki und ich blockten gerade noch rechtzeitig den harten Schlag ab. Scheppernd schlugen die Klingen aufeinander.

»Spuck es schon aus!«, schrie Tomaki wütend. Viovis grinste nur und drückte seine Schwerter stärker gegen unsere. Entsetzt spürte ich, dass ich ihm nicht gewachsen war, er schien irgendwie stärker als sonst! Hatte er nach unserem letzten Zusammentreffen trainiert? Oder war hier Magie im Spiel? Meine Arme begannen zu zittern.

»Sag auf Wiedersehen, Rut-« Weiter kam Viovis nicht. Plötzlich schmiss sich Shiina auf mich und Tomaki, wodurch Viovis nach vorn geschleudert wurde.

»Zeit, geh!«, brüllte sie, so laut sie konnte.

»Los, los, wir verschwinden in der Menschenmenge!«, raunte Giove uns zu. Wir rannten los. Egal wohin, einfach nur weg von hier. Weg von Viovis.

»Guck mal die an!«

»Wie sehen die denn aus?«

»Wissen die nicht, dass heute Sportfest ist?«

»Guck mal da!«

Tomaki und ich waren noch verwandelt! Wir erregten Aufmerksamkeit. Aber wir konnten uns jetzt nicht zurückverwandeln, es würde einfach zu viel Zeit kosten! Tomaki bemühte sich, die Schüler zu beruhigen, doch es wurde nur noch schlimmer. Giove versuchte, in ihre Gedanken einzugreifen, doch es waren einfach zu viele, die immer wieder neu auf uns aufmerksam wurden.

»Schnell raus hier!« Giove bahnte sich einen Weg durch die glotzenden Schüler.

»Wenn es nicht schon zu spät ist«, murmelte Shiina.

Meine Hände hielten krampfhaft das Schwert. Ich hielt es so fest, als hinge mein Leben daran. Gerade, als ich gespürt hatte, mit welcher Kraft sich Viovis gegen mich gedrückt hatte, hatte ich Angst bekommen. Mehr als bloße Furcht. Es war Todesangst gewesen. Mir rannen, ohne dass ich etwas dagegen tun konnte, Tränen über die Wangen. Schluchzer schüttelten mich, und ich konnte plötzlich keinen Schritt mehr gehen.

»Ruta!« Tomaki blieb stehen und legte seine Hände auf meine Schultern. »Bist du verletzt?« Ich wischte mir die Tränen von den Wangen und schüttelte den Kopf.

»Was ist?«, fragte er mit schmerzvollem Blick. »Was ist los?«

»Tomaki, ich hatte Angst!«, schluchzte ich. »Solche Angst! Ich dachte, er würde mich umbringen! Ich hatte Angst, ich müsste sterben!« Er trat einen Schritt an mich heran und legte sanft seine Arme um mich.

»Ist schon gut«, flüsterte er und strich mir über den Kopf. Ich vergrub mein Gesicht an seinem Hals.

»Ruta«, hauchte er mir ins Ohr. »Du brauchst keine Angst zu haben. Ich werde dich beschützen. Dir wird nichts passieren, ich pass auf dich auf. Das schwöre ich dir bei meinem Leben.« Seine Worte gaben mir zumindest ein wenig Sicherheit. Ein Gefühl, das ich jetzt dringend brauchte. Ich wischte mir die letzten Tränen vom Gesicht.

»Geht es wieder?«, fragte er mit einem sanften Lächeln. Ich nickte. Meine Augen brannten.

»Dann komm!« Er nahm meine Hand, und ich folgte ihm durch die vielen gaffenden Schüler. Seine Hand war warm und so stark. Ich wäre auch gern stark.

»Wo wart ihr denn bloß?«, zischte Giove, als wir zu ihm und Shiina aufschlossen. Die beiden standen vor einer der Türen, die aus der Turnhalle hinausführten.

»Ging nicht anders«, meinte Tomaki nur. Shiina versuchte gerade, die Klinke der großen Tür herunterzudrücken. Erfolglos. »Sie geht nicht auf!« Giove probierte es ebenfalls.

»Verdammt!« Er mühte sich ab, aber es war sinnlos. Die Türen waren verriegelt.

»Aber eigentlich müssen sie die Türen doch offenhalten!«, meinte Shiina aufgebracht. Ich sah, wie sie Giove einen ängstlichen Blick zuwarf.

»Die Tür ist verzaubert.« Giove schlug wütend mit der Faust gegen die Tür.

»Was?« Shiina wurde bleich. »Heißt das, wir sind in der Turnhalle gefangen?« Giove nickte.

»Ja, sieht so aus.«

»Was machen wir jetzt bloß?« Verzweifelt blickte ich mich um. Plötzlich schrie Shiina fürchterlich auf.

»Shiina!« Giove fuhr zu ihr herum. »Was ist los?« Sie krümmte sich vor Schmerz, und Giove fing sie auf, noch bevor sie in sich zusammenfallen und hart auf dem Boden aufschlagen konnte. Giove rief ihren Namen. Doch Shiina lag ohne jegliches Bewusstsein in seinen Armen. Tomaki drehte sich um.

»Verdammt«, raunte er düster. »Er hat uns eingeholt.« Um uns herum war es schlagartig still geworden. Die Schüler waren verstummt und verharrten in ihren Positionen, als wären sie zu Eis erstarrt.

»Er hat die Zeit angehalten«, flüsterte Giove mit einem Blick auf seine Uhr.

»Ist Shiina deshalb zusammengebrochen?«, fragte ich.

»Wahrscheinlich.« Giove legte sie behutsam auf den Boden. Er zog seine Jacke aus und bettete vorsichtig ihren Kopf darauf.

»Schluss mit diesen Kinderspielchen!«, brüllte Viovis verärgert, als er uns erreicht hatte. Giove stand auf und stellte sich vor mich und Tomaki. »Du Dreckskerl! Was hast du ihr angetan?«

»Die steht so schnell nicht wieder auf«, sagte Viovis höhnisch. Giove sah ihn mit zusammengekniffenen Augen an. Und dann schloss er sie.

»Wenn du es so willst.« Viovis beobachtete ihn und schob seine Schwerter zurück auf den Rücken.

»Ich rufe die Geister der Magie«, fing er, ebenfalls mit geschlossenen Augen, an zu murmeln. »Ihr, die mir gehorcht und bis in alle Ewigkeit dient, ich befehle euch, mir all eure Kräfte einzuverleiben. *Jetzt*!«

»Er benutzt …dunkle Magie«, hauchte Tomaki. Ich sah in sein erstarrtes Gesicht. Was bedeutete das? Im nächsten Moment rissen beide Jungen die Augen wieder auf und Giove hechtete auf Viovis zu. Dieser formte mit seinen Händen schnell einen Ball, der aufleuchtete.

»Giove, nicht!«, schrie Tomaki und raste auf Viovis zu. Doch er kam zu spät.

»Aus dem Weg, du Pfeife!« Mit aller Kraft rammte Viovis den magischen Ball in Gioves Körper. Giove leuchtete kurz auf und fiel dann in sich zusammen. Er stöhnte, als sein Körper auf dem Boden aufschlug. Die Gläser in Gioves Brille bekamen einen Sprung.

»Giove!«, schrie ich. Ich hechtete zu ihm und kniete mich neben ihn hin.

»Giove!«, hauchte ich. »Giove, nein! Halte durch!« Ich rüttelte an seinem Körper, doch er kam nicht mehr zu Bewusstsein. Im Hintergrund hörte ich, wie Tomakis und Viovis' Schwerter aufeinanderschlugen. Immer und immer wieder – ohne Unterlass. Ich versuchte weiter, Giove aufzuwecken, doch all meine Bemühungen scheiterten. Mein Herz raste. Aber er war doch nicht … tot, oder?

Nein! Er war nicht tot! Bloß verzaubert, versuchte ich mir einzureden. Ich hievte seinen Oberkörper hoch und schleifte ihn über den Boden, sodass er neben Shiina zum Liegen kam. Das Adrenalin schoss durch meinen Körper. Was … Was passierte hier gerade? Wie waren wir bloß in diese Situation geraten? Ich drehte mich zu den Kämpfenden um. Und plötzlich ging alles ganz schnell.

»Ruta!«, hörte ich Tomaki brüllen, doch sehen konnte ich nur eins: Den riesigen Lichtball, der genau auf mich zusteuerte. Ich war unfähig, mich zu bewegen. Meine Gliedmaßen waren wie versteinert. In mir zog sich alles zusammen. Übelkeit stieg in mir hoch. Ich war starr vor Angst. Sollte das also mein Ende sein?

Kapitel 44

Ein gewaltiger Lichtstrahl blendete uns. Aus dem Nichts bildete sich ein mächtiger Orkan und ließ augenblicklich alle Fenstergläser der Turnhalle in tausend Einzelteile zerspringen. Die Scherben flogen kreuz und quer, es war ein Wunder, dass niemand verletzt wurde. Der Wind fegte unaufhaltsam durch die ganze Halle und verwüstete alles, was zu verwüsten war. Instinktiv schmiss sich mein Körper auf den Boden und die Hände warfen sich schützend über meinen Kopf. Ganz vorsichtig versuchte ich, eins meiner Augen zu öffnen, doch ich musste es sofort wieder schließen, das Licht war einfach zu grell.

Langsam spürte ich, wie die aufgekommenen Winde schwächer wurden, meine Haare wurden immer weniger durcheinander gewirbelt. Vorsichtig lugte ich mit einem Auge durch meine schützenden Arme hindurch. Das gleißende Licht war erloschen. Ich ließ die Arme von meinem Kopf sinken, rappelte mich auf und sah mich um. Überall lagen Scherben und zerstörte Turngeräte herum. Mein Herz setzte aus, als ich Tomaki vor mir auf dem Boden liegen sah. Er musste vor mich gesprungen und von der Lichtkugel, die für mich gedacht war, getroffen worden sein.

»Tomaki …«, hauchte ich. W-Was? Das kann doch nicht … nein … Um seinen Körper herum lagen viele kleine Glassplitter. Sie sahen anders aus als normales Glas – was für Splitter waren das nur? Ich trat näher heran. Sie glitzerten in allen Farben des Regenbogens. Ich erschrak. Das war doch hoffentlich nicht, was ich gerade dachte, dass es war. Mein Atem stockte. Tatsächlich, das konnten nur die Splitter eines zerstörten Amulettes sein.

Verdammt!

»Tomaki!«, rief ich. »Das Amulett!« Er regte sich

nicht. W-Was ... war mit ... ihm? In mir drehte sich alles. Ich fiel in mich zusammen und hauchte seinen Namen. In meinem Magen schmerzte es. Er war... Er war nicht tot, oder?

Nein, das konnte doch nicht sein?! Ich wollte schreien, doch aus meinem Mund kam kein einziger Ton. Ich wollte zu ihm, aber mein Körper bewegte sich nicht. Ich war starr vor Angst.

»Was mach ich jetzt, was mach ich jetzt?«, hörte ich mich flüstern. Ich hatte die Kontrolle über meinen Körper verloren. Und dieser Zustand schien mit jedem Atemzug nur noch schlimmer zu werden.

»R...Ru...Ruta«, hörte ich plötzlich eine leise Stimme neben mir.

»Tomaki!« Augenblicklich löste sich meine Schockstarre, ich wirbelte herum und kroch zu ihm.

»Bleib bei mir«, hauchte ich. »Bleib bei mir!« Ich lehnte mich über ihn und sah ihn an. Mein Blick fiel schnell zu seiner Brust. Sie senkte und hob sich sehr langsam. Er lebte! Schwach öffnete er seine Augen und sah mich an. Und auf einmal platschten Tränen auf seine Wangen. Meine Tränen.

»Ruta ...« Er sah mir tief in die Augen, wie er es oft tat, wenn er mir etwas Wichtiges sagen wollte.

»Ich ... Ich muss dir noch deine Frage beantworten.«

»Was für eine Frage?«, schluchzte ich.

»Wie die Ruta Pez von früher war. Du ... stehst ihr in nichts nach. In gar nichts.«

»Wa-« Im nächsten Augenblick verdrehte er die Augen, seine Augenlider fielen zu und er atmete ein langes letztes Mal aus.

»Nein!« Schluchzend fiel ich auf Tomakis Oberkörper. Meine Tränen durchnässten seine Kleidung.

Tomaki.

Tomaki!

»Tomaki!«, schrie ich aus ganzer Kraft. Doch er regte sich nicht mehr. In meinem Augenwinkel bemerkte ich, wie eine Person auf mich zukam. Viovis.

»Oh. Dann sind also nur noch wir beide übrig, wie?«, fragte er hämisch grinsend. Ich sah auf.

Du stehst ihr in nichts nach. In gar nichts«, hallte es in meinem Kopf wider und wider. Es war also in Ordnung, dass ich nur... ich war? Ich brauchte mich gar nicht zu verändern?

»Darauf habe ich so lange gewartet«, knurrte Viovis, sein Gesicht zu einer Grimasse gezogen. Ich rappelte mich auf. Mein Blick flog über die Menschen, die durch den Sturm zu Boden geworfen worden waren. Nein, es waren nicht einfach nur Menschen. Es waren Freunde, die dort lagen.

Meine Freunde.

»Unverzeihlich«, hauchte ich. »Das ist wirklich... unverzeihlich.« Ich wischte mir die Tränen aus dem Gesicht. Zog mein Schwert aus der Hülle von meinem Rücken hervor, kniff drohend meine Augen zusammen.

»Ich mach dich fertig«, zischte ich. Viovis würde bezahlen. Teuer bezahlen.

»Ha, als ob!« Er zog ebenfalls seine Schwerter. Und dann begann es. Ich stürzte mich auf ihn, er kreuzte seine Schwerter vor seinem Körper und blockte ab.

»Ich werde dein Amulett auch noch zerstören«, knurrte er, als ich mit meinem Schwert auf seine einschlug.
Schnell wich ich einen Schritt zurück. Gerade noch rechtzeitig, denn Viovis begann im nächsten Augenblick Druck auf mein Schwert aufzubauen. Durch meinen Rückzug aus dem Gleichgewicht gebracht, hielt er taumelnd inne. Schnell huschte ich einen Schritt zur Seite und warf mich erneut auf ihn. Er konnte meinen Angriff gerade so abwehren. Meine Gedanken waren nur bei Tomaki. Was, wenn er niemals wieder aufwachte? Das wür-

de ich nicht verkraften. Wut machte sich in mir breit. Ich spürte, wie sie sich in Energie verwandelte, die meine Kraft mit jeder Sekunde wachsen ließ. Es war, als ob ich plötzlich von einer geheimen Energiequelle neue Kraft schöpfte.

»Verdammt!« Viovis kam auf einmal ins Stolpern. Ich holte weit aus. Ich spürte, wie pure Energie durch meine Arme floss. Meine Hände bewegten sich wie von Zauberhand. Ich wirbelte zurück, wieder nach vorn und dann mit gewaltigem Schwung nach links. Ganz knapp entging Viovis' Kopf meiner scharfen Klinge. Nur einige seiner goldenen Haare wurden abgesäbelt. Wir senkten beide unsere Blicke und sahen zu, wie sie zu Boden segelten. Als die Haare ihn erreichten, waren sie bereits schwarz geworden und keine Sekunde später zerfielen sie zu Staub. Viovis sah zu mir auf.

»Verdammte Furie!«, fauchte er.

»Das hätte auch dein Kopf sein können!«, meinte ich kühl.

»Pah!«

Ich wusste, sein starkes Gehabe war nur eine Maske. Er wollte sich nicht einschüchtern lassen, aber ich spürte, wie er langsam unsicher wurde. Er schien allmählich den Glauben daran zu verlieren, mich besiegen zu können.

Gut. Und plötzlich war es, als würde in meinem Kopf ein Schalter umgelegt werden. Dieser Körper hatte schon gekämpft, erinnerte ich mich. Wahrscheinlich nicht nur einmal. Ich und die Ruta Pez von früher – wir waren ein und dieselbe Person. Die Ruta Pez von früher konnte kämpfen. Sie konnte mit einem Schwert umgehen. Sie konnte siegen. Also konnte auch ich siegen. Ich sah auf und schnellte nach vorn. Mit erhobener Klinge raste ich auf Viovis zu. Ich sah noch sein angsterfülltes Gesicht, dann hatte ich ihn schon mit einem einzigen, aber gewaltigen Schlag entwaffnet. Mit einem ohrenbetäubenden

Donnern schlugen seine Schwerter auf dem Boden auf. Viovis war besiegt. Ohne innezuhalten, führte ich mein Schwert zurück in seine Hülle, stürzte mich auf Viovis' Schwerter und drückte die gekreuzten Klingen an seine Kehle.

»Stirb«, stieß ich aus.

Einen Augenblick lang hielt er eingeschüchtert den Atem an. Dann grinste er höhnisch.

»Na, los. Tu es!« Ich war ihm so nah, dass ich seinen heißen Atem auf meinem Gesicht spüren konnte. Ich übte Druck auf die Schwerter aus.

»Aber sie«, krächzte Viovis und hob eine Hand, die augenblicklich anfing zu leuchten, »werden dann mit mir gehen.«

Was? Ich hielt inne. Keine Sekunde später leuchteten die Körper von Shiina, Giove und Tomaki in einem weißen Licht auf.

»Ich bin der Einzige, der sie wieder zum Leben erwecken kann«, röchelte er. »Wäre es daher schlau von dir, mich jetzt umzubringen?«

»Sei still!«, schrie ich unsicher. »Du lügst doch!«

Er hob nur eine Augenbraue und ich wusste, dass er die Wahrheit sprach.

»Dann hol sie zurück, verdammt!« Ich spürte, wie meine Augen feucht wurden.

»Das hat alles seinen Preis, meine Liebe«, flüsterte er gehässig. Ein Schauder lief meinen Rücken herunter.

»Du wirst mir dein Amulett und all deine Schuppen aushändigen. Dann-«

»Niemals!«, schrie ich. Er deutete ein Achselzucken an. »Dann wirst du sie wohl nie wiedersehen.« Er hob eine Hand.

»Stopp!« Ich drückte die Klingen der Schwerter enger an seine Kehle. »Woher weiß ich, dass du ihnen das Leben zurückgibst, sobald ich dir meine Schuppen und das

Amulett ausgehändigt habe?« Ich starrte Viovis misstrauisch an. Gleichzeitig fühlte ich mich mit der ganzen Situation überfordert. Was sollte ich bloß tun?

»Ganz einfach …« Viovis schnappte nach Luft. Die Schwerter in meinen Händen wurden schwerer.

»Ich werde den Geistern der Magie befehlen, dass der Zauber, der jetzt auf ihnen lastet, rückgängig gemacht wird, sobald die Schuppen und das Amulett in meinen Besitz übergehen.« In meinem Kopf kreisten die Gedanken. Sollte ich mich wirklich auf so etwas einlassen? Schließlich konnte man diesem Verbrecher nicht trauen. Ganz sicher würde er versuchen, mich zu hintergehen. Er schien mir meine Skepsis anzusehen.

»Hör zu, Ruta Pez«, begann er. Vor Schreck drückte ich die scharfen Klingen wieder stärker an seinen Hals.

»E-Es ist d-doch so …« Er hatte Mühe zu sprechen. Ich musste den Druck auf seiner Kehle etwas mindern, um ihn verstehen zu können. »Du willst doch deine Freunde zurück. Alles, was ich dafür verlange, sind nur das Amulett und die Schuppen. Das erscheint mir wie ein fairer Handel.« Und plötzlich realisierte ich etwas. Das also war Viovis' Plan gewesen. Und ich – wir alle – waren ihm blauäugig in die Falle getappt. Die ganze Zeit über hatten wir geglaubt, dass Viovis uns in Ruhe ließ, weil es noch nicht Zeit für seinen großen Plan war – dabei hatte er ihn bereits in die Tat umgesetzt. Er ließ Tomaki und mich die Schuppen sammeln, und nun, wo wir alle beisammen hatten, hatte er uns in eine Lage manövriert, die es ihm ermöglichte, sie uns zu entreißen. Wir hatten die Drecksarbeit für ihn gemacht. Jetzt würde er sich nehmen, was wir so mühsam gesammelt hatten. Er würde unsere Amulette zerstören – Tomakis lag ja bereits zersplittert nicht weit von mir. Und er würde uns unschädlich machen. Es war von vornherein alles geplant. Und im Endeffekt war es für uns schon von Anfang an aussichtslos gewesen. Ich war so ein Idiot. Wie war ich nur in so eine Situation geraten? Wieso hatte ich nichts bemerkt? Warum hatte ich nicht besser aufgepasst? Verdammt! Verdammt!

»Ich habe nichts davon, wenn deine Freunde sterben, genauso wenig wie du. Und du hast keine Garantie, dass du mit den Schuppen erreichst, was du willst. Aber wenn du sie mir zusammen mit dem Amulett gibst, dann bekommen wir beide, was wir wollen. Dann gehen wir beide als Gewinner aus diesem ganzen Schlamassel hervor. Na, was sagst du dazu?«, grinste er. Mein Herz raste. Mein Kopf sagte mir, dass ich Viovis töten sollte, seinen Plan vereiteln und mit den Schuppen Tomakis und meinen Plan zu Ende bringen sollte. Aber mein Herz schrie mich an, dass ich meine Freunde nicht sterben lassen konnte. Was war der Sieg heute schon wert, wenn ich dafür Tomaki und die anderen opfern musste? Doch dann wäre alles umsonst gewesen, wofür Tomaki und ich so hart gearbeitet hatten.

Es lag nun in meinen Händen, ob die ganze Mission scheiterte oder nicht. Es war meine Entscheidung, ob drei Menschenleben eine Welt wie die Cosmica aufwogen. Wollte ich das Böse weiterhin ungehindert über diese Welt herrschen lassen? Ich war die letzte Chance für diese Welt. Noch hatte ich die Schuppen. Noch war es nicht zu Ende. Noch könnte ich Viovis umbringen, die Welt retten und ihr Gleichgewicht wiederherstellen, die Mission erfolgreich zu Ende führen – das beenden, was Tomaki begonnen hatte. Die Welt oder meine Freunde.

Ich wusste, was Tomaki sagen würde. Aber ich konnte es nicht tun. Ich konnte sie nicht aufgeben. Sie bedeuteten mir mittlerweile zu viel. Sie waren so kostbar für mich geworden. Ein Leben ohne Shiina, Giove und Tomaki wäre für mich kein Leben mehr. Sie hatten meinem grauen Dasein erst wieder Farbe gegeben – und einen Sinn, nach dem ich so lange gesucht hatte. Ich musste sie retten. Ich konnte sie nicht einfach so sterben lassen! Das hatten sie alle nicht verdient!

»I-In Ordnung.« Ich schluckte, ich hatte einen dicken Kloß im Hals.

»Gut.« Viovis grinste hässlich. »Also sind wir uns endlich einig?!« Er hob eine Hand und strich mir durch meine langen schwarzen Haare. Ein unangenehmer Schauer kroch meinen Rücken entlang.

»So eine Verschwendung«, murmelte er. »Wirklich.«

»Lass mich los oder der Deal platzt«, knurrte ich und verstärkte den Druck auf die Klingen. »Wir spielen nach meinen Regeln.«

»Ist ja gut«, sagte er. Er hatte meine Schwachstelle gefunden.

»Zuerst der Zauber. Und wenn du versuchst, dich mit miesen Tricks hier herauszuwinden, dann bringe ich dich sofort um«, drohte ich mit funkelnden Augen.

»Was denkst du denn, wer ich bin, hm?«

»Ein mieser Verräter«, zischte ich und sah dabei in seine goldenen Augen. Viovis lachte grimmig.

»Mach schon!«

»Jaja, schon gut. Wenn du endlich den Mund halten würdest, du dummes Mädchen, dann könnte ich mich auch konzentrieren.« Er schloss die Augen und begann mit dröhnender Stimme:

»Ich rufe die Geister der dunklen Magie, die ihr mir dient und gehorcht. Ich, Viovis, euer Meister, befehle euch, das Amulett von Nanami für alle Ewigkeit zu zerstören und alle Schuppen in meinen Besitz übergehen zu lassen.« Das war doch noch nicht alles! Ich erinnerte Viovis mit einer kalten Klinge an unseren Deal.

»Und nehmt die Magie aus diesen drei Körpern zurück und haucht Leben in sie«, fügte Viovis verächtlich hinzu.

»Dies befehle ich, und so soll es sein!« Augenblicklich wurde ich zurückgeschleudert, Viovis' Schwerter fielen klirrend zu Boden. Und mit einem Ruck befreite sich mein eigenes aus der Hülle auf meinem Rücken. Es schwebte grell leuchtend in die Höhe und verwandelte sich über meinem Kopf zurück in das Amulett.

Das Licht, das es ausstrahlte, nahm an Intensität zu. Es wurde heller und heller, und ich musste geblendet meinen Blick anwenden. Keine Sekunde später zersprang es in tausend schimmernde und glitzernde Splitter. Langsam, wie zarter Schnee, rieselten sie zu Boden. Meine schöne Kleidung löste sich auf, und ich fand mich wieder in meine Sportmontur gekleidet. Die kleine Tasche an meiner Hüfte verschwand ebenfalls, und die Schuppen flogen eine nach der anderen in Viovis' ausgestreckte Hände. Ich drehte meinen Kopf weg. Das konnte ich nicht mit ansehen. Mein Blick glitt zu Tomaki. Sein Körper leuchtete hell auf, ebenso wie Shiinas und Gioves. Als das Licht wieder verblasste, begann sich Giove als erster zu regen.

»Giove!«, rief ich erleichtert. Viovis nutzte diesen Moment der Ablenkung. Mit einem heftigen Hieb wurde ich durch die Luft katapultiert und schlug hart auf. Völlig neben mir blinzelte ich und sah Viovis über mir stehen. Er begann einen Zauberspruch zu murmeln. Ich wappnete mich für seinen nächsten Schlag. Doch da begann es um mich herum zu summen. Nach und nach wurde die ganze Zerstörung rückgängig gemacht. Die Scheibensplitter fügten sich wieder zu einem Ganzen zusammen, und auch die restliche Verwüstung wurde beseitigt. Die Schüler und Lehrer um uns herum wurden von einem feinen rosafarbenen Staub umhüllt.

»Zu schade, all das wieder ungeschehen zu zaubern und den anderen Schwächlingen die Erinnerung an meine grandiose Tat zu nehmen. Wo doch all diese Zerstörung von meiner Macht zeugt. Aber wir wollen ja nicht, dass sie ein falsches Bild bekommen, nicht wahr? Hauptsache, mein Vater weiß es. War schön, mit dir *Geschäfte* zu machen, Ruta Pez.« Er salutierte ironisch, bevor er von einem Augenblick auf den nächsten verschwand.

Viovis war fort. Die Sporthalle sah nun aus wie vor unserem Kampf. Als wäre nichts passiert. Als hätte sich nicht gerade die letzte Hoffnung zusammen mit Viovis in Luft aufgelöst. Ich spürte, wie meine Beine plötzlich weich wurden.

Es war vorbei.

»Ruta Pez!« Giove humpelte zu mir herüber. »Was ist passiert? Wo ist Viovis?«

»Er … hat mein Amulett zerstört«, hauchte ich schwach. Mein Kopf begann zu schmerzen. Ich legte eine Hand an meine Stirn. Wie um alles in der Welt hatte das gerade passieren können? Giove sah mich durch seine zersprungene Brille an. Shiina regte sich hinter uns. »G-Giove?«, murmelte sie.

»Shiina!« Giove hechtete zu ihr. Die Welt um mich herum drehte sich.

Tomaki! Ich versuchte, mich aufzurappeln, irgendwie aufzustehen. Was war mit ihm? War er in Ordnung? Lebte er noch? Ich stolperte über meine schwachen Füße und taumelte zu ihm hinüber.

»Toma-« Meine Stimme versagte, als ich ihn sah. Er lag immer noch regungslos da. Mein Blick glitt sofort zu seinem Brustkorb. Nur schwerlich konnte ich erkennen, wie er sich hob und dann wieder in sich zusammensackte. Mir fiel ein Stein vom Herzen.

»Er lebt«, flüsterte ich erleichtert. Und dann wurde mir schwarz vor Augen.

Kapitel 45

Schlagartig wurde ich wach. Wo war ich? Was war passiert? Meine Orientierung ließ mich total auflaufen. Ich drehte meinen Kopf zur Seite.

»Oh, Pez ist wieder wach!« Jemand beugte sich über mich.

»Shiina«, flüsterte ich schwach. Sie nahm meine Hand und drückte sie. Ich sah mich um. Ich erkannte das Zimmer, in dem ich lag, sofort. Es war das kalte und sterile Krankenzimmer der Schule.

»Schön, dass du wieder aufgewacht bist.« Auch Giove trat an mein Krankenbett. »Du hast mir einen riesigen Schrecken eingejagt, als du direkt vor meinen Augen zusammengeklappt bist.«

»Was ist denn pas-« Ich stockte, als ich in Gioves gesprungene Brillengläser sah. Und dann kam alles wieder zurück. Es war, als ob sich ein Messer in mein Herz bohren würde.

»Oh, mein Gott«, hauchte ich. Shiina drückte meine Hand fester.

»Viovis und das Amulett ...«, murmelte ich. »Das war so schrecklich.« Meine Lippen bebten bei den Erinnerungen an die vergangenen Stunden. Und da war noch etwas, was ich unbedingt wissen musste.

»Wo ist Tomaki?«, fragte ich vorsichtig. »Wie geht es ihm?«

»Er liegt da drüben.« Shiina zeigte auf ein Bett gegenüber von mir, ein Vorhang schützte es vor neugierigen Blicken. Ängstlich sprach ich die Worte aus, die meine Brust zu zerreißen drohten: »Er lebt doch, oder?!«

»Ja, klar. Wieso fragst du?« Sie legte ihren Kopf schief.

»So klar ... So klar ist das gar nicht.« Erschöpft ließ

ich meinen Körper wieder zurück aufs Bett sinken. Giove warf Shiina einen Blick zu.

»Was meinst du damit?«, fragte er mich.

Mir kamen die Tränen. Alle Details von diesem Kampf kehrten mit einem Mal zurück. Diese vielen Scherben. Viovis dunkle Magie und der kurze Moment, an dem ich glaubte, ihm überlegen zu sein. Doch dann die erschreckende Erkenntnis, dass dem nicht so war. Ich erinnerte mich an den Handel, den Viovis vorschlug und den daraus folgenden Druck der Entscheidung. Diese enorme Verantwortung. Und diese unermesslich große Angst, meine Freunde nie wieder zu sehen.

Shiina sah mich mitfühlend an und reichte mir ein Taschentuch. Ich schluchzte und erzählte ihnen dann stockend alles. Keines dieser für mich so schmerzlichen Details ließ ich aus. Shiina und Giove hörten mir zu, ohne mich auch nur ein einziges Mal zu unterbrechen. Als ich fertig war, sahen sie mich entsetzt an.

»Ich erinnere mich an nichts mehr nach dem Moment, an dem wir festgestellt haben, dass der Ausgang verschlossen war«, sagte Giove leise.

»Ich auch nicht«, fügte Shiina hinzu. Sie sah unsicher von Tomakis regloser Gestalt zu mir.

»Und das heißt jetzt, dein Amulett und das von Tomaki, also... beide wurden zerstört?« Ich nickte.

»Und wenn du es ihm nicht ausgehändigt hättest, wären wir jetzt tot.« Ihr Blick schweifte aus dem Fenster in die Ferne.

»Ich wusste einfach nicht, was ich machen sollte«, verteidigte ich mich. »Ich hatte solche Angst... Er hat mich vor die Wahl gestellt: Ihr oder das Amulett und die Schuppen. Es tut mir leid, dass wir die Mission meinetwegen nicht weiterführen können, dass alles umsonst gewesen und die Welt nun verloren ist, aber ihr-«

»Sch...« Shiina fuhr mir beruhigend übers Haar. »Es

ist alles gut. Keiner macht dir Vorwürfe. Ruh dich erst einmal aus.« Dann setzte sie sich zu mir auf das Bett und nahm mich in den Arm. Mir liefen die Tränen die Wangen herunter.

»Ich habe gedacht, ich sehe euch nie wieder«, wimmerte ich. Shiina strich mir weiter liebevoll über den Kopf.

»Und jetzt ist alles vorbei«, schluchzte ich. Ich wollte nicht, dass es hier endete. Ich wollte meine Freunde nicht verlieren! Ich wollte nicht mehr ohne sie sein – ich wollte nicht länger allein sein.

»Nein, es ist noch nicht vorbei. Es gibt immer eine andere Möglichkeit«, sagte Giove und rückte seine kaputte Brille zurecht.

»Wir müssen sie nur finden.« Shiina nickte heftig. Sie löste sich von mir und stand auf.

»Aber erst einmal wirst du wieder richtig fit«, befahl sie mir. »Bevor wir dann richtig loslegen.«

»Wir?«, fragte ich zaghaft.

Shiina und Giove sahen sich an.

»Natürlich«, sagte er.

»Auch wenn wir das Amulett jetzt nicht mehr haben, wir lassen Viovis mit so etwas doch nicht davonkommen!« Sie sah mich ernst an. »Er wird für all das bezahlen und um Gnade winseln, wenn wir eines Tages vor seiner Tür stehen und uns die Schuppen zurückholen.«

»Shiina, meinst du nicht, du übertreibst jetzt etwas?« Giove sah sie schief grinsend an.

»Ganz und gar nicht!« Sie stemmte die Hände in die Hüften. »Der Typ hat versucht, mich umzubringen. Ich hab noch eine Rechnung mit ihm offen!«

»Gib's zu, du hast gedacht, dass du uns ohne Amulett egal bist, nicht wahr?«, erklang eine krächzende Stimme hinter Giove. Der Vorhang vor dem anderen Bett wurde zurückgezogen.

»Tomaki!«, flüsterte ich, und er lächelte mir schwach zu. Ich versuchte, mich aufzusetzen. Sogar in seinem derzeitigen Zustand kannte er meine Gedanken besser als ich selbst. Er humpelte einen Schritt auf uns zu.

»Du solltest langsam wirklich wissen, dass *du* uns wichtig bist, Amulett hin oder her. Wir verdanken dir unser Leben. Wir geben nicht auf. Jetzt erst recht nicht.«

»Ja, so lob ich mir das!« Shiina streckte eine Siegerfaust in die Höhe. Ich grinste erleichtert und musste mich im nächsten Augenblick an Shiina abstützen, um nicht erschöpft rückwärts aufs Bett zu fallen.

»Wah, Ruta!« Shiina fing mich auf und deckte mich zu. Im selben Moment gaben Tomakis Beine unter ihm nach.

»Hey, hey!«, Giove führte ihn zurück zu seinem Bett.

»Ruht euch aus«, lächelte Shiina. »Ihr braucht jetzt vor allem Ruhe, um wieder vollständig zu Kräften zu kommen.« Ich sah ihr Lächeln noch einige Minuten über mir, bevor ich schließlich einschlief.

Kapitel 46

Viovis hatte eine Audienz bei seinem Vater. Er hatte es vollbracht. Endlich konnte er seinem Vater unter die Augen treten, als ein Sohn, auf den der Herrscher stolz sein konnte.

»Bericht«, ertönte die Stimme des mächtigen Herrschers.

»Sehr wohl, Majestät.« Er räusperte sich einmal, bevor er begann. »Ich habe sie besiegt. Mithilfe der Schwerter, die Ihr mir habt zukommen lassen, konnte ich den finalen Schlag gegen den ersten der Widersacher ausführen«, log er.

»Seine Schuppen gingen in meinen Besitz über. Ronins Amulett wurde vollständig zerstört.« Er machte eine Pause und holte die Splitter des zerstörten Amulettes hervor. Sein Vater wusste nichts von seinen dunklen Kräften. Sollte er ruhig denken, dass Tomaki durch einen Schwertstreich niedergestreckt wurde. Viis wedelte mit einer Hand in der Luft herum und die Splitter flogen ihm entgegen.

»Daraufhin habe ich auch Ruta Pez ihrer Schuppen entledigen können. Ebenso habe ich das Amulett, was einst Nanami gehörte, vernichtet.« Viovis überreichte seinem Vater den zweiten Splitterhaufen.

»Nun sind also auch endlich die Geister von Ronin und Nanami tot«, beendete Viovis stolz seinen Bericht.

»Ja.« Viis starrte auf die Splitter. »Jetzt wurde auch der letzte kümmerliche Rest ihrer Existenz ausgelöscht. Sie sind ein für alle Mal tot – und ihre Macht mit ihnen. Sie können Ruta Pez und Tomaki nicht mehr beistehen. Von diesen Kindern wird nun keine Gefahr mehr ausgehen. Ohne ihre Amulette und die darin verbliebene Energie von Nanami und Ronin sind sie nichts.«

»Ich habe meine Aufgabe natürlich gewissenhaft erledigt und die Zerstörung beseitigt. Es wird sich keiner an diesen Vorfall erinnern.«

»Jaja. Gut, gut«, winkte Viis ab und ließ den Glasstaub, der einst die mächtigen Amulette ausgemacht hatte, auf den Boden rieseln. Dann erhob er sich von seinem Thron. Viovis senkte unterwürfig den Kopf, doch er konnte nicht anders, als sogleich wieder zu seinem Vater aufzuschauen. Viis warf Viovis einen erwartungsvollen Blick zu.

»Und natürlich sind hier auch die Schuppen«, beeilte sich Viovis zu sagen. »Alle Schuppen, die sie im Laufe der Zeit angehäuft haben. Alle Schuppen, die überhaupt existieren.« Viovis holte ein etwa handgroßes Säckchen hervor und ließ dieses dann durch einen weiteren Zauberspruch mitsamt Inhalt durch die Luft zu seinem Vater schweben. Viis öffnete das Säckchen, begutachtete kurz die Schuppen und schob es zufrieden in eine seiner vielen tiefen Taschen seines üppigen Gewands. Dann schritt er langsam die Stufen von seinem hohen Thron herunter, klatschte dabei in die Hände und ließ einen Diener kommen.

»Bereitet ein Festmahl vor. Ich speise heute Abend nicht allein«, sagte er mit regloser Miene. Viovis schluckte überrascht.

»Sehr wohl, Majestät.« Der Diener zog sich zurück. Viis Blick glitt zu Viovis, der sofort seinen Kopf senkte. Aus Respekt vor seinem Vater, aber auch, um die Emotionen, die wahrscheinlich auf seinem Gesicht zu lesen waren, vor ihm zu verbergen.

»Gut.« Viis drehte sich um und schritt aus dem Saal.

»Dann erwarte ich dich zum Abendessen, Sohn.« Viovis sah auf. Es war eins dieser Worte, was er viel zu wenig von seinem Vater hörte… *Sohn*. Nachdem die Tür ins Schloss gefallen war, erhob er sich und verließ ebenfalls den Saal. Er schritt, nein, er flog fast den langen Gang entlang. Als er sein Gemach erreicht hatte, ließ er sich auf sein großes und prächtiges Bett fallen. Er hatte es endlich geschafft. Sein Vater war stolz auf ihn. Endlich würden sie zusammen speisen. Viovis stand wieder auf und ging zu seinem großen Schrank, in dem er alle möglichen Kleider und Roben sowie Rüstungen und Kampfkleidung hortete. Endlich kann ich es tragen.

Er öffnete den Schrank und zog eins der goldenen Gewänder heraus. Er nahm es vom Bügel, legte es an seinen Körper und trat vor den Spiegel. Er begutachtete sich. Es war perfekt und betonte seine Augen. Die goldenen Broschen protzten stolz, und der Stoff glitt fließend an seinem Körper hinab. Er hatte es für Anlässe wie diesen schneidern lassen.

Es klopfte an der Tür. Viovis ließ das Gewand sinken und hängte es rasch zurück. Dann schloss er den Schrank und klopfte sich einige Flusen von der Kleidung.

»Herein«, sagte er schließlich. Die Tür öffnete sich und seine Dienerin, eine ältere Frau, gebeugt von den Jahren im Dienste Viis', brachte ein schweres Gewand herein.

»Seine Majestät wünscht sich, dass Sie es beim Abendmahl tragen«, erklärte sie.

»Dies wünscht er also?«, wiederholte Viovis.

»Ich weiß, Sie wollten lieber das Goldene tragen«, antwortete sie. »Aber es wurde mir so befohlen.«

»Legen Sie es auf mein Bett«, sagte Viovis kühl. Ihm war es peinlich, dass sie seine Stimmung derart gut einschätzen konnte.

»Ziemlich regnerisch, nicht wahr?«, sagte sie mit einem Blick aus dem Fenster, nachdem sie das Gewand auf seinem Bett abgelegt hatte. Sie faltete ihre knochigen Hände.

»Soll ich das Wetter für Sie verzaubern?«, fragte Viovis mit einem tiefen aber dennoch sanften Brummen in der Stimme.

»Nein. Ich mag es so, wie es ist.« Sie schloss ihre Augen und lächelte dabei, wobei ihre Falten noch tiefer erschienen. Er wusste nicht, was er darauf erwidern sollte.

»Entschuldigt mich nun, Viovis. Die Arbeit ruft.« Sie verbeugte sich und verließ den Raum. Viovis betrachtete das Ungetüm, das sich auf seinem Bett türmte. Er trat näher heran. Das Gewand war von schwerem Stoff, noch dazu von sehr harter und undurchlässiger Struktur. Er fuhr mit seiner Hand an dem Kleidungsstück entlang. Es fühlte sich ein wenig kratzig an. Gut zu tragen war es sicherlich nicht. Seine Befürchtung bewahrheitete sich, als er die Robe anlegte. Sie war ziemlich weit geschnitten und lag schwer auf seinen Schultern. Er trat vor seinen bodentiefen, bis an die Decke reichenden Spiegel und betrachtete sich. In diesem Gewand konnte er sich nicht so recht wiedererkennen. Zornig ballte er eine Faust.

»Wieso wünscht er, dass ich dieses schäbige, alte Gewand trage?« Wütend holte er aus und ließ seine Faust vorschnellen. Der Spiegel zerbarst und Scherben flogen in alle Richtungen.

»Darf ich mich noch nicht einmal allein einkleiden?!« Er fuhr sich durch die Haare. Der Stoff scheuerte unangenehm auf seiner Haut. Aufgewühlt stapfte er durch sein Gemach und hielt sich seine schmerzende Hand. Die Tür wurde plötzlich geöffnet.

»Anklopfen, bevor jemand mein Gemach betritt!«, brüllte Viovis, als er sich umdrehte.

»Ihr Vater erwartet Sie nun«, sagte der Diener und verbeugte sich knapp. Sein Blick fiel auf den zertrümmerten Spiegel. »Herr Viovis, Ihr Spiegel -«

»Ich will nach dem Essen hier einen neuen vorfinden«, zischte Viovis nur und drängelte sich am Diener vorbei aus dem Zimmer.

»Sehr wohl«, hörte er den Diener noch murmeln. Viovis konnte sich kaum normal in der Robe bewegen, ohne dass es unangenehm kratzte oder zwickte. Überall begegneten ihm schadenfrohe Gesichter. Am liebsten hätte er alle Diener angebrüllt, aber man ließ den Herrscher besser nicht warten. Genauso wenig, wie man ihm einen Wunsch ausschlug. Er musste sich wohl oder übel mit diesem schrecklichen Gewand abfinden.

Er betrat den Flügel der Festung, in dem sein Vater seine privaten Gemächer hatte. Ein mulmiges Gefühl wollte sich in ihm breitmachen, er gab diesem aber keinen Raum. Emotionen waren das Letzte, was er jetzt gebrauchen konnte. Schließlich blieb er vor einer fast ebenso großen Tür wie die des Audienzsaals stehen. Er klopfte mit einem der goldenen Türklopfer an.

»Herein«, tönte es aus dem Inneren. Viovis atmete einmal langsam ein und aus und trat ein. Der riesige Saal wurde nur von dem spärlichen Licht einiger Kerzen auf dem langen Tisch erhellt. Es reichte gerade einmal, um zu sehen, was man aß. Direkt vor Viovis war ein Platz gedeckt.

»Setz dich doch, Viovis«, sagte Viis, der am anderen Ende des langen Tisches saß. Viovis konnte mit Mühe erkennen, dass sein Vater ein ähnliches Gewand wie er selbst trug. Er dachte trotzdem wehmütig an sein eigenes. Der harte Stoff auf seiner weichen Haut trieb ihn fast in den Wahnsinn. Er ließ sich gegenüber von seinem Vater auf einem hochlehnigen Stuhl nieder. Diener traten herein und richteten das Essen an. Sie verließen den Saal schnell wieder und ließen Vater und Sohn allein. Viovis betrachtete das Mahl voller Staunen, bevor er seinen Teller randvoll füllte. Es sah alles so köstlich aus!

»Vater, ich -«, setzte er an.

»Weißt du, Viovis, ich nehme meine Mahlzeiten immer schweigend ein. Ohne jegliches Geschwätz«, sagte

Viis und nahm einen Bissen. »Nur Dummköpfe reden beim Essen.« Viovis verstummte augenblicklich. Er senkte den Blick und betrachtete das zuvor noch so appetitlich aussehende Essen. Mit einem Mal hatte er keinen Hunger mehr. Schweigend nahmen sie ihr Abendmahl ein. Die Kartoffeln waren hart, die Soße schmeckte versalzen und das Fleisch war zäh. Die Kerzen waren fast gänzlich heruntergebrannt, als Viis das Essen für beendet erklärte, indem er sein Besteck beiseitelegte und seinen Stuhl zurückschob.

Rasch stand Viovis ebenfalls auf und verließ mit einem gemurmelten »Gute Nacht« den Raum.

Wie dumm von mir, zu denken, es läge ihm doch etwas an mir, dachte Viovis, als er schnellen Schrittes den Flur entlang eilte. Diesen Abend hatte er sich anders vorgestellt.

Kapitel 47

Viovis war heute nicht in der Schule. Anders als Tomaki und Giove störte mich das nicht sonderlich. Mich beunruhigte eher mein eigener Zustand. Seit dem Vorfall mit Viovis fühlte ich mich nicht mehr wie ich selbst. Ich war völlig neben der Spur. Mein ganzer Körper war zerschlagen. Wie habe ich es nur aushalten können, damals, bevor ich das Amulett gefunden hatte? Ich war total erschöpft. War das schon immer so, dass es mir derart schlecht ging? Ich kam mir vor, als ob eine fremde Kraft meine ganze Energie aussaugen würde. Vielleicht hatte Viovis mich doch verzaubert? Ich setzte einen Fuß vor den anderen, und vor meinen Augen verschwamm alles. Das war nicht das erste Mal. Nein, so ging das ständig. Ich griff mir an den Kopf. Total fertig setzte ich mich im Klassenraum auf meinen Stuhl. Die Stimmen um mich herum nahm ich schon gar nicht mehr wahr, bis ich meinen Namen hörte.

»… stimmt's, Pez?« Langsam wandte ich meinen Kopf. Doch für mich fühlte es sich an, als würde sich die ganze Welt um mich drehen.

»Shiina?« Ich konnte sie kaum erkennen, so verschwommen war meine Umgebung.

»Ähm, Pez?« Sie beugte sich zu mir vor, und ich fiel hinten über. Es rumste laut, als ich mitsamt Stuhl auf dem Boden landete.

»Ruta!«, hörte ich Tomakis Stimme.

»Was ist passiert?«, fragte er, als er nach meinem Arm griff und mir aufhalf.

»Ich… Ich weiß es nicht«, murmelte ich und hielt mir die Stirn.

Plötzlich stellte sich alles wieder scharf. Für einen Moment war ich von meinem Leiden befreit. Ich setzte mich wieder auf den Stuhl und sah an die Tafel. Es war, als ob nichts gewesen wäre.

»Geht es wieder, Ruta?« Tomaki sah mich besorgt an. Ich nickte. Was war bloß los mit mir? Shiina sah mich ebenfalls ziemlich besorgt an, legte noch kurz ihre Hand auf meine Schulter, bevor der Unterricht anfing und sie wieder zurück auf ihren Platz gehen musste. Ich konnte der eintönigen Stimme des Lehrers gerade so folgen. Meine Augenlider wurden schwerer und schwerer.

Ich schreckte hoch. Ich würde garantiert nicht einschlafen. Nicht hier. Das musste ich um jeden Preis verhindern. Leichter gesagt als getan. Ich kämpfte und kämpfte gegen mich selbst und musste schließlich doch nachgeben. Mein Kopf knallte auf den Tisch und meine Augen verdrehten sich, ohne dass ich etwas dagegen tun konnte.

~ ~ ~

Ich riss meine Augen auf. Blinzelte. Es war so hell, das grelle Licht schmerzte in meinen Augen. Ich sah mich langsam um. Außer dem schrillen Licht war dort zunächst nichts zu erkennen. Doch dann war da etwas kleines Dunkles. Und es wurde größer. Nein, nicht größer. Ich sah genauer hin. Das Etwas kam nur näher. Und dann erkannte ich, was es war. Und auf einmal schien ich zu fallen. Das Licht erlosch augenblicklich.

~ ~ ~

»Ein Hund!«, schrie ich, als ich von der Tischplatte aufschreckte. Augenblicklich verstummte der Lehrer und alle Schüler drehten sich zu mir um. Sie starrten mich amüsiert an. Einige kicherten sogar.

»Wollten Sie etwas fragen, Ruta Pez?«, fragte der Lehrer erstaunt. Ich sah nach vorn. Die Blicke waren mir unangenehm. Ich musste mir schnell etwas einfallen lassen.

»D-Darf ich kurz auf die Toilette gehen?« Auf die Schnelle fiel mir nichts anderes ein.

»Ähm, ja. Natürlich.« Der Lehrer sah mich komisch an.

»Gehen Sie ruhig.«

Ich stand langsam und vorsichtig auf, doch auch wenn ich meine Gliedmaßen in Zeitlupe bewegte, wurde mir fast schwarz vor Augen. Mein Blick streifte meine Freunde. Tomaki sah mich noch besorgter an als vorher, und auch Shiina und Giove beobachteten skeptisch jede meiner unkoordinierten Bewegungen. Langsam schlich ich aus der Klasse in den Flur. Ich schloss die Tür und hielt mich für eine Weile an der Wand fest. Wieder drehte sich alles. Der Boden kippte unter mir weg, und ich schlug hart auf. All meine Sinne waren wie vernebelt. Ich konnte nichts, gar nichts tun. Wie gelähmt, lag ich nun auf dem harten Betonboden. Ich spürte keinen Schmerz. Ich spürte nichts. Erneut verschwamm alles vor meinen Augen. Ich musste meine Augen schließen, damit mir nicht speiübel wurde. Ich atmete tief ein und aus.

»Nein, Nanami!«, hörte ich in meinem Kopf. »Tu das nicht!«

Ich öffnete meine Augen. Dieses Mal war das Bild vor meinen Augen klar. Von meiner Schwäche war nichts mehr zu spüren. Auch der Schwindel hatte nachgelassen. Langsam stand ich auf. Ich legte eine Hand an die Wand, doch schon nach wenigen Sekunden hatte sich mein Körper vollständig gefasst, und ich konnte sie wieder sinken lassen. Gedankenverloren zog ich mir das Zopfgummi aus den Haaren. Was wollte ich noch mal? Ich fuhr mir durchs offene Haar, bevor ich schwungvoll die Tür zum

Klassenraum öffnete und selbstbewusst hineintrat.

»Ich bin zurück!«, verkündete ich stolz der ganzen Klasse und stellte die Hände in die Hüften. Augenblicklich wurde es still und die Schüler starrten mich ungläubig an. Was hatten sie denn alle?

Und auf einmal begannen sie zu tuscheln.

»Was ist denn mit Ruta Pez los?«

»Ist die jetzt komplett durchgedreht?«

»Endlich sagt die mal 'nen Ton.«

»Wieso ist mir noch nie aufgefallen, wie gut sie aussieht?« Insbesondere dieser eine Schüler mit den kurzen weißen Haaren sah mich komisch an. Doch von all dem ließ ich mich gar nicht beeindrucken. Mit erhobenem Kopf stolzierte ich zu einem der freien Plätze. Ja, ich nahm den am Fenster. Der passte gut zu mir. Ich setzte mich und bemerkte, dass ich immer noch angestarrt wurde. Doch dieses Mal nur von drei Schülern. Was wollten die nur von mir? Vielleicht waren das ja Freunde von Ruta Pez? Die junge Dame mit den roséfarbenen Haaren warf mir einen beeindruckten Blick zu. Der Schüler am Tisch neben mir starrte mich einfach nur ausdruckslos an. Und dem Dritten, dem mit den weißen Haaren, wären fast die Augen ausgefallen. Doch Halt! Ich betrachtete ihn näher. Den kannte ich doch!

»Ronin!«, schrie ich aus vollem Halse und sprang dabei aufgebracht von meinem Stuhl auf.

»Ruta Pez! Das ist jetzt Ihre zweite Störung!« Der Lehrer klapperte mit seiner Kreide an der Tafel. »Wenn ich Sie noch einmal verwarnen muss, dann fliegen Sie raus!«

»Machen Sie doch, was Sie wollen«, sagte ich schulterzuckend.

»Jetzt reicht's! Raus mit Ihnen!« Vor Wut zerbrach der Lehrer die Kreide in zwei Teile. Mit lautem Schaben schob ich den Stuhl zurück und stolzierte mit hocherhobenem Kopf aus dem Raum. Wieder wurde ich von allen angestarrt. Natürlich starrten die. Schließlich war ich doch wer! Die Schüler bewunderten mich ganz bestimmt. Dann ließ ich die Tür mit einem lauten »Rums« zuknallen. Was der Alte bloß hatte?! Die Zeit ging schnell vorbei, zumindest schneller als gedacht. Alle anderen Klassenräume wurden nach und nach geöffnet, und die Schüler rannten auf den Flur. Doch meiner blieb noch geschlossen. Was redete der Alte da drinnen bloß so viel? Und endlich wurde auch meine Tür geöffnet. Einige Schüler traten hinaus. Darunter war auch *er*. Soso, in diesem Körper versteckt er sich also, dachte ich. Er steuerte auf mich zu. Ich spannte jeden Muskel an. Als er bei mir ankam, hob er eine Hand. Was hatte er vor? Hey, Moment mal!

»Fass mich bloß nicht an, du Verräter!«, knurrte ich böse und schlug seine Hand weg.

»Was ist denn los?«, fragte er verdutzt. »Habe ich dir etwas geta-«

Weiter kam er nicht, denn das Mädchen mit den wunderlichen Haaren kam aufgeregt auf uns zugesprungen.

»Wow! Pez! Das war ja richtig draufgängerisch!«, lachte sie.

»Pez?«, fragte ich. Die beiden sahen mich an.

»Ich bin Nanami!«, stellte ich klar.

Kapitel 48

Ich sah in die verwirrten Gesichter.

»Ich bin Nanami, nicht Pez«, wiederholte ich.

»Gib uns Pez zurück!«, winselte das Mädchen. »Wo ist sie?«

»Was hast du mit ihr gemacht?«, sagte der Junge, der offensichtlich Ronin war. Er spielte unglaublich gut mit.

»Ronin. Lass das. Das ist nicht mehr komisch«, fuhr ich ihn an.

»Gib sie wieder zurück!«, zischte er.

»Nein, Ronin, ich will -«

»Verdammt noch mal, ich bin Tomaki und nicht Ronin! Ronin ist tot!«, brüllte er plötzlich los. »Er ist in meinen Armen gestorben!«

Was?

R-Ronin ist tot?! War er vielleicht deshalb damals nicht zu mir gekommen, um mich zu retten? Ich hielt inne und sah dann wieder zu dem jungen Mann vor mir. Tomaki, sagte er? *Der* Tomaki? Den wir für die Mission auserwählt hatten? Ich sah das erste Mal an mir herunter. Tatsächlich, das war nicht mein Körper! Dann musste ich also im Körper von –

»Ruta Pez«, sagte das Mädchen nun wieder. »Was ist mit ihr?«

»Oh, mein Gott«, hauchte ich. Das ist also aus Ruta Pez geworden ... Ich sah auf meine, nein, Ruta Pez' kleinen Hände. Sie waren zart, hatten aber einige Schwielen, die von harten Zeiten zeugten. Wenn sie an mein Amulett gekommen war, dann hatte sie auch mein Schwert. Mein Schwert war bestimmt verantwortlich dafür gewesen, dass diese Schwielen nie verblassten. Ich lächelte. Ruta Pez. Als ich sie das letzte Mal gesehen hatte, war sie noch jung gewesen. Sie war nun viel reifer, obwohl sie auch damals schon weiser als alle anderen gewesen war. Oh. Ich erinnerte mich. Es herrschte Krieg. Ein grauenvoller und unfairer Krieg. Getrieben von Gier, Macht und Hass.

»Nun, wo ist sie?«, fragte das aufdringliche Mädchen wieder. Ich sah sie an.

»Und wer bist du?« Ich sah von ihr zu dem weißhaarigen Jungen. »Dass du Tomaki bist, habe ich inzwischen verstanden.«

»Shiina«, antwortete das Mädchen kühl.

»Shiina«, wiederholte ich. »Was für ein ausgesprochen schöner Na-«

Shiina. Nicht *die* Shiina, oder?

»Was ist hier los?« Eine dritte Person gesellte sich zu uns. Es war der mit der Brille und den dunklen Haaren. Ah! Ich schnipste mit den Fingern. »Giove, nicht wahr?« Ich war stolz auf mich. Kombinieren konnte ich nämlich eins a.

»Wer ist das?«, fragte der Neue und sah skeptisch von Tomaki zu Shiina.

»Nanami«, seufzte Tomaki. »Ihr Geist hat anscheinend irgendwie die Kontrolle über Rutas Körper übernommen.«

»Auch das noch!« Giove schob die Brille zurück auf seinen Nasenrücken.

»Was ist denn jetzt mit Pez?«, fragte Shiina nun schon zum gefühlt zehnten Mal.

»Also: Ich will eins klar stellen. Ich weiß weder, wo Ruta Pez ist, noch warum, geschweige denn wie ich plötzlich in diesem Körper gelangt bin«, erklärte ich. »Aber eins weiß, nein, spüre ich. Sie möchte unbedingt wieder zurück in ihren Körper. Zurück zu euch.« Ja, dieses Gefühl war wirklich ausgeprägt und immer wieder da. Ich legte die Hand auf mein Herz. Sie kämpfte, sie wollte zurück, das spürte ich ganz genau.

»Und warum verlässt du dann nicht ganz einfach ihren

Körper wieder?«, wimmerte Shiina.

»Wenn das so einfach wäre, Süße.« Ich tätschelte ihren Kopf. »Dann würde ich ihren Körper so schnell wieder verlassen, wie ich gekommen bin. Aber ich habe einfach keine Ahnung, wie ich das anstellen soll.«

»Aber da wir schon beim Thema sind, ich habe da eine Frage«, sagte ich und sah in die enttäuschte Runde.

»Viis hat also die alleinige Herrschaft übernommen, oder?«, fragte ich vorsichtig.

»Ja, leider«, antwortete Tomaki nach einer Weile Schweigen. Mein Herz bekam einen Stich. War wirklich alles, alles, was ich getan hatte, umsonst gewesen? Mein eigener Tod ... war er völlig unnötig geschehen? Dann hatte Viis jetzt also alle Länder unterworfen? Das hieß, es gab die Orbica, die Welt der vielen Länder, nicht mehr?! Mir wurde es ganz eng um die Brust. Dass hieß also auch, dass es mein Land, das Land der Blumen, nicht mehr gab? Wie es dort jetzt wohl aussah? Ob Viis dort schon alle Energie verbraucht hatte? Dann würde von meinem Land nicht mehr als eine staubige Ödnis übrig sein.

Der Gedanke daran schmerzte. Doch so wurde es ja von der Orbica-Ältesten vorausgesagt. Wir würden uns auf die neue Hoffnung verlassen müssen. Trotzdem tat es so weh, Orbica unter dieser Tyrannei zu wissen. Wenn all die Menschen wüssten, dass sie in einer vom Staat kontrollierten Scheinwelt gefangen sind, dann würden sie sicherlich auf die Barrikaden gehen und sich wehren. So wie wir damals.

Alle Widerstandskämpfer hatten unter Einsatz ihres Lebens großartige Arbeit geleistet. Zusammen konnten wir die letzten Drachen beschützen und schlafen legen. Ronin, ich und die anderen hatten die Weichen für die neue Hoffnung gestellt. Das war unser Schicksal gewesen und nichts anderes.

»Die nächste Stunde beginnt gleich. Wir sollten wieder reingehen, wenn wir keinen Ärger kriegen wollen«, riss Giove mich aus den Gedanken.

»Gut«, ich nickte und folgte den anderen wieder zurück ins Klassenzimmer.

Tomaki begleitete mich an meinen Platz.

»Wir reden nach dem Unterricht weiter, ja, Nanami?«, sagte er mit entschlossenem Blick.

»Sicher«, antwortete ich. Dann wandte er sich ab und ging zu seinem Platz. Er saß weit entfernt von mir. Keine Chance, während dieses langweiligen Unterrichtes Kontakt mit ihm aufzunehmen. Und Giove am Tisch neben mir schwieg eisern. Ich wollte die Zeit irgendwie sinnvoll nutzen und nachdenken, einen Plan schmieden, doch dafür wusste ich einfach zu wenig über die anderen drei. Ihre Schwächen und Stärken. Ich seufzte schwer. Warum war ich jetzt in Ruta Pez Körper gerutscht? Ich dachte, ich sei tot? Ich kann mich genau an den Moment erinnern, als Viis' Krieger über mich herfielen, meine Kehle durchschnitten und ihre Schwerter in mein Herz rammten. Und da gab es noch einen Zwischenfall, mit dem ich nicht abschließen konnte und in den auch Ronin verwickelt gewesen war. Da gab es etwas zwischen uns, was nie geklärt wurde.

Aber wie sollte man nur etwas aufklären, wenn die, die darin verwickelt waren, schon längst tot waren?

Kapitel 49

Der Unterricht war endlich vorüber. Sofort erschienen die drei Freunde von Ruta Pez. Sie kesselten mich förmlich ein. Wahrscheinlich würden sie mich jetzt nicht mehr in Ruhe, geschweige denn aus den Augen lassen, bis sie Ruta Pez endlich zurückbekommen würden. Da hatte sie wirklich Menschen gefunden, auf die sie zählen konnte. Ich lächelte in mich hinein.

»Wie geht es jetzt weiter?«, fragte Tomaki in die Runde.

»Es kann sein, dass ich meinen Frieden noch nicht gefunden habe«, setzte ich an. Wie sollte ich das diesen jungen Leuten bloß erklären? Würden sie mir das alles überhaupt glauben? Sie sahen mich mit großen Augen an.

»Ich weiß, es klingt total absurd, aber zu meiner Zeit erzählte man sich Geschichten. Geschichten von umherwandernden Seelen, welche so lange herumwandeln, bis sie ihren Frieden gefunden haben. Erst dann können sie mit ihrem Leben abschließen und in den Raigen, den Ort, wo tote Seelen ihren Frieden finden, gehen. Ich glaubte nicht an so etwas, doch jetzt ... Ich meine, ich bin hier und das ist doch der beste Beweis dafür, dass diese Geschichten tatsächlich stimmen.«

»Es stimmt, ich habe auch schon davon gehört«, bestätigte Giove.

»Magie ... Das ist für mich in dieser Welt zur Normalität geworden«, murmelte Shiina vor sich hin. Sie schienen doch ein bisschen mehr Bescheid zu wissen, als ich dachte. Ich war mir sicher, ich konnte ihnen vertrauen. Es waren schließlich gute Menschen.

»Das heißt also, ich muss abschließen. Erst dann kriegt ihr Ruta zurück. Erst wenn ich mit allem hier auf der Erde durch bin, kann ich gehen und sie wiederkommen. Bloß weiß ich nicht, wie ich das anstellen soll.«

»Wir werden dir helfen«, sagte Tomaki.

»Stimmt doch?!« Er sah zu Shiina und Giove.

»Ich werde nicht aufhören, bis wir Ruta wiederhaben«, sagte Shiina mit starker Stimme. Giove nickte zustimmend.

»Das ... Das würdet ihr wirklich tun?« Ich musste zugeben, dass mich ihre Loyalität rührte. Sie erinnerten mich ziemlich an mein eigenes Team, meine Kämpfer.

»Wie weit seid ihr bereit zu gehen?«

»Ich gehe so weit, bis wir Ruta endlich wiederhaben, erst dann komme ich wieder zur Ruhe«, beteuerte Tomaki noch einmal.

»Hm. Gut.« Ich nickte lächelnd.

»Und wann wird das genau sein?«, fragte das Mädchen missmutig.

»Ich weiß es nicht«, antwortete ich schweren Herzens. Ich sah in die Runde. Sie sahen ziemlich geschafft und sehr traurig aus.

»Wie konnte es nur so weit kommen, dass sich Ruta von einem Geist hat einnehmen lassen?«, murmelte schließlich Giove mit einem scharfen Blick in meine Richtung.

»Ruta trifft keine Schuld. Viovis muss sie so geschwächt haben, dass es erst so weit kommen konnte«, meinte Tomaki. »Und ich habe nicht aufgepasst, ich hätte hellhörig werden müssen, als sie plötzlich von diesem Hund sprach.«

»Ein Hund?« Bei meiner Frage hellten sich die Mienen der drei auf.

»Hat das vielleicht eine Bedeutung? Meinte Pez einen bestimmten Hund?«, fragte Shiina hoffnungsvoll. »War es ein Zeichen? Weißt du etwas darüber?«

»Oh. Ähm. Nun ja, nicht wirklich. Nein, einen Hund hatte ich nicht in meinem Bekanntenkreis.«

Die Stimmung schlug augenblicklich wieder um. Scheinbar war keiner zum Scherzen aufgelegt. Schweigen machte sich wieder in der Gruppe breit. Und mir fiel nichts Passendes ein, um diese unangenehme Stille zu brechen, daher hielt ich lieber den Mund.

»Mit was musst du denn abschließen, Nanami?«, fragte Tomaki nach einiger Zeit. Ich war ihm dankbar dafür, dass er die Stille brach, aber wieder konnte ich einfach nichts sagen. Weil ich es selbst nicht wusste.

»Ich habe eine vage Vermutung, aber sicher bin ich mir nicht. Es kann auch etwas anderes sein«, sagte ich leise.

»Nun, eine Vermutung ist besser als keine«, sagte Giove aufmunternd. Auch Shiina nickte.

»Also gut. Ich denke, das kann ich euch anvertrauen«, sagte ich. »Es gab einen Vorfall zwischen Ronin und mir. Wir hatten einen Plan, so wie ihr ihn jetzt sicherlich auch haben werdet.«

»Also, um ganz ehrlich zu sein, Nanami, haben wir keinen Plan«, platze Shiina dazwischen. »Nicht, nachdem die Amulette …« Sie beendete den Satz nicht und sah zu Giove und Tomaki, die ausdruckslos vor sich hin starrten und jeden Blickkontakt mieden.

»W-Wie jetzt? Was ist mit den Amuletten?« Ich sah von einem zum anderen. »Aber ihr habt doch mein Amulett und mit großer Wahrscheinlichkeit auch das von Ronin, oder nicht?«

»Hast du schon einmal an dir herunter gesehen? Siehst du da irgendein Amulett um Rutas Hals baumeln? Nein? Eben«, sagte Tomaki ohne jegliche Veränderung seiner Tonlage oder Gesichtszüge.

»Was wurde aus den Schuppen? Ihr habt doch welche gesammelt, oder?«

»Alle weg«, erklärte Tomaki monoton und gefühlskalt.

»Die hat alle der Magier.«

»Viis?«

»Inzwischen wahrscheinlich schon«, übernahm Giove.

»Viovis musste die bestimmt alle an den alten Knacker abgeben.«

»Wer ist Viovis?« Diesen Namen hörte ich zum ersten Mal.

»Du kennst Viovis nicht?«, fragten die drei gleichzeitig. Ich schüttelte den Kopf.

»Er ist der Sohn von Viis«, erklärte Giove.

Soweit ich wusste, hatte Viis nie einen Sohn gehabt. Oder irrte ich mich da?

»Wie alt ist er?«, fragte ich.

»Ungefähr in unserem Alter«, antwortete Shiina schulterzuckend.

»Was? Dann müsste ich ihn doch kennen? Ich versuchte in meinem Gedächtnis zu forschen, doch ich konnte mich wirklich nicht an einen Jungen namens Viovis erinnern.

»Ich bezweifle stark, dass dieser Junge tatsächlich der Sohn von Viis ist.«

»Was? Wieso?«, fragten die drei fast gleichzeitig.

»Na ja, ich kenne ihn nicht, und mit wem bitteschön soll denn Viis ein Kind gehabt haben? Was ist mit der Mutter passiert? Nun, vielleicht war es ja so: Als sie herausgefunden hat, was für ein abscheulicher Typ Viis ist, da hat sie Reißaus genommen und den Sohn einfach dagelassen. Ja, und all die Jahre hat man das nicht mitgekriegt, weil sich Viis schämte, dass seine Frau ihn verlassen hatte. Er hielt den Sohn geheim – bis jetzt, da sich ja sowieso niemand mehr an die frühere Zeit erinnern kann. Genau so wird's gewesen sein, glaubt ihr nicht?«, lachte ich. Das war natürlich vollkommener Blödsinn.

»Nun, das werden wir ein anderes Mal herausfinden. Aber wir sollten uns jetzt wieder auf deinen Fall, Nanami, konzentrieren«, versuchte Giove die Gedanken wieder in die richtigen Bahnen zu lenken.

»Richtig. Aber das Thema mit eurem Plan ist noch nicht vom Tisch«, ermahnte ich. Fast hätte ich sogar wie ein altes Weib den Zeigefinger in die Höhe gehoben und sie gescholten. Aber so alt war ich nun wirklich nicht, gerade einmal zehn Jahre älter als die jungen Leute, die nun vor mir standen. Die nun diese Last auf ihren Schultern tragen mussten. Ich wusste nur zu gut, wie das war. Denn auch damals lagen alle Hoffnungen auf uns Widerstandskämpfern.

»Jedenfalls hatten Ronin und ich einen ausgeklügelten Plan, wie wir die Drachen, deren Schuppen ihr jetzt gesammelt habt, schützen können«, fing ich an zu erzählen.

»Denn eigentlich kann man Drachen nicht töten. Viis hatte trotzdem einen Weg gefunden. Nun ja, Ronin und ich und viele andere wollten die letzten Drachen vor Viis schützen. Doch unser Plan lief voll aus dem Ruder. Man kann nur zu zweit einem Drachen eine Schuppe ausreißen, um ihn dadurch schlafen zu legen. Wenn man es allein versucht, dann legt man den Drachen zwar schlafen, aber man selbst stirbt auch, da die Energien der Person völlig auf den Drachen übertragen werden. Zu zweit kann man diesen gewaltigen Energieaustausch aushalten, aber allein nicht. Ich war bei einem Drachen, als urplötzlich die Höhle gestürmt wurde. Eigentlich hätte Ronin schon längst dort sein sollen, sodass wir die Schuppe hätten zusammen entfernen können. Ich hatte gewartet und gewartet, doch niemand kam.

So musste ich den Drachen allein schlafen legen. Ich wusste, was für einen Preis ich zahlen würde, aber ich musste es tun. Für meine Leute und unsere Welt. Beinahe hätte ich es auch geschafft, diesen gewaltigen Energieaustausch zu überleben. Doch dann kamen die Soldaten der Magier und haben mich getötet. Ich frage mich bis heute, wo er damals geblieben ist. Ronin.«

Ich spürte wie die Enttäuschung, die ich an jenem Ort erlitten hatte, wieder in mir aufflammte. Diese Verunsicherung. Das schlimme Gefühl des Verrats.

»Ich habe ihm wirklich bis zum letzten Moment vertraut. Als ich dann im Sterben lag, habe ich realisiert, dass er nicht kommen würde. Er hatte mich tatsächlich verraten. Wir hatten ausgemacht, dass ich um jeden Preis in der Höhle warten sollte, egal was auch geschehen mag. Er würde kommen, sagte er. Dass ich dann tatsächlich starb, schmerzte, aber nicht so sehr wie der Gedanke, von Ronin verraten worden zu sein.« Meine Stimme versagte, denn ich spürte plötzlich einen dicken Kloß im Hals.

»Dann ist es also der Verrat von Ronin, mit dem du nicht abschließen kannst?«, fragte Giove.

»Vielleicht«, hauchte ich.

»Das tut mir so leid, Nanami.« Shiina trat an mich heran und legte ihre Arme um Ruta Pez' zarten Körper. Mir kamen die Tränen. Ich spürte ganz tief in mich hinein. Ja, das musste es einfach sein. Meine Gedanken kehrten immer wieder zu Ronin zurück. Ich konnte das nicht vergessen. Es war noch nicht abgeschlossen – diese Sache mit ihm. Hatte er mich wirklich verraten? Wollte er mich tatsächlich im Stich lassen?

»Ich bin mir jetzt sicher«, sagte ich mit belegter Stimme.

»Ich glaube, das ist wirklich das, womit ich nicht abschließen kann. Ja, das muss es einfach sein.« Ich löste mich von Shiina.

»Gut, dass wir das nun herausgefunden haben. Trotzdem: Die größte Schwierigkeit bleibt«, sagte Tomaki. »Wie sollen wir mit einer Person in Kontakt treten, die schon lange verstorben ist?«

»Na ja ...« Shiina legte den Kopf schief. »Wenn Nanami noch als wandelnder Geist in dieser Welt existiert, was spricht denn dann dagegen, dass nicht auch Ronin hier noch irgendwo herumwandert?«

»Du meinst also, dass auch er noch nicht abgeschlossen hat?«, fragte Giove.

»Wäre möglich«, nickte sie. »Wir müssten ihn nur finden, mit ihm Kontakt aufnehmen und diese Sache dann ein für alle Mal klären.« Giove legte eine Hand an sein Kinn und starrte auf den Boden.

»Hm«, brummte er. Mit einer so tiefen Stimme, fast wie ein …

»Wolf!« Vor Aufregung sprang ich von meinem Stuhl auf. Ich sah in die Runde und wiederholte eindringlich: »Ein Wolf! Ich kenne da tatsächlich einen Wolf, Fundus, der …« Meine Stimme versagte, als ich in die dunklen Gesichter der drei sah.

»Was denn?«

Langsam setzte ich mich wieder auf den Stuhl.

»Und dir fällt das erst jetzt ein? Dir ist schon klar, dass ein *Wolf* fast das Gleiche ist wie ein *Hund*?!« Shiina schlug mit der Faust auf meinen Tisch. Ich spürte, wie ich rot wurde. »Tja, na ja. Ja …?«

Wenn Blicke töten könnten, dann wäre ich jetzt dreimal hintereinander gestorben.

Kapitel 50

Giove rieb sich die Stirn.

»Wenigstens ist es ihr ja wieder eingefallen«, meinte er. Tomaki und Shiina stießen einen lauten und schweren Seufzer aus.

»Na, also, Fundus ist nun wirklich kein Hund. Er ist ein Wolf«, versuchte ich mich zu verteidigen. »Da gibt schon einen großen Unterschied!«

»Der da wäre?«, fragte Shiina mit hochgezogenen Augenbrauen.

»Ja, ein Wolf, also, äh ... ja«, begann ich, »ist eben ein bisschen wilder als ein Hund. Und auch viel größer!« Shiina zog ihre Augenbrauen noch höher.

»Jaja! Schon gut! Ich hab's eben einfach vergessen!«, meinte ich.

»Lass gut sein, Shiina«, lächelte Tomaki sanft. Ich erfuhr von Tomaki, dass wir nur noch eine Unterrichtsstunde zu überstehen hatten. Als der Unterricht begann und sich alle Schüler auf ihre Plätze begaben, kramte ich in Rutas Tasche und holte ihren Block hervor. Als ich hindurchblätterte, sah ich, dass er voller Zeichnungen und Kritzeleien war. Ich grinste. Sie schien auch öfters gelangweilt vom Unterricht zu sein. Wir waren uns doch in manchen Dingen ähnlicher, als ich dachte. Ich blätterte weiter, bis zu einer freien Seite, nahm dann einen ihrer Stifte und begann zu zeichnen. Es machte wirklich Spaß. Wie lange hatte ich schon nicht mehr gezeichnet? Das musste Jahre her sein!

Ich schwelgte einige Minuten in Selbstmitleid über meinen eigenen Tod und begann dann auf einer weiteren Seite, erneut etwas zu zeichnen. Seidig gleitend bewegte ich den Stift über das weiße Papier. Langsam konnte man erkennen, was es werden sollte: Eine Landkarte der alten

Zeit. Gerade rechtzeitig zum Unterrichtsschluss wurde ich fertig. Ich klappte den Block schnell wieder zu und versteckte ihn vorsichtshalber in der Tasche. Man konnte nie wissen. Ich sah, wie Tomaki auf dem Weg zu mir war.

»Wo finden wir diesen Wolf?«, fragte er.

»Ich weiß es nicht.« Ich stand auf und trat auf ihn zu.

»Darüber möchte ich nicht reden. Nicht hier«, flüsterte ich ihm ins Ohr. Tomaki sah mich an und nickte. Er schien zu verstehen.

»In meinem Tempel bist du sicher«, flüsterte er zurück.

»Gut.« Ich nickte ebenfalls und nahm dann Rutas Tasche. Ich folgte Tomaki aus dem Klassenraum, wo sich Giove und Shiina zu uns gesellten.

»Wie geht es jetzt weiter?«, wollte Shiina wissen.

»Wir gehen zu mir«, raunte Tomaki ihnen zu. »Dort sehen wir weiter. Begleitet ihr uns?«

Die beiden nickten heftig.

»Und was ist mit Ruta? Also, ich meine Nanami?«, fragte Shiina. »Wo soll sie nachher die Nacht verbringen? Ich glaube, es wäre keine gute Idee, sie zu Klarin nach Hause zu schicken. Sie würde zu sehr auffallen.«

Die Gruppe blieb stehen. Daran hatte ich noch gar nicht gedacht. Mein einziger Gedanke war es gewesen, Ronin zu kontaktieren. Shiina tippte mir auf die Schulter. »Apropos Klarin!«, raunte sie mir zu.

»Oh, Pez! Gut, dass ich dich gerade treffe, wir wollen uns heute Abend Essen nach Hause bestellen, was hättest du denn gern?«, fragte mich ein junger Typ, anscheinend dieser Klarin.

»Ach, ich, ähm ...« Was sollte ich bloß antworten? Was hätte Ruta Pez in diesem Fall geantwortet?

»Ach, darüber braucht ihr euch keine Gedanken machen, Pez schläft diese Nacht bei mir!« Shiina klammerte sich an meinen Arm und lächelte charmant.

»Oh, ach so. Dann euch viel Spaß.« Klarin lächelte mir noch zu, bevor er sich umdrehte und wieder in seinem Klassenraum verschwand.

»Puh«, atmete ich laut aus.

»Gut gerettet, Shiina«, grinste Tomaki. Ihr eiserner Griff um meinen Arm lockerte sich, und sie lächelte.

»Fiel mir gerade ein«, sagte sie verschmitzt. Es war nicht weit bis zu Tomakis Tempel.

»Es ist wirklich eine Schande, dass die alten Tempel alle zerstört wurden«, seufzte ich, als wir ankamen. Ich betrachtete ihn. Er sah schon sehr alt und heruntergekommen aus. Aber man konnte noch genau die wunderschönen Verzierungen erkennen, die die Zeit überdauert hatten. »Ich wünschte, man könnte neue bauen.«

»Kann man das denn nicht?«, fragte Shiina.

»Kann man schon, aber ...« Ich strich liebevoll über eine Wandverzierung. »Aber diese neuen Tempel würden nicht dieselben Eigenschaften wie diese alten besitzen. Sie wären nicht unsichtbar.«

»Was?« Shiina sah mich überrascht an. »Wie meinst du das, unsichtbar?«

»Dieser Tempel ist für andere Menschen nicht sichtbar. Für sie weilt hier nur ein ganz gewöhnlicher Hügel, der nichts Besonderes und somit auch keines Blickes würdig ist.«

»Und wieso können Giove und ich ihn dann sehen?«, fragte Shiina verwirrt.

»Diejenigen, die wissen, dass dieser Tempel existiert, können ihn sehen«, erklärte Giove.

»Wusstest du etwa davon?« Shiina sah ihn mit großen Augen an.

»Selbstverständlich.« Er rückte seine Brille wieder nach oben. »Warum glaubst du, hat Viovis uns hier noch nie behelligt?«

»Ja, stimmt. Aber wieso konnte ich ihn dann auch sehen, als ich das erste Mal hierherkam? Wo ich doch noch gar nicht wusste, dass er existiert?«

»Weil ich dich hierher geführt habe«, antwortete Tomaki. »Wenn man von einem Eingeweihten geführt wird, dann sieht man den Tempel auch als Außenstehender. Der, der den Tempel sehen kann, öffnet dem anderen sozusagen die Augen.«

»Oh!« Shiina schien schwer beeindruckt zu sein.

»Diese Welt birgt, obwohl sie von Viis unterworfen wurde, wahrlich noch einige Geheimnisse und Überraschungen«, grinste ich. Shiina sah mich verzückt an. Wir betraten den alten Tempel. Er war wirklich noch so, wie man ihn erbaut hatte. Nichts wurde hier verändert. Ein wenig fühlte es sich wie Heimat an. Nacheinander zogen wir unsere Schuhe aus und stellten sie im Flur ab. Wir setzten uns in einem der alten Räume an einen Tisch. Nur Tomaki fehlte noch. Kurz darauf brachte er uns kleine Gläser, die mit mintgrüner dampfender Flüssigkeit gefüllt waren.

»Ich hoffe, es schmeckt euch«, lächelte er, als er sie auf den Tisch stellte. Das Getränk wärmte den ganzen Körper. Ich trank gierig noch einen Schluck.

»Also, wie geht es jetzt weiter?«, fragte Giove.

»Nun«, begann ich. »Ihr wolltet mich noch darüber aufklären, was mit meinem und Ronins Amuletten passiert ist. Tomaki meinte, sie seien zerstört?« Ich sah ihn an, doch er wich meinem Blick aus.

»Es geschah so plötzlich … Wir hatten keine Chance«, murmelte er.

»Die Schuppen sind ebenfalls alle weg?«, fragte ich. Wieder nickte Tomaki.

»Hm …« Ich nahm einen weiteren Schluck. Es schmeckte so erfrischend und würzig, aber doch mild. Wie in alten Zeiten.

»Es gäbe noch eine andere Möglichkeit, aber ihr sagtet, dass ihr schon alle, wirklich alle Schuppen gesammelt hattet, ja?!«

Die drei nickten.

»Dann fällt diese Möglichkeit raus«, murmelte ich. Nachdenklich verschränkte ich meine Arme. Enttäuschung machte sich auf ihren Gesichtern breit.

»Aber Shiinas Gedanke, dass sich Ronin auch noch auf dieser Welt befinden muss, ist nicht so abwegig. Schließlich gehören zu so einer Sache immer zwei, er wird damit auch nicht abgeschlossen haben«, überlegte ich weiter. »Nur… wo könnte sich der Geist von Ronin verstecken?«

»Wo warst du denn, bevor du in Rutas Körper geschlüpft bist?«, fragte Shiina. Ich seufzte. »Keine Ahnung. Ich kann mich an mein eigenes Leben erinnern. Aber wo ich so lange Zeit danach war, das weiß ich nicht.«

»Wirklich gar nichts?« Ich zögerte. »Nun, ich weiß nicht, ob das wirklich geschehen ist oder ob es nur ein Traum war. Aber ich erinnere mich an einen kalten Tag. Es war nicht zu meiner Lebenszeit, da bin ich mir sicher. Die Welt sah aus wie diese hier, wie Cosmica. Und ich war nur ein Schatten.« Ich sah von einem zum anderen. »Es klingt so absurd, darum dachte ich ja auch, es sei ein Traum gewesen. Aber inzwischen … Inzwischen glaube ich nicht mehr an Zufälle. Oder unbedeutende Erinnerungen.«

»Ein Schatten, sagst du?«, fragte Tomaki. Seine Stirn war gefurcht und er schien meinen Worten Glauben beizumessen. »Was ist passiert, als du ein Schatten warst?«

»Ich habe ein Mädchen zu einer Drachenschuppe geführt. Das muss Ruta gewesen sein, oder? Wisst ihr etwas darüber? Ist das wirklich geschehen?«, fragte ich. Er starrte mich mit offenem Mund an.

»Ja, stimmt! Also hatten wir doch recht, dass du es

warst! Dann warst du sicherlich auch die Frau im Eis, richtig?«

Ich nickte zögerlich. »Ich erinnere mich. Ja. Ich weiß noch, dass mein Amulett nach mir rief. Egal wo ich zu dem Zeitpunkt war, ich wusste irgendwie, dass ihr meine Hilfe brauchtet. Doch nachdem Ruta in das Eis gestürzt war, habe ich euch und das Bewusstsein für diese Welt wieder verloren. Das nächste Mal, dass ich aufgewacht bin, war heute, als ich in Rutas Körper geschlüpft bin.«

»Aha, verstehe«, murmelte Tomaki.

»Vielleicht verharrt der Geist von Ronin an dem Ort, an dem er starb«, warf Shiina plötzlich ein.

»Du meinst, er wartet dort vielleicht auf Nanami?«, fragte Giove.

»Das glaube ich nicht. Es war ein schrecklicher Ort«, mischte Tomaki sich ein. »Er würde nie wieder dorthin zurückkehren wollen, auch als Geist nicht. Außerdem liegt dieser Ort ziemlich weit entfernt von hier.«

»Aber es ist ein Weg in die richtige Richtung«, murmelte ich.

»Wie sieht es dann mit seiner Grabstätte aus?«, war Shiinas nächster Vorschlag.

»Ich habe gesehen, wie sie ihn verbrannt haben«, hauchte Tomaki. »Ich war dabei.« Ich sah zu ihm auf.

»Verbrannt, sagst du?«

Tomaki nickte knapp.

»Und die Asche wurde in einem der großen dunklen Wälder verstreut?«, fügte ich leise hinzu.

»Ich weiß nicht, was danach mit seiner Asche passierte. Es könnte aber gut möglich sein, dass sie sie in so einem Wald verstreut haben«, stimmte Tomaki zu.

»Das heißt, wir könnten seinen Geist in einem der großen Wälder antreffen?«, schloss Giove daraus.

»Ja.« Ich nickte und nahm den letzten Schluck des wunderbaren Tees.

»Also werden wir morgen die Wälder aufsuchen, in der Hoffnung, dort zufällig Ronins Geist über den Weg zu laufen?«, fragte Giove in die Runde.

»Wer hat etwas von morgen gesagt?« Ich sah sie mit hochgezogenen Augenbrauen an, als ich das Glas wieder zurück auf den Tisch scheppern ließ. »Heute um Mitternacht brechen wir auf!«

»Wa– Ohne mich!« Shiina legte ängstlich ihre Hände an ihre roten Wangen. »Ich komme da nicht mit!«

»Hast du Angst vor Geistern?«, fragte Tomaki. Heftig nickte sie mit ihrem Kopf. »Höllisch große Angst!«

»Du brauchst wirklich keine Angst haben. Geister können dir nichts tun«, versuchte ich sie zu beruhigen. »Und außerdem bist du ja nicht allein.«

»Wir brauchen dich, Shiina.« Tomaki sah sie flehend an.

»Wenn irgendetwas passiert, dann brauchen wir dich und deine Kräfte. Für Ruta.« Sie sah ihn ängstlich an.

»G-Gut.« Sie kniff ihre Augen zusammen. »Für Pez.« Tomaki lächelte erleichtert. Er servierte noch eine Kanne Tee, und kurz vor Mitternacht brachen wir endlich auf.

»Brr.« Shiina rieb sich die Arme. »Kalt!«

»Wenn du dich bewegst, wird es besser«, sagte Giove, der an ihr vorbeiging.

»Warte doch!« Schnell hüpfte sie ihm hinterher. Tomaki verschloss die Türen.

»Wir sollten zuerst den alten Seelenwald besuchen«, hauchte ich in die Kälte. »Dort ist die Möglichkeit, einen Geist anzutreffen, am größten. Sagen zumindest die alten Geschichten.«

Tomaki nickte.

»Ich kenne einen Weg, der nicht die ganze Nacht in Anspruch nehmen wird«, sagte er.

»Gut.« Wir gingen durch die von großen Lampen beleuchteten Straßen. Bald standen die Laternen in größeren

Abständen zueinander. Das Licht wurde rarer und die Luft kühler. Mein Blick glitt zu Giove und Shiina, die vor mir und Tomaki gingen. Sie waren in eine Diskussion verwickelt, die jedoch so leise war, dass ich kein Wort verstand. Irgendwann grinste Shiina Giove breit an und er schüttelte den Kopf.

»Nein, ich sage dir doch …«

Ich lächelte in mich hinein. Was sie wohl sagen würden, wenn sie wüssten, dass sie in Orbica ein Paar gewesen waren?!

»Was ist denn?«, fragte Tomaki. Er schien mich die ganze Zeit nicht aus den Augen gelassen zu haben.

»Ach nichts«, winkte ich ab und schmunzelte in mich hinein. Wie die beiden wohl in dieser Welt von sich dachten? Wenn ich meinen Augen trauen konnte, erschien es mir, dass sie bald wieder zusammenkommen würden.

»Sag mal, darf ich dir eine Frage stellen?«, fragte Tomaki nach einiger Zeit.

»Ja, natürlich.«

»Ruta hat mir einmal gesagt, dass sie bei mir anfangs ein schlechtes Gefühl gespürt hat. Bisher dachten wir, dass das mit der Gehirnwäsche zusammenhing. Aber wenn es zwischen dir und Ronin Probleme gab, kann es doch gut sein, dass sich dieses Misstrauen von deinem Amulett auch auf Ruta übertragen hat, oder?!«

»Ja, das stimmt. Jeder Gedanke an Ronin ist verdorben durch meine Zweifel.«

»Verstehe«, murmelte Tomaki. »Ich dachte anfangs echt, dass sie mich hasst.« Er schmunzelte.

»Doch ich habe einfach all meinen Mut zusammengenommen und sie weiter genervt, bis sie mich schließlich akzeptiert und die Aufgabe angenommen hat.«

Ich sah zu Tomaki hinüber.

»Ach, ich glaube gar nicht, dass sie dich gehasst hat – oder dass du sie genervt hast. Sie musste sich damals bestimmt mit so vielen neuen Dingen auseinandersetzen, dass es für sie nicht einfach war, das Gute von dem Bösen zu unterscheiden. Und die Gehirnwäsche gab und gibt ja ihr Übriges dazu.«

»Ja, da hast du wohl recht.« Wir gingen schweigend weiter, jeder hing seinen eigenen Gedanken nach.

»Da vorn«, sagte er schließlich. »Dort beginnt der alte Seelenwald.« Tomaki schaltete eine Taschenlampe ein. Der befestigte Weg endete hier. Wir mussten durch einen schmalen Feldweg gehen, um in den dunklen Wald zu gelangen, der sich nun vor uns erstreckte. Schon von hier aus waren einige höchst seltsame Geräusche zu vernehmen. Shiina schluckte und sah sich ängstlich um.

»Du bist doch nicht allein«, versuchte ich ihr Mut zuzusprechen. »Wir sind ja auch noch da.«

Sie nickte unsicher.

»Dann los.«

Wir kämpften uns durch das ineinander verzweigte Gestrüpp bis zu einem der getrampelten Pfade des Waldes durch. Plötzlich erklang ein Heulen ganz in unserer Nähe. Shiina zuckte vor Schreck zusammen.

»Nur eine Eule«, beruhigte ich sie. Ängstlich nickte sie.

»Wir müssen tiefer hinein. Am besten auf eine Lichtung, wo der Mond den Waldboden erleuchten kann. Laut den alten Geschichten findet man dort am häufigsten Geister.« Ich flüsterte, um keine Aufmerksamkeit zu erregen. Wer wusste schon, was oder wer noch alles in diesem Wald herumkroch? Tomaki ging voran und leuchtete uns den Weg. Und siehe da, schon nach wenigen Schritten erkannten wir in der Ferne ein helles Plätzchen.

»Tomaki, schalte die Taschenlampe aus«, flüsterte ich.

»Nei-«, sagte Giove, räusperte sich dann aber nur.

»Hm, Giove?«, fragte Shiina. »Was wolltest du sagen?«

Er schüttelte den Kopf. Ich sah plötzlich etwas, dass auf der Lichtung im Mondlicht herumtanzte.

»Da ist etwas!« Ohne nachzudenken, sprintete ich los. Ich musste einfach wissen, was es war. Sollte es so leicht sein, einen Geist zu finden? Vielleicht war es sogar Ronins Geist? Ja. Ich spürte es! Es war Ronin! Ob er vielleicht wusste, dass wir ihn hier suchten, und deshalb gekommen war? Tomakis »Nanami, warte!« blendete ich vollkommen aus. Doch als ich an der Lichtung ankam, war die Erscheinung plötzlich weg. Sie war einfach so verschwunden.

»Verdammt«, raunte ich.

»Nanami, warte doch!« Tomaki hechtete zu mir.

»Hast du Ronin gesehen?«, fragte Shiina im nächsten Moment.

»Ja, ich... Ich dachte es zumindest«, gab ich zu. Ich hatte doch so ein Gefühl gehabt ... Hatte ich mich etwa getäuscht? Mit einem Mal erlosch das sowieso schon spärliche Mondlicht und die Lichtung wurde in Dunkelheit getaucht.

»Was zum...?!« Tomaki sah sich um, er war sofort in Alarmbereitschaft. Ich ertappte ihn dabei, wie seine Hand an seinen Hals wanderte, zu der Stelle, an der er sehr wahrscheinlich bis vor kurzem das Amulett getragen hatte. Enttäuscht ließ er seine Hand sinken. Mein Blick wanderte gen Himmel.

»Nur eine Wolke, die sich vor den Mond geschoben hat«, erklärte ich leise.

Als die Wolke weitergezogen war, ließ der Mond das kleine Stückchen Waldboden wieder in schwachem Licht erscheinen. Shiina sah entzückt auf die silbern glitzernden Steinchen, die zwischen den Gräsern des Waldbodens lagen.

»Wunderschön«, murmelte ich. Plötzlich erschien direkt vor uns ein heller Rauch.

»Oh!« Shiinas Augen wurden groß. Doch in ihnen lag keine Spur Furcht.

»Ich dachte, du hast so große Angst vor Geistern?«, fragte Tomaki und lächelte Shiina überrascht an.

»Dachte ich auch. Aber diese hier sind alles andere als gruselig«, gab sie zu. »Nur ein wenig mystisch.« In dem weißen Rauch formte sich etwas. Es begann zu glitzern.

»Findest du nicht auch, Giove?«

Shiina sah sich um.

»Giove?«

Meine Aufmerksamkeit war ganz auf den Rauch vor uns gerichtet.

»Es flieht!«, rief ich, mein Körper hatte sich schon in Bewegung gesetzt.

»Nanami, warte!«, hörte ich Tomaki wieder hinter mir herrufen. Wir rannten durch das Gestrüpp, die Büsche rissen an unserer Kleidung.

»Ich bin es, Nanami!«, rief ich. Der Geist hielt für einen Moment inne. Dann drehte er sich um und sah zu uns herüber.

»Nanami?«, fragte eine weiche und seidene Stimme.

»Nanami, bist du es wirklich?«

»Ja. Auch ich bin ein Geist, aber nun irgendwie in diesen Körper gerutscht. Ich bin es wirklich«, beteuerte ich.

»Oh!« Die Gestalt näherte sich uns vorsichtig.

»Aurora?«, fragte ich, als mir dämmerte, dass ich diese Stimme kannte. Der Geist nickte und nahm die Silhouette einer wunderschönen Frau an.

»Du bist auch gefallen?«, hauchte ich. Ein stechender Schmerz durchfuhr meine Brust.

»Durch die Klinge meines eigenen Mannes ...« Sie schloss traurig die Augen.

»Er war verzaubert.« Ihre langen Haare wirbelten im Wind hin und her, und als sie Tomaki sah, der mich gerade eingeholt hatte, erschrak sie für einen Moment.

»Wer ist das, den du zu dieser Stunde mit in diesen Wald bringst?«, fragte Aurora misstrauisch.

»Das, meine Liebe, ist die neue Hoffnung«, stellte ich vor. »Tomaki, Aurora. Aurora, Tomaki.«

»Es ist mir eine Ehre, mit einem Geist sprechen zu können.« Tomaki verbeugte sich. Aurora legte den Kopf schief.

»Die neue Hoffnung also«, lächelte sie. »Wenn das so ist, dann ist die Ehre ganz meinerseits.«

»Wir brauchen deine Hilfe, Aurora, damit sie ihre Mission beenden können«, begann ich. »Wir müssen unbedingt Ronins Geist finden, damit ich diesen Körper wieder verlassen kann. Hast du ihn gesehen?« Die schöne Frau sah mich nachdenklich an. »Oder vielleicht hat ja jemand anderes von ihm gehört?«, fügte ich rasch hinzu.

»Ronin sagst du?«, wiederholte sie leise.

Ich nickte.

»Ich habe allerlei Geister gesehen. Doch ein Ronin war nicht unter ihnen. Tut mir leid, Nanami.«

Große Enttäuschung machte sich in mir breit.

»Aber vielleicht können Sie noch andere Geister fragen, irgendjemand muss ihn doch gesehen haben?«, fragte Tomaki Aurora sehr höflich, aber mit einem gewissen Nachdruck. »Wir sind wirklich auf Ihre Hilfe angewiesen, Sie sind unsere einzige Hoffnung, dass Ruta Pez wieder in ihren Körper zurückfinden kann! Können Sie nicht irgendetwas tun?«

Sie sah ihn an. Und lächelte verständnisvoll.

»Sie sind wirklich sehr nett«, sagte sie dann. »Ich werde sehen, was ich für Sie tun kann.«

»Wirklich?« Tomaki sah sie dankbar an.

»Es gibt ein paar alte Geister. Sie wissen mehr und sehen mehr als wir. Ich werde sie schnell befragen. Es wird nicht lange dauern.«

»Vielen Dank! Ich danke Ihnen wirklich von ganzem

Herzen!«, sagte Tomaki. Ohne ein weiteres Wort löste sich die Figur der Frau in weißen Rauch auf, der in den Wald entfloh und bald nicht mehr zu sehen war. Der Mond schimmerte am dunklen Nachthimmel. Schon schob sich die nächste Wolke davor. Ich spürte Tomakis Blick auf mir.

»Sie war eine gute Freundin«, erklärte ich. In meinem Herzen schmerzte es unerträglich.

»Ich kann deinen Schmerz gut nachvollziehen. Ich war auch dabei, als viele meiner Freunde kaltblütig ermordet wurden.« Tomaki wandte den Blick ab und sah stattdessen auch nach oben zum Mond.

»Wieso musste es nur so kommen?«, hauchte ich.

»Wir können die Vergangenheit nicht ändern.« Tomaki reichte mir ein Taschentuch. Mir war gar nicht aufgefallen, dass ich zu weinen angefangen hatte.

»Danke.« Ich nahm es und tupfte meine Augen ab.

»Sie hat recht«, murmelte ich nach einer Weile.

»Recht? Mit was? Was meinst du?«, fragte Tomaki.

»Wer hat recht?« Er fragte, obwohl er es doch ziemlich genau wusste. Ich lächelte.

»Aurora. Du bist so warmherzig.«

»Ach was ...«, murmelte er und trat verlegen von einem Fuß auf den anderen. Die Wolken gaben den Weg des Mondlichtes wieder frei. Rauch erschien, der sich wenige Sekunden später zu der schönen Aurora formte. Sie legte ihre Hände vor ihrem Körper ineinander und schloss die Augen, als sie anfing zu berichten: »Ich habe wirklich alle meine Kontakte befragt, jeden, der es meiner Meinung nach wissen könnte. Alte und junge Geister, mir freundlich gesinnte und jene, denen nichts mehr an niemandem liegt. Doch keiner konnte mir sagen, wo Ronin sich jetzt befindet. Es tut mir so leid, dass ich euch nicht weiterhelfen konnte.« Tomaki sah betrübt in die Ferne.

»Sie haben alles, was in Ihrer Macht stand, getan, deshalb bin ich Ihnen wirklich sehr dankbar«, sagte er dann.

»Doch eine Nachricht habe ich trotzdem erhalten.« Sie öffnete ihre großen und wunderschönen Augen wieder.

»Sag es uns, Aurora! Jedes Detail könnte uns weiterhelfen!« Beinahe hätte ich sie durch meinen Ausbruch verschreckt.

»Niemand weiß, wo er jetzt ist, aber Ronin wurde dennoch als Geist gesichtet. Zwar schon vor sehr langer Zeit, aber … nun wisst ihr wenigstens, dass er wirklich ein Geist ist.« Sie sah uns hoffnungsvoll an.

»Gut, das ist schon mal ein Anhaltspunkt.«

Meine Gedanken waren schon wieder woanders. Er war also ein Geist. Aber wieso zeigte er sich dann nicht? Wollte er vielleicht doch nicht, dass ich ihn finde? Wollte er mich nicht sehen? Ein schriller Stich durchbohrte mein Herz. Ich musste ihn finden, auch wenn er sich in der abgelegensten Ecke dieser Welt versteckte. Ich musste ihn einfach wiedersehen. Auch wegen Tomaki. Ich wusste, dass er sehr darunter litt, dass ich und nicht Ruta Pez an seiner Seite war. Er versuchte es zu überspielen, doch ich spürte trotzdem, wie sehr er sie vermisste.

»Das heißt, wir beenden für heute die Suche nach Ronin. Hier wird er dann mit Sicherheit nicht sein.«

Ich stimmte ihm zu, und wir verabschiedeten uns von Aurora, die uns so lange hinterherwinkte, bis sich wieder eine Wolke vor den Mond schob. Dann verwandelte sich ihr Körper in weißen Rauch, der wieder zurück in die Tiefen des Waldes flüchtete. Tomaki neben mir schaltete die Taschenlampe wieder ein, und wir gingen aus dem alten Seelenwald heraus.

»Es tut mir leid, Tomaki. Ich dachte, wir hätten nun einen guten Anhaltspunkt gefunden. Aber ich habe mich schon wieder getäuscht.«

»Es ist wirklich nicht deine Schuld.« Er sah zu mir, krampfhaft versucht, seine Enttäuschung zu verbergen.

»Wir müssen einfach alle Möglichkeiten ausschöpfen. Eher kann ich keine Ruhe finden.«

»Ich verstehe das. Ich will auch keine Ruhe geben, ehe wir nicht Ruta Pez wieder in diesen Körper zurückgebracht haben«, lächelte ich, wenn auch etwas gequält. »Meine Zeit auf der Erde ist vorbei.

Ich habe es nicht geschafft, jetzt sollt ihr es probieren. Ich verdiene keine zweite Chance.«

»Und trotzdem bist du nun hier«, flüsterte Tomaki. Ich nickte. Eine Sekunde später blieb ich abrupt stehen und sah mich um.

»Nanami, was ist?«

»Wo sind eigentlich Giove und die Kleine?«

Tomaki sah sich um. »Ich glaube, wir haben sie schon vor der Lichtung verloren.«

»Wie kannst du nur so ruhig bleiben?«, fragte ich entsetzt. »Sie sind bestimmt noch im Seelenwald! Und dass, wo Shiina doch solche Angst vor Geistern hat!«

»Nicht mehr. Sie war ziemlich beeindruckt.«

»Wir müssen zurück! Sie wissen doch gar nicht, wo wir jetzt sind! Was, wenn sie den Weg aus dem Wald nicht finden?«

»Wir würden sie doch eh nicht finden. Der Wald ist riesig.« Tomaki zuckte mit den Schultern. »Außerdem habe ich da so ein Gefühl, dass wir uns um die beiden keine Gedanken machen müssen.« Er setzte seinen Weg nach Hause fort. Ich folgte ihm zwangsweise, er hatte ja die Taschenlampe.

»Und was macht dich da so sicher?« Ich konnte immer noch nicht fassen, dass er so ruhig blieb. Er drehte sich um und lächelte.

»Nur so ein Gefühl.«

»Ich gebe auf. Aber wenn sie morgen immer noch im alten Seelenwald herumirren, dann bist du dran schuld.« Tomaki lachte nur. Wir kämpften uns wieder durch das

Gestrüpp und betraten dann den langen und schlecht beleuchteten Weg, der uns wieder zurück in die Stadt führte. Ich gähnte. So viel war heute passiert, es war unglaublich. Heute Morgen gehörte dieser Körper noch jemand anderem … und jetzt war ich auf der Suche nach Ronin und hatte die neue Hoffnung mit eigenen Augen gesehen. Schließlich bogen wir in die abgelegene Straße ab, in der sich Tomakis Tempel befand.

»Tomaki?«, fragte ich.

»Hm?« Er sah mich an.

»Du vermisst sie, nicht wahr?«

Er nickte traurig.

»Ich habe ihr versprochen, dass ich immer auf sie aufpassen werde. Dass ich sie nie wieder aus den Augen lasse. Ich würde für sie sterben.«

»Du magst sie wirklich sehr, habe ich recht?«

Tomaki nickte noch einmal.

»Ja.«

Meine Brust schmerzte. Wir stiegen die Treppen hinauf und hielten inne, als plötzlich ein weißer Kater vor uns den Eingang zum Tempel versperrte.

»Nanu, wer bist du denn?«, flüsterte Tomaki und wollte sich dem Tier nähern. Doch ein Blick in mein Gesicht ließ ihn in der Bewegung verharren.

»Was ist los? Kennst du diese Katze, Nanami?«

»Ja«, brachte ich gerade einmal hervor. Das konnte doch gar nicht sein …!

»Und anscheinend kann diese Katze meinen Tempel auch sehen?«, flüsterte Tomaki. Jetzt beäugte er den Besucher misstrauisch. Als der Kater sprach, war ich wenig überrascht, während Tomaki japsend einen Sprung zurückmachte.

»Ich verbitte mir den Ausdruck ›Katze‹! Sieht man denn nicht, dass ich ein Kater bin? Bist du blind, oder was?«

Tomaki neben mir stand nur mit offenem Mund da. Von ihm würde nicht so schnell etwas kommen.

»D-Das ist die andere Möglichkeit, von der ich vorhin gesprochen hatte«, erklärte ich.

»Ich folge nur dem Plan«, erwiderte der Kater schnippisch.

Kapitel 51

Der weiße Kater leckte sich gemächlich über eine seidene Pfote.

»Die andere Möglichkeit?« Tomaki sah mich verdattert an. »Was meinst du damit? Du sagtest, die andere Möglichkeit fällt raus, da wir alle Schuppen gesammelt haben?! Und wir hatten wirklich alle beisammen.«

»Anscheinend nicht. Sonst wäre er nicht hier.« Ich zeigte auf das kratzbürstige Fellknäul. Der Kater ließ seine Pfote wieder sinken und sah mich mit scharfen Augen an. Ich trat einen Schritt auf ihn zu. Er verengte seine Augen zu ziemlich schmalen Schlitzen.

»Du bist aber nicht Ruta Pez«, zischte er.

»Woher weißt du das, Neko?«, fragte ich erstaunt.

»Weil Fundus sonst auch hier wäre.«

»Fundus? Was, der Wolf?« Tomaki hob beide Augenbrauen. »Ich verstehe jetzt gar nichts mehr.« Plötzlich hörte ich ein verdächtiges Knacken, nicht weit entfernt von uns. Hektisch sah ich mich um.

»Lasst uns drinnen weitersprechen«, schlug ich flüsternd vor. Tomaki nickte und schloss die Türen auf. Der Kater stolzierte als Erster hinein.

»Hat sich nicht viel verändert hier. Das ist gut«, bemerkte er, als er sich umsah. Tomaki schloss hinter uns ab und führte uns dann in den Gemeinschaftsraum.

»Tee?«, fragte er. Ich schüttelte den Kopf.

»Kann ich dir irgendetwas bringen, Kater?«, fragte Tomaki höflich, aber immer noch ein wenig verwundert.

»Nicht ›Kater‹, mein Name ist Neko!« Neko sprang auf einen Stuhl. »Wasser. Lauwarm. Und einen Fisch.«

»Fisch habe ich nicht da«, entgegnete Tomaki. Der Kater rollte mit den Augen, als Tomaki in die Küche verschwand.

»Neko, wieso bist du hier?«, fragte ich.

»Du weißt warum, Nanami. Das Amulett von Ronin wurde zerstört. Wodurch ich die einzige Chance bin, die restlichen Schuppen zu finden.«

»Es hieß, es seien schon alle Schuppen gesammelt worden! Ich weiß, dass Fundus und du die neue Hoffnung unterstützen sollten, falls unsere Amulette zerstört würden. Aber ihr solltet nur in Erscheinung treten, wenn noch nicht alle Schuppen gesammelt wurden.«

»Alles richtig. Bis auf den Part, an dem du meinst, dass alle Schuppen gefunden wurden.« Er sah sich kurz um und flüsterte mir dann zu: »Die weiße und die schwarze Schuppe sind noch dort draußen.«

»Was?«

»Es wundert mich, dass du das nicht weißt. Hast du die neue Hoffnung nicht danach befragt? Du weißt, dass diese zwei Schuppen sich von den anderen unterscheiden oder hast du das schon vergessen?«

»Natürlich weiß ich das noch, aber –«

»Lauwarmes Wasser für Neko«, sagte Tomaki, als er das kleine Schälchen mit dem Wasser neben dem Tisch abstellte.

Neko sah ihn böse an.

»Was ist?«

»Ich trinke doch nicht vom Boden!«, fauchte der weiße Kater. Tomaki zuckte zusammen und stellte das Schälchen rasch auf die Tischkante.

»Weiter in die Mitte!«, knurrte Neko wieder.

»Schon gut!« Tomaki sah mich an. Ich las in seinem Gesichtsausdruck, wie sehr dieser Kater ihn verunsicherte. Dann setzte er sich mir gegenüber, während Neko auf den Tisch sprang, sich vor die Schale setzte und anfing, von dem Wasser zu schlabbern.

»Ihr habt die weiße und die schwarze Schuppe noch nicht gesammelt«, informierte ich Tomaki. Obwohl ich es nicht als Frage formuliert hatte, überlegte er kurz, bevor er den Kopf schüttelte.

»Stimmt, bisher waren sie immer farbig.«

Ich nickte. »Diese zwei sind besondere Schuppen von ganz besonderen Drachen. Sie lassen sich nicht so wie die anderen sammeln, deshalb habt ihr sie wahrscheinlich auch nicht wahrgenommen.« Tomaki nickte langsam. So weit schien er mir folgen zu können.

»Und deshalb ist Neko nun da«, fuhr ich fort.

»Wie soll mir denn ein Kater dabei helfen, die letzten Schuppen zu sammeln?«, fragte Tomaki und kratzte sich an der Stirn. Er tat mir ein wenig leid, das war etwas viel auf einmal. Neko sah von seiner Schale auf.

»Du denkst also, ich bin ein stinknormaler Kater? Kennst du etwa viele Tiere, die sprechen können?« Er sah Tomaki an.

»Zu deiner Information, ich bin ein Anima.«

»Ein Anima?«, wiederholte Tomaki. Ich nickte. »Anima sind magische Wesen. Tiere, die sich für ihre Herren in Waffen verwandeln können«, erklärte ich.

»Davon habe ich gehört. Aber ich dachte, es wäre eine von diesen Geschichten, die man sich damals halt so erzählte.«

»Nun, diese Geschichten stimmen jedenfalls«, miaute der Kater. »Ich bin ja hier, wie man sieht.«

»Und was für eine Waffe bist du?«, fragte ich. Fundus war bisher der einzige Anima gewesen, den ich kannte.

»Ein wunderschönes und scharfes Langschwert, natürlich. Ich durchschneide alles und jeden. Niemand kann sich mir in den Weg stellen«, erläuterte Neko und plusterte stolz seine Brust auf. Im nächsten Moment polterte etwas an der Tür. Tomaki und ich sahen uns an.

»Was war das?«, fragte ich. »Hat doch noch jemand diesen Tempel gefunden?« Tomaki sprang auf.

»Dein erster Test, Neko! Verwandle dich!« Er sah den

Kater erwartungsvoll an. Dieser rührte sich nicht.

»Du musst es schon richtig sagen«, meinte er schließlich und sah Tomaki dabei schief an.

»Mach keinen Scheiß, Neko!« Meine Stimme wurde energisch. »Wir brauchen dich!«

»Henkei Suru«, miaute Neko. »Das musst du sag-«

»Henkei Suru!«, rief Tomaki schnell und hob eine Hand in die Luft. Der Kater leuchtete auf und verwandelte sich in ein beeindruckendes Langschwert, das in Tomakis ausgestreckte Hand flog. Tomaki wurde in ein perlweißes Gewand gehüllt, das in der Mitte mit einem schwarzen Band und auf dem Rücken mit einer schwarzen Schleife zusammengehalten wurde. Doch für Staunen blieb keine Zeit. Tomaki hechtete in den Flur, und ich sprintete kopflos hinter ihm her. Mit einem gewaltigen Ruck riss er die großen Türen zur Seite und stellte sich mit gezücktem Schwert dem Eindringling entgegen.

»Wer ist da?«, knurrte er.

»T-Tomaki?«

Vor uns stand eine verdattert dreinblickende Shiina.

»Oh, Giove, Shiina. Gott sei Dank, ihr seid zurück.« Tomaki ließ das Schwert sinken.

»Nein, die greife ich nicht an, das sind nur meine Freunde«, sagte er und antwortete damit auf Nekos Stimme, die er nun in seinem Kopf hören musste.

»Kangen Suru für die Rückverwandlung? Verstanden«, sagte Tomaki, und das Schwert erstrahlte wieder. Keine Sekunde später erschien neben Tomaki der weiße Kater. Ich seufzte erleichtert.

»Sie haben sich also doch im Wald verirrt!«, sagte ich zu Tomaki. »Wir hätten sie wirklich suchen sollen.«

»Nein, nein. Das ist schon in Ordnung.« Shiina sah zu Giove herüber.

»Stimmt's Giove?« Giove kratzte sich verlegen im Nacken und sagte nichts.

Stattdessen starrte er Neko misstrauisch an.

»Na, wenn ihr meint.« Ich zuckte mit den Schultern. Ich hatte mir also völlig umsonst Sorgen gemacht.

»War das gerade ein Schwert in deiner Hand, Tomaki?«, fragte Shiinas mit weit aufgerissenen Augen.

Tomaki nickte.

»Das Schuppensammeln geht weiter«, erklärte er.

»Pst!«, zischte ich, als ich mich umsah. »Kommt, wir gehen rein und erzählen euch dort alles. Nicht hier draußen.«

Die beiden nickten neugierig und folgten uns in den Tempel. Tomaki klärte Giove und Shiina über das auf, was er von Neko und mir erfahren hatte. Besonders die Anwesenheit des Katers warf für die beiden viele Fragen auf, die Neko mehr oder weniger geduldig beantwortete. Als Tomaki fertig war, fragte Shiina: »Es gibt also noch zwei weitere Schuppen?« Tomaki und ich nickten.

»Und wenn wir die beiden Schuppen noch mit den alten Amuletten gesammelt hätten und diese Amulette erst danach zerstört worden wären, dann wäre Neko jetzt nicht hier?«, fragte Shiina.

»Genau. Allein die Zerstörung der Amulette hätte mich nicht aufgeweckt. Das passiert nur, wenn noch Schuppen im Umlauf sind«, erklärte Neko.

»Oh.« Shiina staunte nicht schlecht.

»Warum so kompliziert?«, wollte Giove wissen. »Warum seid ihr nicht einfach zusammen mit den Amuletten erschienen?«

»Wir wussten, dass wir uns absichern mussten. Es war klar, dass Viis euch früher oder später angreifen würde. Und Ronins und Nanamis Amuletten wäre mit der Zeit die Energie ausgegangen.« Neko putzte sich über die Ohren.

»Im Falle, dass Viis die Amulette zerstörte, wollten wir, dass er nichts von meiner und Fundus' Existenz wusste. So denkt er, er habe euch endgültig besiegt und wir können nun hoffentlich im Verborgenen handeln.« Er sah von Giove zu Shiina. »Erzählt mir von seinem Angriff. Wie steht es um Viis?«

»Es ... Es war gar nicht Viis, der uns angegriffen hat«, sagte Shiina.

»Es war Viovis«, erklärte Giove.

»Wer?« Neko sah ihn irritiert an. »Noch nie von dem gehört. Aber egal ...« Er winkte ab. Mein Blick fiel auf Shiina, die entzückt auf das wedelnde Katzenpfötchen starrte.

»Jedenfalls müssen wir schnell handeln.«, sagte der Kater.

»Weiß ich doch!«, sagte ich. Ich wusste mehr als jeder andere, dass ich hier wieder raus musste.

»Wie lange bist du schon in dem Körper von Ruta Pez?«, fragte Neko.

»Seit gestern Mittag ungefähr«, überlegte ich.

»Dann müssen wir sofort aufbrechen!« Nekos Augen wurden klein. »Sonst kann Ruta Pez nie wieder in ihren Körper zurückkehren.«

»Was heißt das, sie kann nicht mehr zurück in ihren Körper?«, fragte Tomaki panisch. Er sah ziemlich fertig aus.

»Wenn Nanami länger als einen Tag, also vierundzwanzig Stunden, in diesem Körper verbleibt, dann wird ihr Geist Rutas Körper ebenfalls in die Welt der Toten befördern! Der Geist eines Toten in einem lebendigen Körper, das kann langfristig nicht funktionieren. Das ist wider die Natur!«

Tomaki starrte mich anklagend an. »Warum hast du uns das nicht gesagt?«

»Weil ich es nicht wusste!«, verteidigte ich mich. »Ich wusste nur, dass ich Rutas Körper verlassen und dafür meinen Frieden finden muss. Dass mein Dasein Auswirkungen auf Ruta haben könnte, wusste ich nicht. Ehrlich!« Ich wandte mich an Neko. »Wenn Ruta überleben soll, muss ich meinen Frieden finden. Und das geht nur, wenn ich Ronin treffen und mit ihm reden kann. Hast du eine Idee, wie wir das anstellen können, Neko?«

»Und was ist mit den Schuppen?«, warf Giove ein. »Ich dachte, wir müssen uns beeilen, um sie vor Viis zu erreichen.«

»Vergiss doch die verdammten Schuppen!«, rief Tomaki.

»Ruta ist wichtiger.«

»Wichtiger als die Mission?«

Die beiden jungen Männer standen sich aufgebracht gegenüber. Ich tauschte einen Blick mit Neko, der daraufhin aufsprang.

»Seid ruhig, ihr Narren!«, rief er, um sich Gehör zu verschaffen. Alle Blicke richteten sich auf ihn. »Hört auf, über Dinge zu streiten, von denen ihr keine Ahnung habt.« Er sah Tomaki an. »Nichts ist wichtiger als die Mission. Die Welt wird zu Grunde gehen, wenn wir nichts unternehmen.« Dann blickte er mit zusammengekniffenen Augen Giove an. »Nun zu dir. Ohne Ruta können wir diese Mission nicht zu Ende führen. Sie ist ein wichtiger Bestandteil zur Rettung dieser Welt.« Neko begann, wie ein General auf der Tischplatte auf und ab zu laufen. »Eure beiden Ziele lassen sich daher wunderbar verbinden. Mein Plan lautet also folgendermaßen: Wir werden jetzt sofort aufbrechen. Die letzten Schuppen befinden sich beide im Land der Berge, wo auch Ronins Geist darauf wartet, seine letzte Aufgabe zu erfüllen. Vorher kommt er nicht von dort weg.«

»Was ist denn seine letzte Aufgabe?«, fragte ich.

»Seine letzte Aufgabe besteht darin, Tomaki zu einer der legendären Schuppen zu führen. Genauso wie du Ruta, wenn sie erst einmal zurück in ihrem Körper ist, zu der Schuppe, die für sie bestimmt ist, führen wirst.«

»Ich werde was?«, fragte ich ungläubig. »Warum weiß ich davon nichts? Ich habe keine Ahnung, wo die Schuppe verborgen liegt.«

»Keine Sorge. Wenn du aus Rutas Körper befreit bist, dann wird die Schuppe dich anziehen und du weißt wo sie ist. Das ist deine Bestimmung. Sowie es Ronins Aufgabe ist, Tomaki zu der Schuppe zu führen. Tomaki sammelt also die Schuppe ein, und erst dann kann Ronin wieder aus der Höhle herauskommen. Ronin befreit dich aus Rutas Körper und somit kann Ruta gerettet werden.«

Wir starrten ihn alle schockiert an.

»Das heißt, uns bleibt nicht mehr viel Zeit«, fügte er drängend hinzu.

»Woher weißt du das alles mit Ronin?«, fragte ich skeptisch.

»Weil er es mir persönlich gesagt hat«, sagte Neko und rollte mit den Augen. »Als sein Amulett zerstört wurde und ich dadurch erweckt wurde, traf ich auf Ronins Geist, noch bevor ich mich auf den Weg zu euch machen konnte. Er sagte, er müsse noch mit etwas abschließen und seine letzte Aufgabe auf dieser Welt ausführen. Ich weiß jetzt, dass er mit dem Abschließen Nanami gemeint hat«, erklärte er uns.

»Dann hat er gesagt, dass er bei der weißen Schuppe auf Tomaki warten würde – im Land der Berge. Doch noch bevor ich ihn fragen konnte, wie, was und warum, war er verschwunden. Die Schuppe hat seinen Geist wohl gleich angezogen.«

»Wie meinst du das?«, fragte Tomaki.

»Na ja, als das Amulett zerstört wurde, wurde sein Geist, der noch in dem Amulett geweilt hatte, befreit und direkt von der weißen Schuppe – wie von einem Magnet – angezogen. Dagegen konnte er sich nicht wehren. Und er kommt dort erst wieder weg, wenn er die Schuppe überreicht hat.« Er sah mich an.

»Bei dir war es doch auch so: Rutas Amulett wurde zerstört und du warst frei.«

»Aber wieso hat die schwarze Schuppe mich dann nicht angezogen? So wie Ronin von der weißen? Wieso bin ich jetzt im Körper von Ruta?«

»Die Schuppe hat dich angezogen. Tut es auch jetzt noch. Und sobald du diesen Körper verlässt, wirst auch du augenblicklich zu ihr gerufen. Aber in dem Moment, in dem das Amulett zerstört wurde, war Rutas Körper so schwach, dass dein Geist zwiegespalten war. Solltest du zur Schuppe oder Ruta retten? Nur deine Energie, dein Geist, hat ihren Körper damals gerettet. So bist du in ihren Körper gekommen.«

»Verstehe«, murmelte ich.

»Halt!«, warf Tomaki ein. »Wenn Nanamis Geist erst frei wurde, als das Amulett zerstört worden war, wie konnten wir dann ihren Schatten und sie selbst im Eis sehen?«

»Na ja, es war ja nicht so, dass wir gar nicht mit euch kommunizieren konnten«, meinte ich. »Und ihr habt mich ja nicht beide gesehen, oder? Sondern nur Ruta. Durch die Amulette waren unsere Seelen schon damals verbunden gewesen. Ich erinnere mich nicht mehr an vieles aus dieser Zwischenwelt, aber ich weiß noch, dass ich alles versucht habe, um Ruta so gut wie möglich unter die Arme zu greifen.«

»Und wieso hat sich Ronin mir dann nie gezeigt?«, fragte Tomaki enttäuscht.

»Glaub mir, er hat dich auch schon oft unterstützt, da bin ich mir sicher.« Ich legte ihm eine Hand auf die Schulter. »Er hat es vielleicht nicht so offensichtlich getan wie ich. Du darfst nicht vergessen, dass Rutas Geist durch die Hirnwäsche geschwächt ist. Daher war es einfacher für mich, mit ihr zu kommunizieren. Aber ich denke, gerade beim Kämpfen wird Ronin immer an deiner Seite gewesen sein.«

Tomaki lächelte mir dankbar zu.

»Gut, wenn jetzt alles geklärt ist, dann lasst uns endlich aufbrechen!«, rief Neko energisch.

»Dann los«, nickte auch Tomaki. »Lasst uns die weiße Schuppe sammeln, Nanami befreien und Ruta zurückholen.«

»Und dann mit ihr die schwarze Schuppe holen und Viis besiegen«, fügte Shiina hinzu.

»Gar nicht kompliziert euer Plan ...«, murmelte Giove ironisch. »Auf was habe ich mich da nur eingelassen?«

Kapitel 52

Schon seit zwei Stunden waren wir unterwegs. Neko hatte uns einen Ort genannt und dann den Beifahrersitz von Gioves Wagen für sich beansprucht. Shiina, Tomaki und ich quetschten uns hinten zu dritt auf die Rückbank.

»Wie weit ist es noch?«, quengelte Shiina.

»Nicht mehr lange«, versprach Giove jetzt schon zum dritten Mal.

»Das sagst du schon seit Stunden!«, jammerte Shiina.

»Ich kann hier nicht mehr sitzen.«

Da sie die Kleinste von uns war, hatten wir sie in die Mitte, auf den unbequemsten Sitz, verfrachtet. Man konnte es ihr also nicht übel nehmen, dass sie sich beklagte.

»Wollen wir Plätze tauschen?«, bot Tomaki an. Shiina sah ihn mit großen Augen an. »Würdest du das wirklich tun? Danke!«

»Giove«, fragte Tomaki, »können wir kurz Halt machen?«

»Es ist nur noch eine halbe Stunde«, erklärte dieser. »Das hält sie noch aus.«

»Wie gemein!«, jammerte Shiina. Aber dann hielt sie inne und ein scheinheiliges Lächeln erschien auf ihren Lippen.

»Wollt ihr eigentlich wissen, warum Giove und ich gestern im Wald zurückgeblieben sind? Er hat nämlich noch viel mehr Angst als ich vor Geist-« Sie kniff ihre Augen zusammen und sah mich und Tomaki verschmitzt an.

»Shiina!« Giove sah ermahnend in den Rückspiegel.

»Schon gut, schon gut, wir machen einen kurzen Halt!« Keine Minute später hielt er am Fahrbahnrand. Tomaki und ich sahen uns erstaunt an, zuckten aber dann beide mit den Schultern. Shiina grinste zufrieden.

»Du hast ihn ja gut im Griff, Shiina«, flüsterte ich ihr zu. Ihr Lächeln wurde noch breiter. Neko, der auf dem Beifahrersitz eingeschlafen war, wurde wach, als der Wagen zum Stehen kam.

»Hey, wieso halten wir?« Er setzte sich aufrecht hin.

»Wir müssen weiter! Die Zeit rennt!«

»Jaja, schon gut.« Shiina und Tomaki wechselten schnell die Plätze. Neko regte sich fürchterlich auf und beruhigte sich erst wieder, als Giove den Motor startete und wir weiterfuhren.

»Viel besser«, sagte Shiina und streckte sich. Es war mittlerweile sechs Uhr morgens und keiner von uns – außer Neko – hatte eine einzige Minute geschlafen. Meine Augenlider fielen mir immer wieder zu, und mein Kopf sackte nach unten. Durch den Ruck schreckte ich jedes Mal wieder auf. Als Tomaki neben mir anfing zu gähnen, war es bei Shiina und mir endgültig vorbei. Wir lehnten uns an Tomakis Schulter und schliefen ein.

»Hey!« Giove hupte einmal kurz, wodurch wir alle senkrecht in unseren Sitzen saßen. »Nicht einschlafen!« Er warf uns einen bösen Blick durch den Rückspiegel zu. Besonders böse sah er dabei Tomaki an, der nur fragend lächelte.

»Wieso nicht?«, piepste Shiina im Halbschlaf.

»Weil wir gleich da sind.« Giove sah wieder auf die Straße vor sich.

»Wir sind fast da«, sagte Neko, der gerade wieder aufgewacht war. Ich rieb mir die Augen und versuchte, wach zu bleiben. Den letzten Rest der Strecke gab Neko Giove mehr oder weniger bewertende Anweisungen, wohin er fahren sollte.

Doch Giove ging gar nicht auf die Kritik seines Fahrstils ein, sondern folgte nur den Anweisungen und setzte seinen Weg fort. Schließlich kam der Wagen zum Stehen. Total erschlagen stiegen wir aus. Wohin wir auch sahen, prägten Berge, graue Wälder und sumpfige Wiesen das Landschaftsbild.

»Wir müssen auf einen der Berge dort«, erklärte Neko und hob eine Pfote in Richtung der großen und überwältigenden Bäume. »Dort liegt der Eingang zu einer Höhle.«

»Wie lange dauert das?«, gähnte Shiina.

»Lange«, erwiderte Neko knapp.

Shiina sah ihn empört an und war damit nicht die einzige. Auch Tomaki und Giove drehten sich erschöpft in Richtung des großen und ziemlich weit entfernten Berges.

»Und da kommt man nicht mit dem Wagen hin?«, fragte ich leise.

Neko schüttelte den Kopf.

»Der Weg führt über Stock und Stein. Wir müssen *jetzt* losgehen, sonst schaffen wir es nicht und Nanami muss in diesem Körper bleiben, bis er stirbt. Also reißt euch gefälligst zusammen! Und ihr wollt die neue Hoffnung sein?«, fluchte Neko.

»Will ich doch gar nicht«, maulte Giove, setzte sich aber wie wir anderen auch widerwillig in Bewegung. Neko hatte recht. Wir hatten einen langen Fußmarsch vor uns. Und wenn wir jetzt trödelten, dann käme jede Rettung für Ruta – und mich – zu spät. Tomaki klatschte sich mit den Händen auf die Wangen und schüttelte sich.

»Alles klar. Und los!« Shiina betrachtete ihn und schüttelte nur den Kopf.

»Wie kann man um diese Uhrzeit nur so motiviert sein?«, murmelte sie schlaftrunken. Giove nahm sie am Arm und schob sie vor sich her.

»Shiina, du kannst Ruta doch jetzt nicht im Stich lassen! Wir verdanken ihr alle unser Leben. In der Turnhalle waren wir Viovis ausgeliefert und sie hätte uns sterben lassen können. Aber sie hat für uns gekämpft. Das müssen wir jetzt auch für sie machen.«

»Kann Shiina die Zeit nicht einfach anhalten? Nur um uns zumindest ein kleines Zeitfenster zu verschaffen?«, fragte Tomaki. Ich schüttelte den Kopf.

»Dummkopf!«, fauchte Neko angespannt. »Für einen Geist oder den Tod spielt es keine Rolle, wie sich die Zeiger auf eurer irdischen Uhr drehen!« Er ließ den Blick über unsere kleine Gruppe schweifen. »Hat noch jemand eine so geniale Idee – oder können wir jetzt endlich aufbrechen?« Tomaki sah beschämt zu Boden.

Ein kalter Wind zog um die Berge. Er machte es uns nicht gerade einfacher, zügig voranzukommen. Shiina riss sich zwar zusammen, doch man sah ihr trotzdem an, wie sehr sie kämpfen musste. Aber auch Giove und Tomaki versuchten, sich von ihrer großen Erschöpfung nichts anmerken zu lassen. Neko hüpfte weit voraus einen Pfad entlang, der uns zu einem der majestätischen Berge führte. Der Pfad wurde mal steiniger, mal matschiger. Und je höher wir ihm auf den Berg folgten, umso kälter wurde auch der Wind, der uns um die Ohren pfiff. Nach einer Stunde schaute ich kurz über die Schulter. Unser Ausgangspunkt und Gioves Wagen waren schon lange nicht mehr zu sehen

»Es ist nicht mehr weit«, versicherte Neko uns. Schließlich brauchten wir doch noch fast eine ganze Stunde, bis wir endlich stehen blieben.

»Wir sind da«, flüsterte Neko. Wir ließen unsere Blicke über den breiten Vorsprung schweifen, der sich an den steilen Hang an der Seite des Berges zu klammern schien. Tomaki sah sich aufmerksam um.

»Da ist etwas«, sagte er. Auch ich verspürte nun etwas. Etwas sehr Bekanntes. Shiina und Giove sahen in die dunkle Höhle, die wenige Meter entfernt tief in den Berg hinein zu führen schien.

»Genau dort drinnen befinden sie sich ...« Neko tapste vor den Eingang der Höhle.

»Die weiße und die schwarze Schuppe.«

»Dann los.« Giove wollte eintreten, doch Neko hielt ihn zurück.

»Die Schuppe, die sich dort drin verborgen hält, ist anders. Sie ist besonders und sehr gefährlich. Nur Tomaki allein kann sie holen. Ihr anderen müsst draußen bleiben.«

»Was?«, rief Shiina ungläubig.

»Keine Angst«, beruhigte Tomaki sie. »Ronin wartet drinnen auf mich. Stimmt's, Neko?«

Der Kater nickte.

»Ich habe trotzdem Angst um dich«, sagte sie. Tomaki lächelte und strich Shiina sanft über den Kopf.

»Schon gut, Shiina«, sagte er leise. »Ich werde es ganz bestimmt schaffen – für Ruta.« Mir wurde plötzlich übel. Und die Welt um mich herum begann sich zu drehen. Meine Beine gaben nach, und ich fiel.

»Nanami!« Giove fing mich gerade noch auf, bevor ich auf den Boden aufschlagen konnte. Ich begann am ganzen Körper zu zittern und zu verkrampfen.

»Los jetzt, Tomaki«, drängte Neko. »Ihr Geist hat bereits begonnen, sich mit Rutas Körper zu vereinen! Du musst sofort aufbrechen und die Schuppe finden, bevor ihr Geist den Körper endgültig eingenommen hat! Wenn das eintritt, ist Ruta nicht mehr zu retten!«

Trotz meines erschöpften Zustands merkte ich, wie Tomaki zögerte. Ich spürte seinen besorgten Blick auf mir. Ich drehte meinen Kopf langsam zu ihm herum.

»T-Tomaki«, hauchte ich, »mach dir keine Sorgen um mich.«

Er nickte mit schmerzvollem Blick. Ich trug noch immer Rutas Gesicht – ich sah, wie sehr er darunter litt, mich so zu sehen.

»Geh!«, war das Letzte, was ich aus mir herausholen konnte.

»Pass bloß auf Tomaki auf!«, funkelte Shiina Neko an.

»Was glaubst du, wer ich bin?«, fauchte er zurück.

»Und kommt uns bloß nicht nach, sonst ist alles umsonst gewesen!«

»Henkei Suru«, flüsterte Tomaki. Der Kater leuchtete auf und verwandelte sich in das Schwert, das sogleich wie von Zauberhand in Tomakis Hand glitt. Tomaki drehte sich ein letztes Mal zu mir um, bevor er in der dunklen Höhle verschwand. Giove legte mich vorsichtig auf dem kalten Boden ab. Shiina hockte sich neben mich. »Was sollen wir bloß tun?«

Ich keuchte.

»Wir können jetzt nichts tun«, meinte Giove. »Rutas Schicksal, das von Nanami und der gesamten Welt lastet nun allein auf Tomakis Schultern.« Er setzte sich ebenfalls neben mich. Shiina legte ihre warmen Hände um meine.

»Sie ist ganz kalt!« Besorgt sah sie zu Giove auf.

»Wir müssen sie warm halten.« Er sah sich hektisch um und deutete schließlich auf einige große Steine, die vor dem eisigen Wind Schutz boten.

»Wir legen sie hinter diese Steine«, beschloss er.

Shiina nickte. Zusammen trugen sie mich an die windgeschützte Stelle. Ich spürte, wie ich immer mehr Details dieses Körpers wahrnahm.

Ich wollte nicht!

Das war nicht mein Körper!

Er gehörte nicht zu mir!

Nein!

»Ihre Hände werden immer kälter!« Shiina kamen vor Verzweiflung die Tränen. Mein Keuchen wurde lauter, angestrengter. Der Körper krampfte wieder zusammen. Shiina riss sich die Jacke vom Leib.

»Shiina, warte.« Giove hielt sie zurück. »Wir nehmen meine.

Giove zog seine dicke Jacke aus und legte sie über mich. Ich stöhnte auf, als mich die Wärme durchfuhr. Shiina drückte meine Hand.

»Nanami!«, flüsterte sie. »Halte durch, Nanami!«

Ich schloss die Augen. Meine Füße verkrampften. Ich schrie auf. Würde es nun so enden? War alles umsonst gewesen? Ich spürte nur noch einen einzigen Wunsch in mir. Tomaki sollte es schaffen. Er sollte mich erlösen.

Kapitel 53

Ich krümmte mich zusammen. Tomaki war nun schon seit einer Stunde in der Höhle.

»Gahh!«, brüllte ich vor Schmerzen.

»Sie stirbt, Giove, sie stirbt!«, hörte ich Shiina kreischen. Ich schaffte es, meine Augen zu öffnen.

»Verdammt! Die Zeit rennt uns davon!« Er sah in die Höhle hinein, obwohl dort nur Dunkelheit herrschte.

»Wo bleibt Tomaki nur?«

Shiina sprang auf.

»Was tust du?« Giove sah sie bestürzt an.

»Ich werde nach ihnen sehen!«

»Nein!« Er sprang ebenfalls auf.

»Hast du denn vergessen, was Neko gesagt hat? Wenn wir auch nur einen Schritt in diese Höhle machen, ist alles umsonst gewesen!« Er musste gegen den aufbrausenden Wind anschreien, der seine Richtung geändert hatte. Jetzt waren wir noch nicht einmal mehr hinter den Steinen vor ihm geschützt.

»Aber wenn ihm etwas zugestoßen ist?«

»Wir dürfen nicht unüberlegt handeln! Tomaki kommt schon klar. Ich mache mir mehr Sorgen um Nanami.«

»Dann mach was! Sie stirbt sonst!«, weinte Shiina. Giove sah sich um. Er fror, das konnte ich erkennen, er hatte mir ja seine Jacke gegeben. Doch dann kniete er sich wieder neben mich und tätschelte meine Wangen.

»Nanami! Sieh mich an!«

Ich stöhnte und sah ihn an.

»Sehr gut!« Er sah mir tief in die Augen.

»Jetzt hör mir gut zu!«, sagte er. Ich konnte ihn gerade so verstehen, denn der Wind entriss ihm die Worte, noch bevor sie über seine Lippen gekommen waren.

»Du darfst nicht gehen! Versuche, durchzuhalten!«

Seine Augen leuchteten auf. Sie waren wunderschön. Eisig, aber doch so warm.

»Argh!« Ich krümmte mich wieder vor Schmerz. Ließ aber nicht von seinen Augen ab. Sie begannen zu glitzern.

Ich hustete und schrie.

»Du darfst nicht gehen!«, sagte Giove wieder. Seine Stimme war nun lauter, nahm meinen ganzen Kopf ein. Seine Augen schimmerten und hypnotisierten mich. Ich wollte nicht gehen. Ich wollte nicht gehen.

Ich schrie auf, und mein Körper verkrampfte sich. Doch mein Blick wurde von Gioves gefesselt. Ich konnte ihn nicht losreißen. Er nahm meine Hand und hielt sie fest.

»Du darfst nicht gehen!«, schrie er wieder gegen den Wind. Mir kamen die Tränen.

»Giove!«, rief Shiina. »Was machst du mit ihr?«

Er reagierte nicht auf sie. Er sah weiter mich an. Er blinzelte kein einziges Mal. Plötzlich war es so, als ob mir jemand die Luft abdrückte.

Ich röchelte. Bekam kaum noch Luft.

»Giove!« Shiina rüttelte an seiner Schulter.

»BLEIB BEI MIR!«, schrie Giove mit ganzer Kraft, bevor er auf meinem Körper zusammensackte. Seine Stimme, die meinen Kopf gerade eben noch ausgefüllt hatte, verstummte augenblicklich.

»Giove!«, kreischte Shiina schmerzvoll. Sie zog ihn von mir herunter und kauerte sich neben ihn. Ich spürte, wie der Körper, in dem ich gefangen war, schwerer und schwerer wurde. Nein...

Ich brauchte... mehr... Energie.

»Shi...« Ich bekam es nicht heraus. »Gio...«

Sie sah auf.

»Nanami?« Sie beugte sich zu mir herunter. Ich sah in ihre tiefgründigen Augen.

»Gi...!« Tränen rannen über Shiinas Wangen.

»Was soll ich tun?«, wimmerte sie.

»Energie.« Ich nahm meine ganze Kraft, die mir noch blieb, zusammen, um dieses allerletzte Wort zu formulieren. Ob sie etwas damit anzufangen wusste?

Offenbar nicht.

»Energie?«, fragte sie mit weit aufgerissenen Augen.

»Was meinst du damit?«

Dann sah sie zu Giove herüber und ihr kamen die Tränen.

»Was soll ich nur tun? Wie um alles in der Welt kann ich ihm helfen?!«

Sie legte sich eine Hand an die schmerzende Brust, keuchte ... und dann passierte es. Shiina begann von innen heraus zu leuchten – und sackte zusammen. Das Licht hüllte ihre Gestalt vollständig ein, und als es kurz darauf erlosch, schwebte eine junge Frau in einem wunderschönen blumenverzierten Kleid vor mir. Sie lächelte mir zu.

Shiina! Die vierte Königin!

Ich konnte nichts weiter tun, als sie anzustarren. Sie sah genauso aus, wie ich sie von früher kannte. Wieso erschien sie mir nun in dieser Gestalt? Doch mir fehlte die Energie, darüber nachzudenken. Die Königin wandte sich ab und nahm Gioves Hand. Sie schloss die Augen und fing an, eine Formel zu murmeln. Ihre Worte klangen düster und traurig, aber dennoch stark. Schnell wurde sie lauter. Und lauter. Sie quetschte Gioves Hand in ihren kleinen, zarten Händen zusammen, solange, bis sie dort, wo sie sich berührten, aufleuchteten.

Das Licht ...

Energieverbindung, schoss es mir durch den Kopf. Mein Sichtfeld wurde immer kleiner. Bald waren die ineinander verschlungenen Hände alles, was ich sah. Das Bild der Königin löste sich auf und dann war es Shiina, die gebannt neben Giove hockte und seine Hand hielt.

Giove rührte sich, erst schwerfällig, doch kurz darauf richtete er sich auf.

»Shiina?«, hörte ich ihn murmeln.

»Giove, Nanami!«

Er hob seine freie Hand an die Stirn und sah mir dann wieder in die Augen. Sein Blick war wie aus Stahl, seine Stimme wie ein Horn, das in meinem Kopf erklang: »Geh nicht!« Ich gehe nicht. Ich bleibe. Mein Kopf wurde wieder klarer. Ich wusste, was hier passierte. Ich, Giove und Shiina besaßen nun eine nicht sichtbare Energieverbindung. Die vierte Königin, die tief in Shiina schlummerte, erlaubte Giove, Shiinas Energie zu nutzen, um mich mit seinem Blick davon abzuhalten, die Schwelle zum Tod zu überschreiten. Doch keiner von uns hatte unendlich viel Energie. Wie lange würden sie das durchhalten, bevor sie die Verbindung abbrechen mussten?! Wo nur blieb Tomaki? Ich sah es zuerst in Gioves Augen. Ihre Stärke ließ nach. Er schwankte leicht.

»Gaah!«, ich krümmte mich. Die Energien waren nun endgültig verbraucht, nichts konnte mich nun noch weiter am Leben halten. Die Konturen um mich herum verblassten, ein helles Licht nahm mein Blickfeld ein.

»NANAMI!«, brüllte jemand gegen den tobenden Sturm an. Ich kannte diese Stimme. Aber das Licht rief mich weiter zu sich. Umgab mich, wärmte mich, hieß mich willkommen.

»NANAMI!«, jemand sackte neben dem Körper zusammen, diesem Körper, den ich schon fast verlassen hatte. Doch dann wurde ich unsanft aus dem Licht gezogen. Hinab gerissen. Spürte … alles. Ich riss die Augen auf und schnappte nach Luft. Ich hechelte, röchelte. Der Schmerz war fast nicht zu ertragen.

»Nanami!«

»Wer … seid Ihr, argh??«, stieß ich hervor, bevor ich die Zähne vor Schmerz zusammenbiss.

»Deine Rettung.« Die Stimme nahm Gestalt an. Ein großer, muskulöser Mann, der seine schulterlangen Haare zu einem Zopf zusammengebunden hatte. Ich würde ihn unter tausenden Menschen wiedererkennen.

»Ronin!« Ich wollte seinen Namen brüllen, doch er kam nur als ein Flüstern über meine Lippen. Endlich nahm ich unser Umfeld wahr. Tomaki war gerade dabei, Giove und Shiina von mir wegzuzerren. Mir wurde schwarz vor Augen.

»Nein, sie stirbt, wenn wir uns von ihr lösen!«, hörte ich Shiina jaulen.

»Weg von dem Körper!«, brüllte Ronin. Shiina ließ unter Wimmern von Rutas Körper ab. Gioves Augen verdrehten sich, sodass man nur noch das Weiße sehen konnte, als unsere energetische Verbindung unterbrochen wurde.

»Jetzt!«, schrie Tomaki. Noch bevor meine Augen endgültig zufallen konnten und ich über die Schwelle in das Licht gehen konnte, griff Ronin nach meiner Hand. Seine Wärme begann augenblicklich meinen ganzen Körper zu durchfluten. Ich schrie auf und alles verschwamm vor meinen Augen.

~ ~ ~

Eine Erinnerung überrollte mich. Es war das letzte Mal, dass ich die Wärme seiner Hand gespürt hatte. Als wir uns verabschiedeten. Als ich ihn das letzte Mal sah. Bevor ich starb.

»Das wäre dann alles?«, fragte ich.
Ronin nickte.
»Gut. Dann sehen wir uns wohl nicht mehr bis dahin?«, fragte ich. Ronins Gesicht wurde traurig. Ich wusste die Antwort schon, bevor er sie aussprach.

»Nein.«

Mein Herz bekam einen Stich.

»Oh, Ronin«, hauchte ich und schlang meine Arme um ihn. Ich schmiegte mich an seine starke Brust. Ich hörte sein Herz schlagen. Ronin strich mir sanft über den Kopf.

»Nanami«, flüsterte er.

Ich wollte mich nie wieder von ihm lösen. Ich wollte für immer so verharren, wollte den grausamen Krieg einfach nur noch vergessen.

»Was wäre wohl aus uns geworden, wenn wir keinen Krieg hätten?«, flüsterte ich, löste mich wieder von ihm und sah in seine Augen. »Das frage ich mich oft.«

»Wir werden es bald wissen«, lächelte Ronin. Ich lächelte ebenfalls, obwohl ich wusste, dass das eine Lüge war. Ein Leben nach diesem Krieg? Ich glaubte nicht daran, dass wir es je erleben würden. Ich trat einen Schritt zurück.

»Wir schaffen das«, sagte Ronin. Ich nickte. Und hoffte, dass er Recht behielt. Dann wandte ich meinen Blick ab und drehte mich um.

»Nanami?« Ronin griff nach meiner Hand. Ich sah ihn an.

»Egal was auch passieren mag, wir werden nie getrennt sein. Wir werden immer wieder zusammenfinden.« Er strich mir über die Wange. »Merke dir diese Worte.« Mir kamen die Tränen. Ich nickte.

»Versprichst du mir das?«, fragte ich leise. Er zog mich zu sich heran und flüsterte »Ja, Nanami, das verspreche ich dir« in mein Ohr. Ich begann lautlos zu weinen. Ich hatte Angst. Solche Angst, Ronin für immer zu verlieren. Es tat weh, als seine Hand aus meiner glitt und sie die Wärme mit sich nahm.

Als er mich losließ und sich umdrehte. Als er ging. Ich spürte die Wärme seiner Hand noch lange auf meiner

Haut. Doch mit der Zeit verging sie – viel zu schnell.

~ ~ ~

Die Erinnerung verblasste, und ich wurde zurück in Rutas Körper katapultiert.

»Nanami!«

Ronin.

Ich schlug die Augen auf. Ich war noch immer im Körper von Ruta.

»Nanami! Hör mir jetzt gut zu!«, beschwor meine Liebe mich. »Du denkst bestimmt, ich hätte dich verraten, weil du die Schuppe damals allein sammeln musstest! Weil du dich opfern musstest. Aber das stimmt nicht. Es gab einen Überfall auf meiner Mission. Wir wurden verraten.« Ronin schluckte. »Wir hatten einen Verräter in den eigenen Reihen. Er hat unseren ganzen Plan zunichte gemacht. Glaub mir, ich wäre zu dir gekommen, wie wir es ausgemacht hatten, doch es gab eine Schlacht bei den blauen Wiesen. Viis wusste von unserem Plan. Aus meinem Team überlebte keiner diesen Überraschungsangriff. Der Hilfstrupp, in dem auch Tomaki war, kam zu spät. Ich starb noch in seinen Armen.«

Ein Verräter in unseren Reihen?! Ich sah in Ronins Augen, und seine leidende Seele blickte zurück.

»Es tut mir so leid, Nanami. Ich konnte nichts für dich tun«, hauchte er. Ich versuchte, mich aufzusetzen. Sofort war er bei mir und half mir. Mir begannen die Tränen über die Wangen zu laufen.

»Ich habe versagt«, schluchzte er. »Ich konnte dich nicht beschützen. Es tut mir so leid.« Er kniete neben mir und umschlang mich mit seinen Armen.

»Es tut mir so leid.« Die Worte hallten auch in meinem Kopf wider. Und das war alles, was ich wissen musste. Er hatte mich nicht verraten. Er hatte alles Menschenmögliche getan, um zu mir zu kommen, aber letzten Endes war es ihm nicht gelungen. Ich wusste nun, dass das, was ich damals tat, das einzig Richtige gewesen war. Wäre ich geflohen, hätte ich den Drachen Viis' Männern überlassen … Und ich wäre zu einer Welt ohne Ronin zurückgekehrt. Was für ein Leben wäre das gewesen? Das Missverständnis von früher war beseitigt. Ich bedeutete ihm doch etwas. Und da spürte ich dieses Gefühl. Ronin war wieder da.

»Ich vergebe dir!«, wimmerte ich, als ich meine Arme um ihn legte.

»Ich vergebe dir, Ronin. Es war also nicht deine Schuld. Das konnte ich nicht wissen.«

Er legte seinen Kopf auf meiner Schulter ab.

»Danke, Nanami.« Er presste sich noch stärker an mich.

Mich erreichte alles. Jedes seiner Gefühle teilte ich nun. Ich spürte, wie er starb. Ich spürte seinen Ärger, den Zorn und die Wut auf den Verräter. Ich spürte seine Schuld. Ich spürte, wie er um mich trauerte. Ich spürte, wie sehr er mich liebte. Dann fasste er sich wieder und löste sich von mir. Ich wischte ihm die Tränen von den Wangen.

»Ich kann jetzt erlöst werden«. Lächelte ich erschöpft. Ronin nickte.

»Komm«, sagte er und hielt mir seine Hand entgegen. Ich nahm sie. Dieses Mal glitt die Hand von Ruta Pez durch Ronin hindurch, doch meine eigene Hand blieb auf seiner Geisterhand liegen. Mit einem kräftigen Ruck löste ich mich von Rutas Körper. Ich wurde leicht, die Kälte, der Berg, Tomaki und die anderen waren verschwunden. Alles, was blieb, waren ein helles Licht und Ronin. Endlich hatte ich ihn wieder.

»Oh, Ronin!« Ich fiel ihm schluchzend um den Hals.

»Nanami«, hauchte er und nahm mich in den Arm.

»Jetzt wird alles wieder gut«, sagte ich leise und schmiegte mich an seine Brust. Ich war bereit...

~ ~

Etwas zerrte an mir. Ronin nickte mir zu.

»Du hast noch eine Aufgabe zu erfüllen, Nanami, bevor wir auf ewig zusammen sein können.«

»Ich weiß.«

Ich löste mich nur ungern von ihm. Aber er hatte recht: Ich musste noch etwas erledigen. Das Licht um mich herum schimmerte. Plötzlich wurde mein Haar von einem Wind angehoben, den ich noch nicht spüren konnte. Ronin blieb unberührt davon. Das restliche Licht erlosch, und ich hörte noch ein letztes Flüstern: »Ich werde im Raigen auf dich warten.«

~ ~ ~

Tomaki stützte sich erschöpft auf seinem Schwert ab und Giove lag neben Shiina, die mit großen Augen zu mir aufsah.

»Nanami«, flüsterte sie mit Tränen in den Augen, auf ihren Lippen lag ein befreites Lächeln. Vor mir auf dem Boden lag Ruta Pez.

»Ich habe es geschafft, ich habe die weiße Schuppe gesammelt.« Tomaki kippte total erledigt auf seine Knie.

»Kangen Suru«, flüsterte er, und der weiße Kater erschien. Neko seufzte. »Gerade noch rechtzeitig...«

Er sah zu mir herüber. »Ist Ronin...«

Ich nickte.

»Er ist im Raigen. Ich werde ihm bald folgen. Sobald ich meine Aufgabe erfüllt habe.« Ich hockte mich neben Rutas Körper. Ich legte eine Hand unter ihren Nacken und die andere unter ihre Beine.

Dann hob ich sie hoch. Tomaki sah auf.

»Bitte, Nanami, bring sie zu mir zurück.«

»Das werde ich«, versprach ich. »Sei unbesorgt. Ich spüre den Ruf der Schuppe schon jetzt. Es ist fast geschafft.« Er lächelte schwach.

»Pass gut auf sie auf und lass sie nie wieder gehen«, meinte ich lächelnd.

»Darauf kannst du dich verlassen!«, keuchte Tomaki. Ich wandte mich ab, drehte mich dann aber noch einmal zu den drei jungen Menschen um.

»Ich werde euch vermissen«, flüsterte ich.

Shiina sah zu mir, lächelte und hob schwach eine Hand. Ich nickte ihr zu und drehte mich zu dem dunklen Eingang der Höhle um.

Dies war meine zweite Chance. Meine Chance, die Dinge wieder auf den rechten Weg zu bringen. Und dieses Mal würde ich nicht versagen.

Kapitel 54

Ich kam wieder zu mir und das Erste, was ich spürte, war Kälte. Ich befand mich auf einem harten und kalten Steinboden. Nichts außer Dunkelheit umgab mich. Wo war ich nur? Ich setzte mich auf und hob die Hände vor meine Augen. Ich konnte noch nicht einmal meine Finger erkennen, so dunkel war es. Was war das bloß für ein Ort? Wo um alles in der Welt war ich hier nur gelandet? Und wie zum Teufel war ich hierhergekommen? Ich war allein. Das wusste ich. Ich spürte, wie die Kälte in meinen Körper drang. Bis zum Herz. Ich zitterte.

Die Einsamkeit war fast greifbar. Furcht durchfuhr mich. Panik. Ich hasste die Dunkelheit.

Wo war Tomaki? Ich kniff die Augen zusammen. Meine Hände fingen an zu zittern. Mein Herz raste. Meine Augen wurden feucht. Ich begann zu schluchzen. Meine Beine begannen zu zittern.

Würde ich nun sterben? War ich schon tot? Mein Körper vibrierte.

Nein! Ich versuchte aufzustehen. Wischte mir die Tränen aus den Augen. Ich wollte zurück – zurück ins Leben. Zurück in *mein* Leben. Ich wollte zurück, um jeden Preis. Ich musste gehen, laufen, rennen, weiter, durfte nur nicht stehen bleiben! Meine Füße trugen mich tiefer in die Dunkelheit hinein.

Ich konnte es schaffen! Ich konnte es schaffen! Ich würde es schaffen! Ich rannte weiter. Mein Herz schlug, als wollte es jeden Moment aus meiner Brust herausspringen. In mir sammelte sich eine neue Kraft. Und plötzlich hob ich meine Hand vor mein Gesicht und konnte ihre Umrisse erkennen. Es wurde heller! Ich lief weiter. Die Finsternis zog sich zurück, je weiter ich kam. Ich stolperte, fiel zu Boden. Ein zerreißender Schmerz durchfuhr mich. Die Haut an meinem Knie war zerfetzt. Die offene Wunde brannte wie Feuer. Ganz nah zog ich das Knie an mich heran und versuchte zu sehen, wie der Schaden aussah. Doch ich erkannte nichts. Vorsichtig fuhr ich mit dem Finger über die Nässe. Ein schriller Schmerz ließ mich zusammenzucken.

Nicht aufgeben.

Nicht jetzt!

Zu oft schon war ich liegen geblieben. Ich wollte weiter rennen. Ich wollte hier raus. Ich wollte zurück zu *ihnen*.

Ich stand auf.

Mit jedem Schritt schien die Haut an meinem Knie weiter aufzureißen.

Und dann spürte ich harte Äste, die an meinen Armen zerrten. Ein Gestrüpp? Ich kämpfte mich weiter voran. Je weiter ich ging, umso härter und knochiger wurden die Äste. Sie rissen mir die Haut an den Armen auf. Doch ich musste weiter. Die Bäume schienen näher zusammenzurücken. Bald drohten sie mich zu ersticken!

Nicht aufgeben! Ich machte den nächsten Schritt. Es war ein großer Schritt. Er führte mich aus dem Gestrüpp heraus. Ich sah an mir herunter. Es war, als würde die Dunkelheit sich Stück für Stück zurückziehen. Ich konnte meine Arme erkennen! Ich musste nur meinem Weg folgen, dann würde alles gut werden.

Weiter! Weiter! Ich rannte und rannte, meine Beine schmerzten, doch ich wollte weiter. Ich wusste nicht, was das nächste Hindernis sein würde, aber ich würde durchhalten. Ich würde es schaffen.

Flatsch.

Plötzlich wurde mein gesamter Körper zu Boden gerissen. Was zum…?! Ich stand auf, mein anderes Knie war nun ebenfalls aufgeschlagen. Ich biss die Zähne aufeinander, um den Schmerz auszuhalten. Trotzdem würde ich weiter gehen – auch wenn es schmerzte! Ich ging einige Schritte, doch schon beim nächsten stolperte ich über etwas ziemlich Großes. Mit voller Wucht landete ich schon wieder auf dem Boden. Mir kamen die Tränen. Ich stand wieder auf, immer wieder auf ... und wollte nicht aufgeben, doch irgendwann ... wurde ich müde. Vielleicht sollte es nicht sein? Vielleicht sollte ich liegen bleiben? Ich war erschöpft ... wegen allem. Wenn ich nicht aufgeben wollte, aber doch zum Aufgeben gezwungen wurde, wo gehörte ich denn dann nur hin? Wo war dann mein Platz in dieser großen dunklen Welt?

»Wo gehöre ich nur hin?«, hauchte ich verzweifelt in die tiefe und einsame Dunkelheit.

»Hierhin jedenfalls nicht«, brummte es plötzlich. Ich erschrak fürchterlich und fuhr in mich zusammen.

Was? Wer? Wo? Mein Herz begann wieder zu flattern. Ich war doch nicht allein!

Tomaki?! Ich kniff die Augen fest zusammen, um besser in der Dunkelheit sehen zu können, und sah mich um. Plötzlich regte sich etwas hinter mir – das Etwas, über das ich gerade eben noch gestolpert war! Es erhob sich vom Boden und schüttelte sich. Ich konnte nicht genau erkennen, was es war. Es machte mir Angst.

»Hab keine Angst, Ruta Pez«, brummte die tiefe Stimme wieder.

»Zeig dich!«, rief ich in die Dunkelheit.

»Wer bist du?«

Ich spürte, wie es näher kam, und dann schälte sich eine große Gestalt aus der Dunkelheit. Ein Wolf!

»Ich habe dich schon einmal gesehen«, sagte ich mutig.

»Was willst du von mir?« Der Wolf kam näher, sodass ich seine ganze massige Form erkennen konnte. Sogar die dunklen Augen, die zu mir aufblickten, konnte ich nun trotz der Dunkelheit glitzern sehen.

»Mein Name ist Fundus.«

»Fundus«, flüsterte ich.

»Ich bin deine Waffe.«

»Meine neue Waffe?« Ich sah ihn verwirrt an.

»Dein Amulett wurde doch zerstört, nicht wahr?«

Ich nickte. Auf was wollte er nur hinaus?

»Ich bin deine zweite Chance.« Der Wolf legte seinen Kopf schief und bleckte seine Zähne. Das sollte wohl ein Lächeln sein.

»Woher weißt du, dass es zerstört wurde?«, fragte ich.

»Seine Zerstörung war mein Weckruf. Dass ich nun ausgerechnet hier in dieser Finsternis gelandet bin, das ist eine lange Geschichte. Aber wie bist *du* überhaupt hierhergekommen?« Der Wolf sah mich neugierig an.

»Ich...« Ich fasste mir an den Kopf. Schwindel überkam mich.

Ja, ich erinnerte mich. Ich war aus meinem Körper gefallen. Mein Geist war aus meinem Körper geflohen. Fundus sah mich an.

»Vertraust du mir nicht?«, fragte er.

»Nein.«

»Dir bleibt nichts anderes übrig«, knurrte er. »Wenn wir beide hier wieder rauskommen wollen, dann musst du mir vertrauen.«

»Ich werde allein einen Weg aus dieser Dunkelheit finden«, sagte ich. Kann ja jeder sagen, er sei meine Waffe. Was sollte das überhaupt bedeuten?

»Ruta Pez«, sagte der Wolf. Ich sah ihn an. Wie gebannt sah ich plötzlich in seine dunklen Augen. Und dann geschah etwas Merkwürdiges.

~ ~ ~

Ich sah ein Mädchen vor mir. Ihre langen braunen Haare wehten im Wind. Sie stand zusammen mit einem

Wolf auf einem Felsvorsprung und schien das Land, das sich vor ihr erstreckte, zu betrachten.

Das Land der Bäume, flüsterte eine Stimme in mir. Ihre Lippen bewegten sich und der Wolf leuchtete in dunklem Licht auf. Ein Schwert erschien anstelle des mächtigen Tiers und legte sich in die ausgestreckte Hand des Mädchens. Im nächsten Augenblick war das Mädchen verschwunden.

~ ~ ~

Ich war wieder zurück in der Dunkelheit.

»D-Das war ich, oder?!«, fragte ich.

Der Wolf nickte.

Und plötzlich löste sich etwas in mir ... in meinen Tiefen. Etwas von dieser großen Unsicherheit in meinem Körper verschwand. Ich sank auf die kaputten Knie und legte meinen Kopf in die Hände.

»Fundus!«, schluchzte ich. »Ich kenne dich doch!«

Der Wolf lächelte sanft.

»Wir haben Seite an Seite gekämpft, nicht wahr?!«, flüsterte ich. Ich sah wieder auf und war nun genau auf seiner Augenhöhe. Er hatte so treue Augen.

»Ja, das haben wir. Und nun sind wir wieder zusammen. Ich habe dich vermisst, Ruta Pez«, brummte Fundus sanft. Ich schlang meine Arme um den starken Hals des Wolfes und fuhr mit den Händen durch sein weiches Fell. Er schleckte mir über den Arm.

»Ich habe dich auch vermisst, Fundus.«

»Es wird alles wieder gut, Ruta«, sagte er, als ich mich wieder von ihm gelöst hatte. »Aber zuerst müssen wir einen Weg aus dieser Dunkelheit finden. Gemeinsam können wir es schaffen.«

»Gemeinsam«, nickte ich.

»Du weißt ja, wie du mich benutzt«, sagte Fundus. Ich

schüttelte den Kopf. Er fletschte seine Zähne zu einem breiten Lächeln.

»Doch. Ich bin mir sicher, dass du es noch weißt. Versuche es mal. Spüre in dich hinein und vertraue deinem Gefühl.«

Ich sah ihn unsicher an.

»Du schaffst das«, ermunterte er mich noch einmal. »Es ist in dir und wartet nur darauf, wieder geweckt zu werden, so wie ich auf dich gewartet habe.«

Ich nickte zuversichtlich. Ich schloss die Augen und spürte in mich hinein. Ich spürte tiefer und tiefer. Und tatsächlich ...

Einer Ahnung folgend, ließ ich mich fallen, bis ich plötzlich die Wörter auf meiner Zunge spürte.

»Henkei Suru!«

Ich öffnete meine Augen wieder und streckte meine Hand in die Höhe. Die Gestalt des Wolfes wurde in dunkles Licht gehüllt. Im nächsten Moment hielt ich ein großes und prächtiges Schwert in meiner rechten Hand. Es war schwer, doch nicht zu schwer. Das Gewicht war mir vertraut. Ich wirbelte das Schwert durch die Luft. Es fühlte sich noch besser an als das Schwert des Amulettes. Viel härter und robuster! Aber auch vertrauter. Es gehörte zu mir, war ein Teil von mir. Ich spürte, wie es mich stark machte. Ich sah an mir herunter. Ich trug nun wieder eine Kampfkleidung, und auch die langen schwarzen Haare waren zurückgekehrt. Das tiefschwarze Gewand wurde in der Mitte von einem weißen Band mit einer weißen Schleife auf dem Rücken zusammengehalten.

»Ich wusste, dass du es schaffst«, ertönte eine Stimme in meinem Kopf.

»Danke, Fundus.« Ich lächelte glücklich.

»Nun«, sprach er weiter, »müssen wir einen Weg aus dieser Dunkelheit finden. Und ich sage dir, er wird nicht einfach sein.«

»Ich will um jeden Preis zurück. Und ich bin bereit. Ich werde alles, was nun kommen mag, überstehen«, erklärte ich entschlossen.

In mir wurde das Feuer neu entfacht. Ich würde kämpfen. Mit Fundus an meiner Seite würde ich es schaffen, zu meinen Freunden zurückkehren.

Kapitel 55

Rutas Körper auf meinen Armen tragend, begab ich mich tiefer in die Dunkelheit hinein und folgte dem Ruf der Schuppe. Ich kam an eine Abzweigung. Der eine Weg führte tiefer in den Berg hinein, der andere stieg an und endete wahrscheinlich auf der Bergspitze. Ich wählte den dunkleren, tieferen und düstereren Weg. Ab und zu wurde mein Weg von einem merkwürdigen Knacken begleitet. Doch immer, wenn ich mich danach umsah, verstummte es. Ich schauderte. Ich bildete mir das doch nicht ein, oder?! Dieser Weg war wahrlich kein schöner. Manchmal blieben Spinnennetze an Rutas schönen Haaren kleben, oder eine ihrer Strähnen verfing sich in den Rissen der steinernen Wand. Ich musste höllisch aufpassen, dass ihr nichts passierte. Bei mir war das kein Problem, ich war ein Geist, die irdische Welt konnte mir nichts mehr anhaben, doch bei ihr ... Ich hielt inne. Da war wieder dieses Knacken ... und ein Rascheln. Dieses Mal ziemlich nah. Ich wirbelte herum.

»Zeig dich!«, forderte ich.

Das Rascheln verstummte.

Ein Geist erschien vor mir.

»Was willst du?«, fragte ich.

»Den Körper«, sagte der Geist. »Gib ihn schon her!«

»Niemals!«, zischte ich. Deshalb war er mir also die ganze Zeit gefolgt.

Ich wirbelte wieder herum und floh in die Dunkelheit. Dicht gefolgt von dem Geist.

»Gib ihn schon her!«

Seine Stimme hallte durch die Gänge.

»Was ist hier los?«

Ein weiterer Geist erschien neben dem ersten. »Was geht hier vor sich?«

»Die da vorn hat einen Körper, den schnapp ich mir«, hörte ich den ersten antworten.

»Nicht, wenn ich mir den Körper zuerst schnappe!«, geiferte der zweite. Mir lief es eiskalt den Rücken herunter. Es waren Geister, die schon sehr lange hier in dieser Dunkelheit hausten und nur darauf warteten, befreit zu werden. Und je tiefer ich gelangen würde, umso mehr ihrer Art würden versuchen von Rutas Körper Besitz zu ergreifen. Und wenn ihnen das gelänge – ich wollte mir nicht vorstellen, was dann passieren würde.

»Nein!« Ich wurde schneller. Ich durfte jetzt nicht versagen! Nicht noch mal. Doch die Geister hinter mir wurden ebenfalls schneller. Sie dürsteten nach einem seelenleeren menschlichen Körper. Ich kam an eine Abzweigung. Welcher Weg? Welcher Weg war der richtige? Mein Gefühl versagte in der Hektik. Ich wusste nicht wohin. Und sie kamen immer näher. Ich schloss die Augen. Und entschied mich für den kleinen Gang zu meiner Rechten. Schneller, schneller! Für einen kurzen Moment verstummten die Geisterstimmen. Doch dann hörte ich sie wieder.

»Ich kann sie riechen. Sie wählte diesen Pfad.«

»Ich habe sie eher gerochen! Der Körper gehört mir!« Ich spürte, wie sie immer näherkamen.

Verdammt! Wenn sie mich einholten, konnte ich nichts tun, um Ruta zu schützen. Plötzlich baute sich vor mir weißer Rauch auf.

»Was riecht hier so gut nach Frischfleisch?«, ertönte es aus dem noch gestaltlosen Rauch.

»Nichts, was dich zu interessieren hat!«, drohte ich. Der Versuch, schnell an ihm vorbeizuhuschen, scheiterte, noch bevor ich einen Schritt gemacht hatte. Der Rauch nahm Gestalt an und der große Geist versperrte mir den Weg.

»Gib mir den Körper!«, brummte er.

»Hey! Wir waren zuerst da!« Die anderen Geister hatten mich nun eingeholt.

»Genau! Wir haben Anspruch auf den Körper, wir haben ihn schließlich zuerst gesehen!«, wollte der zweite Geist klarstellen. Die große Gestalt betrachtete die beiden von oben bis unten und brach dann in Gelächter aus. Die Wände fingen davon an zu wackeln. Als er sich wieder beruhigt hatte, sagte er: »Das Gesindel glaubt also, dass ich ihm diesen Körper überlasse? Gewiss ist darin doch sowieso nur Platz für einen von euch beiden. Wie würdet ihr euch denn entscheiden? Nein. Dieser hier ist meiner.«

Die beiden kleineren Geister sahen sich an. Das konnten sie nicht auf sich sitzen lassen! Sie zeterten und kochten, bevor sie anfingen, auf den großen Geist zu springen, um ihm gehörig die Leviten zu lesen. In dem Trubel wurde ich glücklicherweise voll und ganz vergessen. Ich sah mich vorsichtig um, und erkannte links von mir einen engen, aber für mich geradeso passierbaren, Spalt. Ich nutzte die Chance und huschte hindurch. Keiner bemerkte mich und keiner folgte mir. Die waren jetzt eine Weile beschäftigt. Ich blieb kurz stehen und fühlte in mich hinein. Da! Da war er wieder: Der Ruf der Schuppe. Ich ließ mich von ihm leiten. Es war nun stärker als zuvor, es konnte jetzt nicht mehr weit sein. Doch würde sie da sein, wenn ich ankam? Ich schüttelte den Kopf.

Es würde alles glattgehen. Es *musste*…Es war unsere einzige Chance. Zahlreiche Gänge ließ ich noch hinter mir, bevor der Ruf ohrenbetäubend laut wurde. Ich gelangte in eine Sackgasse. Nur das Licht, das mich als Geist umgab, erhellte den Raum ein wenig. In der Mitte des Raumes erkannte ich einen großen tiefschwarzen Stein.

»Die schwarze Schuppe«, flüsterte ich. Im nächsten Augenblick knackte und röchelte es. Die zwei Geister erschienen wie aus dem Nichts hinter mir.

»Gesindel, hat er gesagt.«
»Wir schaffen es nicht, hat er gesagt.«
»Gelacht hat er.«
»Überwältigt haben wir ihn.«
Nein! Ich war so kurz vor dem Ziel! Ich hechtete zu dem Stein und hörte mit halben Ohr dem Geschnatter hinter mir zu.

»Auf drei werden wir uns auf den Körper stürzen und wer zuerst drin ist, dem gehört er dann auch, okay? Eiins, zweii, dr- Hey! Du schummelst! So war das nicht abgemacht!«

Als Antwort erklang nur ein fieses Lachen. Ich war fast angekommen! Nur noch wenige Zentimeter trennten Ruta Pez' Körper von dem Stein. Aus dem Augenwinkel sah ich einen der Geister auf mich zuschnellen. Eilig ließ ich Rutas Körper auf den Stein sinken Keine Sekunde später entsprang ihm ein Licht, das so hell strahlte, dass der ganz Raum ausgeleuchtet wurde. Der zweite Geist war verschwunden. Nein! Er konnte doch nicht...

»Unfair!«, schrie der erste Geist hinter mir. »Unfair, er hat geschummelt! Er hat betrogen! Dieser Körper sollte doch mir gehören!«

Doch ich sah genauer hin. Und plötzlich schlug Ruta Pez ihre Augen auf. Etwas murmelnd, sprang sie im nächsten Augenblick auf. In ihrer rechten Hand führte sie ein prächtiges Schwert.

»Das ist mein Körper!«, schrie sie mit tiefer Stimme.

»Dieser Körper gehört niemandem außer mir!« Und dann sah ich es: Der zweite Geist war nur halb in Rutas Körper übergegangen! Sie verdrängt ihn vollends, hob das Schwert und zerschmetterte ihn. Sie hatte es geschafft! Der erste Geist wurde plötzlich ganz still und sah sie angsterfüllt an. Ruta Pez sah auf. In ihren Augen loderte ein wildes Feuer.

»Ich mache mich mal aus dem Stau-« Der erste Geist

konnte nicht zu Ende sprechen, denn im nächsten Augenblick wurde auch er zerschmettert. Sein Schrei hallte noch kurz in den vielen Gängen des Berges wider, bevor er erstickte.

»Das ist mein Körper«, murmelte Ruta Pez wieder. »Ich lasse ihn mir nicht noch einmal nehmen.«

Dann sah sie auf. Ihre funkelnden Augen blickten mich an. Mir lief es eiskalt den Rücken herunter. Nur eine falsche Bewegung und sie würde mich ebenfalls zerschmettern. Nichts konnte sie nunmehr im Zaum halten.

»Willst du auch in meinen Körper?« Es war keine Frage, sondern vielmehr eine Drohung. Sie hob das Schwert an, bereit zum Angriff. Reflexartig hob ich die Hände in die Höhe.

»Nein!«, beteuerte ich. Mir blieb die Sprache bei ihrem Anblick weg. Ihre Stärke ließ mich erschaudern.

»Was willst du dann?«, fragte sie mit düsterer Stimme. Das war sie also. Die sagenumwobene Ruta Pez. Alle meine Zweifel, falls ich je welche gehabt hätte, waren jetzt wie weggeblasen. Die Geschichten um sie waren also wahr. Sie war besonders. Und ich wusste jetzt endgültig, dass sie die Richtige war. Ich sank auf die Knie.

»Tomaki hat mich geschickt«, erklärte ich.

»Tomaki?« Sie sah mich an. Ihr Gesicht wurde weich. Ich nickte.

»Ich bin diejenige, die in deinen Körper gerutscht ist, als du schwach warst«, erklärte ich weiter. »Mein Name ist Nanami.« Ich lächelte zaghaft.

»Nanami…«, wiederholte sie. Sie entspannte sich.

»Dann bist du diejenige, die ich damals im Eis gesehen habe?«, fragte sie und ließ ihr Schwert sinken.

»Genau!«, nickte ich. Sie erinnerte sich also an mich.

»Du hast mir die Schuppe gezeigt«, fuhr Ruta murmelnd fort.

»Ich bin auch diejenige, die dafür gesorgt hat, dass du

das Amulett am Straßenrand findest. Nachdem ich gestorben war, wurde es dort von den Rebellen abgelegt. Sobald du daran vorbei gehen würdest, wollte ich dich auf das Amulett – und auf mich - aufmerksam machen. Weißt du noch, wie es an jenem Abend geraschelt hat? Das war ich.«

»Das warst du?«, fragte sie ungläubig. Wieder nickte ich.

»Aber warum hast du dich dann gerade in dieser Nacht gezeigt? Ich bin den Weg schon oft gegangen.«

»Du musstest Etwas aus der alten Zeit, aus der Orbica, begegnen, damit du mich und das Amulett wahrnehmen konntest. An diesem Abend war das Giove. Du bist ihm doch begegnet, oder? An dem Abend war er derjenige, der dich dazu gebracht hat, auf das Amulett zu reagieren, weil er aus der Orbica stammte und noch keine Gehirnwäsche hatte.«

»Oh. Verstehe. Deshalb war er anfangs so interessant für mich.«

»Ja«, lächelte ich.

»Kangen Suru«, murmelte Ruta schließlich. Ihr Schwert wurde von dunklem Licht umhüllt und keine Sekunde später erschien ein großer Hund neben ihr. Nein, kein Hund…

»Fundus!«

»Nanami«, brummte er mit tiefer Stimme. »Lang ist es her.«

»Ihr kennt euch?«, fragte Ruta. Ich nickte.

»Wir haben auch Seite an Seite zusammen gekämpft«, sagte Fundus.

»Es gibt wenige Anima, die so gut wie du sind. Ein Glück, dass du überlebt hast.« Fundus war fast so legendär wie Ruta Pez. Als ich daran dachte, bekam ich augenblicklich Gänsehaut.

»Fundus, lass uns nun endlich aus dieser Dunkelheit

verschwinden.« Ruta sah sich nach dem Weg um.

»Ah, Halt!« Ich hob meine Hände, um sie aufzuhalten.

»Du musst hier noch etwas erledigen!« Ruta drehte sich zu mir um.

»Bevor du gehst, musst du noch die allerletzte Schuppe sammeln. Die schwarze Schuppe.«

Kapitel 56

Ich sah Nanami verwirrt an.

»Die schwarze Schuppe?«, fragte ich und runzelte die Stirn. Sie nickte und kam näher.

»Von dieser Schuppe wissen nicht viele. Noch nicht einmal Viis«, flüsterte sie kaum hörbar.

»Sie gehört zu dem mächtigsten aller Drachen. Dem schwarzen Drachen«, erklärte Fundus. »Es gibt nur wenige, die ihn jemals zu Gesicht bekommen haben. Er ist zu einer Legende geworden, viele denken, er sei tot oder es habe ihn nie gegeben. Aber sie irren sich.«

»Wir haben es geschafft, ihn schlafen zu legen«, sagte Nanami stolz. »Ich habe ihn schlafen gelegt und dafür mein Leben gelassen.«

»Deshalb bist du hier?«, fragte Fundus. Nanami nickte.

»Seine Schuppe gleicht nicht der eines gewöhnlichen Drachen. Sie ist besonders.«

»Besonders?«, fragte ich.

»Sie lässt sich nur von dir sammeln.« Nanami sah mich eindringlich an.

»V-Von mir?« Nanami nickte.

»Nur von dir. Deshalb ist Tomaki jetzt auch nicht bei dir. Du musst sie allein mit Fundus finden.«

»Wie lässt sie sich denn sammeln?«, fragte ich. Wenn das alles war, was ich tun musste, um wieder zurück zu meinen Freunden zu gelangen, dann würde ich es schnell erledigen.

»Sie prüft, ob du ihrer würdig bist. Nur, wenn sie dich anerkennt, zeigt sie sich und du kannst sie einsammeln«, erklärte Nanami.

»Aber wieso seid ihr euch so sicher, dass ich der Aufgabe würdig bin?«

Ich zweifelte, ob ich diese besagte Prüfung bestehen würde.

»Weil du die schwarze Kriegerin bist«, meinte Nanami.

»Ich bin die schwarze Kriegerin?« Diesen Namen. Diesen Begriff, *die schwarze Kriegerin*, das hatte ich schon einmal irgendwann gehört.

»Hast du dich noch nie gefragt, warum dein Haar schwarz wird, wenn du dich verwandelst? Warum du die Dunkelheit fürchtest? Warum du gerade Fundus als neue Waffe bekommen hast? Warum alles um dich herum immer dunkel und fürchterlich ist?«, fragte Nanami sanft. Mir kamen die Tränen.

»Ich bin die schwarze Kriegerin?«, hauchte ich.

»Du bist noch nicht zur vollkommenen Stärke herangewachsen, du weißt noch gar nicht, was du alles in der Zukunft vollbringen wirst«, flüsterte Nanami. »Aber du lernst, damit umzugehen, wie du dich in dieser Welt zurechtfinden kannst. Und langsam weißt du auch, wo dein Platz ist.«

»Mein Platz in dieser Welt?«

Ich sah auf den dunklen Stein vor mir. Von ihm ging eine Anziehungskraft aus ... Es war, als riefe er nach mir. Ich atmete einmal tief ein und aus. Der Ruf wurde stärker. Mein Herz begann, schneller zu schlagen. Ich hatte meinen Platz in der Welt gefunden.

Ich wusste, wer ich war.

Ich war Ruta Pez.

Ich war Ruta Pez, die schwarze Kriegerin. Diese Bestimmung konnte mir niemand streitig machen. Sie gehörte mir, wie auch mein Körper mir allein gehörte.

»Ich werde die schwarze Schuppe sammeln«, sagte ich. Mein Blick traf auf Fundus.

»Henkei Suru!«

Fundus verwandelte sich, und ich wurde in die

schwarze Kleidung gehüllt. Ich trat auf den dunklen Stein zu und spürte, wie ich plötzlich in ihn hineinfiel.

~ ~ ~

Ich fiel und wurde lange nicht aufgefangen. Ich fiel und fiel weiter. Doch ich wusste, dass ich ankommen würde, deshalb hatte ich keine Angst.

»Ruta, was hast du vor?«, ertönte Fundus' Stimme in meinem Kopf.

»Ich werde die Prüfung bestehen und die schwarze Schuppe holen.« Er verstummte. Doch ich spürte, dass er mir vertraute. Er würde mir überallhin folgen. Egal wohin ich gehen würde, er würde an meiner Seite sein. Und das gab mir Sicherheit.

»Wir sind da«, sagte ich, eine Sekunde, bevor mein Fall von unsichtbarer Hand gestoppt wurde. Vorsichtig setzte ich meinen Fuß auf dem Boden ab. Um mich herum herrschte die Dunkelheit. Doch dieses Mal jagte sie mir keine Angst ein. Ich fühlte mich auf gewisse Art geborgen in ihr. Ich fühlte mich stärker als je zuvor. Die Schuppe zog mich weiter an.

Ich schloss die Augen. Ich vertraute nur noch auf mein Gefühl, es war das Einzige, das ich hier brauchte. In der Dunkelheit würden meine Augen mir nicht helfen. Ich spürte, wie es wärmer um mich herum wurde. Ich war tief in diesen Berg eingedrungen. Tiefer, als ich es mir je hätte vorstellen können. Das Gefühl, das mich antrieb, wurde stärker, und ich folgte ihm weiter.

»Ruta, ich glaube, es ist nicht mehr weit«, brummte Fundus.

Ich nickte.

Ich hatte keine Angst. Egal was nun kommen würde, ich würde es schaffen, ich würde es überstehen. Und plötzlich blieb ich stehen. Ich hockte mich auf den Boden.

Meine Hände griffen in die Dunkelheit hinein. Ich spürte feuchte, warme Erde. Sie war glitschig und roch gut. Ich ließ meine Hände tiefer hineingleiten. Es wurde immer wärmer und schließlich sehr heiß. Ich wusste, die Schuppe war nah. Im nächsten Augenblick spürte ich sie. Ich spürte sie und ihre ganze Energie. Sie überschwemmte meinen Körper. Die Dunkelheit ... Sie schien meinen Körper zu zerreißen. Ich schrie vor Schmerz.

»Ruta!«

Es war ein Test, ich spürte es. Ich würde bestehen. Ich hatte auch zuvor schon der Dunkelheit getrotzt! Immerhin war ich die schwarze Kriegerin. Ich würde bestehen! Vor meinem inneren Auge erschien ein Bild. Ein grausames Bild. Blut und Verderben sah ich. Leid und Kummer durchströmten mich. Trauer und Zorn füllten meinen Körper. Wut und Schmerz schienen mich zu zerreißen.

Ich schrie und schrie, doch ich ließ die Schuppe nicht los. Und dann erschien er vor mir.

Der schwarze Drache. In seiner ganzen Pracht. Er brüllte, seine Flügel krachten auf den Boden, sein Schwanz schlug an die Wände, seine Augen rollten. Mir wurde schlecht. Schwindel überkam mich, als ich Zeuge seiner Qualen werden musste. Der Drache stöhnte auf. Ich stöhnte auf. Doch ich ließ nicht von der Schuppe ab. Der Drache brüllte und schrie, er wollte ein Feuer aus Finsternis speien, doch dazu war er jetzt zu schwach. Seine ganze Energie neigte sich dem Ende zu. Dann sackte der Drache endgültig in sich zusammen und sein Körper erschlaffte. Ich schnaufte. Mir wurde das Bild genommen und vor meinen Augen herrschte wieder Dunkelheit. Alles, was ich gerade gesehen hatte, war dem schwarzen Drachen widerfahren. Doch wer hat ihm das angetan?

»Ich verstehe dich. Dein Schmerz ist meinem Schmerz so gleich«, hauchte ich. Die Energie, die um die Schuppe herum pulsierte, wurde schwächer.

»Ich bin die schwarze Kriegerin. Ich werde dich befreien. Du sollst die Welt wieder ins Gleichgewicht bringen«, murmelte ich wie in Trance. »Ich werde dir diese Schuppe zurückbringen. Ich werde dich wiedererwecken.«

Die Schuppe begann sich mir zu öffnen, doch zuvor brauchte sie noch Gewissheit.

»Ich verspreche es!«, schrie ich mit letzter Kraft in die Dunkelheit. Mit einem Schlag ließ die Schuppe ihr starkes Energiefeld fallen.

»Ruta, jetzt!«, schrie Fundus, und ich berührte auch diese allerletzte Schuppe mit meinem Schwert. Sie begann schwarz zu leuchten. Wieder drohten meine Empfindungen, mich zu überrollen. Doch ich wusste, ich konnte es schaffen. Ich war jetzt stark genug, um es auszuhalten. Im nächsten Moment löste sich die warme Erde von der Schuppe und sie schwebte in meine Hände.

Ich atmete aus.

Ein heftiges Beben ließ mich taumeln. Ich konnte mich nicht mehr auf den Beinen halten und kippte hinten über. Ich fiel. Ich fiel weiter und schneller, bis ich hart auf dem Boden aufschlug.

~ ~ ~

Ich riss die Augen auf. Ich stand wieder vor dem großen schwarzen Stein in der Mitte der Höhle. Meine Hand lag immer noch auf dem kalten Gestein. Doch unter ihr lag nun die große schwarze Schuppe des mächtigen Drachen.

»Kangen Suru«, hauchte ich, bevor ich erschöpft auf die Knie fiel. Ich hatte es geschafft.

»Ruta Pez!« Nanami flog förmlich auf mich zu.

»Ich habe es geschafft.« Lächelnd hielt ich die Schuppe in die Höhe.

»Sehr gut gemacht, Ruta. Du hast dich wirklich weiterentwickelt«, sagte Fundus, der neben mir erschienen war. Ich nickte, verstaute die Schuppe in meinem Gewand und rappelte mich mit der mir verbliebenen Kraft auf.

»Wo ist Nanami?«, fragte ich und sah mich um.

»Ich bin hier«, ertönte eine Stimme neben mir. Ich sah mich um. Von Nanami war nur noch ein Umriss zu erkennen.

»Was passiert mit dir?«, fragte ich.

»Ich werde gleich in den Raigen übergehen«, erklärte sie.

»Du gehst?«

»Ja. Meine letzte Aufgabe auf dieser Welt ist nun vollbracht. Mich hält hier nichts mehr. Und Ronin wartet auf mich. Die Welt liegt nun in euren Händen. Ihr schafft das. Ich glaube fest an euch! Lebt wohl!«

Nach diesen letzten Worten löste sich auch ihr Umriss in Luft auf.

»Pass auf dich auf und grüß Ronin vom mir«, sagte Fundus noch. Wer wusste schon, ob sie das noch gehört hatte?

»Sie hat gesagt, dass sie in den Raigen geht. Was ist das?«, fragte ich.

»Der Raigen ist ein Ort, an dem verstorbene Seelen ihre letzte Ruhe finden. Was dort genau auf einen wartet, weiß keiner. Aber die Erzählungen sagen, dass es ein ganz wundervoller Ort ist, den man nach dem Tod betritt.«

Ich stützte mich an der Höhlenwand ab. Ich war erledigt. All meine Kraft hatte ich beim Sammeln dieser Schuppe aufgebraucht.

»Verdammt«, hauchte ich.

»Es ist ein langer Weg bis zur Oberfläche«, sagte Fundus. »Bitte reite auf mir zurück.«

Ich lächelte. Nein, ich war nicht zu schwach. Nicht, wenn ich mich ab und zu in die Hände anderer begeben konnte. Das war keine Schwäche. Das war Freundschaft.

»Danke.«

Ich kletterte auf den großen Wolf und fuhr mit meinen Händen durch sein weiches Fell. Ich kannte es. Dieses Gefühl, auf ihm zu reiten. Ich lächelte.

»Ich habe dich so vermisst, Fundus«, murmelte ich.

»Ich dich auch«, hörte ich ihn noch sagen, bevor ich auf seinem Rücken einschlief.

Kapitel 57

Aufgeweckt wurde ich von einem erfreuten »Pez ist wieder da!«. Ich blinzelte ins helle Licht und sah Shiina auf mich zueilen. Bei ihrem Ausruf fuhr Tomaki herum. Unsere Blicke trafen sich.

»Ruta«, flüsterte er. »Gott sei Dank.« Auch Giove hob den Kopf und lächelte erleichtert. Die drei sahen zu Tode erschöpft aus, Shiina war die einzige, die sich noch auf den Beinen halten konnte. Fundus brachte mich zu ihnen, und ich rutschte von seinem Rücken.

»Shiina, Giove, Tomaki. Ihr habt mir so gefehlt«, wimmerte ich leise und schwach.

»Willkommen zurück. Jetzt wird wieder alles gut, Ruta«, flüsterte Tomaki, nachdem er sich neben mich niedergekniet hatte. Mir kamen die Tränen. Ich hatte sie alle so vermisst. Wir waren nur kurze Zeit getrennt gewesen, aber es kam mir wie ein ganzes Jahr vor.

»Oh, Pez!« Shiina, fiel mir um den Hals. »Schön, dass du wieder bei uns bist.«

Fast hätte sie mir die Luft abgeschnürt.

»Zeig mal die Schuppe, Pez!«, sagte Shiina mit großen Augen.

Ich holte sie aus meinem Gewand hervor. Shiina staunte nicht schlecht, und auch Giove, der nicht weit entfernt von mir lag, sah beeindruckt aus. Aus dem Augenwinkel sah ich, wie sich uns ein schneeweißer Kater näherte.

»Der Wolf«, Shiina betrachtete meinen Begleiter neugierig, »ist das Fundus?«

Ich nickte.

»Die legendäre Ruta Pez!« Der Kater tigerte um mich herum. »Freut mich, deine Bekanntschaft zu machen. Ich bin Neko.«

»Neko?«, wiederholte ich.

Tomaki nickte.

»Er ist mein Anima.«

Ah. Dann hatte Tomaki also auch eine neue Waffe bekommen. Ich betrachtete den kleinen und zierlichen Kater. So wie Tomaki das genaue Gegenteil von mir war, so sehr unterschieden sich auch unsere Begleiter. Neben mir holte Tomaki etwas aus seiner Tasche.

»Hier. Das ist die weiße Schuppe.« Ich drehte meinen Kopf zu ihm und betrachtete die prächtige Schuppe. Sie sah so ähnlich aus wie meine, doch wenn man genau hinsah, dann erkannte man, dass der Unterschied nicht nur in der Farbe lag. Seine war filigraner und eleganter als meine. Dafür war meine stärker, robuster.

»Tomaki, du bist der weiße Krieger?«, fragte ich leise. Er nickte.

»Und du bist die schwarze Kriegerin«, sagte er. Ich seufzte. Shiina ließ von mir ab und ging zu Giove hinüber. Sie half ihm vorsichtig auf und stützte ihn beim Gehen.

»Was ist mit euch geschehen?«, fragte ich.

»Das ist eine lange Geschichte«, knurrte Neko. Ich betrachtete meine Freunde. Ich hatte sie alle in irgendetwas hinein gezogen. Ich war dafür verantwortlich, dass es allen nun so schlecht ging.

»Ruta. Sieh mich an«, sagte Tomaki. Er sah mir in die Augen. »Ich weiß, was du jetzt denkst. Es ist aber nicht so.«

»Hm.« Ich wandte meinen Blick ab. Warum wusste er immer so genau, was ich dachte?

»Daran hat niemand Schuld«, sagte er mit einem aufmunternden Lächeln auf den Lippen.

»Kann schon sein«, murmelte ich.

Er lachte.

»Oh, Ruta.« Er strich mir über den Kopf.

»Das sagst du so oft«, sagte ich leise. »Warum?«

Tomaki legte nur seinen Kopf schief und grinste wieder.

»Wir sollten nun aufbrechen. Hier ist kein Ort für eine gute Genesung«, sagte Fundus.

»Genau das wollte ich auch gerade vorschlagen.« Neko putzte sich die Pfote. »Immerhin müssen wir zunächst den Weg aus den Bergen heraus finden und dann noch nach Hause fahren.«

~ ~ ~

Der Rückweg war anstrengend und kräftezehrend. Zwischendurch durfte ich auf Fundus reiten, doch auch er brauchte mal eine Pause, auch wenn er sagte, dass ich ihm nicht zur Last fallen würde. Das kalte Wetter und der bissige Wind erleichterten den Weg nicht gerade und ließen uns so manches Mal innehalten. Die folgende Autofahrt war auch nicht gerade angenehm, mit vier Menschen, einem Wolf und einer Katze auf so engem Raum. Als wir endlich wieder an Tomakis Tempel ankamen, fielen wir alle todmüde auf die nächsten Schlafmöglichkeiten und verschliefen den Rest des Tages.

Ich träumte schwarz. Ich träumte von Verderben, Finsternis und Krieg.

Vom Tod. Von einer geschundenen Seele, die sich in dieser Welt schlecht zurechtfand und etwas zu suchen schien. Vielleicht suchte sie Frieden und Freiheit. Vielleicht suchte sie eine Welt im Gleichgewicht. Ich wusste nicht, warum gerade mir diese Bürde auferlegt worden war. Im Gegensatz zu Tomaki wurde mir all das Dunkle gegeben. Er war das Licht, ich die Finsternis. Und das, obwohl ich die Dunkelheit nicht mochte. Es würden wohl noch mehr Dinge auf mich zukommen, die mir ziemlich fremd und unangenehm waren, mit denen ich mich aber auseinandersetzen müsste. Anders als Tomaki, der mit der Helligkeit und Reinheit des Lichtes nichts Unangenehmes zu befürchten hatte.

Doch es war meine Aufgabe. Die Dunkelheit. Vielleicht wurde gerade mir die Dunkelheit gegeben, weil nur ich dazu fähig war, mit ihr umzugehen? Das würde sich noch zeigen. Als ich aufwachte, waren meine Gedanken ruhig, meine Wahl getroffen. Ich würde meine Aufgabe als schwarze Kriegerin annehmen und die Welt ins Gleichgewicht bringen, aber dieses Mal, ohne meine Freunde wieder in Gefahr zu bringen.

Egal wie schwer es werden würde, ich würde nicht aufgeben.

Kapitel 58

Der kalte Wind fuhr mir durch die Haare und ließ mich frösteln.

»Wann wirst du die restlichen Schuppen zurückholen? Du weißt, die Zeit drängt, Ruta«, sagte Fundus, nachdem er einen weiteren großen Ast auf den bereits vorhandenen Haufen hatte fallen lassen. Ich sah vom Waldboden auf.

»Ja, das weiß ich.« Ich erspähte einen passenden Ast. Ich bahnte mir einen Weg durch das knackende Gestrüpp und hob ihn auf. »Wie ist der hier?«, fragte ich Fundus.

»Ja, den können wir nehmen«, nickte er. Aber er ließ sich nicht lange ablenken. Im nächsten Augenblick meinte er auch schon: »Dann lass uns heute noch aufbrechen.«

Ich schüttelte den Kopf.

»Haben wir nun genug Äste?«, fragte ich.

Fundus nickte.

Wir traten den Heimweg an. Ich schleppte drei große und schwere Äste, Fundus konnte gerade so einen Ast im Maul tragen.

»Wieso nicht?«, fragte er nach einer Weile. »Wieso nicht heute?«

»Ich ... Ich bin mir unsicher«, flüsterte ich.

»Unsicher?«

»Darüber, was ich tun soll«, murmelte ich. »Was ich tun soll, wenn sie alle wieder in Gefahr sind. Dieses Mal kann ich sie vielleicht nicht retten, wenn etwas passiert. Sie hätten sich da nicht mit reinziehen lassen sollen... Als wir Viovis das letzte Mal begegnet sind, wären sie fast gestorben. Und als ich sie alle so erschöpft in den Bergen gesehen habe, da hat mir ihr Anblick fast das Herz zerrissen... Fundus, das darf nicht noch mal passieren.«

Meine Lippen bebten so sehr, dass ich die letzten Wörter kaum hervorbrachte.

»Aber du hast sie damals nicht sterben lassen. Du hast sie gerettet. Nach dem, was du mir erzählt hast, hättest du dich auch anders entscheiden können – gegen sie und für die Schuppen«, erinnerte mich Fundus. Ich sah ihn an.

»Aber das hast du damals nicht«, fuhr er fort. »Du hast dich für sie entschieden, und allein das macht dich schon zu einem guten Menschen. Und in den Bergen? *Das* Leid war nicht deinetwegen. Es war wegen Nanami. Und selbst wenn es deinetwegen gewesen wäre, sie hätten alles dafür getan, dass du wieder zurückkommst.« Mein Blick schweifte in die Ferne. Das sagte er so einfach.

»Diese Menschen sind nicht umsonst deine Freunde geworden.«

»Hm.«

»Und wenn du schon solch wundervolle Freunde hast, die dir unbedingt helfen wollen, dann lass sie dir helfen. Denn auch sie haben eine Aufgabe in dieser Welt, die sie erfüllen wollen. Lass sie für dich kämpfen.« Auf dem restlichen Weg zurück zu Tomakis Tempel dachte ich über das nach, was Fundus gesagt hatte.

»Ah, Pez!« Als wir ankamen, hopste Shiina die vielen Stufen von Tomakis Tempel zu uns herunter. »Wir haben schon auf dich gewartet.« Sie nahm mir einen der schweren Äste ab.

»Danke.«

»Kein Ding. Da habt ihr wirklich ein paar Gute gefunden. Genau richtig für das Lagerfeuer heute Abend. Hoffentlich brennen sie schön lange. Hey Giove!«, rief sie. Er tauchte vor dem Tempel auf.

»Was gibt's?«, fragte er.

»Hilf uns!«, rief Shiina nach oben. »Diese Äste sind wirklich schwer!«

Giove kam zu uns herunter und nahm mir auch einen der Äste ab, noch bevor ich dagegen protestieren konnte. Fundus warf mir einen durchdringenden Blick zu. Was wollte er mir damit sagen? Wenig später hatten wir die Äste in den Innenhof geschleppt.

»Hier können sie jetzt erst einmal bleiben«, sagte Fundus.

»Gut, ich werde Tomaki weiter helfen!« Shiina verschwand im Tempel und Giove schloss sich ihr an. Als auch ich ins Warme verschwinden wollte, hielt Fundus mich zurück.

»Warte noch kurz, Ruta Pez. Dich scheint meine Rede noch nicht ganz überzeugt zu haben. Daher will ich dir noch einen letzten Rat für dein Problem geben.« Ich sah ihn fragend an.

»Diese Äste hier, zerbrich sie in der Mitte.«

»Ich soll Äste zerbrechen? Das ist dein Rat?« Ich sah ihn verwirrt an.

»Ich war noch nicht fertig. Zerbrich alle diese Äste in ihrer Mitte und zwar mit nur einem Handgriff und zur selben Zeit.«

Mein Blick schweifte von Fundus zu den dicken Ästen.

»Alle? Zur selben Zeit? Das ist doch unmöglich …«

Fundus schüttelte lächelnd den Kopf.

»Nichts ist unmöglich«, sagte er. »Denk noch einmal darüber nach, was wir im Wald besprochen haben, und dann denke über diese Aufgabe nach. Ich bin mir sicher, du weißt schon bald, wie man diese Aufgabe löst.«

Mit diesen Worten entfernte er sich. Ich schnaubte frustriert. Es war unmöglich, solch dicke Äste allein, zur selben Zeit und mit nur einem Handgriff durchzubrechen! Shiina schob die Tür zur Seite. »Pez, willst du nicht hereinkommen?«

»Nein, ich habe hier …« Ich hielt inne, als ich Shiina ansah.

»Was ist?«, fragte sie. Nein, allein konnte ich das nicht schaffen. Aber mit ihnen…

»Ich brauche mal eure Hilfe. Kannst du Giove und Tomaki holen?«, fragte ich.

»Ähm, klar«, sagte sie überrascht, drehte sich um und verschwand im Tempel, ohne weitere Fragen zu stellen.

»Könnt ihr mir bei einer Aufgabe helfen?«, fragte ich, als sie alle vor mir standen.

»Was für eine Aufgabe?«, fragte Tomaki.

»Ich habe Fundus etwas gefragt und er meinte, dass ich die Antwort auf meine Frage in der Lösung einer Aufgabe finden würde. Doch ich kann die Aufgabe nicht allein lösen. Dazu brauche ich euch. Werdet ihr mir helfen?«

Giove und Shiina sahen sich an. Tomakis Augen begannen zu leuchten.

»Natürlich helfen wir dir!«, meinte Shiina. Giove schob seine Brille hoch und nickte zustimmend.

»Für dich immer«, flüsterte Tomaki. Ich lächelte. Ich wusste, ich kann auf sie zählen. Mir wurde ganz warm ums Herz.

»Und wie lautet nun diese Aufgabe von Fundus?«, fragte Shiina.

»»Zerbrich all diese Äste in ihrer Mitte und zwar mit nur einem Handgriff und zur selben Zeit««, wiederholte ich Fundus' Worte. »Mir ist klar geworden, dass ich diese Aufgabe nicht allein bewältigen kann. Nur mit eurer Hilfe kann ich es schaffen.«

Die Augen der anderen leuchteten auf.

»Das heißt, jeder von uns nimmt einen dieser Äste und wir zerbrechen ihn zur gleichen Zeit in der Mitte?«, schloss Giove daraus.

»Ich bitte euch darum«, sagte ich. Und dann nahm jeder von ihnen einen Ast. Und mit einem lauten Knacks zerbrachen wir sie. Zur selben Zeit.

Zusammen.

Kapitel 59

Tomaki und Giove stapelten die Äste aufeinander. Dann zündete Tomaki den Haufen an und ein flackerndes, heimeliges Licht erfüllte die Nacht. Um die Feuerstelle herum machten wir es uns in Decken gehüllt auf umgestürzten Baumstämmen gemütlich. Fundus kam keine Minute später zu uns und ließ sich erschöpft neben mir nieder. Neko hatte es vorgezogen, drinnen zu bleiben, wo es sauber und warm war. Tomaki verschwand kurz im Tempel und kam mit einigen dünnen Stöcken wieder, die mit rohem Teig umwickelt waren.

»Möchtest du einen haben?«, fragte Tomaki. Ich nickte und er reichte mir einen.

»Das halte ich jetzt ins Feuer?«, fragte ich, den Teig betrachtend. Ich schnupperte daran. Er roch etwas süßlich.

»Nicht direkt, nur so, dass der Teig schön golden wird, dann schmeckt es am besten.« Tomaki zwinkerte mir zu. Ich hielt den Stock vorsichtig ans Feuer heran, während Tomaki die restlichen Stockbrote an die anderen verteilte.

»Hier, bitte schön. Lasst es euch schmecken! Das haben wir uns jetzt wirklich verdient.« Er lächelte erschöpft. Man sah uns allen an, dass die letzten Stunden an unseren Kräften gezehrt hatten. Jeder einzelne von ihnen hatte so hart dafür gekämpft, dass ich wieder zurückkommen konnte… Shiina hielt den Stock an das Feuer heran. Sie betrachtete das hitzige Lodern.

»Als du nicht mehr in deinem Körper warst und wir dich zurückholen wollten… da gab es einen Moment, in dem ich mich nicht mehr aufraffen konnte. Wo ich fast aufgegeben hätte. Und dafür schäme ich mich jetzt so sehr«, flüsterte Shiina plötzlich. Die anderen saßen auf der anderen Seite des Feuers und konnten ihre Worte nicht hören. »Giove hat mich dann daran erinnert, was du schon alles für mich getan hast. Da habe ich neue Energie geschöpft und mir geschworen, alles zu tun, damit du zurückkommst. Es tut mir so leid, dass ich aufgeben wollte.« Tränen glitzerten in ihren Augen und ohne nachzudenken, griff ich nach ihrer Hand und drückte sie.

»Es gibt nichts, was dir leid tun muss. Du – ihr alle – habt mehr für mich getan, als ich jemals hätte verlangen können. Und ich danke dir von ganzem Herzen dafür!« Sie sah mich glücklich an.

»Noch nie hatte ich eine solch gute Freundin wie dich«, sagte sie leise.

»Ich hatte auch noch nie eine Freundin wie dich«. Ich lächelte. Es war die Wahrheit. Shiina war für mich zu jemand ganz Besonderem geworden. Genauso wie die anderen beiden. Plötzlich quiekte Shiina und streckte ihre Arme aus.

»Oh, Pez! Komm her!« Sie zog mich zu sich heran und umarmte mich ganz fest. Ich strich über ihren Kopf. Das war die Shiina, die ich kannte und liebte. Ich drehte meinen Kopf zur Seite und betrachtete das Feuer. Es war nun viel größer und stärker. Einige Äste waren schon zu Asche zerfallen. Als Shiina sich wieder von mir löste, stolzierte gerade Neko aus dem Tempel und gesellte sich doch noch zu uns. Fundus hob seinen Kopf und sah in die Runde. »Wie in alten Zeiten«, brummte er.

»Stimmt«, lächelte Tomaki sanft, als er näher zu mir rückte, um Neko Platz zu machen.

»Früher haben wir das so oft gemacht«, fuhr Fundus fort. Trauer klang in seiner dunklen Stimme mit. Tomaki nickte.

»Besonders haben mir dabei die Geschichten gefallen, die du uns damals erzählt hast, Fundus«, bemerkte er.

»Meine Geschichten haben dir also gefallen, ja?«, fragte Fundus stolz. Tomaki nickte.

»Was für Geschichten?«, fragte Shiina neugierig.

»Geschichten über die alten Zeiten«, erklärte Tomaki.

»Da gibt es aber nicht nur schöne«, murmelte Giove. Fundus sah in die Runde.

»Das stimmt. Es gibt auch viele schreckliche Geschichten. Aber ich will euch trotzdem eine erzählen. Eine, die noch gar nicht so lange zurückliegt«, brummte er geheimnisvoll. »Damit sich das Bild ein wenig klärt. Ich will euch erzählen, wie es zum Krieg kam, wie es dazu kam, dass sich diese Welt spaltete, und wie es dazu kam, dass wir jetzt in der Cosmica leben.«

Ich hielt inne. Auch Shiina neben mir war erstarrt. Tomaki nickte neugierig, Giove verschränkte die Arme. Neko hatte sich derweil zu einer Kugel zusammengerollt und war bereits im Tiefschlaf versunken.

»Wie ihr wisst, gab es vor der Cosmica die Orbica. Diese war in viele unterschiedliche Länder unterteilt. Es gab das Land der Bäume, das Land des Eises, das Land der Winde, das Land der Blumen und noch viele mehr«, Fundus sah uns nacheinander an, wir hingen an seinen Lippen. »Alle lebten friedlich miteinander. Bis zu dem Tag, an dem sich ein schrecklicher Zwischenfall ereignete.

Es soll sich vor vielen, vielen Jahren zugetragen haben. An diesem besagten Tag soll ein Mann, welcher damals noch aus dem Land der Gedankenformulierer stammte, ein Mädchen aus dem Land der Zeitspieler mithilfe seiner Fähigkeit entführt haben.«

»Das waren noch Zeiten, als mein Volk im Land der Gedankenspieler gelebt hat«, sagte Giove. Wir sahen zu ihm hinüber.

»So wurde das Land genannt, aus dem mein Volk ursprünglich stammte«, erklärte er. »Wir haben nicht immer im Land des Eises gelebt. Wegen dieses Zwischenfalls wurden wir dorthin vertrieben.«

Wir sahen zurück zu Fundus, der mit seiner Geschichte fortfuhr.

»Jedenfalls geht das Gerücht um, dass dieser Mann aus dem Land der Formulierer dieses Mädchen mit seiner Fähigkeit für seine Zwecke missbraucht und schlimm verletzt haben soll. Sie soll wohl so übel durch ihn zugerichtet worden sein, dass sie noch an Ort und Stelle des Geschehens verstarb.« Neben mir erbleichte Shiina.

»Woher weiß man das so genau?«, fragte ich.

»Hier kommen die Menschen aus dem Land der Magier ins Spiel. Einer von ihnen soll beobachtet haben, was dort vorgefallen ist. Aber als er eingriff, war es schon zu spät, die Frau verstarb in seinen Armen. Dafür nahm er Rache an dem Schänder und brachte ihn um. Man erzählte, es war ein harter Kampf, beinahe hätte der Gedankenformulierer auch den Magier getötet. Nachdem der Magier den Kampf für sich entscheiden konnte, brachte er den Körper des Mädchens zurück in das Land der Spieler, damit ihre Angehörigen dort von ihr Abschied nehmen konnten.«

»Die Magier also ...«, flüsterte ich.

»Natürlich waren die Landsleute des Mädchens sehr aufgebracht. Der König wollte einen Prozess gegen das Land des Mörders beginnen. Doch zu diesem Prozess kam es nie.«

»Warum nicht?«, fragte Shiina.

»Das weiß keiner so genau«, sagte Fundus. »Aber es wird gemunkelt, dass der König der Spieler korrupt gewesen sein soll. Deshalb fand der Prozess nie statt. Ein anderes Gerücht besagt, dass die Tatsachen vertuscht wurden. Dass Formulierer ihre Hände im Spiel hatten und den Prozess so verhinderten.« Fundus sah fragend zu Giove. Dieser blickte auf, wandte seinen Blick aber gleich wieder ab.

»Damals war ich noch ein kleines Kind«, murmelte er.

»Ich habe keine Erinnerungen an diese Zeit.« Ich ging im Kopf noch einmal die Details dieser Geschichte durch. Irgendetwas passte da nicht zusammen. Ich hatte so ein komisches Gefühl…

»Und weiter?« Shiina sah neugierig zurück zu Fundus, der sich wieder uns zuwandte.

»Zuerst konnten sich die Leute aus dem Land der Spieler kaum vorstellen, dass ein Formulierer jemanden von ihnen missbraucht haben sollte. Aber dann machte sich mit der Zeit großer Unmut breit und die Menschen zweifelten und munkelten und begannen sich zu fragen, ob sie jetzt überhaupt noch sicher vor den Gedankenformulierern waren. Sie fürchteten sich vor weiteren Übergriffen. Schließlich kam es in dem Streit der drei Länder so weit, dass sich das Land der Magier und das Land der Zeitspieler zusammenschlossen und gemeinsam die Menschen aus dem Land der Gedankenformulierer vertrieben.«

Wir verfielen in Schweigen. Mir fröstelte trotz des Feuers, als ich meinen Blick zwischen Shiina und Giove wandern ließ. So viele Leben, die durch eine böse Tat beeinflusst worden waren.

»Was passierte dann?«, hakte ich schließlich nach. »Hatte der Streit dieser drei Länder auch Einfluss auf die anderen Länder?«

»Vorerst nicht. Die Länder, aus denen Tomaki und du stammen, haben sich erst einmal rausgehalten, sie wollten damit nichts zu tun haben. Niemand wollte sich auf eine der Seiten stellen und einen Krieg anzetteln, der über ganz Orbica herziehen würde.

Die betroffenen drei Länder waren gleichzeitig die Größten von ganz Orbica. Sie sind die einzigen, deren Völker besondere Fähigkeiten besitzen und waren die fortschrittlichsten und modernsten Länder. Schade, dass alle diese Errungenschaften durch die entstandene Feindschaft untereinander zerstört wurden. Es ist eigentlich eine Schande, dass es in solch hochentwickelten Ländern so weit kam.«

Tomaki und Giove nickten zustimmend. Da waren sie sich einig.

»Ich kann euch nicht sagen, warum die anderen Länder letzten Endes doch noch eingriffen. Ich kann es nur so erzählen, wie ich es gehört habe: Schließlich soll es auch zwischen den Ländern der Spieler und der Magier Streit gegeben haben. Denn die Magier hatten eine Vision, die sie unbedingt durchsetzen wollten. Eine Vision von nur einem großen Land, in dem alle gleich waren, um Übergriffe wie die des Gedankenformulierers zu verhindern und in dem die Magier als stärkstes Volk die Führung übernahmen. Das Land der Spieler sollte sich ihnen als Erstes anschließen Doch diese verweigerten natürlich. Das Land der ewigen Dürre und das Land der Einöde folgten jedoch dem Aufruf der Magier. Sie gehörten zu den armen und unterentwickeltsten Ländern der Orbica. In der Hoffnung auf eine Besserung ihrer Zustände schlossen sie sich den Magiern blind an. Sie fielen auf deren leere Versprechungen herein.

Schon bald wurde es klar, dass diese Vision von dem großen und gerechten Land nur als Rechtfertigung für ihre Taten diente, denn als die Magier bemerkten, wie einfach es war, ein anderes Land zu unterwerfen und dieses zu dominieren und zu regieren, wurden sie immer machthungriger.

Die erlangte Macht stieg ihnen schnell zu Kopf und ließ sie immer unersättlicher werden. So begannen sie immer mehr und mehr der kleineren und schwächeren Länder zu stürzen und zu unterwerfen. Das Land der Magier schon bald viele Länder unterworfen: Das Land des Sumpfes, das Land der Brocken, das Land des Sandes und sogar das Land der Küste.

Die Spieler, als eines der letzten drei verbliebenen großen Länder, hielten sich mehr oder weniger aus solchen Dingen heraus. Sie schränkten lediglich die Zusammenarbeit mit den Magiern ein. Sie glaubten, dass das Treiben der Magier schon bald ein Ende haben würde. Sie redeten sich ein, dass die Magier damit niemals durchkommen würden und dass früher oder später die Drachen eingreifen würden.

Und tatsächlich wurden die Drachen auf diesen Machtmissbrauch aufmerksam. Sie waren sehr empfindlich, was das Gleichgewicht der Orbica anging, und so viel Macht in einer Hand ließ sie aufhorchen. Sie forderten die Magier auf, die Länder wieder freizugeben und das Gleichgewicht der Welt nicht länger zu stören. Es könne keine Welt mit nur einem Land geben, das sei gegen die weltliche Natur. Doch die Magier missachteten jegliche Befehle der Drachen. Stattdessen bedienten sie sich der Energie der besetzten Länder. Ihr Plan war es, deren Frauen und Männer als Soldaten zu nutzen, um damit noch mehr Gebiete anzugreifen und zu stürzen.

Die Hüter des Gleichgewichtes konnten dem Geschehen nicht länger zusehen, und so kam es, wie es kommen musste: Die Drachen erklärten den Magiern den Krieg. Einen Krieg, in den schon bald alle verwickelt sein sollten.

Niemand zuvor hatte es überhaupt je gewagt, sich den Drachen entgegenzustellen. Niemand hatte das Recht. Auch nicht die Magier. Die Drachen sind allheilige Wesen, die von allen Ländern geschätzt und verehrt werden sollten. Lange Monate geprägt von erbitterten Schlachten vergingen.

Als die Magier merkten, dass ein Krieg gegen die Drachen aussichtslos schien, wandten sie sich erneut an das Volk der Spieler. Doch diese verweigerten ihnen wieder jegliche Hilfe. Nie würden sie sich daran beteiligen, die heiligen Wesen zu bekriegen, sagten sie. Die Magier wagten es nicht, die Gedankenformulierer um Hilfe zu bitten, von ihnen würden sie erst recht keine bekommen.«

Fundus machte eine Pause. Ich brach ein Stück von dem jetzt goldbraunen Gebäck ab. Es schmeckte gut, sehr süßlich, aber mit einer sauren Note.

»Der Kampf zwischen den Drachen und den Magiern begann sich zuzuspitzen. Es wäre fast vorbei gewesen, fast hätten die Drachen es geschafft, die Magier in ihre Schranken zu weisen und diesen Krieg zu gewinnen. Doch einer unter den Zauberern begann sich in dieser aussichtslosen Situation mit dunklen Geistern und dunkler Magie zu befassen.

Viis. Er ließ sich mit den dunklen Mächten ein und legte die Weichen dafür, dass die Magier den Krieg für sich entscheiden konnten. Denn Viis fand heraus, wie man einen Drachen töten konnte.«

Ich spürte, wie ich Gänsehaut bekam. Für einen kurzen Moment blieb mir die Luft weg und mir wurde schwindelig. Shiina bemerkte es sofort und sah mich besorgt an. »Pez! Alles in Ordnung?«

»Ja, geht schon.« Ich hielt mir den Kopf und lugte neben mich. Tomaki hielt sich ebenfalls den Kopf. Auch er schien bei Fundus' Worten etwas gespürt zu haben. Wahrscheinlich gingen uns seine Worte derart unter die Haut, da wir jetzt mit den mächtigsten aller Drachen verbunden waren. Ihr Leid war unser Leid.

»Und dann begann das dunkelste Zeitalter der Geschichte«, fuhr Fundus mit zusammengekniffenen Augen fort.

»Auf einmal fanden die Leute im ganzen Land viele tote Drachen. Und von Tag zu Tag wurden es immer mehr. Sehr schnell hatte es sich überall herumgesprochen, dass die Drachen nicht länger unbesiegbar waren. Die bisher unbeteiligten Länder begannen zu begreifen, dass dies das Ende wäre, wenn sie nichts taten. Keines dieser Länder, das waren das Land der Bäume, das Land des Windes, Land der Blumen, Land der Berge und Land der Flüsse wollte sich bisher in diesen Krieg einmischen. Doch sie sahen jetzt keine andere Möglichkeit mehr, als ebenfalls in diesen Krieg zu ziehen.

So forderte der König der Spieler alle anderen auf, die Drachen zu beschützen. Keines der Länder verweigerte ihm die Unterstützung. Denn alle wussten, was auf dem Spiel stand: Die Freiheit aller Lebewesen und das Gleichgewicht der Welt. Ohne das Gleichgewicht waren sie alle verloren. Dann würde die Welt versagen und schon bald untergehen.«

Tomaki sah auf den Boden.

»Ich erinnere mich noch an den Tag, als wäre es gestern gewesen. Den Tag, an dem unser Land den Magiern den Krieg erklärte. Einfach alles änderte sich ab diesem Zeitpunkt.« Trauer klang aus seiner Stimme. »Es gab keine normalen Tage mehr ...«

Gioves Miene blieb so eisig wie immer.

»Alle Länder gaben ihr Bestes, nutzten ihre stärksten Waffen, um das Blatt irgendwie zu wenden«, erzählte Fundus weiter. »Doch all das half nichts. Immer mehr und mehr Drachen starben. Das wollten und konnten die Länder nicht mehr mit ansehen. Sie riefen die Belantos ein.«

»Belantos?«, fragte Shiina.

»So nennt man es, wenn sich alle Länder an einem Tisch versammeln, eine Weltversammlung sozusagen«, erklärte Fundus. »Viis war der Einzige, der nicht erschien. Er hatte nicht vor, einen Kompromiss einzugehen. Und so gingen aus dieser Versammlung die Rebellen hervor, unter ihnen auch Nanami und Ronin. Die Länder schätzten die Situation realistisch ein und wussten, dass sie diesen Krieg nicht mehr gewinnen konnten. Jedenfalls nicht so, wie sie jetzt kämpften. Deshalb bekamen die Rebellen die Aufgabe, die restlichen Drachen – es waren leider nicht mehr viele übrig – zu schützen.

Ihre Generation hatte versagt, aber die Jugend könnte es vielleicht wieder richten, so planten sie es auf dieser Versammlung. Das war ihre einzige Hoffnung.«

»Sie meinten uns«, murmelte ich.

Fundus nickte.

»Sie wussten, dass ihr die Drachen auf eurer Seite brauchen würdet, daher trafen sie die schwere Entscheidung, sie vorerst vom Spielfeld zu nehmen, bevor Viis sie alle vernichten konnte. Töten konnte man Drachen auf normalem Wege nicht, aber sehr wohl schlafen legen, indem man ihnen eine lebensnotwendige Schuppe ausriss. Die Schuppen konnten nur mit einem Amulett auffindbar sein. So gelang es Viis nicht sie zu töten. Auch konnte er die schlafenden Drachen nicht finden, denn diese sind nur für Amulettträger sichtbar. Für alle anderen sind sie im schlafenden Zustand unsichtbar. Ein Drache schläft solange, bis ihm die Schuppe wieder eingesetzt wird. Die Schuppen wurden damals von den Rebellen in dem Gebiet versteckt, wo ihr euch voraussichtlich aufhalten würdet.«

»Dieser Plan wurde überhaupt nicht zu Ende gedacht«, meinte Giove verärgert. »Wie kamen sie bloß darauf, zu denken, dass wir das alles richten könnten?«

»Sie hatten keine andere Wahl«, entgegnete Fundus. »Im Anbetracht der Zeit, die ihnen noch blieb, war dies die beste Lösung.«

»Uns die Verantwortung aufzubürden, die Welt wieder ins Gleichgewicht zu bringen? Wir sind doch noch viel zu jung für so eine große Aufgabe!« Gioves Augen blitzten zornig auf. »Woher wollten sie wissen, dass wir das alles schaffen können?« Fundus sah ihn streng an. »Sie wussten es nicht. Aber es war die einzige und letzte

Chance, die ihnen blieb. Eine neue Hoffnung sozusagen. Und die seid ihr. Ob ihr die Aufgabe annehmt, ist euch überlassen.«

»Hätten sie nicht so lange zugeschaut, dann wäre es anders ausgegangen. Dann würde jetzt nicht eine solche Last auf unseren Schultern liegen«, antwortete Giove kühl.

»Ja, da ist etwas Wahres dran. Aber es hätte niemand gedacht, dass man die Drachen töten konnte. Die Länder glaubten, sich heraushalten zu können. Das war ihr Fehler.«

»Aber wie sollen wir diese Aufgabe meistern, wenn Viis weiß, wie man Drachen tötet? Wenn wir die Drachen erwecken, ihnen die fehlenden Schuppen wieder einsetzen, dann kann Viis sie immer noch töten und was hätte das alles dann bitte schön gebracht?«, stellte ich skeptisch fest.

»Der entscheidende Punkt ist dabei, dass wir einen großen Vorteil haben«, erzählte Fundus und seine Augen glitzerten.

»Der da wäre?«, fragte ich.

»Die Rebellen, Nanami und Ronin fanden auf ihrer Mission, die Drachen schlafen zu legen, den weißen und schwarzen Drachen, tief versteckt in einer Höhle. Die beiden legendären Drachen galten lange als verschollen und niemand hat sie zu Gesicht bekommen. Sie sind die wahren Götter unter den Drachen, sie sind einzigartig. Natürlich haben Nanami und Ronin versucht, sie zu zähmen, doch es gelang ihnen nicht. Die alte Legende sprach von Auserwählten, von Kriegern, die eins mit den Drachen sind. Und so nahmen Ronin und Nanami an, dass diese Aufgabe jemand anderem zugeteilt war. Also versuchten sie den Drachen die Schuppen auszureißen. Das gelang ihnen und so konnten sie die legendären Drachen für euch schlafen legen. Mit dem schwarzen und dem weißen Drachen werdet ihr es auf jeden Fall schaffen, die Welt wieder in das Gleichgewicht zu führen. Es sind unsterbliche Drachen, so lautet die Legende, und nichts und niemand kann sich ihnen in den Weg stellen. Sie besitzen eine unglaublich epische Macht, die es jeweils nur einmal auf der ganzen Welt gibt. Und der entscheidende Punkt ist, Viis weiß nicht, dass wir sie damals gefunden hatten«, erklärte Fundus nach einer kurzen Pause.

»Ronin und Nanami haben die Amulette, die ihr einst getragen habt, geschmiedet. Sie haben diese besonderen Amulette nur dafür erschaffen, um den Drachen damit eine Schuppe ausreißen zu können. Die Amulette gingen eine tiefe Verbindung mit den ausgerissenen Schuppen ein, sie konnten sie immer und überall wiederfinden. Und auch konnten sie sich in Schwerter verwandeln, wie ihr wisst. Mit diesen Amuletten haben Ronin und Nanami die Drachen schlafen gelegt und die Schuppen verstreut. So konnte Viis sie nie finden. Auch nicht mit dunkler Magie. Zu dieser Zeit bekam die Älteste auf der Versammlung Belantos eine Prophezeiung. Sie sah ein Mädchen mit schwarzem Haar und ein Jungen mit weißem Haar, welche ein Herz mit den legendären Drachen teilen und sie zähmen würden. Zusammen würde es ihnen gelingen, die Welt zu retten.«

»Und was ist mit Giove und mir?«, fragte Shiina enttäuscht. »Du redest die ganze Zeit nur von Pez' und Tomakis Schicksal.« Fundus nickte.

»Für euch ist ein anderes vorgesehen«, erklärte er. »Aber darüber weiß ich nichts.«

»Und woher wusste die Belantos, dass wir eine zweite Chance brauchen würden? Ich meine, als unsere Amulette von Viovis zerstört wurden und wir auf Neko und dich trafen«, fragte Tomaki neugierig.

»Es war von größter Wichtigkeit, dass ihr die Schuppen des weißen und des schwarzen Drachens findet. Uns war aber auch von Anfang an klar, dass es sehr wahrscheinlich war, dass Viis euch jemanden auf den Hals hetzen würde. Wir, Neko und ich, sind eure Absicherung. Der Plan war, dass wir erst in Aktion treten würden, wenn die Amulette zerstört wurden«, erklärte Fundus. »Damit Viis sich in Sicherheit wiegen konnte. Wären wir schon vorher mit euch auf Schuppensuche gegangen, wäre es dazu gekommen, dass er von unserer Existenz erfährt. So denkt er jetzt, dass ihr alle existierenden Schuppen gesammelt habt und er sie an sich gebracht hat. Von da an seid ihr für ihn unwichtig geworden.«

»Warum bist du dir da so sicher?«, fragte Shiina.

»Dieser Viovis hat euch doch in Ruhe gelassen, oder etwa nicht? Nachdem er euch die Schuppen abgenommen hatte?«

Wir nickten langsam.

»Na, seht ihr. Die weiße und die schwarze Schuppe sind die einzige Chance, unsere Welt zurückzubekommen. Darum sind wir Animas jetzt auch hier. Naja, jedenfalls musste Nanami auch mit der Vergangenheit abschließen. Sie musste wieder zu Ronin gelangen und dazu brauchte sie Rutas Körper. Das war ihr Schicksal. Was zusammen gehört, findet den Weg auch wieder zusammen«, zwinkerte Fundus.

»Und so hat sich alles ineinander gefügt. Was im ersten Moment vielleicht für euch schrecklich war und was aussichtslos erschien, hatte alles einen Sinn. Es musste so kommen, wie es kam, damit ihr die legendären Drachen erwecken könnt. Nur mit Neko und mir konntet ihr die Verbindung zu den Drachen aufbauen. Wir sind mehr als die zweite Chance, wir sind eure Seelenverwandten. Wir mussten wieder zusammen finden.

Was nach Chaos aussieht, ist ein großer Plan, den man nur bruchstückchenhaft sieht. Was zusammengehört, findet einen Weg«, wiederholte der Wolf langsam. Aus seinem Mund klang es wie eine Zauberformel. Der Rest seiner Erzählung klang in mir nach. Er hatte recht. Das Schicksal würde einen so oder so einholen. Man musste die Aufgabe annehmen. Denn selbst, wenn man aufgab, war es nicht zu Ende. Eine solche Entscheidung quälte einen so lange, bis man sein Schicksal annahm.

Ich sah auf den Boden. Ich wollte es annehmen. Ich konnte nicht länger davor weglaufen oder mich davor verstecken. Ich musste dem Schicksal ins Gesicht sehen, ohne Angst. Und mit diesen Freunden an meiner Seite würde es mir weniger schwer fallen, meine Aufgabe anzunehmen.

Kapitel 60

Viovis ballte eine Faust und schlug damit gegen die Wand. Stille. Immer diese Stille! Doch dann: Schritte auf dem Gang. Schritte, die energisch auftraten und immer schneller zu werden schienen. Er ging zur Tür und lugte vorsichtig nach draußen. Der Diener war schon am Ende des Ganges angekommen. Da hatte es aber jemand eilig. Viovis überlegte nicht lange und folgte ihm leise. Es sah so aus, als führte der Weg zum großen Saal. Doch warum war der Diener so in Eile? Was war derart wichtig, dass er zum Herrscher regelrecht hetzte?

Viovis achtete darauf, genügend Abstand zu halten und gleichzeitig seine Umgebung im Auge zu behalten. Er durfte nicht gesehen werden. Von niemandem. Eine Tür fiel ins Schloss. Viovis wartete, bis der Diener den dahinter liegenden Gang entlang gelaufen war und er das Geräusch einer weiteren ins Schloss fallenden Tür hörte. Dann folgte er ihm leise. Keine Wache war hier postiert. Viis fühlte sich anscheinend sicher in seinen eigenen vier Wänden. Viovis huschte zur zweiten Tür, doch durch das schwere Holz war von drinnen nur ein Gemurmel zu hören. Rasch sagte er einen magischen Spruch auf, der es ihm erlaubte, das Gesagte im Saal zu hören.

»Majestät«, begann der Diener. Viovis sah ihn vor sich, wie er vor dem Herrscher auf die Knie ging, ja, sich so tief verbeugte, dass seine Nase fast den Boden berührte. »Ich habe Ihnen wichtige Botschaften mitzuteilen.«

»Sprich«, hörte Viovis seinen Vater brummen.

»Es wurden Aktivitäten festgestellt.«

»Aktivitäten?«

»Von Bedeutung für Sie.«

»Wo?«

»In den Bergen. Es ... Es gab einen Vorfall.«

»Was für einen Vorfall?« Viis' Stimme wurde lauter. Er schien aufgebracht, vielleicht war er sogar von seinem Thron aufgestanden.

»In einem der Berge schlug einer unser Schwingungsmesser aus. Er zeichnete Schwingungen unnatürlichen Ursprungs an, irgendetwas muss dort passiert sein. Was genau, konnten wir bis jetzt noch nicht feststellen. Auch nicht, ob es überhaupt von Bedeutung ist. Aber ich dachte, Sie sollten es –«

»Ich werde sofort aufbrechen!«, unterbrach Viis ihn barsch. »Informiere meine Berater. Sie sollen mir folgen.«

»Alle, Eure Majestät?«

»Ja«, knurrte Viis. »Ich erwarte alle, ohne Ausnahme. Ich möchte schnell handeln können, sobald wir wissen, was dort vor sich geht.«

»Und was ist mit den Schuppen, Herr? Soll ich veranlassen, dass sie für den Transport fertig gemacht werden?«

»Nein. Meine Festung ist ausreichend gesichert. Hier kommt niemand hinein. Dafür sorgt der Schild. Und wer sollte es auch versuchen? Diese Kinder können jetzt nichts mehr ausrichten. Sie haben ihre Amulette nicht mehr und sind dadurch völlig machtlos.«

»Sehr wohl, Eure Majestät. Sollen wir auch Viovis informieren?«, fragte der Diener.

»Nein! Er kommt nicht mit!« Viovis ließ von der Tür ab und konnte ein entsetztes Aufkeuchen nicht vermeiden. Die Worte seines Vaters, die Herablassung, die er in ihnen gehört hatte, fühlten sich an wie ein Schlag in die Magengrube.

W-Wieso nimmt er mich nicht mit? Wieso lässt er mich immer zurück?, dachte Viovis.

War er noch immer nicht gut genug für seinen Vater? Er – er allein – hatte Ruta Pez besiegt und ihr die Schuppen abgenommen. Er! Warum war er seines Vaters Liebe immer noch nicht würdig? Er war doch sein Sohn!

»Informiere Viovis, dass ich bald wieder zurück sein werde«, hörte er Viis sagen. Viovis sah auf. Sein Vater würde den Saal durch diese Tür verlassen. Sie würden ihn so sehen. Schnell brachte er die Zeit zum Stehen.

Er durfte keine Schwäche zeigen. Aber warum eigentlich nicht?, flüsterte eine leise, aber penetrante Stimme in ihm. Warum durfte er sich nicht schwach zeigen, musste still sein, seine Meinung für sich behalten? Immer musste er diese Fassade vor seinem Vater aufrechterhalten. Immer. Buckeln und nicken.

»Warum?«, schrie er hinaus. Sein Ruf hallte im langen Flur nach.

»Warum?«, schluchzte er, diesmal leise. Ihm rannen Tränen die Wangen herunter, verzerrten die Fassade, die Maske.

»Die Magie verweigert er mir ... Sehen darf ich ihn auch kaum... Noch nicht einmal begleiten darf ich ihn.« Er sackte zu Boden und atmete heftig.

»Er will nichts mit mir zu tun haben.« Er legte seinen Kopf in die Hände. Er fühlte sich so klein.

»Was soll ich tun?«, wimmerte er. »Was kann ich tun, Vater? Ich will dich nicht verlieren ...« Seine Wut war verblasst. Verzweiflung wallte auf und zerriss ihn von innen. Er hatte niemanden. Niemanden. Warum war er nur immer allein? Vor seinem inneren Auge durchlebte er noch einmal, wie er Ruta Pez verfolgte. Wie er zuschaute, wie sie allein durch die Welt wandelte. Wie sie auf die Brücke stieg.

Spring!, hatte er damals hämisch gedacht. Doch dann hatte er zusehen müssen, wie sie Tomaki traf, wie sie sich mit ihm anfreundete und dann auch mit Giove und Shiina. Wie sie zusammen die Schuppen sammelten. Dann sah er sich selbst, allein, wie er sich ihnen in der Turnhalle entgegenstellte. Er setzte sich aufrecht hin. Wischte sich die Tränen weg.

»Ich hasse sie«, murmelte er schniefend. Er stand langsam auf, stützte sich an der Wand ab und setzte sich in Bewegung. Erst als er in seinem Zimmer angelangt war, ließ er die Zeit wieder vergehen. Sein Blick fiel in den Spiegel.

»Schwächling!« Mit einem Schrei zerschlug er das Glas mit seiner Faust. Einer der Splitter riss ihm die Haut an der Hand entzwei. Viovis schüttelte sie. Das Blut spritzte durch den ganzen Raum. Er brummte nur, riss sich einen Stofffetzen vom Hemd und band es um seine Hand.

»Ist mir doch egal«, murmelte er. Keine Minute später klopfte es an seiner Tür.

»Herein«, sagte er angespannt.

»Viovis, Seine Majestät schickt mi-« Der Diener brach abrupt ab, als er die Scherben sah.

»Sprich weiter!«, drängte Viovis böse. Der Diener fasste sich wieder. Räusperte sich.

»Gut. Viis will aufbrechen. Und beauftragt Sie, auf den Palast aufzupassen.«

»Genau«, flüsterte Viovis. Der Diener stand abwartend in der Tür. »Raus jetzt.«

»Sehr wohl.« Der Diener verbeugte sich. »Soll ich jemanden kommen lassen, Herr? Wegen der Scherb-«

»Verschwinde!«

Der Diener suchte das Weite.

»Er hat seine Meinung also nicht geändert«, murmelte Viovis. Wieder kamen ihm die Tränen.

»Ich soll also hier allein bleiben?«, hauchte er. Er riss sich den Fetzen von der Hand.

»Nie! Nie bezieht er mich in seine Angelegenheiten ein«, schrie er. Er schrie aus vollem Herzen. Viovis fiel. Er fiel auf den Boden in die Glasscherben hinein.

»Warum?«, hauchte er mit bebenden Lippen, »War ich zu schwach für ihn? Durfte ich deshalb nicht mitkommen?« Das Glas bohrte sich in seine Haut, ritzte seine Arme auf. Er schrie und das Blut rann aus seinen Wunden. Die Tür wurde geöffnet.

»V-Vater?« Viovis drehte sich um.

»Nein«, hauchte eine zarte Stimme und dann entsetzt flüsternd: »Viovis!«

Die alte Dienerin eilte zu ihm. Nahm ihn in den Arm.

»Oh, mein Gott!« Ihre Lippen bebten. »Was hast du nur gemacht?«

Viovis blieb still.

»Das viele Blut!« Er sah ihr dabei zu, wie sie panisch nach etwas suchte, um ihn zu verarzten.

»Viovis, hast du keine Schmerzen?«

»Nein.«

Er spürte die Wunden tatsächlich nicht. Das einzige, was schmerzte, lag viel tiefer in ihm verborgen.

»Komm schnell mit! Wir müssen die Wunden versorgen!«

»Ich will nicht«, schluchzte Viovis.

»Aber *ich* will.« Die Frau sah ihm in die Augen. Ob sie wohl sah, wie kaputt er war? Sie zog sie ihn an seinem blutenden Arm hinter sich her, aus dem Raum hinaus, den Gang entlang, in ein anderes Zimmer.

»Er braucht schnell einen Verband!«, rief sie. Viovis sah apathisch zu, wie er verarztet wurde.

»Ich will nicht mehr«, sagte er nur die ganze Zeit über. Und der Frau kamen Tränen.

»Nein, Viovis«, flüsterte sie. »So darfst du nicht denken.«

»Wieso?«, hauchte er mit leerem Blick.

»Weil auch du einen Platz in dieser Welt hast. So wie jeder Mensch.«

Ihr liefen Tränen die Wangen herunter.

»Und wo ist dann *mein* Platz?«, wollte er verzweifelt wissen.

»Das weißt nur du«, lächelte sie. Ihre Tränen glitzerten im Sonnenlicht, welches das Zimmer durchflutete. Viovis sah sie an. Und dann sah er wieder zu Boden.

»Kann sein«, murmelte er. Sie nahm seine Hände und legte sie in ihre eigenen kleinen und faltigen, aber weichen Hände. Viovis lächelte, doch innerlich war er zerstört, kaputt und geschwächt. Er schleppte sich in seinen Raum zurück.

~ ~ ~

Viis brach auf. Und Viovis blieb zurück. Ein ganzer Trupp folgte ihm. Fast alle Männer gingen mit ihm, nur die Alten blieben zurück und auch die Frauen. Viovis wusste, was das hieß. Sein Vater ging davon aus, dass hier nichts passieren würde. Warum sollte er die Bewachung seines Schlosses also nicht seinem unnützen Sohn überlassen? In den letzten zwei Jahren war hier noch nie etwas geschehen. Viovis' Blick landete auf dem Schutzschild. Es schien ihn zu verhöhnen. Zeigte ihm, wie schwach er war. Viovis reichte Viis nicht, um die Rebellen draußen zu halten, er musste noch einen Schild haben. Viovis stand von seinem Bett auf. Die Blutungen an seinen Armen waren gestillt, die Wunden pochten nur noch etwas.

»Nichts passiert hier«, flüsterte er. Er ging nach draußen in den Hof. Sein Kopf war schwer, sein Blick auf den Boden gerichtet. Dennoch hörte er ihr Tuscheln.

»Das ist das erste Mal, dass der Herr uns allein lässt…«

»Wo ist der Herr? Warum lässt er nur Viovis zurück?« Seine Hand ballte sich zu einer Faust.

»Habt ihr gesehen, wie er aussieht?«

»Habe gehört, er hat in seinem Zimmer...«

»Gut, dass der Schutzschild da ist, sonst würde ich ...« Er wirbelte herum. Wer hatte das gesagt? Er wollte das nicht hören. Er drehte sich im Kreis und stolperte. Er fing sich auf, doch er stolperte erneut. Sein Blickfeld wurde immer schmaler. Er taumelte voran, ohne zu wissen, wohin. Wer hat das gesagt? Dir werde ich zeigen, was ich alles ... Er murmelte einen Spruch, ruderte mit den Armen um sich, meinte, vor sich etwas zu erkennen. Viovis griff danach. Seine Hände gerieten in sein Blickfeld. Sie leuchteten.

Warum leuchteten sie noch einmal? Ach ja, der Spruch. Er fiel wieder, konnte sich nicht halten. Noch im Fallen wurde er von einem blitzartigen Licht geblendet, das sogleich erlosch. Augenblicklich wurde der Himmel in Dunkelheit gehüllt, als hätte sich im Nu ein starkes Gewitter zusammengebraut.

Er war stöhnend auf dem Boden gelandet. Erst als er sich wieder aufrappelte, erkannte er, was er getan hatte. Er war in den Schild gefallen und hatte ihn zerstört. Der Schild, der die Schlossbewohner bisher von der Außenwelt abgeschnitten *und sie alle* daran gehindert hatte, in den Palast einzufallen. Er war nun vollkommen nutzlos. Unruhe hatte sich ausgebreitet. Die Schlossbewohner – die wenigen, die noch hier weilten – versammelten sich im Hof und starrten gebannt auf die Stelle, wo sich kurz zuvor noch ihr größter Schutz ausgedehnt hatte. Sie alle erschraken fürchterlich und sahen sich ängstlich um. Einige fingen an zu weinen und zu schreien. Viovis stand auf und ging aus dem Kreis, wo eben noch das Licht gebrannt hatte.

»Was haben Sie nur getan, Herr?«, schrie eine der Dienerinnen mutig.

Viovis sah sie düster an.

»Was?«, funkelte er zurück.

»Sie bringen uns alle in Gefahr!«, rief sie entsetzt.

»Wieso? Nur weil dieses unnütze Ding ausgefallen ist?«

Sie nickte ängstlich.

»Pah!«, er sah in die Traube aus Dienerinnen, welche sich gerade gebildet hatte, »Ihr glaubt, *das da* hat euch so lange beschützt?« Er fuchtelte in Richtung Tor. Mehrere kaum verheilte Wunden öffneten sich wieder. »Der Schild war doch nichts. Nichts! *Ich* habe euch beschützt. *Ich* war das!«

Die Frauen zuckten zusammen.

»Wer soll schon kommen, he?«, rief er in die Runde.

»Was? Ihr denkt also, *sie* könnten kommen? Die Auserwählten? Nein! Ich habe sie zerstört. Ich habe sie besiegt. *Ich*!«

Er sah die Frauen und Alten vor sich zittern. In ihren Augen stand die blanke Angst geschrieben. Blut lief an seinem Arm herunter. Er ignorierte es.

»Ich glaube nicht, dass jemand kommt!«, röchelte er. Das Blut tropfte herunter und befleckte die staubigen Steine.

»Das solltest du aber«, drohte plötzlich eine starke Stimme hinter ihm. Im selben Augenblick schlug ein Blitz nicht weit entfernt ein, der dunkle Himmel wurde für eine Sekunde erhellt, und ein krachendes Donnern erfüllte den Himmel.

Kapitel 61

Das Blut von Viovis tropfte hinab auf die staubigen Steine.

»Das solltest du aber«, sagte ich bestimmt. Ein Blitz schlug irgendwo ein, und das ohrenbetäubende Krachen hallte lange auf dem großen Platz nach. Das Eindringen in den Palast hatte sich als weniger schwierig entpuppt als gedacht. Irgendetwas war hier geschehen. Ich sah mich um. Nur Frauen, Mädchen und alte Menschen waren hier anzutreffen.

Wo war Viis? Viovis grinste hässlich, als er sich zu uns herumdrehte.

»Ach was. Ihr. Seid ihr etwa zum Spielen gekommen? Aber nicht weinen, wenn ihr – wieder – verliert.« Er schaute sich nach seinen Leuten um, wollte ihnen ein Zeichen geben, aber sie bewegten sich nicht. Sie waren wie paralysiert und starrten vor sich hin. Giove hatte es geschafft, sie alle unter seine Kontrolle zu bringen. Viovis' Gesicht war vor Wut verzerrt. »Auch egal«, stieß er hervor und reckte seine Hände in die Höhe und wie von Zauberhand glitten seine goldenen Schwerter in sie hinein.

»Ich mach dich fertig«, drohte ich.

»Pah«, rief er, schwankte dabei aber leicht. Ich betrachtete ihn genauer. Das, was ich von seinen Armen sehen konnte, war von frischen Wunden übersäht. Einige waren wohl gerade erst wieder aufgerissen. Tiefrotes Blut lief an seinen Armen entlang und tropfte von seinen Fingern. Was war nur mit ihm? Wer hatte ihm das angetan?

»Shiina …«, hörte ich Giove neben mir flüstern. Ein kurzer Blick zeigte mir, dass ihm Schweißperlen auf der Stirn standen. Im nächsten Augenblick fühlte ich eine Hand an meinem Ellenbogen.

»Zeit, steh!« Die Zeit stoppte. Giove atmete aus. Viovis blieb für einen kurzen Moment wie angewurzelt stehen, bevor auch er sich wieder in der Zeit bewegte.

»Jetzt!«, rief Shiina.

Ich wirbelte herum und rannte in den Palast. Ich eilte weiter. Mir blieben nur wenige Sekunden.

»Ich denke, wir sind hier richtig«, hörte ich Fundus' Stimme in meinem Kopf. Ich sah auf meine Uhr. Die Zeiger bewegten sich wieder. Weit entfernt hörte ich, wie die Schwerter klirrend aufeinander trafen. Ich sprintete die Gänge entlang. Schneller und schneller. Mein Herz raste. Und plötzlich spürte ich sie. Das Gefühl war gleichermaßen vertraut und doch ungewohnt. Der Ruf aller Schuppen auf einmal trieb mich weiter an. Sie waren nah.

»Ich spüre sie«, sagte ich.

»Ich auch, sie sind nicht mehr weit«, flüsterte Fundus. Aber etwas war anders.

»Dort!«, sagte er energisch, und das Schwert zog mich in den linken Gang hinein. Es war ein unendlich langer und großer Gang. Ich hechtete weiter. Ich wusste nicht, ob Tomaki und die anderen Viovis tatsächlich in Schach halten konnten. Oder wer mir sonst noch auf den Fersen war. Ich gelangte an eine riesige Tür. Sie war schwer und knarrte ein wenig, als ich sie vorsichtig aufschob. Vor mir erstreckte sich ein gewaltiger, mit Gold und Perlen verzierter Saal. Prächtige Banner hingen von den Decken, ein langer Teppich führte zu einer Treppe, deren Stufen am Fuß eines Throns endeten. Viis' Thron. Ich erschauderte.

»Er ist nicht da«, stellte Fundus fest. Ich schluckte.

»Wo ist er?«, flüsterte ich.

»Ich weiß es nicht.« Fundus klang besorgt. »Aber das Gefühl der Schuppen ist hier am stärksten.« Plötzlich begann es zu donnern. Schon vorhin hatte ich bemerkt, dass der Himmel schwarz gefärbt war. Was um alles in der Welt war hier passiert? Ich konnte meinen Blick nicht von diesem Thron lösen. Irgendetwas an ihm ließ mich nicht mehr los. Langsam ging ich auf ihn zu.

»Sei vorsichtig, Ruta«, sagte Fundus angespannt. Ich nickte nervös und ging die Stufen hinauf. Mutig legte ich meine Hand auf den Stoff, der den Thron verhüllte. Mit einem Ruck riss ich ihn zur Seite. Schnell erhob ich das Schwert, bereit zum Angriff. Doch es wartete nur der dunkle, leere Thron hinter diesem Vorhang.

»Das Gefühl wird schwächer. Hier sind sie nicht«, flüsterte Fundus mir zu. »Lass uns von hier verschwinden, dieser Ort ist mir unheimlich.«

»Warte.«

Ich musste diesen Thron einfach berühren, etwas in mir verlangte danach. Ich streckte meine Hand aus.

»Ruta, nicht!«, donnerte Fundus' Stimme in meinem Kopf, doch es war zu spät. Meine Hand lag schon auf dem Sitz. Ich keuchte auf, in mir zog sich alles zusammen.

»Ruta! Verdammt, lass los!«, hörte ich Fundus schreien, doch ich konnte nicht. Das Schwert riss sich von mir los und Fundus verwandelte sich wieder zurück in seine Wolfsgestalt. Grob stieß er mich von dem Thron weg, die Stufen hinab. Ich kam wieder zu mir.

»W-Was war das?« Mein Atem stockte und meine Hände zitterten.

»Dunkle Magie!«, sagte Fundus. »Du bist mit Viis' dunkler Magie in Berührung gekommen!« Er ging vor mir auf und ab. »Ruta, du darfst dich nicht von der dunklen Magie anziehen lassen.«

»A-Aber wieso wurde ich überhaupt davon angezogen?«, fragte ich mit zitternder Stimme.

»Das weiß ich auch nicht.« Fundus' Blick war besorgter denn je. »Vielleicht hatte es etwas mit deiner Verbindung zum schwarzen Drachen zu tun.«

War das mein Schicksal? Sollte die Dunkelheit in mir siegen? Ich holte die Schuppe aus der Tasche hervor. Sie leuchtete.

»Sieh nur«, flüsterte ich.

»Das ist nicht gut.« Fundus betrachtete sie eingehend.

»Komm. Wir müssen die anderen Schuppen finden – wer weiß, wieviel Zeit uns noch bleibt! Darum«, er wies mit dem Kopf auf den Thron und die dunkle Macht, die in ihm weilte, »kümmern wir uns später.«

Ich sah in Fundus' besorgtes Gesicht.

»Du hast recht.« Ich steckte die Schuppe wieder zurück in meine Tasche und stand auf.

»Henkei Suru«, flüsterte ich, und Fundus verwandelte sich. Ich umfasste das Schwert mit meiner rechten Hand und hob es in die Höhe.

»Sind sie in diesem Raum?«, fragte ich.

»Ja, ich kann sie spüren«, antwortete er.

»Doch nur schwach, als wären sie abgeschirmt. Versteckt vielleicht. Und wenn wir Pech haben, sind sie auch noch verzaubert.«

Ich nickte und schloss die Augen. Ich versuchte sie zu fühlen. Doch das Einzige, was ich wahrnahm, war die dunkle Magie, die nach mir verlangte. Ich schüttelte den Kopf, um ihren Ruf zu verscheuchen.

»Da!«, riss Fundus mich aus den Gedanken. »Ich glaube, ich habe sie gefunden!« Das Schwert bewegte sich nach rechts. »In der Wand.« Ich verstand. Ich sprintete auf die Wand zu, holte aus und rammte das Schwert mit einem heftigen Schlag in die Steine. Ein lautes Krachen hallte durch den ganzen Saal.

»Fundus, ist alles in Ordnung?«, fragte ich nervös.

»Sie sind hier«, antwortete er nur. »Wir müssen sie jetzt nur noch irgendwie da herausholen.«

»Wie? Ich kann doch nicht die Wand einreißen!« Ich

schluckte schwer. Wir hatten keine Zeit mehr.

»Nein. Du hast alles, was du brauchst«, sagte Fundus.

»Wie meinst du das?« Ich verstand kein Wort.

»Die schwar-«

»Verdammtes Miststück!«, ertönte es plötzlich hinter mir. »Du kannst die Schuppen nicht haben!« Ich fuhr herum. Viovis hatte uns gefunden. Das Blut rann an seinem Körper wie Wasser herab. Zum Glück konnte ich seine Schwerter nirgendwo entdecken.

»Sie gehören mir!«, brüllte er, sodass seine Spucke mit etwas Blut vermischt den glänzenden Boden verschmutzte.

»Ruta!«, schrie Fundus. »Die Schuppen!«

Ich wirbelte herum. Hinter mir ertönten hastige Schritte. Ich griff nach dem Schwert und zog daran.

»Verdammt!«, schrie Tomaki, welcher jetzt ebenfalls in den großen Saal stürmte. Keine Sekunde später rammte Viovis mir seine Schulter in den Rücken. Ich schrie auf und sackte zusammen, meine Hand glitt vom Schwertgriff.

»Ich bring dich um, Miststück!«, röchelte Viovis. Von dieser Entfernung konnte ich den süßlichen und metallenen Geruch seines Blutes wahrnehmen. Mir wurde übel. Über mir wurde Viovis beiseite gestoßen. Er brüllte auf. Tomaki half mir auf die Füße.

»Die Schuppen, wo sind sie?«, fragte Tomaki laut keuchend.

»In der Wand!« Ich legte meine Hand wieder auf den Schwertgriff und zog die Klinge mit einem Ruck heraus. Ich wusste jetzt, was zu tun war. »Ich mach das!«

Tomaki nickte und stürzte sich auf Viovis, der sich gerade wieder aufrappelte. Ich riss die schwarze Schuppe aus meiner Tasche. Sie leuchtete dunkel auf, mir wurde schwindelig, und dann hörte ich eine dunkle Stimme in meinem Kopf. Ich wusste sofort, dass es nicht Fundus war, der zu mir sprach. Wie in Trance, sprach ich die Worte nach: »Drachen, die ihr unter mir steht. Ich befehle euch, schließt euch mir an und folgt mir!« Licht ergoss sich aus den Ritzen in der Wand, eine Steinplatte vibrierte und flog im nächsten Augenblick haarscharf an mir vorbei. Eine nach der anderen, kamen die Schuppen aus dem entstandenen Loch geschossen und landeten in meiner Hand. Ich steckte sie schnell in meine Tasche.

»Nein!«, brüllte Viovis. »Ich bin euer Meister, haltet ein! Ihr gehört mir!« Er hatte es geschafft, Tomaki zurückzustoßen, und stand taumelnd ein paar Schritte entfernt von mir. Er sah ziemlich fertig aus. Er griff mich nicht an, sondern sprach: »Ich rufe die Geister der Magie! Fesselt die Schuppen und bringt sie zurück zu mi-« Seine Stimme verstummte. Denn meine Schuppe wuchs. Sie wuchs zu einem großen dunklen Schatten heran, der schrecklich brüllte und Dunkelheit in den Raum spie. Sie war jetzt zu einem großen Drachen geworden!

Der schwarze Drache zeigte sich! Dann beugte er sich zu Viovis herunter. Viovis schrie aus vollem Halse und warf seine Arme über seinen Kopf, um den Angriff abzuwehren. Doch der Drache schlug lediglich die wenigen dunklen Geister, die Viovis' Ruf gefolgt waren, mit seinen Flügeln in das Loch zurück, aus dem sie gekommen waren. Inzwischen hatten alle Schuppen ihren Weg in meine Tasche gefunden. Der große Schatten raschelte mit den Flügeln, flog eine Runde durch den großen Saal und löste sich dann langsam wieder in Luft auf. Viovis blieb zitternd und keuchend auf dem Boden zurück. Ich streckte meine Hände aus und fing die schwarze Schuppe auf, die sich aus den letzten dunklen Schlieren löste. Tomaki legte mir eine Hand auf die Schulter.

»Gut gemacht«, hauchte er mir ins Ohr. »Lass uns jetzt schnell verschwinden.« Ich nickte und steckte die schwarze Schuppe zu den anderen in meine Tasche. Ich drehte mich um und warf einen letzten Blick auf Viovis. Er saß noch immer am Boden und hatte den Kopf gesenkt. Ich sah genauer hin. Er... Er schien zu weinen.

»Komm, Ruta«, sagte Tomaki noch einmal. Ich schüttelte den Kopf. Wahrscheinlich hatte ich mir das nur eingebildet. Schnell huschten Tomaki und ich zurück in den Hof, wo Shiina und Giove auf uns warteten. Zusammen hatten sie es geschafft, die restlichen Palastbewohner abwechselnd in Schach zu halten.

»Habt ihr sie?«, fragte Giove. Ich nickte erschöpft.

»Gut gemacht.« Shiina stieß triumphierend eine Faust in die Höhe.

»Ohne euch wäre das nicht möglich gewesen«, sagte ich.

»Ihr seid das Beste, was mir je passiert ist.«

»Spar dir das für später, Ruta, wir müssen jetzt erst einmal hier weg«, sagte Tomaki und nahm meine Hand. Er zog mich sanft hinter sich her. Ich kriegte von dem, was um uns herum passierte, nichts mehr mit. Ich war mit den Kräften am Ende. Aber wir hatten es geschafft. Zusammen hatten wir die Schuppen zurückerobert. Ich lächelte, bevor ich meine Augen schloss und erschöpft zusammenfiel. Ich hörte Tomaki meinen Namen rufen. Er fing mich auf und trug mich nach Hause.

Ich ließ es zu. In seinen Armen fühlte ich mich beschützt und geborgen.

Kapitel 62

Es war ein wundervoller Frühlingstag. Die Vögel zwitscherten, und die Sonne zeigte sich seit langem endlich wieder von ihrer schönsten Seite. Shiina und ich saßen im Tempel an unserem Tisch und redeten miteinander. Reden. Etwas, was ich früher verurteilt hatte – zu Unrecht. Ich dachte damals, es ginge nur darum, *was* man miteinander beredete. Ich hatte die anderen beobachtet und ihre Gesprächsthemen als so belanglos empfunden. Doch es ging gar nicht um den Inhalt. Der war oft nebensächlich.

Es war die Zeit, die zählte. Die Zeit, die man miteinander verbrachte. Die Zeit, die einen zusammenschweißte. Das hatte ich nun verstanden. Durch die offene Schiebetür sah ich Tomaki in der Küche stehen. Er war gerade dabei, Giove darin zu unterrichten, wie man einen seiner geliebten Tees zubereitete. Nur durch ihn hatte ich das Grau hinter mir lassen können. Nur durch ihn hatte ich zurück ins Leben gefunden. Ich lächelte.

»Was ist?«, fragte Shiina, neugierig wie immer.

»Nichts«, murmelte ich glücklich. Sie folgte meinem Blick und grinste wissend.

»Ich habe übrigens Kekse gebacken«, erzählte sie dann.

»Wollen wir die draußen essen? Endlich ist so schönes Wetter.«

Ich stimmte zu.

»Komm, dann sagen wir Tomaki noch Bescheid. Und Giove auch«, strahlte Shiina. »Vielleicht wollen sie ja mit rauskommen.«

Ich nickte und folgte ihr in die Küche.

»Giove, der darf nicht so lange ziehen!«, sagte Tomaki, der neben Giove an der Küchentheke stand und die Hände über dem Kopf zusammenschlug.

»Ich kenne mich damit aus«, erwiderte Giove nur.
Shiina lachte.

»Aber der gute Geschmack geht dann verloren!« Tomaki versuchte Giove dazu zu bringen, die Kräuter wieder aus dem heißen Wasser zu ziehen.

»Ich weiß schon, was ich tue.«

»Ah, Ruta, Shiina, helft mir!«, rief Tomaki, aber er lachte dabei. Schließlich gab er es ganz auf und wandte sich uns zu. »Was gibt's?«

»Wir wollten euch fragen, ob ihr mit nach draußen kommt? Es ist so schönes Wetter!«

Tomaki nickte.

»Klar komme ich mit, Shiina. Was ist mit dir, Giove?«
Dieser sah auf.

»Ich komme nach, wenn mein Tee fertig ist«, sagte er.

»Gut!«, grinste Shiina. Dann rannte sie voraus. Giove hatte sich wirklich verändert. Aber auch Tomaki. Es war ziemlich schwer für beide gewesen, die Gegenwart des jeweils anderen zu akzeptieren. Doch nun waren sie zu guten Freunden geworden – obwohl sie das wahrscheinlich immer noch abstreiten würden. Tomaki nahm unsere Tassen und ich folgte ihm aus dem Tempel hinaus in den grünen Garten. Ich setzte einen Fuß auf das frische grüne und starke Gras und sog die Luft ein. Es roch richtig nach Frühling. Shiina schmiss sich auf den Rasen und wälzte sich hin und her.

»Ah, Frühling!«, schwärmte sie, während sie mit ihren Händen durch die saftigen Hälmchen fuhr. Die Luft war so rein und endlich nicht mehr kalt. Und die Sonne wärmte meinen Körper, wie sie es schon lange nicht mehr getan hatte. Shiina begann, eine fröhliche Melodie zu summen. Tomaki setzte sich mit den Teetassen neben mich auf einen Holzvorsprung.

»Hörst du das?«, flüsterte er plötzlich. Ich sah ihn an.

»Was?«

»Die Vögel« grinste er. »Sie wissen auch, dass der Frühling bald kommt.«

Tatsächlich hörte ich ziemlich weit entfernt ein zartes Gezwitscher.

»Ich höre sie«, sagte ich lächelnd.

»Oh, ich würde auch gern einen Tee haben«, sagte Shiina und setzte sich neben mich.

»Bitte. Ist aber noch ein wenig heiß«, lächelte Tomaki.

»Danke«, sie nahm ihn vorsichtig entgegen. Ich nahm mir den letzten Becher.

»Die Sonne ist so angenehm«, murmelte Shiina und genoss die warmen Sonnenstrahlen auf ihrem Gesicht. Tomaki und ich konnten dem nur nickend zustimmen.

»Ahh!«, Shiina sprang plötzlich auf. »Seht mal da!« Ich sah ihr nach, wie sie über die Wiese rannte.

»Der erste Schmetterling in diesem Jahr!«, rief sie aufgeregt. Er flatterte über ihrem Kopf hinweg und einmal um sie herum, bevor er sich wieder in die Weite des Himmels verabschiedete.

»Frühling ist wirklich meine Lieblingsjahreszeit!«, schwärmte Shiina, als sie sich wieder in das Gras sinken ließ.

Ich lächelte. Zufriedener als jetzt konnte ich wahrscheinlich nicht werden. Ich war an einem wunderschönen Ort mit wundervollen Menschen gelandet. Wir waren so weit gekommen. Aufgeben kam jetzt nicht mehr in Frage. Doch da war noch etwas, was mir ein wenig Sorgen bereitete. Als wir im Palast von Viis waren, meinte Fundus, ich sei mit dunkler Magie in Berührung gekommen. Daraufhin hatte Fundus sehr geflucht, es konnte nicht gut gewesen sein. Aber seitdem hatte ich keine Auswirkungen mehr davon gespürt. Und was hieß das überhaupt, dunkle Magie? War das schlechte Magie? Nur weil sie dunkel war, musste die Magie dann auch gleich schlecht sein? War die Dunkelheit nicht auch ein Teil von mir? Ich war immerhin die schwarze Kriegerin, das dunkle Gegenstück zu Tomakis Licht, dem weißen Krieger. Aber was bedeutete das konkret? Gab es da einen Zusammenhang mit der dunklen Magie in Viis' Palast, dass sie mich derart angezogen hatte? Würde ich gar irgendwann dem Bösen verfallen und die Seiten wechseln? Nein, so weit würde ich es nicht kommen lassen!

»Über was denkst du nach?«, fragte Tomaki und riss mich aus meiner Gedankenspirale.

»Über vieles«, antwortete ich leise.

»Dachte ich mir schon«, lachte er und wuschelte mir durch die Haare. »Mach dir nicht so viele Gedanken. Manches Problem löst sich von ganz allein.«

»Hm«, murmelte ich leise. Doch meine Probleme würden sich nicht von allein lösen. Schließlich trat auch Giove mit seinem Tee nach draußen und nahm einen Schluck.

»Giove, komm her!«, rief Shiina mit winkenden Armen.

»Es ist so schön hier auf der Wiese.«

»Ne, lass ma-«, begann er zu sagen, doch da war sie schon aufgesprungen und er wurde von ihr auf die Wiese gezerrt. Er konnte gerade noch seinen Tee neben uns abstellen. Er protestierte lautstark, ließ aber zu, dass sie ihn aufs Gras runterdrückte.

»Ich beobachte die beiden gern«, sagte Tomaki. »Sie könnten gegensätzlicher kaum sein. Das gibt mir Hoffnung.«

Ich sah ihn fragend an. »Wieso?«

Er schüttelte lachend den Kopf. »Oh, Ruta.«

Hinter uns tauchte Fundus in der offenen Tür auf.

»Hier seid ihr!« Er wirkte angespannt. Ich wusste sofort, dass etwas nicht stimmte.

»Fundus?« Ich stand auf, und Giove und Shiina kamen zu uns herübergeeilt.

»Ich habe schon den ganzen Tag lang gesucht«, klagte Fundus, »habe ihn aber nicht gefunden.«

»Wen?«, wollte ich wissen, ahnte aber schon Böses.

»Neko«, bestätigte er meinen Verdacht. »Neko ist verschwunden.«

Tomaki griff sich an die Brust.

Meine Gedanken begannen zu kreisen. Plötzlich schrie Giove vor Schmerz auf und taumelte zur Seite. Dabei stieß er die Tasse, die er vorhin abgestellt hatte, auf den Boden. Sie zersprang in viele kleine Scherben.

»Giove!« Sofort war Shiina bei ihm.

»Giove, was ist denn?«

»Was ist mit ihm?«, fragte Tomaki erschüttert.

»Ist es der Tee?«, fragte Shiina wimmernd. »Du hast noch gesagt, er soll ihn nicht so lange ziehen lassen!« Giove sackte stöhnend zusammen.

»Das hat nichts mit dem Tee zu tun«, knurrte Fundus.

»Das ist etwas anderes.« Ich bekam eine Gänsehaut, und ein ungutes Gefühl überfiel mich.

In der Sekunde hatte ich eine Vision: Ein großer Umbruch, den wir herbeiführen sollten, stand uns bevor. Es war noch nicht zu Ende. Das, was wir bisher durchgemacht hatten, war gerade einmal der Anfang gewesen.

Mir wurde schwindlig, ich verlor die Kontrolle über meinen Körper. Dann sackte auch ich in mich zusammen, und um mich herum wurde es dunkel.

Über die Autorin

Tokihara, geboren 1996, lebt mit ihrer Familie in einem hübschen kleinen Örtchen im Norden Deutschlands.

»Cosmica« ist ihr Debütroman und der erste Teil einer Trilogie. Wenn sie nicht gerade schreibend in ihrem Bett sitzt, dann hört sie Musik, liest oder verbringt Zeit mit ihren Haustieren. Sie trinkt am liebsten Tee, vor allem Brennnesseltee, und macht gern neue Cafés ausfindig. Die Idee von »Cosmica« ist ihr im Traum gekommen, als sie eine unglaublich starke und mutige Kriegerin gesehen hatte. Dieses Mädchen ließ sie nicht mehr los und so schrieb sie mehr als drei Jahre an der Geschichte. Unterstützung bekam sie dabei vor allem auch von ihrer Mutter.

Danksagung

An einem Abend war ich am Strand. Es war so richtig windig und die Wellen waren total wild. Ich habe mit einem Kugelschreiber, meinem Lieblingskugelschreiber, in den Sand geschrieben »Debüt Cosmica Tokihara«.

Dann habe ich es eine Weile betrachtet, bis eine Welle kam und es wegwischte. Das ließ mich nach oben auf den Sonnenuntergang blicken. Er machte mich sentimental. Genau richtig also, um meine Danksagung zu schreiben. Dafür setzte ich mich auf die Promenade. An allererster Stelle muss ich hierbei meine Mutter erwähnen. Nur durch sie habe ich die Möglichkeit und vor allem auch die Zeit bekommen, dieses Buch zu verwirklichen. Die Idee, die eines Nachts durch einen Traum den Weg in meinen Kopf gefunden und mich seitdem nicht mehr losgelassen hatte, aufzuschreiben. Auch wenn es Jahre gedauert hat, jetzt ist es endlich soweit. Ich denke, meine Mutter ist so etwas wie mein Tomaki. Ich liebe den Kaiserschmarren von ihr. Bitte höre nie auf mir welchen zu machen, deiner ist einfach der beste der Welt. (Du solltest mir öfter welchen machen.)

Gerade jetzt, wo ich auf den Sonnenuntergang schaue, erinnere ich mich an diese vielen Sachen, die wir schon zusammen durchgemacht haben. Wir haben zusammen gelacht, Dramen erlebt, zusammen geweint und nicht weitergewusst. Aber irgendwie hat meine Mutter doch immer eine Lösung gefunden. Dafür bewundere ich sie und dafür liebe ich sie so. Egal, wie schwer es manchmal war und egal, wie oft meine Sonne untergegangen war, sie hat mir gezeigt, dass nach jeden Sonnenuntergang auch ein Sonnenaufgang kommt. Auch wenn die Zeit dazwischen noch so dunkel sein mag. Dunkle Zeiten, die habe ich besonders in meiner Schulzeit gehabt. Es gab oft Tage, an denen ich nicht wusste, wie es weitergehen sollte. Auf meinem Schulweg überlegte ich manchmal, was sein würde, wenn ich eines Tages nicht mehr nach Hause kommen würde. Wenn ich jetzt daran denke, dann kommen mir die Tränen.

Doch der Gedanke an meine Mutter und vor allem auch an meinen treuen Kater hielten mich immer davon ab, irgendetwas zu tun, um von dieser Welt zu gehen. Ich bin unendlich dankbar für die Liebe der beiden.

Meinem Kater bin ich ebenfalls zu großem Dank verpflichtet. Er war fast die ganze Zeit an meiner Seite, wenn ich vor dem Mac saß und »Cosmica« geschrieben habe. Meistens hat er zwar geschlafen, aber seine bloße Anwesenheit unterstützte mich schon sehr. Ich könnte mir keinen besseren Freund an meiner Seite vorstellen als ihn. Er war immer an meiner Seite, wenn es andere nicht waren. Er hat mich getröstet, wenn ich geweint habe und versucht, mit seinem Schnurren meinen tiefsten Schmerz zu lindern.

Ich liebe dich, mein Tiger. Ansonsten danke ich auch meiner restlichen Familie. Ich danke meinem Bruder, dass er mir immer gesagt hat, dass ich dieses Buch »ja sowieso nie zu Ende« bringen würde. Dadurch hat er mich angespornt es doch zu tun. Ich danke meinem Vater, dass er für seine Familie, uns, so hart arbeitet und warte immer noch auf meine dreistöckige Torte, die er mir mal versprochen hatte. Aber ich denke, darauf kann ich warten, bis ich alt und faltig bin. Ich danke auch den anderen Familienmitgliedern, unseren tollen Hunden. Ohne euch wäre der Alltag nur halb so schön. An dieser Stelle darf ich die wundervolle Tiffy nicht vergessen. Sie war wie eine kleine Schwester für mich. Doch leider hat sie unsere Familie viel zu früh verlassen. Ich wünschte, wir hätten mehr Zeit zusammen gehabt. Ich hoffe, dass ihre Seele ihren Frieden im Raigen gefunden hat, ab und zu einen Blick zu uns nach unten wirft und dann lächeln kann.

Außerdem danke ich all meinen Freunden, die mir bis hierhin treu geblieben sind und immer ein offenes Ohr für mich parat haben. Ich bin auch dankbar, dass ich viele neue Freunde gefunden habe! Zwar wohnen viele davon am anderen Ende der Welt, aber durch die heutige Vernetzung ist die Kommunikation kein Problem mehr! Danke dafür moderner Fortschritt!

An dieser Stelle kann ich auch Io Sakisaka erwähnen. Sie ist eine wunderbare Mangaka und ihre Geschichten inspirieren mich jedes Mal aufs neue. Sie ist der Wahnsinn! Ich kann noch einiges von ihr lernen. Genauso wie vom Mangaka Adachitoka. Adachitoka ist einfach wundervoll! Beim Schreiben ließ ich mich oft von meiner Lieblingsmusik inspirieren. Mit ihren Songs unterstützt haben mich vor allem: Der wundervolle britische Songwriter Tom Odell, die japanische Rockband One Ok Rock sowie Day6, Astro,, KNK, Seven O'Clock, Marmello und ganz besonders BTS.

Aber auch den vielen unbekannten Menschen, die auf Youtube wahnsinnig tolle Soundtrackmixe hochgeladen haben. Manche davon haben mich in den entsprechenden Szenen so richtig aufgeputscht und meine Fantasie angeregt.

Ich danke auch meinem Macbook, welches mir meine Eltern vor einigen Jahren geschenkt haben. Es ist mir so treu und ich denke, noch niemand hat mich so viel verzweifeln, lachen und weinen gesehen, wie mein Mac. Danke mein Freund, und darauf, dass du mir auch weiterhin noch gute Dienste leisten wirst!

Außerdem danke ich dem wahnsinnig talentierten Illustrator Maximko, der mein Cover genauso gestaltet hat, wie ich es mir vorgestellt habe. Ebenso seiner Freundin, für ihre Starthilfe in Sachen Marketing, sowie Astro-Dog, welche mir eine fantastische Karte gezeichnet hat. Wie auch der Lektorin und Korrektorin. Vielen lieben Dank!

Vor allem aber danke ich meinen Lesern und ich hoffe, dass Euch die Geschichte wenigstens ein bisschen Spaß gemacht hat! Wir sehen uns in Band zwei wieder!

Tokihara

Bleib mit mir in Kontakt!

Facebook: www.facebook.de/Tokihara

Instagram: l.t.t.kiy

Twitter: t__tokihara

Impressum

© COSMICA, TOKIHARA, 2017
2. Auflage
ISBN: 9783000590313

Lena Kiy
Wiesenweg 7
18119 Rostock

Umschlaggestaltung: Maxim Simonenko
Landkartenillustration: Lisa Marie Kersting
Lektorat: Rabea Güttler
Korrektorat: Stephanie Wedhorn

Das Werk, einschließlich seiner Teile, ist urheberrechtlich geschützt. Jede Verwendung ist ohne Zustimmung des Autors unzulässig. Dies gilt insbesondere für die elektronische oder sonstige Vervielfältigung, Übersetzung, Verbreitung und öffentliche Zugänglichmachung.

ISBN: 978-3-00-059031-3

Cosmica

Freund oder Feind

TOKIHARA

COSMICA

TEIL 2

FREUND ODER FEIND

Für all diejenigen, die meinem ersten Band »Schwarz&Weiß« eine Chance gegeben und ihn gelesen haben.

Das Buch ist euch gewidmet, hiermit möchte ich mich von ganzem Herzen bedanken!

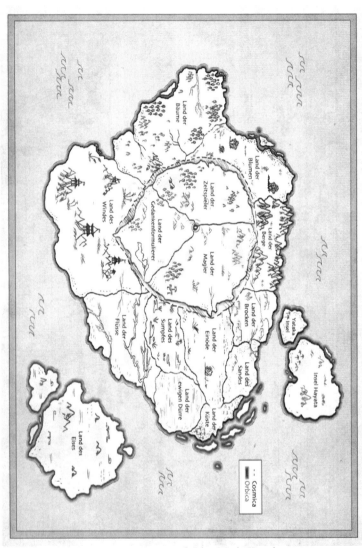

© Lisa-Marie Kersting

Erklärung der Landkarte

Orbica: Die Welt vor der Unterwerfung des mächtigen Magier Viis. Die Länder hielten sie im Gleichgewicht.

Cosmica: Die Scheinwelt nach der Unterwerfung von Viis. Die früheren Länder existieren nicht mehr und all ihre Bewohner leben nun in der Cosmica.

Personenregister

Bewohner des Windtempels:

Ruta Pez: Auserwählte, Trägerin des schwarzen Amuletts; hat eine Verbindung mit dem schwarzen Drachen

Tomaki: Auserwählter, Träger des weißen Amuletts; hat eine Verbindung mit dem weißen Drachen

Fundus: Anima, ein Wolf, der sich mithilfe einer Zauberformel in ein Schwert verwandeln kann

Neko: Anima, ein Kater, der sich mithilfe einer Zauberformel in ein Schwert verwandeln kann

Giove: Gedankenformulierer, kann in die Gedanken anderer Menschen eingreifen und diese neu formulieren

Shiina: Zeitspielerin, kann die Zeit anhalten und in ihr wandeln; ist die vierte Königin

Bewohner des Palastes:

Viis: Herrscher über Cosmica, Magier

Viovis: Sohn von Viis, Magier

Vaquartis: Viis engster Berater, Magier

Veros: Viis neuer Handlanger, Magier

Sonstige Bewohner:

Klarin: Freund von Sue, lässt Ruta Pez und Sue bei sich wohnen

Sue: Ruta Pez Schwester

Mako: Klarins Bruder, wurde vor langer Zeit eingezogen

Zóel: *unbekannt*

Bewohner der Orbica:

Nanami: Mitglied der Rebellion in der Orbica, Amulettträgerin, hat zusammen mit Ronin die Drachen schlafen gelegt, im Krieg gefallen

Ronin: Mitglied der Rebellion in der Orbica, Amulettträger, hat zusammen mit Nanami die Drachen schlafen gelegt, im Krieg gefallen

Prolog

Kalte Luft zog über das zertrampelte Feld. Außer dem Wimmern des Windes war nur ein leises Schluchzen zu hören. Zwischen Toten und Trümmern hockte ein Junge und weinte. Seine Hände waren im Schoß vergraben, er versuchte sie irgendwie warm zu halten. Wenn keine Hilfe nahte, würde er bald erfrieren. Mit verheultem Gesicht sah er sich um. Vorhin im Gefecht waren so viele Menschen umgekommen. Die Schreie der Niedergestreckten und das Gerassel aufeinander klirrender Waffen verwandelten das Feld in einen Schauplatz grausamer Taten. Jetzt war davon nichts mehr zu hören. Nur zu sehen. Wo die Saat hätte sprießen sollen, lagen nun zertrümmerte Teile. Am Rande des Feldes schliefen Soldaten auf ewig und mit ihnen die Unschuldigen. Schweigend für immer. Diese drückende Stille war unerträglich für ihn.

»Das darf einfach nicht wahr sein.« Fassungsloses Entsetzen stand dem Jungen ins Gesicht geschrieben, sein Blick ging erneut übers Feld, zu den Trümmern und zu den Toten. Bibbernd zog er die Beine an seinen Körper, schlang die Arme herum und begann sich zu wiegeln:

Es ist doch wahr.

Wieder flossen Tränen, das Schluchzen wurde lauter. Doch konnte es die tückische Stille, die über dem Feld lag, nicht brechen. Als das trauernde Wimmern immer leiser wurde, näherte sich eine in ausladende Kleider gehüllte Person. Der Junge sah auf, griff zum Messer in seiner Tasche und presste es mit zitternder Hand an die eigene Kehle.

»Willst du mich auch umbringen?«, schlotterte er und drückte die scharfe Klinge tiefer in die Haut.

»Nimm das Messer herunter«, murrte die Gestalt.

»Nein! Wenn, dann will ich durch meine eigene Hand sterben!«

»Ich will dich nicht umbringen.«

Der Junge ließ die Hand sinken, beinahe hätte er sich tief in die Kehle geschnitten. Die verhüllte Gestalt schlug die Kapuze zurück und zum Vorschein kam ein Mann. Erschrocken wich der Junge ein paar Schritte zurück. Dieses Gesicht würde er überall wiedererkennen. Dieses Gesicht gehörte jenem Mann, der seine Familie vor ein paar Jahren auslöschte.

»Lügner!«, schrie der Junge und wirbelte mit dem Messer nach vorn. Dabei schlitzte er die Wange des Mannes auf. Blut rann aus der Wunde und tropfte zu Boden. Davon unbeirrt streckte der Mann seine Hand aus und sprach: »Nimm sie und ich schenke dir das Leben.«

Ein eisiger Wind pfiff übers Feld, wirbelte den Dreck des Kampfes hoch und drohte beide zu ersticken. Der Junge zögerte.

»Wer bist du?«, fragte er und hielt sich den Ärmel vor die Lippen.

Die Augen des Mannes leuchten magisch auf.

Mit tiefer Stimme sagte er: »Ich bin deine Rettung.«

Kapitel 1

Hastig schlug ich die Augen auf. Wo war ich? Zuerst fiel mir der milchige Nebel auf. Keine Chance, etwas in dieser Suppe zu erkennen. Langsam drehte ich den Kopf zur Seite und blinzelte. Neben mir lag etwas Schwarzes. Etwas großes Schwarzes, das sich bewegte. Erschrocken fuhr ich hoch. Es bewegte sich?! Schien eine große Flanke zu sein, die sich, wie bei einem schlafenden Tier, gleichmäßig hob und senkte. Vorsichtig ging ich einen Schritt darauf zu. Mir fiel auf, dass das Tier schwarze Schuppen besaß…

Aufgeregt hielt ich inne. Ich konnte es nicht glauben: Da lag der schwarze Drache! War jetzt der Moment gekommen ihn aufzuwecken? Doch um ihn aus dem Schlaf zu rütteln, fehlte noch etwas: die schwarze Schuppe. Wie in Trance griff ich in die Tasche meines Gewandes und zog sie heraus.

Aber wo gehörte die Schuppe überhaupt hin?

Vielleicht an sein Bein?, überlegte ich, ging an den ausgestreckten Flügeln vorbei und untersuchte die Gliedmaßen. Der Drache besaß unglaublich breite Tatzen mit langen scharfen Klauen. Ich ging weiter zum Hals und hielt dort Ausschau.

Kann ja nicht so schwer sein, dachte ich. Die Schuppen am Hals waren länglich und filigran. Die Schuppe, die ich gefunden hatte, sah nicht so aus. Sie war etwa handflächenbreit und voller kleiner Dornen. Ich musste an einem anderen Platz suchen.

Vorsichtig trat ich nach vorn. So nah war ich dem schwarzen Drachen noch nie gekommen. Auch damals in der Höhle nicht, als ich seine Schuppe sammelte und eine Vision bekam.

Der Kopf des Drachen war sehr breit und mit spitzen Stacheln übersät, an den Backen traten sie besonders hervor. Er ging mir etwa bis zu den Schultern und es waren fast fünf Schritte nötig, um den Kopf zu umrunden.

Wie er so mit dem breiten Kopf auf dem Boden ruhte, sah er friedlich aus. Doch was wäre, wenn er seine Augen öffnete? Würde er mich mit seinen Klauen zerfleischen oder mit seinem felsbrockenartigen Kopf zerquetschen? Ich bekam Herzrasen.

Plötzlich fiel mir etwas ein, was mich aufatmen ließ.

Ich brauchte keine Angst zu haben.

Ich hab doch Fundus bei mir, dachte ich und griff auf den Rücken. Aber meine Hand langte ins Leere: Das Schwert war nicht da!

Nervös drehte ich den Kopf herum.

»Wo zur Hölle ist Fundus, wenn ich ihn brauche«, fluchte ich. Unruhig huschten meine Augen hin und her, weiter auf der Suche nach der kahlen Stelle. Ich schaute die Schnauze herunter, bis zu den bebenden Nüstern. Ihre Form erinnerte mich an die Blätter einer Buche. Angespannt sah ich wieder zu den langen Dornen an den Backen. Sie waren so groß wie eine Armlänge und einige von ihnen wiesen tiefe Kerben von früheren Kämpfen auf. Als ich in der Höhle seine Schuppe sammelte, gewährte er mir einen kurzen Einblick in sein Leben. Er hatte sicher viel durchgemacht, besonders als Viis an die Macht kam.

Ich ging um den Kopf herum und am langen Hals entlang bis zum Rücken, wo sich die Dornen des Kopfes bis zum Widerrist zogen. Erst jetzt fiel mir auf, dass der Drache mit zusammengeklappten Flügeln schlief. Ich konnte nur erahnen, wie riesig die Schwingen beim Fliegen sein mussten.

Etwa sechs Schritte auf jeder Seite, schätzte ich, *aber es könnten auch mehr sein.*

Da fiel mir eine kahle Stelle auf, direkt unter dem Ansatz seines Flügels.

Gefunden! Siegessicher ballte ich eine Faust und tappte um den Drachen herum, am langen und von spitzen Stacheln bestückten Schwanz und an der langsam atmenden Flanke vorbei, um an die Stelle zu kommen. Die Schuppe bereithaltend schob ich mich zwischen Beinen und Flügeln entlang. Dann war es soweit: Ich musste die Schuppe einsetzen.

Als ich sie an die kahle Stelle hielt, regte sich der Drache auf einmal und stöhnte. Die Schuppe leuchtete indes hell auf, glitt tief in die Haut und verankerte sich. Zuerst streckte der Drache sich, breitete die Flügel aus und hob langsam den Kopf. Mit einem kräftigen Ruck raffte er seinen Körper hoch. Als er vor mir stand, schüchterte mich seine Größe ziemlich ein. Eigentlich sollte ich keine Angst haben. Schließlich war ich die schwarze Kriegerin und zusammen mit ihm würde ich die Welt befreien. Noch bevor ich das zu Ende denken konnte, begann der Drache mit den Flügeln zu schlagen. Im nächsten Moment erhob er sich und verschwand in den Weiten des Himmels...

Ohne auch nur ein Wort mit mir zu wechseln.

Nein, ohne mich überhaupt wahrzunehmen! Ich spürte, wie meine Anspannung in Ratlosigkeit umschlug. Verzweifelt rief ich ihm hinterher, ich sei die schwarze Kriegerin und wir müssten zusammen die Welt retten!

Meine Schreie brachten jedoch nichts.

Der Drache setzte seinen Weg fort. Ohne mich. Er sah mich nicht einmal an. Verdammt, was hatte ich bloß falsch gemacht?!

Plötzlich spürte ich, wie jemand energisch an meiner Schulter rüttelte. Ein lauter Schrei ließ mich aufschrecken. Ich schlug die Augen auf.

Kapitel 2

Die Wolken hatten sich zu einem dunklen Schleier über den Himmel gelegt. In der Ferne braute sich ein Unwetter zusammen. Mit zornigem Blick fuhr er wild herum. Sein schwerer Umhang flog der Bewegung energisch hinterher. Ein Sturm zog auf.

»Viovis ist ein Nichtsnutz!«, brüllte er den Hang hinab. Die Diener zuckten zusammen und die Berater sahen ausdruckslos zu Boden. Der Rest des Gefolges verharrte an Ort und Stelle und wagte kaum zu atmen.

»Diese Gören waren bestimmt hier! Nicht umsonst hat es solch ungewöhnliche Schwingungen in den Bergen angezeigt! Wahrscheinlich haben sie eine Energiequelle gefunden, welche sie jetzt für sich nutzen! Und mein Sohn hat all das nicht mitgekriegt! Meine wertvolle Energie in den Händen von diesen Kindern! Ich könnte Viovis in der Luft zerreißen!«

Viis Augen funkelten böse auf und in seinen Händen fing ein magisches Licht an zu brennen. Erregt feuerte er die kleinen Lichtbälle in die Luft. Zischend kollidierten sie mit dem Gestein der Berge und keinen Moment später erloschen sie. Kaltes Geröll bröckelte von den Wänden in die Schlucht hinunter. Den Aufschlag hörte das Gefolge schon gar nicht mehr, denn Viis murmelte etwas unverständliches. Dabei spreizte er die Finger auseinander, krümmte sie, als hätte er Schmerzen und stieß einen lauten Schrei von sich. Dieser hallte noch einige Male zwischen den Spitzen der Berge wider, bevor ihn das tiefe Tal verschluckte und es wieder still wurde. Nur ein dumpfes Grollen in der Ferne kündigte eindringlich ein Unwetter an. Viis ignorierte die Warnung und wandte sich dem Eingang der dunkel gähnenden Höhle zu.

»Es bestehen keine Zweifel. Was sollen diese ungewöhnlichen Schwingungen sonst bedeuten? So energisch hat unser magisches Pendel noch nie ausgeschlagen...«

»Die Energie der Natur ist das Wertvollste, was diese Welt zu bieten hat. Ich kann alles unterwerfen und kontrollieren, nur die Energie muss ich mir mühsam erarbeiten. Und diese Halbstarken bekommen mein flüssiges Gold einfach so? Zur Hölle mit ihnen!«, fluchte er. Vaquartis, Viis engster Berater, faltete die Hände ineinander und blickte zu Viis auf.

»Ich denke nicht, dass sie ohne Mühen an die Energie gelangt sind. Nein, so wird es nicht gewesen sein. Aber diese Kinder haben einen einfacheren Weg gefunden, um an unser Gold zu kommen. Es muss einen sehr schlauen Kopf unter ihnen geben. Und ich habe schon meine Vermutungen angestellt, wenn ich so frei sein darf.«

Viis hielt sich die Stirn und wedelte auffordernd mit der Hand in der Luft herum.

»Sag schon.«

»Meine Nachforschungen haben ergeben, dass er ein Gedankenformulierer ist. Einer, der unseren Überfall auf das Land des Eises damals überlebt haben muss. Er scheint sehr schlau zu sein. Er sollte jetzt in unserem Fokus stehen.«

»Nein, das Mädchen! Sie ist das größere Problem!«, rauschte es aus Viis heraus. Energisch drehte er sich um und schlug wütend gegen die Felswand. Sofort bröckelten schwere Gesteinsbrocken von der Decke.

Vaquartis biss die Zähne zusammen und seine Augen rollten von rechts nach links. Er nahm einen großen Atemzug und ließ die Luft ganz langsam aus den Lungen gleiten.

»Sicher, diese Göre ist das Problem. Aber auch der Junge. Viis, wir müssen genauso gegen ihn vorgehen. Seine Fähigkeit macht ihn unberechenbar und gefährlich für uns. Ich schlage daher vor, dass *er* im Fokus stehen sollte.«

Viis brummte Flüche. Etwas an diesem Plan schien ihm nicht zu gefallen. Urplötzlich verkrampfte sich sein Körper und es sah aus, als müsste Viis gegen ungeheure Schmerzen ankämpfen. Doch er blieb still und gab keinen Laut von sich.

»Lasst uns allein«, flüsterte Vaquartis und das gesamte Gefolge verzog sich nach unten an den Fuß des Berges. Vaquartis beobachtete den sich vor Schmerzen krümmenden Viis. Mit unveränderter Miene verschränkte er die Arme unter seinem großen Gewand. Drei weitere Atemzüge wartete er ab, bis Viis auf den Boden sank. Gefasst schritt er auf ihn zu und holte ein kleines Fläschchen mit goldener Flüssigkeit hervor. Es war keine gewöhnliche Energie. In dieser Flüssigkeit schwammen kleine golden glitzernde Stückchen. Sie stellten eine reiche Energiequelle dar und waren sehr selten. Wenn sie jemand schluckte, kamen unvorstellbare Kräfte zum Vorschein. Vaquartis wollte Viis das Fläschchen reichen, doch dieser wurde zornig.

»Leg sofort das Fläschchen weg! Das ist nur für Notfälle gedacht!«, fuhr er seinen Berater an.

Dieser biss verärgert die Zähne aufeinander und ließ das Fläschchen im Ärmel seines Gewandes versinken.

»Verfluchte Energie, wieso bin ich so abhängig von diesem Gold?«, knurrte der mächtige Magier und hievte sich wieder nach oben.

»Ich muss mich mehr beherrschen. Diese Wutausbrüche rauben mir noch die letzte Kraft«, murmelte Viis und zog seine Hand unter dem weiten Ärmel des Gewandes hervor. Sie war knöchern und auffallend dünn. Es schien, als könnte man die Finger mit einem Knacks durchbrechen. Durch seinen Gefühlsausbruch verbrauchte er die Energie viel schneller als sonst. Wenn er in den Palast zurückkäme, würde er sich als erstes an sein Gerät anschließen.

»Gefühle sind die größten Energiefresser«, sagte Vaquartis und blickte vorwurfsvoll zum Herrscher.

»Wer weiß das besser als ich«, fuhr Viis seinen Berater an. »Das brauchst du mir nicht zu sagen.«

»Gut. Dann würde ich empfehlen, dass Ihr euch künftig besser beherrscht und nicht mehr die Kontrolle verliert.«

»Ich verliere sie schon nicht!«, knurrte Viis zornig.

»Vor mir aber«, flüsterte Vaquartis in sich hinein.

»Schickt mir Veros hinauf. Er soll richten, was mein Sohn nicht geschafft hat«, kommandierte Viis.

»Veros. Hmm...«, brummte Vaquartis nachdenklich.

»Er ist meine Auswahl«, verkündete Viis.

»Dann soll es so sein«, murmelte Vaquartis kopfschüttelnd, verbeugte sich sogleich und verschwand auf dem Pfad, der zum Fuß des Berges führte. Viis drehte sich und wandte sich dem Abhang zu. Er starrte nach unten in die dunkle Tiefe.

»Meine Welt darf nicht untergehen«, raunte der Herrscher und schlug den schweren Umhang des Gewandes zur Seite. Als er Schritte hinter sich hörte, fuhr er wieder herum.

»Veros. Wie schön«, sagte Viis und schaute ihn gleichgültig an.

»Mein Herrscher, was verlangt ihr von mir?«, fragte der junge Mann. Er musste etwa in Viovis Alter sein, hatte aber ein breiteres Kreuz und muskulösere Arme. Außerdem hatte Veros aschblondes Haar und klare graue Augen, die an einen Habicht erinnerten. Sein Gesicht war breit und kantig. Veros genoss hohes Ansehen, da sein Vater ein wichtiger Berater von Viis war.

»Ich habe einen besonderen Auftrag für dich, Veros. Etwas, wofür mein Sohn nicht würdig ist. Ich werde dich der dunklen Magie unterweisen.«

Veros grinste stolz und dachte gehässig: *Ich muss etwas ganz Besonderes an mir haben, wenn Viis mich sogar seinem eigenen Sohn vorzieht. Was für ein Schwächling Viovis doch ist...*

»Das ist eine unglaubliche Ehre für mich. Ich werde euch garantiert nicht enttäuschen«, erklärte Veros und verbeugte sich demütig.

»Das rate ich dir auch«, knurrte Viis und bei dem Gedanken an seinen Sohn musste er sich zusammenreißen, damit es nicht wieder zu einem Wutausbruch kam. Er musste es unterdrücken, denn nur so konnte er seine Energie sparen. Der Herrscher biss die Zähne zusammen und schluckte die Wut hinunter. Viis konnte sich nicht durch so etwas schwächen lassen. Nicht wie damals, als er sich den Gefühlen hingegeben hatte und es nur Unglück über ihn und seine Geliebte brachte. Allein der Gedanke daran bohrte einen tiefen Splitter in sein Herz. Viis ballte seine knochigen Hände zu einer Faust. Neben Ruta Pez waren die Gefühle sein größter Feind.

»Aber, Viis mein Herrscher, was passiert dann mit eurem Sohn?«, fragte Veros mit tiefer Stimme.

»Das wird sich noch zeigen«, antwortete Viis knapp.

Veros sah vom Boden auf und nickte. Er salutierte, verbeugte sich und verschwand auf dem Pfad, der nach unten ins dunkle Tal führte. Viis blickte erneut in die Ferne und öffnete seine Fäuste. Mit einem tiefen Atemzug stülpte er sich die Kapuze über.

»Ich werde alles dafür tun, um an der Macht zu bleiben«, sprach er, bevor er sich von den Bergen abwandte und den Weg nach unten nahm. Im Tal angekommen musterte ihn das Gefolge neugierig und sie alle versuchten einen Blick unter die Kapuze zu erhaschen. Sie hatten nicht viel mitbekommen, in der brenzlichen Situation schickte Vaquartis sie weg. Viis beachtete die Blicke nicht und schritt unnahbar auf seinem Berater zu.

»Viis«, meinte Vaquartis und verbeugte sich halb.

»Ich habe eine Entscheidung getroffen«, verkündete der Herrscher.

Vaquartis horchte gespannt auf.

»Sie wird uns beide zufriedenstellen.«

Der Berater grinste in sich hinein.

»Wie werdet Ihr das anstellen, mein Herrscher?«, fragte er, hob den weiten Ärmel und legte ihn vor seinen Mund.

»Es ist an der Zeit, dass ich sie wieder benutze. Die dunkle Magie.«

Viis blickte zum Berg mit der weißen Spitze hinauf. Er faltete die knochigen Hände ineinander und brummte leise: »Meine Welt wird nicht untergehen. Auch nicht wegen einem kleinen dummen Mädchen.«

Kapitel 3

Am nächsten Morgen wachte Viis mit entsetzlichen Rückenschmerzen auf - als hätte er die ganze Nacht auf einem Holzbrett geschlafen. Zu allem Überfluss raubte ihm das Unwetter, was gestern Abend über den Berg fegte, seinen erholsamen Schlaf. Dazu hielten ihn Blitz und Donner die ganze Nacht wach.

Mühsam stand er auf und als er an sich herunter sah, schreckte er zusammen. Viis schrie nach einem Diener, er solle Vaquartis holen. Sofort trat dieser in das Zelt des Herrschers ein und in seinem Gesicht machte sich Entsetzen breit.

»Nur noch Haut und Knochen…«, flüsterte der Berater und versteckte die Hände in den langen Ärmeln.

»So kann ich mich nicht im Palast zeigen.«

»Was schlagt ihr vor?«, fragte Vaquartis und sah mit seinen giftgrünen Augen zu Viis herüber.

»Veros wird mir mit dunkler Magie Energie zuführen. Das soll seine erste Prüfung sein.«

Als er das sagte, hüllte er sich in einen Umhang, um seinen ausgemerzten Körper zu verdecken.

»Ich lasse einen Arzt kommen. Gegen die Schmerzen.«

»Nein!«, rief Viis. »Vaquartis, hol mir die Medizin!«

Der Berater kannte Viis schon lange und wusste, dass es ihm ernst war. Er wusste, dass Viis sich in diesem Zustand niemandem zeigen konnte. Sorge kam in ihm auf.

»Ich denke trotzdem, ihr solltet einen Arzt holen…«

Viis starrte in sich gekehrt zu Boden.

»Du weißt, dass ich das nicht kann. Und nun geh.«

»Sehr wohl.«

Als Vaquartis das Zelt verließ, stieß Viis einen tiefen Seufzer aus. Alles schmerzte. Das war der Preis, den er zahlen musste. Keine fünf Minuten später kam der Berater zurück und in den Händen trug er ein kleines Glas mit durchsichtiger Flüssigkeit. Mit seinen Schritten schwappte sie schnell auf und ab. Zwei Fußlängen vor Viis blieb er stehen. Der Herrscher sah auf und sein Blick wanderte in Zeitlupe zum Fläschchen.

»Was ist das?«, fragte Viis, denn er kannte diese Flüssigkeit nicht.

»Es wird euch helfen«, erwiderte Vaquartis und warf die Flasche neben dem Herrscher aufs Bett.

»Ich habe gefragt, was das ist«, donnerte Viis Stimme zurück.

Verdammt, wieso kann er es nicht einfach trinken, dachte Vaquartis angespannt und schlang die Arme unter seinem Gewand zusammen.

»Das, was ihr immer von mir bekommt. Vertraut mir, Viis.«

»Tse.«

Mit einer seichten Handbewegung ließ der entkräftete Herrscher das Fläschchen vor sich her schweben. Er murmelte etwas finsteres und im nächsten Moment löste sich der Korken aus der Flasche.

Trinkt er es?, dachte Vaquartis und sah genauer hin. Doch Viis drehte seinen knochigen Finger, schloss die Augen und nuschelte eine Zauberformel. Sofort kreiste die Flüssigkeit in dem Gläschen, bis ein kleiner Strudel entstand. Im nächsten Moment verdickte sich der Saft und eine goldene Farbe kam zum Vorschein. Es war das Gold, die Energie, die Vaquartis ihm schon gestern auf dem Berg geben wollte.

»Dachte ich's mir doch«, lachte Viis halb und ließ den Korken wieder in die Flasche ploppen.

»Das ist allerfeinste Energie! Was habt ihr dagegen, sie zu nehmen?! In eurem Zustand, ihr müsst!«, brach es aus Vaquartis heraus.

»Ich verschwende sie nur. Diese goldenen Klümpchen sind zu wertvoll. Die nehme ich nicht bei solch einer unwichtigen Sache.«

»Unwichtig…«, murmelte Vaquartis und schnaubte.

»Jetzt hol mir das Richtige«, befahl Viis.

Gezwungenermaßen verbeugte sich Vaquartis und brachte wenig später die Medizin vom Arzt ins Zelt. Mit einem Schluck kippte Viis die Flüssigkeit hinunter und wischte sich mit dem Ärmel die Lippen trocken. Er rang nach Luft und ein paar Sekunden später sah er wieder kräftig aus.

»Bald wird euch das auch nicht mehr helfen. Es lindert nur die Symptome«, merkte Vaquartis beim Zusehen an.

»Für den Umweg reicht es. Dann wird mir Veros Energie zuführen. Dein Fläschchen müssen wir für etwas wichtigeres aufheben.«

Bei den letzten Worten sah der Berater hellhörig auf. Wusste Viis etwas, was er nicht mit ihm teilen wollte?

Wieso ist er sich so sicher, dass er es später brauchen wird?, dachte der Berater angespannt.

»Also gut«, sprach er und wandte sich ab.

»Sage dem Gefolge, dass wir unterwegs noch einen Halt im alten Gebiet der Gedankenformulierer einlegen werden.«

»Warum gerade in diesem Land?«, fragte Vaquartis.

»Dort ist noch genügend Natur vorhanden, aus der ich Energie ziehen kann.«

»Soll mir nur recht sein«, meinte Vaquartis grinsend, beugte den Rücken und verschwand aus dem Zelt. Viis stand vom Bett auf und betrachtete seine Hände. Er ballte eine Faust und wusste, dass das Fleisch nur für eine kurze Zeit bleiben würde. Doch die Energie, die Vaquartis bei sich trug, war zu wertvoll. Er wollte sie aufheben. Viis hatte die Vorahnung, dass eine Zeit kommen würde, wo er sie dringender brauchte.

Dann bin ich darauf angewiesen, dachte er und so lehnte er diese besondere Flasche immer ab.

Es dauerte nicht lange und alle waren startbereit. Einige Magier aus dem Gefolge zauberten die Zelte und deren Möbel klein, sodass sie in die Hosentasche hätten passen können. Alles wanderte in mehrere kleine Kisten. Nichts sollte verloren gehen. Als sie die Ausstattung gut verpackt hatten, zog das Gefolge weiter. Vaquartis gab den Ton an und führte sie den Umweg entlang, in das Gebiet, was einst den Gedankenformulierern gehörte.

»Wir gehen an den Rand«, brummte Viis tief und winkte mit einer Handbewegung die Sänfte heran. Er wollte Energie sparen, also ließ er sich die restliche Strecke tragen.

»Ihr wählt diesen Weg, weil Ihr die Stadt da raushalten wollt?«, fragte Vaquartis.

»Es soll niemand auf komische Gedanken kommen, wenn wir gesehen werden. Eigenständiges Denken ist die Wurzel der Aufklärung. In meiner Cosmica gibt es das nicht«, erwiderte Viis schroff, als er sich in die Sänfte setzte. Mit einer magischen Handbewegung zog er den Vorhang zu.

Er braucht jetzt Ruhe, ich werde ihn nicht weiter belästigen, dachte Vaquartis und schritt wortlos den restlichen Weg neben dem Herrscher entlang. Schließlich erreichten sie ein mit saftigem Gras bewachsenes Hügelland.

»Wir sind da«, verkündete einer der Diener. Er öffnete den Vorhang der Sänfte und ließ Veros nach vorn kommen. Als Viis ausstieg, hatte er sich die Kapuze tief ins Gesicht gezogen, niemand konnte ihn sehen. Das Gefolge schaute neugierig zu ihm und versuchte erneut einen Blick auf Viis zu erhaschen.

»Was starrt ihr unseren Herrscher so an, habt ihr nichts Wichtigeres zu tun?! Sichert die Umgebung und sorgt dafür, dass uns keiner stört«, rief Vaquartis aufgebracht. Tuschelnd setzte sich das Gefolge in Bewegung.

»Ihr habt nach mir verlangt«, sagte Veros und kniete vor dem verhüllten Magier nieder.

»Deine Prüfung wird sein, aus dem Land Energie zu zaubern. Mit dunkler Magie. Du wirst goldene Energie erlangen und mir zuführen. Wenn dir das gelingt, werde ich dich weiter unterweisen.«

Viis Stimme war tief und dunkel, aber auch ein wenig trocken und kraftlos.

»Nichts leichter als das.« Veros erhob sich wieder, stellte sich vor den Herrscher und begann eine Formel aufzusagen: »Ich rufe die Geister der dunklen Magie. Gehorcht mir und leiht mir eure Kraft.«

Sogleich verdunkelte sich der Himmel. Die Wolken verdichteten sich und ein dunkler Streifen fiel auf Veros herab. Dieser öffnete seinen Mund und ließ alle Geister in sich eindringen. Die Augen des jungen Mannes wurden augenblicklich schwarz. Auch die Stimmlage veränderte sich und auf einmal war ein schriller Laut zu hören.

»Beauftrage sie, das Gebiet der Gedankenformulierer auszusaugen«, befahl Viis und Veros wiederholte die Worte. Aber bei ihm klangen sie ganz anders. So, als sei er von einer fremden Macht besessen.

Die Geister flossen wieder aus Veros heraus und wirbelten über das Land. Von Weitem hätte man denken können, es sei ein großer Schwarm Insekten, der sich über den Landstrich hermachte. Mit großem Hunger fraßen sich die dunklen Geister in die Natur hinein und vernichteten alles. Zurück blieb ein Labyrinth aus Steinen, kalten Brocken und ausgetrocknetem Boden. Voll mit Energie flogen die Geister wieder zu Veros. Dieser empfing sie und leitete sie gleich zum Herrscher weiter. Der Magier riss den Mantel vom Leib und reckte seine Brust in die Höhe. Als die Geister mit Viis verschmolzen, wurde ein goldener Lichtstrahl frei. Vaquartis hielt sich die Hand vor seine Augen, um nicht geblendet zu werden. Veros sackte auf die Knie und fiel zu Boden. Das war sein erster Kontakt mit den dunklen Geistern. Er würde daran wachsen und mit der Zeit stärker werden.

Derweil stöhnte Viis und schrie kurz auf, denn die Energie begann mit ungebremster Kraft in seinen Körper zu strömen. Für einen Moment sah es so aus, als ob er dem nicht standhalten konnte. Aber Viis war geübt und erfahren. Schnell konnte sein Körper die Energie absorbieren. Alles floss in den Herrscher und gab ihm seine majestätische und gesunde Gestalt zurück.

»Ja... ja!«, stöhnte Viis und griff mit den Händen in die Luft. Er fühlte sich gut, war jetzt wieder mächtig und stark. Vaquartis war der Erste, der die Augen öffnete. Erleichterung breitete sich auf seinem Gesicht aus. Überrascht blickte er auf den am Boden liegenden Veros.

»Er ist der Richtige«, murmelte Viis und betrachtete seine prallen Hände. Vaquartis grummelte etwas unverständliches und trat zu Viis.

»Wie geht es jetzt weiter? Wann werdet ihr euren Plan in die Tat umsetzen?«, fragte er und der Herrscher legte seine Hände zusammen.

»Wenn die Zeit gekommen ist, dann schlagen wir zu«, verkündete Viis. Bevor er in seine Sänfte stieg, sagte er einen Zauberspruch auf. Plötzlich schlugen Wurzeln aus dem Boden und schon wenige Minuten später wuchs ein frischer und lebendiger Wald um sie herum. Schützend legte er sich um die Menschen des Gefolges und wanderte mit ihnen. So begleitete er sie stetig und ohne bleibende Spuren auf dem Weg zurück in den Palast.

Kapitel 4

Benommen schlug ich die Augen auf und drehte mich schwerfällig im Bett herum.

Ich lag in einem Bett?

»Ruta!«, rief Tomaki freudig überrascht und nahm die Hand von meiner Schulter.

»Endlich bist du wach!«

Mein Kopf brummte. Als ich mich langsam aufrichten wollte, wurde mir schwindlig.

»Vorsicht!« Tomaki fing mich auf und legte mich sanft zurück ins Bett.

»Ich hatte einen komischen Traum«, flüsterte ich.

»Wenn du damit meinst, dass Giove und du gestern ohnmächtig geworden seid und Neko verschwunden ist, dann war das nicht nur ein Traum.«

Tomaki sah mich besorgt an.

»Ich war ohnmächtig?«, hauchte ich.

Er nickte. Ich versuchte, mich langsam aufzurappeln.

»Was ist mit Giove? Und wo sind die anderen?«

»Giove schläft. Shiina und Fundus sind bei ihm«, erklärte Tomaki.

Ich seufzte und hielt meine Hand an die schmerzende Stirn.

»Aber Neko ist bis heute noch nicht aufgetaucht. Nicht, dass ihm etwas zugestoßen ist«, hauchte Tomaki. Die Sorge um Neko stand ihm förmlich ins Gesicht geschrieben. Dunkle Halbmonde unter seinen geschwollenen Augen zeugten von schlechtem Schlaf.

»Wovon hast du denn geträumt?«

Als Tomaki mich das fragte, fiel mir alles wieder ein: Der schlafende schwarze Drache, die Schuppe, mit der ich ihn aufweckte und mein verzweifelter Versuch, ihn von seiner Aufgabe zu überzeugen.

Sollte ich Tomaki von dieser Vision erzählen? Nein, besser ich behielt es erst einmal für mich. Es war ja nur ein Traum... Mit so etwas wollte ich Tomaki nicht belasten.

»Ist nicht so wichtig«, winkte ich ab und hoffte, er würde nicht weiter nachhaken.

»Hmmm«, brummte Tomaki und klang nicht sehr überzeugt. Vorsichtig beugte er sich zu mir und legte die Decke über mich.

»Gut, dann ruh dich etwas aus.«

»Ja«, murmelte ich leise. Wieder blieb mir nichts anderes übrig, als im Bett herumzuliegen und nichts zu tun.

Tomaki stand vom Stuhl auf.

»Ich bringe dir nachher etwas zu essen.«

Ich nickte und schaute zerstreut an die Decke.

Was war gestern überhaupt passiert?

Ich versuchte, mich an den Moment vor meinem Ohnmachtsanfall zu erinnern. Wir saßen zusammen im Garten. Dann kam Fundus. Neko sei verschwunden, hatte er panisch gesagt und auf einmal ging es Giove und mir schlecht. Doch wieso gerade uns? Warum fiel nicht Tomaki anstelle von Giove in Ohnmacht? Das verstand ich nicht. In meinem Kopf bildete sich ein unauflösbarer Knoten.

Die Tür meines Zimmers öffnete sich einen kleinen Spalt. Vorsichtig lugte jemand hinein.

»Ach Ruta, du bist ja wach!«, rief eine zarte Stimme überrascht. Shiina trat herein.

»Wie geht es dir?«, fragte sie besorgt und setzte sich auf den Stuhl neben meinem Bett. Ich wälzte mich zu ihr.

»Ja, geht schon. Was ist mit Giove?«

»Er ist noch nicht aufgewacht«, hauchte Shiina mit ängstlicher Stimme.

Ich war aufgewacht, aber Giove noch nicht?

Sehr merkwürdig.

»Wo ist Fundus?«, wollte ich weiter wissen.

»Er ist bei Giove. Er versucht herauszufinden, was ihm fehlt.«

Vielleicht träumte Giove auch etwas... Aber er hatte keine Verbindung zu einem der legendären Drachen wie ich, also würde es nicht derselbe Traum sein.

»Er wacht bestimmt bald auf«, versuchte Shiina sich einzureden und lächelte gequält.

»Schau mal Ruta«, sagte Tomaki, der inzwischen mit einer kleinen Schüssel in der Tür aufgetaucht war. »Das wird dir guttun.«

Shiina stand vom Stuhl auf und rückte ihn für Tomaki zur Seite. Vorsichtig wollte ich mich hinzusetzen. Doch als ich mich aufrichtete, kehrte der Schwindel zurück. Meinen Armen entwich die Kraft und so fiel ich zurück ins Bett.

»Ruta!«, rief Tomaki erschrocken und fast hätte er die heiße Suppe verschüttet. »Warte, ich helfe dir!«

»Soll ich die Suppe nehmen?«, bot Shiina an. Tomaki nickte. Langsam schob er die Decke von mir herunter und legte seine Hand in meine.

»Versuch es noch einmal«, flüsterte er aufmunternd. Ich nickte. Als ich meine Muskeln anspannen wollte, kam der Schwindel zurück. Tomakis Hand versuchte, mich oben zu halten, doch ich fiel wieder ins Bett.

»Es nützt nichts«, sagte Tomaki und sah mich an.

Unschlüssig starrte ich zurück.

Was hatte er vor?!

»Ich hebe dich an«, beantwortete er meinen fragenden Blick. Ich sah skeptisch zurück.

»Im Liegen kannst du schlecht essen«, erklärte er eindringlich, ließ meine Hand los und lehnte sich zu mir herüber. Sein Gesicht war so nah, dass ich die Wärme seines Körpers auf meiner Haut spüren konnte. Vorsichtig nahm er seinen linken Arm und schob ihn unter meinen Rücken.

Es fühlte sich so an, als würde er mich sanft umarmen. Er legte seine Hand in meine und hob mich langsam hoch. Shiina warf uns einen schmunzelnden Blick zu.

Endlich konnte ich aufrecht sitzen. Vorsichtig löste sich Tomaki von mir.

»Ist dir wieder schwindlig?«, fragte er besorgt.

»Geht. Nur ein bisschen«, winkte ich ab.

Shiina setzte sich neben mich aufs Bett.

»Hier.« Sie reichte mir die Schale mit der heißen Suppe.

»Sie wird dir nicht schmecken«, warnte mich Tomaki vor und grinste. »Aber du solltest sie trotzdem essen. Die Suppe ist ein Rezept von unseren alten Heilerinnen aus dem Land der Winde. Sie hat schon vielen Leuten geholfen.«

»Bekommt Giove auch so eine?«, fragte Shiina.

»Ja, natürlich. Sobald er wach ist.«

Bevor ich an der Schale nippte, betrachtete ich das Gebräu genauer. Es sah aus wie dunkler Schlamm vermischt mit glitschigen Blättern. Schon beim bloßen Anblick verging mir der Appetit.

»Komm, du schaffst das«, feuerte mich Tomaki an. Shiina jedoch warf mir einen mitleidigen Blick zu.

Widerstrebend rührte ich in der Schale herum und nahm einen Löffel. Schnell brachte ich es hinter mich und schluckte. Die Suppe schmeckte einfach nur widerlich. Fast hätte ich mich umgedreht und alles wieder ausgespuckt. Und als die Flüssigkeit langsam meine Kehle hinunter glitt, musste ich den aufkommenden Würgereiz unterdrücken. Ich hustete und räusperte mich, doch der Reiz blieb bestehen. Dabei hatte ich gerade mal einen Löffel genommen. Angewidert wischte ich mir mit dem Ärmel am Mundwinkel entlang.

»Hab etwas Geduld, die Suppe entfaltet bald ihre Wirkung«, erklärte Tomaki.

Shiina zog eine Grimasse und streckte angeekelt die Zunge heraus.

»Ich schau mal nach Giove«, fiel ihr ein. Bestimmt wollte sie nicht mit ansehen, wie ich mich quälte.

»Warte, ich komme mit. Iss schön die Suppe auf, Ruta«, meinte Tomaki, stand auf und hob den Zeigefinger. Ich nickte widerwillig. Mir blieb sowieso nichts anderes übrig.

»Bin auch gleich wieder da«, versprach Tomaki.

Dann verschwanden sie und ich blieb allein mit der ekligen Suppe zurück.

Ich seufzte.

Kapitel 5

Sorgfältig wusch Tomaki die Schüssel ab.
»Ich zeige dir jetzt, wie man die Suppe herstellt. Dann kannst du sie für Giove kochen, wenn er munter ist«, meinte er nach einer Weile.
»Ich dachte, du wolltest sie machen?«, fragte Shiina verwundert.
»Ja schon. Aber wer weiß, wann Giove aufwacht. So lange kann ich nicht warten. Ich muss Neko finden und darf keine Zeit mehr verlieren. Wer weiß, was ihm zugestoßen ist. Und *ich* wäre wieder Schuld daran, wenn jemandem etwas passiert.«
»Wieso sollst du schuld sein? Neko hätte auch was sagen und dich mitnehmen können. Ich verstehe sowieso nicht, warum er dir nicht Bescheid gegeben hat«, warf Shiina schnaubend ein und verschränkte die Arme.
»Trotzdem. Er ist mein Anima und ich trage eine gewisse Verantwortung für ihn. Das ist wie damals bei Ruta…«, seine Stimme versagte, als er die Schüssel beiseite legte. Mit leerem Blick starrte er aus dem Fenster.
»Ich fange nachher an zu packen und breche gleich morgen früh auf«, fuhr er fort.
»Erzähl Ruta und Fundus bitte nichts davon. Sie würden garantiert mitkommen wollen. Aber ihr braucht Fundus hier. Und Ruta ist noch viel zu schwach, um zu reisen. Ich werde sie nicht in Gefahr bringen. Ich weiß weder, was mit Neko passiert ist, noch wo er sich befindet und was dort auf mich wartet…«
Plötzlich drehte sich Tomaki um, zog den Pullover vom Körper und zeigte auf eine Stelle zwischen den Schulterblättern.
Shiina stutzte.
Was macht er da?!, dachte sie irritiert.

»Hier gibt es einen speziellen Punkt. Wenn du den triffst, kannst du jemanden ohnmächtig werden lassen. Das wollte ich dir noch zeigen, bevor ich aufbreche. Falls was passiert, wenn ich nicht da bin und du dich verteidigen musst.«

»Halt, Tomaki! Stopp mal kurz! Was soll das?! Zieh dich wieder an! Was ist denn eigentlich mit dir los? Seit Fundus gestern von Nekos Verschwinden berichtet hat, bist du so komisch«, rief Shiina verwirrt.

Tomaki zog den Pullover wieder an.

»Dass Neko jetzt weg ist, erinnert mich sehr an die Geschichte mit Ruta damals. Ich will nicht, dass wieder jemand wegen mir in Gefahr gerät.«

»Was ist denn da passiert?«, wollte Shiina wissen.

Tomaki hielt inne und sein Atem wurde für einen Moment schwer.

»Wenn du nicht drüber reden willst, ist das auch okay.«

»Doch. Es ist nur nicht so einfach, weil ich noch nie darüber gesprochen habe.«

Er sah in Shiinas große Puppenaugen.

»Aber ich werde es versuchen. Und nebenbei machen wir die Suppe, einverstanden?«, bot er an.

Shiina nickte, stellte sich neben ihn und verfolgte aufmerksam, was er tat.

»Das ist alles, was wir brauchen.« Er zeigte auf die Theke neben sich, wo viele kleine Schüsseln standen. In ihnen lagen die verschiedensten Kräuter, Samen und Blätter. Doch auf der Theke waren auch ein kleines Glas mit dem Glibber eines Schleimaals, sowie ein Teelöffel mit einem zermahlenen Schmetterlingskokon zu finden. Daneben stand eine in Tücher eingewickelte breite Schüssel. In ihr wuchs ein breiiger Pilz, welchen die Heilerältesten aus dem Land des Windes vor vielen Jahren anzüchteten und für viele medizinische Zwecke nutzten. All diese seltenen Zutaten bewahrte Tomaki in einer besonderen Vorratskammer des Tempels auf.

»Die Reihenfolge, in der du die Zutaten mischst, ist sehr wichtig. Ich schreibe dir auf einen Zettel, welche Menge du wann und wie unterrühren musst.« Er sah in Shiinas konzentriertes Gesicht.

»Gut«, nickte sie und verstand. Dann nahm Tomaki etwas aus der Schüssel mit den kleinen Samen und fügte warmes Wasser hinzu. Nach ein paar Minuten quollen die Samen auf. Tomaki fasste sich ein Herz und fing an zu erzählen: »Ich kann mich noch ziemlich genau an den Tag von Rutas Kapitulation erinnern. Schließlich hatte sich die Nachricht, dass das Land der Bäume von Viis eingenommen wurde, wie ein Lauffeuer verbreitet.«

»Wie kam es eigentlich dazu, dass sie kapituliert hat? Ich dachte, sie sei sehr stark gewesen?«

»Natürlich war sie das. Doch Viis und die anderen Magier fingen an, ihre Seen zu vergiften. Sie würden erst aufhören und das Gift wieder entfernen, wenn sich Ruta ergab. Die Seen aus dem Land der Bäume waren die Grundlage für alles Leben im Land. Nicht nur die Bäume waren vom Wasser abhängig, auch die Tiere schwebten in Gefahr, ausgerottet zu werden. Glaub mir, wenn es nach Ruta gegangen wäre, hätte sie nicht so einfach aufgegeben. Schließlich entschied sie sich schweren Herzens für ihr Land und gegen den Stolz ihres Volkes. Sie hatte ja die Hoffnung, irgendwann wieder zurückkehren zu können.«

Tomaki nahm eine weitere Zutat aus den Schüsseln. Es sah ein bisschen wie feuchte Erde aus und roch ziemlich modrig. Dazu gab er den Glibber des Schleimaals, vermischt mit dem zermahlenen Schmetterlingskokon.

»Zu dieser Zeit befand ich mich gerade in der Untergrundorganisation der Rebellen. Sie bestand aus Menschen aller Länder, welche sich ebenfalls vor Viis retten konnten und nun versuchten, sich vor seiner Gehirnwäsche zu schützen. Als wir mitbekamen, dass auch das letzte Land eingenommen wurde, war jeder Antrieb, weiterhin Widerstand zu leisten, erloschen. All unsere Hoffnungen waren dahin, niemand wusste, wie es jetzt weiter ging. Außer ich. Ich ahnte sofort, was zu tun war. Ich musste Ruta und ihre Schwester vor Viis' Gehirnwäsche retten. Ich verschwendete keine Zeit und brach sofort auf.«

Tomaki hielt kurz inne und schien den Moment noch einmal zu durchleben. Rasch fasste er sich wieder, fügte der Suppe einen Löffel des breiigen Pilzes hinzu und fuhr fort.

»Ich hatte unbeschreiblich große Angst, dass sie Ruta ihr Gedächtnis nehmen würden. Dass sie bei Rutas Rettung auch mich erwischten und mir eine Gehirnwäsche verpassten. Doch meine eigene Angst war in diesem Fall zweitrangig, denn die Sorge um Ruta überwog. Da die Wege unserer Untergrundorganisation gut vernetzt waren, dauerte es nicht lange, bis ich am Palast von Viis ankam. Ich konnte mich einschleusen und damit begann die große Suche. Du glaubst nicht, wie schnell mein Herz schlug, als ich in diesem verdammten Palast herumirrte. Bei jedem Geräusch zuckte ich zusammen und rechnete mit meinem Ende. Ich hatte Todesangst, hinter jeder Ecke erwischt zu werden. Wäre ich damals nur mutiger gewesen und hätte nicht so viel Zeit verschwendet...«

Tomakis bebende Stimme brach ab. Er starrte verloren in die blubbernde Suppe, warf einige Zutaten hinein und rührte um. Shiina beobachtete ihn und schwieg.

»Irgendwann kam ich zu einer Treppe, die in die Erde führte. Als die Luft rein war, huschte ich hinunter und fand mich in einem großen Wirrwarr voller Gänge und Zellen mit dicken Eisentüren wieder. Es war so dunkel, dass man die Hand vor Augen kaum erkennen konnte.

Nur am Boden leuchtete aus den Türschlitzen ein grelles grünes Licht heraus. Glaub mir, das war einer der gruseligsten Orte, an dem ich je gewesen bin. In jeder Ecke zischte es und zu allem Überfluss stieg mir ein beißender Geruch in die Nase. Plötzlich hörte ich Schritte. Um nicht erwischt zu werden, floh ich. An den grünen Lichtern auf dem Boden konnte ich mich gut orientieren. Doch dann gabelte sich der Weg. Schnell wählte ich den linken Gang, aber egal wo ich abbog, ich kam immer wieder an derselben Stelle heraus. Wie habe ich diese Katakomben gehasst.«

Tomaki nahm den Topf von der Platte und öffnete das Fenster. Der hereinstoßende Wind löschte die Flamme auf dem Herd.

»Du glaubst nicht, wie groß meine Verzweiflung in diesem Moment war. Trotzdem konnte ich die Hoffnung nicht einfach so aufgeben und wollte Ruta um jeden Preis retten. Ich suchte immer weiter und nach einer gefühlten Ewigkeit kam ich an ein großes offenes Tor. Aus diesem Tor schimmerte ein besonders helles, weißgrünes Licht. Dieses Licht war anders als jenes, das aus den anderen Zellen kam. Ich weiß noch genau, wie heftig mein Herz schlug, als ich all meinen Mut zusammennahm und hinein ging. Ich kam in einer großen Steinhöhle heraus. Von der Decke hingen schwarze Tropfsteine und an den Wänden floss Lava herunter. Im Lavalicht erkannte ich ganz hinten auf einer Erhöhung zwischen zwei Tropfsteinsäulen angekettet einen Menschen. Ich hatte keine Zweifel: Das musste Ruta sein.

Schon vom Tor aus konnte ich unter den Ketten ihre dicken und geschwollenen Gliedmaßen erkennen. Rutas Kopf hing leblos herunter. Am liebsten wäre ich auf der Stelle zu ihr gerannt, hätte sie befreit und ihr gesagt, dass alles gut werden würde. Dass ich sie retten würde. Doch da war es schon zu spät und er stand vor ihr.

Viis. Als ich ihn sah, merkte ich, wie sich der Hass in mir ausbreitete.

Ich würde ihn niederstrecken und Ruta befreien. Es war ein waghalsiger Plan. Denn Viis könnte auch mich gefangen nehmen und mir das Gedächtnis löschen. Doch in diesem Moment blendete ich das völlig aus. Für mich gab es nur ein Ziel: Ruta. Ich erinnere mich noch genau daran, wie ich das Schwert vom Rücken zog und all meinen Mut und auch meinen Hass zusammennahm.«

Tomaki machte eine Pause, lehnte sich zum Fenster herüber und schloss es. Danach rührte er in der Suppe herum und schmeckte sie ab. Shiina stand wie angewurzelt neben ihm und hing gebannt an seinen Lippen.

Tomaki drehte sich um, nahm ein paar weiße Blütenblätter und warf sie hinzu. Gefasst rührte er weiter und schmeckte erneut ab. Dann nickte er und fuhr fort.

»Ich wollte mich auf ihn stürzen. Diesem Mistkerl die Kehle durchschneiden. Meine Emotionen hatten mich voll im Griff. Mir war alles egal. Nichts hätte mich stoppen können.«

Seine Stimme versagte. Er biss die Zähne zusammen und starrte für einen Moment völlig verloren auf die Küchentheke.

»Da hob Ruta ihren Kopf und als sie mich ansah, setzte mein Herz aus. Sie schaute ganz unauffällig zu Viis herüber. Für einen kurzen Augenblick sah es so aus, als würde sie über etwas nachdenken. Ich zog demonstrativ das Schwert vor die Brust. Sie wusste, was das bedeutete: Angriff. Ihr ernster Blick huschte zu mir und sofort wieder zu Viis. Ich hielt inne. Das war ihr erster Hinweis. Ich sollte abhauen.«

»Und was hast du dann getan?«, fragte Shiina und wagte kaum zu atmen.

»Ich muss sie sehr entsetzt angesehen haben. Ich konnte nicht fassen, dass sie mir zu verstehen gab, ich solle flüchten. Wo ich doch den ganzen Weg auf mich genommen hatte. Wo ich extra wegen ihr hergekommen war. Wo ich nur dieses eine Ziel hatte: sie zu befreien. So hob ich mein Schwert und ging auf sie zu. Viis stand gerade direkt vor ihr. Das wäre meine Gelegenheit gewesen, unbemerkt näher zu kommen. Doch sofort bemerkte Ruta meinen Schritt und reagierte. Schnell holte sie Schwung und verpasste Viis eine ordentliche Kopfnuss. Diese knockte ihn für einige Sekunden aus. In dieser Zeit sah sie mich an und ihr Blick sagte mehr als tausend Worte. Aber ich wollte es einfach nicht wahrhaben«, erinnerte sich Tomaki. Shiina trat unruhig von einem Fuß auf den anderen.

»Tomaki lauf schnell weg!«, rief Ruta.
»Ich gehe nicht ohne dich!«
»Du musst! Ich will nicht, dass dir auch das Gedächtnis genommen wird! Wir werden uns schon wiederfinden!«
»Aber Ruta!«
»Was zusammen gehört, findet seinen Weg. Also gibt es auch einen Weg für uns. Wenn du mich findest, weiche mir nicht mehr von der Seite. Und jetzt flieh, solange du kannst!«

Tomaki ballte seine Hände zu Fäusten.
»Rutas Lächeln hätte schmerzvoller nicht sein können, als sie das sagte. Und mein Herz zersprang fast, als ich mein Schwert zurück in die Hülle schob und wegrennen musste. Verstehst du, ich musste aufgeben!«
Kurz machte Tomaki eine Pause.
»Als ich ein letztes Mal zurücksah, hatte Viis sich schon aufgerappelt. Ich machte, dass ich davon kam. In den ganzen Katakomben konnte man Rutas Schreie hören, als er anfing, ihr das Gedächtnis auszulöschen. Der

Rückweg war der reinste Höllengang für mich. Das werde ich nie vergessen. Du glaubst nicht, wie lange ich mir noch Vorwürfe gemacht habe. Warum hätte ich nicht eher da sein können? Warum kam ich zu spät? So schwer es mir in dieser Zeit auch fiel, ich versuchte auf mein Schicksal zu vertrauen. Der Gedanke an Ruta gab mir Kraft, ihre Worte trieben mich an. Und jetzt bin ich hier. Wieder dabei, jemanden zu verlieren. Nein, dieses Mal nicht. Nichts und niemand kann mich daran hindern, aufzubrechen.«

Shiinas Blick wanderte zu Boden. Sie wurde plötzlich unsicher.

»Shiina«, sagte Tomaki in diesem Moment und drehte sich zu ihr. »Versprich mir, dass du niemandem von meinem Plan erzählst.«

Tomakis Blick war eisern, er jagte Shiina etwas Angst ein.

»Ich will nicht, dass Ruta mitkommt. Es ist zu gefährlich für sie. Das verstehst du doch, oder?«

In Shiina wirbelten die Gefühle hin und her. Als Tomakis Freundin wollte sie ihn nicht hintergehen und als Rutas Freundin wollte sie ihr den Plan auch nicht vorenthalten. Schnell wich sie seinem prüfenden Blick aus.

»Sicher«, murmelte sie und verschränkte die Arme hinterm Rücken.

»Shiina, es ist wirklich wichtig. Bitte, versprich es mir«, sagte Tomaki und schüttelte Shiina eindringlich.

Sie nickte.

Tomaki ließ von ihr ab und wog sich im Sicheren. Doch was er nicht sah, war der Konflikt, der jetzt in Shiina tobte. Und diese ahnte nicht, was sie mit ihrer Entscheidung auslösen würde.

Kapitel 6

Die Suppe schmeckte wirklich scheußlich. Ich warf mir die Decke über und drehte mich auf die Seite. Ich fühlte mich elendig und das vor allem wegen der Vision mit dem schwarzen Drachen. Bevor ich weiter über die Botschaft dieses Traumes nachdenken konnte, klopfte es an der Tür. Ich antwortete mit »Herein«.

»Oh, Ruta, schon fertig?«, fragte Shiina und setzte sich auf den Stuhl, der vorm Bett stand.

Ich nickte.

»Es hat echt eklig geschmeckt. Ich hab's kaum runterbekommen.«

»Na ja, wenn man bedenkt, was da so alles rein kommt...«, grinste Shiina, »... dann vergeht einem schon der Appetit.«

Ich stellte mir vor, was Tomaki alles in die Brühe geworfen hatte.

»Du willst mich ja nur ärgern«, lächelte ich gequält.

»Nein, nein. Tomaki hat mir gezeigt, wie man die Suppe macht und auch, was alles rein kommt. Ich bin froh, sie nicht essen zu müssen«, meinte sie und zog eine neckende Grimasse. Ich schluckte. Hoffentlich hatte Tomaki recht und es war wirklich ein Wundermittel, das mir helfen würde, schnell wieder gesund zu werden.

»Wenn Giove aufgewacht ist, koche ich ihm auch eine Suppe«, berichtete Shiina weiter.

»Schläft er noch?«

»Ja«, antwortete Shiina.

Hm. Merkwürdig.

»Also, irgendwie...«, wollte ich sagen, brach aber ab, denn sie schien mit ihren Gedanken ganz woanders zu sein.

»Ja«, murmelte Shiina nur.

»Du hörst mir ja gar nicht zu…«, flüsterte ich, sank zurück ins Bett und zog die Decke hoch. Ich betrachtete Shiina. Ihre Zehenspitzen und Knie waren zueinander gedreht und mit den Ellenbogen stützte sie sich auf ihren Knien ab. Das Kinn hatte sie auf die Hände gelegt und so starrte sie mit ihren runden roséfarbenen Augen nachdenklich durch den Raum. Mir fielen vor allem Shiinas Lippen auf, die sie angespannt zusammenpresste. Fast so, als wollte sie etwas vor mir verbergen. Und auf einmal legte sich Shiinas Stirn in Falten.

»Shiina?«, fragte ich leise. »Alles in Ordnung?«

Keine Reaktion.

»Shiina!«, rief ich energisch.

Diese fuhr hoch und sah mich erschrocken an.

»Ja?«, fragte sie und tat so, als wäre nichts gewesen.

»Ist alles okay?«, wollte ich wissen und musterte sie. Als sich unsere Blicke trafen und sie schnell woanders hinsah, wusste ich: Sie verheimlichte mir etwas. Ich setzte mich wieder aufrecht hin und sah sie eindringlich an.

»Du verschweigst mir doch etwas.«

»W-Wie kommst du darauf? Nein, wirklich nicht!« Ihr Blick huschte hin und her, plötzlich stand sie auf und fuhr hektisch herum.

»Ich geh mal nach Giove schauen, vielleicht ist er schon wach.«

Schnell griff ich ihre Hand und hielt sie zurück.

»Shiina«, brummte ich und hob ermahnend eine Augenbraue.

»Es ist nichts und ich muss wirklich nach Giove schauen. Wir sehen uns später.«

Sie wich mir immer noch aus? Das war doch sonst nicht ihre Art. So gut kannte ich sie mittlerweile schon. Das glaubte ich zumindest. Vor einiger Zeit wäre es mir egal gewesen, was sie mir verheimlichte. Jetzt, da sie einer meiner wichtigsten Freunde war, musste ich es einfach wissen. Ich wollte an ihrem Leben teilhaben. Ich wollte wissen, was sie bewegte, wie es ihr ging und mit welchen Problemen sie sich herumschlagen musste. Mit Tomaki und Giove war es dasselbe. Vor vielen Wochen waren wir nur Fremde und mittlerweile konnte ich mir ein Leben ohne sie kaum vorstellen. Deshalb wollte ich mich umso mehr anstrengen, um sie noch besser kennenzulernen. Und ich würde jetzt bei Shiina auch nicht eher locker lassen, bis sie mir endlich sagte, was los war.

»Komm schon. Was hast du auf dem Herzen?«

Shiina sah zu Boden.

»Es... Es ist...«

Aufmunternd nickte ich ihr zu. In ihr schien ein Konflikt zu toben. Von außen sah es aus, als kämpfte sie mit sich selbst. Was brachte sie in diese Situation?

Schließlich seufzte sie schwer.

»Eigentlich darf ich es dir nicht erzählen«, murmelte sie.

»Wieso nicht? Wer hat das gesagt?«

»Tomaki.«

Ich fuhr zusammen. Tomaki? Er erzählte Shiina Dinge, die ich nicht wissen durfte? Wieso wollte er mir etwas vorenthalten? Und warum erzählte er es ausgerechnet Shiina? Das war nicht fair!

»Was hat er denn gesagt?«

»Er hat mir etwas über eure Vergangenheit erzählt. Er sagte, er müsse etwas tun und niemand könne ihn davon abhalten. Ich soll es dir auf keinen Fall sagen, sonst bekomme ich großen Ärger«, sagte Shiina und dabei füllten sich ihre Augen mit Tränen. Sie setzte sich wieder auf den Stuhl.

»Ich habe lange mit mir gerungen, ob ich es dir erzählen sollte oder nicht. Aber schließlich geht es ja auch um dich. Zwar breche ich jetzt mein Versprechen, dennoch kann ich nicht zusehen, wie er sich allein in Gefahr begibt!«, jammerte sie und eine Träne glitt über ihre Wange.

Ich hatte also recht und sie wollte mir tatsächlich etwas verschweigen. Shiina sammelte sich und holte tief Luft.

»Tomaki will morgen aufbrechen, um Neko zu suchen. Er meinte, ich solle dir nichts sagen, weil du dann mitkommen würdest.«

Bei Shiinas Worten wurde ich wütend. Wieso hielt sich Tomaki nicht an die Abmachung, dass wir niemals etwas alleine unternehmen sollten? Schließlich rief er sie selbst ins Leben.

»Er will was tun?! Er kann sich doch nicht einfach in Gefahr begeben! Wieso will er nicht, dass ich mitkomme?«, rief ich aufgebracht. Außerdem wusste er ja gar nicht, was ihn auf der Suche nach Neko erwarten würde. Was, wenn er in eine Falle lief oder in einen Kampf geriet? Das konnte er unmöglich ohne uns schaffen!

Shiina sah auf und nahm meine Hand.

»Er hat mir von eurer Begegnung erzählt, und zwar kurz bevor du deine Erinnerungen verloren hast. Und jetzt gibt er sich die Schuld daran, dass dein Gedächtnis ausgelöscht wurde.«

»Das hat er dir erzählt?«, fragte ich verwundert und spürte, wie meine Gesichtszüge ernst wurden. Wieso redete er darüber mit Shiina und nicht mit mir? Schließlich hatte sie recht: Es ging hier um mich. Interessierte es ihn etwa nicht, was ich darüber dachte?

»Was hat er denn gesagt?«, fragte ich. Shiina holte tief Luft und fing an zu erzählen: von dunklen Gängen, Viis und mir und wie ich Tomaki wegschickte. Ich hörte gebannt zu, wusste aber nicht so recht, was ich davon halten sollte.

»Ich kann ihn ja auch verstehen. Er will dich eben beschützen«, beendete Shiina ihren Bericht.

»Trotzdem kann er mir so etwas nicht vorenthalten. Was denkt er überhaupt? Wir sind jetzt ein Team, wir halten zusammen. Egal was früher passiert ist, es musste so kommen, das hat Fundus doch gesagt«, meinte ich und sah Shiina an.

»Das weiß ich ja auch«, lächelte sie und zuckte mit den Schultern.

»Ich komme morgen auf jeden Fall mit. Mach dir wegen Tomaki keine Sorgen, Shiina.«

»Ich habe schon die ganze Zeit überlegt, ob ich es dir erzählen soll oder nicht. Schließlich hatte ich Tomaki versprochen, es dir nicht zu sagen. Aber ich konnte nicht mit mir vereinbaren, dir so etwas Wichtiges vorzuenthalten.«

»Shiina, du hast die richtige Entscheidung getroffen. Ich bin dir sehr dankbar, dass du es mir anvertraut hast«, sagte ich, lehnte mich zu ihr nach vorn und nahm sie in den Arm. Überrascht zuckte sie zusammen, doch dann entspannte sie sich schnell wieder und drückte mich ganz fest an sich.

»Pass morgen gut auf dich auf, Pez. Tomaki sagte, er weiß nicht, was ihn erwarten würde. Am besten du nimmst Fundus mit«, riet Shiina mir und löste sich.

»Ja, besser wäre es, wenn er auch mitkommt. Um ehrlich zu sein, fühle ich mich immer noch etwas schwach. Ich hoffe einfach, dass diese Wundersuppe von Tomaki bald anschlägt. Ansonsten lässt er mich erst recht nicht mitgehen.«

Shiina nickte.

»Ich fülle dir die restliche Suppe in eine Flasche, dann kannst du sie mitnehmen.«

Bei dem Gedanken daran, den Geschmack wieder erleben zu müssen, zog sich mein Magen zusammen.

»Nützt ja nichts«, lachte Shiina.

»Hat er gesagt, wann er morgen aufbrechen wird?«, flüsterte ich.

»Er meinte, er will vor Sonnenaufgang losgehen.«

»Gut. Am besten bereite ich heute Abend schon alles vor. Hilfst du mir?«, fragte ich.

»Natürlich. Soll ich Fundus noch einweihen?«, raunte sie mir zu.

»Schick ihn am besten gleich zu mir. Ich erkläre ihm alles«, meinte ich leise.

Shiina nickte und stand auf. Bevor sie mein Zimmer verließ, warf sie mir ein erleichtertes Lächeln zu.

Ich seufzte und beschloss, meinen Rucksack für morgen zu packen. Gerade, als ich aus dem Bett aufstehen wollte, ging die Tür erneut auf. Dieses Mal war es Fundus.

»Gut, dass du kommst. Ich kann deine Hilfe gut gebrauchen«, sagte ich.

»Wieso, wofür? Was hast du vor?!«, fragte Fundus und ich weihte ihn in meinen Plan ein.

Kapitel 7

Genüsslich drehte ich mich im Bett herum und zog die warme Decke bis an mein Kinn.

»Das ist jetzt nicht dein Ernst, Ruta!«, sagte eine Stimme neben mir. Schlagartig wurde ich wach und riss die Augen auf. Fundus starrte mich empört an.

»Was ist denn los?«, murmelte ich schlaftrunken.

»Na sag mal! Du liegst noch im Bett? Es wird langsam hell! Hast du etwa unseren Plan vergessen?«, tadelte Fundus mich.

Da fiel es mir plötzlich ein und ich wurde hellwach. Tomaki! Ich musste unbedingt vor ihm aufstehen!

»Shiina füllt schon die Suppe ab. Und du schläfst in aller Ruhe. Das glaube ich jetzt nicht…«

»Tschuldigung…«, murmelte ich und stand auf. Dabei hatte ich wohl etwas zu viel Schwung genommen, denn als ich meine Beine aufsetzte, fiel ich benommen zurück.

»Ruta!«, rief Fundus erschrocken.

»Schon gut«, flüsterte ich.

»Das darf Tomaki bloß nicht sehen… So lässt er uns auf keinen Fall mitgehen.«

Ich nickte. Niemand wusste das besser als ich. Ich nahm all meine Kraft zusammen und versuchte es erneut. Richtete mich in Zeitlupe auf und dieses Mal ging alles gut. Vorsichtig schlüpfte ich in meine Sachen und spannte mir den Rucksack um. Gerade kam Shiina durch die Tür in mein Zimmer gehuscht.

»Hier«, meinte sie und hielt mir eine schmale Flasche entgegen, die in ein paar Tücher gewickelt war.

»Ist das die Suppe?«, fragte ich.

»Ja richtig. Und übrigens habe ich in Tomakis Zimmer ein paar Schritte gehört, er ist bestimmt schon wach. Es wird nicht mehr lange dauern und er macht sich auf den Weg.«

Fundus warf mir einen panischen Blick zu.

»Lass uns sofort aufbrechen. Wir werden vor ihm aus dem Tempel gehen und unten an der Treppe auf ihn warten«, beschloss der Wolf. Schnell sammelte ich das restliche Gepäck zusammen und ging in Gedanken noch einmal alles durch.

»Mach's gut Shiina. Hoffentlich finden wir Neko bald und vor allem unversehrt. Gib Acht auf Giove, solange wir nicht da sind«, wies Fundus Shiina an.

Sie nickte ernst.

»Das mache ich«, versicherte Shiina. Sie nahm mich ganz fest in den Arm und flüsterte: »Dass du mir gesund wiederkommst!«

»Ja«, hauchte ich und drückte sie noch enger an mich.

»Pass gut auf die beiden auf«, beauftragte Shiina Fundus, als sie sich von mir löste. Dieser grinste.

»Mach dir keine Sorgen. Auf mich ist Verlass. Bis dann, wir sehen uns bestimmt bald wieder!«, sagte er. Ich warf mir einen langen schwarzen Mantel über und zog die Kapuze hoch. Shiina brachte uns leise zur Tür. Sie winkte zum Abschied und kehrte in den Tempel zurück. Fundus und ich sahen uns an.

»Und los geht's«, sagte Fundus. Ich nickte ihm entschlossen zu und gemeinsam schlichen wir die Stufen des Tempels hinunter. Was für ein Gesicht Tomaki wohl machen würde, wenn er uns hier unten sah? Na ja, ich konnte es mir schon fast denken…

»Wie geht es dir jetzt?«, fragte Fundus und betrachtete mich eindringlich.

»Ich fühle mich schon besser. Ich glaube, die Suppe wirkt.«

Das musste ich zugeben, obwohl sie scheußlich schmeckte.

»Na immerhin«, murmelte Fundus.

Tomaki ließ nicht lange auf sich warten. Als er Fundus und mich am Fuße der Treppe erkannte, traute er seinen Augen kaum.

»Das ist jetzt nicht wahr«, schnaufte er und rollte mit den Augen.

»Doch«, entgegnete ich mutig.

Tomaki griff sich an den Kopf.

»Hätte mir ja fast denken können, dass Shiina ihr Wort nicht hält.«

»Es ist nicht ihre Schuld«, verteidigte ich Shiina.

»Dabei hatte ich ihr ausdrücklich erklärt, warum ich nicht wollte, dass du mitkommst. Und nun stehst du vor mir. Ich fasse es nicht.«

»Warum wolltest du mir verheimlichen, dass du aufbrichst? Warst du nicht derjenige, der gesagt hat, dass wir keine Geheimnisse voreinander haben sollen?«

»Ja, schon. Aber verstehst du das denn nicht? Ich habe mir geschworen, dich zu beschützen, egal was kommt. Und diese Mission ist einfach zu unsicher. Erst recht, wenn es dir so schlecht geht. Am besten du drehst gleich wieder um«, sagte Tomaki und sah mich eindringlich an.

Ich starrte trotzig zurück.

»Gerade weil es gefährlich werden könnte, sollten wir mitkommen«, mischte sich Fundus ein, »du bist der weiße Krieger. Wenn dir etwas zustößt, war alles umsonst. Außerdem ist es sehr unverantwortlich, ohne Waffe und Unterstützung loszuziehen. Da bist du nicht besser als dieser vergebliche Kater.«

»Aber Giove und Shiina ohne Schutz zurückzulassen ist die bessere Idee? Viovis kennt sie doch und somit sind sie nicht mehr sicher. Deshalb solltet ihr beiden im Tempel bleiben, um sie zu beschützen«, meinte Tomaki barsch und funkelte uns mit seinen Augen wütend an.

»Dein Tempel ist unsichtbar, sie sind also sicher. Und um sie geht es außerdem gar nicht«, murmelte ich und trat von einem Fuß auf den anderen. Tomaki riss den Kopf zu mir herum und warf mir einen bösen Blick zu.

»Du weißt nicht, was du da redest, Ruta«, fauchte er. »Du drehst jetzt sofort um, es ist einfach zu gefährlich! Wenn dir etwas passiert... Wenn es wie damals...«

Damals...? Mir schoss das Gespräch mit Shiina in den Kopf. Tomaki machte sich immer noch Vorwürfe, dachte, er sei schuld, dass ich meine Erinnerungen verloren hatte.

»Tomaki.« Ich fasste ihn an den Schultern und sah ihm tief in die Augen.

»Damals hast du alles in deiner Macht stehende getan. Dich trifft wirklich keine Schuld.«

Seine Gesichtszüge wurden weich und die Anspannung wich aus seinen Gliedern.

»Weißt du... ich habe einfach Angst...«, hauchte er kaum hörbar.

»Was, wenn wir wieder in so eine Situation geraten und ich dich nicht befreien kann? Ich habe Angst, dass dir wieder etwas zustößt, Ruta. Deshalb bitte ich dich inständig, hierzubleiben.«

Er blickte mich traurig an. Ich schluckte, als ich seinen Schmerz sah.

»Und trotzdem. Damals warst du allein. Heute kann ich dir helfen. Unterschätze mich nicht!«, knurrte Fundus.

»Das würde ich nie wagen-«

»Gut, dann ist es jetzt beschlossen. Und keine Diskussion mehr.«

Eindringlich nickte Fundus mir zu.

»Tomaki, du hast gesagt, wir sind ein Team. Und in einem Team gibt es keine Alleingänge«, mahnte ich.

»Schon gut. Hab verstanden«, flüsterte Tomaki.

»Dann geht's jetzt also los?«, fragte ich aufgeregt in die Runde.

»Genau. Und da Tomaki derjenige war, der diese Mission ins Leben gerufen hat, wird er die Leitung übernehmen«, diktierte Fundus. »Hast du schon eine Idee, wo wir beginnen sollen?«

»Ja. Wir fangen *hier* mit der Suche an.«

Tomaki holte eine Karte hervor und folgte mit seinem Finger einer eingezeichneten Route. Der Weg ging in Richtung Berge, wo wir damals die Schuppen der legendären Drachen fanden.

»Das ist ja eine weite Strecke«, bemerkte ich und ein Hauch von Schwäche übermannte mich.

»Vielleicht müssen wir gar nicht so weit gehen und finden vorher schon Hinweise«, erklärte Tomaki. Er rollte die Karte wieder zusammen und steckte sie zurück in seinen Rucksack.

»Also los.«

Er klatschte motiviert in die Hände und bildete den Anfang. Fundus und ich folgten ihm. Auch wenn wir jetzt einiges geklärt hatten… so ganz zufrieden war ich noch nicht. Tomaki tendierte dazu, Alleingänge zu machen. So wie letztens, als Giove und Shiina zu dem neuen Café gehen wollten und Tomaki plötzlich weg war. Das bereitete mir Sorgen. Ich musste besser auf ihn aufpassen und früher erkennen, wenn er so etwas plante.

»Was hast du eigentlich in deinem Rucksack?«, fragte Tomaki, nachdem wir eine Weile unterwegs waren.

»Etwas von deiner Wundersuppe. Ein paar Decken und Krimskrams«, antwortete ich.

»Und was ist mit den Schuppen?«

»Die habe ich bei Shiina im Tempel gelassen.«

Fundus mischte sich ein und meinte: »Ich glaube, dein Tempel ist einer der sichersten Orte in der ganzen Cosmica.«

»Das stimmt. Viis und Viovis dürften es schwer haben, den zu finden«, überlegte Tomaki.

»Viovis«, zischte Fundus, »wer ist dieser Kerl...«

»Ich weiß es nicht. Nanami konnte mit dem Namen auch nichts anfangen. Und ich habe festgestellt, er tauchte erst auf, als ich angefangen habe, die Schuppen zu sammeln«, sagte Tomaki und steckte ratlos seine Hände in die Hosentaschen. Da es früh am Morgen war, fröstelte es uns in der kalten Luft. Obwohl der Frühling langsam anbrach, waren die Temperaturen noch sehr eisig. Dieser vielversprechende Frühlingstag vorgestern war leider eine Ausnahme gewesen. Kaum zu glauben, dass sogar die Vögel zwitscherten und die Schmetterlinge einen Ausflug wagten. Wann wir wieder einen solchen Tag erleben würden, war noch nicht abzusehen. Die Tage schienen nun weiterhin im Grau zu verharren.

»Er kann einfach nicht der Sohn von Viis sein«, grübelte Fundus weiter.

»Wieso nicht?«, fragte ich, aber eigentlich hatte ich keine Lust, über Viis zu reden. Der konnte uns gestohlen bleiben.

»Ich kann mich nicht daran erinnern, dass Viis je einen Sohn gehabt hatte. Und wer die Mutter sein soll, dass weiß ich erst recht nicht«, überlegte Fundus laut.

»Tja. Viovis ist und bleibt ein Mysterium«, fasste ich knapp zusammen. Fundus und Tomaki nickten einstimmig.

»Ob wir je erfahren werden, wer er wirklich ist?«, fragte Tomaki und verschränkte die Arme hinter seinem Kopf. Ich zuckte mit den Schultern. Am liebsten wäre mir, Viis und Viovis würden gar nicht mehr auftauchen. Aber ich wusste, dass das nicht passierte.

Kapitel 8

Mit jedem Schritt kletterte die Sonne am Horizont ein bisschen höher und es wurde wärmer. Vom vielen Laufen schmerzten meine Füße und die Beine fühlten sich wie Pudding an. Zwischendurch überkamen mich immer wieder Schwindelanfälle, weshalb es mir schwerfiel, mitzuhalten. Eigentlich hätte ich schon längst eine Pause gebraucht. Aber ich wollte unsere Suchaktion nicht unnötig verzögern. Tomaki würde mir unendlich lange vorhalten, dass ich genau deswegen im Tempel hätte bleiben sollen. Deshalb musste ich weiter durchhalten. Langsam setzte ich einen Fuß vor den anderen. Mein Blick sank auf den Boden und verschwamm.

»Uwah!«, stieß ich erschrocken aus, als ich über eine Wurzel stolperte. Gerade noch im richtigen Augenblick fing mich Tomaki auf.

»Hey, Ruta, ist alles in Ordnung?«, fragte er und ich konnte wieder diese Besorgnis in seiner Stimme hören.

»Ja, geht schon«, murmelte ich, doch der Schindel ließ nicht nach.

Tomaki seufzte und verkniff es sich, etwas zu sagen. Vorsichtig setzte er mich auf dem Boden ab.

»Am besten, wir machen eine Pause«, schlug Fundus vor.

»Wegen mir nicht...«, nuschelte ich. Tomaki und Fundus sahen sich an. Dann prusteten sie los.

»Natürlich. Du bist zwar fast zusammen geklappt, aber willst trotzdem weitergehen«, lachte Tomaki.

»Ich will uns nicht aufhalten«, murmelte ich. Seufzend nahm Tomaki mir den Rucksack ab.

»Eine Pause tut uns allen ganz gut, Ruta«, sagte Fundus und setzte sich. Tomaki hockte sich neben mich und kramte aus meinem Rucksack den Behälter mit der Suppe hervor.

»Am besten, du nimmst ein paar Schlucke.«

Er hielt mir das lauwarme Gefäß entgegen. Beim Anblick des Inhaltes wurde mir gleich noch elendiger. Aber es nützte nichts. Dank dieser Suppe war ich überhaupt erst in der Lage, mitzukommen. Widerwillig nahm ich die Flasche.

»Komm, das schaffst du«, munterte mich Tomaki auf. Ich zog eine Grimasse und steckte angewidert die Zunge heraus. Fundus warf mir einen strengen Blick zu.

»Drei Schlucke reichen, oder?«, fragte ich.

»Fünf«, erwiderte Tomaki ernst. Ich spürte, wie sich mein Magen umdrehte.

»Wirklich?«

»Gestern musstest du eine ganze Schüssel essen. Also sind fünf Schlucke doch gar nichts dagegen.«

Ich warf Tomaki einen bösen Blick zu. Dieser verfiel in Gelächter. Fundus beobachtete uns amüsiert. Zögernd führte ich die Flasche an meine Lippen und nahm den ersten Schluck. Der Geschmack von verdorbenem Grünzeug brannte auf meiner Zunge. Ich hustete und gab ein angewidertes »Bäh« von mir. Tomaki bog sich vor Lachen und kriegte sich gar nicht mehr ein. Ich rang nach Luft. Sollte er die Suppe doch essen. Er würde sich wohl kaum anders anstellen. Schnell nahm ich einen weiteren Schluck. Dieses Mal spürte ich, wie die Brühe ganz langsam meine Kehle hinunter glitt. Dieses Gefühl war auch nicht besser als der Geschmack. Ich stieß auf und hätte mich beinahe verschluckt. Tomaki klopfte mir hilfsbereit auf den Rücken.

»Ich beneide dich echt nicht«, sagte er und lächelte mitfühlend. »Ich musste die auch mal essen, als ich krank war. Das ist kein Spaß.«

»Und wieso lachst du mich dann aus?«, fragte ich verärgert.

Tomaki grinste.

»Komm, drei Schlucke noch.«

»Ernsthaft... Ich verstehe nicht, wie dieses Zeug gesund sein kann«, murmelte ich. Tapfer nahm ich die letzten drei Schlucke. Dann schob ich die Flasche zurück zu Tomaki.

»Also eklig sieht es schon aus«, kommentierte Fundus, »aber ich glaube, davon habe ich auch schon mal gehört. Tatsächlich wird dieser mysteriösen Suppe des Windvolkes nachgesagt, dass sie wahre Wunder bewirken kann.«

»Unser Land bot viele Köstlichkeiten. Das lag vor allem daran, dass unsere Heilerinnen und Heiler sehr erfinderisch waren. Mit ihrer Kunst haben sie die Medizin in kulinarische Spezialitäten verwandelt«, erklärte Tomaki.

»Diese Suppe ist doch keine Spezialität«, bemerkte ich und verzog angewidert das Gesicht.

»Na ja. Nicht alles, was sie kreiert haben, schmeckt. Aber die Wirkung der Suppe ist nicht zu unterschätzen. So kam es, dass die Menschen aus allen Ländern zu uns pilgerten, um sich von unseren Heilern versorgen zu lassen. Aber nicht nur deshalb. Vor allem auch wegen der Bezahlung. Unsere Leute machten keinen Unterschied zwischen den armen und reichen Menschen. Ganz im Gegensatz zu den Heilern aus dem Land der Magier, welche sehr arrogant waren. Ich habe von vielen Leuten Geschichten gehört, dass die Heiler der Magier zwar über hervorragende Fähigkeiten verfügten, diese aber nicht jedem zur Verfügung stellten. Ein armer Bettler wäre von diesen Leuten nie behandelt worden. Demzufolge konnte eine große Epidemie ausbrechen. Zu dieser Zeit steckte ich gerade in meiner Ausbildung über Windkampfkünste. Da habe ich von einer Lehrerin erfahren, dass es einen armen Bettler im Land der Magier gab, der keine medizinische Hilfe erhielt. So hat sich sein Zustand schnell verschlechtert. Schwer krank und total entkräftet suchte er unser Land auf. Ohne lange zu überlegen, beschlossen unsere Heiler, ihn aufzunehmen und gesund zu pflegen. Zuerst schien es aussichtslos und immer mehr unserer Pfleger steckten sich bei ihm an. In unserem Land war diese Krankheit völlig unbekannt und unsere Heiler hatten kein Mittel, um dem Bettler zu helfen. Bis schließlich eine unserer Heilerältesten eine Vision von einer widerlichen, aber rettenden Suppe bekam.«

Tomaki zeigte auf den Behälter.

»Selbst die Zutaten und Dosierung soll sie in der Vision gesehen haben und so konnten sie die Suppe schnell zubereiten. Bei den Kranken wirkte sie wahre Wunder und so konnten die meisten die Epidemie überleben. Das wurde als großer Erfolg gefeiert. Aber da viele unserer Heiler von dem Bettler angesteckt wurden, breitete sich die Krankheit in unserem ganzen Land aus. Und so kam auch ich in den Genuss der Suppe«, erzählte Tomaki. Dabei zog er angewidert seine Mundwinkel nach unten und streckte die Zunge heraus.

»Ich war einfach nur froh, dass man die Krankheit behandeln konnte und deshalb ließ ich es über mich ergehen. Trotzdem war ich sehr erleichtert, als ich sie nicht mehr essen musste«, zwinkerte er.

»Von der Epidemie habe ich auch gehört«, stimmte Fundus zu. »Mir ist zu Ohren gekommen, dass sie im Land der Magier am schlimmsten gewütet und viele Opfer gefordert haben soll. Es hat sich niemand um die Armen des Landes gekümmert. Nur wer reich war, konnte sich eine Behandlung leisten.«

Tomaki nickte zustimmend.

»Die Magier hatten schon immer eine Schwäche für Gold«, meinte Fundus.

Tomaki ballte wütend seine Hände zu Fäusten.

»Muss man sich ja nur Viovis ansehen und schon weiß man Bescheid«, zischte er abwertend. »Vom Gold seiner Rüstung könnte man eine ganze Stadt mit Nahrung versorgen.«

»Wo wir wieder beim Mysterium Viovis wären«, stellte Fundus fest. Mittlerweile hatten sich meine Beine wieder erholt und auch die Füße taten nicht mehr weh. Der Schwindel war nach der Suppe ebenfalls zurückgegangen.

»Von mir aus können wir weiter«, sagte ich und stand auf.

»Bist du sicher?«, fragte Tomaki.

Entschieden nickte ich.

»Gut.«

Fundus neben mir streckte sich genüsslich und gab ein erholtes Knurren von sich. Tomaki nahm meinen Rucksack und hängte ihn mir über die Schultern. Danach griff er seinen, hievte ihn auf den Rücken und wir setzten unseren Weg fort.

Kapitel 9

Seit Fundus, Pez und Tomaki losgezogen waren, herrschte Stille im Tempel. Shiina schaute hin und wieder nach Giove, doch er schlief immer noch. Dass sie keinen zum Reden hatte, war sie nicht gewohnt. Bestimmt würde ihr bald langweilig werden. Heute früh hatte sie sich um die Suppe für Giove gekümmert. Für den Rest des Tages gab es nichts mehr zu tun. Gefrustet ließ sie ihren Kopf auf den kleinen eckigen Tisch im Gemeinschaftsraum sinken und stieß einen lauten Seufzer aus. Da Tomaki sehr viel Wert auf Sauberkeit und Ordnung legte, konnte sie sich die Zeit nicht einmal mit Putzen vertreiben.

»Er hat wirklich alles im Griff«, murmelte Shiina und lächelte. Tomaki war gut in der Schule, hielt seinen Tempel auf Vordermann und auch noch der weiße Krieger, der eine Verbindung mit dem legendären Drachen teilte.

»Und außerdem passt er auf Pez auf«, schwärmte sie und stützte den Kopf in die Hände.

Heute, wie in der Vergangenheit. Er ist wirklich beeindruckend. Shiina lächelte, als sie an Pez und Tomaki dachte.

»Obwohl Pez ihr Gedächtnis verloren hat, merkt man, dass sie sich schon länger kennen. Sie gehen so vertraut miteinander um«, plapperte Shiina gedankenverloren vor sich hin.

Schließlich fuhr sie sich durch die Haare und hob den Kopf.

»Hach, wann wird Giove endlich wieder aufwachen? Es ist soo langweilig«, jammerte sie und schlug mit der Hand auf den Tisch. Kurz hallte ein Echo im Raum nach. Doch schnell lag wieder diese unangenehme Stille in der Luft. Schließlich raffte sich Shiina auf und schlurfte antriebslos zu Gioves Zimmer. Leise öffnete sie die Tür und schaute hinein. Giove schlief. Natürlich. Shiina seufzte, tappte vorsichtig zu ihm und setzte sich an sein Bett.

»Ach Giove«, flüsterte sie, »wach doch endlich auf. Es ist schrecklich langweilig ohne dich.«

Giove schniefte nur zustimmend. Für einen Moment beobachtete sie, wie sich sein Brustkorb hob und senkte.

»Ohje. Ich glaube, er wird heute auch nicht aufwachen«, murmelte Shiina und streichelte seine Hand.

Sie stand auf, nahm ein Blatt Papier und schrieb: Bitte melde dich, wenn du wach bist. Ich hab dein zweites Telefon.

Den Zettel und das andere Telefon legte sie auf den Nachttisch neben sein Bett.

Schließlich machte sie sich auf den Weg nach Hause. Und in der Schule musste sie sich morgen auch mal wieder blicken lassen. Es fiel sonst auf, wenn sie so lange fehlte. Shiina würde dem Lehrer erklären, dass die anderen krank waren und noch einige Zeit zum Genesen bräuchten. Hoffentlich glaubte er das. Mit diesem Plan streifte sie sich ihre Jacke über. Kontrollierte nochmal alles, bevor sie zur Tür hinaus ging. Ganz wohl war ihr dabei nicht, Giove allein zu lassen. Aber ihre Mutter machte sich bestimmt Sorgen, weil sie lange nicht mehr zuhause war.

Der Tempel ist der sicherste Platz in der ganzen Cosmica, Giove wird schon nichts passieren, beruhigte sich Shiina. Außerdem schaute sie heute Nachmittag und morgen früh vor der Schule noch einmal vorbei. Beruhigt machte sich Shiina auf den Nachhauseweg. Als sie den langen Weg an der Straße entlangtrottete, ließ sie ihren Gedanken freien Lauf.

Was wird passieren, wenn Pez und Tomaki die Drachen endlich erwecken?, überlegte sie und sah sich um. Von all dem hatten die Leute hier keine Ahnung. Wie die

Natur zu Grunde ging und immer mehr Land vergiftet wurde.

Klar wussten sie das nicht... Ihre Erinnerungen an die Zeit vor der Cosmica waren ausgelöscht und ihr Wesen manipuliert. Sie konnten gar nicht herausfinden, dass sie in dieser Scheinwelt lebten. Wie auch?

Umso besser, dass ich mit Tomaki und Pez befreundet bin. Dadurch weiß ich, wie die reale Welt aussieht, dachte Shiina. Doch eine »Wissende« zu sein, brachte auch Verantwortung mit sich. Sie seufzte angestrengt und pustete sich eine ihrer rosafarbenen Haarsträhnen aus dem Gesicht.

Auf dem Weg zum Zug bog sie in eine stärker befahrene Straße ein und kam an einer Gruppe spielender Kinder vorbei. Schon von weitem konnte Shiina beobachten, dass sie ziemlich ausgelassen mit einem Ball auf dem Gehweg spielten.

Plötzlich schoss eines der Kinder den Ball auf die angrenzende Straße. Gefrustet fingen die anderen Jungen an, ihn zu tadeln.

»Na toll! Wie sollen wir den jetzt wiederkriegen?«

»Also ich würde sagen, wer ihn auf die Straße geschossen hat, muss ihn auch holen.«

Shiina sah zum Ball. Dann zurück zu dem Jungen, der zögernd am Straßenrand stand und auf eine Lücke im Verkehr wartete.

Sie hielt inne. Wollte er etwa auf diese stark befahrene Straße...!? Ja, wollte er! Als der Junge den ersten Fuß auf den Asphalt setzte, erkannte Shiina blitzschnell, dass er sich verschätzte und es nicht zum Ball schaffen würde. Geistesgegenwärtig flüsterte sie: »Zeit steh!«

Und die Zeit stand. Sie konnte gerade noch verhindern, dass der Junge mit einem heranrasenden Auto zusammenprallte.

Mist, wegen so einem blöden Spiel bringt er sich in Gefahr?, dachte sie angespannt. Vorsichtig lief sie zwischen den nun stehenden Wagen vorbei bis zum Ball, der inmitten des Straßenchaos lag. Rasch hob sie ihn auf und rannte zurück. So ganz wohl war ihr in dieser Situation nicht, obwohl die Autos still standen. Wieder auf dem Fußweg angekommen, platzierte sie den Ball neben den erstarrten Jungen.

»Und was mache ich mit dir?«, murmelte sie nachdenklich und sah zu dem Jungen, der schon mit einem Fuß auf der Fahrbahn stand. Shiina bekam einen Einfall und sagte: »Zeit geh.«

Schnell griff sie nach dem Jungen und zog ihn zurück auf den sicheren Fußweg. Dieser quiekte auf und blickte verdattert zu Shiina. Die anderen Jungen trauten ihren Augen nicht, als sie den Ball vor ihren Füßen entdeckten.

»Am besten, ihr spielt lieber in dem Park dort drüben«, schlug Shiina vor, lächelte und ließ den Jungen wieder los.

»Hä?! Ist ja komisch«, rief einer, schnappte sich den Ball und rannte davon. Die anderen musterten Shiina mit argwöhnischen Blicken und machten sich ebenfalls aus dem Staub.

»Ein Danke wäre nett gewesen«, sagte Shiina und sah den flüchtenden Jungen schmollend hinterher. Aber die Kinder konnten ja nicht wissen, dass Shiina diese Fähigkeit besaß und sie damit rettete. So wie es auch kein anderer wusste. Shiina seufzte und setzte ihren Weg zum Bahnhof fort.

Das muss ich den anderen unbedingt erzählen, dachte sie. Sie vermisste ihre Freunde schrecklich. Shiina spürte förmlich, wie sich kalte Einsamkeit in ihr breitmachte.

Früher habe ich Freunde nie so vermisst. Aber das lag vielleicht auch daran, dass diese Freundschaften nicht echt waren, grübelte sie und sah in die Ferne. Menschen, bei denen man sich fallen lassen und man selbst sein konnte, fand man nicht an jeder Ecke. Deshalb waren Giove, Pez und Tomaki umso wertvoller für sie.

»Bei ihnen habe ich immer das Gefühl dazuzugehören«, hauchte Shiina mit einem wehmütigen Lächeln auf den Lippen. Sie war allein und es gab niemanden, der sich ihrer annahm. Dem sie erzählen konnte, was sie gerade erlebt hatte. Und genau das brauchte sie jetzt mehr als alles andere.

»Auch wenn ich weiß, dass sie bald wiederkommen werden, fühle ich mich jetzt so verloren und allein«, flüsterte sie in den Wind, der ihr die roséfarbenen Haare ins Gesicht wirbelte. Sehnsüchtig schaute sie in die Ferne und hoffte auf baldige Linderung dieses unerträglichen Gefühls.

Kapitel 10

Obwohl wir erst vor wenigen Stunden Pause gemacht hatten, war ich schon wieder völlig außer Puste. Schwer schnaufend latschte ich auf dem Pfad am Feld hinter den anderen her.

»Immer noch keine Spur«, murmelte Tomaki und sah sich deprimiert um.

»Und auch kein Hinweis«, beschwerte sich selbst Fundus. Ich kaute angespannt auf meinen Lippen herum.

»Aber wenn er von Viis gefangen wurde, müssten wir ja etwas finden«, überlegte Tomaki.

»Was denn?«, fragte ich.

»Nehmen wir mal an, dass er mit Viis gekämpft hat. So einfach lässt sich Neko nicht einfangen. Von diesem Kampf würden wir Spuren finden oder er hätte uns ein Zeichen hinterlassen.«

Fundus nickte.

Ich hielt ebenfalls Ausschau. Bis jetzt sah die Umgebung unauffällig aus. Wir wanderten über vertrocknete Wiesen, streiften durch blattlose Wälder und zogen über verdorrtes Ackerland. Keine Spur von einem Kampf.

Doch plötzlich stockte Tomaki.

»Was ist?«, fragte ich und blieb ebenfalls stehen.

»Siehst du dieses grüne Waldstück da vorn? Ich glaube, dass wir da mal vorbei schauen sollten.«

»Also nicht mehr am Feld entlanggehen?«

Hechelnd stemmte ich die Arme in die Hüften.

Tomaki schüttelte den Kopf und fragte: »Was denkst du, Fundus?«

»Ich glaube, es wäre sinnvoll, das Terrain zu wechseln. Dieses Feld ist so trostlos. Ein paar Bäume können nicht schaden.«

Also stiefelten wir im Gänsemarsch den schmalen Pfad weiter, bis wir schließlich dieses kleine Waldstückchen erreichten. Im Gegensatz zum Rest der Landschaft war es gesund und kräftig. Die Bäume waren grün und auch die Gräser nicht so grau und zertreten, wie in anderen Teilen der Cosmica. Ich erinnerte mich an die verwahrlosten Felder rund um Tomakis Tempel.

»Komisch, wieso es gerade hier so grün ist«, murmelte ich und sah mich um.

»Vielleicht liegt es daran, dass wir uns jetzt im Herzen des alten Landes der Magier befinden. Mein Tempel stand sehr nahe an der alten Grenze zu diesem Land und wir sind ja schon seit einer Weile unterwegs. Aber da die alten Grenzen der Orbica aufgelöst wurden, kann ich das nicht so genau sagen«, versuchte Tomaki zu erklären.

»Viis saugt natürlich lieber Energie aus anderen Ländern, als aus seinem eigenen. Zum einen, weil da niemand mehr lebt. Und zum anderen sind die äußeren Länder noch viel natürlicher, wie zum Beispiel dein Land, Ruta. Aus der unberührten Natur kann er sich eine Menge Energie ziehen. Ich will nicht wissen, wie das Land der Bäume heute aussieht«, flüsterte Tomaki traurig. »Vom alten Glanz wird nicht mehr viel übrig sein.«

Ich schluckte. Würde ich nie erfahren, wie es wirklich in meiner Heimat aussah? Würde ich nur eine völlig zerstörte Landschaft vorfinden? Mein Herz bekam einen Stich. Hoffentlich war noch nicht alles verloren. Wir sollten uns nicht mehr allzu lange Zeit mit dem Erwecken der Drachen lassen.

Fundus bemerkte wohl meinen besorgten Blick, denn er sagte aufmunternd: »Auch wenn dort jetzt alles verdorrt ist, man kann es wieder aufbau-«

Weiter kam Fundus nicht, denn plötzlich blieb Tomaki stehen. Er hob einen Finger vor den Mund und sah uns mit großen Augen an. Fundus warf mir einen fragenden

Blick zu. Schnell hob Tomaki eine Hand und deutete an, dass wir uns hinter einem Busch verstecken sollten. Fundus und ich verstanden.

»Da ist jemand!«, raunte Tomaki, als er sich ebenfalls zu uns kauerte.

»Wer?«, flüsterte Fundus.

»Weiß ich nicht. Ich glaube, dass es mehrere sind. Es sieht aus wie ein Trupp«, sagte Tomaki beunruhigt.

»Was wollen die denn hier? In so einem kleinen Waldstück?«, fragte ich leise und schob das Gezweig zur Seite, um besser sehen zu können. Tomaki lugte ebenfalls nach vorn. Wir beobachten die steif voranschreitenden Männer für einen Augenblick. In der Mitte des Trupps schwebte eine magische Sänfte, auf welcher in geschwungenen goldenen Buchstaben ein Name stand.

»Viis?!«, las Tomaki erschrocken vor.

Mir stockte der Atem und das Bild vor meinen Augen verfärbte sich schwarz.

Ich bekam eine Vision.

Ich sah einen Thron, der immer näher kam. Die Situation erinnerte mich an damals, als ich mit Fundus im Palast von Viis war und dessen Thron nach mir rief.

Wieder ging ich die Stufen hinauf. Doch als ich dieses Mal den Vorhang zur Seite schlug, wartete Viis dort auf mich. Verlogen grinsend streckte er seine Hand nach mir aus. Wie von einer fremden Macht gesteuert, hob ich ebenfalls meine Hand und hielt sie dem Magier entgegen.

Nein, nein!, dachte ich und wollte mich wehren, aber ich konnte nicht. Vor Panik strampelte ich mit den Füßen, rutschte vom Thron ab und stürzte hinunter.

Ich fiel tief, in eine scheinbar unendliche Dunkelheit. Nachdem ich das Gefühl hatte, endlos zu fallen, wurde ich auf einmal langsamer und prallte keinen Moment später auf hartem Boden auf. Gerade als ich mich hochrappeln wollte, erschien der schwarze Drache und flog über meinen Kopf hinweg. Dabei spie er zornig Feuer, welches in der Dunkelheit wie ein rotes Feuerwerk aufleuchtete und langsam in der Luft verglühte. Plötzlich wendete er und steuerte direkt auf mich zu. Rasend schnell kam der Drache näher, hatte seine glühenden Augen auf mich gerichtet. Ich bekam höllische Angst. Wollte er mich etwa verbrennen?! Ich konnte seine Hitze schon auf meiner Haut spüren, als er stoppte und von mir abließ. Der Drache machte unerwartet kehrt, verschwand in den Tiefen der Dunkelheit und ließ mich allein zurück.

Schlagartig riss ich die Augen auf und rang panisch nach Luft. Unbeholfen klammerte ich mich an Tomakis Arm fest. Dieser hatte schon die ganze Zeit an mir gerüttelt, um mich aus der Vision zu befreien. Ich keuchte und tastete nach dem harten Waldboden unter mir. Seine Kälte holte mich ins hier und jetzt zurück.

Das, was ich sah, war nur eine Vision gewesen. Eine Vision, die meinem dunklen Traum in so vielen Dingen ähnlich war. Meine Hände zitterten immer noch.

Mir ist nichts passiert. Bis ich das realisierte, mussten ein paar Sekunden verstreichen.

»Ruta!«, rief Fundus besorgt und schleckte mir über die Hand.

»Was war das denn…?«, fragte Tomaki und sah mich entgeistert an. Er schien mit mir gelitten zu haben.

»Keine Ahnung«, schnaufte ich. Mir wurde schwindlig.

»Ist wirklich alles in Ordnung?«, raunte Fundus mir leise zu.

Ich nickte.

»Geht schon.«

Fundus sah auf. Der Trupp war noch nicht vorüber. In dem Moment, als die Sänfte an uns vorbeizog, bekam ich diese Vision. Und das war garantiert kein Zufall. Ich überlegte weiter.

Viis...

Er streckte seine Hand nach mir aus und ich war drauf und dran, sie zu ergreifen. Hieß das etwa, er wollte mich zu sich auf den Thron holen? Wollte er mich auf seine Seite ziehen?! Das allein machte mir keine Angst. Mich beunruhigte es, dass ich mich nicht wehren konnte. Ich schüttelte mich. Als Fundus etwas fragen wollte, sagte Tomaki: »Pscht! Seht mal da!«

Er zeigte auf zwei Gefolgsleute, die vorbeigingen. Wir konnten den Rest ihres Gespräches mitverfolgen.

»... mit seinen ganzen Leuten zu diesem Berg. Es stimmt also, dass etwas passiert ist. Nur was?«, sagte der eine.

»Unser Herrscher wird bald aufdecken, was diese ungewöhnlichen Schwingungen zu bedeuten haben«, erklärte der andere.

Ich fuhr ertappt zusammen.

»Sie wissen es«, hauchte Tomaki und presste angespannt die Lippen aufeinander.

»Dass wir am Berg waren?«, flüsterte ich. Ob sie von den legendären Drachen erfahren hatten?

Tomaki nickte.

»Trotzdem wissen sie nicht, was wir da gemacht haben. Aber sie werden bestimmt bald herausfinden, dass es die beiden Drachen gibt. Das ist nur eine Frage der Zeit.«

»Es sind Magier. Wir sollten sie nicht unterschätzen«, brummte Fundus, als der Trupp vorbei und außer Hörweite war. Wütend fletschte er die Zähne.

»Aber von einem Kater haben sie nicht geredet, oder?«

Tomaki sah in die Runde.

Fundus schüttelte den Kopf.

»Ich habe nichts gehört«, sagte ich. War das ein gutes Zeichen?

»Und was machen wir jetzt?«, fragte Fundus.

»Keine Ahnung«, dachte Tomaki laut nach. »Vielleicht sollten wir zu den Bergen gehen und dort nach Neko suchen? Irgendetwas stimmt mit nicht ihm. Das spüre ich. Wir müssen ihn so schnell wie möglich finden.«

Fundus warf mir einen besorgten Blick zu und fragte: »Kannst du den weiten Weg in deinem Zustand überhaupt auf dich nehmen?«

Bei dem Gedanken an die bevorstehende Strecke bekam ich Schweißausbrüche. Trotzdem. Aufgeben kam nicht in Frage.

»Die Suppe hilft mir wirklich gut. Ich schaffe das schon«, versuchte ich die anderen und vor allem mich zu beruhigen.

»Wie viel ist von der Suppe noch da?«, fragte Tomaki, stellte den Rucksack ab und kramte sie hervor.

»Gut. Das müsste für eine Weile reichen.«

Vorsichtig rappelte ich mich hoch. Gerade, als ich einen Fuß vor den anderen setzen wollte, fiel mir der Pfad, von dem Viis und sein Gefolge gekommen waren, auf. Ungläubig spähte ich bis zum Ende des Weges, welches immer näher rückte. Ich traute meinen Augen nicht! In der Ferne fielen die Blätter von den Bäumen und verschwanden. Auch die Äste der Bäume knacksten vom Stamm, stürzten zu Boden und lösten sich keine Sekunde später in Luft auf. Ebenso wie der Baumstamm plötzlich morsch wurde, in sich zusammensackte, nur um zu im nächsten Moment zu vergehen. Gleiches passierte mit den Gräsern und Sträuchern, sie fielen in sich zusammen, verdorrten und lösten sich wie von Zauberhand auf. Das Chaos kam immer näher.

»Seht doch! Der Wald zerfällt!«, stieß ich erschrocken aus. Schnell fuhren Tomaki und Fundus herum und blickten auf. In ihren Gesichtern machte sich Entsetzen breit.

»Was geht hier vor sich?!«, rief Tomaki ungläubig.

»Es kann sein, dass dieser Wald von Viis gezaubert wurde und seine Magie jetzt vergeht«, erklärte Fundus. Zügig verstaute Tomaki die Suppe im Rucksack und sagte: »Los, weg hier!«

Das ließen wir uns nicht zweimal sagen. Prompt wirbelten wir herum und stürzten zurück in die Richtung, aus der wir gekommen waren. Tomaki rannte voraus, dann folgte Fundus und ich bildete das Schlusslicht. Das Knacken der herunterjagenden Äste wurde lauter. Der Wald löste sich immer schneller auf und die Welle der Zerstörung hatte uns bald eingeholt. Gerade, als ich dachte, sie würde uns im nächsten Moment überrollen und mitreißen, rief Tomaki: »Da vorn! Gleich sind wir draußen!«

Endlich konnte ich den Ausgang erkennen. Ich sah noch, wie Tomaki und Fundus hinaus ins Freie sprangen, als mich ein herabstürzender Ast erfasste und zu Boden drückte. Schmerzerfüllt jaulte ich auf, versuchte das dumpfe Pochen in meiner Schulter zu verdrängen und wollte mich fluchtartig aufraffen, als sich die Welle voller Bäume über mir ergoss.

Mir stockte der Atem.

Kapitel 11

Regungslos starrte ich auf die Welle über mir. Mein Kopf war leer und mein Körper wie paralysiert.

»Ruta!«, schrie Tomaki und plötzlich ging alles ganz schnell. Mit einem kräftigen Hechtsprung warf er sich auf mich. Keine Sekunde später prasselten die schweren Äste auf uns, oder besser gesagt Tomaki, nieder.

»Ruta, nimm dein Schwert!«, schrie Tomaki mich an. Durch das Gerassel der Äste konnte ich ihn kaum hören. Doch das Wichtigste verstand ich: Schwert.

Ich rief »Henkei Suru« und Fundus verwandelte sich. Rasch purzelte Tomaki von mir herunter, sodass ich meine Arme frei hatte und sogleich das Schwert ergreifen konnte. Mit geübten Handgriffen zersäbelte ich die dicken Äste und morschen Baumstämme, die auf uns herabstürzten und uns zu verschütten drohten.

So schälte sich die Welle weiter und bald war die Gefahr vorüber.

Erschöpft fiel ich zu Boden.

»Ist alles ok bei dir, Ruta? Hast du dich irgendwo verletzt?«, fragte Tomaki, der neben mir lag.

»Mir geht es gut«, antwortete ich und sah zu ihm herüber.

»Und du«, wollte ich wissen, »schließlich hast du alles abbekommen...«

»Ich hatte den Rucksack auf, halb so wild«, entgegnete Tomaki. »Mach dir keine Sorgen um mich. Hol lieber Fundus zurück.«

Er zeigte auf mein Schwert, welches ich noch immer fest in den Händen hielt.

»Kangen Suru«, murmelte ich und der Wolf erschien.

»Mensch Tomaki, bist du wahnsinnig?! Du kannst dich doch nicht einfach in diese Welle werfen!«, rief Fundus und schüttelte den Kopf.

»Hätte ich Ruta allein lassen sollen?!«, erwiderte Tomaki und klopfte sich die Holzspäne von der Jacke.

»Natürlich nicht...«, murmelte Fundus und kam zu mir gehechtet.

»Und dir fehlt auch wirklich nichts?«, hakte der Wolf noch einmal nach.

»Ich bin in Ordnung... nur ein paar Kratzer. Und du? Immerhin musstest du die schweren Äste aushalten«, meinte ich und streichelte meinem Anima über den Kopf.

»Mir fehlt nichts, so etwas ist kein Gegner für mich. Wie du weißt, ist meine Klinge so scharf wie ein Messer und so stark wie ein Bär. Also mach dir um mich keine Sorgen. Doch ich glaube, wir waren ein bisschen zu leichtsinnig, uns so nah an Viis heranzuwagen. Wir sollten nicht vergessen, dass er ein sehr mächtiger Magier ist«, sprach Fundus ernst.

Wir blickten auf die Welle des zerfallenden Waldes, welche sich immer weiter von uns entfernte und schließlich am Horizont verschwand. Zurück blieb verdorrtes Ackerland.

»Anscheinend zerfallen die Bäume und ihr Laub erst, wenn sie den Boden berühren. Bloß gut, dass Tomaki schnell gehandelt hat. Das wäre sonst böse ausgegangen«, fuhr er fort.

Derweil hatte sich Tomaki wieder aufgerappelt und reichte mir die Hand.

»Ja... Gerade noch mal Glück gehabt. Wenn sonst niemandem etwas fehlt, schlage ich vor, dass wir weiter ziehen«, meinte er, zog mich hoch und klopfte mir den Dreck von den Sachen.

Wir nickten uns zu und setzten unseren Weg fort. Nach einer Weile erreichten wir eine Erhöhung. Vom vielen Laufen waren die Füße schwer geworden und so wurde das Erklimmen des bauchigen Hügels zur reinsten Qual. Oben angekommen, schnappte ich wie ein Fisch auf dem Trockenen nach Luft und stützte mich erschöpft mit den Händen auf den Oberschenkeln ab. Auch die anderen beiden waren ziemlich außer Puste; Tomaki stemmte erledigt die Hände in die Hüften und Fundus ließ sich hechelnd zu Boden sinken. Als ich meinen Atem wiederfand, wagte ich einen Blick nach unten.

Vor uns erstreckte sich ein riesiges Tal, gefüllt mit mannshohen Brocken. Leben suchte man hier vergeblich.

»Was ist denn hier passiert?«, rief Tomaki entsetzt und trat neben mich.

»So etwas habe ich noch nie gesehen...«, murmelte auch Fundus.

Nachdenklich ließ ich meinen Blick schweifen und meinte: »Ich glaube nicht, dass wir Neko hier finden werden...«

Fundus nickte.

»Wieso sollte er sich hier rumtreiben...? Lasst uns woanders weiter suchen«, schlug Fundus vor und wollte sich abwenden. Doch Tomaki widersprach: »Nein... Ich habe so ein Gefühl, dass wir hier unbedingt nachsehen sollten.«

Fragend schaute Fundus zu mir. Ich antwortete mit einem Schulterzucken.

»Na, wenn er meint«, willigte Fundus ein und so rutschten wir zusammen den Hang ins Steinbecken hinab. Vor uns lag ein riesiges Labyrinth.

»Hier entlang«, rief Tomaki auf einmal und ich bekam den Eindruck, dass er den Weg kannte. So folgten Fundus und ich ihm ohne Widerworte. Wir stiegen über riesige Steinhaufen, durch enge Gänge und unter ein paar aufeinander gefallenen Brocken hindurch. Gefühlt hatten wir das ganze Becken durchquert, doch immer noch keine

Spur von Neko. Auf einmal blieb Tomaki stehen und hielt für einen kurzen Moment inne, bevor er sich zu uns wandte.

»Sagt mal, hört ihr das auch?«, fragte er und horchte in die Ferne.

»Was denn?«, riefen Fundus und ich einstimmig und spitzten die Ohren. Außer dem Rauschen des Windes konnten wir nichts vernehmen.

»Ich glaube, da hinten ist was«, sagte Tomaki und rannte hastig los. Ohne groß nachzudenken, hechteten wir hinterher. Was hatte er gehört? Etwa eine Spur, die uns zu Neko führte? Tomaki wurde schneller und schneller, bald hatte ich Mühe, mit ihm mitzuhalten. Gerade, als mir fast die Puste ausging, stoppte er. Völlig überrumpelt bremste ich, doch viel zu spät. Ich stolperte geradewegs in Tomaki hinein und schubste ihn ungewollt nach vorn. Als ich im nächsten Moment sah, wie Tomaki in die Tiefe stürzte, realisierte ich, was ich gerade getan hatte und warum Tomaki so plötzlich stoppte.

Wir waren auf eine Schlucht zugelaufen! Als ich Tomaki immer tiefer fallen sah, bekam ich Panik.

»Tomaki!«, schrie ich verzweifelt nach unten und lehnte mich über den Abgrund.

Verdammt, verdammt, verdammt nochmal! Was mache ich jetzt bloß?!

Weiter konnte ich nicht darüber nachdenken, denn ich hörte auf einmal ein hölzernes Knacken und sah, wie Tomaki von einem Ast mit breit gefächerten Zweigen aufgefangen wurde.

Hoffentlich ist Tomaki nichts passiert!, dachte ich und wagte kaum zu atmen.

»Tomaki! Geht es dir gut?«, rief Fundus an meiner Stelle in die Schlucht.

»Ja, alles in Ordnung«, schallte es von unten zu uns hoch, »ich wurde von etwas aufgefangen!«

Erleichtert blickte ich zu Tomaki nach unten. Ich beobachtete, wie er sich auf dem Ast umsah und auf einmal erschrak.

»Ich glaube, ich habe Neko gefunden! Der Fels hat hier eine Einbuchtung, er liegt da drin! Ich werde versuchen, zu ihm zu gelangen!«

Fundus und ich wechselten aufgeregte Blicke und reckten die Hälse in die Tiefe. Viel sehen konnten wir allerdings nicht, denn der Abhang, auf dem wir lagen, versperrte uns die Sicht zu der Einbuchtung.

»Sei vorsichtig!«, rief ich Tomaki zu, als er sich auf dem Gehölz in Richtung des Vorsprungs bewegte. Bei jedem Knacken, was zu uns nach oben drang, rutschte mir das Herz immer tiefer in die Hose. Es folgte eine Weile Stille. Ob das ein gutes Zeichen war? Unsicher schaute ich zu Fundus, aber er bemerkte meinen Blick nicht.

»Ich habe ihn erreicht! Er ist verletzt!«, rief uns Tomaki schließlich zu.

»So ein Mist«, fluchte Fundus.

»Und was jetzt?«, fragte ich besorgt.

»Wir müssen ihn erst mal hochkriegen…«, meinte Fundus und fing an, sich einen Rettungsplan auszudenken.

»Hast du zufällig ein paar Seile dabei?!«

Schnell nahm ich den Rucksack von den Schultern und kramte alles Mögliche heraus. Zwei Decken, die Suppe, etwas Proviant, ein bisschen Krimskrams, noch einen Pullover und eine Jacke. Seile waren jedoch nicht dabei. Enttäuscht wandte ich mich wieder an Fundus.

»Hab keine.«

»Verdammt…«, murmelte er und tappte nervös auf und ab.

»Aber vielleicht hat Tomaki welche?«, sagte ich und lehnte mich über den Abhang. »Tomaki! Hast du ein paar Seile dabei?!«

»Ja, hab ich!«, ertönte es von unten.

»Sehr gut«, sagte ich erleichtert. Fundus schnaufte und meinte: »Was nützen uns die Seile, wenn sie bei Tomaki liegen?«

»Ich habe einen Plan. Wenn wir meine Decken, die Jacke und den Pullover zusammenbinden, haben wir ein provisorisches Seil, womit wir Tomakis Rucksack nach oben ziehen können, der dürfte nicht so schwer sein. Wenn wir ihn hochgezogen haben, leeren wir den Rucksack aus und binden die richtigen Seile daran. Danach lassen wir ihn wieder herunter und holen Neko zu uns. Später lassen wir nur das Seil herunter, um Tomaki zu retten.«

»Na ja... Ein Versuch ist es wert...«, stimmte Fundus zu. Uns blieb sowieso nichts anderes übrig.

So banden wir rasch die Enden der Decken zusammen, dazu noch den Pullover und meine Jacke aus dem Rucksack. Probeweise ließen wir das notdürftige Seil runter.

»Es reicht noch nicht«, hörten wir Tomakis Ruf. Also zog ich noch meinen Pullover aus und band ihn dazu.

»Wenn ich mich auf die Zehenspitzen stelle, reicht es gerade so!«, rief Tomaki uns zu und gab ein Zeichen, den Rucksack hochzuziehen.

Das zusammengeknotete Seil war doch nicht so stabil wie gedacht, denn beim Ziehen lockerte sich der Knoten zwischen Pullover und Jacke. Ich gab Fundus ein Zeichen, dass er das Seil festhalten sollte, während ich den Knoten wieder enger zurrte.

»Und jetzt schön vorsichtig«, hauchte ich angespannt, als ich zurückkam. Ich wollte mir gar nicht ausmalen, was passierte, wenn unser Plan nicht aufging. Es musste einfach klappen!

Stück für Stück zogen wir den Rucksack zu uns. So weit, so gut.

Als er endlich oben war, nahm ich die Seile hervor und band sie an den ausgeleerten Rucksack. Dann ließ ich ihn wieder herunter. Anschließend setzte Tomaki Neko hinein und gab uns erneut ein Zeichen, dass wir ihn hochziehen sollten. Kurz bevor der Kater den Abhang erreichte, stoppten wir. Ich ging nach vorn und holte Neko hinauf. Endlich war er wieder bei uns.

»Schön, euch zu sehen«, miaute der Kater schwach.

»Mensch Neko! Was machst du bloß für Sachen?!«, rief Fundus besorgt. »Ist alles in Ordnung bei dir?«

»Meine rechte Vorderpfote tut höllisch weh«, jammerte er, als ich ihn aus dem Rucksack befreite. Sofort fiel mir seine geschwollene Pfote auf.

»Wie lange bist du schon da unten?«, wollte Fundus wissen.

»Ehrlich gesagt, keine Ahnung… ich habe jegliches Zeitgefühl verloren.«

Ich strich Neko fürsorglich über den Kopf und sagte: »Wir kümmern uns gleich um dich. Aber vorher müssen wir noch Tomaki helfen. Kannst du solange durchhalten?«

Neko nickte erschöpft.

»Ja, klar. Ich bin einfach nur froh, dass ihr jetzt da seid.«

Ich löste die Knoten vom Rucksack und wandte mich an Fundus.

»Die Hälfte ist geschafft«, meinte ich und stellte mich in Position. Erneut ließen wir das Seil herunter. Als sich Tomaki daran festhielt, gab es einen Ruck, welcher mich unerwartet stark nach vorn zog. Schnell kam Fundus mir zur Hilfe geeilt. Mit vereinten Kräften zurrten wir Tomaki Stück für Stück nach oben.

»Das macht ihr super!«, feuerte uns Tomaki an. Mit jedem Zug wurden meine Arme schwerer.

»Ich kann nicht mehr«, stöhnte ich und gerade in dem Moment entdeckte ich, dass sich das Seil beim Hochziehen an einem Stein des Abhangs ausgefranst hatte und nun immer weiter auseinander zwirbelte.

»Fundus! Da vorn!«, stieß ich erschrocken aus.

»Verflucht!, Was machen wir jetzt?!«, rief Fundus nervös. Auf einmal ging alles ganz schnell. Mit einem lauten Ratschen entzweite das Seil und Fundus und ich fielen zurück. Ein lauter Schrei ertönte. Blitzschnell sprang ich auf und rannte zum Abhang.

Ich befürchtete das Schlimmste.

»Tomaki!«, schrie ich und beugte mich über den Vorsprung. Mir fiel ein Stein vom Herzen, als ich sah, wie er sich an einem Stück Felsen festhielt.

»Fundus, hilf mir!« Ich winkte ihn zu mir.

Dieser reagierte sofort, kam in Lichtgeschwindigkeit angesprintet und fixierte sein Maul an meiner Hose. Gerade im richtigen Moment, denn viel länger konnte sich Tomaki nicht mehr halten. Blitzschnell ergriff ich seine Hand und zog ihn mit letzter Kraft nach oben. Völlig fertig ließen wir uns auf den Boden fallen.

»Puh, das war knapp«, hechelte Tomaki.

»Ist alles in Ordnung bei dir?«, fragte ich und rang nach Luft.

»Ja mir geht es gut. Nur ein paar Schrammen.«

Ich nickte erleichtert.

Dann stand Tomaki auf und ging zu Neko.

»Endlich geschafft!«, jubelte ich und rieb mir den Angstschweiß von der Stirn. Als ich die Decken und Kleidungsstücke wieder auseinander geknotet und im Rucksack verstaut hatte, zog ich mir meinen Pullover über, stand auf und lief zu Tomaki und Neko.

»Ihr glaubt nicht, was mir widerfahren ist und was ich alles herausgefunden habe«, rief Neko und wollte aufstehen.

»Dein Bericht kann warten! Erst mal müssen wir dich und deine Wunden versorgen. Zeit zum Reden haben wir danach immer noch genügend!«, sagte Tomaki, nahm den Kater und legte ihn sanft auf die Seite.

»Wie ist sein Zustand?«, fragte ich.

»Ich glaube, seine Vorderpfote ist gebrochen«, erklärte Tomaki ernst.

»Ohje! Armer Neko!«, rief ich, hockte mich zu ihm und streichelte den Kopf des Katers.

»Halb so wild...«, murrte dieser.

»Ich werde ihm einen Stützverband anlegen. Gut, dass der Baum da war, so konnte ich vorhin ein paar Zweige abbrechen. Ruta, gibst du mir bitte die Bandagen, die ich mitgenommen habe?«

Ich nickte und brachte Tomaki die Verbände. Er war wirklich auf alles vorbereitet.

»Für heute ist es besser, wenn wir ein Nachtlager aufschlagen«, riet Fundus, als er zu mir kam.

»Am besten suchen wir gleich hier bei den Steinen ein Lager. Solange Tomaki Neko noch verarztet, können wir uns schon mal auf die Suche begeben«, fuhr er fort. Ich willigte ein und wir machten uns auf den Weg. Nach kurzer Zeit fanden wir einen gut geschützten Unterschlupf. Als Fundus und ich zurückkehrten, war Tomaki gerade mit dem Verband fertig geworden.

»Wir haben eine gute Stelle gefunden«, berichtete Fundus.

Tomaki sah uns an. Ihm war die Müdigkeit ins Gesicht geschrieben.

»Super«, meinte er und hängte sich den Rucksack um. Dann nahm er Neko auf den Arm und wir führten sie zu unserem Versteck.

»Für eine Nacht reicht es«, sagte Fundus und ließ sich auf dem staubigen Boden unter dem Vordach nieder.

»Könnte aber etwas wärmer und weicher sein«, nörgelte Neko, als Tomaki ihn absetzte und scharrte mit dem gesunden Pfötchen auf den Steinen herum.

»Guck mal, hier habe ich etwas für dich«, sagte Tomaki und nahm seinen Rucksack ab. Er zog eine kleine flauschige Decke hervor und legte sie für Neko zurecht. Dieser rollte sich auf ihr zu einer Kugel zusammen. Es dauerte nicht lange und da war er eingeschlafen. Derweil holte auch ich meine beiden Decken hervor und breitete eine davon für Fundus auf dem Boden aus. Der Wolf scharrte sie zu einem knittrigen Haufen und ließ sich mit einem dumpfen Stöhnen nieder. Er rollte sich zu einer behaglichen Wolfskugel zusammen und schmatzte genüsslich vor sich hin, bis auch er im Traumland versank.

»Und jetzt?«, fragte ich und zeigte demonstrativ auf die letzte Decke.

»Am besten wäre ja…«, nuschelte Tomaki und legte verlegen eine Hand in den Nacken.

»Ja?«, hakte ich nach, da er nicht weiter redete.

»… wenn wir sie uns teilen«, schlug er vor. Zögernd hielt ich inne. Wir würden uns sehr nah sein…

Wäre das okay für ihn? Wäre das überhaupt okay für mich? Tomaki und ich waren zwar gut befreundet, aber… so gut? Außerdem würde ich ihm bestimmt die ganze Zeit die Decke wegziehen oder ihm ins Ohr schnarchen. Das wäre mir echt zu peinlich…

Mein Blick ging zu Boden und gerade, als ich mich rausreden wollte, wickelte Tomaki uns schon in die Decke ein.

»Wir haben keine andere Wahl oder willst du die ganze Nacht frieren?«, meinte er lächelnd. Insgeheim schien ihm diese Ausrede sehr zu gefallen. Sollte ich mir darüber Gedanken machen?

Kapitel 12

Gut gelaunt schritt Veros den langen Gang des Palastes entlang. Nachdem er heute die Geister mit dunkler Magie beschwor, hatte Viis ihn ausdrücklich gelobt. Nun hatte der Herrscher ihn für einen speziellen Auftrag auserkoren und in den Saal bestellt. Veros malte sich aus, was ihn erwarten würde. Ob er die Geister wieder mit dunkler Magie beschwören sollte? Oder führte Viis ihn sogar in die allerheiligste und mächtigste Magie ein? In die cosmische Magie? Uneingeschränkte Macht und hohes Ansehen würde Veros dadurch erlangen. Das, was Viis eigentlich seinem Sohn versprochen hatte, würde dann ihm zuteil.

Veros erinnerte sich daran zurück, wie sie vorhin bei der Ankunft im Palast empfangen wurden: Sofort kamen Diener auf den Herrscher zugestürmt und berichteten vom Unglück des Sohnes. Viis nahm die Nachricht, dass die Schuppen verloren waren, sehr gefasst auf.

Aber Veros entging nicht, wie der Herrscher seine Hände zu Fäusten ballte und seine Wut zu verstecken versuchte. Unverzüglich rief Viis eine Notversammlung ein. Er verkündete, dass die Sicherheit verschärft werden müsse. Offiziell erklärte er, dass abnormale Schwingungen in den Bergen gefährlich für die Menschen sein würden. Insgeheim wurde Viis unruhig. Durch die verloren gegangenen Schuppen sah er sich als Machthaber gefährdet. So sollten zum Beispiel Ausgehverbote, verschärfte Regeln in der Schule, sowie verstärkte Kontrollen aller Bewohner eingeleitet werden. Viis stellte eine Garde zusammen, welche zur Aufgabe hatte, die Menschen gezielter, jedoch unauffällig zu überwachen. Das Volk sollte nicht spüren, dass sie bei jedem Schritt beobachtet wurden.

Viis' Plan war außerdem, die Schuppen um jeden Preis zurückzugewinnen. Genau dafür hatte er Veros auserkoren.

Dieser stand nun am Ende des Flures und klopfte laut an die Saaltür.

Keiner da?, überlegte er, als sich drinnen nichts regte. Er öffnete die große Tür und trat hinein. Niemand war zu sehen. Veros beschloss, sich vor den Thron des Herrschers zu knien und zu warten.

Noch bevor er sich in Position begeben konnte, öffnete die Tür sich wieder. Vorfreudig drehte der junge Mann sich herum und gerade, als er den Herrscher begrüßen wollte, stockte er.

Es war Viovis, der in der Tür stand.

Was will der denn hier?, dachte Veros genervt. Ebenso argwöhnisch betrachtete Viovis den Jüngeren.

»Wer hat dir erlaubt, den Saal meines Vaters zu betreten?«, knurrte Viovis.

»Ich wurde herbestellt«, entgegnete Veros und verschränkte die Arme vor der Brust. »Mir wird ein ganz besonderer und wichtiger Auftrag erteilt. Sollte eigentlich deiner werden...«

»Du lügst«, knurrte Viovis böse.

»Wieso? *Du* hast die Sache mit den Schuppen doch versaut. Jetzt vertraut dir dein Vater nicht mehr. Im Gegensatz zu mir. Ich habe mich bewiesen. Ich durfte die Geister beschwören und mit ihnen die Natur aussaugen. Dein Vater zieht mich seinem eigenen Sohn vor.«

»Hör auf, so mit mir zu reden!«, drohte Viovis und es bildeten sich Zornesfalten auf seiner Stirn. Er stand kurz vorm Explodieren. Veros schien Gefallen daran gefunden haben, Viovis zu reizen, denn er legte hämisch grinsend nach: »Ich möchte echt nicht in deiner erbärmlichen Haut stecken.«

Bei diesen Worten verlor Viovis jegliche Selbstbeherrschung.

Er riss seine Arme in die Höhe und plötzlich zeigten sich große Lichtstrahlen im Saal. Mit kreisenden Handbewegungen formte er die Strahlen zu Kugeln, welche sogleich in die Hände des Magiers schwebten. Diese rotierten immer schneller und gerade, als Viovis sie auf Veros abschießen wollte, öffnete sich auf einmal die große Saaltür.

Viis trat ein und donnerte mit mächtiger Stimme: »Was zur Hölle geht hier vor?!«

Seine Worte waren so laut und wütend, dass die Fenster in ihren Rahmen anfingen zu klirren. Der Boden bebte und Viis Thron vibrierte kurz durch die Schwingungen seines Rufes.

»Sofort auf die Knie!«, brüllte Viis, als er die Lichtbälle in Viovis Händen erblickte. Sein Sohn schnaubte wütend, ließ das Licht vergehen und sank auf die Knie. Veros feixte in sich hinein und freute sich, dass der Herrscher gerade im richtigen Moment gekommen war.

»Ich habe noch versucht, ihn aufzuhalten... Aber er war so in Rage«, sagte Veros mit unschuldiger Miene.

»Der Mistkerl ist schuld!«, rechtfertigte Viovis sich.

»Schweigt!«, rief Viis und schritt zu seinem Thron. »Spart eure Kräfte! Es gibt Wichtigeres zu tun.«

Veros trat neben den knienden Viovis. Derweil hatte sich der Herrscher gesetzt und seine Arme auf den Lehnen seines Thrones ablegt. Viovis schaute zu seinem Vater hoch. Ihm fiel auf, dass die Finger, mit denen Viis seinen Thron umklammerte, schon wieder knochig waren. Auch die tiefen Falten im Gesicht traten stärker hervor als sonst.

Mit dunkler Stimme fuhr der Herrscher fort: »Oberste Priorität haben jetzt die Drachenschuppen. Sie müssen zurückerlangt werden, koste es, was es wolle. Dafür habe ich Veros auserkoren.«

Auf dessen Gesicht breitete sich Stolz aus.

»Ich werde euch nicht enttäuschen, mein Herrscher«, sagte er und senkte den Kopf. »Wann soll ich zuschlagen, gleich morgen oder noch heute? Damit rechnen diese Pimpfe bestimmt nicht. Ich kann sie alle vernichten und die Schuppen auf der Stelle zurückholen.«

»Nein!«, entgegnete der Herrscher. »Noch nicht. Diese Sache muss unauffällig passieren und geheim bleiben. Bestandteil deines Auftrages wird außerdem noch etwas anderes sein. Das besprechen wir später allein. Erst einmal musst du mir neue Energie zuführen.«

»Ich verstehe. Dann bereite ich alles Nötige vor.« Veros verbeugte sich. Er warf Viovis noch einen abschätziges Grinsen zu, bevor er sich umdrehte und aus dem Saal ging.

Viovis kochte innerlich.

Warum muss ich mir das überhaupt gefallen lassen!, sagte er sich und wollte sich beschweren.

Bevor er zu Wort kam, sprach der Herrscher ihn an: »Viovis. Du hast mich enttäuscht. Und noch viel schlimmer, mich und meinen Palast mit deinem Versagen bloß gestellt. Mein Vertrauen in dich schwindet. Trotzdem besitzt auch du Fähigkeiten, die ich in diesen Zeiten dringend brauche. Somit gebe ich dir eine letzte Chance, um deine Loyalität zu beweisen.«

»Die da wäre?«

Viovis erwartete gespannt Viis' Antwort.

Kapitel 13

Ohne die Drei war es ganz anders in der Schule. Früher verstand sich Shiina mit den anderen in der Klasse, jetzt waren es nur noch Fremde für sie. Selbst wenn Shiina wollte, anknüpfen könnte schwer werden. Zu weit hatte sie sich von den anderen in der Klasse entfernt und abgekapselt. Wurde zwischenzeitlich belächelt und war Lästerthema Nummer eins. Trotzdem: Alleinsein fiel ihr schwer. Aber zurück in das alte Muster und eine Maske aufsetzen, nur um dazuzugehören, wollte sie auch nicht.

Bestimmt kommen die anderen bald wieder. Oder Giove wacht auf, dachte Shiina hoffnungsvoll. Ihr glitt eine Strähne ins Gesicht. Sie spielte eine Weile damit herum, bis ihr Blick auf die Uhr fiel. Sie wunderte sich. Normalerweise hätte der Unterricht schon längst angefangen. Aber heute ließ der Lehrer auf sich warten. Das war komisch...

Vielleicht hat er ja verschlafen, überlegte Shiina und lächelte in sich hinein. Schüttelte aber im nächsten Moment den Kopf. Das konnte sie sich nicht vorstellen, denn Pünktlichkeit wurde normalerweise großgeschrieben. Keine Minute später stolperte der Lehrer auch schon ins Klassenzimmer. Sein hochroter Kopf zeugte von Stress und Shiina wusste schnell, warum: Er zog einen unbekannten Schüler hinter sich her. Shiina guckte neugierig nach vorn. Ein großer junger Mann mit schwarzen wuscheligen Haaren und stechend grünen Augen stand am Pult. Der Lehrer räusperte sich und verkündete: »Wir haben jemand neues. Das ist Zóel.«

Unter den Schülern brach Gemurmel aus.

»Schon wieder ein Neuer?!«

»Wieso kriegen wir immer die Neuen ab...?«

»Hab keine Lust auf nen' neuen Typen.«

»Was ist eigentlich mit Viovis?!«

Bei dem Namen »Viovis« zuckte Shiina zusammen. Unsicher schaute sie durch die Klasse. Tatsächlich. Er war heute nicht anwesend. Ob das nun gut oder schlecht sein sollte, konnte sie nicht einschätzen.

»Viovis wird ab dieser Woche Privatunterricht im Palast seines Vaters bekommen. Das heißt, dass er nicht mehr an unserem Unterricht teilnimmt«, erklärte der Lehrer. Dieses Mal tuschelten die Schüler schon lauter.

»Na, der kann sich's ja leisten.«

»Ist halt der Sohn von Viis...«

»Hat eh nicht zu uns gepasst, dieser Schnösel.«

Wenigstens ein Problem weniger, dachte Shiina und atmete erleichtert auf.

»Stell dich doch bitte der Klasse vor«, wies der Lehrer den Neuen an.

»Hi, ich heiße Zóel. Freut mich, euch kennenzulernen«, sagte dieser lässig und mit klarer Stimme. Shiina musterte den Jungen neugierig. Auf den ersten Blick sah er ganz nett aus.

»Gut. Such dir einen freien Platz aus.« Der Lehrer zeigte auf die Klasse. Shiina beobachtete den Neuen unauffällig. Er ging zum Tisch ganz hinten am Fenster. Zwei Sitze hinter Pez Platz. Zóel schob den Stuhl zurück und setzte sich. Dann sah er auf und plötzlich trafen sich ihre Blicke. Erschrocken drehte Shiina den Kopf weg. Der Lehrer hatte sich derweil ans Pult gestellt und einige Zettel hervorgekramt.

»Shiina beehrt uns heute auch mal wieder«, bemerkte er spitz und hob streng den Blick. Diese nickte unsicher und knetete nervös ihre Hände ineinander.

»Was ist mit den anderen? Weißt du was?«, fragte er schließlich und stierte über seine schmalen Brillengläser zu ihr herüber.

Jetzt bloß nichts Falsches sagen, schoss ihr durch den Kopf. Nervös stand sie vom Platz auf und antwortete: »Giove, Tomaki und Ruta Pez sind krank. Ich weiß nicht, wann sie wiederkommen. Aber ich werde ihnen auf jeden Fall die Materialien vom Unterricht mitnehmen, sodass sie alles nacharbeiten können.«

Ob das glaubhaft rüberkam? Schnell setzte sie sich wieder zurück auf den Stuhl.

»Halt, Shiina«, ermahnte der Lehrer sie. »Steh wieder auf.«

Mensch, was will er denn noch wissen?!, dachte Shiina angespannt und erhob sich.

»Warum gibt es keine Abmeldung von euch? Von Ruta Pez erwarte ich das gar nicht mehr, aber von Tomaki, Giove oder dir schon. Du weißt, dass es bei so vielen Fehltagen eine Meldung geben muss. Sonst bekommt ihr Probleme. Oder schwänzt ihr etwa die Schule?«

Der Lehrer sah sie scharf an und hob streng die Augenbrauen.

»Wir... Also... ich...«, stotterte Shiina. Was nun? Ihre Hände begannen zu zittern, und ihr Hals wurde ganz trocken. Wie zum Teufel sollte sie sich da herausreden?

»Ich weiß, was sie wirklich getan hat«, meldete sich plötzlich eine Stimme von hinten.

»Du, Zóel?« Der Lehrer schien überrascht. Shiina drehte sich zu ihm und riss ungläubig die Augen auf.

»Sie hat ihren Freunden geholfen«, begann Zóel, stand auf und blickte ernst nach vorn.

Shiina blieb die Spucke weg.

So ein Mist! Was weiß er?, fragte sie sich und ihr Herz pochte wie wild. Wusste er von den Schuppen? Von der Mission und dass sie in Viis Palast eingebrochen waren?

Egal was er sagt, ich streite alles ab!

»Sie hat ihre kranken Freunde versorgt und hilft ihnen weiter beim Genesen. Ich an Shiinas Stelle hätte das auch getan. Glauben Sie etwa, dass das einfach ist? Woher soll Shiina dann noch die Kraft nehmen, um in die Schule zu kommen? Außerdem wäre ich auch erst wieder zum Unterricht erschienen, wenn es meinen Freunden besser geht. Bestimmt waren die ersten Tage sehr anstrengend für dich«, verteidigte Zóel Shiina. In einem unbeobachteten Moment zwinkerte er ihr zu.

»Ja genau!«, rief sie überrascht. »Es geht ihnen auch schon viel besser. Ich denke, dass sie bald wieder am Unterricht teilnehmen können.«

Zwar sah der Lehrer noch etwas skeptisch aus, murmelte aber: »Na gut. Ihr könnt euch wieder setzen. Ich habe noch einige Ansagen zu machen: In nächster Zeit wird es Veränderungen geben. Zum einen wird die Schule renoviert. In den Fluren wird angefangen, also passt in den kommenden Tagen auf, wo ihr hintretet. Nicht, dass etwas passiert und ich wegen euch Probleme bekomme. Viis höchstpersönlich hat diese Renovierung in Auftrag gegeben. Aus aktuellem Anlass, so heißt es, sollen auch die Regeln zur Überwachung und Kontrolle verschärft werden. Was ihn wohl dazu bewogen hat... Na ja, wer weiß das schon.«

Bestimmt wir!, dachte Shiina und wagte kaum zu atmen. Plötzlich ballte der Lehrer eine Faust und schlug auf das Pult. Die Klasse zuckte erschrocken zusammen und sah ihn fragend an.

»... Natürlich sein Sohn, Viovis! Garantiert, weil ihm mein Unterricht nicht gepasst hat! Als ob's ein Privatlehrer besser kann als ich!«, brodelte es aus ihm heraus.

Shiina atmete auf. Was für ein Gefühlschaos. Und obwohl der Tag gerade erst begann, war sie jetzt schon total fertig. Aber für ihre Freunde riss sie sich den Rest des Unterrichts zusammen, damit sie wichtige Notizen für sie mitschreiben konnte. Schließlich beendete der Lehrer die Stunde mit einer Hausaufgabe und schlürfte laut seufzend aus dem Klassenraum. Shiina verstaute die Blätter in der Tasche und legte erschöpft den Kopf in die Hände.

»Du bist also Shiina, ja?«, fragte auf einmal eine Stimme. Überrascht drehte sie sich um. Der Neue stand hinter ihr.

»Genau«, antwortete sie.

»Als kleines Dankeschön für meine Rettung vorhin kannst du mich ja durch die Schule führen. Wie wär's?«, fragte Zóel und lächelte verschmitzt.

»Oh, ähm.« Shiina legte einen Finger an ihr Kinn.

War klar, dass er das nicht umsonst gemacht hat, dachte sie und rollte innerlich mit den Augen. Aber was soll's. Schließlich hatte er ihr wirklich geholfen. Wie wäre es wohl anders ausgegangen? Bestimmt hätte sie sich verplappert. Das wollte Shiina sich nicht ausmalen.

»Klar, warum nicht«, sagte sie also und stand von ihrem Platz auf. Gemeinsam gingen sie auf den Flur hinaus.

»Hier stehen all unsere Spinde. Du bekommst sicher auch bald einen von unserem Lehrer zugeteilt«, erklärte sie und begann mit der Führung.

»Meinst du den, der sich vorhin so über Viovis ausgelassen hat?«

»Genau den.« Shiina musste grinsen.

»Na ja, irgendwie hat er auch recht«, bemerkte Zóel und Shiina wurde hellhörig.

»Ach ja?«, stieß sie verwundert aus.

»Viis propagiert ja offen für Gleichheit. Aber er selbst schickt seinen Sohn erst auf eine normale Schule, um ihn später wieder runter zu nehmen, damit er Privatunterricht bekommt. Das ist doch komisch, oder?«

Shiina stutzte. Woher wusste er so genau, dass Viovis an dieser Schule war? Und wieso regte ihn dieses Thema auf? Für einen normalen Schüler wusste er ziemlich viel.

»Sag mal, wieso interessiert dich das?«, hakte sie vorsichtig nach und brachte gleichzeitig mehr Abstand zwischen sich und Zóel.

»Ich bin extra wegen diesem Kerl auf eure Schule gekommen. Und jetzt bin ich hier und er ist weg.«

»Ja, aber wieso?«, fragte Shiina verwirrt.

»Das bleibt mein Geheimnis«, antwortete Zóel und lächelte. »Sagen wir mal so, ich will viel über ihn herausfinden.«

Shiina runzelte die Stirn. Irgendetwas an diesem Typen war anders. Wusste er vielleicht auch, dass die Cosmica nur eine Scheinwelt war? Erinnerte er sich wie Tomaki und Giove an die Welt vor Viis?

»Hier geht's weiter zur Mensa. Dahinten ist der Schulhof und da vorn die Turnhalle«, erklärte Shiina und zeigte auf die Türen und Gänge.

»Verstanden.«

»Willst du noch etwas anderes sehen?«

»Ich glaube, jetzt finde ich mich gut zurecht. Danke für den Überblick.« Zóel zwinkerte.

»Und was denkst *du* über Vivois?«, fragte er, als sie den Flur zurückgingen.

»Na ja«, antwortete Shiina mit dem Gedanken, bloß nichts falsches - ihr würde genug einfallen - zu sagen.

»Er wird seine Gründe haben.«

»Bist du etwa auf seiner Seite?«, fragte Zóel empört.

»Nein, wie kommst du darauf?!«, brachte Shiina entrüstet hervor.

»Weil du ihn verteidigst?!«, erwiderte Zóel mit hochgezogenen Augenbrauen.

»Gar nicht wahr!«, rief Shiina verärgert und zog damit alle Aufmerksamkeit auf sich.

Zóel prustete lauthals los und krümmte sich vor Lachen.

»Du bist mir total sympathisch«, meinte er, als er sich wieder eingekriegt hatte. Shiina sah ihn böse an.

»Nein, ernsthaft. Etwas an dir ist anders. Das spüre ich.« Zóel blieb stehen und sah ihr tief in die Augen. Und Shiina fühlte eine bekannte Vertrautheit aufkommen, die sie bisher nur aus ihren Träumen kannte. Aus den Träumen, die sie in Nächten der Sehnsucht nach ihrem Volk und ihrem Land bekam. Sie hielt inne.

»Wer bist du wirklich, Zóel?«, fragte sie mit ernster Miene.

»Wenn du das wissen willst, musst du dich noch ein bisschen gedulden«, erwiderte dieser.

»Wie, ich soll warten?! Ich kann und will aber nicht warten. Sag's mir jetzt gleich!«, forderte sie und stemmte die Hände in die Hüften.

»Nein, das geht nicht.«

»Wieso denn nicht?«

»Weil wir sonst zu spät zum Unterricht kommen«, lachte Zóel und zeigte auf die Uhr im Schulflur.

Shiina stieß ein erschrockenes »Ach du Schreck« aus und folgte Zóel zurück in den Klassenraum. Die Lehrerin war schon da und bereitete den Unterricht vor.

Wer ist Zóel wirklich?, überlegte Shiina wieder, als sie sich auf ihren Platz setzte. Sie raufte sich die Haare und musste sich wohl oder übel bis zur nächsten Pause gedulden. Als der Unterricht vorbei war und die Lehrerin den Raum verließ, hechtete Shiina sofort zu Zóel. Dieser grinste sie gut gelaunt an.

»So, und jetzt will ich eine Antwort von dir«, stellte sie klar und klopfte mit der Faust auf seinen Tisch.

»Schon gut, schon gut.«

Zóel lehnte sich zu Shiina herüber und sah sich noch einmal um, bevor er flüsterte: »Aber du musst versprechen, dass das unter uns bleibt. Sonst könnte ich ernsthafte Probleme bekommen. Und ich sag's dir auch nur, weil ich bei dir ein besonderes Gefühl habe.«

Shiina nickte ernst.

»Also gut. Ich habe die Vermutung, dass irgendwas an Viovis und seinem Vater faul ist. Ich will aufdecken, was wirklich im Palast von Viis vor sich geht. Sein Vater hat ihn doch nicht auf eine öffentliche Schule geschickt, um ihn dann einfach wieder abzumelden. Da stimmt was nicht. Ich will herausfinden, was das ist. Wer weiß, wie viele Ungerechtigkeiten im Palast vor sich gehen, von denen wir gar nichts wissen.«

Shiina bekam ein ungutes Gefühl. Wenn Zóel von der Mission mit den Schuppen und den Drachen erfuhr und der Öffentlichkeit davon erzählte, wäre alles verloren.

Entweder, sie ließ ihn in Ruhe und hielt sich von ihm fern, damit sie die Mission beschützen konnte. Oder sie freundete sich mit ihm an und war so immer auf dem neuesten Stand seiner Forschungen und seines Wissens. Dann könnte sie zumindest Einfluss auf seine Denkweise nehmen und versuchen, seine Gedanken in die Irre zu leiten. Letzteres fand sie klüger und entschied, sich mit Zóel anzufreunden. In der Hoffnung, dass sie damit keinen Fehler begehen würde.

Kapitel 14

Verschlafen blinzelte ich mit den Augen. Es musste früh am Morgen sein, denn die Dämmerung herrschte noch über dem Himmel. Irgendetwas kroch langsam meinen Mundwinkel nach unten. Zuerst nahm ich dieses kribbelnde Gefühl nur im Halbschlaf wahr, doch dann riss ich die Augen auf und schnellte mit der Hand zum Mund. Etwas glitschig Nasses berührte meine Finger. Mein Blick wanderte angewidert zur Hand. Als ich sah, dass es nur Speichel war, der jetzt an meiner Hand klebte, fiel mir ein Stein vom Herzen. Schnell wischte ich mir mit dem Ärmel über den Mund, machte die Augen wieder zu und ließ mich zurückfallen. Mein Kopf sank auf etwas Weiches und Warmes. Da mir kalt war, rückte ich näher an dieses Etwas heran und vergrub meine Hände in der Wärme. Ich bekam Gänsehaut.

Hätte gar nicht gedacht, dass Fundus so warm ist, dachte ich und schmiegte meinen Kopf an die warme Stelle. Plötzlich regte sich etwas und ein leises Schniefen war zu hören.

Moment mal.

Das war gar nicht Fundus. Der hatte sich ja gestern ganz woanders hingelegt! Aber was um alles in der Welt konnte in einem Tal voller Steine so weich sein? Langsam drehte ich den Kopf zur Seite. Ich zuckte zusammen und schnellte augenblicklich hoch.

Tomaki?! Jetzt war ich richtig wach und erinnerte mich an gestern. Tomaki meinte, wir sollten uns die Decke teilen und ich stimmte auch noch zu. Vorsichtig schaute ich zu ihm herüber. Er schien noch nicht wach zu sein. Ich hatte wohl die ganze Nacht an seiner Schulter gelehnt geschlafen... Als ich das realisierte, wurde mir ganz heiß.

Oje, wie peinlich ist das denn...?! Bloß gut, dass ich vor ihm aufgewacht bin. So hat er nichts mitgekriegt...

Leise seufzte ich und schlug vorsichtig die Decke von mir. Nicht, dass ich Tomaki aufweckte. Einschlafen konnte ich jetzt sowieso nicht mehr.

Ich sah mich um. Neko lag in seiner Decke zu einer Kugel zusammengerollt und Fundus hatte alle vier Pfoten von sich gestreckt.

Vorsichtig stand ich auf und trat nach draußen. Ich konnte wirklich nicht fassen, dass das früher mal eine blühende und lebendige Landschaft gewesen sein sollte. Überall Steine und hier und da ein verdorrter Ast, der abscheulich laut knacken würde, wenn man drauftrat.

Wenn wir es schaffen die Drachen aufzuwecken, würden sie die Natur wieder aufbauen, oder?

So stellte ich es mir zumindest vor.

Ich pustete eine Haarsträhne aus dem Gesicht und seufzte. Als ich den Blick über die steinige Landschaft schweifen ließ, dachte ich darüber nach, wie wir gestern Neko verletzt vorgefunden hatten. Da kam mir eine ganz andere Frage in den Sinn: Was, wenn jemandem von uns im Kampf gegen Viis etwas schlimmes zustieß? Wenn jemand... starb?

Dies durfte ich niemals zulassen! Das Team war mein ein und alles.

»Guten Morgen, Ruta«, brummte Fundus verschlafen, als er neben mir auftauchte.

»Deinem Fell nach zu urteilen, hast du gut geschlafen«, meinte ich und deutete auf seinen verwuschelten Pelz. Der Wolf bleckte die Zähne zu einem Grinsen und schüttelte sich. Das Fell legte sich wieder geschmeidig an seinen Körper.

»Warum bist du schon so früh wach?« fragte Fundus neugierig und setzte sich neben mich.

»Ich wurde geweckt.«

»Etwa vom Schnarchen der Steine?«, scherzte Fundus und schob ein schiefes Lächeln hinterher.

»Nein, nein, was anderes... Ich bin durch meinen Speichel aufgewacht...«

Peinlich berührt senkte ich den Blick. Fundus versuchte sich zu beherrschen, doch ein kleines Lächeln stahl sich auf seine Lippen, als er ein angewidertes »Ihhh« von sich gab.

»Hör auf zu lachen, das ist mir peinlich«, verteidigte ich mich und knuffte ihm freundschaftlich in die Seite. Dadurch machte ich es nur noch schlimmer. Wir konnten nicht anders und prusteten gemeinsam los. Kein Wunder, schließlich war er mein Anima. Ich liebte diese Momente mit ihm. Ich konnte mich fallen lassen, ohne mir Sorgen zu machen. Ich wollte ihn nicht mehr missen...

»Was hast du?«, fragte Fundus, als ich so plötzlich aufhörte zu lachen.

»Ich mache mir Gedanken über das, was passieren könnte. Was, wenn ich euch bei der Mission verliere? Ihr seid mir so wichtig geworden... Ich will nicht mehr ohne euch sein. Momente, wie diese sind einfach unbezahlbar.«

Wie traurig ich Fundus nun ansehen musste. Er schmiegte sich mit seinem weichen Fell noch dichter an mich und versuchte mich zu trösten.

»Mach dir keine Sorgen. Zusammen sind wir stark«, brummte er mit samtig klingender Stimme.

»Ruta, Fundus? Ihr seid ja schon wach...«, hörten wir jemanden verschlafen murmeln. Die Stimme kam von Tomaki, der gerade aufgewacht war.

»Gestern hatten wir einen ganz schön anstrengenden Tag, was?!«

Fundus und ich nickten einstimmig. Dass Neko in eine Schlucht fallen würde, hätten wir uns im Traum nicht ausmalen können. Wie kam es überhaupt dazu?

Man fällt ja nicht einfach so hinein, überlegte ich und im nächsten Atemzug fragte Tomaki dasselbe. Unschlüssig sahen wir uns an. Auf Antworten mussten wir nicht lange warten, denn schließlich erwachte auch Neko und machte laut miauend auf sich aufmerksam. Dass er mit seiner gebrochenen Pfote nicht mehr laufen konnte, frustrierte ihn zutiefst.

»Wir wollten sowieso gerade zu dir kommen«, rief Tomaki, als wir aufstanden und uns um Neko herum in den Schneidersitz setzten.

»Tut es noch weh?« Fundus wies mit seinem Blick auf die in Tücher eingewickelte Pfote.

»Geht so.«

»Sag mal Neko, wie ist das eigentlich passiert? Und wieso bist du überhaupt allein und ohne Bescheid uns zu geben, aufgebrochen?! Wir haben doch eine Abmachung«, sagte Tomaki. Nun richteten sich drei neugierige Blicke auf den Kater.

»Was soll das?! Ich kann sehr gut auf mich selbst aufpassen, ich bin doch kein Junges mehr...«

»Darum geht es auch nicht.« Fundus sah den Kater streng an. »Wir haben uns alle Sorgen gemacht. Wir sind ein Team, niemand geht alleine los. Das war die Abmachung! Als wir mitbekommen haben, dass du weg warst, dachten wir, Viis hat dich geschnappt. Der hätte sonst was mit dir angestellt!«

Neko zuckte brummig mit den Ohren.

»Ist aber nicht passiert... Wollt ihr mir weiter Vorwürfe machen, oder lieber meinen Bericht hören?!«

»Aber Tomaki war wirklich sehr in Sorge um dich«, verteidigte ich ihn. Ich dachte daran, wie er die letzten Tage so ernst war und sich unaufhörlich den Kopf über

Nekos Verschwinden zerbrach. Wie er beinahe allein losgezogen wäre und sich in Gefahr gebracht hätte.

Schließlich rollte Neko mit seinen hübsch glitzernden Katzenaugen und sagte: »Ist gut, ich hab's ja verstanden. Ab jetzt keine Alleingänge mehr.«

»So«, brummte Fundus. »Und nun erzähl, was dir widerfahren ist.«

»Also... Es gibt schlechte Nachrichten. Viis weiß, dass wir in den Bergen waren!«

Neko machte eine Pause und sah uns erwartungsvoll an. Wir schauten unbeeindruckt zurück.

»Oh... Ihr seid ja gar nicht überrascht?!«

»Das wissen wir schon«, erklärte Tomaki knapp.

»Und was bedeutet das jetzt für uns? Wissen sie auch, warum wir dort waren? Haben sie von den legendären Drachen Wind bekommen?«, fragte ich.

Der Kater zuckte mit den Ohren. »Solange ich sie belauschen konnte, haben sie kein Wort über die legendären Drachen verloren...«

»Also gehen wir davon aus, dass Viis es noch nicht weiß«, schloss Fundus aus Nekos Bericht. Der Kater nickte. Als ich ihn betrachtete, fiel mir eine kahle Stelle auf seinem Rücken ins Auge.

»Was hast du da gemacht?«, fragte ich und strich vorsichtig über die nackte Haut des Katers. Sofort zuckte dieser vor Schmerzen zusammen und fauchte.

»Entschuldige! Ich dachte nicht, dass es *so* weh tut«, nuschelte ich und zog rasch die Hand zurück.

»Da habe ich mich verbrannt. Ihr glaubt nicht, wie entsetzlich das wehgetan hat, als ich von diesem Zeug berührt wurde!«, zischte Neko wütend.

»Von was wurdest du berührt?«, hakte Fundus sofort nach. Gerade, als Neko weitererzählen wollte, stockte er. Nachdenklich schaute er zu mir und meinte: »Es ist vielleicht besser, wenn ich dieses Detail meiner Erlebnisse erst einmal auslasse. Mit Rücksicht auf dich, Ruta.«

Ich stutzte. *Mit Rücksicht auf mich?!*

»Du brauchst nicht auf mich zu achten, erzähl es ruhig«, forderte ich den Kater auf.

»Jetzt ist nicht der richtige Zeitpunkt.« Er blieb eisern.

Ich schaute hilflos zu Tomaki hinüber, welcher nur sagte: »Ich bin mir sicher, dass wir es später noch erfahren werden.«

So fuhr Neko fort: »Um dieses Etwas loszuwerden, habe ich alles Mögliche versucht. Ihr müsst wissen, dass es kein gewöhnliches Feuer war. Mehr dazu, wenn Ruta bereit ist, die Wahrheit zu erfahren.«

Ich seufzte.

Hör auf, in Rätseln zu sprechen..., dachte ich, verkniff mir aber, es zu sagen. Ich vertraute auf Tomakis Worte, dass ich es bald erfahren würde.

»Später kam ich an Viis Trupp vorbei. Sie waren ins alte Land der Gedankenformulierer gekommen und ich belauschte ihn und seine Berater ein ganzes Stück lang. Von den legendären Drachen habe ich nichts gehört. Allerdings haben sie von dunkler Magie gesprochen. Leider bekam ich nicht alles mit, weil ich zu weit weg war. Dafür habe ich beobachten können, wie sie einen jungen Mann zu sich gerufen haben. Und dann ging alles ganz schnell. Auf einmal erschienen massenweise kleine Punkte am Himmel! Es sah aus, als würden viele leere Hülsen ausschwärmen, alle waren auf der Suche nach etwas. Ich brauchte einen Moment, um zu realisieren, was sie suchten: Energie.

Viis ließ die Natur aussaugen! Und ich war mittendrin! Als ich sah, dass diese geisterähnlichen Lebensformen vor nichts und niemandem Halt machten, bekam ich es mit der Angst zu tun. Also rannte ich los. Eine dumme Idee, wie sich wenig später zeigte. Es dauerte nicht lange, da wurde einer dieser Geister auf mich aufmerksam und nahm die Verfolgung auf. Ich bekam Panik, wurde immer schneller und schaute weder nach rechts, noch nach links. Wäre ich nicht so kopflos gewesen, dann hätte ich vielleicht bemerkt, dass ich geradewegs auf eine Schlucht zugerannt bin.

Aber diese Schlucht rette mir am Ende das Leben. Als mich der Geist fast erreichte, fiel ich in die Tiefe. Beim Aufprall brach ich mir die Pfote. Unter höllischen Schmerzen humpelte ich in eine dunkle Ecke und verhielt mich ganz ruhig, damit der Geist mich nicht fand. Er suchte eine Weile nach mir, bis er schließlich aufgab und verschwand. Na ja und den Rest kennt ihr ja.

Ich finde es sehr beunruhigend, zu wissen, dass außer Viis noch jemand dazu in der Lage ist, der Natur das Leben auszusaugen.«

Als Neko verstummte, breitete sich Fassungslosigkeit in unserer Runde aus. Tomaki wollte etwas sagen, schüttelte aber nur mit dem Kopf. Fundus seufzte schwer und schaute in die Ferne über das kaputte Land. Ich folgte seinem Blick.

Das hieß, dass es jetzt noch jemanden gab, der über diese Macht verfügte, den Landschaften die Energie auszusaugen? Würde die Zerstörung von Cosmica nun mit doppelter Geschwindigkeit voranschreiten?! Frust baute sich in mir auf. Auch wenn wir die legendären Drachen besäßen, von denen Viis nichts wusste, war er uns immer einen Schritt voraus. Der Druck, der sowieso schon auf uns lastete, wurde noch weiter verstärkt. Ich drehte meinen Kopf zurück und schaute in Tomakis Gesicht. Erst grübelte er über etwas nach, dann konnte ich Sorge herauslesen. Verzweifelt murmelte er: »Das ist nicht fair...«

»Wie meinst du das?«, fragte ich. Empfand er das Gleiche wie ich?

»Wir geben uns solche Mühe... und jetzt hat Viis noch jemanden, der auch die Natur aussaugt. Was hat Viis davon, wenn keine Natur mehr da ist?! Dann hat er doch selbst keine Energiequelle mehr... Was soll das also?«

Fundus sprach mit düsterer Stimme: »Glaub mir, er hat garantiert einen Plan. Er würde alles dafür tun, um seine Macht in der Zukunft zu sichern.«

Verzweifelt raufte sich Tomaki die Haare.

Fundus, der unsere Ratlosigkeit bemerkte, wollte unsere Gedanken auf etwas anderes lenken: »Darüber machen wir uns jetzt keinen Kopf mehr. Erst mal muss Giove wieder aufwachen und gesund werden. Dann schauen wir, wie es weitergeht...«

Neko wurde auf einmal hellhörig. Schnell hob er die gesunde Pfote, um auf sich aufmerksam zu machen. Nun richteten sich alle Blicke auf den Kater.

»Gesund werden?! Was ist denn mit Giove passiert?!«, miaute er verwirrt.

»Giove ist seit deinem Verschwinden in eine Art Koma gefallen und schläft noch«, erklärte Fundus. »Auch Ruta ist in Ohnmacht gefallen, aber relativ schnell wieder aufgewacht.«

Neko warf mir einen eindringlichem Blick zu und fragte: »Hast du etwas geträumt? Oder eine Vision gehabt?«

Ich hielt überrascht inne. Woher wusste er das?! War mein Traum doch von wichtiger Bedeutung? Trotzdem... Auch wenn es so wäre, wollte ich den anderen nichts davon erzählen. Die Gesamtsituation machte uns schon genug zu schaffen. Eine »schlechte« Nachricht von einer Vision, wo ich den schwarzen Drachen nicht unter Kontrolle hatte, konnte nun wirklich keiner gebrauchen. Damit würde ich den anderen bestimmt noch mehr Sorgen bereiten. Vielleicht war es nur ein dummer Traum und nicht eine Vision, die die Zukunft vorhersagte. Das redete ich mir zumindest ein, um mein Gewissen zu beruhigen. So wich ich Nekos prüfendem Blick aus und schüttelte den Kopf.

»Hmmm«, brummte der Kater. Er sah nicht überzeugt aus. Mir wurde unangenehm warm. Ich musste mir schleunigst ein anderes Thema einfallen lassen, damit Neko nicht weiter nachfragte. Sofort stach mir die Natur um uns herum wieder ins Auge. Da ich mir meine Frage von vorhin nicht beantworten konnte, wollte ich sie jetzt stellen und so auch von meiner Vision ablenken.

»Ob die Drachen es wirklich schaffen, diesem Land das Leben zurückzugeben?«, fragte ich also und sah in die Runde.

»Davon gehe ich aus, Ruta. Vergiss nicht, dass die Drachen sehr mächtige Kreaturen sind. Früher wurden sie von einigen hochrangigen Persönlichkeiten auch Schöpfer genannt. Mit ihren Kräften können sie ganze Landschaften entstehen lassen und zum Gedeihen bringen. Ich bin fest davon überzeugt, dass sie ganz Cosmica ihren alten Glanz zurückgeben werden«, sagte Fundus und blickte über das steinige Gebiet vor uns.

Wenn er damit mal recht hat, dachte ich und sah bedrückt zu Boden. Im selben Augenblick bemerkte ich eine Hand auf meiner Schulter.

Tomaki.

Ich sah auf und schaute direkt in sein lächelndes Gesicht. Seine Hand glitt weiter nach oben bis zum Kopf und streichelte sanft durch mein Haar. Ich spürte, wie mein Herz schneller schlug.

»Trotzdem…«, murmelte ich und atmete schwer.

»Was ist?«, wollte Tomaki wissen und ließ die Hand sinken.

»Die alte Ruta Pez… ich mache auch mir oft Gedanken darüber, dass sie alles besser konnte als ich.«

»Ruta«, flüsterte Tomaki, »wie ich dir es schon einmal sagte. Du stehst der Ruta von vorher in nichts nach. Sie und du sind ein und dieselbe Person. Was sie kann, kannst du auch. Glaub an dich, du bist gut.

Auch wenn wir nicht wissen, wie und wann wir unser Ziel erreichen und ob wir Viis besiegen können, sollten wir den Glauben an uns selbst nicht verlieren. Trotzdem bin ich mir sicher, wenn ich dich an meiner Seite habe, die einzig echte und wahre Ruta Pez, dann können wir es schaffen. Du gibst mir Hoffnung. Und das schon seit unserem ersten Treffen damals. Also mach dir nicht so viele Gedanken darüber, wie du sein müsstest, um jemandem zu entsprechen, der nur in deiner Vorstellung existiert.«

Ich sah in die zustimmenden Gesichter von Neko und Fundus. Dachten sie alle so? Ich atmete erleichtert auf.

Es war, als würden Tomakis Worte den schweren Druck von meiner Brust nehmen und mir ein Stück Freiheit zurückgeben. Für einen kurzen Moment schloss ich die Augen und ließ seine Worte auf mich wirken.

Tomaki hat recht! Ständig in der Vergangenheit herumzuwühlen bringt rein gar nichts. Ich werde mich ab jetzt auf das heute und hier konzentrieren und mich nicht mehr mit Komplexen quälen. Das raubte mir nur unnötige Energie, überlegte ich.

Als ich die Augen wieder öffnete, fühlte ich mich freier und leichter. Ich war froh, Freunde an meiner Seite zu haben, die mich bedingungslos unterstützten.

»Danke euch!«, hauchte ich und lächelte.

»Oh, Ruta«, lachte Tomaki und umarmte mich. Auch Fundus kam zu uns gestürmt und kuschelte sich zwischen Tomaki und mich. Der Einzige, der jetzt noch unzufrieden murrend zurückblieb, war Neko.

»Wie unfair!«, beschwerte sich dieser. Tomaki hob Neko hoch und der Kater schmiegte sich schnurrend an uns. Mich umhüllte ein ganz besonderes Gefühl der Geborgenheit. Die Vertrautheit zwischen uns nahm meinen Körper nun voll ein und versprach mir Sicherheit. Sicherheit, die ich in Momenten wie diesen brauchte. Genau wie meine Freunde.

All diese Empfindungen spülten für einen Moment meine ganzen Sorgen weg.

Und dann wusste ich, dass ich *es* schaffen würde. Mit meinen Freunden *zusammen*.

Auf dass wir uns niemals trennten und diese besondere Verbindung zwischen uns nie verloren ging.

Kapitel 15

Seufzend schob Shiina die Tür von Tomakis Tempel zu. Sie war gerade auf dem Weg zur Schule, als sie wieder bei Giove vorbeischaute. Es war kaum zu fassen, aber er schlief immer noch. Als würde er in einer Art Koma liegen und einfach nicht mehr aufwachen.

Wenn es nur etwas gäbe, womit ich ihn wecken könnte, dachte Shiina besorgt. Wie lange die anderen wohl noch brauchten? Ob sie Neko bereits gefunden hatten? Und wenn ja, in welchem Zustand war er? Mussten sie gegen Viis kämpfen, um Neko zu befreien?

In ihrem Kopf schwirrten so viele Fragen herum. Um sie alle zu beantworten, würde sie sich noch etwas gedulden müssen. Shiina lächelte. Wenigstens war sie jetzt nicht mehr allein. Zwar musste sie bei Zóel aufpassen, was sie sagte, aber immerhin redete er mit ihr. So wurde die Zeit ohne ihre Freunde angenehmer als erwartet. Sie hüpfte die Treppe von Tomakis Tempel herunter und schlug den Weg in Richtung Schule ein. Bis zum Bahnhof war es nicht mehr weit.

»Huch, was machst du denn hier?«, rief plötzlich eine bekannte Stimme hinter Shiina, als sie den Bahnhof erreichte.

»Zóel?«, fragte sie und fuhr überrascht herum.

»Hi.« Er trabte zu ihr.

»Bin auf dem Weg zur Schule«, erklärte Shiina.

»Lass uns zusammen gehen«, schlug Zóel vor und zwinkerte. Shiina nickte und die Sache mit Giove verlor urplötzlich an Bedeutung.

»Weißt du, ich hatte letzte Nacht einen ganz eigenartigen Traum«, erzählte Zóel nach einer Weile schweigsamen Fußmarsch.

»Da bin ich ja mal neugierig«, platzte es aus Shiina heraus.

»Aber ich sage gleich, dass es nur ein merkwürdiger Traum war. Also lach mich bitte nicht aus. Mir war, als sei ich in einer Art Trance gewesen. Ich habe plötzlich ein paar Wörter gesagt und du wirst nicht glauben, was dann passiert ist! Die Zeit blieb stehen!«

Aufgeregt riss Zóel die Augen auf und hob die Hände in die Luft.

Shiina fing an zu schwitzen.

»Ich konnte auf einmal in der Zeit umherwandern, das war so unglaublich! Ein ganz außergewöhnliches Gefühl. Aber leider bin ich kurz darauf wieder aufgewacht und alles war vorbei. Stell dir vor, das ginge wirklich!«, träumte Zóel.

Genau das kann ich, dachte Shiina zähneknirschend und ihr brannte es auf der Zunge, ihm davon zu berichten. Doch sie konnte nicht, nein! Sie durfte die Mission nicht gefährden.

Ich muss höllisch aufpassen, dass ich mich nicht verrate, ging ihr durch den Kopf.

»Was?! Das gibt's ja nicht!«, rief sie übertrieben erstaunt und fügte hinzu: »Schade, dass es nur ein Traum war.«

»Ja, allerdings. Sehr schade. Was könnte ich damit alles anstellen! Alles, wirklich alles! Vom Schlafen im Unterricht bis hin zu Viovis beschatten. Niemand würde es mitkriegen, wenn ich in der Zeit wandeln könnte«, fantasierte er mit Blick zum Himmel vor sich hin.

Ja, sicherlich, Viovis beschatten, dachte Shiina mit Erinnerung an den Zwischenfall in der Sporthalle. *Viovis kann auch in der Zeit wandeln, du Schlaumeier.*

»Oder was meinst du?«, fragte Zóel und knuffte Shiina freundschaftlich in die Seite.

»Ja, hört sich ziemlich gut an. Aber ich glaube, dass man da auch einige Einschränkungen erfahren würde.«

Mist, ich habe schon zu viel gesagt.

Angespannt hielt sie inne und lugte unauffällig zu Zóel hinüber. Dieser starrte weiter zum wolkenbedeckten Himmel. Doch der Ausdruck in seinem Gesicht veränderte sich. Er sah jetzt sehr ernst aus, als ob er intensiv über ihre Worte nachdachte. Kalter Schweiß kroch langsam an Shiinas Rücken hinunter. Ob er etwas ahnte?

»Ach so ein Quatsch. Woher willst du das denn wissen?«, lachte Zóel plötzlich auf und Shiina fiel ein Stein vom Herzen.

»Ist ja nicht so, als sei es schon mal jemandem gelungen. Ich meine, die Zeit anhalten... Das ist unmöglich.«

Ist es nicht!, dachte Shiina und biss sich auf die Lippen. Fast hätte sie sich verplappert. Tief atmete sie durch und riss sich zusammen.

»Aber wie um alles in der Cosmica komme ich auf so etwas...«, überlegte Zóel laut.

Das frage ich mich allerdings auch, rätselte Shiina insgeheim. Schließlich war das, was dieser Typ träumte, auch in der Realität möglich. Wie kam gerade *er* darauf? Plötzlich stockte Shiina der Atem. Was, wenn er früher, also in der Orbica, auch ein Zeitspieler war? Wenn er aus ihrem Volk stammte?! Und seine Fähigkeit, wie bei ihr, langsam wieder erweckt wurde? Panisch rang sie nach Luft.

»Hey Shiina, alles in Ordnung?«, fragte Zóel besorgt, als er Shiina's Husten und Japsen bemerkte.

»Ja, schon gut«, winkte sie ab. Nein, das konnte nicht sein.

»Nichts ist gut, du bist doch ganz rot! Was ist los?«, haspelte Zóel erschrocken. Als Shiina ihren Atem wiederfand, fing sie an zu lachen.

»Wirklich, es geht mir gut«, meinte sie und winkte ab.

»Da bin ich ja beruhigt. Dachte schon, ich muss dir Erste Hilfe leisten...«, neckte Zóel Shiina.

»Hey, das ist nicht lustig«, jammerte diese und hustete noch ein bisschen vor sich hin. Inzwischen waren sie an der Bahnstation angekommen, gerade fuhr ein Zug ein, in den sie schnell einstiegen.

Zóel versuchte während der Fahrt Shiina über ihre Freunde auszufragen, aber sie lenkte geschickt das Gespräch auf ihn. Und somit fing Zóel an, wie ein Wasserfall über sein Leben zu berichten. Als der Zug schließlich hielt, war er noch lange nicht fertig.

Scheint, als könne er unendlich über sich selbst reden, seufzte Shiina innerlich. Doch sie ließ sich nichts anmerken und war einfach nur froh, dass sie nicht weiter ausgefragt wurde.

»So, jetzt weißt du wirklich alles über mich«, meinte Zóel. Sein Mund war vom vielen Reden ganz trocken geworden. Mittlerweile hatten sie das große Schultor erreicht.

»Ja, wirklich sehr interessant«, kommentierte Shiina und atmete auf.

»Gut. Nächstes Mal bist du dran mit Erzählen. Und du weichst keiner meiner Fragen aus«, meinte Zóel und grinste. Shiina fuhr zusammen, entspannte sich aber schnell wieder. Bis jetzt schlug sie sich wacker und entzog sich seinen Fragen ganz gut.

Zóel und sie gingen in die Schule hinein.

»Ach ja... Bestimmt diese Renovierungen, von denen der Lehrer gestern erzählt hat«, murmelte Zóel und Shiina sah sich um. Das ganze Treppenhaus war mit Papier ausgelegt und einige Arbeiter schraubten gerade das Geländer ab. Als plötzlich einer der bulligen Männer losbrüllte, zuckte Shiina ängstlich zusammen. Der erinnerte sie gleich an die Männer, von denen Giove und sie in der Apotheke belästigt wurden. Ein kalter Schauer lief über ihren Rücken. Solche Typen waren ihr unheimlich geworden.

»Ey, habt ihr mich nicht gehört?! Hier gibt's Probleme am Geländer. Alle mal runterkommen!«, brüllte der Ochse noch einmal, da niemand auf seinen ersten Ruf reagierte.

»Alles klar?«, fragte Zóel, dem nicht entgangen war, wie Shiina zusammenfuhr.

»Ja... Schon gut...«, flüsterte sie und sah sich unsicher um.

»Na komm, lass uns hochgehen. Nicht, dass der dich noch mal erschreckt.«

Sie nickte und folgte ihm die Treppe hinauf. Ihnen kamen ein paar Arbeiter entgegen. Zóel schob Shiina zur Wand und stellte sich so zwischen sie und die Männer. Dabei schaute Shiina eingeschüchtert zur Seite und wagte es nicht, die Arbeiter anzusehen.

»Scheinen nicht so dein Fall zu sein, wie?«, stellte Zóel fest.

»Hab schon schlechte Erfahrungen mit solchen Typen gemacht«, meinte Shiina knapp. Allein bei dem Gedanken an die Männer aus der Apotheke wurde ihr mulmig zumute.

Sie hielt kurz inne. Ein paar Stufen weiter oben war kaum zu überhören, wie sich einige jüngere Schüler um etwas stritten. Es wurde immer lauter. Plötzlich verstummten die Kinder und Shiina hörte im nächsten Moment, wie sie grölend die Treppen hinunterrannten.

»Das gehört mir, gib's wieder her!«, rief der Verfolger. Der Dieb dachte gar nicht daran und rannte geradewegs auf Zóel und Shiina zu.

»Hey, hier wird nicht gerann-«, wollte Zóel sagen, aber weiter kam er nicht. Denn plötzlich griff der Dieb nach Zóels Ärmel. Und dann ging alles ganz schnell.

Zóel wankte nach vorn und griff ans Geländer, um sich festzuhalten. Doch die Schrauben waren schon locker und so gab das Geländer nach. Es kippte weg und stürzte zu Boden. Zóel, der das Gleichgewicht verlor, drohte ebenfalls in die Tiefe zu fallen. Shiina spürte, wie das Adrenalin durch ihre Adern schoss und sie ihre Augen aufriss.

Augenblicklich kreischte sie: »Zeit steh!«

Und die Zeit stand.

Ihr Atem raste und ihre Hände zitterten.

»Verdammt, verdammt! Was mach ich jetzt?!«, hauchte sie atemlos in die Stille. Ihr Blick glitt zu Zóel, der mit den Füßen noch auf dem Absatz stand, wo vorher das Geländer befestigt war. Die Hände hatte er hilfesuchend in die Luft gerissen. Panisch lief Shiina auf und ab.

»Was soll ich nur tun?«, rief sie verzweifelt. Sobald sie Zóel berühren oder bewegen würde, könnte auch er in der Zeit wandeln. Das Geheimnis, welches sie so krampfhaft versuchte zu bewahren, wäre dann aufgedeckt.

Nein, ich kann ihn nicht berühren!

Aber sie konnte ihn auch nicht ins Treppenhaus stürzen lassen.

»So ein Mist!«, rief sie wieder und fuhr sich gestresst durch die Haare.

Sie musste ihm doch helfen können, ohne ihn dafür zu berühren. Angestrengt dachte sie nach, bis ihr Blick ein Seil streifte, welches im Treppenhaus hing: Sie könnte es um Zóel wickeln und ihn damit nach vorn ziehen.

Aber wie soll ich daran gelangen?!

Da es zu weit oben hing und sie nicht ohne weiteres ankam, verwarf sie die Idee wieder.

Shiina würde nicht drum herumkommen, Zóel anzufassen. Bloß wie sollte sie das anstellen? Da kam ihr der rettende Einfall: Der Griff, von dem ihr Tomaki vor Antritt seiner Reise erzählte. Ein Druckpunkt zwischen den

Schulterblättern, welcher die betreffende Person ohnmächtig werden ließ. Eigentlich war der Griff zur Verteidigung gedacht, aber jetzt vielleicht Shiinas Rettung. Als Tomaki ihr davon erzählte, hatte sie es jedoch für nicht so wichtig gehalten und gar nicht richtig zugehört. Ob sie es trotzdem hinkriegen würde?

Ein Versuch war es wert.

Shiina sammelte und konzentrierte sich. Sie nahm einen kräftigen Atemzug und meinte: »Sorry Zóel.«

Sogleich griff sie nach seiner Hand. Zóel erwachte und schrie, da er noch dabei war, nach unten zu stürzen. Mit einem kräftigen Ruck zog sie ihn schnell zu sich heran und schlug zwischen die Schulterblätter. Sie traf genau die richtige Stelle, Zóel sackte sofort zusammen und fiel ohnmächtig in Shiinas Arme.

»Zeit geh«, brummte sie mit tiefer Stimme und keine Sekunde später hörte sie, wie das Geländer laut polternd auf dem Boden aufschlug.

»Glück gehabt«, seufzte sie erleichtert und ihr Blick fiel neben Zóel. Der Junge, dessen Pausenbrot geraubt wurde, stand mit offenem Mund neben Shiina. Er gab nur einen stotternden Laut von sich und rannte wie von der Tarantel gestochen die Treppe hinunter. Kurz schaute Shiina dem Jungen hinterher, bevor sie sich wieder Zóel zuwandte.

»Ab ins Krankenzimmer«, murmelte sie und zerrte Zóel die restlichen Treppenstufen hinauf. Gerade, als Shiina die Kraft ausging, kamen ihr ein paar besorgte Mädchen zur Hilfe.

»Er ist wie aus dem Nichts ohnmächtig geworden«, berichtete Shiina unschuldig.

»Oh, nein!«, rief eine mitfühlend und zusammen trugen sie Zóel ins Krankenzimmer.

»Hoffentlich wird er bald wieder gesund.« Die Mädchen waren alle sehr besorgt um Zóel, doch Shiina gab

Entwarnung und schickte sie wieder zum Unterricht. Danach setzte sie sich an Zóels Bett und wartete auf die Krankenschwester.

»Vorher ging es ihm gut?«, fragte diese und betrat den Raum.

»Ja, es war alles ok. Aber wir haben zurzeit viel Stress in der Schule, vielleicht kommt es daher?«, versuchte Shiina möglichst unauffällig zu erklären.

»Hm, das kann sein.« Die Krankenschwester verschwand, um ein paar Medikamente zu holen. Shiina betrachtete Zóel und lächelte unschuldig, als er wieder zu sich kam.

»Was ist denn passiert?!«, fragte dieser orientierungslos und hielt sich die Stirn.

»Als der Junge vorhin an uns vorbeigerannt ist, bist du das Treppengeländer hinuntergefallen. Der Aufschlag war so hart, dass du ohnmächtig geworden bist. Wie durch ein Wunder hast du dir nichts getan! Jetzt ruhst du dich am besten noch ein bisschen aus«, erklärte Shiina ruhig und ließ sich nichts anmerken.

»Ach so, verstehe«, sagte Zóel kraftlos und schloss die Augen.

Puh, die Geschichte scheint er dir abzunehmen, dachte Shiina und lehnte sich beruhigt zurück.

»Ich bin gefallen, sagst du?«, fragte Zóel nach einer Weile erneut.

Sie nickte.

»Aber ich kann mich daran erinnern, dass ich geschrien habe und du plötzlich ganz nah vor mir gestanden hast...«, flüsterte er.

»Das kann nicht sein. Weißt du, ich glaube, du bist ein bisschen durch den Wind. Na ja, du bist auch ziemlich hart gefallen«, säuselte Shiina.

»Hmm. Wahrscheinlich hast du recht«, gab Zóel nach und sank in einen tiefen Schlaf. Shiina atmete erleichtert auf und verließ das Krankenzimmer. Schließlich musste sie, ob sie wollte oder nicht, zum Unterricht. Sie würde nachher noch mal vorbeischauen.

Endlich war die erste Stunde vorüber.

»Ich komme, Zóel!«, zwitscherte Shiina und hopste auf den Flur hinaus.

Vielleicht bringe ich ihm noch einen Saft zur Stärkung mit, dachte sie und hielt vor einem Getränkeautomaten in der Schule. Sie schmiss ein paar Bing hinein und nahm die herausfallende Büchse in die Hand. Gut gelaunt hüpfte sie den Gang entlang und stoppte vor dem Krankenzimmer.

»Zóel, guck mal, was ich dir mitgebracht habe«, flötete sie, als sie die Klinke herunterdrückte und das Zimmer betrat. Zóel erwiderte ihre fröhliche Aussage jedoch nicht, sondern starrte sie ausdruckslos an.

»Magst du etwa keinen Saft?«, fragte Shiina und blieb unsicher am Fußende des Bettes stehen.

»Shiina, du kannst es *doch*«, erwiderte Zóel mit dunkler Stimme.

Augenblicklich kippte die Stimmung bei Shiina, ihre Hand gab nach und das Getränk fiel zu Boden.

»Du kannst *doch* in der Zeit wandeln«, wiederholte Zóel und Shiina wurde heiß und kalt.

Verflucht! Wie um alles in der Welt hatte er sie durchschaut!?

Kapitel 16

Sieht so aus, als ob wir noch eine Weile hier festsitzen...«, murmelte Fundus und sah sich mit wehmütigem Blick um. Während wir uns unterhielten, zog sich der Himmel zu und es begann zu regnen. In der Ferne braute sich ein Unwetter zusammen. Ein wütendes Grollen erschütterte den Himmel und ein Blitz zuckte zu Boden.

»Was jetzt?«, fragte ich und sah mich angsterfüllt um.

»Wir müssen wohl warten, bis es vorüber ist«, sagte Tomaki und setzte sich wieder hin. Eigentlich wollten wir uns gerade auf den Heimweg machen. Tomaki hatte schon den Rucksack auf seine Schultern geworfen. Doch das Wetter machte uns einen Strich durch die Rechnung.

»Bloß gut, dass wir noch nicht losgegangen sind«, murrte Neko, »in so etwas hineinzugeraten, darauf habe ich gar keine Lust.«

»Damit hat auch keiner gerechnet«, brummte Fundus und sah nach draußen, wo jetzt das Unwetter wütete. Bei jedem Grollen und Blitzen zuckte ich zusammen. Ich mochte Gewitter nicht. Diese ungebändigten Mächte des Himmels waren mir einfach nicht geheuer. Als meine Hände anfingen zu zittern, schmiegte sich Fundus beruhigend an mich. Dankbar streichelte ich ihm über den Kopf. Dabei schweifte mein Blick zu Tomaki hinüber, der mittlerweile den Rucksack von den Schultern genommen und sich in den Schneidersitz begeben hatte. Neko erkannte seine Gelegenheit, humpelte zu ihm und rollte sich auf seinem Schoß zusammen. Tomaki tätschelte sanft den Kopf des Katers. Dieser fing an, laut zu schnurren.

»Ach ne! Scheint, als wird unser kleiner Tiger langsam handzahm«, sagte Fundus. Ich kicherte. Neko jedoch reagierte gar nicht, sondern putzte sich genüsslich über die gesunde Pfote. Fundus und ich grinsten uns an.

Plötzlich erschien wie aus dem Nichts ein heller Lichtstrahl vor uns und im nächsten Moment ertönte ein ohrenbetäubendes Grollen über unseren Köpfen. Ich erschrak mich zu Tode und kreischte panisch auf. Schnell hob ich die Hände über den Kopf und kauerte mich am ganzen Körper zitternd auf den Boden.

Ich hasse das, ich hasse das so doll!

»Hey, Ruta, ist alles in Ordnung?«, fragte Tomaki besorgt, beugte sich zu mir und streichelte meinen Rücken.

»Ich mag diese Unwetter echt nicht«, hauchte ich.

»Du brauchst keine Angst zu haben. Wir sind hier sicher, uns kann nichts passieren«, wollte Tomaki mich beruhigen, doch schon beim nächsten Blitz mit nachfolgendem Donner fuhr ich wieder zusammen.

»Tomaki hat recht«, beteuerte Fundus, aber auch das half nichts.

»Wenn sie so eine Angst hat, warum lenkt ihr sie nicht einfach ab?«, schlug Neko vor.

»Ablenken?«, wiederholte Tomaki und überlegte.

»Na zum Beispiel mit einer Geschichte«

»Da fällt mir etwas ein«, rief Tomaki aufgeregt. »Am Besten, ihr macht es euch bequem, denn das wird eine längere Geschichte. Ich erzähle euch, wie ich Ruta getroffen habe.«

»Ach komm... Das weiß ich doch schon. Erinnere mich bloß nicht an diese schreckliche Brücke«, murmelte ich, aber Tomaki schüttelte den Kopf.

»Ich meine das allererste Mal. Ich spreche von der Zeit vor deiner Gehirnwäsche«, sagte Tomaki und grinste. Fundus spitzte neugierig die Ohren und machte es sich bei mir gemütlich.

»Vor meiner Gehirnwäsche?«, fragte ich verwundert.

Tomaki nickte.

»Oje«, murmelte ich kleinlaut und vergrub schüchtern den Kopf in den Händen.

»Na, so peinlich wird es auch wieder nicht«, lachte Tomaki, bevor er anfing zu erzählen.

Der Regen draußen prasselte unaufhörlich auf die vielen Steine, die um uns herum weilten. Mit der Zeit wurde das Donnern leiser und auch die Blitze ließen nach. Wie gebannt hing ich an Tomakis Lippen.

Kapitel 17

Stinksauer schlug Tomaki sein Holzschwert gegen eine Wand. Augenblicklich brach es entzwei und fiel laut polternd zu Boden.

»Verdammtes Drecksteil«, murmelte er gefrustet und kickte die Überbleibsel mit dem Fuß zur Seite.

Was die von mir verlangen, ist doch nie zu schaffen, dachte er und lehnte sich mit dem Rücken gegen eine Wand. Er sprach vom Kampfunterricht, welchen alle Heranwachsenden des Windlandes besuchen mussten.

Kampfkunst des Windes, so nannte sich dieses Fach. Tomaki war nicht schlecht im Kampf, ganz im Gegenteil. Doch der Ehrgeiz hatte ihn voll im Griff und sobald er eine neue Technik nicht verstand oder nicht ausführen konnte, frustrierte ihn das zutiefst. Vor allem ein bestimmter Mitschüler machte ihm das Leben schwer, denn dieser Typ konnte einfach alles. Selbst die komplizierteste Kampftechnik beherrschte er im Schlaf. Am schlimmsten traf Tomaki aber, dass der besagte Schüler die *Traditionelle Kampfkunst des Windes* ohne Ausnahmen fehlerfrei beherrschte. Das war etwas, was Tomaki überhaupt nicht verstand. Sooft er auch übte und trainierte, er bekam diese merkwürdigen, angeblich traditionellen Bewegungen einfach nicht in seinen Kopf. Da half auch das Holzschwert nichts.

Tomaki stieß einen schweren Seufzer aus und ließ sich langsam an der Wand heruntergleiten.

»Das packe ich nie«, flüsterte er und ballte wütend eine Faust. Dann hörte er, wie eine Tür geöffnet wurde. Energische Schritte folgten.

»Hab dich schon überall gesucht«, sagte eine dumpf klingende Mädchenstimme schwer atmend.

Die hat mir gerade noch gefehlt, dachte Tomaki und meinte damit keine andere als die burschikose Schülersprecherin seines Kurses. Diese stand nun mit verschränkten Armen vor ihm und fauchte: »Wegen dir verpasse ich einen Teil des Unterrichts.«

Ist mir doch egal, dachte er wütend.

»Kommst du jetzt mit oder was?«, forderte sie ihn barsch auf.

»Garantiert nicht«, antwortete Tomaki und stand auf.

»Oh, nein! Das wirst du nicht machen!«, drohte das Mädchen. Eiskalt ignorierte Tomaki sie, drehte sich um und stampfte gereizt den Flur entlang.

»Komm gefälligst zurück! Du bringst uns beide in Schwierigkeiten! Tomaki, du reagierst völlig über! Grr! Jetzt warte doch! Ach, was für ein-«, waren die letzten Worte, die er noch vernahm, bevor er abbog und aus dem Trainingsdojo nach draußen stapfte. Fluchend stieß er mit dem Fuß gegen einen Stein. Das war das erste Mal, dass er den Unterricht schwänzte und gegen die Regeln verstieß.

Na ja, wieso soll ich mich jetzt noch daran halten, dachte Tomaki und in ihm hallten die Worte seines Lehrers wider.

»Wenn du so weiter machst, wirst du es nie zu einem wahren Krieger bringen«, wurde ihm gesagt.

Verdammt, wie diese Worte ihm die Luft abschnürten.

Und dann noch diese dumme Pute. Das alles trieb ihn erst recht an, abzuhauen. Er wollte ausbrechen. Weg von diesen alten Normen und versteiften Ansichten. Doch wohin gehen? Wenn ihm jegliche Hoffnung genommen wurde?

Erst mal nur weg, dachte Tomaki. Er schlug den großen Wanderpfad nach Nordwesten ein, um sich den Frust von der Seele zu laufen und ein wenig nachzudenken. Allzu viel Zeit blieb ihm dazu nicht, denn ganz in der

Nähe ertönte plötzlich ein lauter Schrei, der ihn aufhorchen und stutzig werden ließ. Dem Laut folgend verließ er den großen Wanderpfad und schlich zu einem dicken Stein. Als er vorsichtig hinter ihm hervorspähte, blieb ihm die Luft weg. Da kämpfte ein Mädchen gegen fünf breitschultrige Männer! Ihre beiden Schwerter klirrten unaufhörlich gegen die ihrer Widersacher. Nach jedem Angriff wich sie kurz zurück, um neue Kraft zu sammeln. Laut kreischend stürzte sie sich erneut auf die Männer, welche viel größer als sie und sogar in der Überzahl waren. Das schien das Mädchen jedoch nicht im Geringsten zu stören. Mutig führte sie ihre Angriffe aus und dabei wirbelte ihr langes braunes Haar geheimnisvoll im Takt der Bewegungen umher.

Das schafft sie nie, dachte Tomaki und grinste.

Er wollte sich wieder abwenden, konnte aber nicht. Einen Moment lang beobachtete er das tapfer kämpfende Mädchen. Ihre Bewegungen waren nicht schlecht, das musste er zugeben. Aber die Technik, die er gelernt hatte, war ganz anders.

Mit diesem Stil erreicht sie die hohe Liga nie, fachsimpelte er in Gedanken.

Die hohe Liga. Das war schon seit vielen Jahren sein Traum gewesen. Aber da er nicht einmal die Grundlagen der traditionellen Windkampfkunst beherrschte, konnte er das vergessen. Völlig vertieft in sein Selbstmitleid bemerkte Tomaki gar nicht, wie das Mädchen plötzlich auf ihn zustürmte.

»Hey, du! Kannst du ein Schwert führen? Ich könnte etwas Hilfe gebrauchen!«, rief sie und warf ihm eines ihrer Schwerter zu. Tomaki sah sie überrumpelt an, als sie sich neben ihn stellte.

»Nein. Ich kann kein Schwert führen«, hauchte er und gerade, als er es zu Boden werfen wollte, rief das Mädchen ihm energisch zu: »Kämpfe oder stirb!«

»A-Aber-«, wollte Tomaki widersprechen, doch weiter kam er nicht, denn da zerrte sie ihn schon hinter dem Stein hervor. Das Schwert in seinen Händen fühlte sich ganz anders an als diese öden Holzschwerter aus dem Unterricht. Tomaki hielt zum ersten Mal ein echtes Schwert in den Händen.

Es fühlt sich gut an, dachte er und in diesem Moment packte ihn der Ehrgeiz. In seinem Kopf sortierte er schon die Bewegungen aus dem Unterricht, wie und wann er welche einsetzen würde. Da stellte sich ihm plötzlich eine ganz wichtige Frage.

»Wie soll ich denn kämpfen, traditionell, oder-«
»Ist das dein Ernst?!«, rief das Mädchen und schaute Tomaki entgeistert an, »kämpfe so, dass du überleben kannst!«

Derweil prallte ihre Klinge weiter auf die Schwerter der Angreifer.

So, dass ich überlebe?, wiederholte er in Gedanken. Plötzlich spürte er, wie sich ungeahnte Kräfte in seinem Körper bildeten und sammelten. Eine Stimme, ganz tief in ihm, sagte auf einmal: »Das ist genau das, wonach du immer gesucht hast.«

Richtig, dachte Tomaki, *das ist meine Chance, um mich zu beweisen.*

Mutig stürmte nun auch Tomaki auf die Männer zu und ließ seine Klinge rasseln. Zum ersten Mal in seinem Leben setzte er einen Schlag gegen einen realen Gegner. Doch der ging gewaltig daneben. Tomaki wurde sofort abgeblockt und ein Gegentreffer hätte ihn, wenn er nicht schnell genug ausgewichen wäre, schwer verletzt.

Verdammt, den hätte ich doch treffen müssen!

Im Training funktionierte diese Technik immer. Noch ein Schlag! Auch dieser verfehlte sein Ziel.

»Was machst du da?!«, rief ihm das Mädchen verärgert zu.

»Ich weiß es nicht... Ich hab die Technik plötzlich verlernt«, antwortete Tomaki angespannt und seine Hände fingen an zu zittern. Konnte er doch nicht mit einem Schwert umgehen? Hatten seine Lehrer also recht?

»Verdammt noch mal, Technik hin oder her! Denk nicht so viel nach, sondern höre auf dein Gefühl. Ansonsten folgt dir das Schwert nicht!«, schrie das Mädchen im Kampfgetümmel. Weiter kam sie nicht, denn da stürmten die Männer erneut auf sie zu. Tomaki dachte so angestrengt über die Worte des Mädchens nach, dass er fast die Angreifer vergaß. Mit rasselnden Schwertern stürzten sie sich auf ihn. Gerade noch rechtzeitig wirbelte Tomaki kunstvoll zur Seite. Zumindest zum Ausweichen waren die Techniken der *Traditionellen Kampfkunst* zu gebrauchen...

Tomaki war so mit dem Abwehren der Angreifer beschäftigt, dass er gar nicht merkte, wie das Mädchen mit erhobenem Schwert und lautem Geschrei auf ihn zugerannt kam. Mit einem kräftigen Hieb schlug sie die Angreifer zur Seite und stellte sich mit dem Rücken an Tomaki.

»Führe das Schwert wie einen verlängerten Arm! Es ist ein neuer Teil von dir. Lass es zu!«, hörte er das Mädchen hinter sich flüstern.

Tomakis Blick huschte auf die glänzende Klinge.

Ein Teil von mir, dachte er. Und plötzlich verstand er.

Die Männer riefen sich derweil etwas zu und versammelten sich um die beiden jungen Kämpfer. Mit lautem Gebrüll stürzten sie sich auf Tomaki und das Mädchen. Da spürte Tomaki wieder diesen Energieschub. Dieses Mal wusste er, wie er ihn richtig nutzen würde.

Keine Regeln.

Mit einem lauten Schrei stieß er sein Schwert nach vorn. Die Klingen schlugen klirrend aufeinander. Der Mann grinste Tomaki siegessicher an.

Freu dich nicht zu früh, dachte Tomaki. Das Adrenalin schoss durch seinen Körper. Mit irrsinniger Kraft polterten die Klingen der Schwerter erneut aufeinander. Dem Typen verging das dumme Grinsen und er wurde unsicher. Taumelte. Da sah Tomaki seine Chance, er zielte und schlug seinen Angreifer zu Boden. Doch Tomaki blieb keine Zeit zum Verschnaufen, die nächsten Gegner kamen schon angerast.

Gerade als Tomaki kräftig ausholen wollte, plumpste ihm das Mädchen in den Rücken und riss ihn mit zu Boden. Tomaki schrie schmerzerfüllt auf, als er hart auf dem Sand aufprallte. Zu allem Überfluss landete das Mädchen auch noch auf ihm. Stöhnend machte Tomaki seinem Unmut Luft. Das Mädchen rollte schnell von ihm herunter, wollte sich aufrappeln, doch etwas war nicht in Ordnung.

»Mein Gelenk«, wimmerte sie und hielt sich den Fuß.

Tomaki erkannte die Situation sofort und handelte. Den Schmerz verdrängend rappelte er sich blitzschnell hoch und zückte das Schwert.

»Einer gegen vier«, lachten die Angreifer gehässig. Tomaki jedoch beachtete sie gar nicht und flüsterte mit Blick auf sein Schwert: »Du bist ein Teil von mir.«

Im nächsten Moment ging alles ganz schnell. Seine Hände krallten sich in das Schwert und er wirbelte energisch herum.

»Wind des Westens, ich rufe dich! Gib mir deine Kraft«, rief er mit erhobenem Schwert in den Himmel. Plötzlich kam ein Sturm auf, sammelte sich über Tomaki und legte sich keine Sekunde später wie eine zweite Haut um seinen Körper. Tomaki stieß das Schwert nach vorn und startete den Angriff. Er bekam Rückenwind und wurde dadurch flink wie ein Wiesel. Seine Angreifer rechneten nicht mit dieser Schnelligkeit und wichen zurück.

»Er hat den Wind auf seiner Seite!« Die Männer erstarrten vor Furcht.

»Lasst euch nicht verunsichern!«, brüllte einer und sie stürmten erneut auf Tomaki zu. Doch Tomaki plante schon die nächste Attacke und fing an, energisch mit den Armen zu rudern. Es sah aus, als wollte er die Luft zusammen schieben. Er bildete eine große Kugel, in deren Inneren wilde Stürme tobten. Mit einem lauten Schrei feuerte Tomaki die gigantische Kugel schließlich auf die Angreifer ab. Als der Windbatzen mit den Angreifern kollidierte, zerbrach die Kugel und der Wind entlud sich brausend nach draußen. Er pustete so stark, dass die Männer zu allen Seiten nach oben geschleudert wurden. Erst als sie eine schwindelerregende Höhe erreichten, ließ der Wind von ihnen ab und sie fielen ächzend zu Boden. Für einen Augenblick regten sie sich nicht.

Darin sah Tomaki seine Chance. Er hievte das Mädchen auf seine Arme und floh. Er lief und lief, solange, bis er glaubte, genug Abstand zwischen sich und seine Angreifer gebracht zu haben. Behutsam legte er das Mädchen auf einem moosbewachsenen Stein ab und betrachtete sie. Ihr Haar war dunkelbraun, einige schwarze Strähnen mischten sich auch darunter.

Sehr besonders, staunte Tomaki. Filigrane und schmale Linien zeichneten ihr Gesicht, es sah sehr elegant aus. Sein Blick glitt weiter nach unten.

Ihr Körper... Verdammt, Tomaki, was denkst du da bloß? Er wurde rot und wandte ertappt den Blick ab. Doch irgendetwas an ihr fesselte ihn und so musste er immer wieder zu ihr herüberlinsen. Die Mädchen aus seinem Volk sahen ganz anders aus, die interessierten ihn nicht die Bohne, aber sie...

»Sag mal, was starrst du mich so an?«, fragte das Mädchen, als sie Tomakis forschenden Blick auf sich spürte.

»Mach ich gar nicht!« rief er entrüstet, drehte schnell den Kopf weg und fuhr sich mit der Hand durch die Haare. Sie hatte ihn erwischt. Mehr Zeit, um darüber nachzudenken, blieb Tomaki allerdings nicht, denn gerade wollte das Mädchen aufstehen. Als sie auftrat, hielt sie inne und fiel zurück auf den Stein.

»Mist«, fluchte sie und hielt sich den schmerzenden Fuß.

»Damit kommst du nicht weit«, meinte Tomaki.

»Ich muss aber«, entgegnete das Mädchen und versuchte es wieder.

»Das gibt's doch nicht«, schimpfte sie, als sie erneut zurückfiel.

»Was ist denn passiert?«, fragte Tomaki.

»Ach, ich wollte gerade angreifen, da hat mich der Typ nach hinten geschleudert. Bin dabei wohl mit dem Fuß umgeknickt. Tut mir übrigens leid, dass ich dich mit nach unten gerissen hab.«

»Schon gut.«

»Sag mal, wie heißt du eigentlich?«, fragte sie neugierig.

»Tomaki.«

»Und was führt dich hierher?«

»Das ist eine lange Geschichte«, antwortete Tomaki und dachte an den Unterricht in seinem Land. Dachte daran, wie sinnlos die Technik der *Traditionellen Kampfkunst* für ihn war. Höchstens ausweichen konnte er damit. Hätte er so den Kampf geführt, würde er jetzt nicht mehr am Leben sein.

Beim Kämpfen keine Regeln beachten zu müssen und eins mit dem Schwert zu sein, das gefiel ihm gut. Hoffnung breitete sich in ihm aus. Vielleicht hatte er ja doch Talent, schließlich war es ihm gelungen, an der Seite des Windes zu kämpfen. Das schafften sonst nur die alten Meister der Windkampfkunst. Als Tomaki das Geschehen

Revue passieren ließ und vor seinem geistigen Auge noch einmal erlebte, wie er den Wind heraufbeschwor, war er schon mächtig stolz auf sich.

Tomaki sah auf und blickte in das weiche Gesicht des Mädchens, welches sich sogleich zu einem Lächeln formte.

Sie hat mir gezeigt, dass es auch anders geht, dachte er und spürte, dass sie etwas Besonderes war. Bei ihrem Anblick schlug sein Herz plötzlich schneller.

»Wie heißt du?«, fragte er.

»Ruta Pez.«

Kapitel 18

Shiina gefror das Blut in den Adern, als Zóel sagte: »Du kannst also *doch* in der Zeit wandeln.«

Mit bebenden Lippen flüsterte sie: »Zeit steh.«

Abrupt stoppten die Zeiger auf ihrer Uhr. Shiina wurde ganz elendig zumute. Erst nach und nach realisierte sie, was das für Folgen haben würde.

Und sie war schuld.

»Hah, hah«, schnappatmete sie panisch.

Shiinas Herz raste, ihr Puls donnerte angsterfüllt durch den Körper und in ihren Augen stiegen Tränen auf.

Ich hab's versaut, wimmerte sie in Gedanken.

Eigentlich wollte sie jetzt wegrennen. Einfach weg von hier, aus diesem verdammten Krankenzimmer hinaus, weg von Zóel und aus dieser brenzlichen Situation flüchten. Shiina fühlte sich, als wäre sie von Zóels Worten hinunter auf den Grund eines tiefen Ozeans gezogen worden. Über ihr die massigen Wasserschichten, die jegliche Sicht auf Lösung wegdrückten und das Aufsteigen an die Oberfläche unmöglich machten.

Shiina seufzte und vergrub ratlos ihr Gesicht in den Händen. Wie könnte sie bloß aus diesem Meer der Hilflosigkeit wieder auftauchen?

Noch eine Ausrede würde Zóel garantiert nicht schlucken. Was passierte dann?! Wem würde er von ihrem Geheimnis erzählen? Oder wollte er Shiina erpressen und sie für seine Zwecke ausnutzen? Brachte sie damit ihre Freunde in Gefahr?! Verzweifelt schluchzte Shiina, als sie sich das Schlimmste vorstellte.

»Hätte ich mich bloß von ihm ferngehalten!«, heulte sie und dachte an ihre Freunde. Was wohl Tomaki, Giove und Pez dazu sagten, dass Zóel über ihre Fähigkeit Bescheid wusste?!

»Wieso musste er auch dieses blöde Geländer hinunterfallen?!«, schniefte sie. Aber Vorwürfe halfen ihr nun auch nicht, sie musste überlegen, wie es jetzt weiterging.

Wenn sie aus dem Krankenzimmer abhauen würde, die Zeit wieder vergehen ließ und nicht mehr da wäre, wusste Zóel erst recht, dass er mit seiner Vermutung richtig lag.

Doch halt! Eine Chance blieb ihr vielleicht noch. Sie könnte ein letztes Mal versuchen, ihn anzulügen.

Die anderen würden auch nicht aufgeben, dachte Shiina und wischte sich die Tränen weg.

Langsam normalisierte sich ihr Atem und sie sagte: »Ich krieg das hin.«

Sie sammelte ihren ganzen Mut, atmete tief ein und aus und wischte sich die letzten Tränen aus dem Gesicht.

Shiina stellte sich vor Zóel und blickte in seine starren Augen. Fieberhaft überlegte sie sich eine Antwort auf seine Anschuldigung.

»Den letzten Versuch«, flüsterte Shiina, »darf ich bloß nicht vermasseln.«

Mit ihren Zauberworten »Zeit geh«, ließ sie die Zeit wieder laufen. Die Uhr im Krankenzimmer tickte, als wäre nichts gewesen.

»Hab ich recht?«, hakte Zóel sofort nach.

»Das hast du dir eingebildet. Du hast eine Gehirnerschütterung erlitten und da kommt man mit den Erinnerungen schon mal durcheinander«, erklärte Shiina gefasst. Es kostete sie alle Mühe, überzeugend zu wirken und kein falsches Wort zu sagen.

»Shiina«, entgegnete Zóel, »du kannst mich nicht täuschen.«

»Ich weiß nicht, wovon du sprichst«, erwiderte Shiina energisch.

Zóel atmete laut seufzend aus.

»Wir drehen uns im Kreis, Shiina. Ich kann auch nicht locker lassen, weil ich genau weiß, dass ich recht habe. Das sagt mir mein Gefühl und das hat noch nie gelogen.« Zóel faltete seine Hände ineinander und legte sie in seinem Schoß ab.

»Dann versagt es dieses Mal wohl«, meinte Shiina und stemmte sich weiterhin gegen seine Anschuldigung.

»Und wie erklärst du dir das hier?«, fragte Zóel und seine Augen bekamen einen unheimlichen Glanz.

Shiina durchfuhren Hitze und Kälte zugleich. Mit was wollte er sie entlarven?!

Plötzlich knöpfte Zóel sein Hemd auf. Shiinas Augen wurden groß. Ihr Herz schlug schneller und sie nahm augenblicklich eine abwehrende Körperhaltung ein.

»W-Was um alles in der Welt hast du vor?!«, rief sie empört, doch als er sich umdrehte, dämmerte es ihr.

Verdammt, die Schulter!

An der Stelle, wo sie vorhin zuschlug, war nun ein breiter roter Striemen zu sehen.

»Ich kenne diese Technik«, murmelte Zóel. »Dieser Griff nimmt einem das Bewusstsein. Und nachher brennt die Haut ordentlich. So wie jetzt bei mir.«

Mit zitternden Fingern strich Zóel über die rote Stelle. Vor Schmerz zuckte er zusammen. Shiina fand keine Worte. Ausdruckslos starrte sie zu Boden. In ihrem Kopf schwirrten Wörter, Sätze umher, doch sie fand keine Antwort mehr auf Zóels Anschuldigungen. Auf nackte Panik folgte Leere in ihren Gedanken.

»Du kannst nicht mehr weglaufen«, zischte Zóel in einer unangenehmen Stimmlage und drehte sich zurück.

Erschrocken sah Shiina auf.

»Wieso willst du es unbedingt vor mir verheimlichen?«, fragte er, jetzt wieder mit sanfter Stimme. »Das ist so abgefahren! Nein, abgefahren beschreibt das gar nicht richtig. Das ist total beeindruckend! Und richtig nützlich!«

Shiina fasste sich langsam wieder, sortierte ihre Gedanken und nahm seine Worte etwas zeitverzögert wahr.

»Ja, meinst du wirklich?«, sagte sie wie benebelt und enttarnte sich somit vollkommen.

»Also gibst du es endlich zu, hm?«, stellte er fest.

Shiinas Blick war immer noch leer. Sie begann zu begreifen, dass er Bescheid wusste und sie sich ihm nicht mehr entziehen konnte.

»Bitte«, flehte sie, »bitte sag es niemanden!«

Zóel sah sie ernst an.

»Weißt du… So eine Fähigkeit ist wirklich etwas besonderes«, brummte er mit tiefer Stimme.

Shiina erstarrte und ein unangenehmer Schauer kroch ihren Rücken entlang.

Da wurden Zóels Züge wieder weich.

»Pff, du müsstest dich jetzt mal sehen!«, lachte er.

»Mensch, deine Fähigkeit müssen wir unbedingt geheim halten! Wenn Viis oder Viovis davon Wind kriegen, wer weiß, was die dann mit dir machen?! Ich werde dich und deine Gabe um jeden Preis beschützen.«

Erleichtert fragte Shiina: »Also behältst du es für dich?«

»Na klar!«, antwortete Zóel. Shiina fiel ein Stein vom Herzen. Trotzdem wäre es besser gewesen, wenn er es nicht erfahren hätte. Ihr Bauchgefühl riet ihr weiterhin zur Vorsicht.

»Könntest du die Zeit noch mal anhalten?«, flüsterte Zóel leise, als er sich zu ihr beugte. »Ich will mich mit dir unterhalten. Ohne mögliche Zeugen.«

Sollte sie es wagen?

»Und du versprichst es wirklich?«, fragte sie.

»Ehrenwort. Vertrau mir«, sagte Zóel und Shiina blickte in seine glasklaren Augen. Auf einmal meinte Shiina, ein Glitzern in ihnen gesehen zu haben. Prompt verschwand das Bauchgefühl der Vorsicht.

»Wir sind doch jetzt Freunde!«, sagte Zóel und lächelte. »Die anderen in der Klasse interessieren mich sowieso nicht. Wem soll ich es also sonst erzählen? Shiina, du bist mir als Einzige wichtig.«

Bei seinen Worten fühlte sich Shiina geschmeichelt. Zóel war erst vor ein paar Tagen neu auf die Schule gekommen und in der Klasse schon total beliebt, aber hatte trotzdem Shiina als seine Freundin auserkoren. Das gab ihr ein unglaublich gutes Gefühl. Außerdem musste sie nicht mehr allein sein.

»Schon gut, ich glaube dir«, gab Shiina nach und trat an sein Bett heran. Noch ein bisschen zögerlich legte sie ihre Hand auf seine. Doch als sie ihm wieder in die Augen sah, war sie sich sicher und sagte mit mächtiger Stimme die Zauberworte: »Zeit steh«.

Zóel blickte auf die Uhr, die im Zimmer hing. Und staunte nicht schlecht, als deren Zeiger tatsächlich stehen blieben.

»Wahnsinn«, hauchte er und stand vom Bett auf. Shiina sah ihm nach, wie er quer durch den Raum bis zur Tür ging. Seine Schritte wurden immer schneller und aufgeregter. Mit einem gewaltigen Ruck riss er die Tür auf und trat in den Flur hinaus.

»Wie in meinem Traum«, schwärmte Zóel und sah sich fasziniert die wie eingefroren wirkenden Mitschüler an. Shiina sprintete ihm hinterher, nicht, dass er noch etwas anstellte.

»Du darfst keine Lebewesen berühren, ansonsten wandeln sie mit uns in der Zeit«, erklärte sie.

»Verstehe.«

Zóel glitt zwischen den Schülern hindurch, rannte den Flur weiter und die Treppen hinunter bis zum Ausgang.

»Ich will die Welt da draußen sehen!«, rief er übermütig.

Hastig folgte Shiina ihm. Für sie war es nichts besonderes mehr. Es war ein Teil von ihr, längst hatte sie sich an diese stille Welt gewöhnt. Aber für Zóel eröffnete sich gerade eine ganz neue Dimension.

»Das ist so krass«, meinte er, als er zu ein paar aufgewirbelten Blättern ging, die nun wie an Fäden aufgehängt in der Luft schwebten.

»Und was passiert, wenn ich...?«, flüsterte Zóel und berührte eines der Blätter. Es bewegte sich und sank trudelnd zu Boden.

»Shiina, das ist einfach unglaublich!«, rief er begeistert, »ich kann es immer noch nicht fassen. Und diese Stille. Wunderschön! Du hast es wirklich gut.«

»... Ja«, antwortete sie nach einer langen Pause.

Als Zóel ihr Zögern bemerkte, drehte er sich zu ihr.

»Oder etwa nicht?«

»Na ja, es macht auch sehr einsam«, erklärte sie.

»Hm, verstehe«, meinte er und trat zu Shiina. Diese sah ihn fragend an, als er seine Hände auf ihre Schultern legte.

»Willst du zurückgehen?«, fragte sie.

»Shiina. Du brauchst nicht mehr alleine sein.«

»Hm?«

»Wenn du dich einsam fühlst, dann komm zu mir. Ich möchte mit dir in der Zeit umherwandeln, zu jeder Zeit, an jedem Ort«, sagte Zóel und schaute ihr tief in die Augen.

»Danke. Das ist sehr nett von dir«, sagte Shiina. Sie spürte, wie ihr die Röte ins Gesicht stieg. Peinlich berührt drehte sie sich weg. Als sie seine Worte in Gedanken wiederholte, wurden ihre Knie ganz weich.

»Shiina? Alles in Ordnung?«, fragte Zóel und sah über ihre Schulter.

»Ja, klar! Ähm, lass uns wieder zurückgehen«, haspelte sie und ging voraus.

»Ok.«

Zóel zuckte mit den Schultern und folgte ihr in die Schule. Shiina jedoch war in Gedanken immer noch bei dem Satz, den Zóel gerade zu ihr gesagt hatte.

Ich möchte mit dir in der Zeit herumwandeln, zu jeder Zeit, an jedem Ort.

Das musste sie Pez und Tomaki auf jeden Fall erzählen, wenn sie zurückkehrten.

Was sie wohl dazu sagten?, überlegte Shiina. Sie musste ihnen Zóel unbedingt vorstellen. Jetzt, da er sowieso über ihre Fähigkeit Bescheid wusste, konnte er auch Teil des Teams werden. Bestimmt würden ihre Freunde ihn genauso freundlich willkommen heißen, wie sie Shiina selbst vor ein paar Wochen aufnahmen. Da machte sie sich keine Sorgen.

Allerdings ließ sie dabei jemanden außer Acht, dem das sicher gar nicht schmecken würde.

Jemand, der immer noch schlief.

Kapitel 19

Das Unwetter war vorüber. Nun legten sich dichte Wolken wie ein grauer Wollpelz über den Himmel und hinderten die Sonnenstrahlen am Durchkommen. Ich sah von einem zum anderen. Neko war aufgestanden und humpelte vorsichtig nach draußen auf den nassen Boden. Tomaki packte unsere Sachen zusammen und Fundus hob aufmerksam den Kopf.

»Ich denke, wir sollten uns langsam auf den Weg machen. Es sieht in nächster Zeit nicht nach Regen aus«, meinte der Wolf und blickte prüfend zum Himmel. Ich beobachtete Neko, wie er zurück zu Tomaki hinkte. Mit ernster Miene flüsterte der Kater ihm etwas zu, doch Tomaki schüttelte nur den Kopf.

»Sie muss es erfahren«, hörte ich ihn nuscheln.

Reden sie etwa über mich?, überlegte ich und stand auf.

»Was muss ich erfahren?«, fragte ich und trat an Tomaki heran. Neko blickte ernst zu mir hinauf.

»Wir wollen einen Umweg gehen. Neko hat auf seinem Alleingang eine Entdeckung gemacht, die er uns zeigen will«, erklärte Tomaki. Der Kater blinzelte ruhig mit den Augen, bevor er hinzufügte: »Es wird nicht leicht für dich sein, das zu sehen, Ruta.«

»Was zu sehen?«

»Er meint-«, wollte Tomaki erklären, aber hob Neko die gesunde Pfote.

»Worte können es nicht ausdrücken. Du musst es mit eigenen Augen sehen.«

Tomaki seufzte.

»Wahrscheinlich hat er recht«, meinte er, bevor er seinen Rucksack auf den Rücken nahm und mir den anderen über die Schultern hängte. Als alle fertig waren, hob Tomaki Neko auf seinen Arm und wir machten uns auf den Weg. Wir kämpften uns durch Brocken und quälten uns über Hügel. Nach einer Weile bemerkte ich Tomakis Blick auf mir. Ich sah zurück und Tomaki lächelte. Schließlich fragte er: »Worüber denkst du nach?«

»Über deine Geschichte«, antwortete ich. »Es ist, als hätte ich die Erlebnisse von jemand anderem gehört und nicht meine eigenen. Die Ruta Pez aus deiner Geschichte war so stark und mutig. Ich hingegen bin nur schwach und hilflos…«

Tomaki musste lachen.

»Ach, Ruta, mach dich nicht kleiner als du bist. Außerdem kommt dein Selbstbewusstsein mit den Erinnerungen wieder. Sei nicht so hart zu dir. Entspann dich ein bisschen und lass es fließen.«

Ich sah auf und fragte verwirrt: »Es fließen lassen? Was denn?«

»Die Energie«, grinste Tomaki. »Positive natürlich. Das wird dir und dem schwarzen Drachen guttun.«

Ich lächelte, doch im Innersten wurde mir bei den Worten »der schwarze Drache« ganz schön mulmig zumute. Diese Vision mit dem Drachen ließ mir keine Ruhe. Sollte ich es Tomaki erzählen und mir seinen Rat einholen? Gerade, als ich Tomaki darauf ansprechen wollte, stieg mir ein übler Geruch in die Nase. Je tiefer ich einatmete, umso brennender und beißender wurden die Schmerzen, die der Geruch verursachte.

»Was riecht denn hier so komisch?«, fragte auch Tomaki naserümpfend

»Man nennt es ‚das verdorbene Moor'«, sagte Neko mit ernstem Blick. »Folgt mir.«

Als er das sagte, bekam ich ein beklemmendes Gefühl in der Brust. Was würde er uns zeigen? Wir gingen weiter und mein Zustand wurde zusehends schlechter. Mir fiel auf, dass der Gestank intensiver wurde und die Natur sich immer mehr zurückzog.

Neko führte uns noch ein ganzes Stück geradeaus, bis wir schließlich eine undefinierbare Masse erreichten und anhielten. Ich bekam augenblicklich Kopfschmerzen.

»Ist es das, was du uns zeigen wolltest?«, fragte Fundus entsetzt.

»Ach du sch...«, flüsterte Tomaki neben mir und biss angespannt die Zähne aufeinander.

Ohne, dass ich realisierte, was ich sah, schossen mir Tränen in die Augen. Alles verschwamm und meine Knie wurden weich.

»Tomaki, halte sie! Sie fühlt das Leid besonders, weil sie eine tiefe Verbindung mit den Bäumen und der Natur hat«, hörte ich Fundus sagen. Dann spürte ich Tomakis Arme unter mir. Benommen schloss ich die Augen und merkte, wie der Schwindel allmählich weniger wurde.

»Ruta, wach auf!«, rief Tomaki und rüttelte an meiner Schulter. Ich riss die Augen auf und nun sah ich, was ich vorher fühlte: die tote Landschaft. Kein Baum. Kein Busch. Kein Grashalm, keine Erde, selbst der eklige Matsch, den ich oft in der Cosmica beobachtete, war nicht zu finden. Ich erblickte eine rötlich braune, vor sich hin rottende Masse, die sich langsam aber beständig ausbreitete. In unregelmäßigen Abständen bildeten sich Blasen, welche beim Platzen diesen ekelhaften Geruch verbreiteten.

»Vorsicht! Geht nicht zu nah ran, diese Masse und ihre Blasen sind brühend heiß! Daran habe ich mich verbrannt!«, warnte uns Neko.

»Was ist das bloß für ein Zeug?«, hauchte ich und griff mir an mein Herz, welches beim Anblick dieser üblen Landschaft unerträglich schmerzvoll pochte.

»Ein tödliches Gift, was vor nichts halt macht und alles und jeden verschlingt«, erklärte Neko und wippte wütend mit seiner Schwanzspitze. »Es entsteht, wenn Viis die Energie der Natur aussaugt, um sie für seine Magie zu nutzen. Wenn er ungehindert so weiter macht, dauert es nicht mehr lange, bis das verdorbene Moor alles zerstört.«

»An all dem hat Viis Schuld!?«, zischte ich aufgebracht. Nicht weit entfernt von hier erkannte ich die kahlen Reste eines Baumes. Nur ein stumpfer Knubbel ragte noch aus dieser blubbernden Masse heraus.

Je mehr ich dieses faulige Gift anstarrte, desto wütender wurde ich. Schließlich brodelte der Zorn in mir über und es entwickelte sich eine ungeahnte Kraft. Im nächsten Augenblick wurde es dunkel und der schwarze Drache erschien in einer Vision.

Laut brüllend und Feuer speiend flog er über die zerstörte Landschaft. Er flog weiter, wendete unerwartet und steuerte direkt auf mich zu. Da er sein Tempo nicht drosselte, bekam ich Panik. Noch bevor ich fliehen konnte, stoppte der Drache direkt vor mir. Er schnaubte unzufrieden mit den großen Nüstern und seine Augen funkelten hell auf.

In ihnen erschien ein klares Bild, wie es vorher hier ausgesehen haben musste: Überall wuchsen Bäume und Gräser, welche sanft im Wind hin und her wogen. Die Vögel zwitscherten ausgelassen und tausend bunte Schmetterlinge strömten in Schwärmen über die grüne saftige Wiese. Mit der Zeit breitete sich das verdorbene Moor weiter aus und die Natur musste weichen.

Plötzlich wurde mir das Bild wieder genommen. Ich erwachte und spürte, dass etwas anders war. In mir kam ein Gefühl von unsagbarer Rache hoch. Ehe ich mich versah, murmelten meine Lippen die Formel »Henkei Suru« und Fundus verwandelte sich in das Schwert. Wie in

Trance hob ich es an und wollte auf das verdorbene Moor zustürmen, doch meine Freunde hielten mich zurück.

»Ruta, komm zu dir!«, rief Tomaki und erst, als er mich heftig hin und her schüttelte, war die fremde Kraft verschwunden.

»Kangen Suru«, murmelte ich und Fundus nahm wieder seine Wolfsgestalt an.

»Was war das denn?!«, fragte er entsetzt.

»Ich... Ich hab keine Ahnung«, stotterte ich aufgewühlt und sah auf meine zitternden Hände. Ich fühlte mich elendig. Nicht nur, weil ich die Selbstbeherrschung verlor, sondern vor allem weil meine Freunde mich so erleben mussten.

Ich hoffte inständig, dass sich meine allererste Vision vom schwarzen Drachen in der Zukunft nicht bewahrheitete.

Kapitel 20

Wir bogen um die Ecke und da stand er. Der Tempel. Noch nie war ich glücklicher, ihn zu sehen. Wir schleppten uns die langen Treppen hinauf. Der Gedanke, gleich Shiina in die Arme nehmen zu können, gab mir den letzten Schub nach oben. Völlig außer Atem kam auch Tomaki neben mir zum Stehen. Er hob die Hand und klopfte an die Eingangstür.

Es regte sich nichts. Noch einmal klopfte er, dieses Mal lauter und energischer. Wieder nichts.

»Ungewöhnlich. Eigentlich hätte Shiina die Tür aufmachen müssen. Vielleicht ist sie bei Giove und hat es nicht gehört?«, spekulierte er und sah fragend in die Runde. Ich zuckte mit den Schultern.

»Mir ist so kalt«, jammerte der Kater und zitterte, »ich will unter meine Decke.«

»Schon gut, Neko«, murmelte Tomaki und gerade, als er den Schlüssel aus der Hosentasche nehmen wollte, hörten wir ein ausgelassenes Lachen am Fuße des Tempels. Dieses Lachen konnte nur von Shiina stammen.

»Ist sie das?«, fragte Tomaki verwundert und wir drehten uns ungläubig um. Tatsache. Da unten stand Shiina und gerade als ich nach ihr rufen wollte, blieben mir die Worte im Halse stecken. Denn neben ihr war ein junger unbekannter Mann. Mit diesem unterhielt sich Shiina ganz angeregt. Laut lachten sie auf, dann umarmten sie sich und starrten sich gefühlte fünf Minuten in die Augen. Wer war dieser Typ? Und wieso um alles in der Welt führte Shiina ihn zu unserem Tempel?! Ich wurde wütend. Wieso war sie nicht bei Giove? Sie sollte sich doch um ihn kümmern!

»Was macht sie denn da?«, schimpfte ich.

»Keine Ahnung«, murmelte Tomaki ungläubig. Verdutzt fügte er hinzu: »Ich dachte, Shiina wollte auf Giove aufpassen?«

»Könnt ihr das nicht drinnen besprechen?!«, wimmerte Neko ungeduldig.

»Lasst uns erst mal reingehen, bevor der Typ uns hier sieht«, meinte Tomaki und schloss die Tür auf. Dann ging er in den Aufenthaltsraum und legte den verletzten Kater in eine kuschelige Decke. Fundus warf mir einen müden Blick zu.

Als Tomaki fertig war, schauten wir nach Giove.

»So ein Mist«, raunte ich, als ich die Tür seines Zimmers öffnete und ihn immer noch schlafend vorfand. Wir traten an sein Bett heran.

»Das kann nicht sein«, hauchte Fundus verzweifelt.

Ich betrachtete Gioves ausdrucksloses Gesicht. Wieso ließ Shiina ihn in diesem Zustand allein? Hatte sie nicht versprochen, bei ihm zu sein? Stattdessen verbrachte sie ihre Zeit lieber mit einem Fremden! Genervt biss ich die Zähne aufeinander und ballte meine Hand zur Faust. Waren wir nicht ein Team? Wo jeder für den anderen sorgte? Wo wir aufeinander aufpassten? Zusammen hielten?! Und uns durch *nichts* und *niemanden* ablenken ließen?

»Das ist nicht ihr Ernst«, flüsterte ich und schnaufte.

Tomaki versuchte mich zu beruhigen und gerade, als er seine Hand auf meine Schulter legen wollte, fuhr ich energisch herum. Ich musste ihn sehr böse anstarren, denn er hauchte verwundert: »Das ist das erste Mal, dass ich dich so wütend sehe.«

Natürlich werde ich wütend, wenn sich Shiina nicht an das hält, was wir abgemacht hatten, dachte ich. Laut stampfend verschwand ich aus dem Zimmer. So viele Emotionen hatten mich im Griff. Eine Mischung aus Enttäuschung darüber, dass Giove noch schlief, Unsicherheit, ob er je wieder aufwachen würde und Wut. Wut auf Shiina, die ihn eigentlich gesund pflegen und auf ihn aufpassen sollte. Lieber hing sie mit jemandem zusammen, der nicht zum Team gehörte.

Genau, er gehörte nicht zum Team! Wieso ließ sie sich mit Leuten ein, die nichts mit unserer Mission zu tun hatten?

All diese Gedanken heizten meinen Emotionencocktail zusätzlich an und brachten ihn letztendlich zum Überschwappen. Eigentlich sollte ich von unserer Reise völlig kaputt sein, aber eine ungeahnte Energie wuchs in mir heran. Sie musste raus.

Jetzt.

»Henkei Suru«, rief ich erregt. Wie von Zauberhand erschien der dunkle Nebel, hüllte mich ein und legte mir die magische Kriegerkleidung an. Fundus flog als Schwert in meine Hand.

»Ruta, sag mal, was ist denn los?!«, ertönte seine Stimme in meinem Kopf.

»Ich muss kurz weg«, brummte ich mies gelaunt und huschte durch eine enge Seitentür des Tempels hinaus. Frische Luft wirbelte mir durchs Haar, ließ mich aufatmen, bevor ich einen erneuten Energieschub bekam und losrannte. Einfach irgendwohin, in irgendeine Richtung. Fundus rief als Stimme in meinem Kopf immer wieder nach mir, fragte, was in mich gefahren sei, doch ich blendete ihn völlig aus. Hielt das Schwert fest in den Händen und verhinderte seinen Worten somit Einzug in mein Bewusstsein. Ich erspähte einige Bäume in der Nähe. Trist und grau waren sie, ohne Leben. Mit einem harten Schlag durchtrennte ich die Äste. Holzig knarrend fielen sie zu Boden. Das Schwert war nicht so scharf wie sonst. Aber das war mir egal. Ich schlug weiter auf dieses tote Holz ein, solange, bis die Wut in mir nachließ. Erst jetzt merkte ich, wie erschöpft und durchgeschwitzt ich war. Hechelnd ließ ich das Schwert sinken und gab Fundus Stimme ein Gehör.

»Verdammt, Ruta! Sag mir endlich, was los ist!«, schrie er und ich spürte, wie das Schwert aus meinen Händen glitt. Es fiel zu Boden und rutschte einige Meter nach vorn. Ich sah die vielen zerschlagenen Äste und in diesem Augenblick wurde mir bewusst, was ich angerichtet hatte.

War ich das gewesen?, dachte ich entsetzt. *Verdammt, was ist bloß in mich gefahren?!*

»Kangen Suru«, murmelte ich leise und verwandelte das Schwert und mich wieder zurück. Beschämt vergrub ich mein Gesicht in den Händen.

Ein elektrisierendes Pulsieren schlug durch meinen Körper.

»Ruta«, hörte ich Fundus leise flüstern. Vorsichtig sah ich zwischen meinen Fingern hervor und mein Herz schmerzte, als ich in sein besorgtes und vor allem angsterfülltes Gesicht blickte. Langsam trat er an mich heran. Ich ließ die Hände sinken und starrte ihn an. Mein Herz pumpte auf einmal wieder schneller, als ich fühlte, wie etwas auf meinem Körper entlangkroch.

»R-Ruta, da-«, schluckte Fundus und setzte zur Flucht an. Schnell drehte ich meinen Kopf herum und traute meinen Augen kaum. An meinem Rücken stieg ein Schatten auf. Hüllte auch den Rest meines Körpers ein, bis sich daraus der schwarze Drache bildete. Er wuchs und wuchs immer weiter an und spie dunklen Nebel, der den Himmel in Finsternis hüllte.

»Fundus, hilf mir!«, schrie ich, als sich meine Sicht zum Wolf zusehends trübte.

»Ruta, schnell! Hol mich zu dir!«, rief er zurück.

»Henkei Suru!«, befahl ich, doch nichts passierte.

»Verdammt! Er blockt die Verwandlung!«, antwortete Fundus. Ich konnte ihn fast nicht mehr sehen.

»Ruta, du musst...!«, hörte ich noch und dann wurde Fundus gänzlich vom Nebel verschluckt.

»Fundus«, kreischte ich durch das schlierige Grau, bekam aber keine Antwort mehr. Der Drache über mir wurde immer größer. Wieder stieß ich verzweifelte Rufe aus, doch selbst meine eigenen Laute konnte ich nicht mehr hören. Der Nebel verdichtete sich weiter und verschluckte alles, was ihm in die Quere kam.

Ich gab auf. Fundus würde ich nicht mehr erreichen. Was sollte ich tun? Ich war in dieser grauen Suppe gefangen, wurde wieder mit dem schwarzen Drachen konfrontiert. Seit ich seine Schuppe gesammelt hatte, bekam ich ungewöhnlich viele Visionen von ihm.

Vielleicht war er auch für meine emotionalen Ausbrüche verantwortlich? Lag es an dem Drachen, dass meine Gefühle so unkontrollierbar waren? Denn schließlich war ich sonst nicht so... Was hatte das alles zu bedeuten?!

Ein ohrenbetäubendes Brüllen unterbrach meine Gedanken. Schnell duckte ich mich und als der laute Hall verstummte, schaute ich vorsichtig über mich. Der Drachen schlug mit den Flügeln, drehte eine Runde nach der anderen und spie weiter dunkeln Nebel.

»Halt, stopp! Hör endlich auf damit!«, rief ich in die dunkle Suppe. Der Drache jedoch achtete gar nicht auf mich - wieder mal. Im nächsten Moment schraubte er sich in den Himmel hinauf und weg war er. Ungläubig sank ich auf die Knie.

Verdammt, ich komme einfach nicht an ihn ran, dachte ich frustriert.

»Ruta?«, rief plötzlich jemand in der Ferne. Aufgeregt sprang ich auf die Beine und fuhr herum. Ich kannte diese Stimme. Aber zu wem gehörte sie?

»Ruta, bist du das etwa?«, rief die Stimme und da dämmerte es mir. Giove?! Ich spürte, wie ich meine Augen aufriss, um besser durch den Nebel zu sehen. Erkennen konnte ich trotzdem nichts.

»Ruta«, hörte ich jemanden ganz eindringlich in meinem Kopf sagen.

Ich erschrak und wieder pulsierte ein elektrisierender Schlag durch meinen Körper.

Abrupt verlor ich das Gleichgewicht und bekam das Gefühl nach vorn zu fallen.

Völlig desorientiert schlug ich die Augen auf. Über mir lehnte Fundus. In seinen Augen spiegelte sich Erleichterung wider, als ich ihn ansah.

»Bin ich froh, dass du zu dir gekommen bist.«

»Der Nebel…«, rief ich und raffte mich hoch. Als ich mich umschaute, war die Überraschung groß. Es war kein Nebel zu sehen.

»Wo ist der andere?«, fragte ich.

»Wen meinst du?«, wollte er wissen, doch ich war mit meinen Gedanken schon ganz woanders.

»Der Drache, so ein Mist!«, stieß ich panisch aus und suchte mit meinem Blick die Umgebung ab. Nichts. Weder am Himmel, noch in der Ferne war die große Gestalt zu finden.

»Mach mal langsam, Ruta«, versuchte Fundus mich zu beruhigen.

»Von wem oder was redest du überhaupt?«

»Der schwarze Drache kam! Und dann war er weg und da war der Nebel und du warst, ach und diese Stimme«, versuchte ich atemlos alles zusammenzukriegen.

»Ich weiß nicht, wovon du sprichst«, meinte der Wolf verwirrt und stupste mich sanft mit seiner Schnauze an.

»Wie, du weißt es nicht? Du warst doch dabei!«, entgegnete ich barsch und mein Blick fiel auf den Haufen Äste, der vor uns lag.

»Du bist nach deinen Wutausbruch umgekippt«, erklärte Fundus.

»Dann... Dann war der Drache nicht echt?!«, hauchte ich leise und spürte, wie die Anspannung aus meinem Körper wich. Fundus stützte mich.

»Ich hab schon wieder den schwarzen Drachen gesehen«, berichtete ich und hielt mir den Kopf.

»Eine Vision?«, fasste Fundus mein Erlebnis in Worte. Ich nickte.

»Deshalb warst du vorhin so außer dir...«, bemerkte er und sah nachdenklich zu Boden.

»Ich hatte überhaupt keine Kontrolle mehr«, murmelte ich und ließ mich erschöpft zu Boden plumpsen. Fundus hob den Kopf und sah mich fragend an.

»Er hat mich nicht einmal wahrgenommen«, erzählte ich weiter und fügte hinzu: »Der schwarze Drache.«

»Hm«, brummte Fundus und setzte sich neben mich. »In jedem Fall kein gutes Zeichen. Trotzdem nicht verwunderlich, denn dieser Drache ist von Natur aus unberechenbar und sehr stark.«

»Warum habe gerade *ich* diesen Drachen bekommen? Tomaki ist doch viel stärker als ich«, nuschelte ich leise in mich hinein, zog die Beine an meine Brust und schlang meine Arme herum.

»Weil du die Einzige bist, die er akzeptiert«, antwortete Fundus, ebenfalls leise flüsternd.

Ich gab einen schweren Seufzer von mir.

»Wie lange wird das so weitergehen?«, fragte ich nach einer Weile Schweigen.

»Was meinst du?«

»Diese emotionalen Ausbrüche. Diese vielen Visionen«, sagte ich, obwohl ich die Antwort schon längst kannte.

Kapitel 21

Shiina winkte unbekümmert zum Abschied. Danach wirbelte sie herum und stieg die Treppen zum Tempel hinauf. Als sie die Tür zur Seite schob und Tomakis Schuhe entdeckte, staunte Shiina nicht schlecht.

Sind sie schon wieder da?, überlegte sie und ihre Finger kribbelten vorfreudig. Gespannt auf ihre Freunde hüpfte sie in den Aufenthaltsraum.

»Tomaki? Pez?«, rief sie, wurde jedoch nur von Neko verschlafen angeblinzelt.

»Die sind bei Gio-«, wollte er sagen, als Shiina loskreischte.

»Neko, wie schön! Du bist ja auch wieder da!«

Freudestrahlend hockte sie sich neben ihn.

»Oje, was ist denn mit dir passiert?«, wollte Shiina wissen, als sie Nekos verbundene Pfote entdeckte.

»Das ist nur eine kleine Blessur vom Kampf mit dunklen Geistern. Nichts Schlimmes«, prahlte der Kater, »und falls du es wissen willst, ich hab sie alle in die Flucht geschlagen. Das war gar nichts.«

»Oh, was für ein tapferer kleiner Kater!«, sagte Shiina und kraulte ihn am Kinn. Bei den Worten »kleiner Kater« stellten sich Neko die Nackenhaare auf, doch einer Kinnmassage konnte er sich einfach nicht entziehen.

»Ich bin so froh, dass ihr wieder da seid!«, sprudelte es aus Shiina heraus. Schließlich ließ sie von ihm ab und fragte aufgeregt: »Und wo sind die anderen?«

»Bei Giove im Zimmer«, meinte Neko und schloss die Augen, in der Hoffnung, dass sie ihn in Ruhe weiter schlafen ließ.

»Gut, dann sehe ich dort mal nach. Danke!«, rief Shiina, winkte und tänzelte in den Flur. Gerade, als sie an die Tür klopfen wollte, öffnete sich diese.

»Wie schön euch endlich wiederzusehen!«, sagte sie, aber ihre Freude verpuffte sofort, als sie in Tomakis trauriges Gesicht sah.

»Hallo Shiina«, murmelte er.

»Aber, wo sind denn Pez und Fundus?«, fragte sie. Auf einmal breitete sich Entsetzen auf ihrem Gesicht aus.

»Ist ihnen etwas zugestoßen?! Wieso konntest du nicht besser aufpassen?!«, jammerte sie und war kurz davor, in Tränen auszubrechen.

»Shiina, Stopp!«, rief Tomaki genervt und legte seine Hände auf ihre Schultern. Sie zuckte zusammen und sah ihn ängstlich an.

»Ruta und Fundus sind mit uns zurückgekommen. Es geht ihnen gut. Das glaube ich zumindest. Aber Ruta ist Hals über Kopf davongestürmt.«

»Wollte sie mich gar nicht begrüßen?«

»Das ist der Punkt. Wir müssen mal reden«, erwiderte er seufzend.

»Gut.«

»Ich komme gleich zum Punkt: Wieso schläft Giove noch?«, fragte Tomaki mit leicht gereiztem Unterton.

»Was weiß ich?! Bist du davon ausgegangen, dass er wieder wach ist, wenn ihr da seid?«, sagte Shiina entrüstet und wurde ganz rot.

»Na ja-«

»Gibst du mir etwa die Schuld, dass er noch schläft?!«, unterbrach sie ihn.

»Nein, aber warum bist du mit einem fremden Typen unterwegs?! Gut, es kann mir eigentlich egal sein, mit wem du abhängst. Aber es macht mich richtig wütend, dass du ihn zu meinem Tempel geführt hast! Und außerdem bin ich total sauer auf dich, dass du Ruta die Sache mit Neko erzählt hast. Obwohl du wusstest, wie ich darüber denke. Ich hatte dir klipp und klar gesagt, dass sie nicht mitkommen soll«, polterte es aus Tomaki heraus.

Shiina starrte in sein schnaufendes Gesicht. Schon im nächsten Moment spürte sie seine Wut: Tomaki krallte seine Hände immer tiefer in ihre Schultern.

»Aua, das tut weh! Ich musste es ihr sagen, sie hätte es sowieso erfahren! Und wegen Zóel, das ist alles ganz anders als du denkst!«, fauchte sie und schüttelte Tomaki von sich ab.

»Zóel heißt dieser Typ also? Tse. Ich kann gut verstehen, dass Ruta dich nicht sehen wollte«, murmelte Tomaki und sah stinkig zu Boden.

»Pez will mich nicht sehen?«, flüsterte Shiina. Gekränkt presste sie ihre Lippen aufeinander.

»Ich wusste doch nicht, dass ich sie damit verletzen würde.«

»Du weißt, dass sie unbekannten Menschen gegenüber misstrauisch ist. Und außerdem zählt sie auf uns. Wir sind mehr als nur ihr Team, wir sind ihre Familie. Sie denkt jetzt, dass wir dir nicht wichtig sind und dass dieser Kerl dir mehr bedeutet«, zischte Tomaki die letzten Worte.

»Nein, das stimmt doch gar nicht! Das mit Zóel hat seine Gründe. Es ist viel passiert, als ihr weg wart. Hör dir erst mal meine Geschichte an, bevor du urteilst«, verteidigte Shiina sich. Böse funkelte sie Tomaki an.

»Sag das Ruta und nicht mir«, knurrte Tomaki zurück und sie verstummte. Ihre Lippen bebten und ihre Augen füllten sich mit Tränen.

»Das es in Streit endet, wollte ich nicht«, schluchzte sie. Tomaki unterbrach Shiina mit einem energischen »Pscht! Sei ruhig!« und legte seinen Finger an die Lippen. Dann schnappte er sich Shiinas Hand und zog sie in Gioves Zimmer hinein.

»Hey, lass mich«, wollte sie rufen und sich von Tomaki abschütteln. Als Shiina jedoch sah, dass Giove seinen Mund bewegte, verstand sie und trat an sein Bett heran.

»Ruta...Pez«, flüsterte Giove schwach.

»Verdammt, er sagt ihren Namen und sie ist nicht da«, rief Tomaki und sah sich hektisch um, »du bleibst hier, ich hole Neko. Der weiß, was zu tun ist.«

Shiina nickte und schon verschwand Tomaki aus dem Zimmer.

»Giove, wir sind bei dir«, flüsterte sie und strich ihm sanft über die Hand.

Wieso sagt er Pez Namen und nicht meinen?, dachte Shiina enttäuscht und auch ein bisschen eifersüchtig.

Außerdem setzte ihr der Streit mit Tomaki zu.

»... und dann hat er ihren Namen geflüstert«, hörte sie Tomaki zurück ins Zimmer kommen. Auf dem Arm trug er Neko, welchen er neben Giove aufs Bett setzte.

»Hat er noch was gesagt?«, fragte der Kater und zuckte mit den Ohren. Shiina schüttelte den Kopf.

»Dann soll-«, wollte Neko sagen, doch als sich Gioves Lippen wieder bewegten, verstummte er sofort.

»Die vierte Königin«, waren Gioves leise Worte. Shiina bekam Gänsehaut. Unsicher sah sie zu Tomaki, welcher unschlüssig zurückstarrte.

»Er meint wohl dich«, löste Neko auf und sah zu Shiina.

»Aber ich-«

»Weck... Mich... Auf«, stöhnte Giove.

»Wie soll ich das anstellen?«, wimmerte Shiina hilflos und sah wieder zum Kater.

Bevor Neko allerdings etwas erwidern konnte, wusste sie schon, was zu tun war.

»Ich bin die vierte Königin«, flüsterte Shiina plötzlich selbstsicher und alle Angst verschwand aus ihren Augen. Langsam führte sie die Hände zur Brust und aus ihrem Herzen stieß ein helles Licht hervor. Rasch breitete es sich aus und hüllte sie in einen glitzernden Nebel. Als dieser verging, schwebte sie vor Giove.

Die vierte Königin.

Gehüllt in das wunderschöne Kleid aus Rosenblüten und umgeben von einer atemberaubenden Aura. Doch dieses Mal war etwas anders: Sie lächelte nicht. Ihr Blick war sehr besorgt und als sie Giove auf dem Bett liegen sah, weinte sie rosa glitzernde Tränen. Ganz vorsichtig beugte sie sich zu ihm herunter und legte ihren Kopf auf seine Brust. Ihre glitzernden Tränen versickerten allmählich in seinem schlafenden Körper. Die Königin schluchzte traurig und als sie aufschaute, war ihr Blick so schmerzvoll, dass selbst Neko wegsehen musste, um nicht zu weinen.

»Was können wir tun?«, fragte Tomaki, der ebenfalls nicht in ihr trauerndes Gesicht sehen konnte. Sie ließ ihren betrübten Blick wieder sinken und schloss für einen Moment ihre schönen Augen. Neko und Tomaki warfen sich nervöse Blicke zu und sahen zurück zur Königin. Diese schlug ihre Augen auf und flog nun mit einer wunderbar weichen Bewegung von Gioves Brust zu seinem Kopf hinauf. Sie setzte sich auf das Bett, hob ihre Hände und legte sie vorsichtig an seine Wangen. Als sie Gioves Lippen immer näher kam, hielten Neko und Tomaki die Luft an. Keine Sekunde später berührten sich ihre Lippen und gleichzeitig erstrahlte ein helles Licht. Es war so hell, dass Tomaki und Neko sich geblendet abwenden mussten. Erst als es wieder schwächer wurde, konnten sie ihren Blick zurück auf die Königin richten. Zu ihrer Überraschung saß dort nicht mehr die Königin, sondern Shiina. Tomaki und Neko sahen sich fragend an, blieben aber stumm. Shiina öffnete ihre Augen und löste sich erschrocken von Gioves Lippen. Noch bevor sie realisieren konnte, was sie gerade getan hatte, erwachte Giove. Im

Raum breitete sich Ungläubigkeit aus und erst, als er ein wenig hustete, kam Erleichterung auf.

»Giove!«, piepste Shiina und brach damit als Erste das Schweigen. »Wie schön! Du glaubst nicht, wie froh ich bin, dass du wieder wach bist!«

»Nrgh«, brachte dieser nur hervor und hielt sich den Kopf.

»Giove! Man, hast du uns einen Schrecken eingejagt!«, rief auch Tomaki sehr erleichtert. Neko schleckte über Gioves Hand und meinte grinsend: »Was für eine Schlafmütze.«

»Shiina, hol ihm schnell etwas von der Suppe. Die braucht er jetzt dringend!«, sagte Tomaki aufgeregt.

Shiina nickte und löste sich von Giove. Bevor sie aus dem Zimmer verschwand, warf sie ihm noch einen schüchternen Blick zu. *Ein Kuss?* Hatte sie *das* wirklich getan?! Verlegen schüttelte sie den Kopf und schlüpfte hinaus.

Nein, das war die vierte Königin, die ihn geküsst hat, dachte sie mit Herzklopfen. Doch dieses Gefühl von Gioves warmen Lippen ließ sie nicht mehr los.

Sie waren so weich! Oje, wieso kann ich an nichts anderes mehr denken?!, erwischte Shiina sich und klatschte sich auf ihre Wangen.

»Suppe holen, Suppe holen«, rief Shiina und suchte die Schränke ab, fand aber nichts.

Im Garten vielleicht? Und schon erinnerte sie sich wieder. Sie hatte die Suppe zur besseren Haltbarkeit im Innenhof abgestellt. Sie ging zur Tür, trat in den Garten hinaus und machte sich auf die Suche nach dem Topf.

»Giove und ich haben uns wirklich… geküsst?!«, murmelte sie ungläubig und fuhr mit den Händen an ihre Lippen. Doch schon im nächsten Moment ließ sie die Finger wieder sinken, denn…

Zóel, fiel ihr siedend heiß ein. Was würde er dazu sagen?

»Er muss es ja nicht erfahren. Der Kuss bedeutet sowieso nichts«, redete sie sich ein und strich sich verlegen eine Strähne hinters Ohr.

Sie entdeckte die Suppe unter einem kleinen hölzernen Vordach. Vorsichtig nahm sie das wertvolle Gemisch an sich und tappte wieder zurück in den Tempel. Das Gefühlschaos, das gerade in ihr aufkam, versuchte sie zunächst zu verdrängen. Allerdings wusste sie nicht, für wie lange ihr das gelang.

Kapitel 22

Feige ließ ich die Hand sinken. Das war schon mein dritter Versuch, an die Tür des Tempels zu klopfen.

»Ich bin echt schlecht in so was«, murmelte ich, ließ die Schultern fallen und sah hilfesuchend zu Fundus.

»Du bist weggelaufen und hast dich selbst in diese Situation gebracht. Also musst du sie auch ausbaden«, lautete Fundus' hilfreicher Ratschlag.

War klar, dass von Fundus so was kam, ärgerte ich mich. Aber er hatte recht. Ich musste mich der Sache stellen. Wenn ich weiter versuchte, wegzulaufen und auszuweichen, würde ich es nur vor mir herschieben. Laut seufzend klopfte ich an die Tür. Was würde Tomaki wohl für ein Gesicht machen? Hoffentlich hatte ich ihm nicht allzu große Sorgen bereitet. Oder schlimmer: Bestimmt war er böse auf mich, weil ich mich allein auf und davon machte. Das Ratschen der sich öffnenden Tür ließ mich aufschrecken.

»Ruta!«, sprudelte es aus ihm heraus, »du glaubst nicht was gerade passiert ist! Giove ist endlich aufgewacht!«

»Wie, was... Ernsthaft?«, fragte ich überrascht. Fundus und ich wechselten verwunderte Blicke.

»Ja!«, antwortete Tomaki aufgeregt.

»Wie habt ihr das angestellt?«, hakte ich verwundert nach. Tomaki kratzte sich verlegen im Nacken und meinte: »Na ja, nicht wir. Shiina hat ihn aufgeweckt.«

»Shiina?«, wiederholte ich ungläubig.

»Kommt, ich erzähle euch alles drinnen«, sagte Tomaki und ließ mich und Fundus eintreten. Wir folgten ihm in den Aufenthaltsraum.

»Und wo ist sie jetzt?«, fragte ich vorsichtig.

»Meinst du Shiina?«

Ich nickte.

»Bei Giove, sie hat ihm die Suppe gebracht.«

»Am besten wir halten eine Sitzung«, schlug Fundus vor, »dann können wir uns alle zusammensetzen und Giove über das Geschehene aufklären.«

»Gute Idee, ich sag den anderen Bescheid«, stimmte Tomaki zu und verschwand.

Wie würde es sein, Shiina wiederzusehen? Meine Gefühle hatten sich etwas beruhigt. Doch was, wenn ich wieder die Kontrolle verlor und ausrastete? Schließlich war ich noch sauer auf sie. Und das konnte ich nicht einfach so verdrängen. Schwer seufzend setzte ich mich an den eckigen Tisch. Fundus ließ sich neben mir nieder. Ich bemerkte seinen musternden Blick auf mir.

»Probleme soll man offen ansprechen«, flüstere er mir zu und zwinkerte.

»Hach, das weiß ich ja auch«, murmelte ich zurück. Ob ich überhaupt die richtigen Worte finden würde?

»Komm, ich stütze dich«, hörte ich Shiinas Stimme im Flur und wurde nervös. Es könnte schwieriger werden als gedacht. Wenig später betrat sie mit Giove an ihrer Seite den Raum. Sie sah zu mir, doch ich wich ihrem Blick prompt aus. Eigentlich wollte ich ihr um den Hals fallen und mich mit ihr freuen, dass wir Neko wiedergefunden hatten und dass Giove endlich aufgewacht war. Ihr so viel erzählen. Ich merkte jedoch, wie mich das dunkle Gefühl wieder einnahm und ich alles andere verdrängte.

Die beiden setzten sich zu mir an den Tisch und Giove kraulte zaghaft Fundus' Kopf.

»Wie schön, dass du wieder wach bist«, brummte der Wolf.

»Ich habe jegliches Zeitgefühl verloren«, beschwerte sich Giove und blickte skeptisch in die Runde.

»Das wird schon wieder«, versuchte ich ihn aufzuheitern. Er zuckte missmutig mit den Schultern.

»Gut, dann sind jetzt alle da und wir können anfangen«, verkündete Tomaki, als plötzlich ein unzufriedenes Miauen ertönte.

»Ach herrje, Neko! Wie konnte ich dich nur vergessen?« Lachend stand Tomaki auf und sprintete zum Kater. Behutsam hob er ihn auf den Arm und setzte ihn vorsichtig zu uns auf den Tisch.

»*Jetzt* können wir anfangen«, diktierte der Kater und sah bestimmend in die Runde. Tomaki verkniff sich ein Grinsen und sagte: »Zuerst der Bericht unserer Reise. Positiv: Wir haben Neko gefunden. Negativ: Wir haben Viis mit seinen Beratern gesehen. Sie wissen, dass wir in den Bergen waren.«

Ich blickte verstohlen zu Shiina hinüber und sah, wie sich Entsetzen in ihrem Gesicht ausbreitete.

»Wie haben sie das herausgefunden? Heißt das etwa, dass sie von den legendären Drachen wissen?«, fragte sie erschrocken. Auch Giove sah besorgt aus.

»Ich bin Viis lange gefolgt und habe seinen Gesprächen gelauscht. Von legendären Drachen hat er nicht geredet. Was der Magier weiß und was nicht, ist also ungewiss«, warf Neko ein und alle Blicke richteten sich auf den Kater.

»Also können wir hoffen, dass er nichts herausgefunden hat?«, hakte Shiina weiter nach.

»So sieht es im Moment aus. Wir sollten aber weiterhin auf der Hut sein«, erklärte Tomaki. Der Kater nickte zustimmend und erzählte weiter von den energiefressenden Geistern und davon, wie er sich in die Schlucht retten musste und seine Pfote brach.

»Was?! Vorhin hast du zu mir gesagt, dass du die Geister in die Flucht geschlagen hast!«, warf Shiina verwundert ein. Tomaki musste lachen.

»Neko, du alter Angeber!«

Peinlich berührt putzte sich der Kater über die Pfote und wechselte prompt das Thema: »Zurück zu meinem Bericht. Wir haben eine schreckliche Entdeckung gemacht. Das verdorbene Moor breitet sich immer weiter aus.«

»Was ist das? Bestimmt nichts Gutes, wenn man Neko so ansieht«, vermutete Shiina und ihr Gesicht zog sich sorgenvoll zusammen.

»Wenn Viis mit seiner Magie die Natur aussaugt, bleibt nur ein giftige Masse zurück. Man nennt es das verdorbene Moor. Es breitet sich immer weiter aus und verschlingt dabei alles, was ihm in die Quere kommt«, sagte Fundus. »Nichts und niemand kann sich seinem immerwährenden Hunger widersetzen.«

»Deshalb müssen wir schnell handeln und endlich die Drachen finden und erwecken. Viis wird bald die Energie ausgehen und so muss er die Flächen, die näher an der Cosmica liegen, anzapfen. Wenn er das tut, hat das verdorbene Moor leichtes Spiel, sich bis zu uns vorzufressen und uns zu verschlingen. Soweit sollten wir es gar nicht erst kommen lassen«, meinte Tomaki. Erst mit seinen eindringlichen Worten wurde mir wieder bewusst, wie ernst die Lage war.

»Genau«, unterbrach Neko ihn forsch. »Jetzt ist also unsere Hauptaufgabe, alle Drachen zu finden und ihnen die Schuppen einzusetzen.«

»Richtig. Und dabei brauchen wir volle Konzentration. Ablenkungen werden nicht geduldet«, fuhr Tomaki fort und sah dabei streng zu Shiina hinüber. »Du hast uns sicher auch noch einiges zu erzählen.«

Bei seinen Worten sah Shiina vom Tisch auf. Erst unsicher, doch dann schüttelte sie den Kopf, schnaubte und schaute selbstbewusst in die Runde.

»Als ihr weg wart, ist viel passiert. Ich fange mit der Geschichte in der Schule an. Denn der Lehrer wollte wissen, wo ihr seid. Es gibt viele Regeländerungen und verstärkte Strafen, fürs Schwänzen zum Beispiel.«

Moment mal... Hieße das also, ich würde diesem grausamen Matheunterricht nie wieder entkommen?, heulte ich in Gedanken.

»Deshalb wollte mir der Lehrer auch nicht abnehmen, dass ihr krank seid. Nur durch die Unterstützung eines neuen Mitschülers glaubte er mir endlich und ich konnte euch weiterhin krank melden. Genau diesen Mitschüler habt ihr vorhin mit mir gesehen. Sein Name ist Zóel«, erklärte Shiina, »und so sind wir ins Gespräch gekommen. Er hat mir erzählt, dass er auch hinter Viovis her ist. Ich versichere euch, er ist anders als die anderen und vor allem ist er wie wir gegen Viis Tyrannei.«

»Und das war Grund genug für dich, ihn zum Tempel zu führen?!«, entgegnete ich und sah Shiina zum ersten Mal nach unserer Rückkehr richtig an.

»Das habe ich ja nicht mit Absicht gemacht! Er wollte mich unbedingt begleiten und da ich auch nach Giove sehen wollte, haben wir uns hier getrennt. Zóel kann den Tempel sowieso nicht sehen, wo liegt also euer Problem?«, meinte Shiina und funkelte mich wütend an.

»Du sollst dich nicht mit Fremden einlassen! Du hast keine Ahnung, wie viel er wirklich weiß. Dieser Typ kann unsere ganze Mission gefährden«, zischte ich und wandte den Blick ab.

Wieso begreift sie das denn nicht?, dachte ich gereizt.

»Aber Zóel hat einen sehr großen Wissensschatz. Er hat mir so viel erzählt, wir können ihm garantiert vertrauen. Und außerdem ist er eingeweiht«, versuchte Shiina zu erklären. Als sie das sagte, wurden wir alle stutzig und sahen vom Tisch auf.

»Shiina, was meinst du mit ‚er ist eingeweiht'?«, fragte Tomaki betont ruhig. Nervöse Blicke richteten sich auf das Mädchen mit den violetten Puppenaugen.

»Wenn Zóel sich unserem Team anschließt, haben wir alle was davon. Er hat Viis und Viovis studiert und könnte uns sehr nützlich sein und-«

»Hey, Shiina! Tomaki hat dich etwas gefragt!«, meldete sich Giove überraschend zu Wort. Er schlug sogar mit der Faust auf den Tisch, was Shiinas Schultern in die Höhe schnellen ließ. Sie musste sich fünf erwartungsvollen Blicken entgegenstellen.

»E-Er weiß, dass ich eine Zeitspielerin bin«, nuschelte sie kleinlaut. Augenblicklich breitete sich fassungslose Stille im Raum aus. Zuerst überlegte ich, ob ich mich verhört hatte. Aber als ich in die entrüsteten Gesichter der anderen sah, realisierte ich, dass es Shiinas Ernst war.

»Wie konntest du nur?«, rief Giove zornig.

»Ich hatte keine andere Wahl! Es ging um Leben und Tod! Wenn ich nichts unternommen hätte, dann-«

»Man hat immer eine andere Wahl«, unterbrach Giove sie zischend, »und mit diesem Zóel stimmt etwas nicht. Du hast uns alle enttäuscht.«

»Tomaki... Denkst du auch so?«, hauchte Shiina verzweifelt und sah durch wässrige Augen zu ihm hinüber. Der Anblick von Shiinas Tränen tat sehr weh, doch ihr Fehler war unverzeihlich. Sie brachte uns in Gefahr.

»Dieses Mal muss ich Giove recht geben. Wir hatten vereinbart, es niemandem zu sagen! Dein Vorschlag, dass Zóel dem Team beitritt, ist hiermit abgelehnt. Es wäre besser, wenn du dich ab jetzt von ihm fernhältst. Am besten, du vergisst ihn«, sagte Tomaki und schon liefen Shiina Tränen die Wangen herunter.

»Ihr versteht mich nicht, oder? Ihr wollt es noch nicht einmal versuchen! Geschweige denn habt ihr gefragt, wie es mir ergangen ist, als ich allein war. Was für ein tolles Team!«, schluchzte sie, stand auf und stürmte aus dem Raum. Kurz darauf hörten wir die Tür im Flur zuknallen.

»Waren wir zu hart zu ihr?«, fragte Tomaki vorsichtig in die Runde. Ich senkte schuldig meinen Blick.

»Nein«, brummte Giove, »wir können uns bei solch einer wichtigen Mission keine Fehler leisten. Es geht hier schließlich um das Wohl vieler Völker. Sie alle haben ihre letzte Hoffnung in uns gesetzt, wir dürfen nicht scheitern.«

»Hm«, meinte Tomaki und sah betrübt auf seine ineinander gefalteten Hände.

»Sie braucht wohl Zeit«, meldete sich Fundus zu Wort. »Trotzdem wäre es gut gewesen, wenn der eine oder andere ein offenes Ohr für sie gehabt hätte.«

Dabei sah er vorwurfsvoll in meine Richtung.

»Wie, meinst du mich?!«, fauchte ich.

»Anstatt ihr Vorwürfe zu machen, hättest du dir ihre Geschichte erst mal anhören sollen.«

»Sie hat mich aber ziemlich verletzt, als sie mit Zóel vor dem Tempel aufgekreuzt ist«, verteidigte ich mich.

»Das hättest du ihr vorhin genau so sagen sollen«, tadelte Fundus mich weiter. Ich spürte, wie schon wieder die Wut in mir wuchs und immer mehr an Bedeutung gewann.

Verdammt, bloß nicht ausrasten, rief ich mir ins Gedächtnis und versuchte an etwas Schönes zu denken. Das war in dieser aufgeheizten Situation gar nicht so einfach.

»Da habt ihr sie ja schön vergrault«, warf jetzt auch Neko ein.

»Du hast erst recht nichts gesagt«, spielte Tomaki den Ball böse zurück, »und warst die ganze Zeit still, genau wie Fundus auch! Deshalb verstehe ich nicht, warum du Ruta so rund machst!«

»Schon gut, schon gut. Wir hätten alle was sagen können, auch Neko und ich«, gab Fundus zu und versuchte die Wogen zu glätten. »Wir verurteilen Shiina nicht weiter und widmen wir uns wieder unserem Ziel. Wir müssen alles daran setzen, endlich die Koordinaten der schlafenden Drachen herauszufinden. Wer eine Idee oder einen Hinweis hat, möge sofort Bescheid sagen. Das war's erst einmal, die Versammlung ist hiermit beendet.«

Ich ließ mich auf den Boden sinken. Mein Kopf brummte. Wieder einmal fand ich nicht die richtigen Worte. Verdammt. Ich wollte keinen Streit. Aber meine eigenen Gefühle konnte ich auch nicht ignorieren. Von dem Vorfall mit meinem Ausraster und dem schwarzen Drachen hatte ich ebenfalls niemandem außer Fundus erzählt.

Gut, das wäre jetzt auch der falsche Zeitpunkt. Vielleicht wollte ich es aber auch nicht erzählen. Nein, besser ich behielt es weiterhin für mich. Ich kriegte das schon in den Griff.

Kapitel 23

Shiina kam gestern nicht wieder. Auf der einen Seite konnte ich das verstehen, auf der anderen aber auch nicht. Die letzte Zeit war für uns alle nicht einfach.

Allein hätte ich das alles nicht geschafft, nur durch die anderen lernte ich eine neue Welt kennen. Eine Welt voller Farben und neuer Gefühle. Und eben genau das wollte ich mir nicht durch einen Fremden zerstören lassen. Wir hatten uns als Team zusammengerauft und beschlossen, die Mission gemeinsam durchzuführen. Dafür brauchten wir keinen fünften Mann.

Ich seufzte und pustete mir eine Haarsträhne aus dem Gesicht. Es war früh am Morgen. Die Sonne schien sich heute mit dem Aufgehen besonders viel Zeit zu lassen. Ich lehnte mich auf dem knarrigen Stuhl zurück und genoss die Ruhe im noch leeren Klassenraum.

»Hi Pez«, flötete wenig später Shiina, als sie den Raum betrat. Von ihrer überschwänglichen Begrüßung überrascht fuhr ich herum und betrachtete sie. Sie verhielt sich ja wie immer! War sie denn gar nicht mehr sauer auf mich? Oder war ihr das alles egal?

»Morgen«, brummte ich und wandte den Blick ab. So schnell könnte ich nicht zur Normalität zurückkehren. Erstens war ich sehr nachtragend und wütend auf sie und zweitens fühlte ich mich ein bisschen schuldig, ihr nicht zugehört zu haben.

»Wo ist eigentlich Tomaki?«, fragte Shiina und ich antwortete, dass er bestimmt gleich kommen würde. Tomaki begleitete mich heute früh zur Schule, unsere Wege trennten sich erst, als wir am Sekretariat vorbeikamen. Er wollte dort unseren Krankenbescheid abgeben und kam deshalb später nach. Giove war noch nicht fit genug, um in die Schule zu gehen. Er blieb für heute im Tempel.

Hoffentlich bekam er deshalb keine Probleme. Shiina meinte ja, dass es neue Regeln gab und dass die Lehrer jetzt alles viel engmaschiger kontrollierten. Das hing sicher mit dem Ereignis in Viis Palast vor ein paar Wochen zusammen, wo wir einbrachen und die Schuppen zurückeroberten. Klar, dass Viis wütend war und die Sicherheit verschärfte. Was Viovis jetzt wohl trieb? Schließlich hatten wir ihm die Schuppen geklaut und ihm ganz schön was eingebrockt. Vielleicht musste er Strafarbeiten verrichten oder wurde weggesperrt. Dass er so plötzlich nicht mehr in die Schule kam, war bestimmt kein Zufall.

Schadenfroh malte ich mir aus, wie er mit einer Spitzhacke Steine zertrümmerte oder in einer stockdunklen Zelle um Hilfe winselte.

»Was grinst du so?«, fragte Tomaki belustigt, als er wie aus dem Nichts neben mir auftauchte. Dabei legte er seine warmen Hände auf meine Schultern und als ich mich umdrehte, sah ich in sein freundliches Gesicht. Mein Herz schlug plötzlich schneller.

»Hab nur über etwas nachgedacht. Nichts Wichtiges«, erklärte ich. Seine Wärme erinnerte mich wieder an die Nacht im Felsenbecken, wo wir aneinander gekuschelt geschlafen hatten. Ich spürte, wie mir auf einmal heiß wurde.

»Ach, Tomaki, da bist du ja«, meinte Shiina, die gerade vorbeikam und sich zu uns gesellte. Sofort ließ Tomaki seine Hände von meinen Schultern gleiten. Enttäuscht drehte ich meinen Kopf zurück. Da mir immer noch warm war, kramte ich in meiner Tasche nach einer Flasche Wasser. Ich nahm zwei, drei Schlucke und stellte sie offen auf den Tisch. Tomaki knetete derweil seine Finger ineinander. Hilflos nach Worten suchend sah er sich um.

»Shiina, wegen gestern-«, setzte er schließlich an, doch da unterbrach sie ihn.

»Ach, ist schon vergessen, in Ordnung?«, winkte Shiina ab und lächelte.

»Ok? Wenn du meinst?«

Tomaki warf mir einen verwunderten Blick zu. Ich zuckte sprachlos mit den Schultern. Mit dieser gleichgültigen Reaktion hatte keiner von uns gerechnet. Fundus machte mir völlig umsonst ein schlechtes Gewissen. Trotzdem war ihr Verhalten komisch. Da kam bestimmt noch was.

Meine Vermutung bestätigte sich, als sie im nächsten Moment beiläufig meinte: »Aber ich könnte euch ja mal mit Zóel bekanntmachen. Dann werdet ihr euch auch gleich davon überzeugen, dass er richtig gut ins Team passt.«

Tomaki warf mir einen fragenden Blick zu. Heftig schüttelte ich den Kopf und zog widerstrebend die Augenbrauen zusammen. Tomaki jedoch sah mich tadelnd an und presste dabei seine Lippen aufeinander. Entsetzt schaute ich zurück. Wollte er wirklich drauf eingehen?

»Sicher, du kannst ihn uns gern vorstellen«, willigte Tomaki ein. Ich schnaubte.

Wie konnte er mir das antun?!

Shiinas strahlte und hüpfte aufgeregt von einem Bein aufs andere.

»Prima! Dann in der zweiten Pause?«, schlug sie freudig vor.

»Geht in Ordnung«, sagte Tomaki und stupste mich in die Seite. Ich ignorierte seine Anspielung ebenfalls zuzustimmen.

»Super! Bis später!«, rief Shiina, bevor sie an ihren Platz verschwand.

»Was sollte das?«, raunte ich Tomaki aufgebracht zu. *Das geht ja wohl gar nicht!*, tobte ich in Gedanken.

»Nach dem Abend gestern ist das wohl das Mindeste, was wir für Shiina tun können. Zóel kommt doch nicht gleich ins Team. Wir lernen ihn nur kennen, mehr passiert nicht. Los Ruta, tu es für Shiina. Hast du nicht gesehen, wie glücklich sie nach der Zusage war?«

Du bist echt zu nett, Tomaki, wollte ich sagen, verkniff es mir aber. Dafür hallte sein *Tu es für Shiina* noch für eine ganze Weile in meinem Kopf nach. Und je länger ich darüber nachdachte, umso dunkler wurden meine Gedanken. Eigentlich wollte ich ihnen keinen Platz geben. Doch sie frästen sich durch jede Wand, die ich ihnen versuchte entgegenzustellen. Meine immer weiter nach unten führende Gedankenspirale wurde erst von der Stimme des Lehrers unterbrochen. Er kontrollierte die Anwesenheit und gerade fiel mein Name.

»Hier«, meldete ich mich. Für einen Moment schienen die Gedankengespenster verflogen zu sein. Wie sehr ich mich in dieser Annahme täuschte, spürte ich kurz darauf.

Shiina will euer Team zerstören. Shiina hat einen Plan, an dem sie heimlich mit Zóel arbeitet. Jetzt versucht sie erst recht, die Karten gegen euch auszuspielen, geisterte es mir weiter durch den Kopf. Das war echt zum Verrücktwerden!

»So. Bitte hört jetzt ganz genau hin, denn ich wiederhole nichts. Nächste Woche steht die Klassenfahrt zur Yataka Insel auf dem Programm. Wir werden am Montag mit dem Bus abgeholt und fahren Freitag zurück. Gleich teilt jemand die Listen aus, auf denen alle Informationen noch mal draufstehen. Tomaki, weißt du schon, ob Giove mitkommen wird?«

»Bis dahin ist er bestimmt wieder fit«, antwortete Tomaki.

»Gut. Und an alle: Benehmt euch! Wir fahren in ein Erholungsgebiet von Viis, unserem spendablen Herrscher. Wehe, einer tanzt aus der Reihe und blamiert mich«, zischte der Lehrer und schlug mit dem Zollstock auf den

Tisch. So energisch hatte ich ihn lange nicht mehr gesehen.

Hat wohl mit dem Umstrukturierungsplan zu tun, von dem Shiina erzählte, dachte ich.

Klassenfahrt.

Normalerweise hätte ich mich gefreut. Mit meinen Freunden mal etwas anderes zu sehen, stellte ich mir eigentlich sehr amüsant vor. Aber wenn sich dieser Zóel zwischen uns drängte, dann verging mir die Lust total.

Ich seufzte und in mir begannen die dunklen Gedanken weiter, sich von meiner Unsicherheit zu nähren.

Auf wessen Seite steht Shiina?, überlegte ich. Langsam hob ich meinen Kopf und schielte zu ihr hinüber. Sie spielte ganz unbekümmert mit ihren Haaren und schaute nach vorn zum Lehrer.

Ich erinnerte mich an Viovis. Sein Plan, dass Tomaki und ich mit unseren Amuletten die Schuppen für ihn einsammelten, war ja aufgegangen. Ob Shiina das Gleiche vorhatte? Sie wusste schließlich alles, jeden Schritt, den wir gingen, jede Information über die Mission und jeden Fortschritt. Ich spürte, wie sich immer mehr Unmut in mir zusammenbraute. Es musste raus.

Klatsch machte es plötzlich, als ich unerwartet laut mit der flachen Hand auf den Tisch schlug. Die Schüler um mich herum zuckten erschrocken zusammen und starrten mich verdattert an.

»Gibt es ein Problem, Ruta Pez?«, fragte der Lehrer und stierte durch seine runde Brille.

»Ich…habe noch keinen Zettel bekommen«, fiel mir schnell ein.

»Die Blätter wurden auch noch nicht verteilt«, erklärte der Lehrer genervt und fügte hinzu: »Das kann Zóel gleich machen.«

Mein Blick wanderte zu Tomaki, der mich beunruhigt anschaute. Ich formte meine Hand zu einem »Alles ok«

Daumen, doch er schien nicht überzeugt. Na ja, das war es ja auch nicht. Was zum Teufel war nur wieder los? Garantiert steckte der schwarze Drache dahinter!

Ich ließ meinen Blick auf die Tischplatte sinken und starrte gedankenverloren vor mich hin. Vielleicht war genau das der Punkt: Ich dachte zu viel nach.

Irgendwie musste ich aus dieser Gedankenspirale raus und mich ablenken.

Zeichnen. Der Gedanke formte sich zu einem Bedürfnis, welches jetzt nicht mehr locker ließ, sondern mich schon fast dazu drängte, endlich den Stift in die Hand zu nehmen. In meinem Kopf entstand ein Bild, das raus wollte.

Jetzt.

Sofort griff ich in meinen Beutel, in dem Stifte und ein Block lagen. Hektisch nahm ich alles heraus und breitete es vor mir auf dem Tisch aus. Meine Finger angelten instinktiv nach dem schwarzen Stift und kritzelten etwas auf die erste Seite des Blockes. Allmählich bildeten sich dunkle Zapfen und scharfe Spitzen. Schon bald erkannte ich, dass es der schwarze Drache werden sollte.

Da ich so vertieft ins Zeichnen war, bemerkte ich gar nicht, wie plötzlich Zóel neben mir stehen blieb, um mir einen Zettel auf den Platz zu legen.

Und dann passierte etwas, was ich nie hätte zulassen dürfen.

Kapitel 24

Erschrocken sah ich auf, als Zóels Stimme an mein Ohr drang: »Hier ist dein Zettel, Ruta Pez.«

Schnell verdeckte ich meine Zeichnung mit dem Ellenbogen und nahm das Blatt an mich. Ich hoffte, dass er endlich verschwinden würde, denn der schwarze Drache ließ bestimmt nicht mehr lange auf sich warten.

Zóel jedoch machte keinerlei Anstalten weiterzugehen. Sein Blick klebte weiter auf dem verdeckten Block.

»Hab ich da etwa einen Drachen gesehen?«

»Geh einfach weiter«, entgegnete ich, lehnte mich schützend über das Blatt und versuchte, den sich aufbäumenden Drachen in mir zu kontrollieren.

Zóel ließ nicht locker.

»Ach komm, zeig mal«, sagte er.

Der Drache wurde immer unruhiger.

Ich atmete leise ein und aus und beschloss ihm keinen Raum zu geben.

Ich schaffe das, sagte ich mir und versuchte ruhiger zu werden. Ich wollte den Ellenbogen heben und meine Zeichnung unauffällig verstecken.

Vorsichtig löste ich den Arm vom Tisch. Ich wagte kaum zu atmen, als ich mit der freien Hand nach der Zeichnung angelte. Ich war so auf mich und den Drachen konzentriert, dass ich gar nicht mitbekam, wie Zóel sich gefährlich nah zu mir heranlehnte.

»Ich will nur kurz schauen«, raunte er in mein Ohr und schnappte sich den Block. Triumphierend hielte er ihn in die Höhe.

»Du hast echt einen Drachen gemalt?!«, rief er laut.

Geistesgegenwärtig schoss ich hoch, griff nach vorn und riss den Block zurück.

In mir kochte die blanke Wut hoch, ich versuchte sie zu verdrängen und zu ignorieren. Denn mit ihr schoss der schwarze Drache durch meinen Körper.

»Hau endlich ab«, drohte ich, doch das schien Zóel erst recht anzustacheln.

»Ruta Pez malt Drachen! Gib her, ich will es den anderen zeigen!«, grölte Zóel in die Klasse. Er angelte erneut nach meiner Zeichnung. Ich hielt dagegen. Er zog stärker. Der Zorn in mir wuchs.

Als Zóel das Papier mit einem kräftigen Ruck zu sich ziehen wollte, riss es in der Mitte durch.

»Upps.« Zóel grinste schief.

Schadenfroh ließ er vom Blatt ab. Seine abgerissene Hälfte segelte zurück auf meinen Platz.

»Was hast du getan...!«, hauchte ich, hielt ungläubig das zerrissene Blatt in die Höhe und versuchte, die Zeichnung wieder zusammenzufügen. Doch egal, wie ich es probierte - das Bild war dahin.

Gerade, als Tomaki von seinem Stuhl aufsprang, um mir zu Hilfe zu eilen, verlor ich die Kontrolle: Der Drache übernahm meinen Geist und meinen Körper.

Explosionsartig schnellte ich vom Stuhl hoch.

»Was bildest du dir bloß ein?!«, rief ich aufgebracht und holte mit einer Hand zum Schlag aus. Ich hörte, wie Tomaki mir etwas zurief. Doch der Drache scherte sich nicht um seine Anweisungen.

Plötzlich bekam ich ein eigenartiges Gefühl, was sich schwer zuordnen ließ. Bevor ich weiter nachforschen konnte, was es zu bedeuten hatte, nahm der Drache in mir Überhand: Mit einem lauten Klatsch landete meine Hand auf Zóels Wange.

Erschrocken hielt ich inne.

Zóel verzog trotz des Schmerzes keine Miene. Er hob grinsend die Mundwinkel und flüsterte in sich hinein: »So, so. Dann weiß ich jetzt Bescheid…«

Im nächsten Moment fuhr er sich mit der Hand an die Wange und wandte sich laut klagend an die Klasse.

»Aua, aua! Ruta, was sollte das?!«

Ich sackte mit weichen Knien auf den Stuhl und schaute auf meine zitternde Hand.

Ich hatte jemanden, und auch noch ausgerechnet Zóel, vor der ganzen Klasse geschlagen!

Geräuschvolles Murmeln brach unter den Schülern aus. Dass die anderen in der Klasse mich für eine Eigenbrötlerin hielten, war mir schon immer bewusst gewesen. Doch wie sie jetzt über mich sprachen, tat einfach nur weh. Die Worte, die an meine Ohren drangen, bohrten sich wie viele kleine Pfeile in meinen Kopf.

Sie wussten ja gar nicht, was ich durchmachen musste! Und dass nicht ich, sondern der schwarze Drache Zóel geschlagen hatte!

Gerade, als ich die Hände über meine Ohren legen wollte, kam Tomaki und stellte sich schützend vor mich. Derweil beruhigte der Lehrer die Klasse und die abwertenden Worte wurden leiser.

»Mensch Ruta! Was war das denn?«, raunte Tomaki mir zu und stemmte sich mit den Händen auf dem Tisch ab.

»So warst du das letzte Mal drauf, als wir beim Tempel ankamen«, ergänzte Tomaki seine Beobachtungen.

»Der schwarze Drache hatte mich voll im Griff! Ich konnte nichts dagegen tun!« Völlig fertig rieb ich mir die Augen.

Tomaki wurde ernst.

»Das hätte auch schlimmer ausgehen können.«

Ich seufzte. Niemand wusste das besser als ich. Verzweifelt schaute ich in Tomakis besorgtes Gesicht. Als ich ihn so betrachtete, fragte ich mich, warum er nie solche Probleme bekam. Schließlich war Tomaki auch ein Auserwählter und Drachenträger, so wie ich. Gab es vielleicht einen Trick, von dem ich nichts wusste?

»Kannst du mir nicht irgendwie helfen?«, flüsterte ich ratlos. Tomaki nahm die Hände vom Tisch und verschränkte sie nachdenklich vor der Brust. Er schien nach einer Antwort zu suchen, fand jedoch keine.

»Mensch Pez, ist alles in Ordnung?«, fragte Shiina, die ebenfalls an meinen Platz gekommen war.

Shiina.

Bei ihrer Stimme spannte sich jeder Muskel meines Körpers an. Hätte *sie* Zóel nicht angeschleppt, wäre ich jetzt nicht in diese schreckliche Situation geraten. Dann hätte ich auch nicht solche Probleme mit dem schwarzen Drachen. Das war alles ihre Schuld! Ich spürte, dass ich wieder in Rage geriet: Der Drache kam zurück.

»Ach Pez.« Mitfühlend wollte Shiina ihre Hand auf meine Schulter legen.

Energisch schubste ich sie weg.

»Das ist alles deine Schuld!«, fauchte ich. Wutentbrannt wollte ich erneut mit der Hand zum Schlag ausholen.

Und dann ging alles ganz schnell.

Zóel kam.

Er stoppte meine Hand.

Und stieß dabei gegen die Wasserflasche auf meinem Tisch. Diese kippte um und lief aus. Erst floss das Wasser über die Reste der Zeichnung, dann vom Tisch auf meine Hose.

Vom kalten Nass erschrocken sprang ich auf.

»Hey, das wollte ich nicht«, sagte Zóel, doch ich hörte ihn nicht.

Ich sah nur in Shiinas schockiertes Gesicht. Erst jetzt wurde mir bewusst, was ich vorgehabt hatte. Im selben

Augenblick drang der schrille Ruf des Lehrers an mein Ohr: »Was zur Hölle ist hier los?! Zurück auf eure Plätze! Wir haben verdammt nochmal Unterricht!«

»Beruhige dich Ruta. Ich bin ja da«, sagte Tomaki und streckte die Hand nach mir aus.

»Fass mich nicht an!«, zischte ich und klatschte seine Hand weg. Tomakis Blick daraufhin ließ mir das Blut in den Adern gefrieren. So verletzt hatte mich Tomaki noch nie angesehen.

Mist, Mist, Mist! Das wollte ich nicht!

Ich spürte, dass ich den Drachen nicht mehr kontrollieren konnte. Um nicht noch mehr Unheil anzurichten und meine Freunde zu schützen, schnappte ich mir Block und Stifte, warf alles in meine Tasche und hechtete aus dem Klassenraum. Ich stürmte die Treppe hinunter, aus der Schule hinaus, die Straße entlang bis zu einem abgelegenen und mit Hecken bewachsenen Pfad am Rande der Stadt. Hechelnd kam ich zum Stehen und stützte mich vor Erschöpfung mit den Händen auf meiner nassen Hose ab.

Sofort musste ich wieder an das denken, was ich getan hatte. Tomakis trauriger Blick ließ mich nicht mehr los. Aber er wusste doch, dass ich nichts dafür konnte, oder? Dass der schwarze Drache das getan hatte und nicht ich...

Oder?!

Auf einmal platschte etwas Nasses auf meine Stirn, rann bis zur Nasenspitze und tropfte zu Boden.

Regen?, überlegte ich, richtete mich wieder auf und schaute nach oben. Dunkle Wolken zogen über mich hinweg und fingen an, ihren schweren Ballast auf mich abzuschütten. Der Regen wurde zusehends stärker.

Gerade wollte ich die Schultasche schützend über meinen Kopf heben, als mir deren Inhalt vor die Füße purzelte. In der Hektik vorhin hatte ich wohl vergessen, sie zu verschließen.

Echt jetzt?, schnaufte ich und knirschte wütend mit den Zähnen. Genervt hockte ich mich auf den Boden, um den Block zu greifen. In dem Moment erfasste ihn eine Windböe und schlug ein Blatt nach dem anderen auf. Hinzu kam der Regen, welcher auf die Seiten peitschte und die Tinte meiner Notizen verwischte. Ohne zu zögern, hechtete ich zum Block, schnappte die Stifte und machte mich auf die Suche nach einem Unterstand. Ich wurde schnell fündig, in einer Hecke am Wegesrand bot sich mir ein Loch zum Unterschlüpfen. Zwar war es ein wenig eng und die harten Zweige piksten mir in die Haut, doch das dichte Netz der ineinander verwobenen Zweige ließ den Regen kaum bis zu mir durch. Ich nahm die Tasche vom Kopf und schmiss verärgert die Stifte hinein. Dann blätterte ich durch den Block, um zu sehen, was der Regen angerichtet hatte. Einige Seiten waren völlig unleserlich geworden, andere wie durch ein Wunder verschont geblieben. So auch diese Seite...

Hm. Die sah aber komisch aus.

Nachdenklich runzelte ich die Stirn.

Ist das überhaupt meine Handschrift?, wunderte ich mich und trennte das Papier aus dem Block heraus. Ich betrachtete es und erkannte, dass jemand eine Landkarte mit vielen kleinen Markierungen auf das Blatt gezeichnet hatte. Ganz unten stand in schöner schnörkeliger, aber kaum lesbarer Schrift: »Positionen in der Orbica«.

Was hatte das zu bedeuten? Wie kam das in meinen Block und was waren das für Positionen?

Plötzlich ließen mich Schritte aufhorchen. Eilig faltete ich das Blatt zusammen und steckte es in die Hosentasche. Den Block ließ ich in der Schultasche verschwinden.

»Hey, du! Was machst du hier?!«, rief jemand. In Windeseile zwängte ich mich aus dem Gestrüpp heraus, schmiss die Tasche über die Schultern und flitzte los.

»Halt, stehen bleiben! Du gehörst in die Schule!« Der Versuch des Mannes in Uniform, mir hinterher zu hechten, blieb erfolglos.

Seit wann kontrollieren sie, ob wir in die Schule gehen?, fragte ich mich. Doch eine Frage beschäftigte mich noch mehr: Worauf deuteten die »Positionen« auf der Landkarte hin?

Kapitel 25

Mittlerweile prasselte der Regen so stark und laut zu Boden, dass ich selbst die Rufe des Wachmannes nicht mehr hören konnte.

Schützend zog ich mir die Kapuze über den Kopf. Ich beschloss, zum Tempel zu gehen - etwas anderes blieb mir sowieso nicht übrig.

Da werde ich Giove gleich nach der Landkarte fragen, dachte ich im Rennen. Und falls er es nicht wusste, könnte ich immer noch mit Fundus oder Neko darüber reden.

Es dauerte nicht lange und die Jacke war vom Regen völlig durchtränkt. Als mich eine Windböe erfasste, wurde die Nässe unerträglich. Fröstelnd zog ich die feuchte Jacke enger an meinen Körper, doch dadurch wurde mir nur noch kälter.

Ich wünschte, Shiina wäre jetzt bei mir - sie hätte die Zeit anhalten und mich vor dem Regen bewahren können. Mir wurde ganz schwer ums Herz, als ich an sie dachte. Wieso verhielt sie sich plötzlich so komisch? Dass ihr egal war, was ich von Zóel hielt, schmerzte sehr. Waren wir nicht beste Freundinnen? Es kam mir wie gestern vor, als wir zusammen am Lagerfeuer saßen und sie zu mir meinte, dass sie *noch nie eine solch gute Freundin wie mich* gehabt hatte. Wenn ich weiter darüber nachdachte, fing ich an, mich zu fragen, ob sie damals die Wahrheit sagte. Benutzte sie diese Worte etwa nur, um mir zu schmeicheln? Ich seufzte und beschloss, mir nicht weiter den Kopf darüber zu zerbrechen. Erst einmal musste ich der Landkarte auf den Grund gehen.

Im Tempel angekommen, zog ich mir zitternd die klatschnassen Sachen vom Körper.

»Warum bist du im Regen losgegangen? Gab es nichts zum Unterstellen? Du erkältest dich bestimmt!«, rief Fundus und brachte mir ein Handtuch.

Ich schüttelte energisch den Kopf.

»Nicht so wichtig. Trommel Giove und Neko zusammen. Ich habe eine interessante Entdeckung gemacht.«

Fundus warf mir einen fragenden Blick zu, nickte aber und verschwand. Ich wickelte mich in das Handtuch, ging in den Gemeinschaftsraum und setzte mich an den viereckigen Tisch. Wohlige Wärme durchfuhr mich, als ich meine Beine unter der Tischplatte vergrub.

»Oh?«, staunte ich und legte eine Hand auf die Platte. Auch diese war angenehm warm.

»Tomaki hat heute früh Wind im Tisch gesammelt und das Holz im Fußboden angezündet. Die Wärme steigt aus dem Boden auf und wärmt die Luft auch in der Kammer des Tisches. Neko hat gefroren, weißt du«, erklärte Fundus. Er war gerade zurückgekommen.

»Verstehe«, meinte ich und war Tomaki unglaublich dankbar.

»Gähn… Um was geht's denn?«, fragte Giove verschlafen und setzte sich zu uns an den Tisch. Neko brauchte mit seinem kaputten Bein immer ein bisschen länger. Als auch er da war, kramte ich den Zettel mit der Landkarte hervor und legte ihn auf den Tisch.

»Seht euch das mal an«, sagte ich.

»Hm? Was ist das? Und hey, müsstest du nicht in der Schule sein?«, fragte Giove schlaftrunken. Dabei kratzte er sich genüsslich den Bauch und fuhr sich schläfrig durch die Haare. Ich musterte ihn. Sonst war er immer so perfekt angezogen, jede Strähne war an ihrem Platz und alles hatte seine Ordnung. Nun standen die schwarzen Haare zerzaust in alle Richtungen ab und seine Wange hatte vom Schlafen noch einen Kissenabdruck.

»In der Schule ist etwas passiert. Bin abgehauen«, erzählte ich knapp.

»Ach so«, antwortete Giove. Ich war mir sicher, dass er unser Gespräch gar nicht richtig wahrnahm. Erst als er seine Brille aufsetzte, wachte er auf.

»Was, wie, wo-«, rief er und riss die Augen auf.

»Warum bin ich nicht in meinem Bett!? Und wieso seht ihr mich alle so komisch an?«, fauchte er.

Da war er wieder, der Giove, den wir kannten.

»Vorher hast du mir besser gefallen«, kommentierte Neko und kratzte sich, um Giove nachzuahmen, ganz hingebungsvoll am Bauch.

»Zurück zum Thema«, warf Fundus ein.

»Giove, sieh dir das hier mal an«, sagte ich und schob ihm erneut den Zettel zu.

»Das habe ich in meinem Block gefunden.«

»Hm«, brummte Giove und betrachtete die Zeichnung genauer. Fundus lehnte sich über den Tisch, um besser auf die Karte schauen zu können. Neko wollte auch gucken, konnte aber mit seiner kaputten Pfote nicht nach oben springen. Kläglich jaulend machte er auf sich aufmerksam.

»Na, komm her«, sagte ich und hob ihn vorsichtig auf die Tischplatte.

»Positionen in der Orbica«, las der Kater laut vor.

»Keine Ahnung, was damit gemeint ist«, murmelte ich und zuckte mit den Schultern.

»Positionen? Ich habe eine Vermutung, was das sein könnte«, sagte Giove nach ein paar Minuten. Kurz darauf stand er auf und verschwand. Er kam mit einer Papierrolle in den Händen wieder.

»Hier, das ist meine Karte mit den Koordinaten. Wenn ich richtig liege, dann gehören die Koordinaten zu den Punkten auf deiner Karte.«

»Also haben wir jetzt zwei Landkarten mit genau denselben Punkten?!«, stellte ich enttäuscht fest.

»Sieht so aus«, nickte Giove.

»Na toll. Und ich dachte, es wäre etwas Wichtiges.« Frustriert wollte ich mich abwenden.

»Halt. Das kann noch nicht alles sein«, flüsterte Giove, hielt die beiden Karten nebeneinander und fing an, sie zu analysieren.

»Ach ja und sag mal, musst du nicht in der Schule sein?«, fragte er nach einer Weile.

»Ja schon. Ich bin aber abgehauen.«

Verwundert schaute er auf.

»Wie abgehauen?«

»Es gab Stress.«

»Wegen gestern? Mit Shiina?«

»Nein. Sie hat das Ganze gar nicht mehr gekümmert. Aber stattdessen wollte sie Tomaki und mich mit Zóel bekannt machen.«

Giove schwieg und widmete sich wieder den Karten.

»Was für Stress gab es denn genau?«, hakte Fundus nach.

»Ich kann den schwarzen Drachen noch nicht so gut kontrollieren. Vor allem wenn ich Zóel begegne, vereinnahmt er meinen Körper. Ich kann nicht das geringste ausrichten, wenn er loslegt«, sagte ich und fügte leise hinzu: »Wieso passiert mir das immer?«

»Fällt dein Geist auch wie damals bei Nanami aus deinem Körper heraus?«

Ich schüttelte den Kopf.

»Nein, aber es kommt mir so vor, als würde mich eine fremde Person steuern. Und was heute passiert ist, war echt das Letzte…«, schämte ich mich.

Auf Nekos Nachfrage erzählte ich, was mir heute widerfahren war. Fundus schaute mich während des Redens mitfühlend an und als ich davon berichtete, wie ich Shiina schlagen wollte, sah Giove erschrocken auf. Weil er meine Situation kannte, sagte er nichts dazu. Stattdessen fragte er: »Wo hast du eigentlich diese Zeichnung her?«

»Die habe ich in meinem Block gefunden, wo ich auch den Drachen hineingezeichnet habe.«

»Der schwarze Drache wollte den Block bestimmt wegen der Landkarte beschützen. Dass heißt also, dass diese Karte von großer Bedeutung sein muss«, schlussfolgerte Giove.

»Sonst hätte der schwarze Drache nicht so extrem reagiert, meinst du?«, ergänzte Fundus.

»Das glaube ich nicht. Ich habe das Gefühl, der Drache verhält sich, wie es ihm gerade passt«, warf ich ein. »Wenn Zóel in meine Nähe kommt, dreht er völlig ab. Wäre Shiina bloß nie mit dem angekommen, dann hätte ich diese Probleme jetzt nicht!«

»Dieser Zóel. Was ist das überhaupt für ein Typ?«, fragte Giove und legte die Karten beiseite.

»Weiß ich nicht genau. Wenn ich ihm zu nahe komme, flippt mein Drache aus und lässt mich auflaufen«, sagte ich und wurde traurig. Warum behandelte der Drache mich so?

»Ich kann mir nicht vorstellen, dass er dir mit seinen Aktionen schaden will«, überlegte Fundus laut.

Ich sah ihn nachdenklich an.

»Fühlt sich für mich trotzdem so an«, murmelte ich niedergeschlagen.

»Vielleicht hängt das auch damit zusammen, dass du damals im Palast Viis' Thron berührt hast«, sagte Fundus und sah mich eindringlich an.

»Sie hat was?! Fundus, kläre uns auf!«, rief Neko und schnippte energisch mit dem Schwanz.

»Als wir in Viis' Palast die Schuppen zurückeroberten, wurde Ruta von Viis' Thron angezogen. Sie hat ihn kurz angefasst und kam mit seiner dunklen Magie in Berührung«, erzählte Fundus.

»Und das sagst du uns erst jetzt?!«, fuhr Neko ihn an.

»Was hat das für eine Bedeutung? Ändern kannst du es sowieso nicht mehr«, brummte Fundus.

Der Kater rümpfte die Nase und peitschte erregt mit dem Schwanz hin und her.

»Das hat aber keinen Einfluss auf den schwarzen Drachen, oder? Ich kann mir nicht vorstellen, dass sich ein so mächtiger Drache von dunkler Magie ködern lässt«, sagte Giove ungläubig.

»In Zeiten wie diesen kann man sich nie sicher sein«, zischte Neko, »alles und jeder kann beeinflusst werden. Ab jetzt müssen wir mehr auf Ruta aufpassen! Vor allem unter diesen Umständen! Und Ruta, du meidest am besten die Situationen, in denen du zum Gefühlsausbruch tendierst.«

Was glaubt er denn, was ich vorhatte?, dachte ich verärgert.

»Das brauchst du ihr nicht sagen, das versucht sie schon«, verteidigte Fundus mich. Ich warf ihm einen dankbaren Blick zu.

»Hab's ja verstanden. Dann liegt es nun umso mehr an uns«, verkündete Neko und sah ernst in die Runde. »Am besten, wir weichen Ruta nicht mehr von der Seite. Solange sie den schwarzen Drachen nicht unter Kontrolle hat, müssen wir prekäre Situationen rechtzeitig erkennen und entsprechend handeln.«

»Du hast recht, Neko«, stimmte auch Giove zu, »außerdem können wir nicht einschätzen, wie die dunkle Magie damals auf den Drachen gewirkt hat. Besser kein Risiko eingehen...«

Ich war sehr dankbar für die Hilfe, die mir meine Freunde anboten. Im gleichen Atemzug bekam ich aber auch Angst und wollte ihr Angebot ablehnen.

»Das ist lieb von euch und das weiß ich auch zu schätzen. Trotzdem kann ich das nicht annehmen. Wenn mich der Drache eines Tages so sehr vereinnahmt und ich euch dabei verletze! Das würde ich mir nie verzeihen«, sagte ich.

»Mensch Ruta, hab endlich mal Vertrauen in uns!«, rief Giove und verschränkte die Arme. »Dazu sind wir doch da! Um aufeinander aufzupassen!«

»Also gut«, willigte ich ein. Zwar blieb die Angst um meine Freunde, dennoch fühlte es sich gut an, sich nicht allein dieser Situation zu stellen. Wieder waren es meine Freunde, die mir Kraft gaben. Wenn auch nicht alle… Als ich an Shiina dachte, fiel mir die Schule und somit auch die Klassenfahrt nächste Woche ein.

»Da hätten wir schon das erste Problem: Nächste Woche reisen wir mit der Schulklasse auf die Yataka Insel. Fundus kann nicht mitkommen, weder als Wolf, noch als Schwert«, sagte ich.

»Dann bleibst du eben hier. So einfach ist das«, beschloss Neko und zuckte mit den Schnurrhaaren, um die Genialität seines Planes zu unterstreichen.

»Halt«, unterbrach Giove uns und zeigte auf meine Karte. »Seht mal. Auf der Yataka Insel ist eine Position markiert. Sie muss mitfahren.«

Kapitel 26

Giove zeigte auf die Karte.

»Was?«, fragte ich ungläubig. Doch er hatte recht. Auf der Insel war ein Punkt eingezeichnet. Auch die Koordinaten von Gioves Karte führten an diese Position.

»Wir machen also eine Klassenfahrt auf die Yataka Insel?«, wiederholte Giove und sah mich nachdenklich an.

Ich nickte.

»Hm. Da war ich noch nie.«

Neko zuckte wütend mit dem Schwanz.

»Das passt ja wie die Faust aufs Auge!«, schimpfte er, »wenn wir schon mal einen Plan haben!«

»Angesichts der Sache mit dem schwarzen Drachen ist es ein ziemliches Risiko, wenn du ohne mich fährst«, bemerkte auch Fundus.

»Wir müssen trotzdem herausfinden, was es mit den Punkten auf sich hat. Bestimmt geht es um die Drachen. Das ist unsere Chance!«, entgegnete Giove.

Neko und Fundus wechselten verunsicherte Blicke.

»Tomaki gibt es auch noch, der weicht Ruta sowieso nicht von der Seite. Wir haben nichts zu befürchten«, erklärte Giove weiter und versuchte die beiden Animas zu beruhigen. Der Plan schien ihm zu gefallen, denn auf einmal war er Feuer und Flamme.

»Bist *du* überhaupt schon fit genug, um mitzukommen?«, fragte ich und musterte ihn skeptisch. Schließlich war er gestern erst aufgewacht. Ich erinnerte mich, dass es mir nicht so gut ging, als ich die Augen öffnete. Vielleicht lag es auch daran, dass ich schwächer war als er.

»Ich schaffe das schon«, stellte Giove klar.

Trotzdem gefiel mir das alles nicht. Ich bekam ein mulmiges Gefühl. Machten wir jetzt alles von der mysteriösen Karte in meinem Block abhängig?

»Wartet mal! Können wir dieser Karte denn überhaupt trauen?«, sprach ich meine Bedenken aus. Die Gesichter in der Runde verdüsterten sich augenblicklich. Giove hielt inne und seine Euphorie verflog für einen Moment.

»Daran haben wir gar nicht gedacht«, murmelte auch Neko.

»Also sollen wir jetzt weiter hier rumsitzen und nichts tun?«, schloss Giove schnaubend aus meiner Frage und verschränkte die Arme. Ich spürte, wie sich meine Gesichtszüge verhärteten.

»Das habe ich nicht gesagt!«, fauchte ich energisch.

»Streiten bringt uns jetzt auch nicht weiter«, schlichtete Fundus und legte eine Pfote auf den Tisch.

»Und was schlägst du vor?«, miaute Neko.

Ich seufzte. Jetzt hatten wir zwar die Drachenschuppen zurückerlangt, jedoch seitdem nicht viel erreicht.

»Ich schlage vor, dass Ruta trotzdem mitfährt. Wenn ihr als Team zu der markierten Stelle geht, dann werdet ihr euch schon zu helfen wissen, falls es eine Falle ist. Gemeinsam seid ihr stark«, sagte Fundus.

Ich verzog mein Gesicht und flüsterte: »Wir sind im Moment kein Team.«

»Trotz allem müssen wir dahin fahren«, drängte Giove und sah mich eisig durch seine Brillengläser an. »Und wie ich eben sagte, haben wir auch noch Tomaki an unserer Seite!«

»Ich habe meinen Namen gehört?«, sagte eine Stimme. Augenblicklich verstummten wir und ich drehte mich erschrocken herum. Tomaki stand in der Küche und zog sich gerade die Jacke von den Schultern. Wir waren wohl so vertieft in das Gespräch gewesen, dass niemand von uns bemerkte, wie er nach Hause kam. Ich wurde nervös. Ob er mich auf meinen Ausraster von vorhin ansprechen würde? Bestimmt.

»Über was redet ihr?«, fragte Tomaki und setzte sich zu uns. Schnell warf ich Giove einen fragenden Blick zu. Seine Miene wurde ernst und plötzlich bewegte er seinen Kopf einige Millimeter von rechts nach links. Ich hielt die Luft an. Meinte er, wir sollten Tomaki nichts erzählen? Wieso nicht? Ich ließ meinen Blick von Giove weiter zu Fundus und Neko gleiten. Die beiden starrten unschlüssig vor sich hin und sagten keinen Ton. Was wussten sie, was ich nicht wusste? Vielleicht spürten sie etwas? Etwas, was ich nicht fühlen konnte, weil mir die Erinnerungen genommen wurden?

»Gut, dann nicht«, sagte Tomaki und zuckte mit den Schultern. »Jedenfalls, Ruta?«

Jetzt will er darüber reden, wusste ich's doch. Ich spürte seinen Blick auf mir und wagte nicht aufzusehen. Angespannt knirschte ich mit den Zähnen. Ob ich die richtigen Worte finden würde, um mich zu erklären?

»Ich wollte mit dir wegen vorhin sprechen. Ich weiß, es ist schwierig für dich zurzeit und ich weiß auch, wie du über Zóel denkst, aber…«, begann er zu sagen und mein Puls ging in die Höhe.

»… er ist nicht so schlecht, wie du glaubst.«

Als er das sagte, stoppte mein Herz für einen Moment und ich rang hektisch nach Luft.

Das ist jetzt nicht sein Ernst, oder?, dachte ich und suchte ungläubig nach Tomakis Augen. Als sich unsere Blicke trafen, wurde ich enttäuscht. Seine Haltung stand ihm klar ins Gesicht geschrieben. Und etwas an ihm war anders. Ich fühlte es.

Ist das überhaupt Tomaki?, überlegte ich, denn er kam mir auf einmal so fremd vor. Nun konnte ich die Reaktion der anderen verstehen. Irgendetwas an ihm war komisch.

»Nachdem du weg warst, haben wir uns sehr lange unterhalten. Zóel hat dich sogar vor dem Lehrer und der ganzen Klasse verteidigt. Wirklich, er ist ganz anders, als du bisher dachtest. Er hat einen unglaublichen Wissensschatz und kann uns bestimmt eine gute Hilfe bei unserer Mission sein.«

»Du hast dem Kerl von unserer Mission erzählt?« Giove fuhr böse von seinem Platz hoch. Ich dachte zuerst, dass ich mit verhört hatte. Tomaki schien es allerdings ernst zu meinen. Schlug er sich jetzt auf die Seite von Zóel? Genauso wie Shiina? Ich schluckte und hustete, rang nach Luft. Das durfte nicht wahr sein! Zóel hier, Zóel da. Ich konnte diesen Namen nicht mehr hören. Alles drehte sich um diesen einen Typen!

Was war mit mir? War ich Tomaki egal? Ihn interessierte es nicht einmal, wie schwer die Situation mit dem schwarzen Drachen vorhin für mich war!

»Warum erzählst du ihm nicht gleich von den Schuppen und davon, dass wir die legendären Drachen gefunden haben?!«, knurrte Giove und warf zornig seine Händen die Höhe.

Impulsiv knallte Tomaki mit der Faust auf den Tisch.

»Jetzt haben wir endlich jemanden gefunden, der uns bei der Mission weiterhelfen kann und du willst ihn einfach abweisen? Immerhin hilft Zóel uns, im Gegensatz zu dir! Wo warst du, als wir dich und deine Fähigkeit gebraucht haben? Hast im Bett gelegen!«, kläffte Tomaki wütend.

»Nein Tomaki. Wo warst *du*, als wir *dich* gebraucht haben?«, flüsterte Giove und sein Blick verfinsterte sich.

»Wegen Leuten wie dir wurde mein ganzer Stamm ausgelöscht.«

»Machst du mich jetzt für den Tod deiner Eltern verantwortlich? Du weißt ganz genau, dass ich damit nichts zu tun habe!«

Jetzt wurde Tomaki richtig wütend. Er schoss aus dem Schneidersitz hoch, verzerrte sein Gesicht vor Wut und rief: »Du bist wirklich das Letzte, Giove. Raus hier, ich will dich nicht mehr sehen!«

Erschrocken hielt ich inne. Tomaki, so wie ich ihn gerade sah, machte mir Angst. Ich dachte, Tomaki könnte nie so aufbrausend werden, dachte, er würde alles mit Ruhe lösen. Nein, das war wirklich nicht der Tomaki, den ich kannte.

»Ich glaube, es ist besser, wenn wir jetzt auch gehen«, raunte Fundus mir zu.

Ich nickte geschockt.

»Ich warne dich, Tomaki! Mach keinen Fehler, der uns und die Mission in Gefahr bringt!«, schnaubte Giove erregt. Er drehte sich um und verließ wütend stampfend den Raum.

»Ruta«, wandte sich Tomaki an mich. »Hör nicht auf Giove. Wir brauchen ihn nicht. Ich hab es schon damals gewusst. Ohne ihn sind wir besser dran. Vertrau mir. Ich weiß, was richtig und falsch ist.«

Er zwang sich, zu lächeln und reichte mir die Hand.

»Nein Tomaki«, hauchte ich und wandte mich verletzt ab. Es brach mir das Herz, zu sehen, wie er sich auf die Seite von Zóel stellte. Ein Kerl, der einfach so in unser Leben polterte und die Beziehungen zwischen meinen Freunden und mir aufwirbelte. Ohne, dass sie ihn kannten, vertrauten ihm alle sofort. Ich musste mir das Vertrauen der anderen erst erarbeiten, indem ich mich Stück für Stück öffnete. Mich kostete das unglaublich viel Energie. Zóel bekam offenbar einen Freifahrtschein, ihn nahmen sie sofort auf. Ich spürte, wie sich immer mehr Wut in mir ansammelte. Schnell schluckte ich sie herunter. Denn wenn ich weiter so ungezügelt darüber nachdachte, würde der schwarze Drache wieder ausbrechen. Also verbannte ich die dunklen Gedanken aus meinem Kopf, um weiteren Problemen aus dem Weg zu gehen.

»Genug jetzt«, sprach Fundus und sah zu Neko hinüber. »Wir lassen Tomaki in deinen Händen. Versuche, ihn ein bisschen zu beruhigen.«

Der Kater nickte und wandte den Blick zu Boden. Auch er fühlte sich sehr unwohl in dieser Situation.

»Komm Ruta«, flüsterte Fundus und schob mich aus dem Raum heraus. Kurz lugte ich in Gioves Zimmer. Er war nicht mehr da.

War nun die dunkle Zeit angebrochen, die ich einst sah? Von der ich träumte, bevor ich in diesen mysteriösen Schlaf fiel? Mir kamen die Tränen. Schnell sammelte ich meine Sachen, die ich bei Tomaki lagerte, ein und stopfte sie in einen Rucksack.

»Nimm dir das nicht so zu Herzen, Ruta. Ich glaube, Tomaki ist auch ein bisschen durcheinander«, meinte Fundus, und versuchte mich aufzuheitern. Doch es gelang ihm nicht.

Wir traten nach draußen und schlossen die Tür hinter uns. Ich sah mich um. Das Wetter trug nicht gerade zur Besserung meiner Stimmung bei. Sonst konnte ich von hier aus weit bis in die Stadt blicken. Jetzt verdeckte dichter Nebel jede Sicht. Eine kalte Brise fuhr mir durchs Haar und ließ mich frösteln.

Wann ich wohl zu Tomaki zurückkehren kann?, fragte ich mich und sah ein letztes Mal zum Tempel. Niedergeschlagen betrachtete ich das alte Bauwerk. Ich lebte nun seit einiger Zeit in Tomakis Tempel, er war mein zweites Zuhause geworden. Jetzt wieder bei Klarin und Sue zu wohnen, war nicht unbedingt das, was mich glücklich machte.

»Wohin gehen wir jetzt?«, fragte Fundus, als wir langsam die Treppen des Tempels hinunter schlurften.

»Das ist noch ein ganzes Stück-«, wollte ich sagen, stockte aber. Mein Blick fiel auf Giove, der unten auf uns wartete. Er schaute auf und schubste sich die Kapuze vom Kopf.

»Da ist was faul«, flüsterte er und versenkte die Hände in den Jackentaschen.

»Das vermute ich auch«, stimmte Fundus zu.

»Die ganze Geschichte mit Zóel gefällt mir nicht«, zischte Giove und drehte sich um, sodass er mit dem Rücken zu mir stand. Er zog sich die Kapuze wieder hoch.

»Deshalb habe ich einen Plan. Ich werde morgen mit dir in die Schule gehen, um mir diesen Zóel genauer anzusehen. Falls bis dahin etwas sein sollte, kontaktierst du mich«, meinte Giove und setzte sich in Bewegung.

»Womit?«, rief ich ihm hinterher. Giove antwortete nicht mehr, sondern streckte nur seine Hand nach unten aus und zeigte auf etwas. Daraufhin verschwand er im Nebel.

Fundus entdeckte auf einem Stein neben dem Geländer ein kleines Paket. Ich öffnete es und hielt ein Mobiltelefon in die Höhe. Das hatte ich schon einmal ausgeliehen, als Giove damals mit Shiina zusammen in die Apotheke ging. Ich verstaute es in meinem Rucksack und wir setzten unseren Weg in Richtung meines alten Zuhauses fort.

Je näher wir dem Nebel kamen, umso mehr fröstelten wir. Außerdem versperrte der Nebel uns die Sicht auf den Weg. Hätte ich Fundus nicht dabei gehabt, wäre ich bestimmt nicht vor Sonnenuntergang nach Hause gekommen. Seine Orientierung war Gold wert. Als wir den Stadtrand erreichten, blieb ich stehen.

»Du musst dich jetzt verwandeln«, erklärte ich, »als Wolf fällst du zu sehr auf und ziehst alle Blicke auf dich.«

»Und du in deiner Kriegerkleidung wohl nicht?«, witzelte mein Anima.

»Ach, Fundus«, entgegnete ich, nahm meinen Rucksack vom Rücken und zog eine breite Decke hervor.

Fundus grinste. Den Rucksack warf ich mir wieder über die Schultern und sagte im gleichen Atemzug die Zauberworte »Henkei Suru« auf. Sogleich erschien schwarzer Nebel. Er verwandelte mich in die schwarze Kriegerin und Fundus in das prächtige Schwert. Ich klemmte mir das Schwert unter den Arm, stülpte die breite Decke über mich, um meine Kriegerkleidung und das Schwert zu verdecken, und lief weiter in Richtung Bahnhof. Lange musste ich nicht auf einen Zug warten, denn gerade hielt einer mit lautem Quietschen an. Zischend öffneten sich die Türen und ich stieg ein. Gleich neben der Tür fand ich einen Platz. Hinter mir stieg eine Familie mit einem kleinen Kind ein. Das Kind musterte mich und meine Decke ganz neugierig. In diesem Moment rutschte mir die Decke ein Stück von den Schultern und gab kurz den Blick auf das Schwert unter meinem Arm frei. Blitzschnell zog ich die Decke zurück. Wohl zu spät, denn das Kind hatte etwas bemerkt. Ich hielt die Luft an. In Cosmica war das Mitführen von Waffen strengstens verboten. Würde das Kind mich verraten?! Als es seinen Mund öffnete, lief mir kalter Schweiß den Rücken herunter.

»Mama, guck mal! Was hat die denn da?«, rief es.

»Komm schnell weiter.« Die Mutter zog das Kind weg und machte sich auf die Suche nach einem anderen Sitzplatz. Im Gehen schüttelte sie den Kopf und murmelte angewidert: »Immer diese Obdachlosen.«

Wie bitte?! Ich obdachlos?! Entrüstet schaute ich mein Spiegelbild im Fenster an. Sah ich wirklich so schlimm aus...?!

Immerhin hat das Kind mein Schwert nicht enttarnt, dachte ich erleichtert.

Schließlich fuhr der Zug mit einem sanften Ruckeln an. Ich lehnte mich zurück und und schloss müde die Augen. Sofort musste ich wieder an die Situation mit Tomaki vorhin denken.

Nein, überlegte ich und konnte es nicht glauben, *das war nicht Tomaki... Er ist nicht so, oder?!*
Zóel musste etwas damit zu tun haben, anders ließ sich Tomakis plötzliche Wesensveränderung nicht erklären. Mich wunderte vor allem, dass er mein Verhalten in der Schule nicht ansprach. Obwohl ich mich davor gefürchtet hatte, war ich enttäuscht, dass er nicht mit mir darüber redete. Wollte er mir nicht eine Chance geben, mich zu erklären, mich zu verteidigen? Wollte er meine Worte nicht hören?

Eine Durchsage im Zug ließ mich aufhorchen, meine Station war erreicht. Kraftlos hievte ich mich von meinem Platz hoch.

Hier bin ich schon ewig nicht mehr ausgestiegen.

Ob sich während meiner Abwesenheit etwas verändert hatte? Bestimmt nicht. Klarin nervte mich garantiert wieder mit vorgespielter Freundlichkeit und Sue würde mich nicht einmal ansehen.

Was passiert, wenn Fundus auf sie trifft?, kam mir der Gedanke. Schließlich kannte Fundus mich von früher. Folglich musste er Sue auch kennengelernt haben.

»Sag mal Fundus?«

»Hm?«

»Kannst du dich noch an meine Schwester Sue erinnern?« Hoffnungsvoll sah ich ihn an. Wenn Fundus von ihr wusste, dann könnte er mir vielleicht eine Erklärung dafür geben, warum sie mich mied?

»Die kleine Hübsche?«, antwortete Fundus und meine Hoffnung verwandelte sich augenblicklich in Freude.

»Du kennst sie also?«, fragte ich aufgeregt.

»Ein bisschen, aber das ist schon lange her«, meinte er.

»Weißt du, ob es in der Vergangenheit einen Streit zwischen mir und meiner Schwester gab?«

»Hmmm...«

Hörte sich nicht so an, als könnte Fundus mir weiterhelfen.

»Tut mir leid, Ruta«, entschuldigte sich Fundus, der meine Enttäuschung bemerkte.

»Schon gut«, winkte ich ab. Ich beschloss kurzerhand, Fundus vor Klarin und Sue erst einmal geheim zu halten, damit sie keine unangenehmen Fragen stellten, bei denen ich mich aus Versehen über die Mission verplappern könnte.

Der heutige Tag war wirklich anstrengend gewesen. Ich war froh, mich endlich in mein Bett zu legen und in meine Decke einkuscheln zu können. Das Einzige, was ich in Tomakis Tempel sehr vermisste, war mein Bett. Die Matratze war schön weich und groß war es! Es bot Platz für mindestens zwei Rutas und einen Fundus. Nicht zu vergessen mein fluffiges Kissen und die warme Bettdecke. Ja, jetzt bekam ich sogar ein wenig Lust auf Zuhause. Weit war es nicht mehr, das Haus konnte ich schon von hier aus sehen. An der Fußmatte angekommen, kramte ich den Schlüssel aus dem Rucksack hervor und schloss die Tür auf. Ein »Hallo« ins Haus zu rufen, ersparte ich mir, weil sowieso niemand da war. Noch nicht. Ich legte die Decke ab und nahm das Schwert unter meinen Armen hervor.

»Kangen Suru«, sprach ich die Zauberformel. Das Schwert verwandelte sich zurück in den Wolf, meine Kriegerkleidung verschwand und die Schuluniform kam zum Vorschein.

»Mein Zimmer ist oben«, erklärte ich, zog mir die Schuhe von den Füßen und stellte sie unter die Treppe.

»Hmmm«, murmelte ich beim Hochgehen.

»Alles ok?«, fragte Fundus, der mir folgte.

»Irgendetwas ist anders«, sagte ich. Oben angekommen, sollte mich mein Gefühl nicht trüben. Denn als ich die Tür öffnete, machte sich großes Entsetzen in mir breit.

»Die haben mein Zimmer ausgeräumt!«, rief ich erschrocken.

Der Raum war leer, zumindest fast. An der Wandseite stand ein riesiger Spiegelschrank und in der Mitte befand sich ein Sessel aus dunkelblauem Samt. Auf ihm lag ein goldenes Kissen mit der Aufschrift »Sues Ankleidezimmer«.

Als ich das Zimmer betrachtete, kam es mir vor, als hätte ich hier nie gewohnt... Als wäre ich nie da gewesen...

Enttäuschung schnürte mir die Luft ab.

»Was soll das?«, wimmerte ich und auch Fundus wagte einen Blick ins Zimmer.

Er verstand, ohne dass ich etwas erklären musste.

»Was jetzt?«, fragte er.

Verzweifelt zuckte ich mit den Schultern. Ich überlegte. Weggeworfen hatte Klarin meine Sachen bestimmt nicht. Ob er sie auf dem Dachboden verstaut hatte? Ich trat zurück in den Flur und suchte die Treppe, die zum Dachboden führte.

Ich war nicht gern dort oben. Alles war dreckig und staubig und es roch muffig nach alter Kleidung.

Ich musste es dennoch wagen, ich wollte meine Sachen finden und brauchte einen Platz zum Schlafen.

Ein dünnes Seil hing von der Decke herab. Ich stellte mich auf die Zehenspitzen, um es zu erreichen. Langsam zog ich daran und es schob sich eine knarrige Holztreppe nach unten. Ein Hauch von Kälte flog uns um die Ohren.

Wieso ist es so kalt?, wunderte ich mich. Nacheinander erklommen wir die steile Treppe und als wir oben ankamen, erreichte mich die nächste Enttäuschung. Mein Schrank und mein Bett waren in seine Einzelteile zerlegt, mein Schreibtisch mit fremden Sachen übersät und auf meiner Matratze machten sich kleine schwarze Käfer breit. Von meinem Kissen und der kuscheligen Decke keine Spur. Zu allem Überfluss erkannte ich, dass auch noch das kleine Fenster im Dach undicht war und die Kälte zwar langsam, aber stetig Einzug hielt. Frierend rieb ich mir die Arme.

Der Tag war endgültig gelaufen.

Kapitel 27

Mit schmerzendem Kopf wachte ich auf. Die Nacht auf dem schrecklichen Dachboden hätte schlimmer nicht sein können. Es war kalt, dreckig und ungemütlich. Als Klarin und Sue mich gestern sahen, bekamen sie einen riesigen Schreck und erkannten mich erst gar nicht. Sie hatten wohl damit gerechnet, dass ich nicht mehr nach Hause kommen würde. Klarin erklärte mir, sie nahmen an, ich sei bei »einem Freund« eingezogen. Daraufhin sortierten sie meine Sachen aus. Einiges warfen sie weg, anderes verstauten sie auf dem Dachboden. Letztendlich konnte ich doch noch eine Decke und ein halbwegs brauchbares Kissen auftreiben. Fundus dagegen musste sich mit meinen Klamotten auf dem Boden als Nachtlager zufriedengeben.

Leise hob ich meine Beine aus dem Bett. Beim Anziehen ließ ich meine Gedanken schweifen. Heute wollte Giove wieder in die Schule kommen. Was er wohl von Zóel hielt? Vielleicht stellte er sich auch auf seine Seite, so wie Tomaki. Ich schüttelte den Kopf.

Das wird schon nicht passieren, versuchte ich mir einzureden. Auf einmal spürte ich eine Bewegung an meinem Fuß. Erschrocken zuckte ich zusammen und zog ihn weg. Es war nur Fundus, der gerade aufwachte und sich rekelte.

»Guten Morgen«, gähnte er mit hängenden Augenlidern. Er schien auch nicht besser geschlafen zu haben als ich.

»Morgen«, antwortete ich und zog mir meinen Pullover über. »Ich gehe kurz nach unten und mache uns Frühstück. Bin gleich wieder da.«

So stieg ich die ausgeklappte Treppe nach unten. Klarin und Sue schliefen noch. Aus dem Zimmer der beiden konnte man Klarins genüssliches Schnarchen bis in den Flur hören. Er klang wie ein Wildschwein auf der Suche nach Pilzen. Bei der Vorstellung daran musste ich kichern. In der Küche angekommen, machte ich mir einen Toast und einen Tee. Im Kühlschrank suchte ich nach etwas Essbaren für Fundus. Schnell würgte ich das getoastete Brot hinunter, nahm Fundus sein Frühstück und eine Wasserschale mit und brachte alles nach oben auf den Dachboden.

»Ich hoffe, es schmeckt«, sagte ich und stellte den Teller mit dem Fleisch und die Wasserschale vor Fundus ab.

»Sieht gar nicht so schlecht aus«, meinte dieser und stürzte sich darauf. Ich nahm meine Schultasche und zog mir eine dicke Jacke über.

»Ich mache mich auf den Weg«, sagte ich und lief vorsichtig die steile Treppe hinunter. Fundus rief mir noch ein »Pass in der Schule auf dich auf« hinterher, bevor ich die faltbare Treppe in die Decke einrasten ließ und nach unten in den Flur verschwand. Ich schlüpfte in ein Paar Schuhe und warf mir einen Schal über, verließ das Haus und machte mich schließlich auf den Weg. Die letzten Male war ich immer mit Tomaki zusammen gegangen.

Heute war ich seit Langem wieder alleine unterwegs. Das störte mich nicht. Ganz im Gegenteil, es hatte etwas sehr Befreiendes an sich. Nicht, dass ich Tomakis Anwesenheit als störend empfand, aber diese Ruhe war einfach wunderbar. Ich genoss jede einzelne Sekunde. Selbst in der Bahn war heute nichts los.

Im Klassenraum angekommen, setzte ich mich auf meinen Platz. Ich war die Erste. Mir blieb noch mehr als eine halbe Stunde Zeit bis zum Unterrichtsbeginn. Ich lehnte mich zurück und genoss die feinen Sonnenstrahlen, die heute ausnahmsweise in den Klassenraum schienen.

Wenigstens etwas, worüber ich mich noch freuen konnte. Wenn ich so über die derzeitige Situation unseres Teams nachdachte, bekam ich gleich wieder schlechte Laune.

Allein der Gedanke an Zóel versaute mir sofort den ganzen Tag. Ich verzog mein Gesicht zu einer angewiderten Grimasse.

Blöder Idiot, fluchte ich in Gedanken.

Plötzlich ertönte ein leises Piepen. Was war das denn? Nervös schaute ich mich um. Ich war die einzige im Raum, es konnte also kein anderer gewesen sein. Gerade als ich dachte, ich hatte es mir nur eingebildet, piepte es wieder.

Was zum…? Halt, ist das dieses Gerät?, erinnerte ich mich und durchwühlte meine Schultasche.

Tatsächlich. Auf dem Ding, was mir Giove lieh, standen zwei neue Mitteilungen. Ich öffnete sie.

»Bin gleich da«, war die Erste.

»Grüße, Giove«, war die Zweite.

Ich steckte es wieder zurück. Einige Minuten vergingen, bis sich die Tür des Klassenraums schließlich öffnete und jemand eintrat. War das schon Giove? Ich drehte mich um und wollte ihn mit einem Winken begrüßen. Doch als ich realisierte, dass es nicht Giove war, stockte ich.

Es war Zóel.

Prompt drehte ich mich wieder zurück, versuchte meine Übelkeit und vor allem die dunklen Gedanken zu unterdrücken.

»Guten Morgen, Ruta Pez«, begrüßte er mich, aber ich reagierte nicht auf ihn. Wieso sollte ich auch? Mit dem wollte ich nichts zu tun haben, egal wie toll die anderen ihn fanden.

»Schönes Wetter, hm?«, meinte er und ich sah, wie er auf mich zukam. In mir spannte sich jeder Muskel an. Ich war im Falle eines Angriffes bereit zur Verteidigung.

Er trat neben mich. Ich hielt die Luft an. Plötzlich klapperte etwas zu Boden. Ich erschrak. Dachte, dass er mich im nächsten Augenblick angriff und wollte mich zur Wehr setzen.

Da registrierte ich, dass es nur ein Bleistift war, der zu Boden fiel. Lautlos bückte Zóel sich zum Stift. Ich atmete erleichtert auf und merkte gar nicht, wie er auf einmal direkt vor mir stand. Dabei säuselte er mit herausforderndem Blick: »Ruta Pez, was muss ich tun, damit du mir vertraust? Deine Freunde folgen mir doch auch, wieso du nicht?«

Es war, als würde Zóel mit seiner Stimme gezielt den schwarzen Drachen in mir heraufbeschwören. Mit aller Kraft versuchte ich, mich ihm zu widersetzen. Egal, wie sehr ich mich wehrte, der Drache kam trotzdem durch.

»Nicht alle vertrauen dir«, zischte ich und ballte angespannt meine Hände zu Fäusten.

»Ach ja, stimmt«, kommentierte Zóel und erfreute sich an meinem Anblick. »Du hast recht. Dieser eine Typ... Aber den krieg ich auch noch rum. Das ist nur eine Frage der Zeit.«

»Mistkerl«, rief ich und schnellte vom Stuhl hoch. Meine Faust schleuderte nach vorn. Plötzlich hielt ich inne. Da war wieder dieses Gefühl, genau wie gestern. Doch heute kam es viel stärker in mir hoch und ich konnte es besser einordnen. Es kam mir so vor, als hatte ich ein Déjà-vu. Ich hatte diese Situation, ohne gestern mitzuzählen, schon einmal erlebt. Nur wann und wo? Dieser Zóel hatte etwas Merkwürdiges an sich.

Vielleicht war er einer meiner früheren Gegner? Ob ich ihm deshalb so feindselig gesinnt war?

Verwirrt ließ ich die Faust sinken und spürte, wie langsam die Spannung in mir nachließ. In nächsten Moment fiel mein Blick auf die Tür des Klassenraums. Dort stand ein Mitschüler und schaute uns ganz erschrocken an. Schnell sackte ich zurück auf meinen Platz.

Nicht schon wieder!

»Noch mal Glück gehabt«, raunte Zóel mir ins Ohr und wandte sich ab. Ich atmete erleichtert auf. Das hätte auch schlimmer ausgehen können, so wie gestern...

Ich schaute zur Tür. Der Schüler, der uns beäugte, sah immer noch skeptisch zu mir herüber. Ich beobachtete, wie Zóel sich dem Jungen näherte und auf ihn einredete. Die Gesichtszüge des Jungen entspannten sich plötzlich. Es schien, als könne Zóel die Leute besänftigen. So wie Tomaki es schon einmal erwähnte. Es war fast so ähnlich wie bei Giove, der in die Gedanken von Menschen eingreifen konnte.

Wer zur Hölle war dieser Zóel...?

»Ah, Ruta«, hörte ich endlich eine bekannte Stimme sagen.

Giove.

Er schloss die Tür hinter sich und kam zu meinen Platz gelaufen.

»Alles ok?«, meinte er und nickte in Zóels Richtung.

»Gerade noch mal gut gegangen«, meinte ich knapp.

»Ich hätte schon viel eher da sein sollen«, entschuldigte sich Giove.

Ich schüttelte den Kopf.

»Nein, wirklich. Am besten, wir gehen ab morgen gemeinsam zur Schule«, schlug Giove vor. »Dann stehe ich früher auf. Wann gehst du immer los?«

»Um zehn vor 6 Uhr.«

»Wie, so zeitig?!«, fragte Giove entgeistert.

Ich nickte.

»Och, nö...«

Er war wohl ein Langschläfer.

»Aber mit Tomaki warst du auch nie so früh unterwegs«, entgegnete er.

»Ich will nicht zur gleichen Zeit wie meine Schwester und Klarin zur Schule gehen. Deshalb muss ich früher los.«

»Und wenn du woanders schlafen würdest? Stehst du dann später auf?«

Ich nickte erneut.

»Dann übernachtest du ab jetzt bei mir. Mein Haus ist sowieso riesig und hat mindestens Platz für zwei.«

»Hast du ein Bett mit Decke und Kissen?«, fragte ich und musterte Giove mit prüfendem Blick.

Dieser schaute verdattert zurück.

»Sicher, was glaubst du denn?!«, antwortete er und zog verwundert seine Augenbrauen hoch.

»Bei mir zuhause gibt es das nicht. Nicht mehr...«

»Gut. Dann wäre das auch geklärt«, meinte Giove und ignorierte meine wehmütige Beschwerde. Er setzte sich an den Tisch neben mich.

So langsam füllte sich die Klasse, auch Tomaki und Shiina kamen. Sie gingen geradewegs zu Zóel und unterhielten sich angeregt. Ich wollte gar nicht hinschauen. Es tat weh, zu sehen, wie ich direkt ersetzt wurde. Und ich glaubte auch, dass sie mich gar nicht wahrnahmen. Ich schluckte die aufkommende Traurigkeit herunter. Wenn ich Gefühle zeigte, dann würde der schwarze Drache sie wieder ausnutzen. Also musste ich weiterhin versuchen, stark zu bleiben. Wie lange ich das allerdings durchhielt, wusste ich nicht.

Als der Lehrer den Raum betrat, konnte ich endlich abschalten. Bis zur nächsten Pause hielt ich ganz gut durch. Sobald der Lehrer verschwunden war, tippte Giove mich an und zwinkerte mir zu. Wollte er es wagen? Anscheinend schon. Er stand auf und ging in Zóels Richtung. Dann redeten sie etwas. Doch sie waren zu weit weg, als dass ich sie verstehen konnte. Dafür beobachtete ich jede ihrer Regungen ganz genau. Nun kamen auch noch Tomaki und Shiina dazu. Als Giove etwas sagte, schien das Gespräch plötzlich lebendig zu werden. Auf einmal wandte sich Giove ab und warf mir einen raschen Blick zu. Er eilte zur Tür, holte sein Gerät hervor und tippte auf den Tasten herum. Keine Sekunde später blinkte auch mein eigenes Gerät auf. Den Ton hatte ich vorhin ausgeschaltet.

»Ich muss mit dir reden. Allerdings ungestört. Folge mir«, stand in der Nachricht. Ich sah zu Giove und nickte ihm zu. Gespannt stand ich von meinem Platz auf und ging an Shiina, Tomaki und Zóel vorbei. In diesem Augenblick spürte ich, wie jemand meine Hand packte und mich zurückhielt.

Erschrocken blickte ich in Tomakis Augen.

»Ruta«, begann er und beim Klang seiner Stimme bekam ich sofort Gänsehaut. Nicht, weil sie so schön war, sondern, weil sie mir Angst einjagte. Würden seine Worte mich wieder verletzen?

»Hey, du solltest Zóel wirklich eine Chance geben. Weißt du, er-«

»Lass mich einfach in Ruhe!«, rief ich und riss mich von ihm los. Als Tomaki den Namen von Zóel erwähnte, kochten die schlimmen Gefühle wieder in mir hoch und ich war kurz davor, zu explodieren.

Kann mich denn niemand aus diesem Strudel befreien?, dachte ich panisch.

»Komm«, meinte Giove, der plötzlich neben mir aufgetaucht war, und nahm meine Hand. Ruppig zog er mich hinter sich her, ich konnte ihm nur stolpernd folgen. Eigentlich verurteilte ich diese unempathische Seite an ihm, doch jetzt half sie mir und lenkte mich ab.

Giove führte mich die vielen Stufen im Flur hinauf. Je weiter wir nach oben gingen, umso enger und kleiner wurde das Treppenhaus. Schließlich mündete die Treppe in einer dunklen Sackgasse. Licht drang einzig und allein durch ein paar schmale Schlitze einer Tür. An ihr war ein langer, breiter Klinkenkeil befestigt. Giove löste seine Hand von meiner und schob den rostigen Keil nach unten. Trotzig knarrend öffnete sich die Tür. Schien nicht mehr die Neueste zu sein.

Schnell traten wir nach draußen aufs Schuldach. Als Giove die Tür wieder einrasten wollte, wehrte sie sich mit allen Kräften. Selbst als wir uns gemeinsam dagegen lehnten, wollte sie nicht nachgeben.

»Uns ist ja niemand gefolgt«, meinte Giove nach einigen misslungenen Versuchen und ließ die Tür einen Spalt offen stehen.

»Also. Über was willst du reden?«, fragte ich.

»Tomaki und Shiina. Die beiden sind völlig vernebelt.«

Fragend sah ich Giove an.

»Ich habe herausgefunden, dass Zóel ebenfalls in die Gedanken, nein, vielleicht noch sehr viel tiefer ins Bewusstsein von Lebewesen, eingreifen kann als ich.«

»Und... woher willst du das wissen?«

»Er hat es bei mir versucht«, hauchte Giove mit bebenden Lippen. Mir blieb die Luft weg.

»Aber er ist kein Gedankenformulierer. Das spüre ich.«

»Das hieße ja, dass Tomaki und Shiina wirklich manipuliert sind«, sprach ich meine Gedanken aus. Dann waren all ihre Worte, all ihre Taten nicht echt? Vielleicht konnten Shiina und Tomaki gar nichts dafür, dass sie Zóel verfallen waren? Und die Emotionen, die sie zeigten, waren auch nicht echt?

Da fielen mir meine eigenen Ausraster ein. Wollte der schwarze Drache mich etwa damit vor Tomaki und Shiina warnen? Wollte er mich nur beschützen?

»Fakt ist jedenfalls, dass wir Zóel um jeden Preis meiden sollten. Genauso aber auch Shiina und Tomaki.«

Bei seinen Worten schmerzte mein Herz. Jetzt, wo wir wussten, dass sie manipuliert wurden, sollten wir uns von ihnen fernhalten?!

»Nein. Wir müssen sie befreien. Da ist das Mindeste!«, rebellierte ich. Fundus hatte doch auch gesagt, dass wir immer zusammenhalten und uns gegenseitig beschützen sollten.

»Aber ich sehe im Moment keine andere Möglichkeit, als erst einmal abzuwarten.«

Giove blieb eisern.

»Wir können sie doch nicht im Stich lassen!«, ließ ich nicht locker. Denn ich konnte Tomakis Anblick nicht mehr länger ertragen. Es war, als sei ich in einem schlechten Film gefangen, der mir jeden Tag aufs Neue verzerrte Bilder meiner Freunde vorgaukelte.

»Verdammt noch mal, Ruta, wir können ihnen zurzeit nicht helfen. Es geht nicht um sie, verstehst du das denn nicht?!«, zischte Giove. »Es geht um Zóel. Er will garantiert, dass wir in diese Falle tappen. Glaubst du, mir tut es nicht weh, Shiina so zu sehen?«

Ich blickte zu Giove. In seinen Augen lag ein Ausdruck des Schmerzes, den ich so bei ihm noch nie gesehen hatte.

»Wir müssen jetzt sehr stark sein«, erklärte Giove ruhig und gefasst. »Wir wissen weder, wer Zóel ist, noch was er vorhat.«

»… wie bei Viovis«, fiel mir ein.

»Ja, aber im Gegensatz zu Zóel wissen wir bei Viovis, dass er schwach und unerfahren ist. Und für wen er arbeitet. Bei Zóel bin ich mir nicht so sicher. Er handelt, wie es ihm gerade passt. Mal legt er ein gutes Wort für uns ein, mal fordert er dich oder mich heraus. Ich kann ihn schwer einschätzen, weil ich nicht weiß, aus welchem Volk der Orbica er kommt. Am besten wäre es, wenn-«

Plötzlich gab es ein lautes Knarren an der Tür und Giove brach sofort ab. Blitzschnell wirbelte er herum und sah zur Tür. Ich spurtete los. Als ich einen Schatten weghuschen sah, ahnte ich, dass uns jemand belauscht hatte.

Adrenalin schoss durch meinen Körper. Ich konnte mir fast denken, *wer* bei uns mitgehört hatte. Schnell sprintete ich die Treppenstufen nach unten, in der Hoffnung den Lauscher zu erwischen. Wenn er erst mal die Stockwerke der Klassenräume erreichte, dann hatte ich keine Chance mehr und somit wäre es ein Leichtes für ihn, einfach in den vielen Räumen zu verschwinden.

Bei den engeren Treppen weiter oben konnte ich allerdings noch Glück haben. Hastig übersprang ich jede zweite Stufe. Vor mir hörte ich ein eiliges Trappeln. Ich hatte ihn fast!

Doch als ich die nächste Stufe nahm, erreichte ich schon die Stockwerke der Klassenräume. Vom Lauscher keine Spur mehr. Völlig außer Puste kam ich zum Stehen.

»Mist, Mist, Mist!«, fluchte ich und schlug mit der Faust aufs Treppengeländer. Den darauffolgenden Schmerz blendete ich völlig aus.

»Hast du noch erkennen können, wer es war?«, fragte Giove, als er hechelnd neben mir auftauchte.

Ich schüttelte enttäuscht den Kopf.

»Ich denke, wir können davon ausgehen, dass es Zóel war«, bestätigte er meinen Verdacht.

Als hätten wir nicht schon genug Probleme, zwängte sich uns gleich das nächste auf.

Zóel. Ein weiteres Mysterium, das es zu lösen galt. Doch wo sollten wir, nur noch aus der Hälfte unseres Teams bestehend, bloß anfangen?

Kapitel 28

Ein dunkler Schatten legte sich über den Raum. Die flackernden Kerzen, die an den Wänden klebten, erloschen eine nach der anderen. Dabei stießen sie tiefgrauen und trüben Rauch von sich. Aus diesem formte sich in der Mitte des Raumes ein schwebender Ball und es bildete sich ein mannshoher Schlitz im stickigem Nebel. In ihm blitzte es plötzlich auf und kurz darauf spuckte er einen jungen Mann aus. Der Mann verhüllte seine Gestalt unter einem großen dicken Umhang. Angespannt sah er sich um, noch war er allein. Doch das sollte sich gleich ändern, denn schon im nächsten Moment blitzte es erneut im Nebelschlitz und eine weitere verhüllte Gestalt trat heraus. Sie unterschieden sich: Der Erste war etwas schmaler gebaut und der Zweite groß und muskulös. Auch schienen sie einem festgelegten Rang zu folgen.

»Mein Herr«, verbeugte sich die erste Gestalt vor dem Zweiten. Dieser hob eine Hand, legte sie vor seinen Körper und entzündete sogleich ein Feuer, welches den Raum etwas erhellte.

»Wie verläuft dein Auftrag?«, fragte er mit dunkler und mächtiger Stimme.

»Erfolgreich«, erklärte der Erste.

»Nein, eben nicht«, entgegnete der Mann und drehte sich mitsamt dem Licht weg.

»Nur weil *eine* aus der Reihe tanzt«, säuselte der Erste gelassen.

»Sie hätte fast gesehen, wie du gelauscht hast!«

»Hat sie aber nicht.«

Der Zierliche schob seine Lippen zu einem frechen Grinsen zurück. Dafür kassierte er vom anderen einen heftigen Schlag ins Gesicht. Denn der hatte sich inzwischen zurückgedreht und ihm gefiel gar nicht, wie er angeschaut wurde.

»Ich werde wieder Änderungen an dir vornehmen müssen. So kannst du nicht bleiben«, erklärte der Ältere, als er sich beruhigt hatte.

Daraufhin fing der Erste an zu lachen.

»Wie immer. Wenn's nicht läuft, dann zauberst du an mir herum. Stimmt's, Alter? Ach, ich bin eine arme Puppe in den Händen eines Versagers.«

»Red nicht so ein unsinniges Zeug! Hätte ich dir bloß nicht so viel von deinem eigenen Ich gelassen«, knurrte der Ältere leise.

»Ich bin immerhin besser als dieser Waschlappen von vorher. Tse. Aus den eigenen Erinnerungen erschaffen. Kein Wunder, dass der nichts auf die Reihe bekommen hat. Wie armselig du früher gewesen sein musst. Fängst an zu heulen, wenn du beklaut wirst. So ein Weichling ist meines Körpers nicht würdig«, beschwerte sich der Erste.

»Es verlief alles nach Plan«, entgegnete der verhüllte Mann gleichgültig. »Es verläuft immer nach Plan. Meine Show und meine Gefühle. Jeder glaubt mir. Und das ist die Hauptsache.«

»Hättest du mich doch damals im Schlamm verrecken lassen und mir nicht diese Fesseln angelegt. Einem Unschuldigen, den du für deine Sache benutzt. Den du manipulierst, wie es dir gerade passt.«

Der Jüngere wurde ernst.

»Jammere mal nicht so rum. Einen anderen Zweck hatte ich schon damals nicht für dich vorgesehen. Du bist und bleibst meine Puppe und tust, was ich von dir verlange. Denn ich bin dein *Puppenspieler*, wie du so schön gesagt hast.«

»Eines Tages werden wir uns wieder gegenüber stehen und du wirst mich anbetteln, ich solle dich verschonen und dir nichts antun«, zischte der Erste nun wütend.

Augenblicklich verfiel der große verhüllte Mann in tosendes Gelächter, welches im ganzen Raum widerhallte.

»Das ist lächerlich! Was bildest du dir eigentlich ein, du unscheinbarer kleiner Wurm!«, höhnte er und spuckte dem Jüngeren abwertend vor die Füße.

»Du bist und bleibst Abschaum.«

Dann erlosch das Feuer in seinen Händen. Er murmelte etwas, reihte mystische, aber doch seltsam klingende Silben aneinander. Allmählich bildeten die Silben Wörter und man ahnte schon, aus welchem Munde sie hätten stammen können: »Ich rufe euch, ihr Geister der dunklen Magie.«

Kapitel 29

Heute war es soweit. Vor der Schule parkten drei große Busse, die jeweils eine Klasse des Jahrgangs verschluckten und zur Yataka Insel kutschierten. Ich ließ meine Tasche vor dem Kofferraum nieder und stieg ein. Normalerweise hätte ich mich neben Shiina oder Tomaki gesetzt, doch da unser Team im Moment zerstritten war, ging ich zu Giove. Er war der Einzige, dem ich jetzt noch vertraute. Es war das eingetreten, was ich auf jeden Fall vermeiden wollte: die Spaltung unseres Teams. Keine Ahnung, wie ich damit umgehen sollte. Ob wir uns je wieder zusammenrauften?

Ich seufzte.

»Guten Morgen«, meinte Giove, als ich mich neben ihm niederließ. Ich nickte ihm zu. Er hatte den Vorhang am Fenster zugezogen, die Augen geschlossen und wollte offensichtlich schlafen.

Wo sich Tomaki wohl hinsetzt?, überlegte ich, drehte mich um und hielt neugierig Ausschau. Als er den Bus betrat, wirbelte ich ertappt zurück. Vorsichtig lugte ich weiter - natürlich unauffällig - durch die vorderen Sitze. Ich sah, dass Tomaki sich etwa drei Reihen vor mich hinsetzte. Im nächsten Moment ging Shiina an mir vorbei. Sie nahm in einer Reihe neben Tomaki Platz.

Nicht bei ihn?, dachte ich verwundert und runzelte die Stirn. Ich beobachtete, wie sich Shiina zu einem anderen Mädchen setzte. Halt, die kannte ich ja?! War das nicht diese Emi, die letztens mit uns im Schilderteam gewesen war? Auch wenn ich wusste, dass Shiina von Zóel vernebelt wurde, schmerzte es doch ziemlich, zu sehen, wie schnell sie mich ersetzte. Ich versuchte, meine Gedanken auf etwas anderes zu lenken und schaute wieder zu Tomaki zurück. In diesem Moment schob sich Zóel durch den engen Gang und setzte sich neben Tomaki. Ich schnaufte und dachte: *Dieser verdammte Mistkerl...*

Die Busfahrt war super langweilig. Giove schlief tief und fest. Vorn hörte ich Tomaki und Shiina immer wieder herzhaft lachen. Hier hinten kam ich mir wie der letzte Idiot vor und meine Laune sank mit jeder Minute. Ich hätte nicht mitkommen sollen.

Zu sehen, wie Tomaki und Shiina auch ohne mich klar kamen, tat einfach weh. Und das musste ich mir jetzt eine ganze Woche lang antun! Ich zog mir die Kapuze des Hoodies über und versuchte das Gelächter auszublenden. Es gelang mehr oder weniger, nach einiger Zeit schlief ich sogar ein. Als der Bus am späten Nachmittag zum Stehen kam, wachten Giove und ich wieder auf.

»Sind wir schon da?«, murmelte er verschlafen.

Ich nickte.

»Gerade angekommen«, erklärte ich und zog die Kapuze vom Kopf.

»Komm, lass uns schnell als Erstes aussteigen. Hab keine Lust, den anderen über den Weg zu laufen«, meinte Giove und stand vom Sitz auf. Als ich sah, wie Shiina ihre Sachen zusammenpackte und sich die Jacke anzog, piepste ich erschrocken: »Los!«

In Lichtgeschwindigkeit huschte ich aus dem Bus heraus. Die Fahrer waren gerade dabei, die Taschen aus dem Kofferraum zu hieven.

»Da!«, rief Giove und hechtete nach vorn zu seiner Tasche.

»Meine ist gleich daneben«, wollte ich sagen, doch er hatte sie schon in der Hand. Danach rannte er zum Lehrer und beredete etwas mit ihm. Keinen Augenblick später kam Giove zurück und sagte: »Los, wir gehen schon mal vor. Hab gefragt, wo alles ist, müsste also Bescheid wissen.«

»Dürfen wir denn?«, fragte ich unsicher.

Giove zwinkerte grinsend.

»Wir haben eine Sondererlaubnis.«

Ich lachte. War wirklich praktisch, einen Gedankenformulierer dabeizuhaben. So nahm ich Giove meine Tasche ab und folgte ihm. Ein enger Pfad führte uns zuerst durch ein kleines Stück Küstenwald. Nach einer Weile lichteten sich die Bäume und vor uns baute sich ein beschauliches Dörfchen, bestehend aus vielen gemütlichen Holzhütten, auf. Rechts von den Häuschen lag ein Strand, dessen Wellenrauschen ich schon von hier aus hören konnte. Der Strand und das Dorf wurden durch dicht bewachsene Dünen getrennt. An diese grenzte eine Wiese, auf welcher die Bungalows standen. Trampelpfade zeichneten sich zwischen Dünen und Hütten ab. Hier wirkte alles sehr idyllisch und vor allem naturbelassen. Es war einer der wenigen Orte, den Viis noch in Ruhe ließ.

»Sind wir da?«, fragte ich und ließ die schwere Tasche auf den Boden plumpsen.

»Ja. Denke, das ist es. Unsere Klasse hat Bungalow vier und fünf. Vier gehört den Mädchen, Fünf den Jungs«, erklärte Giove und sah sich suchend um.

»Ich glaube, die sind da hinten«, meinte ich und wies auf zwei Hütten, die nahe an einem der Dünenaufgänge standen. Giove nickte, nahm meine Tasche und folgte mir. Ich sollte recht behalten, denn auf den Türen der Hütten standen die gesuchten Nummern. Neugierig blickte ich hinein.

»Das heißt also, ich muss mit Shiina in einer Hütte schlafen«, stellte ich fest und musterte die Inneneinrichtung des Bungalows. Auf dem Boden waren Schlafmatratzen verteilt, an den Seiten standen ein paar Schränke. Viel mehr als ein Tisch und ein paar Stühle waren nicht zu entdecken. Die Hütten schienen sehr spartanisch eingerichtet zu sein.

»Hör auf zu jammern«, schnaubte Giove. »Ich muss mit Zóel und Tomaki in einem Bungalow schlafen. Von mir aus können wir gern tauschen.«

Ich lachte kurz auf. Doch plötzlich kam mir der Gedanke, dass ich die kommenden Nächte ja ohne Fundus verbringen musste. Als ich daran dachte, wurde ich ganz traurig. Seit er mein Anima war, schlief er jede Nacht bei mir. Durch seine Wärme an meinem Rücken fühlte ich mich nicht so allein. Und wenn ich in der Nacht einen Albtraum hatte, musste ich mich nur umdrehen und Fundus umarmen. Dann konnte ich friedlich weiterschlafen.

Jetzt würde ich nur Kälte und Leere in der Nacht verspüren. Mein Herz zog sich zusammen.

»Keine Ahnung, wie lange ich es hier aushalten werde«, flüsterte ich wehleidig.

»Ruta, vergiss nicht, dass wir wegen der Mission hier sind. Die ganzen Völker zählen auf uns!«, sagte Giove und sah mich streng an.

»Weiß ich doch«, murmelte ich.

»Gut. Was steht eigentlich für heute Abend an?«, fragte er und sah sich um.

»Ich glaube, dieses gemeinsame Lagerfeuer«, überlegte ich laut und zog einen Zettel mit der Planung der Klassenfahrt hervor.

»Ach ja«, sagte Giove und seufzte. »Gut, wir sprechen uns da wieder. Dann überlegen wir, wie es weitergehen soll.«

Zustimmend nickte ich. Wenig später hörten wir auch schon die Stimmen der anderen, die langsam zu uns aufschlossen. Mit der friedlichen Ruhe war es ab jetzt vorbei. Giove und ich sahen uns an und gingen zu der Traube, die sich um den Lehrer bildete.

»So. Wir treffen uns in etwa einer halben Stunde wieder hier. Bis dahin könnt ihr euch in den Hütten einrichten«, erklärte der Lehrer. Schlagartig teilte sich die Klasse in zwei Gruppen auf, welche in die holzigen Bungalows stürzten. Ich ließ mich einfach mitziehen und beobachtete dabei argwöhnisch, wie sich Shiina und Emi blendend verstanden. Ich schüttelte den Kopf.

Im Inneren der Hütte roch es nach muffigen alten Möbeln. Die Matratzen waren auch nicht mehr die Neuesten, von ihrem Gestank wurde mir übel. Schnell huschte ich zu den Schränken und sicherte mir einen Platz für meine Sachen. Aus der Tasche kramte ich ein Handtuch hervor, um mir einen Schlafplatz auf den Matratzen zu reservieren. Ich hatte keine Lust, zwischen irgendwelchen Schnepfen zu landen. Das waren vor allem die Mädchen, die auch letztens um Tomaki schwirrten und von ihm Mathe erklärt haben wollten. Glücklicherweise ließ er sie damals einfach stehen und folgte stattdessen mir.

Nachdem ich das Handtuch auf die Matratze ganz rechts gelegt hatte, schlich ich nach draußen, um mich ein wenig umzusehen. Schließlich blieb noch ein bisschen Zeit bis zum Lagerfeuer. Neugierig spazierte ich zum Strandaufgang. Eine frische Brise fuhr mir durchs Haar. Hier war es viel windiger als bei Tomakis Tempel. Eigentlich müsste sich Tomaki hier pudelwohl fühlen.

Ich denke ja schon wieder an ihn..., ertappte ich mich. Ich seufzte und ging zum Strand hinunter. Die Wellen rauschten und ein paar Möwen kreischten. Das Wasser kletterte langsam am Sand hoch und wurde schnell wieder zurück ins Meer gezogen. Ich beobachtete das Treiben für eine Weile. Die Wellen wirkten sehr beruhigend auf mich. Genau das, was ich jetzt brauchte. Ich atmete die salzige Brise ein, ließ meine Seele baumeln und vergaß die Zeit. Gedankenverloren schlenderte ich noch ein wenig am plätschernden Wasser entlang, bevor ich mich auf den Rückweg machte. Bei den Hütten angekommen erwartete Giove mich bereits ungeduldig.

»Wo bleibst du denn?«, fragte er und verschränkte die Arme.

»Hab mir die Umgebung noch ein wenig angeschaut«, antwortete ich.

»Jedenfalls bist du zu spät. Der Lehrer hat uns schon aufgeteilt. Aber keine Angst, du bist bei mir in der Gruppe. Wir haben die grandiose Aufgabe Feuerholz zu sammeln«, meinte Giove ironisch und verdrehte die Augen.

»Tut mir leid«, murmelte ich und trat beschämt von einem Fuß auf den anderen.

»Halb so wild. Die Gruppen standen schon vorher fest«, winkte Giove ab.

Feuerholz sammeln. Ich erinnerte mich zurück an den Tag, als ich mit Fundus ebenfalls Holz für unser großes Lagerfeuer im Tempel suchte.

Oh, Fundus. Ich vermisste ihn so schrecklich. Ich vermisste den Abend und ich vermisste auch Tomaki und Shiina. Betrübt sah ich zu Boden.

»Tomaki und Shiina bereiten das Essen vor«, erzählte Giove, dem mein trauriger Gesichtsausdruck nicht entgangen war.

Ich sah auf.

»Zóel auch?«, fragte ich.

Giove nickte und sagte: »Na, komm. Lass uns Holz sammeln.«

Wir fanden uns mit ein paar anderen Schülern zusammen. Da das abendliche Lagerfeuer mit dem ganzen Jahrgang stattfand, mischten sich viele unbekannte Gesichter in die Gruppe. Konnte mir kaum etwas Schöneres vorstellen. So zogen wir mit der laut grölenden Gruppe in den nahe gelegenen Küstenwald.

»Ab hier können wir uns aufteilen und ausschwärmen«, verkündete ein selbsternannter Gruppenleiter. Giove nickte mir zu. Gerade, als wir losstiefeln wollten, baute sich eines der entstandenen Grüppchen vor uns auf.

»Hey, ihr«, pöbelte uns ein muskulöser Typ von der Seite an, »wir brauchen noch ein paar Loser, die die Arbeit für uns erledigen. Wir haben keine Lust, das Holz zu sammeln.«

Ohne mit der Wimper zu zucken, trat Giove einen Schritt nach vorn und für mich sah es so aus, als würde er in die Gedanken der anderen eingreifen. Dass ich mit meiner Vermutung recht hatte, bestätigte sich wenig später, denn der Typ meinte auf einmal: »Ey, Mann, schon gut. Mach bloß keinen Stress. Nichts wie weg hier!«

So schnell, wie die Halbstarken vor uns aufgetaucht waren, verschwanden sie auch wieder. Ich atmete auf. Auf einmal stockte ich. Hatte ich das nicht schon mal erlebt? Zumindest so ähnlich. Als ich vor der Bibliothek wartete und Klarins sogenannter Freund mich bedrängte. Damals war es auch Giove, der mich rettete.

Hatte ich mich je dafür bedankt? Sofort bekam ich ein schlechtes Gewissen.

»Danke«, sagte ich also.

»Kein Problem«, winkte Giove ab.

»Ich meine auch damals vor der Bibliothek. Ich glaube, ich habe mich nie bei dir bedankt«, nuschelte ich.

»Schwamm drüber. Und außerdem sind wir schon längst quitt«, meinte Giove schulterzuckend. Verwundert sah ich auf. Waren wir das? Ich kramte in meinem Gedächtnis, fand aber nichts.

»Aha, wieso?«, fragte ich neugierig. Aber Giove setzte sich in Bewegung und hielt nach Feuerholz Ausschau. Als ich ihm nicht folgte, rief er: »Was ist? Kommst du? Ich hatte nicht vor, den ganzen Abend mit Stöckchen sammeln zu verbringen.«

Ich stutzte. Hatte er meine Frage etwa überhört? Also schloss ich zu ihm auf und fragte erneut. Giove seufzte laut und antwortete schließlich: »Du hast dich dafür eingesetzt, dass ich im Team aufgenommen wurde. Dadurch konnte ich Shiina wiedersehen. Und das bedeutet mir wirklich viel.«

»Verstehe«, sagte ich und machte mich ans Holz sammeln. Als ich einen Schritt nach vorn trat, bekam ich plötzlich ein bekanntes Gefühl.

Sofort musste ich an den schwarzen Drachen denken. Er spürte hier bestimmt etwas. Doch was?

Giove trat neben mich und wollte gerade etwas sagen, als ich energisch »Pscht!« rief.

Überrascht hielt er inne.

»Alles gut?«, fragte er und runzelte die Stirn. Ich ging einen Schritt nach vorn und fühlte tiefer in mich hinein.

»Irgendetwas ist hier«, murmelte ich und schlich vorsichtig weiter. Mir kam es vor, als erlebte ich ein Déjà-vu. Stimmt! So etwas Ähnliches fühlte ich auch, wenn ich nahe einer Schuppe war. Aber wir hatten doch schon alle gefunden?! Könnte es sein, dass ich mich jetzt einem schlafenden Drachen näherte?! Aufgeregt ging ich schneller und ließ mich von diesem Gefühl leiten. Giove folgte mir.

Vor einem Höhleneingang blieb ich stehen. Hier spürte ich es am stärksten.

»Da drin ist etwas. Ich vermute, dass wir in der Nähe eines schlafenden Drachen sind«, flüsterte ich Giove zu, als er neben mir zum Stehen kam. Dieser riss überrascht seine Augen auf und sagte: »Bist du sicher? Das wäre ja der Wahnsinn! Vielleicht ist das die gute Nachricht, auf die wir schon so lange gewartet haben?«

Ich konnte es kaum erwarten, endlich einen Drachen in echt und nicht nur in einer Vision zu sehen. Vielleicht würde ich ihn sogar aufwecken!

»Sollen wir reingehen und nachsehen?«, fragte ich.

»Nein«, lehnte Giove plötzlich ab.

»Was? Wieso nicht?«, fragte ich enttäuscht.

»Jetzt ist nicht der richtige Zeitpunkt. Wer weiß, wie lange wir in der Höhle brauchen und wenn wir beim Lagerfeuer fehlen, schöpfen die anderen bestimmt Verdacht. Wir müssen uns eine Zeit aussuchen, wo wir ungestört sind und wo uns niemand vermisst.«

Kapitel 30

Total enttäuscht schlich ich hinter Giove her. Ich hatte fest damit gerechnet, jetzt einen echten Drachen zu finden und vor allem aufzuwecken. Doch letztendlich hatte Giove recht. Wenn wir zu lange wegblieben, zogen wir unnötig Aufmerksamkeit auf uns. Und das konnten wir gerade gar nicht gebrauchen. Außerdem... wenn ich den Drachen jetzt aufweckte, was passierte dann? Er würde wohl kaum weiter in der Höhle bleiben, sondern in die Welt hinausfliegen. Wenn Viis davon Wind bekam, waren wir erledigt. Ich seufzte. Warum war alles so kompliziert?

Inzwischen hatten wir genug Holz gesammelt und begaben uns auf den Rückweg. Endlich bei den Bungalows angekommen, ließen wir die schweren Äste neben der Feuerstelle auf den Boden plumpsen. Giove und ich waren die letzten aus unserer Gruppe. Die anderen stapelten bereits das Holz aufeinander, einer versuchte sogar schon, Feuer zu machen.

Ich hielt nach Tomaki und Shiina Ausschau. Giove meinte, sie seien für das Essen zuständig. Gerade konnte ich beobachten, wie die beiden mit einer großen Schüssel Teig an den Holzhütten vorbeigingen. Von hinten kam Zóel mit ein paar Stöcken in der Hand angerannt und als er sie erreichte, lachten sie ausgelassen los.

Es versetzte mir einen Stich, zu sehen, wie Tomaki sich immer weiter von uns entfernte und dafür näher an Zóel rückte. Genauso wie Shiina.

»Na, komm«, flüsterte Giove und schob mich auf die andere Seite des Lagerfeuers. Wir setzten uns auf die Baumstämme, die vor dem Holzhaufen lagen.

Warum tat es heute so weh? Noch bevor ich mir diese Frage beantworten konnte, murmelte Giove leise: »Das erinnert mich sehr an unser Lagerfeuer vor ein paar Wochen. Aber heute ist alles so anders.«

Wehmütig nickte ich. Unbekannte Gefühle kamen in mir hoch. Vielleicht Traurigkeit? Nein, das fühlte sich mehr wie… Enttäuschung an. Und Eifersucht.

Enttäuscht, dass wir jetzt kein Team mehr waren und dass Tomaki und Shiina Zóel einfach ihr Vertrauen schenkten. Eifersüchtig, dass er mit ihnen so viel Zeit verbrachte. Ich wurde wütend. Am liebsten wollte ich diesem Zóel zeigen, zu wem Tomaki und Shiina eigentlich gehörten, doch es war wieder Giove, der mich zurückhielt.

»Ruta, Mensch setz dich hin! Du musst wirklich lernen, besser mit deinen Gefühlen umzugehen. Sonst bringst du dich in große Gefahr! Du weißt nicht, wer hier noch seine Augen offen hat«, flüsterte Giove aufgebracht und zerrte mich zurück auf den Baumstamm. Dass ich aufgestanden war, hatte ich gar nicht mitbekommen. Und auch, dass meine Hände zu Fäusten geballt waren, fiel mir erst jetzt auf.

Und Giove behielt wieder recht. Wenn ich mich nicht besser unter Kontrolle hatte, würde ich uns beide in Gefahr bringen und womöglich verraten. Bloß wie kontrollierte man seine eigenen Emotionen verbunden mit denen des legendären Drachen?

Die Sonne verschwand allmählich am Horizont und die einzigen Lichter in dieser finsteren Nacht waren das Feuer und die Sterne über uns. Die friedliche Abendruhe wurde nur durch das Knurren meines Magens gestört. Peinlich berührt legte ich meine Hände auf den Bauch.

»Hast du Hunger?«, fragte Giove.

»Ja.«

»Ich auch. Lass uns was zu essen holen«, schlug er vor und ich willigte gleich ein. Hungrig gingen wir zum Buffet und aßen uns satt. Als wir fertig waren und Giove wieder los wollte, blieb ich stehen.

»Ich will nicht«, murmelte ich und dieses Mal hielt ich Giove zurück.

Nach einer Weile Schweigen antwortete er: »Kann ich verstehen. Du musst sehr müde sein. Am besten, du legst dich hin. Ich sag dem Lehrer Bescheid.«

Ich stutzte. Müde? Ich? Ich war doch alles andere als müde, es war nur... Aber da hatte Giove sich schon umgedreht und auf den Weg zum Lagerfeuer gemacht.

Na toll! Jetzt lässt er mich auch allein?!, dachte ich und sah niedergeschlagen zu Boden. Ich war nicht müde, wie kam er überhaupt darauf? Höchstens erschöpft und traurig. Wegen der Situation mit Tomaki und Shiina. Es brach mir einfach das Herz, sie ohne mich so glücklich zu sehen. Deshalb brauchte Giove aber nicht gleich zum Lehrer rennen und mich abmelden. Wohin sollte ich jetzt gehen? In diese tolle Holzhütte?

Super.

Leise ließ ich die Tür hinter mir ins Schloss fallen. Auf den Matratzen waren nun überall persönliche Gegenstände verteilt, jeder hatte sich seinen Platz reserviert. Ich hielt nach meinem Handtuch Ausschau. Es lag immer noch an der gleichen Stelle wie vorher. Auf der Matratze gegenüber fielen mir ein paar Dinge ins Auge: ein roséfarbenes Haarband und eine kleine pinke Tasche...

Kurz wunderte ich mich, ließ mich dann aber gedankenlos auf die Matratze plumpsen. Ich hatte gerade noch Kraft, mein Handtuch unterm Rücken hervorzuziehen und unter die Decke zu kriechen. Für einen Moment schloss ich die Augen.

Da dämmerte es mir plötzlich. Giove wollte nicht, dass ich den ganzen Abend weiter mit ansehen musste, wie Shiina und Tomaki mit Zóel Spaß hatten. Das war der eigentliche Grund, warum er mich wegschickte.

Ein Lächeln stahl sich auf meine Lippen. Jeder hatte seine eigene Art und Weise, sich um andere zu kümmern. Und Giove war gar nicht so kalt, wie man auf den ersten Blick meinen könnte. Gut, dass ich ihn damals in unser Team aufnahm. Ohne ihn wäre ich jetzt ganz allein und hätte niemanden, der sich um mich sorgte.

»Danke Giove«, flüsterte ich, kuschelte mich in die Decke und merkte, wie ich auf einmal müde wurde. So müde, dass ich das schreiende Gelächter von draußen nicht mehr wahrnahm, sondern nach und nach in den Schlaf sank.

Mit brummendem Kopf wachte ich auf. Die Luft war unerwartet stickig. Ich wälzte mich herum und erschrak, als ich neben mir ein schlafendes Mädchen erkannte.

Die anderen kamen wohl in die Hütte, als ich schon geschlafen habe, überlegte ich. Keine Ahnung, wie spät es war. Aber ich wusste, dass ich es hier drin nicht länger aushalten würde. Als ich aufstand, bemerkte ich, dass Shiina auf der Matratze gegenüber von mir schlief. Neben ihr lag Emi. Ich schluckte die aufkommende Eifersucht herunter. Diese Art von Gefühlen waren nur Nährboden für den schwarzen Drachen. Ich musste mehr im Gleichgewicht bleiben, damit er keinen Spielraum bekam.

Leise tappte ich zum Schrank. Zog mir einen dicken Pulli über und lief auf Zehenspitzen weiter bis zur Tür. Als ich heraustrat, empfing mich ein wunderschöner Sternenhimmel. Eine kalte Brise fuhr mir durchs Haar und kühlte meine Stirn. Plötzlich hörte ich eine knarrende Tür und die Stimmen der Lehrer.

»Ist keiner mehr draußen.«

»Alles klar. Dann gute Nacht.«

Stimmt, nachts besteht ja die Ausgangssperre, fiel mir ein. Doch das hinderte mich nicht daran, weiterzugehen.

Genussvoll sog ich die kühle Luft ein. Eine salzige Brise flog mir um die Nase und lockte mich an den Strand. Vorbei an den Hütten ging ich über die Wiese in Richtung Dünen, wo sich ein schmaler Weg zum Meer hinunterschlängelte. Obwohl es tiefste Nacht war, konnte ich die Umgebung gut erkennen. Der Vollmond leuchtete alles hell an. Im selben Atemzug fiel mein Blick auf die Dünen vor mir. Durch das Mondlicht erschien der Sand wie ein breiter, silbern funkelnder Teppich, aus dem die Gräser wie lange glitzernde Farne emporragten. Schon von hier aus konnte ich das sanfte Rauschen des Meeres hören. Beim Gehen streckte ich meine Hand aus und ließ sie durch das Dünengras gleiten. Ein angenehmes Kribbeln kitzelte an meinen Fingerspitzen entlang und ich ließ meinen Blick wehmütig in die Ferne schweifen. Der Weg war ganz anders, als zum Beispiel mein Schulweg. Im Herzen der Cosmica blieb nicht mehr viel von der unberührten Natur übrig.

Natürlich, Viis zerstört ja alles, grübelte ich und biss mir auf die Lippen. Umso mehr gefiel mir die Yataka Insel, wo noch alles so ursprünglich war. Erst jetzt wurde mir bewusst, wie sehr ich die Natur und ihre Unberührtheit vermisste.

Wir müssen Viis unbedingt aufhalten. Koste es, was es wolle!, dachte ich und merkte, wie ich schon wieder wütend wurde. Schnell presste ich die Hände aneinander, schloss die Augen und atmete ruhig ein und aus. Ich merkte, wie die Wut verblasste. Zumindest für den Moment.

Am Strand angekommen hielt ich überrascht inne. Unten am Wasser stand jemand. Kurz überlegte ich, ob es ein Lehrer sein könnte, der hier Nachtwache hielt. Doch als ich genauer hinsah, erkannte ich einen schlanken und schmalen Körper. Sah fast aus wie... Tomaki?

Mein Herz fing an, wie wild zu schlagen, und ich wurde auf einmal nervös. Zu lange hatte ich nicht mehr mit Tomaki geredet. Was sollte ich nur sagen?

Ach, ich würde ihn einfach fragen, wie es ihm geht, oder so ähnlich..., plante ich in Gedanken. Als ich bereit war, fasste ich mir ein Herz und lief zu ihm hinunter ans Wasser.

»Hey. Was machst du um diese Uhrzeit noch hier draußen?«, fragte ich und knetete angespannt meine Hände ineinander.

»Das Gleiche könnte ich dich auch fragen«, kam die Antwort. Doch es war nicht Tomakis, sondern Gioves Stimme.

»Sieht so aus, als hättest du jemand anderen erwartet«, bemerkte Giove und musterte mich.

»Um ehrlich zu sein, dachte ich, dass du Tomaki bist«, gab ich zu.

»Der schläft.«

Giove bückte sich, nahm einen Stein und schleuderte ihn in die seichten Wellen. Mit einem lauten »Plop« schlug er auf dem Wasser auf und verschwand kurz darauf im dunklen Nass.

»Also?«, meinte Giove und hob gleich den nächsten auf, »wieso bist du hier?«

»Ich kann nicht mehr schlafen. Die Luft im Bungalow war so stickig«, erklärte ich knapp.

»Geht mir genauso.«

Mit einem geräuschvollen »Blubb« versank auch dieser Stein im Meer.

»Was machst du da?«, fragte ich und beobachtete das sinnlose Treiben.

»Steine im Meer versenken.«

»Das sehe ich«, meinte ich und rollte mit den Augen.

»Aber warum?«

»Ablenkung.«

»Hm?«

Unschlüssig starrte ich Giove an. Jetzt war er es, der genervt mit den Augen rollte.

»Du bist nicht die Einzige, die eine schwere Zeit durchmacht. Jedes Mal, wenn ich diesen Zóel mit Shiina sehe, da könnte ich...!« Wütend schleuderte Giove den dritten Stein ins Meer.

»Egal. Wir haben beim Lagerfeuer gar nicht über unseren weiteren Plan gesprochen. Also wäre jetzt eine gute Gelegenheit.«

Ich nickte. Giove rieb sich den Sand von den Händen und wir gingen zu den Dünen. An einem windgeschützten Plätzchen ließen wir uns nieder.

»Lass uns in diese Höhle gehen. Wenn das mit dem Drachen wirklich stimmt, wäre das unglaublich! Das würde bedeuten, dass all diese Punkte auf unseren Karten die schlafenden Drachen sind!«

Giove riss aufgeregt seine Augen auf und kramte ein Stück Papier aus seiner Hosentasche heraus. Er faltete es auseinander und legte es in den Sand.

»Theoretisch müssten wir nur alle Drachen aufwecken und dann wären wir unserem Ziel ein ganzes Stück näher.«

Ich holte die elf Schuppen, die ich in einem kleinen Säckchen in meiner Hosentasche immer bei mir trug, hervor. All unsere Hoffnung lag auf diesen handgroßen Drachenrelikten. Irgendwie unvorstellbar.

»Die weiße Schuppe hat Tomaki. Ansonsten habe ich alle anderen«, erklärte ich. Giove nickte, wurde aber beim Betrachten der Karte ernst.

»Sag mal«, murmelte er und ich bekam ein ungutes Gefühl.

»Wir haben insgesamt zwölf Schuppen, stimmt's?«

»Ja.«

»Und wieso sind hier nur zehn Punkte eingezeichnet?«, fragte Giove und tippte energisch auf die Karte.

Ich stutzte.

»Keine Ahnung«, flüsterte ich und plötzlich ergab alles keinen Sinn mehr. Was passte denn nun schon wieder nicht?!

»Vielleicht ist es ja doch kein Drache, der dort in der Höhle auf uns wartet, sondern etwas anderes«, bemerkte Giove leise.

»Wären Fundus oder Neko bloß hier, sie wüssten Rat«, murmelte ich niedergeschlagen.

»Aber bei unserer Besprechung haben sie so etwas gar nicht erwähnt. Ich meine, ob die Anzahl der Punkte mit der von den Schuppen übereinstimmen soll. Also gut. Noch ist nichts verloren. Lass uns morgen herausfinden, was sich in dieser Höhle verbirgt und was diese Punkte zu bedeuten haben.«

Ich stimmte zu und als Giove die Karte wieder zusammenrollte, fragte ich: »Wann wollen wir aufbrechen?«

»Morgen findet eine fünfstündige Waldexkursion in Gruppen statt. Bestimmt können wir uns da unbemerkt davonschleichen.«

»Hört sich nach einem Plan an«, stimmte ich zu.

Als ich die Schuppen zurück in die Hosentasche schob, fiel mein Blick auf Gioves Uhr. Wie?! Es war schon drei Uhr morgens? Giove folgte meinem wohl ziemlich entsetzten Blick und meinte: »Wir sollten zumindest versuchen, noch ein bisschen zu schlafen. Für die Höhlentour *heute* müssen wir ausgeruht sein.«

Also stapften wir durch den tiefen Sand zurück zum Dünenpfad und von dort aus weiter zu den Holzhütten. Der Mond leuchtete uns den Weg und so dauerte es nicht lange, bis wir bei den Bungalows ankamen. Auf dem kleinen Platz vor ihnen rauchte das erloschene Lagerfeuer noch vor sich hin. Gerade, als Giove mir einen »Erholsamen Schlaf« wünschen wollte, stockte er. Blitzschnell riss er mich zu sich heran, schmiss seine Hand auf meinen Kopf und drückte mich hinter dem qualmenden Lagerfeuer zu Boden.

»Was ist?«, raunte ich ihm zu.

»Da ist jemand«, hauchte er zurück.

Erschrocken hielt ich inne. Ein Lehrer? Kontrollierte etwa doch jemand, ob wir draußen waren?

»Ich hätte nicht gedacht, dass sie wirklich nachschauen«, meinte auch Giove etwas verwundert.

Als ich genauer hinsah, erkannte ich, dass diese Person kein Lehrer war. Sondern jemand, der seine Gestalt mit einem großen Umhang verhüllte. Jemand, der nicht erkannt werden wollte. Jemand, der gerade zur Hütte der Mädchen ging und durchs Fenster hineinsah.

»Was für ein Perversling!«, zischte Giove wütend. Für einen Spanner schaute der Unbekannte jedoch zu kurz durchs Fenster. Denn keinen Moment später lief er zum Bungalow der Jungen und sah dort nach.

»Ich glaube, der sucht jemanden«, flüsterte ich und verfolgte den Unbekannten mit meinem Blick. Oder war es etwa…?

»Und wenn es doch ein Lehrer ist, der kontrolliert, ob alle in ihren Betten liegen?«, raunte ich Giove panisch zu.

»Wenn der uns erwischt, können wir die Exkursion vergessen!«, hauchte er atemlos. »Wir müssen versuchen, uns unbemerkt reinzuschleichen!«

Wir schauten wieder zu der Hütte. Die Person war verschwunden. Wir nutzten die Chance!

»Ich glaube, die Luft ist rein«, sprach Giove leise und gab mir ein Zeichen. Schnell huschte ich über den Platz zu meinem Bungalow. Ich nickte Giove noch zu, bevor ich lautlos in der Hütte verschwand.

Kapitel 31

Bis jetzt hatte sich noch kein Lehrer bei Giove oder mir wegen der letzten Nacht gemeldet. Also traten wir die Exkursion ohne weitere Zwischenfälle an. Wenn auch mit einem sehr mulmigen Gefühl. Wenn es kein Lehrer war, der mitten in der Nacht an den Hütten entlang ging, wer dann? Vielleicht ein Spion?! Allzu viele Gedanken konnte ich mir darüber allerdings nicht machen, denn wir waren gerade am Wald angekommen und es bildeten sich die ersten Grüppchen. Ich warf Giove einen besorgten Blick zu. Daraufhin kam er zu mir geeilt.

»Wird schon«, meinte er. Dann wies er mit dem Kinn zu Tomaki und Shiina.

»Unglaublich, wie schnell wir ersetzt wurden.«

Mein Blick ging zu Shiina und Tomaki, welche ihre Gruppe mit Zóel und Emi vervollständigten. Emi drängte sich derweil immer dichter an Tomaki heran. Schmerzvoll wandte ich den Blick ab. Das musste ich mir nicht antun.

»Hey, ihr. Wollt ihr zu uns in die Gruppe?«, fragte ein Schüler aus der Parallelklasse. Dass er sich uns genähert hatte, war mir völlig entgangen.

»Nein«, erwiderte Giove mürrisch und setzte seinen bösen Blick auf.

»A-Aber die Lehrer meinten, wir sollen euch aufnehmen, da nur Gruppen mit vier Leuten an der Waldexkursion teilnehmen dürfen. Und… Und ich bin mit meinem Kumpel auch nur zu zweit, da dachte ich«, stotterte der Junge eingeschüchtert. Er tat mir ein wenig leid.

Giove jedoch brummte ein mürrisches »Hmmm« und fügte knurrend hinzu: »Ich regel das.«

Dann stapfte er davon.

Der Junge warf mir einen verwunderten Blick zu. Ich antwortete mit einem scheinheiligen Schulterzucken. Keine Minute später rief einer der Lehrer: »Zweiergruppen sind übrigens auch erlaubt.«

Stolz grinsend kam Giove zurück. Es war wirklich sehr praktisch, dass er in die Köpfe der anderen eingreifen und neue Gedanken formulieren konnte. Der Junge aus der Parallelklasse zog verwirrt, aber doch ein wenig erleichtert von dannen. Anscheinend hatte er auch keine Lust mit uns in seiner Gruppe an der Exkursion teilzunehmen.

»Gut gemacht«, sagte ich und lächelte Giove anerkennend zu. Die erste Hürde war überwunden. Als endlich alle Gruppen beisammen waren, ging es an die Arbeit. Mehr oder weniger. Giove nahm zwar das Exkursionsblatt mit den Aufgaben an sich, ließ es aber, sobald wir außer Reichweite der Lehrer waren, tief in seiner Hosentasche verschwinden. Dafür kramte er die Karte mit den markierten Punkten hervor.

»Hier entlang«, sagte er und trabte voraus. Ich folgte ihm, aber sah mich dabei immer wieder hektisch um. Ich war mir nicht sicher, ob wir nicht doch beobachtet oder verfolgt wurden. Nach dem mysteriösen Mann von letzter Nacht war ich umso vorsichtiger. Aber es blieb ruhig.

Je weiter wir kamen, umso intensiver spürte ich das bekannte Gefühl einer Schuppe. Ich sah mich um und erkannte einige Pfade des Waldes wieder, auf denen wir gestern die Äste für das Lagerfeuer gesammelt hatten.

»Und? Fühlst du schon etwas?«, fragte Giove.

Ich nickte und erklärte: »Ja. Ich glaube, wir sind fast da.«

»Okay, gut«, murmelte Giove und warf einen Blick auf die Karte. »Ich kann den Weg nicht so gut erkennen. Am besten wir verlassen uns jetzt auf dein Gefühl. Gestern hat es ja auch funktioniert.«

Er faltete die Karte sorgfältig zusammen und steckte sie zu dem Exkursionsblatt in die Hosentasche. Wir gingen weiter und kamen schon bald an der Höhle an.

Ich schauderte. Der dunkel gähnende Eingang sah heute viel angsteinflößender aus als gestern. Giove holte derweil eine Streichholzpackung und eine Fackel hervor.

»Hm? Was willst du denn damit?«, fragte ich.

»Für uns in der Höhle. Wir brauchen doch Licht.«

Oh. Daran hatte ich gar nicht gedacht!

»Aber wo hast du das auf einmal her?«

»Nachdem du gestern Abend weg warst, haben die Lehrer Fackeln beim Lagerfeuer verteilt. Ich habe mir vorsorglich ein paar eingesteckt. So was können wir immer gebrauchen.«

Mit zitternden Händen zündete Giove die Fackel an. Anscheinend war ich nicht die Einzige, die nervös war.

»Komm, lass uns ähm… reingehen«, nuschelte er und versuchte sich seine Aufregung nicht anmerken zu lassen.

Die Höhle war mir nicht mehr ganz geheuer. Die Euphorie von gestern, endlich einen Drachen zu sehen, war wie weggeblasen. Aber da wir herausfinden mussten, was in den Tiefen der Höhle verborgen lag, blieb uns keine andere Wahl.

So setzte ich mich in Bewegung. Nur sehr zögerlich folgte mir Giove. Ich blieb am Eingang der Höhle kurz stehen, sodass er zu mir aufschließen konnte. Dann war es soweit. Ich setzte den ersten Fuß in die Höhle. Giove tat es mir gleich.

»Los geht's«, sagte ich und nahm all meinen Mut zusammen. Wir liefen ein ganzes Stück, bis mein Blick zu Gioves wackelnder Fackel glitt.

Ist es normal, dass eine Fackel so hektisch hin und her wippt?, wunderte ich mich und sah zu Giove, der ganz angespannt neben mir herstakste.

»Giove? Alles in Ordnung?«, fragte ich besorgt.

»Ja klar, alles bestens«, erwiderte er, doch zitterte am ganzen Körper wie Espenlaub.

»Ähm, soll ich die Fackel nehmen?«

»Nein!«, kreischte Giove und fügte peinlich berührt hinzu: »Passt schon, wirklich.«

Hatte er etwa auch Angst im Dunkeln? Nein, das konnte ich mir bei ihm nicht vorstellen. Giove war von uns allen am gelassensten und ließ sich durch nichts und niemanden aus der Ruhe bringen.

Plötzlich knackte etwas, gar nicht weit von uns entfernt. Erschrocken zuckte ich zusammen.

»Ich hoffe, das war kein Geist«, meinte ich scherzhaft, aber Giove schien das sehr ernst zu nehmen, denn er blieb wie angewurzelt stehen und rührte sich nicht mehr vom Fleck.

»Giove, das war ein Scherz«, murmelte ich und ging zu ihm.

»Und... Und was wenn nicht? Was... Was wenn es hier wirklich Geister gibt?«, stammelte er und selbst im schwachen Schein der Fackel konnte ich sehen, wie kreidebleich sein Gesicht war.

»Hast du etwa Angst vor Geistern?«, fragte ich und lächelte, als er heftig den Kopf schüttelte.

Natürlich würde er so etwas nie zugeben, dachte ich und musste umso mehr schmunzeln. Er war also doch nicht so perfekt, wie wir alle vermuteten. Schließlich riss er sich zusammen und wir setzten unseren Weg fort. Wir gingen immer tiefer und tiefer in die Höhle hinein. Die Anziehung, dieses Gefühl der Schuppe wurde stärker.

»Wir sind auf dem richtigen Weg«, sagte ich. Giove ging schweigend neben mir her. Nach einer Weile erreichten wir eine Gabelung.

»Was jetzt?«, fragte er und leuchtete mit der Fackel in die Gänge. Aus dem Bauch heraus entschied ich mich für den Rechten. Wir tasteten uns weiter vor, bis Giove auf einmal stehen blieb.

»Was ist los«, wollte ich sagen, als er »Pscht!« rief.

Erschrocken hielt ich inne.

»Hörst du das auch?«, fragte er unsicher.

Ich horchte in die Ferne, konnte jedoch nichts hören. Also schüttelte ich den Kopf.

»Da ist aber was«, murmelte Giove und rieb sich nachdenklich am Kinn.

»Lass uns weitergehen«, drängte ich, »wir haben nicht ewig Zeit. Wir müssen noch vor Ende der Exkursion aus der Höhle raus sein, sonst fangen die anderen an, uns zu suchen.«

Giove seufzte und setzte sich wieder in Bewegung.

»Hey, Ruta, jetzt ist da aber wirklich was!«, rief er und sah mich erschrocken an. Gerade, als ich widersprechen wollte, hörte ich es auch. Eine Art rascheln. Oder waren es Schritte?!

»Ist uns jemand gefolgt?«, raunte Giove mir leise zu.

»Keine Ahnung«, hauchte ich.

Wir lauschten in die Richtung, aus der wir gekommen waren. Das Rascheln rückte immer näher.

»Das sind aber keine Schritte«, flüsterte Giove und fügte mit ernster Miene hinzu: »Hoffen wir, dass es nicht das ist, was ich denke.«

»Was meinst du?«, wollte ich wissen, doch da packte er mich und rannte los. Er lief so schnell er konnte und weil er mich so hektisch hinter sich herzerrte, stolperte ich fast über die am Boden liegenden Steine.

»Nicht so schnell!«, rief ich. Giove reagierte nicht. Erst als sich ein großer weißer Vorhang vor uns aufbaute, kam er zum Stehen. Energisch riss ich mich von ihm los und wollte ihn zur Rede stellen.

»Was sollte das denn!? Und was meinst du überhaupt? Was willst du nicht treffen?«

»Grebigse.«

»Gre- was?«

»Grebigse. Das sind springende Spinnentiere. Diese schrecklichen Viecher kenne ich von früher«, hauchte er.

»Und wir stehen gerade vor dem Nest eines solchen Exemplars.«

Ich sah auf das breite Netz vor uns. Dessen Fäden waren dick und undurchsichtig weiß. Es sah aus, als hätte jemand eine riesige Decke aus weißer Wolle in den Gang gewebt. Wenn die Fäden allein schon so dick waren, wie groß mussten dann erst die Grebigse sein?

»Und da müssen wir jetzt durch?!«, fragte ich panisch.

In diesem Moment raschelte es wieder.

»Ich habe mich also doch nicht verhört. Das ist ganz sicher eine Grebigs!«

Jetzt nahm auch ich dieses sonderbare Rascheln wahr.

»Wieso ist das so laut?!«, fragte ich. Eigentlich wollte ich es gar nicht wissen.

»Grebigse haben ziemlich dicke und lange Borsten an den Beinen, welche Geräusche machen, wenn sie laufen oder springen. An den Borsten sind giftige Nesseln, die sie bei der Jagd benutzen, um ihre Beute zu fangen und zu töten.«

Mich schüttelte es, als ich mir eine borstige und springende Spinne vorstellte. Als es zu allem Überfluss wieder raschelte, bekam ich Angst.

»Lass uns schnell auf die andere Seite gehen. Wir reißen das Netz einfach durch. Oder kannst du nicht mit der Fackel ein Loch durchbrennen?«, schlug ich vor.

Giove schüttelte den Kopf. Sofort wurde mir klar, dass das nichts Gutes zu bedeuten hatte.

»Die Netze der Grebigse sind besonders fest und doppelwandig gesponnen. Und so wie es aussieht, ist das hier auch noch eine Brutstätte. Wir können also damit rechnen, dass im Inneren der Netze Aberhunderte Jungtiere hocken.«

»Wenn das hier eine Brutstätte ist, dann heißt das ja…«, hauchte ich entsetzt.

»Genau. Wir haben das Rascheln der Mutter gehört«, sagte Giove und suchte die Umgebung ab. Als er sich mit der Fackel zu mir drehte, blieb er wie angewurzelt stehen.

»Ruta, verfall jetzt nicht in Panik! Sie lässt sich gerade über dir herunter!«, rief Giove angsterfüllt.

Blitzschnell riss ich meinen Kopf nach oben. Ich sah die Spinne und kreischte los. Reflexartig sprang ich einen Schritt nach hinten.

»Halt Ruta! Du darfst dich nicht bewegen!«, wies Giove mich an. »Ganz ruhig! Ich bin gleich da und helfe dir!«

Doch da war es schon zu spät. Das Vieh ließ sich direkt vor meinem Gesicht an einem weißen dicken Faden herunter. Ich erblickte die etwa handgroße Grebigs in voller Pracht. Sah den fetten Körper, die dicken und gebogenen Beine und vor allem diese ekligen Borsten.

Aus vollem Halse schrie ich los, wurde panisch und verhedderte mich dabei mit einer Hand im klebrigen Faden. Wie eine Verrückte schüttelte ich meine Hand, um davon loszukommen. Durch das starke Wackeln verlor das Tier den Halt und fiel zu Boden. Ich erkannte meine Gelegenheit und wollte es mit einem Tritt töten. Doch der Anblick der dicken fetten Grebigs ließ mich vor Ekel erstarren. Außerdem hielt mich Giove zurück. So konnte sie ungestört im Netz verschwinden.

»Halt! Du darfst nicht auf eine Grebigs treten! Man kann diese Dinger nicht einfach so töten! Ihr Panzer ist viel zu hart, die sterben nicht durch einen Tritt. Damit machst du sie nur wütend! Dann springt sie auf dich und will dich vergiften!«, erklärte er aufgebracht. Da schüttelte es mich nur noch mehr. Diese handgroßen Viecher waren echt das letzte! Angeekelt hüpfte ich auf der Stelle, rieb mir die Arme und hoffte, dass das alles bloß ein böser Albtraum war.

»Beruhige dich, Ruta! Sie ist doch weg«, rief Giove mir zu.

»Wir müssen jetzt endlich einen Weg durch das Netz finden, wenn wir weiter wollen...Und das wird nicht einfach. Wenn wir da einmal durchstoßen, werden wir vom Muttertier angegriffen. Weil sie natürlich denkt, wir wollen an ihre Brut«, erklärte Giove weiter.

Ich schauderte. So etwas Ekliges war mir noch nie passiert. Und jetzt sollte ich durch das Nest, wo Hunderte dieser Viecher auf mich warteten?! Mir wurde schlecht.

»Können wir nicht einfach zurück zur Gabelung gehen und den anderen Weg ausprobieren?«, schlug ich vor.

»Dein Bauchgefühl hat aber gesagt, wir sollen hier entlanggehen. Uns bleibt also keine andere Wahl«, entschied Giove. Dabei schob er die Brille bis ganz nach oben auf seinen Nasenrücken, damit er das Netz bestmöglich untersuchen konnte.

»Sag mal, wie wolltest du mir vorhin eigentlich helfen? Wenn man Grebigse nicht zertreten kann?«, hakte ich nach.

»Ich hätte versucht, in ihre Gedanken einzugreifen und sie unter Kontrolle zu bringen.«

Da kam mir eine Idee. Wenn Giove das mit den Grebigsen im Netz versuchte, könnten wir durch eine Stelle gehen, ohne angegriffen zu werden. Ich schaute nach unten in die linke Ecke. Im Fackelschein erkannte ich zwar wenig, aber zumindest, dass das Netz dort nicht so dick gewebt war.

»Wie wäre es, wenn du *jetzt* versuchst, in ihre Gedanken einzugreifen. Da unten ist das Netz dünner, wir könnten hindurchschlüpfen, wenn du sie unter Kontrolle hast.«

Giove leuchtete mit der Fackel in die Ecke.

»Tatsächlich«, murmelte er und wedelte mit dem Licht wieder nach oben. »In meinem Rucksack ist ein Klappmesser, mit dem du ein Loch in das Netz schneiden kannst. Trotzdem glaube ich nicht, dass ich Hunderte Grebigse auf einmal kontrollieren kann. Es wird nicht klappen.«

Enttäuscht ließ ich die Schultern fallen.

»Aber warte mal. Vielleicht funktioniert es, wenn ich in die Gedanken des Muttertiers eingreife und sie ruhig stelle. Soweit ich weiß, orientieren sich die Jungen an ihr.«

»Das heißt, es gibt eine Möglichkeit!«, rief ich aufgeregt.

»Wir können es zumindest probieren. Allerdings müssen wir dazu erst mal die Mutter wiederfinden.«

Giove leuchtete nach oben an das dicke Netz. Trotz der eng gewebten Maschen sah ich, wie sich die vielen schwarzen Körper vom Licht geblendet zusammenzogen.

Wie eklig!

»Hier oben sind die Kleinen. Die Große muss woanders sein«, flüsterte Giove und fuhr mit der Fackel nach unten. Überall nur diese kleinen dicken Wesen. Doch plötzlich zeichnete sich etwas Großes hinter dem Netz ab. Ich hielt den Atem an.

Da war sie.

»Kannst du die Fackel halten? Ich versuche es mal«, sagte Giove. Ich leuchtete den Körper der großen Grebigs an. Als ich mit dem Licht näher kam, zog sie sich erschrocken zusammen. Allein bei dem raschelnden Geräusch ihrer behaarten Beine wurde mir schlecht. Am liebsten wäre ich weggerannt, aber ich riss mich zusammen.

Giove verfiel in Trance, seine Augen glitzern auf und wir sahen, dass sich die Grebigs nicht mehr rührte.

Jetzt war ich an der Reihe. Ich holte das Messer aus Gioves Rucksack und trat nervös an das Netz heran. Auch wenn ich wusste, dass Giove die Spinne unter Kontrolle hatte, musste ich mich sehr überwinden, ein Loch in dieses riesige und feste Netz zu schneiden.

Musste ich jetzt auf die andere Seite kriechen? Zweifelnd schaute ich zu Giove, der jedoch aufmunternd mit dem Kopf nickte.

Bloß nicht nach oben sehen, bloß nicht nach oben sehen, dachte ich angespannt und krabbelte durch das Loch. Doch ich konnte nicht anders und mein Blick wanderte langsam hoch. Selbst im dunklen Fackelschein konnte ich erkennen, wie sie alle zusammenhockten, diese vielen Spinnen mit ihren dicken Borstenbeinchen und diesen rot leuchtenden Augen. Ich schluckte meinen Schrei herunter, schüttelte mich und flitzte in Windeseile auf die andere Seite. Jetzt war Giove an der Reihe. Er huschte einfach durch. Viel schneller und unkomplizierter als ich. Na ja, er hatte ja auch keine Fackel und auch kein Licht, was ihm diese abscheulichen Kreaturen hätte zeigen können. Das Glitzern in seinen Augen verschwand und er nahm mir die Fackel ab.

»Nichts wie weg von hier!«, rief er und spurtete los. Diese schrecklichen Biester würde ich für den Rest meines Lebens nie wieder vergessen.

Nach einer Weile Fußmarsch kamen wir schließlich in einer großen unterirdischen Höhle an. Giove leuchtete mit der Fackel nach oben. Überall hingen rötlich gefärbte Tropfsteine von der Decke und an den Seiten ragten gelb glitzernde Edelsteine aus der Wand. Auch am Boden funkelten gelbgoldene Kristalle, welche einen Weg formten. Wir folgten dem leuchtenden Pfad und plötzlich wurde dieses Gefühl, dieser Drang nach einer Schuppe, immer stärker. Wir mussten sehr nah sein.

Der mysteriöse Weg führte uns zu einer riesigen halbmondförmigen Einbuchtung. Dort lag etwas.
Etwas Großes, schwer Atmendes.
Etwas, das schlief.
Ich hielt aufgeregt inne.

Kapitel 32

Mir stockte der Atem. War das überhaupt möglich? Vor uns lag ein gelber Drache. Mein Blick ging zur Flanke, die sich langsam auf und ab bewegte.

Er schlief, natürlich. Vorsichtig näherte ich mich seinem Kopf. Er war viel kleiner als der schwarze Drache aus meiner Vision. Vor allem auch filigraner. An seinen Backen waren keine spitzen Stacheln, sondern weiche Hälmchen, die mich beim näheren Betrachten an die Dünengräser vom Strand erinnerten. Diese grasähnlichen Hälmchen erstreckten sich weiter über den ganzen Rücken, wo sie in einem flaumig-spitzen Schwanz endeten. Wenn der Drache am Strand lag, würde man vermuten, es wäre nur eine mit Gras bewachsene Düne im Sand. Mein Blick wanderte weiter. Zwischen den Klauen erkannte ich zarte Schwimmhäute, bestimmt für die Jagd im Meer. Die Schuppen am Körper des Drachen hatten einen sandgelben Farbton, welcher sich zu den Beinen hin in ein Dunkelgelb verfärbte. Mich überkam der Drang, ihn berühren zu müssen. Gioves Ausruf zur Vorsicht überhörte ich.

Den Atem anhaltend, näherte ich mich der Brust des Drachen. Ich streckte die Hand aus und fuhr über die Schuppen. Es fühlte sich unglaublich gut an, wie tausend kleine Kügelchen, die sanft meine Fingerkuppen massierten. Ich trat zurück und ging wieder zum Kopf des Drachen. An ihm befanden sich Hörner, die wie feine Schilfgräser aussahen. Ruhig bebten die Nüstern im tiefen Schlaf. Was er wohl träumte?

»Wahnsinn«, stieß auch Giove beeindruckt aus. »Das ist das erste Mal, dass ich einen Sanddrachen von der Yataka Insel sehe. Es ist also wahr, was die Leute erzählten. Er sieht wie eine Düne aus.«

»Ja stimmt. Und er schläft so friedlich«, murmelte ich. Wenn ich den Drachen jetzt aufweckte, was passierte dann? Ob er die Welt überhaupt wiedererkannte? Und wie würde er auf uns reagieren? Ob er auch Hals über Kopf wegflog, so wie der schwarze Drache in meiner Vision? All diese Fragen stellte ich mir, als es in meinen Fingern juckte, dem Drachen die Schuppe einzusetzen.

Doch ich wollte nichts riskieren.

»Und jetzt?«, fragte Giove und ich erklärte ihm meine Bedenken.

»Die Schuppe würde ich auch noch nicht einsetzen. Zu riskant. Wir müssen geschickt vorgehen. Immerhin wissen wir nun, dass die Punkte auf der Karte«, er holte sie aus seiner Hosentasche hervor, »alles schlafende Drachen sind.«

»Mhm. Aber trotzdem. Warum sind dort nur zehn?«, fragte ich und stemmte die Hände in die Hüften. Giove kratzte sich im Nacken.

»Wird sich bald zeigen.«

Wie aus dem Nichts wurde mir plötzlich schwummrig und ich musste mich an der Wand abstützen, um nicht zu fallen.

»Ruta!«, rief Giove besorgt und eilte zu mir. »Hey, alles in Ordnung? Was ist los? Was ist passiert?«

Ich hielt mir den schmerzenden Kopf und horchte tief in mich hinein. Es fühlte sich an wie...

Nein... Nein!

Nicht schon wieder der schwarze Drache! Erschrocken riss ich die Augen auf.

»Giove! Er ist wieder da«, hauchte ich und dieses Mal bekam ich große Angst.

Was hatte er vor!?

Ich spürte, wie mich die Dunkelheit einnahm und ich nichts dagegen tun konnte.

»Giove hilf mir«, rief ich verzweifelt. Dieser starrte mich nur machtlos an, als ich die Kontrolle über meinen Körper verlor. Wie von einer fremden Macht gesteuert wanderte meine Hand zu den Schuppen in die Tasche. Ich holte ich die gelbe Schuppe hervor und ich wusste sofort, was der schwarze Drache vorhatte. Er wollte seinen Artgenossen erwecken!

Ich konnte nur noch zusehen, wie ich mitsamt der Schuppe auf den Drachen zuging und ihn nach der kahlen Stelle absuchte.

Da! Am Hals fehlte etwas!

Langsam beugte ich mich herunter.

»Ruta, tu's nicht!«, schrie Giove aus vollem Hals und versuchte mich aufzuhalten.

Doch da war es schon zu spät und ich setzte dem Drachen die Schuppe ein. Was jetzt kommen würde, kannte ich aus meiner Vision.

Das ist unser Ende, dachte ich und ließ die Schuppe los.

Ich stockte, als etwas Unerwartetes passierte: Sie fiel zu Boden und verschmolz nicht mit dem Drachen.

Es geschah nichts.

Gar nichts.

Augenblicklich verschwand die Dunkelheit aus meinem Körper. Ich kam wieder zu mir.

Ungläubig sah ich zu Giove herüber. Mit geöffnetem Mund stand er da und konnte es genauso wenig wie ich glauben. Fassungslos kam er zu mir gehechtet.

»Was war das denn gerade?«, fragte er mit zitternder Stimme.

»Keine Ahnung«, hauchte ich.

»Und was hat das zu bedeuten?«, flüsterte Giove und schaute zum Drachen. Schnell sammelte ich die Schuppe wieder ein und steckte sie zurück in die Hosentasche.

Wieso klappte es nicht? Wenn der schwarze Drache wusste, dass der Stranddrache nicht aufwachte, warum hatte er all dies getan?

»Einerseits können wir froh sein«, überlegte Giove laut. »So müssen wir uns um keinen aufgeweckten Drachen kümmern. Andererseits mache ich mir Sorgen: Warum hat es nicht funktioniert?«

»Was, wenn die anderen Drachen beim Einsetzen der Schuppen auch nicht aufwachen?«, fragte Giove und sah mich beunruhigt an.

Daran hatte ich gar nicht gedacht. Verzweifelt suchte ich nach einer Lösung. Das Einzige, was mir in diesem Moment einfiel, war: Tomaki.

»Vielleicht hätte er gewusst, warum es nicht funktioniert hat...«, sagte ich.

»Wer ist *er*?«

»Tomaki.«

»Das ist es«, hauchte Giove und klatschte sich mit der Hand an die Stirn. Es sah so aus, als wäre ihm etwas sehr Wichtiges eingefallen.

»Vielleicht kannst du *nur* gemeinsam mit Tomaki den Drachen aufwecken. Nanami hatte ja erzählt, dass auch sie *nur* zusammen mit Ronin einem Drachen die Schuppe ausreißen konnte. Bestimmt hat es deshalb nicht geklappt!«

Das hieße also...?

»Wir müssen so schnell wie möglich mit Tomaki reden«, beschloss Giove.

Mit Tomaki reden?, wiederholte ich in Gedanken und irgendwie klang das komisch. Zwar war es nicht lange her, seit wir gemeinsam etwas unternommen hatten.

Für mich fühlte es sich trotzdem so an, als hätten wir monatelang nicht miteinander gesprochen. Ich lächelte.

Endlich wieder zu Tomaki.

Da kamen plötzlich Bedenken in mir auf und meine Freude verpuffte.

»Aber Tomaki steht doch immer noch unter Zóels Bann oder nicht?«, fragte ich.

»Ja ich weiß. Aber ich denke, jetzt ist die Zeit gekommen, ihn Schritt für Schritt zurückzuholen. Wenn wir vorsichtig sind und ihn mit Bedacht auf unsere Seite ziehen, können wir Zóels Bann vielleicht sogar brechen. Tomaki ist unerlässlich für die Erfüllung unserer Mission und wir müssen das mit dem Drachen unbedingt ausprobieren.«

Ich nickte. Giove hatte recht.

Jetzt war *ich* an der Reihe, Tomaki zurückzuerobern.

So wie er es bei mir tat.

Kapitel 33

Den Rückweg sind wir übrigens nicht durch das Grebigsnetz gegangen. Giove entdeckte in der Höhle einen anderen Weg und als wir ihm folgten, kamen wir wieder bei der Gabelung heraus. Das hieß also, dass der zweite Gang auch zur Drachenhöhle führte. Zwar war er um einiges länger, aber dafür mussten wir nicht durchs Grebigsnetz. Mich persönlich beruhigte das sehr. Immerhin ein Problem weniger. Denn gerade als wir auf dem Weg zu den Holzhütten waren, holte uns schon das Nächste ein: Wir sahen Tomaki und Shiina mit Zóel und Emi im Schlepptau. Sie nahmen die Exkursion wohl sehr ernst. Als Shiina mit dem Aufgabenzettel in der Luft herumwedelte, erkannte ich mit Entsetzen, dass sie schon fast alle Fragen beantwortet hatten.

»Wie sollen wir nur an Tomaki herankommen?«, murmelte Giove und fasste sich nachdenklich ans Kinn. Ich beobachtete die Gruppe für einen Moment und sah, wie Shiina und Emi mit dem Zettel zu Tomaki gingen und etwas diskutierten.

Tsss... Was gibt es da so lange zu bereden?, dachte ich. Unbewusst verschränkte ich die Arme vor der Brust und biss mir wütend auf die Lippen.

Ich mochte Emi nicht.

Urplötzlich sah Tomaki vom Zettel auf.

Genau in meine Richtung.

Unsere Blicke trafen sich.

Erschrocken hielt ich inne. Mir wurde auf einmal ganz komisch im Magen. Und als er freundlich lächelte, schaute ich ertappt weg.

Halt, halt, das wollte ich nicht! Schnell sah ich zurück. Doch da drehte sich Tomaki schon weg und das Einzige, was ich noch zu Gesicht bekam, war sein trauriger Blick.

Mein Herz schmerzte. Am liebsten wollte ich zu ihm gehen und mich erklären. Schließlich hatte ich mir vorgenommen, Tomaki zurückzugewinnen. Doch Giove deutete auf die anderen und murmelte: »Noch nicht. Wir müssen einen Moment abpassen, wo er allein ist.«

Die Exkursion verlief für alle sehr erfolgreich. Außer für Giove und mich. Da wir keine einzige Lösung auf das Blatt geschrieben hatten, war unser Lehrer sehr verärgert. So sehr, dass wir heute Abend Strafarbeiten in Form von Putzen, Geschirr abräumen und Spülen verrichten mussten. Giove versuchte, uns noch mit seiner Fähigkeit zu retten, doch aus irgendeinem Grund klappte es dieses Mal nicht. Sehr zum Ärger von Giove. Und ausgerechnet dann, wenn ich den schwarzen Drachen gebrauchen konnte, zeigte er sich natürlich auch nicht. Der Abend war wie verhext.

»Verdammter Mist! Sonst hat es immer geklappt. Warum jetzt nicht?!«, fluchte Giove, als wir im Speisesaal die dreckigen Teller von den Tischen räumten.

Ich seufzte zustimmend.

Draußen wurde es bereits dunkel. Das Gebäude lag unweit von unseren Holzhütten entfernt, nur drei Minuten zu Fuß in Richtung Wald.

Ich blickte auf die schmutzigen Teller. Dass uns der Lehrer gleich für den ganzen Jahrgang einteilte, war ziemlich unfair.

Da werden wir ja ewig nicht fertig!, ärgerte ich mich. Mit wehmütigem Blick sah ich über die Teller hinweg. Es waren noch so viele…

»Manche haben echt keine Tischmanieren«, beschwerte sich Giove und betrachtete angeekelt die vollgekleckerten Tischplatten.

Draußen hörte ich plötzlich ein lautes Poltern. Schnell sah ich zum Fenster, konnte aber nichts erkennen. So ließ ich die Teller stehen und schlich mich unauffällig an die breite Fensterfront heran. Ich presste mein Gesicht ganz dicht an das Glas, um besser in die Dunkelheit sehen zu können. Ich schauderte, als ich einen sich schnell entfernenden Schatten bemerkte. War das etwa diese mysteriöse Gestalt, die Giove und ich schon letzte Nacht beobachteten? Mir wurde ganz mulmig zumute.

»Hey, Ruta! Soll ich das etwa alles alleine machen?«, schimpfte Giove. Dann stockte er und stieß verwundert aus: »Tomaki?!«

Wie? Was?

Tomaki?

Hier!?

Vorfreudig riss ich den Kopf zur Seite. Ich traute meinen Augen kaum, als ich ihn erkannte.

Tomaki!, dachte ich und ein Lächeln stahl sich auf meine Lippen.

»Hab mitgekriegt, dass ihr heute Abend Strafarbeiten machen müsst. Wollte mal nachsehen, ob bei euch alles in Ordnung ist.«

»Alles bestens«, antwortete Giove mit einem mürrisch klingenden Unterton in der Stimme. Ich trat neben Giove und verschränkte die Arme.

»Ich bin nicht nur deswegen hier«, setzte Tomaki an. »Ich möchte nicht so weitermachen. Oder besser gesagt, ich *kann so* nicht weitermachen.«

Vielleicht war Tomaki der Schatten, den ich draußen gesehen habe? Aber der hatte sich doch entfernt... oder?, überlegte ich. Nur, wenn es nicht Tomaki war, wer dann?!

Schließlich seufzte Giove und reichte Tomaki die Hand. Dieser nahm sie dankend an.

»Wir auch nicht. Willkommen zurück«, meinte er.

Verwundert beobachtete ich die beiden.

Wie bitte? Das wars schon? Einmal Hände schütteln und Tomaki ist wieder da?, dachte ich empört. Vergaß Giove etwa, über was wir vorhin in der Höhle gesprochen hatten? Er war doch derjenige, der meinte, dass wir Tomaki *Schritt für Schritt* zurückholen sollten...

Warum also änderte Giove seine Meinung so plötzlich und vor allem ohne es mit mir abzusprechen?!

Das ging mir alles ein bisschen zu schnell. Auch wenn ich Tomaki sehr vermisste, war ich noch total sauer auf ihn. Er hatte ja keine Ahnung, was Giove und ich in der letzten Zeit durchmachen mussten! Und das alles nur, weil er sich auf Zóels Seite geschlagen hatte.

Wäre er bei uns geblieben, würde ich bestimmt nicht solche Probleme mit dem schwarzen Drachen haben. Aber da Tomaki mit seinem freundlichen weißen Drachen ein leichtes Los gezogen hatte, konnte er mein Leid wohl nicht nachvollziehen.

Ich warf Giove einen entrüsteten Blick zu. Er erwiderte ihn nicht, sondern flüsterte: »Ich weiß schon, was ich tue. Außerdem wissen wir nicht, wann wir Tomaki wieder allein antreffen werden. Eine bessere Gelegenheit als diese wird sich uns nicht bieten.«

Ich schnaubte. Dann sollte sich Tomaki aber zumindest entschuldigen und schwören, nicht zu diesem Zóel zurückzugehen, wenn wir ihn gleich wieder ins Team aufnahmen.

Je mehr ich mich darüber aufregte, umso näher erschien der schwarze Drache vor meinem inneren Auge. Wenn die Emotionen in mir weiter so überschwappten, würde er sich gleich zeigen. Ich schloss für einen Moment die Augen, um mich runterzufahren. Atmete tief ein und aus.

Im Augenblick kann ich nichts tun. Ich muss Gioves Entscheidung akzeptieren und abwarten, sagte ich mir und öffnete die Augen wieder.

»Tomaki«, sagte Giove mit ernster Miene, »wir müssen etwas Wichtiges besprechen. Bist du allein gekommen?«

»Zóel ist mir nicht gefolgt, wenn du das meinst. Aber er ist wirklich anders, als ihr denkt.«

»Man, Tomaki! Um Zóel geht es jetzt nicht! Ruta und ich haben eine Entdeckung gemacht, die nur uns drei etwas angeht. Deshalb bitte ich dich inständig, die ganze Sache für dich zu behalten«, sagte Giove und sein Blick wurde eisern.

»Ja, natürlich!«, erwiderte Tomaki. »Ich bin nicht gekommen, um mit euch zu streiten oder euch zu hintergehen.«

Obwohl Tomaki das sagte, konnte ich ihm nicht so recht trauen. Etwas an ihm war komisch. Oder bildete ich mir das nur ein? Vernebelte die Wut, die ich in mir trug, meine Wahrnehmung?

Giove sah sich im Speisesaal um, ging sicher, dass wir alleine waren, und berichtete leise flüsternd: »Wir haben einen schlafenden Drachen gefunden.«

Tomaki hätte beinahe einen überraschten Schrei ausgestoßen, hielt aber an sich. Dafür wurden seine Augen umso größer.

»Wie, was?! Wirklich? Wo denn?«, fragte er aufgeregt. Giove setzte sich an einen Tisch und holte seine Karte hervor. Tomaki und ich ließen uns gegenüber von ihm nieder. Unauffällig schaute ich neben mich. Dass Tomaki mir so nah war, erinnerte mich wieder an die gemeinsame Nacht im Steinbecken und vor allem an seine Wärme. Meine Hände wurden plötzlich feucht und meine Kehle trocken.

»Genau hier«, sagte Giove und zeigte den Punkt auf der Yataka Insel.

»Ähm, wo habt ihr die Karte überhaupt her? Sind das die Koordinaten, die du vor ein paar Wochen zusammengesucht hast?«, fragte Tomaki neugierig und betrachtete verwundert den für uns so wichtigen Zettel. Als er sich mit den Händen auf den Tisch stützen wollte, berührte er mich kurz mit seinem Ellenbogen. Ich hielt die Luft an und verspürte ein komisch knisterndes Gefühl in der Magengegend.

»Ja. Und außerdem haben wir etwas Wichtiges herausgefunden: Als Ruta dem Drachen die Schuppe eingesetzt hat, ist dieser nicht aufgewacht.«

»WAS? Ihr habt *was* gemacht?!«, rief Tomaki fassungslos und sprang entsetzt vom Stuhl auf.

»Komm, setz dich wieder. Es ist ja nichts passiert.«

»Aber es *hätte* etwas passieren können! Ihr hättet unsere Mission gefährdet, vielleicht sogar ganz beendet, wenn ein lebendiger Drache durch ganz Cosmica geflogen wäre!«, rief Tomaki, immer noch außer sich. In mir stieg erneut Wut auf.

Ist ja nicht so, dass ich dem Drachen absichtlich die Schuppe eingesetzt habe!, dachte ich gereizt. Tomaki hatte einfach keine Ahnung. Weil der weiße Drache ihm ja keine Probleme bereitete. Ich war diejenige, die sich mit dem schwarzen Drachen rumärgern musste!

»Konzentrieren wir uns jetzt wieder aufs Wesentliche. Der Drache ist nicht aufgewacht. Und wir glauben, dass es auch nicht passieren wird, wenn du ihm die Schuppe einsetzt. Aber vielleicht klappt es ja, wenn ihr es zusammen versucht. Schließlich haben Ronin und Nanami den Drachen die Schuppen auch gemeinsam ausgerissen.«

Tomakis Blick verfinsterte sich.

»Und das willst du jetzt wohl ausprobieren oder wie?«, fragte er herausfordernd.

»Etwas anderes bleibt uns nicht übrig. Oder was ist dein Plan, um endlich voranzukommen?! Tomaki, wach endlich auf! Uns bleibt keine Zeit mehr!«, drängte Giove.

Tomaki verschränkte die Arme und dachte nach. Ich warf Giove einen verunsicherten Blick zu. Doch dieser starrte wütend vor sich hin. Ich hatte den Eindruck, dass sich die Fronten schon wieder verhärteten. Obwohl das eigentlich keiner wollte. Wieso waren sich Giove und Tomaki nie einig?

»Also gut, wie ihr meint. Ich vertraue euch«, murmelte Tomaki schließlich und ließ die Arme wieder sinken. Er suchte meinen Blick, aber ich wich ihm weiterhin aus. Ich wusste nicht, wie ich ihn ansehen sollte. In mir wirbelte alles durcheinander. Die Freude, endlich wieder Tomaki dabeizuhaben. Der Ärger, der sich in mir angestaut hatte und vor allem diese Unsicherheit. Wie sollte ich mich verhalten? Hatte ich Tomaki *wirklich* schon verziehen? Wie sollte ich nur mit dieser Situation umgehen?

»Lasst uns am besten gleich morgen aufbrechen«, schlug Giove mit einem gewissen Druck in der Stimme vor. Tomaki nickte und nahm den Blick wieder von mir. Erleichtert atmete ich auf.

»Alles klar«, sagte er und seufzte. »Wo soll ich hinkommen? Und wann genau brechen wir auf?«

»Morgen steht eine Wanderung auf den Yataka Berg an, welche laut Plan ungefähr sechs Stunden dauern soll. Wenn wir es schaffen, uns während der Wanderung unbemerkt von der Gruppe wegzuschleichen, haben wir genügend Zeit.«

»Also ist es meine Aufgabe, mich unbemerkt aus dem Staub zu machen?«

Giove schob seine Brille hoch und nickte.

»Das wird nicht einfach. Die haben ihre Augen überall«, gab er zu bedenken.

»Ich werde schon einen Weg finden.«

Tomakis Blick glitt zur Küchenuhr, die über dem Eingang hing. Dann schob er den Stuhl zurück und stand auf.

»Ich werde langsam gehen. Nicht, dass ich noch Ärger bekomme, weil ich so lange weg bin. Die Lehrer sind zur Zeit sehr angespannt.«

»Allerdings«, stimmte Giove zu. Kurz bevor Tomaki gehen wollte, hielt er inne und drehte sich nochmal zu uns um. Mein Herz machte einen Hüpfer, als er mich anschaute.

»Ach ja, ähm. Vorhin, da war so ein komischer Mann vorm Fenster. Als ich kam, ist der schnell abgehauen. Wollte es euch nicht verheimlichen. Wisst ihr, wer das war?«

»Nein. Aber danke fürs Bescheid sagen. Wir behalten das im Auge«, rief Giove ihm zu.

Das Gespräch der beiden zog völlig an mir vorbei. Ich hatte nur eines im Sinn.

Tomaki.

Schnell sprang ich vom Stuhl auf. Ich wollte nicht, dass Tomaki schon wieder ging.

Ich konnte ihm nicht einmal sagen, wie sehr ich ihn eigentlich vermisste.

Ich wollte es ihm jetzt sagen, doch es kam nichts heraus. Nur ein krächzendes »bis morgen« konnte ich ihm hinterherrufen. Aber als meine Worte die Tür erreichten, war sie schon längst ins Schloss gefallen. Tomaki hatte es garantiert nicht mehr gehört.

Und wieder schaffte ich es nicht, einen Schritt auf ihn zuzugehen. So würde ich ihn nie zurückgewinnen.

Kapitel 34

Er wandelte durch die dunkle Nacht und zog sich die Kapuze tiefer ins Gesicht. Alles im Auftrag von Viis. Die Treue zu Viis war sein Antrieb. Eines Tages würde er so mächtig wie der große Herrscher sein.

Doch ein Hindernis gab es noch.

Viovis, dachte er. *Ich darf ihn nicht unterschätzen. Aber meine Zeit kommt. Dann räume ich diesen Versager aus dem Weg.*

Dieser Gedanke stimmte ihn glücklich. Diese Hoffnung gab ihm Kraft. Er sah das Ziel schon vor seinem inneren Auge. Er, anstelle von Viovis an der Seite des mächtigen Herrschers Viis. Zusammen würden sie über ganz Cosmica herrschen und keiner konnte sich ihnen widersetzen. Eine glorreiche Zukunft stand ihm bevor.

Bis dahin muss ich nur mitspielen, überlegte er weiter.

Ein kalter Windstoß erfasste ihn. Er fröstelte und zog sich die Jacke enger um den muskulösen Körper. Da vorn standen die Holzhütten. Dort war er letztens schon und hatte nichts Interessantes gefunden. Außerdem waren sie jetzt sowieso nicht da. Aber wenn sie nicht hier waren, wo dann? Am Lagerfeuer jedenfalls auch nicht. Er hauchte in die finstere Nacht und sah sich um.

Wo sind sie?, grübelte er. Da rief er sich die Situation von heute früh ins Gedächtnis: Hatte er sich diese Bewegungen hinter den rauchenden Säulen des erstickenden Lagerfeuers nur eingebildet? Oder wurde er von jemandem beobachtet? Nein, das konnte nicht sein. Er war immer sehr vorsichtig. Und wenn schon. Niemand wusste, wer er wirklich war und was er vorhatte. Bis auf diesen einen. Der wusste von seiner Existenz. Also ging er ihm lieber aus dem Weg. Der sollte nicht wissen, dass er sich hier herumtrieb und spionierte.

So entfernte sich der muskulöse Typ von den Hütten. In der Ferne meinte er, noch das Knallen einer Tür gehört zu haben.

Der geht bestimmt nicht in meine Richtung, dachte er und setzte unbekümmert seinen Weg fort. Schon von hier aus erkannte er ein helles Leuchten in der Ferne.

Ist das der Speisesaal?, überlegte er und je näher er kam, umso mehr bestätigte sich seine Vermutung. Als er an das große Fenster trat, erkannte er im Inneren die Personen, die er suchte und im Auftrag von Viis beschatten sollte. Das Mädchen mit den braunen Haaren und der Typ mit der schwarzen Brille. Er betrachtete sie eine Weile. Wie sie den Tisch putzte und die Teller hin- und herräumte. Das Mädchen hatte dunkle Augenringe, ließ sich aber ihre Müdigkeit kaum anmerken. Sie gefiel ihm auf Anhieb.

Mit ihr an seiner Seite und Viis zusammen... Oja, diesen Gedanken fand er unglaublich gut. So gut, dass er gar nicht bemerkte, wie er beim Losgehen einen Bottich zu Boden riss. Ein lautes Poltern erfüllte die stille Nacht. Erschrocken sah er hoch und genau in dem Moment, wo er sich im Sicheren wog, schaute auch das Mädchen auf.

Hat sie mich etwa bemerkt?, dachte er nervös und wollte sich schnell aus dem Staub machen.

Halt! Da war noch jemand! Rasch verdeckte er das Gesicht mit seiner dunklen Jacke und rannte in die andere Richtung davon.

Er hat mich nicht gesehen, redete er sich ein, um sein Gewissen zu beruhigen. Schließlich ging er zurück zu den Holzhütten. Ganz in der Nähe hatte auch er seine Bleibe. Gerade, als er an einer der Hütten abbiegen wollte, kam *er*. *ER*, den er eigentlich um nichts in der Welt treffen wollte.

Augenblicklich begann die Luft vor Anspannung zu knistern. Als *ER* vorbeiging, nickten sie sich kurz zu.

Wechselten kein Wort, sondern nahmen nur still die Anwesenheit des anderen wahr. Und erst, als sie sich voneinander entfernten, löste sich die Spannung wieder auf und entlud sich in einem feinen roten Blitz, welcher rasch in die Erde huschte. Er atmete erleichtert aus und zog sich die Kapuze über die Augen.

»Schon bald ist die Zeit reif und mein Warten hat ein Ende«, flüsterte er in die finstere Nacht und verschwand so schnell, wie er gekommen war.

Kapitel 35

Wie jeden Morgen trafen wir uns alle im Speisesaal zum Frühstück. Giove und ich setzen uns unweit von Tomaki an einen Tisch. Dieser warf uns immer wieder aufgeregte Blicke zu. Giove schaute gelassen zurück.

Danach trafen wir uns am Waldrand und warteten, dass die Wanderung endlich startete. Als auch die letzten Klassen ankamen, ging die Bergwanderung los. Allerdings ohne uns. Wir hatten einen anderen Plan.

Giove huschte in ein Gebüsch und zog mich ebenfalls hinein. Daraufhin legte er einen Finger an die Lippen und lauschte konzentriert dem Treiben. Vor allem hörten wir das Trippeln und Trappeln der vorbeigehenden Leute und schließlich kamen ein paar Schritte auf uns zu. Das musste Tomaki sein.

»Also gut«, meinte Giove, »los geht's.«

Unauffällig verließen wir unser Versteck und schlugen den Weg in Richtung Höhle ein. Als wir den gähnenden Eingang der Drachenhöhle erreichten, hielt Tomaki inne.

»Ich spüre etwas«, stellte er verwundert fest.

»Ja. Wenn ein Drache in der Nähe ist, spüren wir das Gleiche wie bei den Schuppen«, erklärte ich.

»Stimmt«, murmelte Tomaki und sah sich um. Giove holte derweil eine Fackel aus seinem Rucksack und zündete sie an. Als alle bereit waren, gingen wir in die Höhle. Ein kalter Lufthauch empfing uns. Wortlos folgten wir einander, Giove ging voraus und leuchtete hektisch in jede Ecke. Im Fackelschein erkannte ich, dass seine Hand schon wieder zitterte. Die Dunkelheit schien ihm wirklich unangenehm zu sein. Tomaki war meinem Blick gefolgt und hatte bemerkt, dass Giove sehr angespannt war.

»Was hat er denn?«, raunte Tomaki mir leise zu.

Ich zuckte mit den Schultern.

»Weiß ich auch nicht genau. Aber vielleicht hat er Angst vor Geistern«, vermutete ich. Denn als ich das letzte Mal einen Scherz darüber machte, war Giove nicht zum Lachen zumute.

»Jedenfalls wackelt er ganz schön mit der Fackel«, flüsterte Tomaki und sah besorgt zu Giove, »wenn er so weitermacht, haben wir bald kein Licht mehr.«

Tomakis Bedenken wurden wohl immer größer, denn schließlich fragte er: »Sag mal, soll ich die Fackel nehmen?«

Doch Giove verneinte schnell und krallte panisch die Finger um das Holz, als hinge sein Leben daran. Tomaki schüttelte irritiert den Kopf.

Endlich kamen wir an der Gabelung an.

»Hier entlang«, meinte ich und zeigte auf den linken Gang.

»Und wieso nicht rechts?«, hakte Tomaki nach.

»Glaub mir, das willst du nicht wissen«, sagte Giove und ging los. Tomaki stutzte kurz, fragte aber auch nicht weiter nach. Wir gingen immer tiefer hinein und als ich dachte, wir seien fast da, hörte ich plötzlich ein Geräusch. Ich erschrak, setzte aber meinen Weg fort und versuchte, mir nichts anmerken zu lassen.

Das kann nicht sein. Das Netz der Grebigs ist im anderen Gang, dachte ich und knetete nervös meine Hände ineinander. Doch gerade, als ich mir einreden wollte, dass ich mich verhört hatte, nahm ich wieder dieses komische Geräusch wahr. Es schien näher zu kommen.

»Hört ihr das auch?«, erkundigte ich mich möglichst beiläufig bei den anderen.

»Hm? Was meinst du?«, fragte Tomaki und auch Giove sah nicht so aus, als ob er es gehört hatte.

»Ne, schon gut«, winkte ich ab.

Wir gingen weiter. Und auf einmal war das Geräusch wieder da, doch jetzt so nah und so laut, dass ich zusammenzuckte. Sofort schossen mir die Bilder vom letzten Mal in den Kopf: Die Grebigs mit ihren Jungen im Netz und wie die Mutter vor meinem Gesicht nach unten glitt. Angsterfüllt kreischte ich los und noch bevor ich in Panik verfallen konnte, war Tomaki schon zur Stelle. Er riss seinen Parka auf, zog mich zu sich heran und hüllte mich ein.

Wärme durchströmte mich.

»Alles gut, ich bin ja da. Hab keine Angst«, hauchte er. Trotzdem verschwanden die Bilder nicht aus meinem Kopf.

»Was zur Hölle war das?!«, rief Giove nervös und kam zu uns gehechtet.

Tomaki drückte mich noch dichter an sich heran. So dicht, dass ich sogar sein Herz durch den Pullover pochen hörte. Schlag für Schlag. Und mit jedem Schlag verblassten die schrecklichen Bilder und schließlich verloren sie ganz an Raum. Auch meine Atmung normalisierte sich wieder und so traute ich mich, den Kopf aus Tomakis Parka herauszustrecken. Ich schaute nach oben. Tomaki war so nah! In dem Moment spürte ich, wie meine Wangen anfingen zu glühen.

»Alles in Ordnung?«, wollte Tomaki wissen. Er sah mich besorgt an, löste den engen Griff und lüftete den Parka, sodass ich hinaustreten konnte.

Ich nickte schüchtern.

»War das etwa eine Grebigs?«, fragte ich und schauderte.

»Hier gibt es Grebigse?!«, rief Tomaki ungläubig.

»Leider ja«, antwortete Giove, »deshalb gehen wir diesen Gang. Im anderen ist ein Grebigsnest.«

»Waaas?! O Gott!«

Giove nickte.

»Ich habe es auch gehört. Nach meiner Erfahrung haben Grebigse doch aber behaarte Beine, die beim Laufen rascheln, richtig?«

»Ja«, stimmte Giove zu.

»Aber für mich hat sich das nicht nach einem Rascheln angehört.«

»Was soll es sonst gewesen sein?«, fragte ich ängstlich.

»Keine Ahnung«, meinte Tomaki ratlos.

»Egal, ob Grebigs oder nicht Grebigs. Ich denke, wir sollten uns beeilen«, rief Giove und spurtete los. Tomaki und ich hatten Mühe mitzuhalten, aber schließlich erreichten wir das große unterirdische Becken, wo der schlafende Drache lag.

»Wow«, stieß Tomaki verblüfft aus und schaute beeindruckt auf die rötlich schimmernden Tropfsteinsäulen und die goldgelben Steine am Boden. Wir folgten dem glitzernden Pfad und gelangten zum Sanddrachen.

Auf einmal schien Tomaki zu zögern: »Sagt mal, wollen wir ihn wirklich aufwecken? Wie soll es weitergehen, wenn der Drache wach ist?«

Als er das sagte, legte er vorsichtig eine Hand auf die sich hebende und senkende Drachenflanke. Und da passierte etwas, womit niemand gerechnet hätte: Wie aus dem Nichts leuchtete Tomaki plötzlich weiß auf. Im nächsten Moment sah ich, wie ein heller Lichtball aus Tomaki herausschoss. Das weiße Licht eilte in die Höhe, schlängelte sich durch die engen Tropfsteine und drehte ein paar Runden in der Luft. Danach setzte es zum Sinkflug an und stürzte sich auf Tomaki. Kurz bevor das Licht mit ihm zusammenprallte, stoppte es. Als Tomaki es ganz leicht berührte, wurde ein riesiges Lichtermeer entfacht, welches jeden noch so dunklen Winkel der Höhle erhellte.

Dann verschmolz der weiße Lichtball mit Tomaki und als alles Licht erloschen war, bemerkte ich, dass Tomaki anders aussah.

Seine Augen glitzerten auf einmal in Perlmutt, er packte mich an der Hand und zog mich zum gelben Drachen.

»Ruta, die Schuppe«, hauchte er und ich konnte gar nicht anders, als seiner Aufforderung zu folgen. Ich holte die Schuppe hervor und hielt sie Tomaki entgegen. Gemeinsam berührten wir die Schuppe und gingen zum schlafenden Drachen.

Da war sie.

Die kahle Stelle.

Augenblicklich kamen Zweifel in mir auf, ob wir diesen Schritt wirklich schon gehen sollten. Doch da passierte es: Tomaki und ich legten die Schuppe an den Körper des Drachen und mich durchfuhr ein aufgeregtes Prickeln. Ich bekam Gänsehaut und die Schuppe mitsamt dem Drachen glitzerte kurz auf. Allerdings hielt es nicht lange an, schon nach wenigen Sekunden verging das Glitzern wieder. Ebenso verschwand die mysteriöse Farbe aus Tomakis Augen und er kam zu sich.

»Der weiße Drache hatte mich eingenommen und ich konnte gar nichts dagegen tun! Hat das Einsetzen überhaupt funktioniert?!«, fragte er gespannt.

Wir ließen die Schuppe gleichzeitig los und schauten wie gebannt zum Drachen.

Doch es passierte nichts.

Stattdessen fiel die Schuppe, wie auch bei mir gestern, zu Boden.

»Was?! Wieso hat es nicht geklappt?«, fragte Tomaki entsetzt und raufte sich nervös die Haare.

»Das hieße ja, dass Ruta und ich auch all die anderen Drachen nicht aufwecken können?!«

Völlig fertig lehnte Tomaki sich an die Höhlenwand.

»Was sollen wir jetzt tun?! Was ist mit der Mission?!«

»Ganz ruhig, Tomaki«, mischte sich Giove ein und kam zu uns.

Ich stutzte und als ich noch einmal über das Geschehene nachdachte, fragte ich mich, wieso die legendären Drachen eigentlich beim Einsetzen der Schuppe erschienen. Gestern bei mir, heute bei Tomaki. Etwa nur, um uns zu zeigen, dass das Beschwören des Drachen so nicht klappte?

Was für eine Botschaft steckte hinter ihrem Verhalten?

»Dafür wird es ganz sicher eine Erklärung geben«, sagte Giove gelassen. Tomaki widersprach und derweil die beiden angeregt diskutierten, machte ich mich auf die Suche nach der gelben Schuppe. Ich entdeckte sie in einer kleinen Mulde im Boden, in welche sie nicht weit vom Drachen gefallen war. Seufzend bückte ich mich und hob sie auf. Ich steckte die Schuppe zurück in meine Tasche und gerade, als ich mich wieder aufrichten wollte, bemerkte ich etwas.

Dort hinten am Ende des anderen Ganges, den Giove und ich das erste Mal benutzten.

Da stand jemand.

Mir gefror das Blut in den Adern und gerade als ich losschreien wollte, kam mir dieser jemand zuvor.

»Ist doch klar, dass es nicht funktioniert.«

Beim Klang dieser Stimme lähmte es meinen Körper.

Kapitel 36

Das war eindeutig Zóels Stimme. Aber wie hatte er uns gefunden? War er uns etwa gefolgt? Oder hatte Tomaki uns doch verraten?! Wütend ballte ich eine Faust.

»Tomaki«, zischte ich, fuhr herum und sah ihn empört an.

»Ruta, ich schwöre, damit habe ich nichts zu tun!«, wollte er sich verteidigen, doch auch Giove wurde böse.

»Wie kann das sein? Du hattest uns versprochen, dass du es niemandem erzählst!«

»Ich habe wirklich keine Ahnung, glaubt mir!«, wimmerte Tomaki, aber das half uns jetzt auch nicht weiter.

Inzwischen war Zóel näher gekommen und ich musste mich sehr beherrschen, um dem schwarzen Drachen in mir keinen Raum zu geben.

»Habt ihr das etwa übersehen? Hier steht alles geschrieben«, sagte Zóel und wedelte mit einem Blatt Papier in der Luft herum.

Giove und ich warfen uns irritierte Blicke zu.

»Was hast du vor, Zóel?«, knurrte Giove und trat vor mich und Tomaki.

»Ruhig Blut, Giove. Ich bin mit guten Absichten gekommen und will euch helfen«, meinte dieser und stemmte die Hände in die Hüften.

»Na, was ist? Wollt ihr denn gar nicht wissen, was hier steht?«, sagte Zóel ungeduldig.

Giove drehte sich zu mir um, ich schüttelte den Kopf. Bestimmt war es eine Falle! Wir konnten ihm nicht vertrauen!

Tomaki jedoch ging zu ihm, nahm den Zettel und las ihn. Ungläubig hauchte er: »Wenn das stimmt, bedeutet das ja... Aber sag mal Zóel, wo hast du den überhaupt her?«

»Das Blatt hing im Netz der Grebigse. Hätte gedacht, ihr habt das auch gesehen.«

»Da wolltet ihr ja nicht langgehen! Mir wäre es bestimmt aufgefallen«, platzte es aus Tomaki heraus.

Wie können wir etwas übersehen haben, was gar nicht da war?, dachte ich und verschränkte skeptisch die Arme.

Ob Zóel die Wahrheit sprach?

Ich blickte zu Giove. Auch er schien Zóels mysteriösen Zettel anzuzweifeln.

»Im Netz war ganz sicher nichts...«, brummte er und riss Zóel das Blatt aus der Hand. Ich ging zu Giove und schaute ihm neugierig über die Schulter.

In geschwungenen Buchstaben stand da: *Erwachen können die Schlafenden nur, wenn die Legendären mit ihren Kriegern eins sind.*

»Tse«, fluchte Giove, zerknüllte das Papier und warf es verärgert zu Boden.

»Aber, aber, mein lieber Gedankenformulierer.«

Zóel bückte sich, hob das Blatt auf und faltete es sorgsam auseinander.

Wie kommt Zóel bloß auf den Gedanken, in einem Grebigsnetz nach einem Zettel zu suchen?, fragte ich mich. Als Giove und ich gestern dort waren, fiel uns kein Papier im Spinnennetz auf.

»Und was heißt das jetzt?«, sprach Tomaki seine Gedanken laut aus.

»Ist doch klar«, sagte Zóel. »Da steht, dass ihr zuerst die legendären Drachen beschwören müsst, bevor ihr all die anderen Drachen aus ihrem Schlaf erwecken und mit ihnen in den Kampf gegen Viis ziehen könnt.«

Dass Tomaki Zóel in unsere Mission einweihte und ihm von den Drachen erzählte, hatte ich schon fast wieder vergessen. Auch Giove schien es verdrängt zu haben, denn er warf mir einen verärgerten Blick zu und schnaubte wütend.

»Was zieht ihr denn für Gesichter? Ich bin eure Rettung! Ohne mich hättet ihr immer noch verzweifelt vor diesem Drachen gestanden und euch den Kopf darüber zerbrochen, warum es nicht funktioniert hat.«

»Wir haben dich nicht um Hilfe gebeten!«, rief Giove aufgebracht. »Komm Ruta, mit *dem* wollen wir nichts zu tun haben!«

Er packte mich an der Hand und setzte zum Rückweg an. Tomaki und Zóel ließen wir einfach stehen.

»Lass uns am Netz der Grebigs nachschauen!«, sagte Giove und wir rannten los.

»Zóel lügt doch! Davon bin ich überzeugt.«

Ich nickte zustimmend.

»Als wir gestern durchs Netz gegangen sind, habe ich auch nichts Auffälliges entdeckt«, keuchte ich. So eilten wir zu der Stelle und als wir ankamen, konnten wir es nicht glauben. Vor uns lag ein völlig zerstörtes Nest, nur ein einzelnes Grebigsbein hing noch von der Decke herab. Ich erschauderte, als ich nicht unweit von uns entfernt die tote Grebigs erblickte. All ihre Beine, bis auf eins, waren an den Körper gedrückt.

»Zóel«, flüsterte Giove angewidert und leuchtete mit der Fackel über das spinnenartige Tier.

»Ich dachte, eine Grebigs kann man nicht töten?«, fragte ich und hoffte, dass Giove endlich das Licht von der Spinne nahm.

»Kann man eigentlich auch nicht. Keine Ahnung, wie er das gemacht hat. Bei dem Panzer… Aber mir stellt sich noch eine andere Frage. Was ist mit den jungen Grebigsen passiert?«

Mir wurde kalt vor Schreck. Daran wollte ich erst gar nicht denken. Giove kniete sich derweil zu dem Tier hinunter und untersuchte es interessiert.

Der traut sich ja was, dachte ich und schüttelte mich. Allein schon beim Anblick des von der Decke hängenden Grebigsbeines ekelte ich mich zu Tode.

Und trotzdem. Ein Zettel im Grebigsnest wäre uns sicher aufgefallen... oder etwa nicht? Hatten Giove und ich den gestern wirklich übersehen?!

Plötzlich hörte ich wieder dieses merkwürdige Rascheln und als ich über mich schaute, setzte mein Herz aus. Sogar im schwachen Fackellicht konnte ich haufenweise Beine an der Decke entlangkrabbeln sehen.

»G-G-Giove«, rief ich mit zitternder Stimme, »d-da!«

Dieser löste sich endlich vom toten Körper und leuchtete an die Decke. Nun zeigten sich die vielen Tierchen und ich konnte nicht anders, als aus vollem Halse loszukreischen.

»Schnell weg hier! Die wollen garantiert Rache nehmen!«, rief Giove und rannte los. Ich hechtete ihm hinterher, beinahe wäre ich in der Eile über die tote Grebigs gestolpert. Wir liefen und liefen und endlich erschien Licht am Ende des finsteren Weges. Der Ausgang! Erleichtert spurtete ich hinaus. Bloß weg von diesen ekligen Spinnentieren!

Draußen angekommen, kippte ich schweißgebadet auf die Knie. In diesem Moment stürzte auch Giove heraus. Seine Fackel war vom schnellen Laufen erloschen.

»Bin ich k. o.«, hechelte er und stützte sich völlig fertig auf den Oberschenkeln ab. Als wir unseren Atem wiederfanden, kamen wir noch einmal auf den Zettel von Zóel zu sprechen.

»Und? Müssen wir jetzt davon ausgehen, dass Zóel doch die Wahrheit gesagt hat?«, fragte ich.

»Weiß nicht genau. Eine Grebigs zu töten, nur damit wir ihm glauben? Kann ich mir nicht vorstellen.«

»Ich traue seiner Geschichte trotzdem nicht.«

»Also. Wo er diesen Zettel wirklich herhat, werden wir bestimmt nicht herausfinden. Fakt ist jedenfalls, dass du den Drachen nicht aufwecken konntest. Auch mit Tomaki nicht. Deshalb denke ich, was auf Zóels Zettel steht, könnte stimmen. Ihr müsst zuerst die legendären Drachen erwecken und dann könnt ihr all die anderen befreien.«

Ich stockte. Vielleicht war das ja die Botschaft, die uns die legendären Drachen mit ihrem Verhalten mitteilen wollten? Als sie Tomaki und mich einnahmen und wir dem gelben Drachen die Schuppe einsetzten? Es war schon sehr komisch, dass mein Drache genau dasselbe tat, wie Tomakis Drache: unseren Körper einnehmen und dem gelben Drachen die Schuppe einsetzen. Wenn auch beide legendären Drachen jeweils eine andere Art hatten, sich zu zeigen und mit uns zu kommunizieren.

»Aber wo finden wir die legendären Drachen?«, fragte ich.

»Erinnerst du dich noch an unsere Karte mit den Punkten? Es sind nur zehn Punkte eingezeichnet. Dies könnte bedeuten, dass wir nur die Koordinaten der normalen Drachen haben, nicht die der Legendären. Aber ich glaube, das ist auch gar nicht nötig. Ich habe bereits eine Vermutung...«

»Und die wäre?«, wollte ich fragen, doch da kamen Tomaki und Zóel aus der Höhle und ich verstummte. Schlagartig fing der schwarze Drache wieder an, in mir zu rebellieren.

Halt!

In mir?, wiederholte ich in Gedanken. Hieße das vielleicht, es gab keine Koordinaten von den legendären Drachen, weil sie *in Tomaki* und *mir* waren? Schließlich zeigten sie sich ab und an. Aus Tomaki brach der Weiße als Lichtball hervor und ich wurde vom Schwarzen eingenommen. Also schliefen sie *in* uns. Doch wozu brauchten wir dann noch ihre Schuppen?

Zóel und Tomaki waren in der Zwischenzeit näher gekommen.

»Ich möchte mich bei euch entschuldigen«, sagte Zóel, ging auf die Knie und nahm eine unterwürfige Pose ein.

»In der Höhle vorhin war ich ein wenig forsch zu euch gewesen. Ich bin mit guten Absichten gekommen. Lasst uns zusammenarbeiten. Ich weiß sehr viele Dinge, die für euch und die Mission nützlich sein könnten.«

Ich sah hilfesuchend zu Giove. Dieser schien jedoch seine Meinung in Bezug auf Zóel geändert zu haben, seit er die getötete Grebigs gesehen hatte.

»Kommt ganz darauf an, was du für Informationen zu bieten hast«, meinte Giove und verengte herausfordernd die Augen.

»Glaubt mir, ich weiß mehr, als ihr euch vorstellen könnt«, sagte Zóel.

Ich wurde stutzig. Das konnte man auch anders deuten. Je mehr Wissen Zóel besaß, umso gefährlicher könnte er für uns und die Mission werden.

Ich sah unsicher von Giove zu Tomaki, doch beide zuckten gleichzeitig mit den Schultern. Sonst stritten sie immer, aber jetzt waren sie sich plötzlich einig?!

Giove warf mir einen resignierten Blick zu und raunte leise in mein Ohr: »Wir können es eh nicht mehr ändern, früher oder später wäre es sowieso passiert.«

Und somit war es entschieden.

Zóel gehörte zum Team!

Ich konnte es nicht fassen! An mich und meine Bürde mit dem schwarzen Drachen dachte wohl keiner mehr?

Auf einmal knackte es nicht weit von uns entfernt. Dann schob jemand einen Ast zur Seite und zum Vorschein kamen niemand Geringeres als Shiina und Emi.

»Hier seid ihr also!«, rief Shiina und erst jetzt, als ich ihre Stimme hörte, wurde mir bewusst, wie sehr ich sie eigentlich vermisste. Ein kurzer Blick neben mich verriet, dass es Giove nicht anders ging. Sein Gesicht wurde weich und es sah so aus, als wollte er etwas sagen, behielt es dann aber doch für sich.

»Wir haben euch schon gesucht!«, meinte nun auch Emi mit piepsiger Stimme. Ich rollte mit den Augen. Emi konnte ich genauso wenig leiden wie Zóel.

Das hing nicht mit dem schwarzen Drachen zusammen, sondern damit, wie sie Tomaki ansah. Ja, sie himmelte ihn schon richtig an. Es war wirklich nicht zu übersehen und auch nicht zum Aushalten.

»Dann sind wir jetzt also ein großes Team, wie?«, rief Shiina freudestrahlend in die Runde.

»Ja, sieht so aus«, freute sich Zóel und nickte mir grinsend zu.

Warum hatte er plötzlich so gute Laune? Das war irgendwie verdächtig.

Ob wir gerade wieder nach einem fremden Plan handelten?

Ich seufzte. Die Dinge verkomplizierten sich mehr als gedacht. Wie sollte ich die nächste Zeit bloß überstehen? Keine Ahnung. Und wie ging es jetzt mit uns und den Drachen weiter?

Kapitel 37

Shiina und Emi hatten uns für heute ein Alibi verschafft. Als die Lehrer fragten, warum wir nicht auf dem Berggipfel erschienen waren, erklärten sie unser Fehlen damit, dass uns das Essen vom Vortag nicht bekommen war. Somit gaben uns die Lehrer die Anweisung, für den Rest des Tages an keinen weiteren Aktivitäten teilzunehmen und uns zu erholen. Wir konnten uns ungestört hinter die Holzhütten zurückziehen und über alles reden.

Emi, die jetzt anscheinend auch zum »*Team*« gehörte, war glücklicherweise schon seit einer Weile verschwunden. Giove neben mir wirkte sehr nervös. Seine Worte fand er erst wieder, als Shiina losging, um sich Essen zu holen.

»Also, wie geht es jetzt weiter?«, flüsterte er in die Runde.

»Ich muss euch etwas zeigen«, sagte Zóel und zog erneut einen Zettel hervor. »Den hier habe ich *auch* noch im Nest der Grebigs gefunden.«

Er legte das Stück Papier in die Mitte unseres Kreises und las vor: »Die Krieger sind mit den Drachen eins. Beschwören sollen sie die Drachen, damit sie aus dem Körper der Auserwählten heraustreten können. Erst dann wird die Einheit wachsen.«

»Und was bedeutet das?«, fragte Tomaki, doch ich konnte es mir schon fast denken. Ich hatte mit meiner Vermutung recht gehabt: Der schwarze Drache war also wirklich in mir.

Wozu dann noch seine Schuppe?, überlegte ich wieder.

»Das heißt, die legendären Drachen sind die ganze Zeit in euch gewesen. Nicht wie die anderen, welche als Koordinaten auf der Karte eingezeichnet sind. Ihr müsst die Drachen aus eurem Körper beschwören.«

Tomakis Augen wurden vor Aufregung ganz groß und rund.

»Wow! Und wie stellen wir das an?«

»Habt ihr ein Glück, dass mein Vater Mitglied der Belantos war.«

Belantos. Bei diesem Wort klingelte es in mir. Das hatte Fundus neulich erzählt. Die Belantos war eine große Versammlung gewesen, auf der das Schicksal der Welt diskutiert und Tomaki und ich schließlich als neue Hoffnung auserwählt wurden.

»*War?*«, hakte Giove nach.

»Er ist damals im Krieg umgekommen«, erklärte Zóel traurig.

Das kaufte ich ihm nicht ab. Auch der schwarze Drache in mir protestierte. Am liebsten wäre er aus mir herausgesprungen und hätte Zóel die Kehle durchgebissen. Aber ich war stärker und verwehrte dem Drachen seinen Ausgang. Mittlerweile gelang mir das immer besser. Trotzdem kostete es viel Kraft, den wirbelnden Sturm in mir unter Verschluss zu halten.

»Ich habe jedes einzelne Protokoll der Belantos studiert. Unter anderem auch das der legendären Drachenbeschwörung. Ich weiß also, wie es funktioniert.«

Zuerst dachte ich, dass ich mich verhörte.

Zóel soll also wissen, wie man die legendären Drachen beschwören kann? Ich bekam einen Schreck. Warum wusste gerade er so viel Bescheid und nicht jemand anderes?!

»Wir beginnen gleich morgen mit dem Training«, erklärte Zóel wenig später und Tomakis Augen leuchteten auf.

Inzwischen war Shiina mit einem vollen Teller zurückgekehrt und setzte sich wieder zwischen Giove und Zóel. Ich beobachtete, wie Giove augenblicklich zur Statue wurde. Innerlich musste ich schmunzeln.

»Ich geh mir auch was zu Essen holen«, nuschelte Tomaki in die Runde und entfernte sich. Ich sah ihm nach. Jetzt, da wir wieder im Team »vereint« waren, wollte ich mehr mit Tomaki reden und auf ihn zugehen. Doch es ergaben sich zwei Probleme. Erstens wusste ich nicht, wie ich ihn ansprechen sollte. Und zweitens wusste ich nicht, inwiefern er noch von Zóel beeinflusst wurde. Dass Zóel uns in der Höhle fand und Tomaki ihm angeblich nichts davon erzählte hatte, war schon sehr merkwürdig. Trotzdem fehlte Tomaki mir so unglaublich. Vor ein paar Wochen wich er mir kaum von der Seite. Und jetzt war er wie ein Fremder für mich. Ich seufzte traurig.

»Sag mal Shiina, wie geht es eigentlich mit dem Zeitspielen voran?«, fragte Zóel und mir fiel sofort Gioves finsterer Blick auf.

Ach, jetzt ist Zóel nicht mehr so toll, wie? Die tote Grebigs vorhin hast du ganz beeindruckt angesehen, wollte ich zu ihm sagen, behielt es aber lieber für mich.

»Dein Essen wird kalt! Du isst immer so langsam, Shiina!«, mischte sich Giove grob ein.

»Pah! Das stimmt doch gar nicht!«, verteidigte diese sich empört, »ich esse so langsam, weil es noch heiß ist! Und überhaupt! Was ist dein Problem?!«

Beleidigt wandte sich Shiina ab und rückte näher an Zóel heran. Im gleichen Atemzug stand Giove auf, murmelte etwas Unverständliches und stampfte wütend davon.

Wo bleibt eigentlich Tomaki? Müsste er nicht längst wieder da sein?, fragte ich mich. So langsam bekam auch ich Hunger. Da ich nicht vorhatte, weiter allein zwischen Shiina und Zóel zu sitzen, beschloss ich, mir etwas zu Essen zu holen und gleichzeitig nach Tomaki Ausschau zu halten. Jetzt, wo langsam die Wut verflogen war und ich mich mit Zóel sowieso irgendwie arrangieren musste, wollte ich mir ein Herz fassen und Tomaki erzählen, wie es mir die letzten Tage erging. Wollte von dem schwarzen Drachen und seinen Rebellionen berichten. Als ich an das »Training« morgen dachte, fiel mir auch wieder meine Vision ein. Was, wenn ich den schwarzen Drachen gar nicht steuern konnte? Wenn ich ihn morgen zwar beschwören konnte, er aber wie in meiner ersten Vision einfach davonflog? Ich bekam plötzlich Angst. Verdammt, daran hatte ich gar nicht mehr gedacht. Jetzt musste ich es Tomaki einfach erzählen. Vielleicht konnte er mir ja meine Angst nehmen.

Da vorn stand er auch schon. Immer noch am Büfett...

»Tomaki, hast du kurz Zeit«, wollte ich fragen, verstummte jedoch wieder, als ich sah, wie Emi sich mit ihm unterhielt. Sie war also der Grund, warum er nicht zurückkam.

Ich beobachtete, wie Tomaki schließlich nickte und sich beide in Bewegung setzten.

Hey, ich wollte doch gerade, dachte ich verärgert und presste enttäuscht meine Lippen aufeinander.

Eigentlich wollte ich den beiden nicht hinterherschnüffeln, aber ich konnte mich nicht zurückhalten. Außerdem wollte *ich* zuerst mit Tomaki reden. Dass Emi einfach dazwischen platzte, konnte ja keiner ahnen. Und außerdem musste ich wissen, was Emi Tomaki zu sagen hatte. Also schlich ich den beiden unauffällig hinterher.

Sie entfernten sich ziemlich weit von den Hütten, anscheinend wollte Emi ein ungestörtes Plätzchen ausfindig machen. So wie ich ursprünglich auch. Endlich hielten sie an. Ich versteckte mich hinter einem großen knorrigen Baum und war gerade so weit entfernt, dass ich beide noch gut verstehen konnte.

Dann fing Emi an zu reden und ich hörte gespannt zu.

»Ähm, also... Tomaki, ich wollte dir sagen...«

Ich hätte zu gern Tomakis Gesicht gesehen. Doch da er mit dem Rücken zu mir stand, konnte ich nur beobachten, wie Emi nervös zu Boden schaute und sich verlegen durch die Haare fuhr. Auf einmal hob sie den Blick und als ihre Worte an mein Ohr drangen, stockte mir der Atem. Schnell legte ich die Hand vor meinen Mund, damit niemand hören konnte, wie laut ich eigentlich schreien wollte. Mein Herz raste. Ich musste ganz schnell hier weg. Denn ich hätte *das* nicht hören sollen.

In Windeseile fuhr ich herum und stolperte vor Hektik über eine Baumwurzel. Fiel zu Boden. Raffte mich auf. Rannte wieder los und wollte einfach nur weg von hier.

»… dir sagen, dass ich mich in dich verliebt habe«, hallten Emis Worte in meinem Kopf wider.

Ich wurde immer schneller, um dieses unbeschreiblich schmerzende und vor allem zerreißende Gefühl loszuwerden. Ich lief zum Dünenaufgang und dann weiter runter ans Meer. In meinen Gedanken herrschte Chaos.

Emi. Wirklich, kein Wunder, dass ich sie von Anfang an nicht leiden konnte. Nicht einmal im Traum wäre mir eingefallen, dass sie jetzt auch noch so weit gehen würde.

Unten am Wasser angekommen, fiel ich völlig erschöpft in den Sand. Mit Tränen in den Augen ließ ich meinen Blick zum Horizont schweifen. Normalerweise hätte es um diese Zeit einen schönen Sonnenuntergang gegeben. Heute suchte ich ihn vergeblich. Er versteckte sich hinter den Wolken und wagte es nicht, sich nach vorn zu drängen. Wirkte auf mich irgendwie eingeschüchtert.

Ich wandte den Blick ab. Wenn Tomaki und Emi zusammen kamen, stünde er Seite an Seite mit ihr. Ich wollte diesen Gedanken nicht zu Ende zu denken. Hatte er dann überhaupt noch Zeit für uns? Für das Team, für die Mission… und vor allem für mich? Was, wenn er mich vergaß? Wenn ich ihm nicht so wichtig war, wie ich bisher annahm?

Wehmütig dachte ich an Tomakis Fürsorglichkeit zurück. Ich ärgerte mich, dass ich all das, was er für mich in den letzten Wochen tat, für selbstverständlich nahm. Wie sehr wünschte ich mir diese Zeit zurück. Die Zeit, in der wir alle zwar ziemlich erschöpft, aber lachend zusammen am Lagerfeuer saßen. Wo jeder für den anderen da war. Wir vier waren harmonisch, es hatte gepasst.

Und jetzt... war ich wieder allein. Sollten all diese Momente umsonst gewesen sein?

Erst wenn man etwas oder jemanden nicht mehr hat, weiß man, wie sehr man es braucht, dachte ich und wischte mir die Tränen von den Wangen.

Zóel hat alles zerstört, fluchte ich in Gedanken. *Hätte er uns nicht gespalten, hätte Emi keine Chance bei Tomaki gehabt.*

Geräuschvoll plätscherten die Wellen an den Strand und übertönten mein verzweifeltes Schluchzen. Ich wünschte mir nichts sehnlicher, als dass Fundus jetzt bei mir wäre. Er hätte mir bestimmt mit tröstenden Worten zur Seite gestanden. Dann müsste ich jetzt nicht allein in dieser Situation sein.

»Ach Fundus! Warum bist du nicht bei mir?«, flüsterte ich sehnsuchtsvoll in den Wind, welcher meine Botschaft weit aufs Meer hinaustrug. Ich blickte erwartungsvoll zum Horizont, der sich allmählich in ein immer dunkler werdendes Blau verfärbte. Aber es kam keine Antwort.

Natürlich.

Denn ich war allein.

Doch auf einmal rissen die Wolken vor mir auf. Ein letzter Sonnenstrahl quälte sich durch die wolkigen Massen genau in meine Richtung. Überrascht sah ich zum Himmel und rappelte mich hoch.

Diese eine Wolke da!

Es sah so aus, als verformte sie sich! Ich behielt recht, denn plötzlich erschien eine Gestalt am Himmel: ein Wolf.

Mir stiegen erneut Tränen in die Augen.

»Fundus! Du bist für mich gekommen«, schluchzte ich in die Dämmerung.

»Gib nicht auf, Ruta. Du kannst es schaffen. Denn du bist das Licht in der Dunkelheit. Lass dich nicht ablenken und konzentriere dich auf deine Bestimmung als schwarze Kriegerin«, ertönte seine Stimme in meinem Kopf. Ich bekam Gänsehaut und konnte nicht mehr innehalten. Tränen rollten an meinen Wangen herunter. Bevor ich antworten konnte, wurden die Wolken vom Wind verweht, der Wolf löste sich in Luft auf. Der Spalt schnellte wieder zusammen und die Sonne verblasste gänzlich am Horizont.

»Halt! Fundus! Nein! Geh nicht!«, rief ich in den Wind, doch da wurde der Himmel gänzlich in Dunkelheit gehüllt. Schluchzend vergrub ich den Kopf in meinen Händen.

Wenigstens hat er sich gezeigt, tröstete ich mich. Fundus glaubte an mich. Und genau das war jetzt das Wichtigste. Ganz egal, was mit Tomaki und Emi war.

Ich hatte Fundus an meiner Seite. Ich war nicht allein. Mit diesem Gedanken wischte ich mir die letzten Tränen aus dem Gesicht.

Als mein Blick wieder klar war, richtete ich ihn aufs Meer und atmete die frische Seeluft ein. Meine Gedanken beruhigten sich allmählich und ich beschloss, zu den Hütten zu gehen.

Ich würde die Mission fortsetzen. Koste es, was es wolle. Allerdings musste ich dann auch über meinen Schatten springen und an Zóels Training teilnehmen. Bei dem Gedanken daran begann sich mein Innerstes zu wehren. Doch sofort schoss mir der verrottete und stinkende Ort, das verdorbene Moor, in den Sinn. Wenn ich mich jetzt weigerte, von Zóel trainiert zu werden, würde mehr kostbare Zeit vergehen. Außerdem brauchte ich jemanden, der mir zeigte, wie ich den schwarzen Drachen beschwören konnte. Es war die einzige Möglichkeit, das verdorbene Moor aufzuhalten und die Welt zu retten.

Kapitel 38

Ich wälzte mich von einer Seite auf die andere. Die letzte Nacht schlief ich nicht gut. Meine Gedanken kreisten um das bevorstehende Training und machten mich nervös. Außerdem ließ mir die Sache mit Tomaki und Emi keine Ruhe. Gestern gestand Emi Tomaki ihre Liebe. Was hieß das für die Zukunft? Was bedeutete es für das Team und vor allem für mich?

Würde Tomaki mich vergessen? Mein Herz schmerzte. Ob er sich jetzt so um Emi kümmerte, wie er es bei mir getan hatte? Würde er sie so ansehen, wie er mich ansah? Je mehr ich darüber nachdachte, umso weniger konnte ich den Gedanken, Emi zusammen mit Tomaki, ertragen.

Völlig fertig rieb ich mir die Augen und setzte mich aufrecht hin. Schlaftrunken schaute ich um mich. Zwei Matratzen neben mir blieb mein Blick hängen.

Emi.

Was hat sie, was ich nicht habe?, dachte ich genervt, wandte den Blick ab und stand auf. Ich konnte sowieso nicht mehr einschlafen und beschloss frühstücken zu gehen. Leise zog ich mir Pullover und Hose über, schlüpfte schnell in die Schuhe und spurtete hinaus ins Freie. Eigentlich sollte ich heute all meine Gedanken auf das Beschwören des schwarzen Drachen lenken. Doch es würde mir schwerfallen, mich nur darauf zu konzentrieren.

Mein Kopf war voll.

Ich konnte an nichts anderes als an Tomaki und Emi denken. Es beschäftigte mich viel mehr, als ich annahm.

So ein Mist.

Seufzend fuhr ich mir durch die Haare und zog die Kapuze über den Kopf. Als ich meinen Blick schweifen ließ, beobachtete ich, wie eine verhüllte Gestalt um die Hütten schlich.

Wer ist denn jetzt schon wach?, überlegte ich und schaute genauer hin. Das war doch dieser mysteriöse Typ, den ich auch am Lagerfeuer und vorm Speisesaal gesehen hatte! Ein Schauer lief mir über den Rücken.
Wer zum Teufel ist das bloß?!
Er schien mich noch nicht gesehen zu haben, denn er bewegte sich völlig unbeobachtet. Sein Gesicht hielt er, wie die anderen Tage, verdeckt. Nur ein paar klare graue Augen blitzen unter der weiten Kapuze hervor. Was mir außerdem auffiel, waren seine breiten Schultern, welche selbst der Umhang nicht kaschieren konnte.

Dass er hier immer wieder auftauchte, konnte kein Zufall sein. Bestimmt plante er etwas! Was das war, wollte ich herausfinden. Jetzt bot sich mir die perfekte Gelegenheit!

Ich nahm all meinen Mut zusammen und gerade, als ich ihn ansprechen wollte, tauchte Zóel vor der Hütte der Jungen auf. Er schien gar nicht zu bemerken, dass sich ein Fremder bei uns auf dem Gelände herumtrieb, denn auf einmal rief er mir sehr laut zu: »Hey Ruta! Komm mal her, ich muss dir dringend etwas sagen!«

Da erschrak der Unbekannte und schaute ertappt mit seinen grauen Augen auf. Schnell duckte er sich und versuchte seinen Körper zu verstecken. Doch mir entging nichts, mein Blick klebte an ihm. Ich ignorierte Zóel, wollte lieber herausfinden, was es mit dem Typen auf sich hatte.

»Hey, du! Was willst du von uns?!«

Als ich ihm das entgegenrief, setzte der Typ zur Flucht an. Sofort reagierte ich, wollte hinterher, doch ich wurde von jemandem zurückgehalten. Blitzschnell drehte ich mich um.

Zóel!

»Tomaki will dir etwas Wichtiges sagen«, raunte er mir zu, sah mich dabei aber gar nicht an.

Im nächsten Moment wurde ich Zeuge einer merkwürdigen Situation.

Meine Augen folgten Zóels Blick, er führte mich direkt zu der verhüllten Gestalt. Ich sah wieder zu Zóel, welcher den Fremden immer noch mit ernster Miene anstarrte. Auf einmal veränderten sich seine Gesichtszüge. Schnell riss ich meinen Kopf herum und wollte zurück zu dem Unbekannten schauen, doch der war plötzlich verschwunden. Mich überkam ein ungutes Gefühl.

Etwas Seltsames war gerade geschehen.

Zóel ließ derweil von mir ab und wiederholte: »Tomaki will etwas mit dir besprechen. Er hat gesagt, dass es nicht mehr warten kann.«

Zóel untermalte seine Worte mit einem Lächeln.

»Am besten, du gehst gleich zu ihm, es schien wirklich wichtig zu sein. Guck, da kommt er gerade«, fügte er hinzu und zwinkerte.

Ich stutzte. Was wollte Tomaki mir so dringendes sagen? Und wieso kam er nicht gleich zu mir, sondern ließ es über Zóel ausrichten? Das war sonst nicht seine Art…

Ich musste wieder an die Szene von gestern denken und da dämmerte es mir. Vielleicht wollte Tomaki darüber reden?! Augenblicklich sank meine Laune. Von Emi wollte ich nichts hören.

Ich hielt inne. Was, wenn er aber nicht über Emi reden wollte, sondern über uns beide? Ein Fünkchen Hoffnung glomm in mir auf. Vielleicht war es noch nicht zu spät für mich! Vielleicht wollte Tomaki mir erklären, dass da nichts zwischen Emi und ihm war! Oder… Wollte er mir sogar etwas gestehen?! Meine Laune hellte sich wieder auf und ich rannte ihm mit pochendem Herzen entgegen.

»Tomaki!«, rief ich aufgeregt.

Dieser hob den Blick und sah mich überrascht an.

Ohne zu zögern fragte ich: »Was wolltest du mir so dringendes sagen?«

Tomaki zog verwirrt die Augenbrauen zusammen.

»Ähm, was meinst du?!«

»Ich wurde von Zóel abgefangen und zu dir geschickt. Er meinte, du wolltest mir etwas Wichtiges erzählen.«

Tomaki riss verdutzt die Augen auf und zuckte mit den Schultern.

»Ich glaube, da hast du dich verhört.«

Hä?

Aber Zóel hatte mich doch extra aufgehalten… Zóel!

Ich fuhr herum und hielt nach ihm Ausschau. Er war noch da und gerade, als er sich aus dem Staub machen wollte, wandte sich Tomaki an ihn.

»Wieso hast du sie zu mir geschickt?«, wollte er wissen.

Zóel blickte grinsend zu Tomaki und erklärte laut rufend: »Hab ich doch gar nicht. Das muss sie falsch verstanden haben. Ich habe nur gesagt, dass sie das Training heute nicht vergessen soll.«

Wie bitte?! Stellte Zóel mich gerade als Lügnerin dar?!

Kaum hatte er seinen Satz beendet, verschwand er hinter einer Hütte.

»Der Stress macht dir wohl sehr zu schaffen, hm?«, sprach Tomaki zu mir.

Doch ich hörte ihm gar nicht mehr zu. Ich spürte, wie ich rot anlief, machte auf der Ferse kehrt und stürmte peinlich berührt davon.

Wieso glaubte Tomaki mir nicht?! Ich hatte mich nicht verhört! Ich kam mir wie der letzte Idiot vor. Zu glauben, dass Tomaki mir wirklich etwas sagen wollte. Gerade nach dem Geständnis von Emi gestern. Was erwartete ich?! Dass er sagte, Emi sei ihm völlig egal und dass er lieber bei mir sein wollte?

Ich hustete auf.

Ja, das hatte ich gehofft.

Zumindest wusste ich jetzt, dass ich bestimmte Dinge nicht überbewerten sollte. Zum Beispiel die Sache im Steinbecken, als wir uns so nah waren. Die Wärme, die von seinem Körper ausging und mich erreichte, ging mir bis heute nicht aus dem Kopf. Ich schluckte den Schmerz herunter. All die vielen Dinge, die er für mich tat, sei es mich aufzumuntern, mich bei Krankheit zu pflegen oder mich zu beschützen. Warum machte er sich die ganze Mühe? Etwa nur, weil ich mein Gedächtnis verlor und er Mitleid für mich empfand? Ein schrilles Stechen fuhr durch mein Herz. Ich schüttelte den Kopf. Das wollte ich nicht glauben!

Allmählich schwand die Kraft aus meinen Beinen und ich kam keuchend zum Stehen. Das Knurren meines Magens erinnerte mich an mein eigentliches Vorhaben.

Im Speisesaal angekommen, sah ich jemanden verschlafen in einer Müslischale herumrühren.

Giove?, dachte ich überrascht und war erleichtert, ihn zu sehen.

Wenigstens einer, der mir glaubte. Einer, der auf meiner Seite stand und auf den ich mich verlassen konnte. Der nicht nur aus Mitleid handelte.

Ich nahm mir ebenfalls eine Schale mit Cornflakes und setzte mich neben ihn an den Tisch.

»Morgen«, gähnte Giove und nahm einen Löffel voll Müsli. Im nächsten Moment riss er angewidert die Augen auf und nuschelte mit vollem Mund: »Whuas isht dhas blohß?«

Ich musste schmunzeln. Doch er hatte recht. Das Zeug schmeckte wirklich unappetitlich pappig.

»Mir ist vorhin wieder der komische Typ begegnet«, berichtete ich.

»Und? Hast du etwas Neues herausgefunden?«, sagte Giove und pickte sich die besten Cornflakes heraus.

»Nein. Aber Zóel war auch da.«

Giove sah neugierig auf.

»Was ist passiert?«

Ich erzählte Giove alles. Vor allem berichtete ich von der merkwürdigen Spannung, die in der Luft lag, als Zóel und der verhüllte Typ sich gegenseitig wahrnahmen. Auch davon, wie Zóel mich zurückhielt und zu Tomaki schickte.

Bei dem Gedanken an diese Blamage hätte ich mich am liebsten in Luft aufgelöst. Schnell widmete ich mich wieder dem Gespräch mit Giove und verdrängte das Thema Tomaki.

»Das ist wirklich komisch. Fast so, als wollte Zóel dich davon abhalten, den Fremden zur Rede zu stellen«, sagte Giove und rieb sich nachdenklich das Kinn. »Wenn er dich sogar anlügt und zu Tomaki schickt…«

So hatte ich das noch gar nicht gesehen! Hatte Zóel dem Unbekannten zur Flucht verholfen, als er mich zurückhielt?

»Du meinst also, dass sich die beiden kennen?!«, überlegte ich laut.

»Wer weiß.«

Giove knabberte weiter am Müsli.

»Ich traue dem Ganzen nicht. Wir hätten Zóel nicht in unser Team aufnehmen dürfen«, sagte ich und verschränkte die Arme. »Wer weiß, was er mit uns bei seinem Training vorhat.«

»Wir haben aber keine andere Wahl«, antwortete Giove und seufzte.

»Wenn er wirklich weiß, wie ihr die legendären Drachen beschwören könnt, wäre das natürlich ein Riesenfortschritt. Ich würde sagen, beim Training heute lassen wir uns einfach überraschen. Wenn dir etwas komisch vorkommt, sagst du mir sofort Bescheid und ich greife ein.«

Giove sah mich eindringlich an.

»Du kannst dich auf mich verlassen.«

Ich nickte.

»Tomaki würde ich wegen so etwas nicht fragen. Wir wissen nicht, wie stark er noch von Zóel beeinflusst wird. Ich merke es ja an Shiina, sie ist wie verblendet. Hat nur Augen für Zóel.«

Als Giove Tomakis Namen erwähnte, kamen all die Gefühle, die ich zu verdrängen versuchte, wieder in mir hoch. Die Sache mit Emi, ihr Geständnis und meine Blamage von vorhin.

Ich schob die Schüssel von mir weg.

»Hm? Magst du nicht mehr?«

»Hab ein wenig Bauchweh…«

Giove schob seine Brille hoch und lehnte sich zurück.

»Ach, Ruta. Mach dir nicht so viele Gedanken.«

Wenn das so einfach wäre…, dachte ich.

Kapitel 39

Zóel, Tomaki, Giove und ich kamen auf einer Lichtung im Wald zusammen.

»Ich erkläre euch zuerst die Grundlagen und danach fangen wir an«, sagte Zóel und beim Klang seiner Stimme kamen Erinnerungen in mir hoch. Ich dachte zurück an den Moment, als ich Zóel das erste Mal traf und der schwarze Drache meinen Körper einnahm.

Immerhin gelang es mir jetzt schon besser, den Drachen zu kontrollieren. Ich konnte stolz von mir sagen, dass ich stärker geworden war.

»Der Geist der Krieger soll rein und offen für den Kosmos sein«, sagte Zóel und es kam mir so vor, als sah er dabei mich besonders herausfordernd an. »Seid ihr das?«

Tomaki brachte ein zuversichtliches »Ja, ich denke schon«, hervor. Ich zögerte. War ich überhaupt bereit dafür? Aus dem Augenwinkel erkannte ich, dass Giove mir aufmunternd zunickte. Also bejahte auch ich Zóels Frage.

»Gut. Dann beginnen wir jetzt. Um mit den Drachen in euch Kontakt aufzunehmen, müsst ihr ein Portal zeichnen. Die Form des Portals kennt ihr.«

Tomaki warf mir einen verunsicherten Blick zu, welchem ich schnell auswich. Wenn ich etwas nicht konnte, dann ihm in die Augen zu schauen. Nach der peinlichen Aktion von heute früh erst recht nicht.

Irritiert wandte er sich ab.

»Keine Ahnung, welche Form mein Portal hat«, lachte Tomaki verzweifelt und überlegte laut: »Vielleicht ein Kreis?«

Zóel schüttelte den Kopf.

»Es ist einfacher, als du denkst. Du wirst garantiert drauf kommen«, meinte er und lächelte ermutigend. Zur gleichen Zeit grübelte ich angestrengt nach.

Ich brauche nur eine Form, um zum schwarzen Drachen zu gelangen? Auf einmal kribbelte mein Zeigefinger. Ich hob ihn an und führte eine sich schlängelnde Bewegung aus. Etwas, das sich wie ein waagerechtes ‚S' anfühlte.

Mir stockte der Atem, als sich ein dunkler Schleier vor mir bildete, der im nächsten Moment einen Durchgang öffnete.

Diese Welt ist in der Tat magisch, dachte ich und innerlich freute ich mich sehr, dass es geklappt hatte. Giove nickte mir bewundernd zu.

»Ruta hat es raus«, kommentierte Zóel und betrachtete mein Portal. »Das waagerechte ‚S' für ‚Schwarz'. Tomaki, was musst du demzufolge zeichnen?«

»Ein ‚W' für Weiß?«, fragte dieser und sah mit großen Augen zu meinem dunklen Durchgang.

»Genau. Du musst eine Kurve mehr als Ruta zeichnen«, erklärte Zóel und machte es vor.

»Wow«, stieß Tomaki beeindruckt aus, als er mit seinem Finger den weiß aufleuchtenden Buchstaben in die Luft zeichnete. Sofort erschien auch bei ihm das Portal. Allerdings war es nicht dunkel, wie bei mir, sondern hell.

»In dem Raum, den ihr jetzt erschaffen habt, schlafen die Körper der legendären Drachen. Dieser Raum heißt Jubarium. Um eurem Drachen die Schuppe einsetzen zu können, müsst ihr zuerst mit dem Drachengeist Kontakt aufnehmen. Dafür ist es wichtig, dass ihr mit euch im Reinen seid«, sagte Zóel und sah uns eindringlich an. Bei seinen Worten rutschte mir das Herz in die Hose. Jetzt würde sich zeigen, ob ich bereit war oder nicht. Mein Puls schoss in die Höhe.

»Die Drachen waren also die ganze Zeit in uns?«, fragte Tomaki.

»Natürlich nicht von Anfang an. Als ihr die Schuppen der legendären Drachen gesammelt habt, wurdet ihr geprüft. Sie haben euch als würdig erachtet und sind dabei in euren Körper übergegangen. Mitsamt Portal, wo sie drin schlafen«, sagte Zóel und klatschte in die Hände.

»Gut, dann lasst uns anfangen!«

»Halt, HALT!«, warf Giove plötzlich ein, riss die Arme in die Höhe und stellte sich zwischen unsere flackernden Portale.

»Was passiert, wenn sie die Drachen beschworen haben? Wir brauchen sie doch noch gar nicht! Die Mission verlangt zwar, dass wir die legendären Drachen zuerst erwecken sollen. Aber ich finde, dass es *heute* viel zu früh ist. Wenn die Drachen jetzt schon wach sind und die Welt befreien wollen. Wir haben noch keinen Plan dafür! Und außerdem… was, wenn uns hier jemand sieht?!«

»Mein lieber Giove. All das habe ich schon längst durchdacht«, zwitscherte Zóel und grinste belustigt. »Wir wecken sie doch nicht hier draußen auf. Sondern im Jubarium. Da sieht uns keiner und die Drachen können auch nicht davon fliegen.«

»Im Jubarium?«, wiederholte Giove und schob die Brille, die ihm vor Aufregung auf die Nasenspitze gerutscht war, wieder nach oben.

»Genau. Erst wenn die Zeit reif ist und wir sie brauchen, lassen wir sie aus dem Raum heraus. Also, wer will anfangen?«, rief Zóel und schaute herausfordernd zu mir herüber.

Ich garantiert nicht!, dachte ich und ignorierte ihn.

»Also, Tomaki, was meinst du?«, fragte Zóel schließlich. Tomaki stimmte mit einem aufgeregten Kopfnicken zu.

»Gut. Ruta löst ihr Portal am besten wieder auf. Das brauchen wir erst später.«

Und wie mache ich das, du Schlauberger?, dachte ich genervt.

»Falls du dich jetzt fragst, wie man das tut: Die Lösung ist einfach. Du musst dein Symbol nur rückwärts zeichnen«, säuselte Zóel und zeigte es vor. Widerwillig machte ich es nach. Tatsächlich verschwand der dunkle Nebel und der Durchgang wurde immer kleiner, bis es sich schließlich auflöste. Also wandten wir uns Tomakis Portal zu.

Zuerst er ging er selbst hinein, dann folgten Zóel und Giove. Zögernd trat ich vor das helle Jubarium. Ich hatte Hemmungen, einfach so in dieses weiße Etwas zu steigen. Anscheinend ging es sogar ein Stück nach unten, denn als ich einen Blick hineinwarf, waren die anderen viel tiefer als ich.

Ohne dass ich es bemerkte, stand plötzlich Tomaki vor mir und reichte mir seine Hand.

»Na, komm. Du brauchst keine Angst zu haben. Ich halte dich fest«, sagte er und sah mich aufmunternd an. Mir blieb die Luft weg.

»D-Danke«, krächzte ich und wich seinem Blick aus. Trotzdem nahm ich seine Hand und als mich Tomakis Wärme durchfuhr, flatterte mein Herz.

Mit einem »Und hepp« half er mir nach unten.

»So. Mal schauen, wo wir den Drachen finden«, rief Zóel und sah sich neugierig um. Tomaki und ich schlossen zu ihm auf.

»Dort drüben vielleicht?«, überlegte Tomaki und zeigte auf einen weißen Hügel, der sich vor uns im hellen Nebel abzeichnete.

Zóel nickte.

»Könnte gut möglich sein. Lasst uns vorsichtig hingehen und nachschauen.«

Wir setzten uns in Bewegung. Diesen milchigen Nebel hatte ich irgendwo schon einmal gesehen... Ja! In meiner allererten Vision! Ich hoffte, dass es jetzt nicht wie in dieser Vision weitergehen würde! Bei Tomaki sollte ich nun besonders aufmerksam zusehen, dass mir später bloß kein Fehler passierte.

Wir kamen dem weißen Haufen immer näher und er entpuppte sich wirklich als schlafender Drache. Neugierig betrachtete ich dieses mysteriöse Geschöpf. Mir fiel sofort auf, dass der weiße Drache viel filigraner als der Schwarze war. Außerdem war er am ganzen Körper mit weiß-silbernen Schuppen besetzt, welche trotz des milchigen Nebels wunderschön glitzerten. Ich ging weiter um den zusammengerollten Drachen herum bis zum Gesicht und betrachtete seine bebenden Nüstern. Sie sahen sehr weich aus, am liebsten wollte ich sie gleich anfassen und streicheln. Der ganze Drache war geprägt von weichen und fließenden Linien. An der Seite zogen sich feine lange Barthaare entlang, die sich von den Nüstern aus nach hinten bis fast zu den Wangen schlängelten. Im Gegensatz zum schwarzen Drachen, dessen Gesicht spitze Dornen übersäten, war das Gesicht des weißen Drachen mit vielen abgerundeten Schuppen besetzt. Alles an ihm sah aus, als folge es einer bestimmten Ordnung. Über seinen mandelförmigen geschlossenen Augen ragte jeweils ein filigran geschwungenes Horn in die Höhe. Es war mit vielen kleinen Plättchen besetzt, welche in Perlmutt schimmerten. Mein Blick fuhr weiter bis zur Flanke des Drachen. Sie hob und senkte sich langsam. Wie friedlich er schlief. Dieser Frieden sollte nun gestört werden, denn Tomaki zog schon die Schuppe hervor.

Wo wird er die Schuppe wohl einsetzen?, überlegte ich. In meiner Vision mit dem schwarzen Drachen gab es eine kahle Stelle unter seinem Flügel. Ich vermutete aber, dass sie beim weißen Drachen woanders lag. Schließlich hatten die beiden fast nichts gemeinsam.

»Gut, fangen wir an«, meinte Zóel und wandte sich an Tomaki.

»Bevor du den Drachen erwecken kannst, musst du mit dir im Reinen sein. Das bist du, richtig?«

»Ich denke schon«, stimmte Tomaki zu.

»Dann solltest du den Test ohne Probleme bestehen.«

Ein Test? War es das, wovon Zóel vorhin sprach? Dieses: Der Geist des Kriegers soll rein und offen für den Kosmos sein?

Ich atmete tief ein. Ob mein Geist wirklich rein war? Zurzeit plagten mich so viele Gedanken. Wenn ich an Zóel und Emi dachte, war ich gleich wieder abgelenkt. So ein Mist. Aber vielleicht konnte ich es vertuschen und versuchen, mir nichts anmerken zu lassen.

Mal sehen, wie Tomaki den Test bestand. Ich würde es einfach genauso machen wie er.

»Am besten du setzt dich jetzt hin«, schlug Zóel vor, »dann musst du die weiße Schuppe mit beiden Händen umschließen und nach dem weißen Drachen in dir suchen. Er wird dich dem Test unterziehen.«

Tomaki nickte ernst, ließ sich auf dem hell erleuchteten Boden nieder und schloss die Augen. Zóel winkte Giove und mir zu, dass wir uns ebenfalls setzen sollten. Wir schwiegen für eine ganze Weile und betrachteten den in sich ruhenden Tomaki.

Was jetzt? Kriege ich gar nicht mit, wie der Test abläuft?, dachte ich und unerträgliche Nervosität stieg in mir auf. Giove schien zu merken, dass mit mir etwas nicht stimmte, denn er sah mich fragend an. Ich warf ihm einen unsicheren Blick zu. Er verstand und fragte, was Tomaki gerade machen musste. In diesem Moment war ich ihm so unglaublich dankbar.

»Er muss in den Tiefen seines Körpers nach dem Drachen suchen. Wenn er ihn gefunden hat, wird der Drache Tomakis Geist einem Test unterziehen. Aber ich denke, Tomaki hat keine Probleme und besteht die Prüfung. Dann wacht Tomaki aus der Trance auf. Er wird die kahle Stelle am Körper des schlafenden Drachen finden und sobald er die Schuppe eingesetzt hat, gelangt der Drachengeist zurück in den Drachenkörper. Das bedeutet, der legendäre weiße Drache wacht auf«, erklärte Zóel.

Wir starrten alle gespannt auf Tomaki. Endlich öffnete er die Augen wieder, rappelte sich hoch und ging zum Körper des weißen Drachen. Wie von einer fremden Kraft gesteuert, suchte er den Körper ab und als er die kahle Stelle gefunden hatte, setzte er dem Drachen die Schuppe ein.

Sogleich erschien ein helles Licht und blendete uns. Ich hob den Arm und legte ihn schützend vor die Augen. Als die grelle Helligkeit langsam verging, ließ ich den Arm wieder sinken. Mein Blick ging zu Tomaki, der wie angewurzelt vor dem sich erhebenden weißen Drachen stand. Mit einem lauten Stöhnen hievte sich der legendäre Drache hoch, breitete seine Flügel aus und gab einen hohen Schrei von sich. Als der Drache stand und seine wahre Größe präsentierte, bekam ich plötzlich Angst. Angst, dass er Tomaki etwas antun könnte. Beinahe hätte ich ihm zugerufen, er solle fliehen. Doch Zóel stoppte mich und schüttelte mit ernster Miene den Kopf.

»Sieh mal«, flüsterte er und als ich wieder zu Tomaki blickte, traute ich meinen Augen kaum.

Tomaki streckte seine Hand aus. Der weiße Drache ging einen Schritt auf ihn zu und schnaubte ihn an, sodass seine weißen Haare wild durcheinander wirbelten. Tomaki lachte und daraufhin schmiegte der Drache seinen großen Kopf an Tomakis kleine Hand. Als sich die beiden berührten, leuchteten sie hell auf. Sogar von hier aus konnte ich Tomakis zufriedenes Lächeln erkennen. Diese Verbindung mit dem weißen Drachen musste ein wundervolles Gefühl sein. Ohne dass ich es merkte, stahl sich auch auf meine Lippen ein Lächeln.

Der Drache hob seinen Kopf und beide kamen auf uns zu.

»Sehr gut«, lobte Zóel und klatschte bewundernd. »Du hast es geschafft.«

Schmunzelnd sah ich neben mich und beobachtete, wie auch Giove seinen Augen kaum traute. Er nahm die Brille ab, putzte auf den Gläsern herum und als er sie wieder aufsetzte, standen Tomaki und der Drache schon vor uns.

Mit seinen honiggoldenen Augen blickte uns der Drache neugierig, aber auch sehr weise an. Ich hätte ewig in seinen Augen versinken können.

Erschrocken stolperte Giove einen Schritt nach hinten.

»Ihr braucht keine Angst zu haben. Er ist friedlich«, erklärte Tomaki und tätschelte seinen Drachen.

»Er ist so freundlich, weil auch dein Geist friedlich gesinnt und im Reinen ist«, flüsterte Zóel und trat einen Schritt nach vorn. Der Drache beäugte ihn kurz, pustete ihn an und legte auch bei ihm die Schnauze an die ausgestreckte Hand.

»Deine mächtigen Fähigkeiten werden dringend gebraucht«, murmelte Zóel leise.

Als ich Tomakis Drachen so freundlich vor uns sah, stellte ich mir nur eine einzige Frage: Wenn der weiße Drache so friedlich war und die beiden Drachen das Gegenteil voneinander waren, was erwartete mich dann beim Aufwecken meines Drachen?

Kapitel 40

Wir gingen aus Tomakis Jubarium heraus und fanden uns auf der Lichtung im Wald wieder. Jetzt war ich an der Reihe. In meinem Magen tobte ein Wirbelsturm, der mich noch viel nervöser machte, als ich ohnehin schon war. Selbst meine Stimme zitterte, als ich auf Zóels Frage, ob ich bereit wäre, mit »Ja« antwortete. Denn ob ich das tatsächlich war, bezweifelte ich, aber ich wollte jetzt keinen Rückzieher machen und die anderen enttäuschen.

Mit unruhiger Hand zeichnete ich das waagerechte »S« in die Luft. Wenig später öffnete sich das dunkle Portal. Vorsichtig blickte ich hinein. Entgegen meiner Erwartungen war es auch in diesem Portal sehr hell und vor allem milchig neblig.

Wie in meiner allerersten Vision, dachte ich. Auch hier ging es ein ganzes Stück nach unten. Mit einem gewaltigen Satz hüpfte ich nach vorn und als ich aufkam, grub sich ein heftiger Schmerz in meine Füße.

Zu hart gelandet. Als Tomaki mich vorhin an die Hand nahm, war es deutlich angenehmer.

»Ruta, was ist los«, raunte Giove mir zu und deutete auf meinen Kopf, »du bist ja ganz rot.«

Erschrocken fuhr ich zusammen und legte die Hände an die Wangen. Tatsächlich.

Ruta Pez, reiß dich zusammen, sagte ich mir in Gedanken und schüttelte den Kopf. Auch Zóel und Tomaki hüpften durch das Portal. Wir sahen uns um. Ich erkannte einen dunklen Schatten im weißen Nebel. Das musste der schwarze Drache sein.

»Da vorn«, meinte ich und zeigte mit dem Finger auf den Schatten.

»Na los, Ruta. Jetzt bist du an der Reihe«, sagte Zóel und war dabei nicht mehr so freundlich, wie bei Tomaki vorhin. Kurz stutzte ich, ließ mich davon aber nicht verunsichern. Ich atmete tief ein und aus, ging zum schwarzen Drachen und setzte mich in den Schneidersitz. Holte aus meiner Tasche die schwarze Schuppe und legte sie in meine Hände. Ich schloss die Augen und ließ es mit mir geschehen. Jetzt gab es kein Zurück mehr.

Als ich sie öffnete, fand ich mich in einem Wald voller riesiger Kiefern wieder. Der Geruch von frischem Harz und nassem Gras drang in meine Nase. Ich sah mich um und mir fiel sofort auf, dass die Bäume hier viermal größer waren, als in der Cosmica. Wie sollte ich den Drachen bloß finden?

Ich beschloss, zuerst den Waldboden abzusuchen. Vielleicht schlief er unter einer dieser gigantischen Baumwurzeln, die geschwungen aus der Erde ragten, und ich musste ihn erst aufwecken, damit er mir seine Prüfung auferlegen konnte.

So watete ich durchs Unterholz und bemerkte gar nicht, wie ich immer tiefer im Matsch versank.

Das fühlt sich... komisch an, dachte ich und blieb stehen.

Genau das war ein Fehler. Ich spürte, wie die nasse Erde unter meinen Füßen nachgab. Schnell versuchte ich, die Beine aus dem Dreck zu ziehen, aber da war es schon zu spät. Ich blieb stecken. Panisch versuchte ich mich zu befreien, doch jede Bewegung ließ mich noch tiefer sinken. Ich war direkt in ein Moor gelaufen, welches mich nun in seinen Fängen hielt.

Im selben Atemzug hörte ich nicht weit von mir entfernt Flügelschlagen. Ich drehte den Kopf herum und traute meinen Augen kaum, als ich den schwarzen Drachen in der Ferne erkannte.

Ich beobachtete ihn für einen Augenblick. Aufgeregt flog er von einer Baumkrone zur anderen. Es sah aus, als ob er etwas suchte.

Etwa... *mich*?

Wusste er, dass ich gekommen war?

»Hier bin ich!«, rief ich ihm zu und wedelte mit den Armen in der Luft herum, um auf mich aufmerksam zu machen.

Volltreffer!, jubelte ich, als der Drache seinen Kopf hob und in meine Richtung blickte. Er breitete seine großen Flügel aus und kam auf mich zugeschossen. Bei genauerem Hinschauen sah es aber so aus, als wollte der Drache mich angreifen?!

Er wollte... was!?

»Nein, nein!«, schrie ich mit bebender Stimme und hob abwehrend die Arme vors Gesicht.

Den schwarzen Drachen interessierte das jedoch wenig. Er raste weiter auf mich zu und schlängelte sich pfeilschnell zwischen den übergroßen, kahlen Baumstämmen hindurch.

Auf einmal bremste der Drache und blieb einige Meter vor mir in der Luft stehen. Ungeduldig schnaubte er mit den Nüstern, gab einen ohrenbetäubenden, dunklen Schrei von sich und schaute mich herausfordernd an.

Ganz offensichtlich wollte er etwas von mir.

Nur was?!

Plötzlich erschien ein Bild vor meinem geistigen Auge: die schwarze Schuppe.

Er will sie zurückhaben.

Wie in Trance ging meine Hand zur Hosentasche. Ich zog die Schuppe hervor und der Drache wurde sofort unruhig. Als ich seine Reaktion beobachtete, kam mir eine Idee: Ich könnte die Schuppe direkt neben mir fallen lassen! Dann würde der Drache zu ihr fliegen, ich könnte mich an ihn klammern und er zöge mich aus dem Moor heraus.

Das war meine einzige Chance.

So warf ich die Schuppe ins Moor und der Drache reagierte blitzschnell. Noch bevor sie im Matsch versinken konnte, stürmte er zu ihr und packte sie mit seinem Maul.

Endlich war der Drache nah genug.

Jetzt oder nie!, dachte ich und packte sein Bein. Mit kräftigem Flügelschlagen setzte sich der Drache in Bewegung und zog mich aus dem Moor heraus.

Geschafft!

Dass erst jetzt die richtige Prüfung anfing, verdrängte ich zunächst. Ich hatte damit zu tun, mich am Drachenfuß festzuklammern und nicht herunterzufallen, denn der Drache versuchte mich loszuwerden: Er stieg immer höher in die Luft, schrammte haarscharf an den überdimensional dicken Baumstämmen vorbei und steigerte mit jedem Flügelschlag das Tempo. Mir entschlüpfte ein panischer Schrei, als wir mit einem lauten Ratsch durch die Baumkronen nach draußen in den freien Himmel brachen. Viel Zeit zum Verschnaufen blieb mir allerdings nicht. Ohne Vorwarnung setzte der Drache zum Sturzflug an. Ich, immer noch am Fuß des Drachen geklammert, bekam Todesangst und krallte meine Hände tiefer in die rauen schwarzen Schuppen des Drachen. Und dann passierte es.

Wir krachten erneut durch die Baumkronendecke, aber dieses Mal konnte ich mich nicht mehr halten. Zu viele Äste zerrten an mir, sodass ich gezwungen war, loszulassen. Laut kreischend stürzte ich in die Tiefe. Doch ich hatte Glück: In letzter Sekunde streifte mich der Drache mit seinem Schwanz, welchen ich gerade noch zu packen bekam.

Als der Drache merkte, dass ich wieder an ihm hing, begann er, heftig mit dem Schwanz zu schlagen. Mit aller Kraft klammerte ich mich an ihm fest.

Bloß nicht wieder fallen!, dachte ich und gab alles daran, nicht vom Drachen abzulassen. Ich musste einen Platz auf ihm finden, wo ich sicher war. Ich schaute nach vorn und mir fiel sofort der Kopf des Drachen auf, welchen er stur geradeaus gerichtet hatte. Dort musste ich hingelangen!

Derweil ich überlegte, brauste der Drache weiter pfeilschnell durch den Wald, zwischen den Bäumen hindurch, mal höher und mal tiefer. Ich traute mich kaum, den Schwanz auch nur für eine Sekunde loszulassen.

Doch ich musste es wagen.

Ich wollte seine Prüfung um jeden Preis bestehen. Ich wollte, dass er mich wahrnahm, wollte nicht mehr länger schwach sein. Und vor allem wollte ich es Zóel zeigen. Dem Typen, der mich die letzten Wochen immer wieder bis aufs Letzte reizte, bedrängte und mir meine Freunde wegnahm.

Mir blieb keine andere Wahl, als mich dieser Herausforderung zu stellen. Ich schaffte das!

So nahm ich all meinen Mut zusammen, holte Schwung und raffte mich hoch.

Nur nicht nach unten schauen!

Als er langsamer wurde, krabbelte ich vorsichtig auf seinem Schwanz nach vorn. Gut, dass der Drache überall Dornen hatte, an denen ich mich entlanghangeln konnte. Nach einer Weile erreichte ich die Flügel und legte eine kurze Atempause ein. Ich schaute nach vorn. Bis zum Kopf war es nicht mehr weit. Ich erkannte, dass die Dornen am Hals größer und spitzer waren und gerade, als ich weiterklettern wollte, beschleunigte der Drache sein Tempo wieder. Panisch hielt ich mich an seinem Flügel fest. Der Drache legte weiter an Geschwindigkeit zu, er schoss erneut durch die Baumkronen, flatterte energisch und stieg immer höher in den Himmel auf. Ich hatte alle Mühe, mich bei den ständig schwingenden Bewegungen seiner Flügel festzuhalten. Doch es kam noch schlimmer: Im nächsten Moment setzte der Drache zu einem Salto an. Zuerst flog er enge kleine Kreise, den vierten Salto vergrößerte und verlangsamte er aber. Mit aller Kraft presste ich mich an den Flügel, um nicht herunterzufallen. Es folgten drei weitere Kreise, er wirbelte immer höher, bis die Bäume unter uns wie Grashälmchen aussahen. Ich musste mich zwingen, nicht nach unten zu schauen, sonst wäre ich auf der Stelle ohnmächtig geworden. Ich hatte panische Höhenangst. Als der legendäre Drache wieder geradeaus flog, erkannte ich meine Chance. In Lichtgeschwindigkeit ließ ich vom Flügel ab und hechtete über die spitzen Stacheln nach vorn. In der Hektik blieb ich an einer Dorne hängen, stolperte und rammte sie mir beim Fallen in die Magengrube. Ich jaulte auf, rappelte mich, den Schmerz verdrängend, wieder hoch und taumelte weiter.

Völlig fertig erreichte ich den Kopf des prächtigen Tieres. Ich ließ mich erschöpft in einer Lücke zwischen den Dornen nieder und hielt mich mit beiden Händen an ein paar Stacheln fest. Viel Zeit zum Verschnaufen blieb mir allerdings nicht, denn der Drache setzte erneut zum Sturzflug an.

Ich muss ihm sagen, dass er aufhören soll!, überlegte ich angespannt. Da erinnerte ich mich daran, wie Tomaki mit dem weißen Drachen Kontakt aufnahm. Sein Drache hatte das Gesicht an Tomakis Hand gelegt. Vielleicht müsste ich genau dasselbe tun, um mit meinem Drachen zu kommunizieren? Ein Versuch war es wert. Ich berührte den Drachen und schloss die Augen.

Nichts passierte.

Das reicht wohl nicht, dachte ich. *Ob ich auch noch geistig mit ihm in Kontakt treten muss?!*

Ich atmete tief ein und aus und sortierte mich. Ich versuchte die kalte Luft, die an mir vorbeizog, nicht wahrzunehmen, ebenso wie die schwindelerregende Höhe, auf der wir uns trotz des Sturzfluges immer noch befanden. Auch das laute Rauschen in meinen Ohren blendete ich aus, um mich voll auf den Drachen zu konzentrieren.

»Geist zu Geist«, hauchte ich und daraufhin wurde der Drache schneller. Er raste mit unbeschreiblicher Geschwindigkeit dem Boden entgegen und platzte mit mir durch die Baumkronen. Unter der Laubdecke drosselte er urplötzlich das Tempo und setzte zum Landeanflug auf eine sonnenbestrahlte Lichtung an. Als wir wieder festen Boden unter den Füßen hatten, rutschte ich erleichtert vom Drachen herunter. Ich bemerkte, dass sein Maul etwas geöffnet war. Da fiel mir wieder ein, dass ich ihm ja die schwarze Schuppe überlassen hatte! Ich wollte die Hand nach ihr ausstrecken, doch schon bei der kleinsten Bewegung wurde der Drache nervös.

Langsam ließ ich meine Hand wieder sinken.

Er glaubt, dass ich ihm seine Schuppe stehlen will, überlegte ich. Was jetzt? Wie sollte ich die Schuppe zurückerlangen und wie sollte ich mich dem schwarzen Drachen gegenüber verhalten?!

Ich sah in seine tiefen giftgrünen Augen. Sie hatten keinen Ausdruck.

»Was willst du mir sagen?«

Als ich das fragte, kniff er seine Augen zusammen und schnaufte wütend mit den großen Nüstern. Im nächsten Moment schlug er wild mit den Flügeln und versuchte mich damit einzuschüchtern.

Doch ich beherrschte mich und zeigte keine Schwäche. Ich ließ weder Angst noch Panik zu, versuchte, einfach ganz ruhig zu bleiben. Und siehe da: Je entspannter ich wurde, umso ruhiger wurde auch der Drache. Schließlich legte er die schwarze Schuppe vor sich auf dem Boden ab.

Am liebsten hätte ich sie sofort an mich gerissen, doch ich hielt dagegen und das starke Verlangen wurde zusehends weniger. Nach einigen Minuten verschwand es sogar. Der Drache beobachtete mich und meine Bewegungen sehr genau, bis er einen tiefen dumpfen Schrei von sich gab und auf mich zu kam.

Keine Schwäche zeigen. Er wird dir nichts tun.

Der Drache trat ganz nah an mich heran und berührte meine Stirn mit der Spitze seines Mauls, fast wie ein Kuss.

Sofort durchströmten mich Gefühle des Glücks und der Zufriedenheit. Die Berührung des Drachen fühlte sich einfach unglaublich an! Als er sich wieder löste, verschwanden auch all die wunderbaren Empfindungen.

Ich stutzte, als er sich abwandte. Würde er jetzt verschwinden, wie in meiner allerersten Vision?

Ruhig bleiben und abwarten, dachte ich und beobachtete den Drachen. Er drehte sich weg und hob die schwarze Schuppe auf. Danach kam er zurück und streckte sie mir in seinem großen Maul entgegen.

»Darf ich?«, fragte ich.

Der Drache schnaubte ruhig mit den Nüstern und während ich die Schuppe an mich nahm, löste er sich in dunklen Rauch auf. Aus dem Rauch formte sich ein Strudel, welcher mit einer anmutig fließenden Bewegung in die Schuppe hineinflog.

Heißt das, ich habe seine Prüfung bestanden?!

Plötzlich lösten sich auch die Bäume um mich herum in schwarzen Rauch auf. Dunkler Nebel sammelte sich und verwandelte den Tag zur Nacht. Es wurde so finster, dass ich meine Hand vor den Augen kaum noch erkennen konnte.

Im nächsten Moment spürte ich, wie mich etwas zu Boden drückte. Ich schloss die Augen.

Als ich aus meiner Trance erwachte, schauten mich drei neugierige Augenpaare erwartungsvoll an.

»Wie ist es gelaufen?«, fragte Tomaki.

»Es hat geklappt!«, rief ich und war selber davon überrascht, wie selbstbewusst das klang. Ehrlich gesagt, hatte ich nicht erwartet, dass ich den Test bestehen würde. Auch meine Nervosität war auf einmal verschwunden. Das Schicksal meinte es wohl gut mit mir.

Mutig stand ich auf, drehte mich um und trat an den schwarzen Drachen heran. Nach der Stelle brauchte ich nicht lange suchen, die kannte ich schon aus meiner Vision: unter dem Flügel.

Ich beugte mich hinunter, um dem Drachen die Schuppe einzusetzen. Ein Kribbeln machte sich in meinen Fingerspitzen breit.

Jetzt war der Moment gekommen.

Ganz vorsichtig legte ich die Schuppe an die kahle Stelle und wartete darauf, dass sie sich ins Fleisch zog.

…
Stille.

Mein Atem stockte.

Meine Hände zitterten.

Wieso, was…?

Die Schuppe verankerte sich nicht.

Hatte ich sie falsch angelegt?

Doch auch nach mehrmaligen Versuchen fiel die Schuppe immer wieder zu Boden.

Ich konnte es nicht fassen: Der schwarze Drache wachte nicht auf.

Kapitel 41

Ratlos drehte ich mich um. Suchte nach Gründen, warum es nicht geklappt hatte. Aber ich konnte keine Antworten finden. Mein Kopf war leer, als ich aufgab und die Hand mit der Schuppe sinken ließ.

»Ruta, was ist los?«, rief Tomaki mir zu.

Wieso um alles in der Welt wacht der Drache nicht auf?, war das Einzige, was ich mich immer und immer wieder fragte. Dieser Satz wurde so unerträglich schmerzvoll, dass ich am liebsten einfach weggelaufen wäre. Ich wollte in eine andere Welt flüchten, um der schrecklichen Realität nicht ins Auge blicken zu müssen.

»Ich... Ich hab den Test doch bestanden«, stammelte ich und konnte es immer noch nicht fassen.

Giove und Tomaki eilten an meine Seite.

»Was ist denn los, Ruta?«, fragte auch Giove.

»Wieso hat es bei mir funktioniert und bei dir nicht?!«, rief Tomaki aufgebracht, nachdem ich ihnen erklärte, dass der Drache trotz Einsetzen der Schuppe nicht aufwachte.

Auch Zóel trat schließlich zu uns. Seine Miene war ernst. Ich konnte schlecht einschätzen, was das zu bedeuten hatte. War das seiner Ratlosigkeit geschuldet? Oder versteckte er hinter seiner Wand noch etwas anderes?

»Probier es noch mal«, sagte Giove aufmunternd, aber auch beim nächsten und übernächsten Versuch regte sich nichts. Da wurden sogar Gioves Züge ratlos. In Tomakis Gesicht bildeten sich Falten und er grübelte angestrengt darüber nach, was schief gelaufen war.

Mir ging es immer schlechter. Ich spürte, wie meine Beine weich wurden und ich das Gleichgewicht verlor. Im Jubarium grummelte und zischte es plötzlich verdächtig.

»Sie kann es nicht mehr aufrechterhalten!«, rief Zóel und sah sich hektisch um. »Nichts wie weg hier!«

Ich wurde sanft nach oben gehievt, die Stufe hinauf und durch das Portal getragen. Als ich draußen war, spürte ich, wie frische Waldluft um meinen Körper wirbelte.

»Ruta, schnell! Schließe das Portal!«, alarmierte Zóel mich. Mithilfe von Tomaki rappelte ich mich hoch und zeichnete das »S« in die Luft. Der dunkle Zugang verschwand.

»Ich kann es nicht glauben!«, hauchte Tomaki. »Du hast den Test doch bestanden, oder etwa nicht?«

Immer noch fassungslos sah ich zu ihm auf und nickte.

Der Test… Ich hatte ihn bestanden. Aber wieso war der Drache nicht aufgewacht?!

Gerade fühlte es sich so an, als bliebe die Zeit stehen.

Kein Morgen mehr.

Nur noch Versagen.

Mein Versagen.

»Zóel sag doch was!«, rief Tomaki erschüttert. Dieser jedoch starrte nur mit leerem Blick in die Ferne. Ebenso wie Giove, welcher sogar die Brille abgenommen hatte und sich verzweifelt die Augen rieb. Damit hatte er wohl nicht gerechnet.

Ich merkte, wie die Kraft aus meinem Körper wich und ich anfing zu schwanken. Tomaki legte seine Hände auf meine Schultern und hielt mich fest.

»Wir kriegen das hin, Ruta«, flüsterte er, aber seine zitternde Stimme verriet die Hilflosigkeit, der wir ausgesetzt waren. Und Tomaki so hilflos zu erleben, machte die ganze Sache noch viel schlimmer für mich. Wenn jemand wusste, wie es weiterging, dann er. Seine Ratlosigkeit ließ auf den letzten Tropfen Hoffnung in mir versiegen.

»Ich muss nachdenken.« Mit diesen Worten wandte Zóel sich von uns ab und verschwand in den Tiefen des Waldes.

»Wie?! Der macht sich jetzt einfach vom Acker?«, schimpfte Giove und sah ihm böse hinterher.

Nach einer Weile verzweifeltem Schweigen fragte Giove: »Was sollen wir jetzt tun?«

Tomaki schüttelte den Kopf.

»Ich habe keine Ahnung«, hauchte er niedergeschlagen. »Ich bin am Ende. Ich weiß auch nicht mehr weiter.«

Dass selbst Tomaki keinen Rat wusste, schmerzte so unerträglich.

Ich wartete auf seine aufmunternden Worte.

Wartete auf seine kraftspendende Umarmung.

Ich wartete vergeblich.

Unglücklich vergrub ich mein Gesicht in den Händen.

»Lasst uns erst mal zurückgehen«, murmelte Giove. Der Rückweg war still und unangenehm. Keiner wusste, was er sagen sollte. Ich hatte das Gefühl, dass sowieso keiner reden wollte. Als wir bei den Holzhütten ankamen, fehlte immer noch jede Spur von Zóel.

Auch am Abend beim Lagerfeuer tauchte er nicht auf. Tomaki wurde allmählich unruhig.

»Das kann er doch nicht machen. Einfach so verschwinden«, sagte er und schnaubte aufgebracht.

»Ich glaube, er weiß auch keinen Rat«, murmelte ich niedergeschlagen und blickte in das knisternde Feuer vor uns. Tomaki stand auf, um sich etwas Brot zu holen. Als er wieder zurückkam, bot er mir auch welches an, doch ich lehnte ab.

»Nicht wenigstens ein Stück?«, fragte er und hielt mir etwas entgegen. Ich schüttelte den Kopf. Mir war ganz und gar nicht nach Essen zumute. Dazu plagten mich stechende Kopfschmerzen. Vielleicht war es das Beste, wenn ich mich für heute zurückziehen würde. Ich verabschiedete mich bei den anderen und ging zur Holzhütte.

Um diese Zeit war noch niemand da und so konnte ich ganz für mich allein sein.

Ich zog Pullover und Schuhe aus und ließ mich kraftlos auf die Matratze plumpsen. Erschöpft vergrub ich mein Gesicht im Kissen und dann gab es kein Halten mehr. Mein Kopf war leer und das Versagen, dieses Bewahrheiten der Vision und vor allem diese Hilflosigkeit brachten mich um den Verstand. Ich drehte mich auf die Seite und wischte mir die Tränen von den Wangen.

War ich überhaupt die schwarze Kriegerin, wenn ich den Drachen gar nicht aufwecken konnte? Verlangte diese Aufgabe vielleicht zu viel von mir? Oder hatte es nicht geklappt, weil ich nicht die »echte« Ruta Pez war? All diese Gedanken füllten langsam meinen Kopf. Ich fühlte mich wie ein Versager.

Ich wünschte, dass Tomaki jetzt hier wäre und mich in den Arm nahm.

Da fiel mir die Sache mit Emi wieder ein. War sie vielleicht der Grund, warum Tomaki mir nicht sagen konnte, dass alles wieder gut werden würde?

Das immer stärker werdende Stechen in meinem Kopf hielt mich davon ab, noch weiter darüber nachzudenken. Schließlich übermannte mich die Müdigkeit und ließ mich kurz einnicken. Als ich wieder aufwachte, fiel mein Blick zur Seite. Da lag Emi in ihre Decke gekuschelt. Auch alle anderen Plätze waren belegt, außer Shiinas Matratze. Kurz wunderte ich mich. Waren die beiden nicht immer zusammen unterwegs?

Hm... Komisch.

Ich wollte mich umdrehen und weiterschlafen, doch ich wälzte mich von einer Seite auf die andere, schlug die Decke von mir und warf sie im nächsten Moment wieder über mich. Als dann auch noch eines der Mädchen anfing zu schnarchen, reichte es mir. Ich raffte mich auf, zog mir Pullover und Schuhe an und schlich leise aus der Hütte.

Vielleicht konnte mich das Meeresrauschen beruhigen. So schloss ich die Tür hinter mir und wollte am Lagerfeuer vorbei hinunter zum Strand.

Gerade, als ich losging, bemerkte ich eine Person in der Dunkelheit.

Wieder dieser mysteriöse Unbekannte?!, dachte ich und spannte jeden Muskel meines Körpers an. Prompt huschte ich hinter das rauchende Holz, duckte mich und lugte nach vorn. Tatsächlich! Da stand jemand! Allerdings nicht der, den ich erwartete.

Die Gestalt war viel zu klein und zierlich für diesen komischen Typen.

Aber Zóel war es auch nicht.

Das ist ja Shiina!

Wie auf Knopfdruck, entspannte ich mich wieder, schnellte hoch und trat hervor. In der schwachen Flamme der Glut konnte ich geradeso die Umrisse ihres zarten Gesichtes erkennen. Erschrocken sah sie auf.

»G-Guten Abend«, stammelte sie und fuhr sich unsicher durchs Haar. Schnell wich sie meinem Blick aus.

»Abend«, antwortete ich knapp.

»Pez ähm-«, wollte sie sagen, brach dann aber ab. Ohne mich anzusehen, drehte sich Shiina um und rannte in Richtung der Hütten. Verdutzt schaute ich ihr hinterher.

Was war das denn gerade?!

Ich spürte, wie sich der Dolch immer tiefer in mein Herz bohrte. Gerade jetzt brauchte ich sie. Ich wollte ihr hinterherlaufen und mit ihr reden. Über den Drachen, über das Training, über Giove und über Tomaki. Und vor allem über die misslungene Drachenbeschwörung.

Doch ich hatte nicht den Mut, ihr nachzulaufen und mich mit ihr auszusprechen. Und auch nicht die Kraft. Ich war am Boden.

Niedergeschlagen setzte ich meinen Weg zum Strand fort und musste dabei wieder an meinen Versuch, den Drachen zu beschwören, denken.

Es fing alles so gut an. Das Öffnen des Portals, das Suchen des Drachen und vor allem auch das Bestehen seiner Prüfung.

Warum also funktionierte das Beschwören nicht?

»Verdammt, verdammt, verdammt!«, rief ich wütend in die dunkle Nacht. Das Rauschen der Wellen verschluckte meinen Ruf.

Wäre Fundus nur hier, dachte ich verzweifelt.

Ich hätte nie auf diese blöde Klassenfahrt mitkommen und lieber zuhause bei ihm bleiben sollen...

Ich hielt mir den Kopf.

Dann wären Giove und ich jedoch nie auf den Drachen in der Höhle gestoßen. Wir wären nie mit Zóel in Kontakt gekommen und ich hätte nie erfahren, wie ich das Portal zum Jubarium öffnen konnte.

Ratlos ging ich in die Hocke und bohrte meine Hände in den tiefen Sand.

Laut seufzend ließ ich mich zu Boden fallen und schaute zum Sternenhimmel auf. Ich ließ den kühlen Sand durch meine Finger rieseln und betrachtete die leuchtenden Punkte am Firmament.

»Ach, die Sterne haben es gut«, schluchzte ich, »sie bleiben an Ort und Stelle und haben einen festen Platz in dieser großen weiten Welt. Eine Aufgabe und eine Bestimmung. Wie gern hätte ich ihr sorgenfreies Leben.«

Mit diesen Worten wandte ich den Blick ab, sog die frische Seeluft ein und verfiel in der nächsten Sekunde in einen ruhelosen Schlaf. Irgendwann wachte ich wieder auf, spürte meine Hände und Füße vor Kälte nicht mehr. Schlaftrunken stolperte ich zum Lagerfeuer und legte mich neben die glimmende Asche. Die Restwärme gab mir das Gefühl in den Gliedern zurück und ließ mich keinen Moment später wieder einnicken.

Ich schlug die Augen auf. Ganz freiwillig allerdings nicht. Tomaki rüttelte an mir.

»Mensch Ruta, was machst du hier draußen?!«, fragte er besorgt.

Fröstelnd schaute ich mich um. Als ich an den gestrigen Tag dachte, fiel mir alles wieder ein.

»Komm mal her«, sagte Tomaki und warf mir eine Decke über. Gähnend wickelte ich mich in die wollige Hülle ein. Langsam aber stetig erwärmte sich mein Körper und ich wurde richtig wach.

»Besser?«, fragte Tomaki und plötzlich stahl sich dieses gewohnte Tomaki-Lächeln auf seine Lippen.

Ich wunderte mich. Warum war er so gut gelaunt?

In der Ferne sah ich Zóel auf uns zukommen. Tomaki folgte meinem Blick und sagte mit sanfter Stimme: »Er hat eine Lösung für dich und den schwarzen Drachen gefunden.«

Skeptisch zog ich die Augenbrauen zusammen.

»Ruta, das ist doch super! Dass heißt, wir müssen die Hoffnung nicht aufgeben!«

Sein Gesicht strahlte vor Freude. Ich sah ihm an, dass er am liebsten aufspringen und über den Platz tanzen wollte. Aber da trat Zóel zu uns.

»Ich habe einen Weg gefunden, wie du den schwarzen Drachen beschwören kannst. Allerdings gibt es eine Bedingung«, erklärte Zóel und sah mich scharf an.

Ich hielt seinem Blick stand, auch wenn der schwarze Drache in mir rebellierte.

»Und die wäre?«, fragte ich.

»Du musst mir vertrauen. Weil du mit mir allein sein wirst.«

Bei diesen Worten stellten sich mir die Nackenhaare auf. Ich sah zu Tomaki, welcher mich aufmunternd anlächelte. Meine Gedanken kreisten. Der schwarze Drache in mir sträubte sich.

Doch mir blieb keine andere Wahl. Die Zeit drängte.

Ich durfte die Mission nicht länger verzögern und so musste ich mich auf Zóel einlassen.

Kapitel 42

Misstrauisch folgte ich Zóel. Schon seit einer gefühlten Ewigkeit liefen wir schweigend durch den angrenzenden Küstenwald. Wo führte er mich bloß hin? Dass Fundus in so einer Situation nicht bei mir war, ließ mich noch nervöser werden.

Vorhin erzählte Tomaki, dass Zóel einen Weg gefunden hatte, wie ich den schwarzen Drachen beschwören konnte. Alles, was ich dafür tun sollte, sei Zóel zu vertrauen. Eigentlich war mir das zuwider. Doch Tomaki schien so glücklich darüber, dass Zóel eine Lösung hatte, weshalb ich ihn nicht enttäuschen wollte. Also besprach ich das Vorhaben mit Giove. Er meinte, ich solle Zóels Vorschlag zumindest ausprobieren. Da uns sowieso nichts anderes übrig blieb, stimmte ich zu. Trotzdem war mir nicht ganz wohl bei der Sache. Vor allem, weil ich mit Zóel allein sein musste.

»Wir müssen zu der Kreuzung da«, durchbrach Zóel die Stille. Ich nickte, und ließ ihn vorgehen. Hektisch beäugte ich die Umgebung. Als ich eine verhüllte Person auf der Kreuzung erkannte, erstarrte ich und flüsterte: »Vorsicht, Zóel! Da ist jemand!«

Dieser hörte mir jedoch gar nicht zu, sondern ging einfach weiter.

Was hat er vor!?

Als sich die unbekannte Gestalt bewegte, pendelte dessen Umhang hin und her. Diese kurze Sequenz reichte aus, um eine scharfe Klinge unter dem Gewand aufblitzen zu sehen.

Ein Schwert!, erkannte ich mit Schrecken. *Zóel läuft in eine Falle!*

In Windeseile hechtete ich zu ihm. Da ließ die verhüllte Gestalt den Umhang zu Boden fallen. Zum Vorschein kam ein mir unbekannter junger Mann mit kantigem Gesicht.

»Deine Aufgabe ist nun vorüber, Viovis. Ab jetzt übernehme ich«, brummte der mysteriöse Typ mit rauer Stimme.

W-Wie bitte? Viovis?

Atemlos wirbelte ich herum und hauchte: »Hey Zóel, was meint er damit?«

Zóels Blick glitt ausdruckslos zu Boden, dann schloss er die Augen und flüsterte: »Finsternis enthülle mich.«

Da wurde mir klar, dass nicht Zóel in eine Falle getappt war, sondern ich.

Verdammter Mist! Was jetzt?, dachte ich panisch. Derweil verfärbte sich Zóels Haut golden. Mit einem lauten Knacken riss sie ein und blätterte in vielen glitzernden Plättchen von Zóel ab.

Viovis kam zum Vorschein.

Mir blieb die Luft weg. Zóel war also die ganze Zeit Viovis gewesen?! Das hieße ja, dass Viovis jetzt über alles Bescheid wusste! Über unser Team, die Mission und dass wir die legendären Drachen besaßen!

Mein Herz raste vor Aufruhr.

Bloß weg von hier!, dachte ich und gerade als ich mich umdrehen und flüchten wollte, rief Viovis: »Compidere! Binde sie an mich, Finsternis!«

Plötzlich leuchtete mein Arm golden auf und als würde ihn eine fremde Kraft steuern, zog es mich an Viovis seinen Arm heran.

Schon wieder hatte dieser Kerl mich hinters Licht geführt. Und ich war *schon wieder* auf ihn reingefallen. Das brachte mich so richtig in Rage.

»Du Verräter!«, schrie ich ihn an. Ich versuchte meinen Arm von ihm loszuschütteln, aber es half nichts. Ich klebte an ihm fest.

»Wie kannst du nur?«, japste ich und rang nach Luft. Viovis jedoch blieb still, er sah mich nicht einmal an.

»Das ist sie also. Die legendäre Ruta Pez«, sagte der Unbekannte und zog herausfordernd eine Augenbraue nach oben. Dann grinste er hämisch.

»Was willst du von mir?«, rief ich. Wäre Fundus jetzt hier, würde ich sie beide fertigmachen! Ich hätte auf mein Gefühl hören und mich nie auf diesen Zóel einlassen sollen! Ich wusste schon, warum ich ihm von Anfang an nicht vertraute! Ob der schwarze Drache Zóel deshalb nicht leiden konnte? Hatte er gewusst, dass sich hinter Zóel Viovis verbringt?!

»Mein Name ist Veros. Ich bin ein mächtiger Magier vom Hofe unseres großartigen Herrschers Viis. Ich bin gekommen, um dir ein Angebot zu machen. Schließe dich unserem Magier-Imperium an und du wirst reich belohnt. Dich erwartet uneingeschränkte Macht über ganz Cosmica und seine Bewohner, ein Leben im Luxus ohne Sorgen und Probleme. Du wirst mächtigere Fähigkeiten erlangen, als du es dir jemals erträumen könntest.«

Darum geht es ihnen also, dachte ich und erinnerte mich daran, dass Viovis mir damals in der Sporthalle ebenfalls anbot, mich ihm anzuschließen.

Wütend rief ich: »Niemals werde ich die Seiten wechseln und bei euren Plänen mitspielen!«

Meine Antwort gefiel Veros nicht. Auf der Stelle verfinsterten sich seine Züge und das Grinsen wich aus seinem Gesicht. Energisch ballte Veros seine Hände zu Fäusten und kam auf mich zugestürmt.

»Das ist wirklich dumm von dir, Ruta Pez«, zischte er und kniff erbost seine Augen zusammen.

»Es würde eine ganz neue Ära anbrechen, wenn du dich uns anschließt. Wie also kannst du mein Angebot ablehnen?«

Als er das sagte, trat er zu mir und strich mir sanft übers Haar.

»Überlege es dir lieber noch mal.«

»Du hast meine Antwort gehört!«, fauchte ich. In diesem Moment nahm Veros mich an den Haaren und zog mich ruppig zu sich heran. Ich kreischte schmerzerfüllt auf.

»Dann hast du dich also entschieden«, zischelte Veros in mein Ohr. Er ließ von mir ab und stieß mich nach hinten. Fast kugelte er mir dabei den rechten Arm aus, schließlich klebte der immer noch an Viovis. Ich taumelte und als ich mich wieder gefangen hatte, strich ich mir mit der freien Hand die Haare aus dem Gesicht.

Veros war einige Schritte zurückgetreten, hatte die Hände angehoben und formte eine große schwarze Kugel. Ehe ich mich versah, schleuderte Viovis mich nach vorn und Veros feuerte die dunkle Kugel auf mich ab. Ein schriller Stich durchfuhr meinen Körper, als die Kugel in mein Herz schoss. Diese unmenschlichen Schmerzen trieben mich in die Knie, doch als ich sinken wollte, zerrte Viovis mich wieder nach oben. So konnte ich genau spüren, was die dunkle Kugel in mir tat: Wie ein kleiner schleimiger Parasit strömte sie vom Herzen aus durch meinen ganzen Körper, durch jede Ader, jede Faser. Es fühlte sich an, als ob sie etwas suchte.

Aber was?

Ich bekam Panik.

»Ja«, stöhnte Veros, als der Ball wieder aus meinem Körper sprang und etwas großes Schwarzes hinter sich herzog, das immer noch durch einen dunklen Schleim mit mir verbunden war. Es fühlte sich an, als zerrte jemand an meiner Haut, als spanne sie sich so weit, dass sie im nächsten Moment zerreißen würde. Ich schrie vor Schmerzen. Auf einmal ploppte ein großer schwarzer Körper aus mir heraus, der schwarze Schleim entzweite und der Schmerz endete abrupt. Ich atmete auf. Doch im nächsten Moment erschrak ich: Das, was Veros da aus mir herauszog, war der schwarze Drache! Wie um alles in der Welt hatte Veros das geschafft? Und woher wusste er, dass der Drache in mir war?

Was hat er vor?! Will er den schwarzen Drachen etwa töten?!, dachte ich. Verzweiflung ließ mir Tränen an den Wangen herunterlaufen. Wieso hatte ich auf die anderen gehört und Zóel mein Vertrauen geschenkt?! Ich war so dumm!

»Was haben wir denn da? Tränen?«, spottete Veros. Dann deutete er auf den schwarzen Drachen, der gerade seine Flügel auseinanderfaltete. Durch meine wässrigen Augen konnte ich den Drachen kaum erkennen.

»Sicher willst du nicht, dass deinem Freund hier etwas passiert, oder? Schließe dich uns an und ich werde ihn verschonen«, drohte Veros. In seinen Händen wuchsen erneut dunkle Magiebälle heran. Da ich ihm keine Antwort gab, feuerte er sie auf den Drachen ab. Ich schrie auf, als er getroffen wurde. Veros ergötzte sich am Anblick des leidenden Drachen und produzierte mit Hochdruck immer neue Bälle, um den Drachen weiter zu quälen.

Vor Schmerzen konnte mich nicht mehr oben halten und so gaben meine Beine schließlich nach. Als ich zu Boden knickte, fiel mein Blick auf Viovis. Der Ausdruck in seinem Gesicht hatte sich kaum geändert, er starrte unbeirrt zum schwarzen Drachen. Selbst als ich ihn mit meinem Arm versuchte, nach unten zu zerren, ließ er sich nicht ablenken und wendete auch den Blick nicht ab. Es kam mir vor, als fokussierte er etwas am Drachen...

Ich wunderte mich. Was gab es dort so Wichtiges zu sehen?! Ich wischte mir die Tränen weg und folgte Viovis Blick.

Er schaute beharrlich auf diese eine Stelle unter dem Flügel.

Moment mal.

Sollte dort nicht eine kahle Stelle sein?! Das Einsetzen der Schuppe hatte ja nicht geklappt und so *musste* dort noch eine kahle Stelle sein!

Da dämmerte es mir.

»Das ist gar nicht der echte Drache!«, hauchte ich und bemerkte aus dem Augenwinkel, wie sich urplötzlich ein Lächeln auf Viovis Lippen stahl.

Noch einmal schaute ich zum Drachen und als dieser mit den Flügeln schlug, konnte ich mehr als deutlich erkennen, dass auf keiner Seite eine Schuppe unterm Flügel fehlte.

»Du kannst mich nicht täuschen, Veros!«, rief ich und stand wieder auf. »Das ist nicht der echt schwarze Drache, sondern eine Projektion!«

»Was, wie?! Woher weißt du das?!«, sagte er und wurde für den Bruchteil einer Sekunde unsicher. Doch schon im nächsten Moment sammelte er sich und wandte sich mir zu. Rasch formte er eine riesige Kugel, um sie auf mich abzufeuern.

Das ist mein Ende, dachte ich und schloss die Augen. Ich hörte, wie ein grelles Zischen des Abfeuerns ertönte und ein lautes Poltern folgte. Angsterfüllt wartete ich darauf, dass etwas passierte.

Doch es geschah nichts. Einfach gar nichts. Ungläubig riss ich die Augen auf und staunte. Denn plötzlich war es Veros, der am Boden lag und sich vor Schmerzen krümmte.

War das etwa…? Ich schnellte herum und sah überrascht zu Viovis, dessen Hand dunkel aufglühte. Mit einer eiligen Handbewegung löste er die Verbindung zwischen uns auf. Verwirrt stolperte ich zwei Schritte nach hinten.

»Wer oder was bist du?«, fragte ich und spürte, wie ich verwundert meine Augen aufriss.

»Ich? Bin ein Niemand. Nur ein Waisenkind, Opfer des Krieges«, meinte Viovis platt und zuckte mit den Schultern.

Was wollte er mir damit sagen?!

»Sorry, Ruta«, murmelte Viovis und lächelte auf einmal schwach.

Verwirrt starrte ich zurück. Keine Sekunde später wurde mir hart auf den Kopf geschlagen und ein dröhnender Schmerz nahm mich ein.

Warum hatte Viovis das getan!? Und was würde er jetzt mit mir machen? Etwa zu seinem Vater bringen?! Doch wieso entschuldigte er sich bei mir?

Ich versuchte noch mich oben zu halten, doch dann verschwamm die Umgebung zu sehr und im nächsten Moment wurde mir das Bild gänzlich genommen.

Kapitel 43

Ein heftiger Ruck weckte mich auf. Es war dunkel. Und verdammt eng. Panisch drückte ich die Hände von mir, doch viel zu schnell wurden sie gestoppt. Als ich realisierte, dass ich in einer Kiste gefangen war, fing mein Herz an, wie wild zu rasen. Ich bekam das Gefühl, hier drin zu ersticken! Mit aller Kraft presste ich meine Hände gegen die Platten und versuchte sie zu durchbrechen. Doch keine Chance. Schweißgebadet suchte ich nach einem kleinen Licht, einem Spalt. Denn lange würde ich hier nicht aushalten. In der Kiste wurde es von Minute zu Minute stickiger. Die Wärme staute sich.

»Da unten!«, japste ich, als meine Augen einen kleinen Lichtstrahl erhaschten. Schnell riss ich den Kopf runter und presste meinen Mund gegen den schmalen Spalt im Holz. Gierig sog ich Luft von draußen ein. Kurz spürte ich ein befreiendes Gefühl, aber im nächsten Moment wurde meine Kiste von einer Bodenwelle heftig erschüttert. Ich flog von einer Ecke in die andere und schlug hart auf dem Boden der Kiste auf. Da mein Kontakt zum Luftloch verloren ging, wurde ich wieder panisch und mein Körper begann auf Hochtouren zu schwitzen.

Unruhig hielt ich nach dem Luftloch Ausschau. Da! Ich ignorierte das kratzige Holz, dass sich in meine weichen Lippen bohrte und sog gierig die frische Außenluft ein. Jetzt, wo ich mich etwas besser fühlte, konnte ich wieder klarer denken. Irgendjemand hatte mich in diese Kiste gesperrt.

Zóel, nein besser gesagt Viovis, fiel mir ein. Zóel hatte mich und meine Freunde hintergangen. Hatte sich als Viovis entpuppt und mich in einen Hinterhalt gelockt. Wo brachte er mich jetzt hin? Zu Viis? Was würde dieser mit mir anstellen? Vor allem, da ich Veros Angebot ausgeschlagen hatte. Ich bekam Angst. Vielleicht wollten sie, dass ich den schwarzen Drachen heraufbeschwor und unter den Dienst von Viis stellte? Oder noch schlimmer: Würden sie mich foltern und dazu zwingen meine Kräfte für ihre Pläne einzusetzen, wenn Tomaki und die anderen nicht zu meiner Rettung kamen?

Nein, ich zweifelte nicht daran, dass sie kommen würden. Aber daran, dass sie mich fanden.

Mein Herz bekam einen Stich, als ich wieder an den Verrat von Zóel dachte. Kurz wurde ich unsicher, ob meine Freunde mich wirklich befreien würden.

Nein, Tomaki, Giove und Shiina sind anders als Zóel, versuchte ich mich zu beruhigen. Obwohl ich mir bei Shiina manchmal nicht sicher war. Warum nur? Ich wusste es nicht.

Wieder war ich allein. Neu geschöpfte Hoffnung verwandelte sich in alte Verzweiflung. Nur ich und eine untergehende Welt, deren Probleme ich lösen sollte.

Wenn ich mich jetzt sah, wie ich verzweifelt in dieser Kiste hockte, erschien mir die Erfüllung der Mission mehr als aussichtslos. Ein Ruckeln riss mich aus den Gedanken. Wurde ich angehalten? Ich spitzte die Ohren.

»Halt«, brüllte jemand und es folgte ein Gespräch.

»Die Kiste soll in G13.«

»Hä? G13?«

»So wurde es mir aufgetragen.«

»Sehr komisch. Nach G13 sollen doch nur die Verbliebenen kommen.«

Die Verbliebenen?, fragte ich mich und runzelte die Stirn.

»Keine Ahnung. Wer weiß, wo sie die gefasst haben.«

»Tja, uns erzählt ja niemand was«, maulte einer von beiden. Sogleich folgte ein lautes Zischen und das Fahrzeug, auf dem ich anscheinend geladen war, setzte sich in Bewegung. Plötzlich wurde der Spalt, aus dem ich meine

Atemluft bezog, dunkel und ich wurde schlagartig nach vorn gedrückt. Meine Kiste schien schräg nach unten zu fahren. Etwa in die Erde? Ein muffiger Geruch bestätigte meine Vermutung. Die Luft war feucht und kalt.

Wo schaffen die mich bloß hin?, überlegte ich.

Draußen hörte ich ein Zischen und ich bekam das Gefühl, dass die Kiste sich senkte. Es folgten Schritte. Jemand öffnete die Kiste. Und sprach hastig: »Compidere.«

Halt! Das hatte Viovis vorhin auch gesagt, als er unsere Arme aneinanderband! Doch im Gegensatz zu vorhin waren meine Arme jetzt auf dem Rücken aneinander gefesselt. Hastig versuchte ich, sie auseinanderzuziehen, aber es gelang mir nicht.

Unsanft wurde ich an der Schulter nach draußen in die Dunkelheit gezerrt. Stolpernd kam ich zum Stehen. Zumindest konnte ich jetzt endlich die Beine ausstrecken und genügend Luft einatmen. Ich sah mich um.

Sie schienen mich eine Höhle geschleppt zu haben, denn vor mir baute sich ein großer unterirdischer Platz mit vielen dunklen Gängen auf. Die einzigen Lichtquellen waren flimmernde Fackeln, die an Wegweisern und Gängen hingen. Definitiv kein Ort, an dem ich mich wohlfühlte.

In nächsten Moment traten zwei kräftige verhüllte Gestalten vor mich. Ich schaute in zwei rot glühende Augenpaare. Erschrocken fuhr ich zusammen. Wie gruselig!

»Zu den Gängen!«, meinte einer und schubste mich nach vorn. Da ich meine Arme nicht zum Ausbalancieren benutzen konnte, stolperte ich und fiel zu Boden. Der andere trat mir in den Rücken und knurrte böse: »Wird's bald?!«

Schwankend rappelte ich mich hoch, tat wie mir befohlen und ging weiter.

»Nach rechts«, wies der eine mich an.

»Nein, die soll in G13«, warf der andere ein.

»G13?«

»Die werden sich schon etwas dabei denken.«

»Na los, nach links, du Abschaum«, korrigierte der Erste seinen Befehl. Am liebsten hätte ich dem gezeigt, *wer* von uns beiden hier Abschaum war, doch ich hatte weder Fundus bei mir, noch meine Hände zum Kämpfen frei. Ich war den Typen völlig ausgeliefert. So ging ich weiter nach links, bis sich ein dunkler Gang vor mir erstreckte.

»Hinein!«

Den barschen Worten folgte wieder ein Tritt. Dieses Mal war ich besser darauf vorbereitet und so stolperte ich nur, anstatt gleich zu fallen. Von denen ließ ich mir nicht noch einmal in den Rücken treten!

Wir liefen den langen Gang weiter, bis ich am Ende ein fahles Licht erkannte. Je näher ich kam, umso mehr Stimmen konnte ich hören.

Menschen? Hier unten?

Als ich blinzelnd ins schwache Licht hinaus auf einen Vorsprung trat, verstummten die Stimmen und mir stockte der Atem. Ich sah ein unterirdisches Dorf, welches von vielen großen Fackeln erleuchtet wurde. So weit ich blicken konnte, waren Baracken und in Lumpen gehüllte Menschen zu erkennen. Müde starrten mich diese leeren Gesichter an, bevor sie wieder ihrem alltäglichen Treiben nachgingen. Und dann war da dieser schlimme, stechende Geruch! Ich rang nach Luft und hustete. Je tiefer die Luft in meine Lungen drang, umso stärker reizte es meine Atemwege. Ich wollte mir den Ärmel vors Gesicht halten, um den scharfen Gestank zu mildern, doch das ging nicht: Meine Arme hingen immer noch auf dem Rücken zusammen.

»Deine neuen Freunde«, kommentierte Nummer eins und schaute hässlich grinsend auf die ärmlichen Leute herab.

»Pass auf, dass sie dich nicht fressen«, fügte der Zweite hinzu und bevor ich etwas einwenden konnte, wurde ich von der Treppe nach unten in das Dorf gestoßen. Mit meinen aneinandergeklebten Armen konnte ich mich nicht abstützen und so fiel ich genau in den Dreck. Mit verschwommenem Blick sah ich, wie sich die beiden Gestalten lachend umdrehten und mich zurückließen.

Mühsam raffte ich mich wieder hoch und versuchte erneut meine Hände auseinanderzuziehen.

Vergebens.

So ein Mist, fluchte ich in Gedanken. *Und jetzt?*

Vielleicht konnte mir einer von diesen Menschen helfen. Da erinnerte ich mich an die Worte des Wärters: »Pass auf, dass sie dich nicht fressen.«

Ob die mich hier wirklich zu Kannibalen gesteckt hatten? Ich schauderte und sah mich unruhig um. Die Leute kümmerten sich jedoch nicht um mich. Ich beobachtete eine abgemagerte junge Frau, wie sie in Mülltonnen nach etwas Essbarem suchte, als ihr Kind anfing zu weinen. Ein paar gekrümmte Leute liefen vorüber und krächzten Worte, die ich nicht verstand. Ihre Lumpen waren schrecklich durchlöchert, ich wunderte mich, dass sie nicht froren, denn es war ziemlich kalt hier unten. Sie alle machten einen sehr heruntergekommenen Eindruck. Ich schaute auf einen älteren Mann, der an seiner Baracke saß und mit dem Finger in einer eitrigen Wunde am Arm herumrieb. Wusste er denn nicht, dass es dadurch nur schlimmer wurde?

»Das würde ich nicht machen«, sagte ich, als ich zu ihm ging.

Der Mann hob den Blick. Mit glasigen Augen stierte er zurück und antwortete mürrisch: »Will ich doch so.«

Ich zuckte zusammen.

»Und jetzt hau ab«, antwortete er barsch, warf mir einen bösen Blick zu und drehte sich weg. Ich seufzte.

»Ach Kindchen, kümmere dich nicht um den«, mischte sich eine alte Frau ein, die gerade vorüber ging, »der ist schon so gut wie tot. Nicht einmal unser mächtiger Magier kann ihn retten.«

»Viis?«, murmelte ich ungläubig.

»Ach Quatsch! Den mein ich nicht!«, rief die Frau und zupfte ihr zerfleddertes Häubchen zurecht.

»Unseren Magier! Kennt doch jeder. Bist wohl nicht von hier?«, krächzte sie und musterte mich neugierig.

»Nein«, antwortete ich und wurde traurig. Wie sollte ich es je schaffen, aus diesem unterirdischen Dorf zu fliehen? Ich sackte auf die Knie und beugte erschöpft den Oberkörper nach vorn.

»Deine Arme!«, rief die ältere Dame entsetzt.

»Ich weiß«, murmelte ich und spürte, wie meine Augen feucht wurden.

»Kindchen! Schau an, deine Haare! Das gibt's doch nicht«, flüsterte die Frau und sah mich sprachlos an. Ich kümmerte mich nicht um sie. Ich hatte mit mir zu kämpfen. Ohne, dass ich es verhindern konnte, lief mir eine Träne an der Nasenspitze herunter, bis sie schließlich zu Boden tropfte. Ich war verzweifelt, meine Lage schien aussichtslos. Als Team fanden wir immer einen Weg. Aber jetzt war ich allein und hilflos.

»Ich kenne jemanden, der dir helfen wird«, meinte die alte Frau plötzlich.

»Wie? Wer?«, fragte ich überrascht, in dem Glauben mich verhört zu haben.

»Der Meister kann's bestimmt.«

»Wirklich? Wo ist er?«, rief ich aufgeregt.

»Komm, ich führe dich zu ihm«, antwortete die Frau und setzte sich in Bewegung. Mit Mühe raffte ich mich hoch und stolperte ihr hinterher.

»Vielen Dank, das ist wirklich sehr nett von Ihnen.«

»Natürlich«, murmelte die Frau, »jungen Leuten soll man doch helfen. Schließlich steckt die neue Hoffnung in ihnen.«

Die Worte der Alten überraschten mich.

Neue Hoffnung, wiederholte ich in Gedanken. Benutzten sie diesen Begriff nicht auch, um Tomaki und mich zu beschreiben?

»Wer ist denn der Meister?«, fragte ich neugierig.

»Großer Mann. Wirst schon sehen«, antwortete die Frau knapp. Ich stutzte. Ihre jetzige Antwort schien abweisender als vorher. Hatte ich etwas Falsches gesagt? Vorsichtshalber blieb ich den Rest des Weges still und folgte ihr tiefer ins Zentrum. Ich spürte die Blicke der Menschen auf meinen Haaren und hörte Worte wie »Tochter« und »dunkelbraun« aus dem Gemurmel heraus. Noch bevor ich weiter darüber nachdenken konnte, konzentrierte ich mich wieder auf die alte Frau. Sie war stehen geblieben und nickte einem Mann zu, der in einer dieser heruntergekommenen Baracken hauste. Keinen Moment später wandte sie sich wieder an mich.

»Der Meister ist da drin. Er empfängt normalerweise nicht um diese Zeit, aber bei dir macht er eine Ausnahme«, erklärte sie und schob mich durch einen Vorhang in die Behausung hinein. Bei ihren Worten bekam ich ein ungutes Gefühl.

Er empfängt normalerweise nicht um diese Zeit, aber bei dir macht er eine Ausnahme, hallte es in meinem Kopf wieder. Nein, da stimmte etwas nicht.

»Ich kann auch später noch mal kommen«, sagte ich und wollte mich aus dem Staub machen. Da wurde die alte Frau zornig und stieß mich blitzschnell in eine Gitterzelle. Eilig warf sie die Tür zu und verriegelte sie mit einem Schloss.

»Tut mir leid, Ruta Pez«, lächelte die alte Frau dann gequält und verschwand in der Dunkelheit.

Wie bitte?

Erst jetzt realisierte ich, was los war. Wieder wurde ich hinters Licht geführt und eingesperrt.

Und woher kannte die Frau überhaupt meinen Namen?

Ich ließ mich kraftlos zu Boden sinken. Da hatte ich mich erneut auf jemanden eingelassen und wurde wieder enttäuscht. Wieder verraten. Schon der zweite Verrat an diesem Tag. Ich schloss die Augen und ein stechender Kopfschmerz schien meine Stirn durchbohren zu wollen.

Was hatte ich erwartet?! Zu glauben, da gäbe es wirklich jemanden, der mir helfen könnte, war einfach zu naiv gewesen.

Ich steckte in einer Zelle in einem riesigen unterirdischen Gefängnis und war somit vom Rest der Welt abgeschnitten. Meine Freunde würden mich hier nie finden, geschweige denn vermuten. Wieder kamen mir Tränen, denn dieses Mal glaubte ich wirklich, verloren zu sein.

Ich schluchzte. Warum passierten diese schrecklichen Dinge immer nur mir?

Kapitel 44

Die Zeit schien nicht zu vergehen. Vom krummen Sitzen schmerzte mein Rücken. Wie das Wetter über der Erde wohl war? Schien jetzt die Sonne? Oder regnete es? Ich seufzte. Hier unten gab es weder Tag noch Nacht. Wenn dies meine Folter sein sollte, würde ich nicht lange überleben. Was für ein schrecklicher Ort.

Zwei Stimmen rissen mich aus den Gedanken. Ich sah auf und erkannte ein schwaches Licht in der Dunkelheit, welches näher kam. Da wurde der Vorhang der Baracke zur Seite gezogen und zwei übel riechende Gestalten traten ein.

»Ne. Das Weib täuscht sich. Hat sie wieder die Falsche gefangen«, meinte einer und ließ sich enttäuscht auf einen klapprigen Stuhl plumpsen. Der andere Mann trat zu mir an die Zelle, leuchtete mich mit der Fackel an und musterte mich eindringlich. Prompt drehte ich meinen Kopf weg. Dann fragte er: »Bist du Ruta Pez?«

Ich horchte auf. Warum wollte er das wissen? Sicherheitshalber entschied ich den Mund zu halten. Der Mann wurde ungeduldig und fragte erneut. Doch auch dieses Mal blieb ich stumm.

»Die kann ja gar nicht sprechen. Die legendäre Ruta Pez hätte bestimmt sprechen können«, brabbelte der Mann vor sich hin und wandte sich ab.

Wenn ich mit »Ja« geantwortet hätte, was wäre dann passiert? Vielleicht würde ich es erfahren, wenn die Männer später darüber redeten. Ich lehnte mich ein Stück vor, um das folgende Gespräch besser mithören zu können. Doch es war nur vom schlechten Essen und vom Leid der Leute die Rede. Nach einer Weile hörte ich das Klirren von Flaschen.

Alkohol gibt es wohl überall, dachte ich. Die beiden betranken sich und wechselten das Thema.

»Das Weib denkt wieder mal, dass sie die Tochter des Hauptmannes gefunden hat«, gluckste der eine.

»Ja! Hicks! Der ist halt nicht zu helfen«, meinte der andere. Er hob das Glas erneut und nahm den nächsten Schluck.

»Und wir? Was sollen wir jetzt machen?«

»Weiter auf die falsche Göre aufpassen«, jauchzte der Mann, schwenkte sein Glas und fiel in sich zusammen.

»Nichts leichter als das«, lallte der andere, kippte nach hinten und fing an, laut zu schnarchen. Enttäuscht zog ich mich in eine Ecke der Zelle zurück. Das war nicht gerade die Art von Details, die ich mir erhofft hatte. Trotzdem musste ich irgendwie aus diesem Gefängnis raus. Nur wie sollte ich das anstellen?!

Allmählich wurde das Licht der Fackeln schwächer. Wenn sie ausgingen, wäre es im Raum stockduster. Mir fiel auf, dass ich ständig mit der Dunkelheit in Berührung kam. Das konnte kein Zufall sein…

Verzweifelt sah ich mich um. Und hörte, wie jemand meinen Namen rief.

»Ruta Pez!«

Oh! Ich kannte diese Stimme!

»Fundus?«, flüsterte ich in die Stille, nahm Schwung und wankte nach oben. Doch ich bekam keine Antwort. War ich schon so verwirrt, dass mein Unterbewusstsein anfing, mir Streiche zu spielen? Wie sollte Fundus denn auch mit mir Kontakt aufnehmen?

Frustriert kickte ich gegen einen am Boden liegenden Stein. Klirrend schlug er auf das Metall der Gitterstäbe und schleuderte zu mir zurück. Wütend wollte ich erneut zum Tritt ausholen, als plötzlich eine Stimme rief: »Ruta Pez!«

Entsetzt hielt ich inne.

»Fundus?«, flüsterte ich überrascht und jetzt dämmerte es mir. Hatte Fundus die Gestalt eines Steines angenommen, um mit mir Kontakt aufzunehmen? Schnell ging ich in die Hocke und sprach behutsam zu dem Stein: »Ich wusste nicht, dass du es bist, Fundus! Sonst hätte ich den Stein nicht so unachtsam hin und her gekickt!«

»Doch nicht im Stein! Hier drüben!«, meinte die Stimme genervt.

Ich fuhr herum und erkannte einen schwach flimmernden Lichtschein in der anderen Ecke der Zelle.

»Wie? Was? Ach so«, murmelte ich verdattert, wandte mich ab und ging zum Licht.

»Jetzt schließe deine Augen.«

Ich setzte mich in den Schneidersitz, tat wie mir befohlen und Fundus erschien vor meinem geistigen Auge. Mir ging das Herz auf, als ich die vertraute Wolfsgestalt sah.

»Hast du wirklich geglaubt, ich sei ein Stein?«, fragte Fundus grinsend.

»Natürlich nicht. Aber wieso sehe ich dich jetzt? Wo warst du die ganze Zeit?«, fragte ich.

»Die wichtigere Frage ist, wo bist *du* jetzt? Schließlich wollen wir dich retten!«

»Mich retten?«, wiederholte ich freudig und kurz flammte Hoffnung in mir auf. Aber schon im nächsten Moment verflog sie wieder.

»Ihr könnt mich nicht retten. Ich bin in einem sehr tiefen und gut bewachten Erdloch gefangen. Hier werdet ihr mich nie finden«, flüsterte ich traurig.

»Was?! Unter der Erde?! Wie zum Teufel bist du denn dahin geraten?«

»Zóel, oder besser gesagt Viovis, hatte alles geplant. Zóel ist in Wirklichkeit Viovis! Er hat uns alle getäuscht und mein Vertrauen missbraucht. *Er* ist der Grund, weshalb ich in diesem Loch sitze.«

»Was?! Das glaube ich jetzt nicht! Zóel? Der Zóel? Aber Tomaki war doch so überzeugt von ihm«, murmelte Fundus nachdenklich. Ich erinnerte mich an mein Gespräch mit Giove. Als wir darüber nachgrübelten, ob Tomaki und Shiinas Wahrnehmungen von Zóel verzaubert seien. Also war es von Anfang an sein Ziel, die anderen solange zu benutzen, bis auch ich ihm vertraute und er mich in dieses Gefängnis stecken konnte.

Doch... Wenn Zóel Viovis war?

Woher hatte er dann all sein Wissen über die legendären Drachen? Woher wusste er, dass wir zum Erwecken der Drachen ein Portal öffnen mussten und wieso kannte er sich so gut damit aus? Außerdem stutzte ich über sein »Sorry«, kurz bevor er mich ohnmächtig schlug. Ich verstand das alles nicht.

»Keine Ahnung, wie ich hier je wieder herausfinden soll«, seufzte ich schließlich und lenkte meine Gedanken wieder auf die jetzige Situation.

»Keine Angst, Ruta. Wir kriegen das schon hin. Unterschätze uns nicht.«

Auch wenn Fundus das sagte und ich seinen Worten eigentlich blind vertrauen konnte, ging es mir nicht unbedingt besser. Ich war so wütend. Und enttäuscht von mir selbst. Wieso ließ ich zu, dass wir Zóel aufnahmen? Warum bin ich mit ihm und der alten Frau einfach mitgegangen? Wie konnte ich mich so täuschen lassen? Hätte ich doch nur auf mein eigenes Gefühl gehört!

»Lass den Kopf nicht hängen, Ruta. Das Leben geht manchmal seltsame Wege, um uns dann wieder auf den richtigen Pfad zu schubsen.«

»Du meinst also, dass ich geduldig sein soll?«, sagte ich frustriert.

Der Wolf nickte.

»Wir finden eine Lösung, um dich zu befreien. Auch wenn wir etwas Zeit brauchen, kannst du dir sicher sein, dass wir kommen. Und hab keine Angst vor der Dunkelheit. Du musst lernen, Frieden mit ihr zu schließen. Schließlich ist sie ein Teil von dir und dem schwarzen Drachen.«

»Ein Teil von mir und dem schwarzen Drachen«, wiederholte ich und wurde nachdenklich.

»Und noch etwas Ruta. Gib nicht auf. Das Land der Bäume braucht dich.«

»Wenn ich hier weiter rumsitze, ist es dafür bald zu spät, Fundus.«

Was sollte ich nur tun? Fundus riet mir, geduldig zu sein und abzuwarten. Aber das konnte ich nicht. Es war echt zum Haare raufen!

Wie aus dem Nichts spürte ich plötzlich, wie ein unerwartet kalter Windhauch an meinen Armen entlangstrich. Ich schaute mich verwirrt um, konnte aber nichts ungewöhnliches erkennen. Hatte ich mir das eingebildet?

»Was ist los, Ruta?«, fragte Fundus, als er meine Unruhe bemerkte.

»Mir ist plötzlich so kalt«, erklärte ich und fröstelte. In diesem Moment sah ich etwas großes Dunkles auf mich zukommen.

»Fundus, hilf mir!«, schrie ich, doch da war es schon zu spät und das Ungetüm platschte auf mich.

War das etwa Wasser?

Erschrocken riss ich die Augen auf und blickte an mir herunter. Ich war völlig durchnässt.

Wer oder was!?, dachte ich und riss den Kopf herum. Ein grelles Licht blendete mich.

Ich war gar nicht mehr in der Gefängniszelle! Rasch erkannte ich, dass ich auf einer Liege in einem sauberen kleinen Raum gebettet war.

»Oh, du bist wach. Dann hat es also geholfen«, sprach ein junger Mann zu mir. Mein Blick fiel auf den leeren Eimer in seiner Hand. Dann war er das gewesen?!

Gerade, als ich zu ihm aufsah und mich beschweren wollte, erkannte ich ihn.

War *er* das wirklich?!

»Mako!?«, rief ich aufgeregt und schnellte hoch.

»Woher kennst du meinen Namen?«, fragte der junge Mann verdattert.

Ich musste erst mal tief Luft holen.

Mako war Klarins großer Bruder. Als Sue und ich in der Cosmica ankamen, war er der Einzige, der sich meiner annahm und sich um mich kümmerte. Mit ihm konnte ich über alles reden, er verstand mich. Mako war mein ein und alles gewesen. Als er abgezogen wurde, brach eine Welt für mich zusammen.

»Ich bin's, Ruta«, hauchte ich und konnte es nicht fassen.

»Ruta?«, fragte er und dann schien der Groschen gefallen zu sein.

»Ruta!«, rief er aufgeregt und fiel mir um den Hals.

»Wie geht's Klarin? Und deiner Schwester?«, wollte Mako wissen, als er sich von mir löste.

»Beiden geht es gut«, erzählte ich. »Sag mal, wie hast du mich überhaupt gefunden?«

Der junge Mann mit dem markanten Gesicht setzte sich neben mich aufs Bett. Dabei erblickte ich auf der Innenseite seines Handgelenks ein schwarzes Symbol. Es war ein Auge mit breiten Flügeln. Mir fiel auf, dass die Flügel eine spiralförmige Musterung hatten. Nach der Bedeutung dieses Symbols würde ich ihn später fragen.

»Nein, wie hast *du* mich gefunden?«, wollte Mako wissen und tätschelte meinen Kopf. Am liebsten hätte ich ihm alles erzählt. Wie es mir erging, nachdem er weg war. Wie ich all die Jahre allein war und schließlich wieder Freunde fand. Was für eine Last ich auf meinen Schultern trug und dass ich jetzt sogar einen Anima hatte. Doch ich schluckte die Worte und Gefühle in mir herunter. Denn erstens musste ich meinem Team, auch wenn es das so nicht mehr gab, treu bleiben und mich an unsere Abmachung halten. Und zweitens: Wenn ich Mako all diese geheimen Details erzählte, würde ihn das bestimmt in Schwierigkeiten bringen. Selbst hier unten gab es anscheinend Leute, denen man besser nicht vertrauen sollte. So wie diese mysteriöse Frau mit ihrem Gefängnis.

Ich wollte Mako beschützen.

»Bin zufällig hierher geraten«, log ich also.

»Zufällig?«, wiederholte Mako und zog ungläubig seine Augenbrauen hoch.

»Du weißt ja gar nicht, was los war, als du weg musstest«, flüsterte ich und Mako bekam ein trauriges Gesicht.

»Ich war so weit, dass ich nicht mehr leben wollte«, hauchte ich mit bebenden Lippen. Als ich es jetzt aussprach, klang es ganz schlimm. Doch damals...

»Ich bin froh, dass du noch da bist«, murmelte Mako, beugte sich zu mir herüber und gab mir einen leichten Kuss auf die Stirn.

Dass ich noch da bin, habe ich allein Tomaki zu verdanken, erinnerte ich mich.

Fest drückte er mich an sich und wir verharrten für einen langen Augenblick so.

»Wie hast du mich eigentlich gefunden? Ich war doch in einem Gefängnis, oder etwa nicht?«, wollte ich wissen, als er sich von mir löste.

»Ich kenne die alte Frau. Sie ist bekannt dafür, junge Mädchen mit dunkelbraunen Haaren einzusperren. Also schaue ich regelmäßig bei ihr vorbei und befreie die armen Mädchen. Die Alte hofft darauf, dass *du* ihr eines Tages in die Hände gerätst. Dieses Mal hatte sie sogar die Echte gefunden.«

»Wieso wollte sie mich einsperren?«, fragte ich.

»Sie will dich als Köder benutzen. Und auch als Druckmittel.«

»Für wen oder was denn?«, hakte ich ungeduldig nach.

Da stand Mako vom Bett auf und ging zur Tür. Verdutzt blickte ich ihm hinterher.

»Komm. Ich will dich ein paar Leuten vorstellen«, meinte er und grinste.

»Außerdem sollten wir etwas gegen das da unternehmen«, sagte er und zeigte auf meine immer noch gefesselten Arme.

Ich stockte. Konnte ich ihm trauen? Auf der anderen Seite... Was sollte jetzt noch schief gehen? Schlimmer konnte es sowieso nicht mehr kommen.

Kapitel 45

Zögerlich folgte ich Mako aus der Tür in die Dunkelheit. Dass ich ihn je wieder sehen würde, wäre mir nicht im Traum eingefallen. Als sie ihn damals einzogen, hieß es, er würde für eine bestimmte Arbeit gebraucht. Wieso also war er jetzt hier in diesem Erdloch und nicht in einem Arbeitslager?

Während ich in Gedanken versank, zündete Mako eine Kerze an. Er ließ etwas Wachs auf einen flachen Stein tropfen, befestigte die Kerze darauf und leuchtete uns den Weg.

»Wir müssen sehr leise sein«, wies er mich an, »sonst geraten wir in Schwierigkeiten.«

Als ich nachhaken wollte, hielt Mako sich einen Finger vor den Mund.

Ich verstand und blieb still. Er winkte mir zu, dass ich ihm folgen sollte und so schlich ich leise hinter ihm her. Um uns herum war es bis auf das Kerzenlicht dunkel, ich konnte weder sehen, was neben mir war noch wo wir überhaupt hingingen. Ich musste allein auf Mako vertrauen.

Wir schlichen enge Wege entlang, manchmal war der Boden unter meinen Füßen weich, manchmal hart wie Stein und oft auch glitschig. Immer wenn ich versuchte, nach unten zu sehen, bekam ich nichts als Dunkelheit zu Gesicht. Ich seufzte. Wohl zu laut, denn ich handelte mir prompt einen gruseligen Kerzenlichtblick von Mako ein. Dieses Mal presste er die Finger geradezu an die Lippen. Mit ernster Miene gab er mir zu verstehen, dass wir uns jetzt besonders ruhig verhalten mussten. Wieder nickte ich.

Im nächsten Moment spürte ich, wie etwas Haariges mein Bein streifte. Mir entschlüpfte ein panischer Schrei, welchen ich schnell mit meiner Hand erstickte. Schlagartig drehte sich Mako um, leuchtete mit der Steinkerze zu Boden und wir sahen, wie sich ein langes, pelziges mit hundert kleinen Beinchen besetztes Etwas von uns entfernte.

»Was zur Hölle war das?«, hauchte ich angespannt.

»Ach das sind nur Kebukais«, antwortete Mako flüsternd. »Die einzig nahrhafte Proteinquelle hier unten. Und die Haare und Beine kann man auch noch gut verwerten.«

Angeekelt schüttelte ich mich. Bloß nicht weiter drüber nachdenken!

Ich schaute auf das kleine Licht vor uns. Die Kerze war fast heruntergebrannt. Ob es noch weit war? Meine Frage wurde schnell beantwortet.

»Da vorn. Siehst du dieses große Zelt?«, flüsterte Mako, nachdem er mich hinter einen großen Stein zog. Ich spähte hinter dem Brocken hervor und nickte. Da stand eine große Baracke umhüllt mit weißen Tüchern. Anstatt einer Tür hing am Eingang ein langer weißer Vorhang herab. Außenstehenden war es unmöglich, einen Blick hinein zu erhaschen. Außerdem ragten vor dem Eingang zwei lange Metallstäbe in die Höhe. An ihren Enden waren Fackeln angebracht, die den Eingang beleuchteten. Ich ließ meinen Blick weiter schweifen. Durch die weißen Stoffe drang flackerndes Licht nach draußen. Während ich dieses ungewöhnliche Zelt näher betrachtete, pustete Mako den Kerzenstummel aus.

»Die brauchen wir jetzt nicht mehr«, meinte er und ließ den Stein in seiner lumpigen Jacke verschwinden.

»Gehen wir da rein?«, fragte ich.

Mako nickte.

»Ich bin echt gespannt, was die für Augen machen werden. Und was du«, er sah mich eindringlich an, »dazu sagst.«

»Wie?«, hakte ich nach, bekam aber keine Antwort mehr. Ich hielt inne und wurde unsicher. Ob es wirklich eine gute Idee war, ihm blind zu folgen? Ich schüttelte den Kopf. Wenn ich jemandem vertrauen konnte, dann Mako. Er hatte mich noch nie enttäuscht.

»Gut«, stimmte ich entschlossen zu und tappte los.

»Warte. Lass mich lieber vorgehen. Sicher ist sicher«, rief Mako und stoppte mich. Wir wechselten die Plätze und ich folgte ihm, bis wir an den Eingang des großen Zeltes herantraten. Dort flüsterte er: »Überlass mir das Reden.«

Angespannt nickte ich.

»Und jetzt pass gut auf«, kündigte Mako vorfreudig an.

Was würde mich dort drinnen erwarten? Mit einem heftigen Ruck zog Mako den Vorhang zur Seite. Und zum Vorschein kam: nichts.

Verwirrt rieb ich mir die Augen. Als ich erneut schaute, hatte sich nichts geändert: Es war nur ein leerer Raum, welcher vom Kerzenschein angeleuchtet wurde, zu sehen. Mako lachte lauthals los.

»Du hättest mal dein Gesicht sehen sollen«, ärgerte er mich, zog mich in den Raum hinein und ließ das Tuch hinter uns zufallen.

»Und was machen wir jetzt in diesem leeren Zelt?!«

All meine Aufregung verflog.

»Ach komm. Denkst du wirklich, dies ist nur ein gewöhnlicher Raum?«, meinte Mako grinsend und fügte geheimnisvoll zwinkernd hinzu: »Urteile nicht zu schnell, Ruta. Denk dran: Schein und Sein.«

Er trat an eine Kerze heran, lehnte sich über sie und wollte gerade etwas flüstern, als er innehielt und zu mir sah.

»Eigentlich hatte ich vor, dich an die Hand zu nehmen, aber...«, er sah auf meine Arme, »... das wird wohl nichts. Also werde ich dich tragen. Und hepp!«

Ohne dass ich etwas dagegen tun konnte, hob Mako mich auf seine Arme. Ich wollte mich an ihm festhalten, doch da meine Hände auf dem Rücken lagen, fühlte ich mich wie ein Fisch auf dem Trockenen - völlig hilflos. Mako warf mir einen neckenden Blick zu. Dann ging er in die Knie und lehnte sich ein Stück nach vorn zu der Kerze. Ich spürte, wie ich zu rutschen anfing. Mako murmelte magisch klingende Worte und in diesem Moment fielen wir nach vorn. Ich schrie auf, denn mit einem Fall hatte ich nicht gerechnet. Mako presste mich an sich, um mich nicht zu verlieren. Nach einer gefühlten Ewigkeit war der freie Fall vorbei und wir landeten abrupt. Verwirrt sah ich mich um.

Wir fanden uns im gleichen Raum wieder.

»Schein und Sein, Ruta«, sagte Mako, als er mich vorsichtig absetzte und sanft in Richtung des Vorhangs schubste. Ich sah ihn skeptisch an und mein Blick schien zu fragen: »Was jetzt?«

»Nur zu«, kam Mako mir zur Hilfe und zog den weißen Vorhang zur Seite.

Überrascht stutzte ich, denn vor mir befand sich ein langer Gang. An den Seiten hingen breite Wandteppiche, welche von riesigen Fackeln angeleuchtet wurden. Auf den Teppichen waren jeweils zwei Menschen in prächtiger Kriegerrüstung zu sehen. Unter den Bildern standen die Namen und die Länder, aus denen sie kamen. Als ich die Wandteppiche im Vorbeigehen betrachtete, fielen mir zwei Namen besonders auf: Ronin und Nanami.

Ehrfürchtig blieb ich vor ihrem Bild stehen. Nanami hatte ich schon gesehen, als wir uns vor ein paar Wochen in den Bergen trafen. Sie hatte ein hübsches feminines Gesicht. Trotz ihres Lächelns sah sie jetzt traurig aus. Ich schaute zu Ronin, welcher den Betrachter des Bildes ernst anblickte.

Um den Hals der beiden baumelte jeweils ein Amulett. Ich erkannte, dass es jenes Amulett war, welches Tomaki und ich anfangs benutzten, um die Drachenschuppen einzusammeln. Als ich an diese Zeit zurückdachte, verspürte ich einen Anflug von Wehmut.

»Was ist das für ein Ort?«, fragte ich, als ich mich von dem Bild abwendete und weiterging.

Mako lächelte geheimnisvoll.

»Damit hast du nicht gerechnet, oder?«

Ich schüttelte den Kopf.

»Komm, ich will dir unbedingt was zeigen. Wir sind fast da.«

Aufgeregt lief Mako voraus, bis zu einer großen Tür. Ich folgte ihm, noch ein bisschen unsicher. Was würde mich als Nächstes erwarten? Mein Herz schlug schneller, als er an die Tür klopfte und den Riegel nach unten schob.

»Nach dir«, flüsterte er.

Ich trat in einen Saal voller Menschen, welche alle an einem langen Tisch saßen und auf der Innenseite ihres Handgelenks das gleiche Symbol wie Mako trugen: ein Auge mit Fügeln. Am Ende des Tisches befand sich ein prunkvoller, jedoch unbesetzter Stuhl. Hinter dem Stuhl fiel mir eine breite, mit Ornamenten verzierte Holztür auf, welche ebenfalls das gleiche Symbol zeigte. Außerdem bemerkte ich, dass der ganze Raum hell erleuchtet war und das, obwohl es keine Fackeln gab. Neugierig drehten sich die Leute zu mir um. Als sie mich von Kopf bis Fuß betrachteten, fingen sie an, unruhig zu murmeln. Unsicher schaute ich zu Boden.

Wie unangenehm, dachte ich und mir wurde heiß. Ich murmelte ein leises »Hallo« und wollte am liebsten schnell wieder umdrehen. Wer waren all diese fremden Menschen? Und was sollte ich überhaupt hier?! Doch Mako hielt mich zurück.

»Es gibt jemand, der dich unbedingt sehen will«, raunte er mir zu und führte mich in Richtung des leeren Stuhles. War der oder diejenige noch nicht da? Wem gehörte dieser Stuhl? Und warum waren all diese Menschen hier?

Ich spürte, wie meine Hände immer feuchter wurden.

»Die beiden da vorn«, flüsterte Mako und schubste mich an den langen Tisch heran.

»Hallo«, murmelte ich, konnte meinen Blick aber immer noch nicht heben.

»Ruta... Ruta Pez, bist du das?«, wisperte eine zarte Stimme, die mich sofort aufsehen ließ. Ich kannte sie! Plötzlich raste mein Herz. Und als ich in das Gesicht der zarten Stimme sah, spürte ich eine tiefe Vertrautheit, die ich über die Jahre beinahe vergessen hätte.

Doch selbst der mächtigste Zauber konnte mir dieses Gefühl und diese Verbindung nicht nehmen. Ich wusste genau, wer diese beiden Menschen vor mir waren: meine Eltern.

Kapitel 46

Insgeheim hatte ich mir oft ausgemalt, wie es sein würde, sie zu treffen. Aber ich hatte die Hoffnung schon lange aufgegeben. Ich dachte, dass ich sie nie wieder sehen würde. Und nun standen sie vor mir. Ich konnte es nicht glauben.

»Mama? Papa? Seid ihr das?«, fragte ich mit bebender Stimme. Am liebsten wäre ich ihnen um den Hals gefallen, hätte sie umarmt und mich einfach nur an sie geschmiegt, aber das ging nicht.

Meine Arme waren noch aneinandergefesselt.

»Unsere Ruta« flüsterte auch der Mann vor mir und es bildeten sich kleine Fältchen in seinem Gesicht. Noch bevor ich etwas darauf antworten konnte, sprangen die beiden von ihren Stühlen auf und schlossen mich in ihre Arme. Ein Gefühl der Geborgenheit floss durch meinen Körper und ich fühlte mich gleich wie zuhause. Ich schluchzte leise.

»Endlich haben wir dich wieder, Ruta«, sagte die zarte Stimme. Meine Mutter. Ich betrachtete sie. Diese schönen braunen Haare flossen in welligen Strähnen ihre Schultern hinab, bevor sie in kleinen Ringeln endeten. Sie hatte wunderschöne grüne Augen, in welchen sich ein ganzer Wald widerspiegelte. Ihr zartes Gesicht wurde zudem durch hohe Wangenknochen geziert, welche ihr eine unglaubliche Aura verliehen. Als sie lächelte, wurde mir warm ums Herz.

Ich blickte zu meinem Vater, welcher Sue sehr ähnelte. Auch er trug diesen Ausdruck von Stärke gepaart mit einer gewissen Arroganz in den Augen, wie ich es bisher nur bei meiner Schwester sah. Ebenfalls hatte er goldblone Haare, jedoch waren sie bei ihm nur kinnlang.

Meine Eltern.

Während wir uns wieder voneinander lösten, fiel mir der entsetzte Blick meiner Mutter auf.

»Oje, Ruta! Was ist denn mit deinen Armen passiert?«, fragte sie besorgt.

»Kurz bevor ich hierher verschleppt wurde, hat sie jemand verzaubert«, erklärte ich.

»Wer!?«, brummte mein Vater und bekam ernste Züge.

»Ein Verräter«, antwortete ich und dachte an Zóel. Wenn ich den das nächste Mal traf, konnte der was erleben!

»Wie geht es Sue?«, fragte meine Mutter neugierig.

»Ihr geht es gut«, erzählte ich, fügte aber geknickt hinzu: »Ich glaube, sie hasst mich.«

»Nein, sie hasst dich nicht. Das ist die Gehirnwäsche«, erklärte mein Vater. Mein Blick sank zu Boden und ich dachte über seine Worte nach.

Damit hatte er wahrscheinlich recht. Ja, es ergab alles einen Sinn! Ich überlegte weiter... Ob Sue sich auch veränderte, wenn wir die Mission erfolgreich abschließen würden?!

Ein Kribbeln fuhr durch meinen Körper. Doch auch der Hass in mir wuchs. War Viis an dem schlechten Verhältnis zwischen mir und meiner Schwester schuld?! Ob er auch den Befehl gab, Mako einzuziehen? Dann hätte Viis ganze Arbeit geleistet, um meine Welt möglichst grau zu gestalten.

Wie gut, dass es mir gelang daraus auszubrechen.

»Danke Mako, dass du sie zu uns gebracht hast«, sagte meine Mutter und strich mir glücklich übers Haar.

»Na Ruta? Wie ist es da oben?«, wollte mein Vater wissen und alle Leute im Raum drehten sich zu mir um. Die vielen Blicke, die an mir hingen, ließen mich nervös werden. Meine Mutter nickte mir aufmunternd zu.

»Sie alle haben ihre Kinder da oben. Sie wollen wissen, wie es ihnen geht«, erklärte mein Vater und nickte mir ebenfalls zu. Und dann berichtete ich mit zitternder Stimme, was in der Welt oben vor sich ging. Ich erzählte von Viis und seiner immer größer werdenden Macht. Dass er die Natur mit seiner Magie aussaugte. Ich beschrieb, wie sich das verdorbene Moor weiter ausbreitete und alles und jeden verschluckte. Ein unruhiges Raunen ging durch den Saal und besorgte Mienen machten sich auf den Gesichtern breit.

»Warum sind deine Arme gefesselt?«, rief einer der Männer von hinten.

»Die wurden verzaubert«, antwortete ich.

»Unser Magier kann ihr bestimmt helfen!«, schlug die Nachbarin des Fragenden vor.

Mein Vater rieb sich am Kinn.

»Es gibt einen Magier unter euch?«

Mein Vater nickte.

Ich staunte. Warum hatte er all diese Menschen hier nicht schon längst befreit? Wieso waren sie immer noch in diesem Loch gefangen?

»Warum tut er nichts? Wieso hilft er euch nicht, hier raus zu kommen?«

Die Miene meines Vaters verfinsterte sich.

»Was glaubst du wohl?«, murrte er und ich zuckte erschrocken zusammen.

»Sie kann es doch nicht wissen«, verteidigte meine Mutter mich und erklärte: »Es würde keinen Sinn machen, uns jetzt hier rauszuholen. Es ist noch zu früh. Wir warten auf den richtigen Zeitpunkt.«

»Den gibt es nicht«, murmelte ich und fügte hinzu: »Ich habe euch gebraucht. Mehr als ihr euch vorstellen könnt.«

Im nächsten Moment spürte ich die Wärme meiner Mutter und hörte ein leises: »Jetzt sind wir ja da.«

Ich schmiegte mich an sie und ließ diese Worte auf mich wirken. Ein unbeschreiblich schönes Gefühl der Sicherheit breitete sich in meinem Herzen aus.

»Und was machen wir jetzt?«, warf Mako ein.

»Erst einmal bringen wir das mit Rutas Armen in Ordnung«, sagte meine Mutter und löste sich von mir.

»Der Magier müsste bald wieder da sein«, sprach mein Vater. Er sah in die Runde und nickte einem Mann zu.

»Kannst du am Südeingang nachsehen? Vielleicht ist er schon zurückgekommen.«

»Sehr wohl«, antwortete der Mann und verschwand.

Dann zeigte mein Vater auf seinen Stuhl und sagte, dass ich mich setzen solle.

»Wo hast du sie überhaupt gefunden, Mako?«, hakte er nach.

»Bei der alten Frau. Sie hielt Ruta in ihrem Gefängnis fest.«

»Wenn ich die in die Finger kriege! So einfach wird sie nicht davonkommen!«, knurrte mein Vater böse.

»Wieso hat sie mich überhaupt eingesperrt und gefangen gehalten?«, fragte ich und runzelte die Stirn.

»Sie wollte dich als Druckmittel benutzen. Weißt du, seit Langem geht ein Gerücht im Dorf um. Es wird gemunkelt, dass die Menschen im weißen Zelt ein besseres Leben führen als die anderen.

Das Gerücht besagt, dass es hier gutes Essen gibt, es warm ist und man auf weichen Betten schläft. Dabei handelt es sich lediglich um einen Treffpunkt für die Mitglieder unserer geheimen Untergrundorganisation namens *Orbis*. Doch das Gerücht hielt sich hartnäckig. Eines Tages kam eine große Menschenmenge und versuchte gewaltvoll in das Zelt einzudringen. Das ging natürlich nicht, da nur Mitglieder an den Sitzungen teilnehmen dürfen. Damit wir ungestört reden können, hatte uns der Magier damals diesen besonderen Eingang mit den Vorhängen und Kerzen gezaubert. Allerdings glauben uns die Leute bis heute nicht.

Zurück zur Geschichte mit der alten Frau: Alle hier unten wussten, dass du irgendwann zu uns finden würdest. Zumindest sagte das unser Magier voraus. Und so glaubte diese alte Hexe bei jedem neuen Mädchen, dass du es sein könntest. Sie wollte uns mit dir erpressen, um ebenfalls ins Zelt zu gelangen und ein besseres Leben führen zu können.«

Gerade als ich etwas darauf antworten wollte, zog jemand die mit Ornamenten besetzte Holztür auf. Augenblicklich senkten die Leute im Raum ehrfürchtig ihre Köpfe, auch Mako und meine Eltern. Ich tat es ihnen gleich. Als ich kurz hochschaute, sah ich, wie eine große verhüllte Gestalt in der Tür erschien. Langsam schritt sie zu dem prächtigen Stuhl, der noch als einziger leer war.

»Wie ich sehe, hat sie den Weg zu uns gefunden«, brummte eine tiefe Stimme. Ob er von mir sprach? Ich bekam Gänsehaut.

»Genau wie Ihr es vorausgesagt habt«, stimmte mein Vater zu und hob den Blick. Auch alle anderen nahmen nun wieder eine normale Position ein.

»Sehen Sie nur, was sie mit ihren Armen gemacht haben! Bitte helfen Sie ihr!«, flehte meine Mutter ihn an und nickte mir zu, dass ich aufstehen sollte.

»Selbstverständlich. Also Ruta Pez. Tritt hervor«, sagte der verhüllte Magier und irgendetwas meldete sich in mir.

Diese Stimme? Nein, das kann nicht sein. Das bilde ich mir nur ein, dachte ich und tat, was er sagte.

»Dreh dich um«, wies der Magier mich an.

»Revertere«, befahl er, als ich mit dem Rücken zu ihm stand. Ich spürte ein elektrisierendes Kribbeln, welches sich von den Ellenbogen bis zu den Fingern ausbreitete.

Plötzlich wurden meine Arme leicht und ich konnte sie endlich wieder auseinanderziehen. Ungläubig nahm ich meine Arme nach vorn und drehte die Hände hin und her.

Was für ein schönes Gefühl!

»Vielen Dank! Ich stehe tief in Ihrer Schuld«, rief ich erleichtert und drehte mich herum.

Als der Magier seine Kapuze zurückzog und ich in sein Gesicht sah, traf mich der Schlag.

Vor mir stand niemand Geringeres als *ER*.

Überrumpelt schnappte ich nach Luft.

Ich fühlte mich wie eine hilflose Figur in einem undurchschaubaren Spiel, welche er so setzte, wie es ihm gerade passte.

Mit bebenden Lippen schaute ich zu Zóel auf...

Über die Autorin

Tokihara, geboren 1996, lebt mit ihrer Familie in einem hübschen kleinen Örtchen im Norden Deutschlands.
Mit der Reihe »Cosmica« debütierte sie 2017. Alles fing mit dem Traum einer starken Kriegerin an. Dieses Mädchen ließ Tokihara nicht mehr los und so formte sich die Idee zur Trilogie Cosmica.

Danksagung

Lieber Leser,

vielen Dank, dass du Cosmica 2 in den Händen hälst. Mit pochendem Herzen schreibe ich diese Danksagung, denn: Es ist so weit! Band 2 ist erschienen, wie schön! Als ich die Danksagung für Band 1 verfasste, dachte ich ehrlich gesagt nicht, dass es eine für Band 2 geben würde, haha! Deshalb bin ich umso glücklicher! Durch euch wurde Band 2 möglich und deshalb möchte ich mich noch einmal aufrichtig bei jedem Einzelnen, der mein Buch gekauft hat, bedanken! Bitte verzeiht die Fehler in Band 1, ich werde mir in Zukunft noch mehr Mühe geben! Danke auch an all diejenigen, die mir so viele liebe Nachrichten, sei es per Post oder per DM in den sozialen Medien geschrieben haben! Euer gutes Feedback ist so unglaublich wertvoll für mich! Danke, dass ihr über meine Fehler in Band 1 hinwegseht und euch die Story trotzdem gefallen hat!
Die Jahre 2018 und 2019 sind zwei sehr wichtige Jahre für mich und mein Buchbaby Cosmica gewesen. Ich habe viele tolle und sympathische Leser, sowie liebe Autorenkollegen auf Messen, Conventions oder Lesungen kennengelernt. Ich weiß noch, wie berührt ich von euch war, als ich am Ende meiner allereresten Messe, der LBM 2018, spät abends nach Hause gefahren bin. Es schien so unwirklich für mich, dass jemand tatsächlich mein Buch Cosmica kauft, ich war einfach so dankbar! Danach beschloss ich, Cosmica aktiv zu promoten, d.h. Lesungen zu veranstalten, auf weitere Messen gehen, Radiointerviews zu geben usw..

Meine aktive Phase ging etwa bis Sommer 2019, danach beschloss ich, mich zurückzuziehen und voll auf Band 2 zu konzentrieren. Für mich war es das erste Mal, dass jemand auf etwas von mir gewartet hat. Eine völlig neue Situation, ich wollte niemanden enttäuschen! Deshalb war ich beim Schreiben von Cosmica 2 oft verzweifelt. Ich habe viele Kapitel aus der Rohfassung umgeschrieben, nochmal umgeschrieben und wieder umgeschrieben. Für ein Kapitel gab es bis fast zum Schluss keine Inspiration und das war wirklich zum Haare raufen. Als dann aber alle anderen Kapitel geschrieben waren und nur noch dieses eine fehlte, kam sie. Es war, als würde das Puzzleteil, welches immer am Rand liegt und nirgendwo rein passt, nun endlich seinen Platz im großen ganzen Bild finden. Hach, wie schön so ein Moment doch ist.

Ich bin sehr gespannt, was ihr zur Story von Band 2 sagt. Ich hoffe, dass ihr euch nach dem Ende von Band 2 umso mehr auf Band 3 von Cosmica freut!

»Hinter Erfolg stehen viele Menschen.«

In diesem Sinne sollen sie nicht unbenannt bleiben:

Meine Lektorin, die unermüdlich meinen Text mit mir durchgegangen ist, mir das Kapitel auf den Tisch gehauen hat und gesagt hat »Nein, so geht das nicht, bitte ändern« (Ok, das mit dem Kapitel und Tisch ist übertrieben). An einigen Tagen haben wir oft gelacht (falls es eines Tages eine Parodie von Cosmica geben sollte, habe ich schon genug Stoff gesammelt), an anderen Tagen haben wir aber auch sehr kritisch über meine Texte diskutiert. Nun ist es geschafft! Vielen Dank für deine Geduld mit mir!

Mein Cover Illustrator Maxim Simonenko von Art of Maxim Simonenko, der mit dem Cover für Band 2 ein weiteres Meisterwerk erschaffen hat. Wie froh ich doch bin, diesen talentierten Künstler gefunden zu haben! Ohne dich wäre Cosmica nicht das Gleiche. Lieben herzlichen Dank!

Tausend Dank gebührt außerdem Nina Warnke, welche meine Lesung am 02.02.2019 unvergesslich machte, sowie André Schwan, welcher auf der LBM 2018 auf mich zukam und mein Buch im Thalia Rostock in das Sortiment aufnahm.

Außerdem:

Danke an das FoerdeRadio, für die Organisation der tollen Lesungen im Mai 2019.

Danke an die Rostocker VHS, welche die Lesungen im Juni 2019 organisiert hat, insbesondere Herrn Czimczik.

Danke an meine Mutter, für die Unterstützung auf Messen sowie beim Schreibprozess!

Danke an meine Freunde, durch die mein Leben nicht mehr so grau ist!

Danke an meinen Mac für die Herzattacken, die ich bekam, wenn mein Schreibprogramm sich aufgehängt hatte oder meine Datei »Cosmica 2« plötzlich »Cosmica 2 Wiederhergestellt« hieß. Seit diesen Vorfällen nutze ich nun einen externen Speicher für meine Dokumente. Sicher ist sicher.

In diesem Sinne auch Danke an die ersten *Hater*, die mir in 2018/2019 begegnet sind. Ich habe einmal gelesen, dass Hate ein erstes Zeichen von Erfolg ist und somit befinde ich mich wohl auf dem richtigen Weg. Und bitte nehmt das Leben nicht so ernst, jeder macht mal Fehler.

Mal sehen, wohin mich mein Weg noch so führt! Bis dahin erst mal viel Spaß mit Band 2 und wir sehen uns in Band 3 wieder!

Tokihara

Bleib mit mir in Kontakt!

Facebook: www.facebook.de/Tokihara

Instagram: l.t.t.kiy

Twitter: t__tokihara

Impressum

© COSMICA 2, TOKIHARA, 2019
1. Auflage
ISBN: 9783948438043

Lena Kiy
Wiesenweg 7
18119 Rostock

Umschlaggestaltung: Art of Maxim Simonenko; Maxim Simonenko
Landkartenillustration: Lisa-Marie Kersting
Lektorat&Korrektorat: Valentine Stickford
Buchdruck: bookpress.eu

Das Werk, einschließlich seiner Teile, ist urheberrechtlich geschützt. Jede Verwendung ist ohne Zustimmung des Autors unzulässig. Dies gilt insbesondere für die elektronische oder sonstige Vervielfältigung, Übersetzung, Verbreitung und öffentliche Zugänglichmachung.

ISBN: 9783948438043